钢铁是怎样炼成的

The Making of a Hero

[苏] 奥斯特洛夫斯基◎著　冯 娟◎译

煤炭工业出版社
·北　京·

图书在版编目（CIP）数据

钢铁是怎样炼成的／（苏）奥斯特洛夫斯基著；冯娟译．--北京：煤炭工业出版社，2016（2022.3 重印）

ISBN 978-7-5020-5078-8

Ⅰ.①钢… Ⅱ.①奥… ②冯… Ⅲ.①长篇小说—苏联 Ⅳ.①I512.45

中国版本图书馆 CIP 数据核字(2015)第 305419 号

钢铁是怎样炼成的

著　　者　（苏）奥斯特洛夫斯基
译　　者　冯　娟
责任编辑　马明仁
责任校对　郭浩亮
封面设计　新吉乐夫
封面插画　严文胜

出版发行　煤炭工业出版社（北京市朝阳区芍药居 35 号　100029）
电　　话　010-84657898（总编室）
　　　　　010-64018321（发行部）　010-84657880（读者服务部）
电子信箱　cciph612@126.com
网　　址　www.cciph.com.cn
印　　刷　唐山楠萍印务有限公司
经　　销　全国新华书店

开　　本　710mm×1000mm 1/16　印张　18　字数　340 千字
版　　次　2016 年 1 月第 1 版　2022 年 3 月第 7 次印刷
社内编号　7929　　定价　58.00 元

本书如有缺页、倒页、脱页等质量问题，本社负责调换，电话：010-84657880

目　录

上卷

下卷

上　卷

1

“节前到我家里补考的,都站起来!”

一个身穿法衣的瓦西里神甫恶狠狠地瞪着全班学生,沉甸甸的十字架挂在他那肥硕的脖子上。

他那对凶恶的小眼睛瞪着从座位上站起来的六个孩子——四个男生两个女生。他们全都惶恐地望着这个穿法衣的人。

“你俩都坐下吧!”神甫向那两个女孩挥了挥手说。

她们急忙坐下,先松了一口气。

瓦西里神甫的那对小眼睛死死盯着四个男孩子。

然后恶狠狠地对他们说:“你们几个小鬼头到这边来!”

神甫站起身来,拉开椅子,一个箭步踱到了四个男生面前。

“你们这些小浑蛋,谁抽过烟?”

四个孩子怯怯地回答:“神甫,我们……我们都不会抽烟呀。”

神甫这时候脸都气红了。

“混账东西,你们不会抽吗? 哼! 见鬼! 那面团里的烟末是怎么回事? 你们真的都不抽烟吗? 骗三岁孩子呢吧! 好! 那咱们就来看看,把你们的口袋都给我翻过来! 听见了没有? 快翻过来!”

此时,已经有三个男孩子动手开始把口袋里的东西掏出来放在了桌子上。

神甫仔细地查看他们口袋里面的每一条缝,很是认真地察看到底有没有烟末,但是令他失望的是,口袋里什么也没有。这时候,他转过身来盯着第四个男孩,那个孩子的眼睛黑黑的,身穿破旧的灰衬衫和膝盖上打着补丁的蓝裤子。

“你怎么还在这儿傻站着?”

黑眼睛的孩子压住心头的仇恨,看着神甫,低声地说:“我一个口袋都没有。”他一边说一边伸手摸着自己缝起来的衣袋口。

“哼! 真的一个口袋都没有吗? 你以为你这样说,我就不知道是谁干的坏事吗? 我问你,是不是你把复活节的面团给糟蹋了? 你以为学校还会要你吗? 哼! 你这捣蛋鬼,这回不能便宜你了! 上次是因为你母亲替你求饶才让你留在这里的。现在你就给我滚回去吧!”

他使劲揪住男孩的一只耳朵,像拉猪一样把他拽到走廊里,随手关上了门。

整个教室里鸦雀无声,同学们都被吓坏了。

其实谁也不明白保尔·柯察金为什么会被赶出学校。只有他的好朋友谢廖沙·勃鲁扎克才明白是怎么回事——他们六个功课不及格的学生在神甫家等着补考时,他亲眼看见保尔在神甫厨房里那块准备做复活节蒸糕的面团上撒了一把烟末。

被开除的保尔沮丧地坐在学校门口的台阶上。他现在只想着一个问题——回家以后该怎么交代呢？他的母亲在税务官家里是烧火做饭的，每天从早上忙到晚上，为他操碎了心，他该怎么向母亲说起这件事情呢？

想到这儿，他的泪水流了下来，心想："现在我可怎么办呢？唉，都怨这该死的神甫。我为什么要给他撒上一把烟末呢？也怨谢廖沙这家伙。他说：'来，咱们给这讨厌的老畜生加点儿作料，看他以后还敢嚣张！哼！'于是，我们就把烟末撒上去了。现在，他倒是没什么事了，而我十有八九会被开除。"

其实，保尔和瓦西里神甫早已结下了不解之仇。

有一天，保尔和米什卡·列夫丘科夫打架，老师不允许他回家吃饭。为了不让他一个人在教室里淘气，老师就把这个淘气鬼送到了高年级的教室，让他坐在后面的凳子上。

那天来讲课的教师很瘦，穿了件黑色上衣，授课内容是地球和天体。他说地球已经存在好几百万年了，星星存在的年数也跟地球差不多。保尔听他这样一说，惊讶得张大了嘴巴，像是咬了个大苹果。他觉得这些很不可思议，差一点儿就站起来问："先生，这和《圣经》上说的完全不一样呀。"

但是，他害怕老师惩罚他，一想到这里，他又把刚想说的话咽了回去。

保尔是信教的。她母亲是个教徒，所以经常给他讲一些《圣经》上的道理。对于《圣经》，他自然是懂了许多。

保尔的《圣经》课，神甫一般都是给他打满分。至于《祈祷书》和《新旧约》他更是背得滚瓜烂熟，上帝哪一天创造了哪种东西他全都知道，好像他自己就是上帝一样。

所以，保尔决定向神甫请教一下关于地球的这件事。等到又一次上《圣经》课时，神甫刚坐到椅子上，保尔就举起手来，神甫点了点头示意让他讲话，他立刻起身问道："神甫，为什么高年级的老师说地球已经存在好几百万年了，而不是像《圣经》上说的五千年呢？"他的提问被瓦西里神甫那突如其来的尖厉叫声给打断了："混账东西！胡说八道什么！难道这就是你从《圣经》上学来的吗？"

没等到保尔辩解，神甫就已经揪住了他的两只小耳朵，开始把他的头往墙上撞，疼得他直喊。一分钟之后，被撞晕了的他再次被怒不可遏的神甫推到了走廊上。

保尔回家后，他的母亲又把他痛骂了一顿。

第二天，他的母亲跟着他一起来到学校里，请求瓦西里神甫让她的孩子继续上学。从那时起，保尔就对神甫产生了大大的恨意。可以说，对他是既恨又怕吧。保尔从不轻易饶恕侮辱过他的人，所以他更不会忘记被神甫冤打的这一顿，可他只能是怀恨在心，却从不表露出来，也不会向任何朋友提起。

神甫以前还经常给他穿小鞋，只要有一点点小事就可以成为神甫把他赶出教室的理由，有时一连好几天甚至好几星期每天都罚他站在角落里，而且对于他的功课也不管不问。因此他不得不在复活节前和那几个功课不及格的同学一起到神甫家去补考。他们在厨房里等神甫的时候，保尔就把一撮烟末撒在复活节蒸糕用的面团上了。

这件事谁也没有看到，可是神甫马上就猜出了是谁干的。

下课了，孩子们像刚出笼的小鸟儿一样蜂拥而出，来到院子里把保尔围住。只见他愁眉苦脸地坐在那里，一句话也不说。而谢廖沙呢，他却躲在教室里没有出来。不是他不想出来，而是他觉得自己也有错，害了保尔，却又不知该怎么弥补他，所以他很是愧疚。

校长叶夫列姆·瓦西里耶维奇从办公室的窗口探出头来看了看站在外面的保尔，他低沉的声音吓了保尔一跳。

"叫柯察金马上到我这儿来！"他喊道。

保尔的心怦怦直跳，忐忑不安地朝办公室走去。

餐厅老板是一个面色苍白、双眼无神的老家伙。他看了看站在一边的保尔问道：

"这孩子几岁了？"

"十二岁了。"保尔的母亲客气地回答。

"行，让他留下吧。至于工钱，每月八卢布吧，值班的时候管饭，上一天一夜的班，然后可以回家休息一天一夜，但是警告你，可不准偷东西！"

"看您说的，他哪儿敢偷东西啊，放心吧，老板，我担保他什么也不会偷。"母亲既客气又有一丝惶恐地解释道。

"好啦，我相信你说的。那今天就让他上班吧。"老板命令道，然后他转过身去，向旁边那个站在柜台后面的女招待说，"齐娜啊，把这个孩子带到洗涮间去，告诉佛罗霞让他顶替格里什卡的工作。"

这时候，只见女招待放下手中切火腿的刀，向保尔打了声招呼，就带着他穿过餐厅，朝着通往洗涮间的旁门走去。保尔跟在她后面。母亲也赶紧跟上，并在背后小声嘱咐保尔：

"保尔，好好干，别再丢人现眼了！争点儿气啊！"

母亲用忧郁的目光目送儿子进去后，才朝门口走去。

洗涮间里忙得不可开交，桌子上盘碟刀叉堆得像座小山，只见几个女工忙忙碌碌，肩头搭着毛巾，卖力地在逐个擦那堆东西。

一个年纪比保尔稍大，长着一头乱糟糟红发的男孩，在两个大茶炉旁边忙个不停。

洗家什的大木盆里盛着开水，满屋子雾气腾腾的，什么也看不清。所以此时保尔根本看不清女工们都长什么样，只得不知所措地立在那儿，一时半会儿不知道自己该做什么了。

这时，齐娜走到一个正在洗盘子的女人身旁，轻轻地拍了拍她的肩膀说：

"佛罗霞，这是咱们这儿刚招来的小学徒，是顶替格里什卡的。你给他讲讲他该干些什么活儿吧。"

她又转过身来指着那个叫佛罗霞的女人，然后对保尔说：

“她是这里的领班，以后你就听她的，她说做什么你就做什么。”说完就转身回餐室去了。

“是。”保尔回答的声音很小。他看着站在自己面前的佛罗霞，等候她的吩咐。佛罗霞一面擦着额头上快要掉下来的汗珠，一面从上到下打量着他，好像要估量一下他能干什么活儿似的，然后她卷起那只滑下来的袖子，用动听悦耳的声音对保尔说：

“小弟弟，你的活儿挺零碎的，记住了，每天早晨要准时把这个大铜壶烧热。也就是说，要保证一天的热水供应；当然，木柴可是得你自己劈；还有，那两个大茶炉也归你管。再有，活儿紧的时候，你就过去帮着擦擦刀叉，倒倒脏水什么的。小弟弟，好好干吧，你的活儿不少，够你忙了。”她说的是科斯特罗马地方的方言，“a”这个音发得很重。她说话的口音、她那张香汗淋淋泛着红光的脸蛋以及她那可爱的翘鼻子，让保尔感觉到有一丝莫名的愉快。“看样子，这位大婶看起来还不错嘛。”保尔心里高兴地想着，便鼓起勇气问佛罗霞，“我现在该干些什么呢，大婶？”

他说到这里时，只见洗涮间的女工们一阵哈哈大笑，淹没了他的话，他被这突如其来而又莫名其妙地笑声吓愣了。

“哈哈哈……佛罗霞认了个侄子……”

“哈哈……”佛罗霞笑得最厉害。

因为蒸汽太浓的原因，保尔看不清她的脸庞，其实佛罗霞只有 18 岁。

保尔这时候感到很难为情，真想找个地缝钻进去，可是……他只好转身向那个男孩问道：“我现在该干什么呢？”

那个男孩子只是笑嘻嘻地说了一句：

“问你家大婶吧，她会告诉你的，我只是这里的一个临时工。”说完，就转身跑进了厨房。

这时保尔听到一个上了年纪的女工说：“孩子，你先过来帮着擦叉子吧。大家都笑什么？这孩子怎么了？”她递给保尔一条毛巾，和善地说道，“给你，拿着，一头用牙咬住，一头用手拉紧，再把勺子在上面来回蹭，一定要擦干净，不能有一点儿污迹。咱们这儿对这种事挺严格的。老爷们可是都爱干净的，没事喜欢拿着勺子翻来覆去地看，要是发现什么脏东西，那你可就大祸临头了——老板娘会马上把你赶出去的，小心做事吧。”

“什么？老板娘？”保尔歪着脑袋不解地问道，“雇我的老板不是男的吗？怎么会是老板娘呢？”

那女工一听，笑起来了：

“你不知道，这儿的老板只是一个摆设，是个窝囊废，没什么用。老板娘才是真正当家的，她今天出去了，现在还没回来，你干几天就会知道了。”

这时，洗涮间的门开了，三个跑堂的走了进来，每个人都抱着一大摞脏盘子。

其中那个长着宽肩膀、斜眼睛、四方大脸的家伙开口了：

“动作都快点啊！12 点的车就要到了，你们还这么磨磨蹭蹭！”

他看见了保尔，便问：

“这小家伙是谁？”

“新来的。”佛罗霞回答说。

“哦，新来的，”他说，“那么，孩子啊，你可得当心！”他边说边把他的大手按到保尔的肩膀上，推着保尔到那两个大茶炉跟前，说，“开水给我烧好了，任何时候都不能断。哎！你瞧瞧，你瞧瞧，现在这个炉子已经灭了，那一个也只剩一点火星了，马上也要灭了。算了，看你刚来，今天就饶了你，要是明天再这样，我就叫你吃耳光，听明白了吗？”他凶神恶煞般地说着。

保尔胆怯地看着他，一声没吭，急急忙忙地跑去烧茶炉去了。

保尔的劳动生涯就这样开始了。以前他从来没有像今天这样卖力地干过活儿。他自己很清楚，这儿不比家里，在家不听母亲的话没事，最多也就是遭到一顿骂；可是在这里就不一样了，要是不听话，就得挨耳光，那个斜眼堂倌说得很明白。

保尔用脱下来的一只靴子套着炉筒，用力地鼓起风来。片刻之间，那两个能盛四桶水的大肚子茶炉就冒出了火星。他马上提起脏水桶，飞快地跑到外面，把脏水倒进坑里，又往锅炉里添点儿柴，然后把湿抹布搭在烧开了水的茶炉上烘干。总之，该是他干的活儿他都干了。直到深夜，保尔累得跟死猪一样，疲惫不堪地走到下面的厨房去。那个年纪较大的女工阿尼西娅望着他随手带上门的样子，感慨地说：

“瞧瞧，多能干的孩子，干起活来都不要命了。一定是家里实在没办法了，才打发来这里的。”

“是呀，这孩子真不错，”佛罗霞说，“挺勤快麻利的，干起活儿来都不用别人催。”

“他是刚来，等以后干熟了也许就会偷懒的，”鲁莎反驳着，“每个人都一样，刚来的时候都是特别卖力……”

保尔手忙脚乱地忙了一整晚，早已累得筋疲力尽。早晨 7 点钟，一个长着胖圆脸、两只小眼睛显得流里流气的男孩来接班，于是保尔就把两个烧开的茶炉交给了他。

这个男孩看到一切都弄妥帖了，茶炉里的水也烧开了，心里暗自庆喜，然后神气地把两只手插在口袋里，从咬紧的牙缝里挤出一丝唾沫，摆出一副高高在上的架势，斜着白眼瞟了瞟保尔，然后用命令的口吻说：

“嘿，笨蛋！给我听着，明天早上 6 点钟准时来接班。”

“为什么是 6 点？”保尔疑惑地问，“领班不是说 7 点钟才换班吗？”

“谁想 7 点换班，就让他 7 点换，可你得 6 点来！要是再废话，我就打肿你的狗脸。你这小子也不寻思寻思，刚来就想摆臭架子。”

那些刚交了班的女工都很有兴趣地听着两个孩子的对话。那孩子的无赖语气和挑衅行为激怒了保尔。这时，只见他朝换班的男孩逼近了一步，貌似要好好教训

一下这个不知天高地厚的家伙,但他又怕第一天上工就惹事,被开除,这才抑制住自己没动手。保尔气得脸色发青:

"放老实点,别欺人太甚,否则你没有好果子吃!我明天就7点来!要打架,我奉陪到底。你想试试,那就请吧!"

对方朝着大锅退了一步,吃惊地盯着怒气冲冲的保尔。他本想吓唬吓唬保尔,可万万没想到会碰了这么大的钉子,一时间有点惊慌失措。

"好,咱们走着瞧吧。"他含含糊糊地说。

第一天就这样平安无事地过去了。当保尔迈着大步回到家里时,他仿佛感觉到自己已是一个顶天立地的男子汉了。现在他靠的是自己的劳动挣钱吃饭,再也没人敢说他是个寄生虫了。

早晨的太阳懒洋洋地从锯木厂高大的厂房后面悄悄地升起来。保尔这时已经快到家了,就在列辛斯基庄园后面。

"母亲肯定刚起床,可我已经下班了,嘿嘿。"他一边吹着口哨,一边心里想着,不由得加快了脚步。"学校把我赶出来,倒也不坏,反正那个该死的神甫不会让我安生,现在我真想吐他一脸唾沫。"保尔想着,不知不觉就到了家门口。他推开篱笆门,脑子里突然想起,"我非得要揍那个浑蛋一顿,真应该当场就动手,可那样会被开除的。不管怎么样,有机会一定得收拾收拾他!看他还那样嘚瑟!"

此时,母亲正在院子里忙着烧茶,一看见保尔就担心地问:

"怎么样?老板没骂你吧?"

"还不错!"保尔随意地回答了一句。

母亲好像有什么事要关照他一下,可是他已经明白了。他从敞开的窗户望进去,看见了哥哥阿尔焦姆那宽宽的后背。

"怎么,阿尔焦姆回来了?"他不自在地问道。

"对,昨晚刚到的,往后他就在家里住下了。他准备到机车库去干活儿。"

保尔迟疑不决地打开了房门。

身材魁梧的哥哥就坐在桌子旁边,背对着他。一听见门响,浓眉大眼的哥哥立马转过身来,用他那双严厉的眼睛向保尔看去。

"啊,撒烟末的英雄回来了?好,你可真行!哥哥服你了。"他讽刺道。

这时保尔已经预感到,这次和哥哥的谈话可能不会有好结果。

"他都知道了,"保尔心里盘算着,"这次阿尔焦姆肯定不会放过我的,一定是又打又骂。"其实,保尔挺怕哥哥阿尔焦姆的。

但是,看起来哥哥并没有动手的意思。他坐在凳子上,两只胳膊支着桌子,目不转睛地望着保尔,说不清是嘲弄还是蔑视,就那样死死地看着他。

"不错嘛,大学毕业了,知识都学会了,现在开始学洗餐具了?"阿尔焦姆又问。

保尔不说话,盯着一块裂开的地板,仔细研究那个突出的钉头。阿尔焦姆站起身来,向厨房走去了。

"看来我是不会挨揍了。"保尔松了一口气。

在喝茶时,阿尔焦姆很平静地叫保尔讲讲课堂上发生的事情。

保尔一五一十地讲了一遍。

“你现在就这样胡闹,以后那还得了啊。”母亲伤心地说。“唉,咱们可拿他怎么办呀?他这个样子究竟像谁呀?天啊,为了这孩子,我受了多少罪呀!”她继续埋怨着。

阿尔焦姆推开喝干的茶杯,郑重地对保尔说:“听见了吗,弟弟。过去的事就不要再提了,今后你可要注意点。别在工作中搞什么鬼把戏,该做什么就做什么。要是再从那儿被撵出来,我就要你好看,小心我让你掉一层皮。你记住,母亲受的罪够多了。你这个捣蛋鬼,走到哪儿就闹到哪儿,四处闯祸。现在该闹够了吧。你先在那里好好干一年,然后我跟人说说,让你去机车库当学徒,我对你说,跟脏水打交道是不会有出息的,你必须得学一门手艺。你现在还小,以后人家或许会收下你的。我已经转到这儿来了,往后就在这儿干活儿。还有,别再让母亲出去干活儿了,她给那些坏东西们鞠躬已经够多了。保尔,从今往后你要挺起胸膛,做个真正的男子汉!”

他站了起来,挺直那高大的身板,披着挂在椅背上的外套,冲母亲说了一句:

“我出去一会儿,办点事,很快就回来。”说完,他转身便走出了门。他走到院子里,经过窗户跟前时,又对着保尔说道:

“我给你带了一双靴子和一把小刀,妈妈会拿给你的。”

车站餐厅日日夜夜地开着。

有六条铁路线在谢佩托夫卡中继站交轨。车站总是挤满了人,只有夜里,在两班火车交叉的间隙时,才能安静两三个钟头。在这个车站里,每天都有成百上千的列车进进出出。无数受伤的战士从前线被运回来,而身穿统一灰色军大衣的新兵又像洪流一样不断地被送往前线。

保尔就在这儿辛辛苦苦地干了两年,厨房和洗涮间是他这两年来面对的最多的地方。在地下室的大厨房里,工作异常的繁忙,光干活的就有二十多个人。十个堂倌在餐厅和厨房之间不停地穿梭着。

在这两年里,保尔的工钱不仅由八个卢布涨到十个卢布,而且他的个子也比以前高了,身体也结实了许多。两年中,他的确受过不少的磨难:在厨房里给厨子当下手,被煤烟熏了六个月;那个有权势的大厨不喜欢这个倔强的孩子,总是喜欢找他麻烦,动不动就打他,最后干脆把他赶回了洗涮间。当然,要不是保尔干活儿卖力,他早就被解雇了。保尔干的活儿比谁都多,但是他却从来都不说累。

当在餐厅最忙的时候,他疯了一样地端着托盘,上上下下、里里外外地在餐厅和厨房之间穿来穿去。

几乎每天夜里,当餐厅人不多的时候,堂倌们就聚在厨房仓库里,开始“幺”呀“九”呀地大赌起来。保尔不止一次看见赌台上堆着一沓沓钞票。对此他一点儿也不惊讶,他知道他们每值一次班就可以捞三四十个卢布的小费。客人们每次给他们半卢布或一卢布的小费是常有的事。然后他们就把这些钱拿来大醉一次,大赌一场，钱都被挥霍一空。保尔非常憎恶他们。

“这帮该死的浑蛋！”他心里想，“阿尔焦姆是头等钳工，每月才赚四十八卢布。我呢，才赚十个卢布。可是，他们一天一夜就捞到那么多。凭什么呢？也不过是把菜端上去，把空盘子撤下来。有了钱，他们只会吃喝嫖赌，不干一件正事。”

保尔觉得这些人跟老板是一丘之貉，是他的敌人。“别看他们在这儿和奴才一样，可他们的老婆孩子在城里却像有钱人一样摆阔气。”

有时，他们把穿着中学制服的儿子和吃得肥肥胖胖的妻子带来。“他们手里的钱可能比他们伺候的绅士们还要多呢。”保尔想了这么多。对于每晚在厨房暗室或是餐厅仓库里所发生的事情，保尔更是见怪不怪了。他心中明白任何一个洗餐具的女工或女招待，若是不愿意把自己的身子出卖给那些有权有势的老爷们，她们在这里是干不长远的。

保尔向生活的深处，向生活的底层看去，他追求一切新事物，渴望打开一个新天地，可是，朝他扑面而来的却是霉烂的臭味和泥沼的潮气。

阿尔焦姆没能把弟弟安排到机车库，因为那里不收 15 岁以下的学徒。保尔期待着有朝一日能摆脱这个不是人待的烂地方，机车库那座熏黑了的石制大房子已经把他深深地吸引了。

他一没事就跑去看阿尔焦姆，跟着他检查车辆，尽量帮哥哥做点儿力所能及的事情。

在佛罗霞离开餐厅以后，保尔就觉得生活变得更加的无聊寂寞。

曾经那个爱笑的、快乐的姑娘已经不在这里了，保尔这时才深深地体会到，他们之间的友谊是多么深厚。早上一到洗涮间，就听到那些女人们刺耳的尖叫声，保尔心里感到莫名的空虚和孤独。

夜间休息时，保尔把大锅下面的柴火添好以后，就蹲在敞开的炉门前面，眯着眼睛，注视着火炉中跳动的火焰，炉火散发的热量让他感到十分舒服。每到此时，洗涮间里就只剩下他一个人。

他的思绪不知不觉地回到了不久以前发生的事情上来，他想起了佛罗霞。那时的情景又在他的眼前重现。

那是个星期六，正值夜里休息，保尔顺着梯子爬到下面的厨房去。在拐弯时，他出于好奇，便爬上了柴堆，想看看小仓库里的人是怎么赌博的。

透过柴堆，他看到赌徒们玩得正起劲儿，扎利瓦诺夫是庄家，激动得满脸通红。

这时，保尔忽然听到楼梯上有脚步声，回头一看，原来是普罗霍尔。保尔连忙躲到楼梯下面，等他走过去。这时保尔心里才松了一口气，庆幸普罗霍尔没发现他，若是真被发现了，那后果就惨了。

当普罗霍尔转弯往下走的时候，保尔能清清楚楚地看见他的大脑壳和宽肩膀。

这时，又有人从楼梯上走下来，脚步声很轻，但很急促。接着，保尔听见一个熟悉的声音：

“普罗霍尔，等等我。”

普罗霍尔站住了,转过身来朝上面望了望。

“什么事?”他咕哝了一句。

上面的人走下楼梯,保尔认出了那个人是佛罗霞。

她上前拉住堂倌的袖子,用哽咽的声音哀求道:

“普罗霍尔,中尉给你的钱呢?”

普罗霍尔猛然挣脱胳膊,恶狠狠地看着她说:

“什么?钱?难道我没给你吗?”

“可是,他给了你三百卢布啊。”

保尔听得出,佛罗霞的声音里充满了悲痛。

“什么?三百卢布?”普罗霍尔讥笑地说,“你想全拿去吗?你配吗?洗碗的小姐?我看,给你五十卢布已经够多了。该知足啦!那些受过教育的夫人们也拿不到这么多钱呢!你已经拿了这么多,该谢天谢地了。陪着睡一夜,就能挣五十卢布,你得谢天谢地了。哪儿有那么多傻瓜。得,我再给你二十卢布吧,以后要好好干。你要是真识相的话,我以后会给你好处的。”说完,普罗霍尔便转向厨房走去。

“你这个流氓,你给我站住,浑蛋!”佛罗霞边追边骂,但没追两步她就靠在柴堆上呜呜地哭了起来。

保尔站在楼梯下的黑暗处,看着倒在柴垛上、浑身战栗的佛罗霞,心里真是百感交集。保尔没有露面,没有吱声,只是猛然一把死死抓住楼梯的铁栏杆,然后脑子里轰的一声出现了一个清晰而明确的想法:

“连佛罗霞也被这些该死的浑蛋出卖了。唉!可怜的佛罗霞啊,可怜的佛罗霞……”

保尔对普罗霍尔的憎恨越来越强烈了,甚至周围的一切都让他感到厌恶,让他憎恨:“哼,我要是力气再大点儿,一定打死那个流氓!我怎么就不像阿尔焦姆那么健壮魁梧呢?”保尔嘴里无奈地嘟囔着什么。

炉膛里的火不停地在闪烁着,交织成深色长圈的红色火舌,颤颤悠悠地跳动着。保尔觉得那就好像一个人在讥笑他,嘲弄他,朝他吐舌头。

屋子里很是安静,仅有炉子里偶尔传来的噼啪声和水龙头里滴答的落水声。

克利姆卡把最后一只擦得亮晶晶的平底锅放在架子上之后,擦了擦手。这时厨房里已经没有别人了。值班的厨师和打下手的女工们都已经在更衣室里睡了。只有夜里,厨房才可以安静三个小时。每当这时,克利姆卡总会跑到上面找保尔玩。这个厨房里的小学徒和黑眼睛的小锅炉工已成了小伙伴。他一上来,就看到保尔蹲在敞开的炉门前。保尔发现了墙上那个熟悉的人影后,头也不回地低声就说:

“坐吧,克利姆卡。”

厨房的小徒弟爬上柴堆,躺了下来。他看了看坐在那里一声不响的保尔,笑着说:

“你怎么啦?在向火炉施展魔法吗?”

保尔好不容易把目光从火苗上移开,他那对闪亮的大眼睛直勾勾地瞪着克利姆卡。第一次,克利姆卡从他的眼神中读到了一种无法言表的忧郁。

“保尔,今天你有点古怪,”他沉默了一会儿,又问保尔,“你是不是碰到什么事了?”保尔站起来,走到他身旁坐下来。

“什么事也没有,”他用低沉的声音回答,“我在这儿很难过,克利姆卡。”他把放在膝上的双手紧紧地攥成拳头。

克利姆卡双肘支着身子,又问:“你今天碰到什么不开心的事情了?”

“今天吗?我从到这儿来干活的那天起,就一直不怎么开心。你瞧瞧这里!咱们像骆驼一样地干活,不但没有人表扬你,反而还要挨揍!他们可以揍你一顿,你还不准还手,只要有力气谁都可以揍你。你得讨好所有的人,否则,得罪了一个人,你就没有好日子过了。即便你拼命做到事事周全,假如有一个人对你不满意,你还是会挨揍的……”

克利姆卡惊恐地打断了他的话:

“你别这么大声嚷嚷,要是有人进来,会被听见的。”

保尔跳起来了。

“听见就听见,反正我准备要离开这儿。说实在话,到马路上扫雪也比在这儿强!这儿是什么鬼地方?是坟墓!是流氓窝!他们以为手里有几个臭钱,就可以为所欲为!不把咱们当人看,想要占有哪个漂亮姑娘就占有哪个,谁要是洁身自好,不愿从命,立马就会被赶走。可是她们能去哪儿呢?她们都是些难民,没吃的,没住的。她们总得填饱肚子,所以只能在这里,好歹在这儿有口饭吃。为了不挨饿,她们只好任人摆布。”

他说这些话时,语气里充满的都是愤怒。克利姆卡生怕被人听见,于是急忙跳起身来把通往厨房的门关上。保尔仍旧愤愤不平地在那里讲着心里的憋屈话。

“你看你吧,克利姆卡,人家打你,你总是不吭声。唉,你为什么不吭声呢?”

保尔坐在桌旁的凳子上,沮丧地用手托着下巴。克利姆卡给炉子添了一些柴火,也一起坐在了桌旁。

“今天咱们还读不读书啦?”他问保尔。

“没书了,”保尔回答,“书摊没有了。”

克利姆卡听后用惊讶的眼神看着保尔。

“怎么?今天书摊没有了?”

“卖书的被宪兵抓走了,好像还搜走了一些什么东西。”保尔回答。

“为什么呢?”

“听说是因为搞政治的原因吧。”

克利姆卡困惑地望着保尔。

“什么叫政治啊?”

保尔耸了耸肩膀,说:“鬼才知道!不过我听说,谁要是反对沙皇,那就叫政治。”

克利姆卡吓得哆嗦了一下。

“难道,真有这样的人吗?”

“不知道。”保尔摇摇头。

门开了,睡眼惺忪的格拉莎走进洗涮间。

“你们怎么不睡觉呢,孩子们? 趁火车没来,还可以睡上一个钟头。去睡吧,保尔,我替你看一会儿水锅。”

保尔没想到,他会这么快离开这家饭馆,而且,离开的原因也是他始料未及的。

这是正月的一个严寒日子,保尔干完自己的一班,想准备回家,可是接班的人还没有来。保尔只好跑到老板娘那儿,要求回家。可是老板娘不同意他走。无奈之下,疲惫不堪的保尔只好再工作一天一夜。到了晚上,他已经是体力透支,疲惫不堪了。但是,当大家都休息的时候,他还得再烧几锅开水,以备三点到站的旅客们用。

他拧开水龙头,可是一滴水都没有——显然水塔还没有放水。他让水龙头开着,心想自己倒在柴堆上歇一会儿,没想到他实在支持不住,一下子就睡着了。

几分钟后,水龙头突然开始咕嘟咕嘟地流出水来。不一会儿,水槽就被灌满了,然后,水就顺着炉灶流到了洗涮间的地板上。洗涮间夜里一向是没有人的,水越来越多,漫过地板,从门底下流进了餐室。

一小股一小股的水流就从熟睡的旅客们的包袱、提箱下面流过去,大家都在睡,谁也没有察觉到。直到一位睡在地板上的乘客被水浸湿了,只见那位乘客跳起来大喊大叫,旅客们才醒过来,急急忙忙地开始抢救自己的行李。整个餐厅此时一片混乱。

水还是流个不停,越流越多。

正在隔壁房间里收拾桌子的普罗霍尔听到旅客们的叫喊声,慌忙跑出来。她用力把门踹开,这一踹不要紧,被门堵住的水如洪流般向餐厅涌去。

这时喊叫声更大了。几个当班的堂倌一起跑进了洗涮间。普罗霍尔怒气冲冲地朝依然在酣睡的保尔扑过去。

拳头像雨点一样落在保尔的头上,他简直疼糊涂了。

保尔刚被打醒,什么也不明白。眼睛里直冒金星,浑身火辣辣的疼。

他浑身是伤,一步一步,勉强地挪到了家。

第二天早上,脸色阴沉的阿尔焦姆皱着眉头,叫保尔把事情经过讲给他听。

保尔就一五一十地把事情的经过告诉了阿尔焦姆。

“是谁打的你?”

“普罗霍尔。”

“好,你躺下吧。”

阿尔焦姆穿上外套,什么也没说就出去了。

“请问,堂倌普罗霍尔在吗?”一个陌生人问着戈娜莎。

“请等一下,他马上就来。”她回答。

那个高大的陌生人就靠在门框旁。

“好,我等一下。”

普罗霍尔端着一大摞盘子,踢开门走进洗涮间。

“他就是。”戈娜莎介绍说。

阿尔焦姆猛地跨出一步,铁钳似的大手紧紧地捏住那家伙的肩膀:“你凭什么打我弟弟保尔?”

普罗霍尔想挣脱他的手,但已经来不及了,这时阿尔焦姆狠狠地挥了一拳把他打倒在地。他想爬起来,紧接着又是一拳,比头一拳还要厉害。接着把他钉在地板上,他再也起不来了。女工们都吓得急忙闪到一边,不敢吱声。

阿尔焦姆打完便转身走了。

普罗霍尔被打得满脸是血,躺在地板上翻来覆去地呻吟。

当晚,阿尔焦姆下班后没有回家。

后来母亲打听到,阿尔焦姆被关进了宪兵队。

六天之后,阿尔焦姆才回家。那是在晚上,母亲已经睡了,保尔还在床上坐着。阿尔焦姆径直朝他走过去,坐在他旁边,关心地问道:

“怎么样,弟弟,好一点儿了吗?情况很糟。”看弟弟不说话,沉默了一会儿,他又接着说,“没什么大不了的!没事儿的,以后你就去发电厂吧,我已经替你跟他们说过了,你可以在那儿学门手艺。”

保尔紧紧地抓住了哥哥的一只大手,好像抓住了自己的第二次生命。

2

一个惊天动地的消息像旋风似的扫进了这个小城:“沙皇被打倒了!”

镇上的人都不敢相信。

暴风雪中一列火车驶进了车站。两个穿着军大衣、背着步枪的大学生和一队戴着红袖标的革命士兵从车上跳了下来。他们逮捕了站上的宪兵、年老的上校和警备队长。沙皇真的完蛋了!小城里的人们终于相信了,成千上万的人沿着雪花纷飞的街道涌向了广场。

人们如饥似渴地听着那些新名词自由、平等、博爱。

很快的,喧闹、充满兴奋和喜悦的日子过去了。这个城市又恢复了往日的平静,只是在被孟什维克和崩得分子控制的市参议会楼顶上,多了一面飘不起来的红旗。

冬天快过去的时候,有一个近卫骑兵团驻扎在了小城。每天早晨,团里都派出骑兵小分队,到车站去抓那些从西南前线开小差被带下来的逃兵。

近卫骑兵们整日吃得饱饱的,各个身材魁梧、体格强壮。军官们大都是伯爵,甚至还有公爵。他们的肩章金灿灿的,马裤的滚边银闪闪的,一切都如沙皇在位时那样气派,好像根本没发生过什么革命。

对与保尔、克利姆卡和谢廖沙来说,好像什么也没有改变。主人仍是原来的那些主人。只是到了多雨的11月,情况才会有点不同寻常。车站上晃动着许多新面孔,他们大都是冲锋陷阵身经百战的老战士,他们有一个奇怪的称号“布尔什维克”。

至于这个威风而响亮的称号是怎么来的,城里没有一个人清楚。

近卫骑兵已经很难制止前线士兵开小差了,车站上被子弹打破的窗户越来越多。士兵们成群结队地从前线跑回来,遇到阻拦,便使用刺刀开路。到了腊月初,逃兵已经是一群一群地乘着列车往回跑了。

车站上早已布满了近卫骑兵,他们准备截住那些列车,但是却不料遭到了车上机枪的迎头痛击。那些不怕死的人全都从车厢里冲了出来。

穿灰色军服的前线士兵们将近卫骑兵赶回了城里,然后他们回到车站,又一列一列地开进了。

1918年春的一天,这三个好朋友在谢廖沙家里玩了一会儿“六十六点”,然后就跑了出来,半路上他们拐进了柯察金家的园子,躺在草地上休息。真是无聊,平时的那些游戏都玩腻了。大家开始琢磨怎么才能更好地打发这一天的时间。这时,背后响起了嘚嘚的马蹄声,一个骑马的人沿着大路快速奔来。只见那马腾身一跃便跳过了道路和栅栏中间的壕沟。那骑马的人用马鞭子指着躺在地上的保尔和克利姆卡,说:

“喂,小伙子们,过来!”

保尔和克利姆卡跳起来,朝栅栏跑去。那个骑马人歪戴在后脑勺上的军帽和制服都沾着一层厚厚的灰尘,结实的军用皮带上,挂着一支七响手枪和两颗德式手榴弹。

“劳驾了,小伙子们,弄点儿水喝行吗?”他请求地说道。保尔跑去弄水时,骑马的人转过来对正在打量他的谢廖沙说,“问你一件事,小弟弟,现在城里是谁掌权啊?”

谢廖沙慌忙地告诉了他镇上所有的消息:

“我们这儿已经有两个星期没人管了,只有一个自卫队,老百姓轮班守夜。那你们是什么人呢? 怎么会在这里?”他也提出了自己的问题。

“得了吧,你要是知道得太多,很容易就变老喽!”那骑兵笑着回答。

保尔小心地提着一壶水,从家里跑了出来。

那人一口气把水壶喝了个底朝天,把杯子还给保尔说声谢谢后,就抖起马缰绳,急速地朝松林跑去了。

“他是什么人呀?”保尔问克利姆卡。

“我怎么知道呢?”克利姆卡耸耸肩膀。

可是,谢廖沙肯定而坚决地解决了这个政治问题。他说:“可能又要换权了。

因为列辛斯基一家昨天跑了。有钱人都跑了,那也就是说,游击队快来了。”

他的推论令人信服,保尔和克利姆卡一下子就同意了。

三个朋友还没谈论完这个问题,公路上又传来了哒哒的马蹄声。他们都朝栅栏跑去。

树林里,孩子们勉强看到林管员的屋后,出现了一大群人和许多车子。离公路不远的地方则有十五六个手里端着枪的骑兵。前面领头的有两个人:一个是上了年纪的,穿着保护色军衣,佩戴着军官武装带,胸前挂着一副望远镜;他旁边那个正是伙伴们刚刚见过的骑手。他的上衣上挂着一个红蝴蝶结。

“瞧,我说什么来着?”谢廖沙用胳膊肘捅了捅保尔,“看见了吧,红蝴蝶结,他们肯定是游击队。如果不是叫我瞎了眼!”他高兴地叫起来,很是自豪,像小鸟似的跳过栅栏,向公路跑去。两个朋友紧跟在他后面也跳了出去。现在他们三个一起站在路旁,看着渐渐逼近的队伍。

骑兵们走近了,刚刚那个骑兵向他们点了点头,用马鞭子指着列辛斯基的房子问:

“谁在这房子里住?”

保尔紧赶慢赶地跟着骑兵的大马,边走边回答:

“这是律师列辛斯基的房子。他昨天就溜了。看来,他是怕你们才跑的。”

“你怎么知道我们是什么人呢?”那个中年人微笑着询问。

“这个嘛,一眼就看出来了。”保尔手指那红色蝴蝶结。

居民们纷纷拥上街头,好奇地看着这支新开来的队伍。三个小朋友也站在路旁,望着这些浑身是土的、疲倦的红军战士。

队伍里唯一的大炮轰响着经过石板路,拉枪支的板车也过去了,孩子们一直跟在游击队员的后面,直到队伍在城中央停下,住进各家各户,他们才渐渐地散去。

队伍的指挥部暂设在列辛斯基家中。傍晚,在他家的大客厅里,四个人围着一张四条腿刻着花纹的大餐桌坐下来。其中一个是指挥员,头发已经斑白的布尔加科夫同志,另外三个是他的参谋。

布尔加科夫在桌子上铺开本省的地图,一边在图上移动指甲,寻找路线,一边朝坐在对面长有一口结实牙齿和高颧骨的人说:

“叶尔马钦科同志,你说我们应该在这地方打它一仗。我倒认为我们应该明天早上撤退!今天连夜撤最好,可惜大家都太累了。我们的任务是赶在德国人之前到达卡扎京。以我们现有的这点儿力量,一门炮、三十发炮弹、二百个步兵和六十个骑兵。要想和德国人打仗,简直就是笑话。如果德国人如潮水一般涌来,我们只有和其他后撤的红军部队联合在一起,才能作战。同志们,我们应该知道除德军外,沿途还有其他许多反革命匪帮。我的意见是明天一早炸完车站的小桥就撤退。趁着德国人架桥,咱们还有两三天的时间。这样,他们暂时就不能沿铁路线往前推进了。同志们,你们的意见怎么样?咱们决定一下吧。”他对在座的人说。

坐在布尔加科夫斜对面的斯特鲁日科夫,咬了咬嘴唇,看了看地图,又看了看布尔加科夫，终于，他艰难地把哽在喉咙里的话吐了出来：

“我……我……赞……赞成布尔加科夫的意见。”

那个穿工人服的年轻人也表示同意：

“布尔加科夫说得对。”

只有叶尔马钦科，就是白天跟三个朋友谈过话的那个人，摇头反对。

“咱们当初组建这支队伍是为了什么？难道是为了在德国人面前不战自退？显然不可能。依我看啊，我们就该在这里和他们干一仗。老是跑、跑、跑，我已经烦透了，要是问我的意见，我一定在这儿和他们干一仗！”他猛地把椅子推开，站起身，在屋里开始来回地踱起步来。

布尔加科夫不满地盯着他。

“打仗要打的有道理，叶尔马钦科。明知道是吃败仗，是送死，还硬要战士往上冲，这种事情咱们不能干啊！这简直就是儿戏！这些敌人后面还有整整的一个师团，而且还有重炮和装甲车。叶尔马钦科同志，你可别开玩笑了。”接着，他转向其他人坚决地说，“就这样决定了，我们明天早上撤退。”

“还有一个建立联系的问题。”他继续说，“因为我们是最后撤退的，在德军后方组织工作的任务也就非我们莫属了。这里可是一个非常重要的铁路枢纽，城里有两个车站。咱们必须重视起来，要保证在这里工作的人选可靠。现在咱们就决定一下吧，看看谁适合留下来。大家开始提名。”

叶尔马钦科走到桌子跟前说：“我认为应该把水兵朱赫来留下来。第一，他是本地人。第二，他既会钳工，又会电工，准能在车站上找到工作。第三，他并不在我们的队伍里，谁也没有看到他和咱们在一起，不会引起不必要的麻烦。他今天晚上就能赶到这儿了。这个小伙子很有头脑，机灵得很，肯定能处理好这里的工作。我认为，他是最合适的人选。”

布尔加科夫点点头说道：

“对！叶尔马钦科，我也赞成你的意见。同志们，你们谁有反对意见？”他问另外两个人。看着那两人都不说话，又开口道，“没有的话。那就这样定了。我们给他留下一笔钱和委任状什么的。”

“同志们，现在讨论第三个，也是最后一个问题，”布尔加科夫继续说，“就是处理本地存放的武器问题。这儿存着一大批步枪，一共有两万支，还是沙皇那个时候打仗留下来的。这些枪支堆放在一个农民的棚子里，人们早都忘记了。这还是那个棚子的主人告诉我的，他很想我们把这些枪弄走。当然，我们绝不能把这个仓库里的东西留给德国人。我的意思是把这个棚子烧掉，而且应该立即动手，一切都应在明早撤退前办妥。不过，放火烧屋是一件非常危险的事情，因为这棚子在城边的贫民窟中，说不定会把农民的房子也烧掉。”

一个身强力壮、胡子拉碴的斯特鲁日科夫动了动身子，说道：

“为……为什么要烧掉呢？我认为……我们应该把……把这些武器分给居……居民。”

布尔加科夫飞快地转过身问道:“你的意思是说要把这些枪都发出去?”

“对！这样才对。”叶尔马钦科高兴地喊道,“把这些枪都发给工人和需要它的居民们,谁要就给谁！德国人要是真的逼大家走投无路了,这些枪至少可以给他们点颜色看看。德国人来了,日子肯定不好过。到时真受不了,人们就会拿起武器来同他们反抗。斯特鲁日科夫的意见很好！还是应该把那些武器发下去。最好能给村子里也运去一些。农民们可以把武器藏得深深的,等到德国人敲骨吸髓地来征收东西的时候,这些步枪哟,可就派上用场啦!”布尔加科夫笑了:

“是呀,可是要知道,德国人如果下令交出武器,大家又都会交出来的。”

叶尔马钦科表示异议:

“不,不会都交出去的,有人会交,但也有人是不会交的。”

布尔加科夫用询问的眼光环顾在座的各位。

那年轻的工人也赞同叶尔马钦科与斯特鲁日科夫的意见:“我们就这么办吧,把枪分发出去。”

“好吧,既然大家都这样说,那就发下去。”布尔加科夫也同意了。“所有的问题都讨论完了,”他边说边从桌旁站起来,“现在咱们可以休息到天亮了。朱赫来要是到了,就请他到我这儿来,我要和他好好谈谈。请你去查查岗哨吧,叶尔马钦科同志。”

大家便都散了,只剩下布尔加科夫一个人。他走进客厅旁边原房主的卧室,把军大衣铺在垫子上,躺了下来。

天刚蒙蒙亮的时候,保尔从发电厂下班回家。他在厂里当锅炉工副手已经整整一年了。今天城里非常热闹,不同寻常。这一点他很快就发现了。保尔一路上看见许多人手里都拿着步枪,有的甚至拿了两三支。他有点疑惑,不知道出了什么事,于是就匆匆赶回家去。在列辛斯基的住宅外面,他看见昨天遇到过的那几个人正跨上马,准备出发。

保尔跑回家迅速地洗漱了一番后,听母亲说阿尔焦姆还没有回来,他拔腿就跑到镇子的另一头去找谢廖沙。

谢廖沙的父亲是一位副司机,自己有一所小房子,还有一份薄家当。谢廖沙不在家。他的母亲——一个白胖的妇人,不高兴地瞅了保尔一眼。

“鬼才知道他上哪儿去了！天还没有亮,他就像着了魔似的跑了出去。他说,好像是什么地方在发枪,然后就跑了。我想,他一定是在那里。真该教训一下你们这帮好事的愣头青。也太不听话了,真拿你们没办法。不过比瓦罐才高上两寸,也要去领枪?你告诉我家那个小混账,要是他敢带一粒子弹回家来,我就把他的脑袋揪下来！什么乱七八糟的东西都往家拿,往后还得受他连累。你这是要干吗,难道也想上那儿去?”

保尔早就不想再听她唠叨了,话也不回,飞也似的向街上跑去。

半路上,他碰到一个双肩各背着一支枪的人,便飞奔上前问道:

“大叔,请问,你在哪儿弄的枪啊?”

“在维尔霍韦纳大街，现在还在发着呢。”

保尔撒开腿，拼命朝那个地点跑去。他跑过两条街，正好碰见一个小男孩拖着一支沉重的、带刺刀的步枪。保尔拦住他，问：

“你从哪儿搞来的枪？”

“游击队员们在学校前面发的。可现在什么都没了，全都发完了。发了整整一夜呢，只剩下些空箱子了。我这拿的是第二支啦！”那小孩骄傲地宣称。

这个消息使保尔大为懊恼。

“唉，我真是鬼迷心窍了，早知道这样，我就直接跑到那儿去了，还回什么家呢？”他失望地想着，“我怎么就错过了这么好的机会呢？”

忽然，他灵机一动，迅速转过身来，三蹿两跳地追上了那个刚走过去的孩子，用蛮力把枪从他怀里抢了过来。

“你已经有了一支，够用了，这支就给我吧！”保尔用一种不容争辩的口气说。

小男孩对光天化日之下的抢劫行为非常愤怒。他直朝保尔扑了过去，但是保尔后退一步，把刺刀亮了出来，瞪着他吼道：

“走开，不然……小心扎伤了你！”

小男孩心疼得哭了起来，但是又没有办法，只好一边骂，一边转身跑开了。扬扬得意的保尔则一路小跑地回到了家里。他跳过栅栏，跑进板棚，把那支枪藏在房梁上，然后高兴地吹着口哨走进屋里去了。

乌克兰的夏夜是可爱的。像谢佩托夫卡这样的乌克兰小镇，中心是市区，城郊是农居。

一到夏天，在宁静的夜晚，年轻人全都跑到外面去。姑娘和小伙子们都成双成对地在一起，有的坐在自家台阶旁边，有的坐在花园里，有的坐在庭院里，还有的干脆就坐在大街旁施工用的木料堆上。笑声歌声此起彼伏，接连不断。

浓郁的花香使得空气也微微颤动起来。广阔无垠的天空中，星星像萤火虫一样，一闪一闪的。声音传得很远很远。

保尔挺喜欢他的手风琴。他总是非常爱惜地把那架音质优美、维也纳制造的双键手风琴放在膝上，他的手指很是灵巧，它们稍一触动琴键，便从上到下迅速滑动起来。低音键好似叹了口气，接着手风琴就飘扬出一连串愉悦动人的音符旋律。

手风琴快乐地颤动着，在此时此刻，你怎么能不闻声起舞，跳个痛快呢？不用忍耐，双脚就会不由自主地跳起来。手风琴热情地演奏着——在天上生活是多么美好啊！

今天晚上尤为痛快。一群爱说爱笑的年轻人聚在保尔家外的木料堆上，他们都是那么的开心，而笑得最响亮的就是保尔的邻居嘉莉娜。这个石匠的女儿，喜欢跟男孩们跳舞、歌唱。她的女中音甚是厉害，歌声嘹亮而圆润。

保尔一向有点怕她。她口齿很伶俐。现在她挨着保尔坐在木料堆上，把他搂得紧紧的，还大声地说笑着：“呵，你这个手风琴手可真棒！可惜呀，你还没有长大，要不然，你会是我可爱的小丈夫哦！我最喜欢手风琴了，在它们面前我的心都快要化了。”

看看保尔,他已经羞得满脸通红,幸亏是晚上,谁也看不见,要是在白天,他就该找个地缝钻进去了。这时,他想推开这个淘气的女孩子,可是她却紧紧地搂住他不放。

“呵,小可爱,你要往哪儿逃?哎哟,多好的小爱人呀!”她打趣道。

保尔觉得肩膀碰着了她那有弹性的胸部,人更变得紧张不安起来,四周却是一片哄笑,惊扰了平时宁静的街道。

保尔用手推着她的肩膀说:

“你影响我拉了,走开些好不好?”

于是又是一阵戏谑和哄笑。

玛鲁霞插嘴道:

“保尔,给我们拉一支忧郁点儿的,要能打动心弦的哟。”

于是,手风琴的风箱慢慢地拉开了,保尔的手指在悄然无声地移动着……这是一支大家都熟悉的乌克兰民歌,是本地的曲调。嘉莉娜随着琴声带头唱起来,玛鲁霞和其他的人也立即跟唱:

远方的船夫,
全都回到了故乡。
你们亲切又美好,
唱出心头的忧伤,
我们感到亲切,
我们感到舒畅……

青年们嘹亮的歌声传向远方,传向森林。

“保尔!”

是阿尔焦姆的声音。保尔收起手风琴,扣好皮带。

“在叫我呢,我得走了。”

“你就再坐一会儿吧,再拉上几首歌,待会儿再回去也来得及。”玛鲁霞开始央求他。但是,保尔忙着要走,他说:“不行,明天再玩吧,现在该回家了,阿尔焦姆叫我呢。”于是,他穿过了马路朝自己家跑去。

保尔一推开门,就看见桌子旁边坐着罗曼,他是哥哥的同事,另外还有一个陌生人。

“你叫我吗?”保尔问。

阿尔焦姆朝保尔点点头,然后对那个陌生人说:

“这就是我弟弟——保尔。”

陌生人客气地向保尔伸出了一只粗大的手。

“是这么回事,保尔,”阿尔焦姆对弟弟说,“你不是说你们发电厂里有一个电工病倒了吗?明天你打听一下,他们要不要雇一个内行人替他。要是他们要的话,你就回来告诉我一声。”

那个陌生人插嘴说："不用，我跟他一道去，到那里我自己和发电厂老板谈吧。"

"当然需要啦！这不，今天电厂就没发电，因为斯坦科维奇病了。老板跑来两趟，要找个替工，就是没找到。他又不敢只让一个锅炉工发电。我们的电工害的是伤寒。"

"这么说，事情就算妥了。"陌生人说。"明天我来找你，咱俩一块儿去。"他对保尔说。"好啊！"保尔回答。

保尔看到了陌生人那双平静的灰色眼睛，后者正在仔细打量着他。他那凝然不动的坚定目光让保尔都有点不好意思了。这陌生人穿着一件灰短褂，从上到下都扣着纽扣，紧紧地箍在结实的肩膀上。这短褂显然是太窄了。他的脖子很是粗壮，简直就像一个牛脖子，远处看上去整个人就像一棵健壮的老橡树，浑身是劲。

分手的时候阿尔焦姆对他说：

"那好吧，再见了，朱赫来，明天你跟我弟弟一块儿去，事情会办妥的。"

游击队撤走三天之后，德国人就进了城。最近这些天一直冷冷清清的车站里，火车汽笛声又响了起来，这就宣告了他们的到来。消息立刻在城里传开了：

"德国人来了！"

虽然大家早就知道德国人要来，但是没想到会这么快。全城就像捅开了的蚂蚁窝一样，立即慌乱起来，而且对这件事总还有点半信半疑，不愿相信这是真的。这些可怕的德国人居然已经不是远在天边，而是近在眼前，开到城里来了。

居民们都跑进院子里，关上了篱笆门，谁都不敢上街去。

德国人排成两列，沿马路两侧前进，倒是给路中间留出宽宽的道来。他们穿着暗绿色军服，手里端着枪，枪上顶着锋利的刺刀，头上顶着沉重的钢盔，背上是个大粮袋。他们的队伍从车站一直排到城里，源源不断，就像一条毒蛇似的。他们小心翼翼地走着，好像随时准备应付抵抗，即使并没有人想抵抗他们。

走在队伍最前面的是两个手持毛瑟枪的军官，而在路中间的是个充当翻译的盖特曼①军官，他身着蓝色乌克兰短上衣，带着羊皮高帽。

德国人在市中心的广场上列成方阵，击起鼓来。只有少数老百姓壮着胆聚拢过来。穿着蓝色大衣的盖特曼军官，走到一家药房的台阶上，开始大声宣读本镇司令科尔夫少校发出的命令。

命令上说：

第一条　本市全体居民，限于二十四小时内，将所有火器及其他各种武器缴出，违者枪决。

第二条　城里进入战时状态，每晚八时后禁止通行。

卫戍司令　科尔夫少校

那座从前曾做过镇公署，革命后又做过工人代表苏维埃办公处的建筑物，现在

---

① 1918年，奥地利——德国军队占领军中斯克罗帕茨基在乌克兰领导的傀儡政权的名字。

又成了德军卫戍司令部。台阶上站着一个哨兵,他戴的已经不是钢盔,而是缀有硕大帝国之鹰的仪仗头盔。院子里划出了一块地方,用来堆放收缴的武器。

整整一天都有被枪毙吓坏了的居民陆陆续续地来交武器。成年人不敢露面,交枪的都是年轻人和小孩子。德国人没有扣留一个人。

另外一些不愿意当面缴枪的人,就趁黑夜偷偷地把枪扔在街上。第二天早上德国巡逻兵就把这些枪捡起来,全部装到军用车上,运到卫戍司令部去。

中午 12 点多的时候,已经过了上缴武器的期限。德国兵总共缴获了一万四千支步枪。这就是说,还有六千支没有交给德国人。那对于这没有找到的枪支德国人是不会善罢甘休的。于是他们就挨家挨户搜查,但是结果却收获不大。

第二天清晨,在城郊的旧犹太墓地,有两个铁路工人被枪毙了,因为在他们家里搜出了步枪。

阿尔焦姆一听到那命令,就急忙回到家。他在院子里遇到了保尔,就立刻抓住他的肩膀,非常郑重地低声问:

"你从仓库那里拿回来什么东西没有?"

保尔本来想瞒住步枪的事,但是又不愿意对哥哥撒谎,就全都照实说了。

他们急忙跑到板棚里去。阿尔焦姆把房梁上的枪拿了下来,把刺刀和枪栓给卸了下来。然后抓起枪筒,抡开膀子,使出浑身力量向栅栏的柱子砸去,把枪托砸得粉碎。其余的部分被远远地扔到小花园后的空地上,刺刀和枪栓则被扔进了茅坑,这一切干的都是那么麻利,生怕被别人发现。

阿尔焦姆又对保尔说:

"你已经不是小孩子了。要知道,武器可不是好玩的!我得跟你说清楚,往后什么东西也不许往家拿。你知道吗,现在就因为这个是要掉脑袋的!记住,可别瞒着我,要是你带了什么东西回来,被他们查出来的话,头一个枪毙的就是我。你还是个小毛孩儿,他们不会碰你的。现在是动乱时期,自己一定要注意了,你明白吗?"

保尔点点头,答应以后再也不往家拿东西。

他俩穿过院子朝家里走的时候,一辆四轮马车停在了列辛斯基家的大门口。从车上走下了律师和他的妻子,还有两个孩子涅莉和维克多。阿尔焦姆狠狠地说:

"瞧,这些宝贝现在又回来了。唉,又该热闹起来了,真让人恶心!"说罢,他进了屋。保尔为枪的事难过了一整天。就在这时,他的好朋友谢廖沙正在一个遗弃的破板棚里忙活着,只见他在墙边用铁锹刨土,挖好了一个坑。谢廖沙把他在分发时得到的三只新步枪包上破布,埋进了坑里。打心眼儿里,他可不想把这枪交给德国人,昨天他还为是否要放弃这些宝贝翻来覆去一整夜呢。

他用泥土填满了坑,又用力把它捣平,又拖来一堆垃圾和破旧的东西盖在新土上。然后又从各方面检查了一番,觉得看不出什么破绽,这才摘下帽子,擦掉额上的汗珠,深深地吐了一口气。

"好,现在就让他们来搜查吧,"他心想,"就算他们真的搜出来了,也不知道这是谁家的板棚。”

朱赫来在发电厂已经工作一个月了,保尔不知不觉地已经和这个严肃的电工亲近了许多。

朱赫来经常给这位锅炉工助手讲解发电机的构造,教他怎么去适应工作。

水兵朱赫来很喜欢这个机灵的小伙子。每当空闲的时候,他就常常会来看望阿尔焦姆。这个头脑冷静、态度严肃的水兵,总是喜欢耐心倾听保尔家的人讲家庭生活中的各种琐事,尤其是当保尔的母亲抱怨爱惹事的保尔时,他就更加耐心地听了。每次只要保尔的母亲烦恼时,他总会用各种办法安慰她,让她忘掉自己的烦心事,振作起来,重新面对生活。

有一天,在发电厂里码好的木柴垛旁边,朱赫来微笑着拦住了保尔:

“你母亲说你爱打架。她说你像一只小公鸡那样好斗,总是爱惹事。”他赞许地笑了起来。接着又说,“打架并不算什么坏事,不过得看要打谁,为什么打才行。”

保尔弄不清朱赫来是在嘲笑他,还是说真格的,他回答说:

“我可不是无缘无故地去打架,我动手可都是为了公平正义啊。”

朱赫来出其不意地对他说:

“打架要有真本领,我来教你吧,好不好?”

保尔惊讶地看着他:

“什么才算是真正的本领呢?”

“你就看着吧!”

于是保尔就正式上了第一堂关于英式拳击的短课。

保尔为了掌握这套本领,吃了不少苦头,但是他学得还是很不错的。在朱赫来的拳头打击下,他不知摔了多少个倒栽葱,但是这个徒弟很勤奋,还是不怕苦不怕累地耐着性子继续跟着师父学下去。

有一次,天很热,他从克利姆卡家里回来,在房里转悠了几圈,感到无所事事,就决定准备爬到小棚子的顶上玩儿,那是他最喜欢的地方,就在屋后花园的角落里。于是他穿过院子,走进小园,来到板棚跟前,就沿着棚子突出的部分爬上了棚顶。他拨开板棚上面繁茂的樱桃树枝,然后爬到棚顶当中,一屁股坐在了暖洋洋的阳光下。

这间板棚的一面对着列辛斯基家的花园,如果能爬到棚顶的边缘,就可以望见整个花园和他们的一面房子。这时,保尔把头悄悄地探过棚顶,看到了院落的一角和一辆停在那里的四轮马车。那个住在列辛斯基家中的德国中尉勤务兵正在刷洗他长官的衣服。保尔其实已经不止一次在庄园门口见过那个中尉了。

那个中尉长得矮墩墩的,脸颊红红的,他留着一小撮修过的小胡子。戴着一副夹鼻眼镜,头顶漆皮帽檐儿军帽。保尔知道这个中尉住在厢房里。那间厢房窗户朝着花园,从这边屋顶可以看得清清楚楚。

这会儿,只见中尉正坐在那桌旁写着什么。过了一小会儿,他拿着写好的东西走了出去。把一封信交给了他的勤务兵,然后就沿着花园小径,向临街栅栏门走去。在凉亭旁边,中尉停住了,他好像在和什么人说话。列辛斯基的女儿涅莉从凉亭缓缓地走出来,然后中尉就挽起她的胳膊,两人就朝街上走去。

这一切保尔都看在眼里。当他正打算睡一会儿的时候,忽然看见勤务兵走进中尉的房间,把制服挂上了衣架,打开了朝向花园的窗户,收拾了一下房间,就随手关上门出去了。不大一会儿,保尔看见他到了马厩里,那儿有马匹。

保尔这时朝敞开的窗口望去,整个房间一目了然。桌子上放着一副皮带和一件发亮的东西。

无法遏制的好奇心驱使着保尔悄悄地攀住樱桃树,溜进了列辛斯基家的花园。他猫着腰,几个箭步就到了那敞开的窗户跟前。保尔朝房间里瞄去,那桌子上放着的是一条有刀鞘和枪套的皮带,枪套里装着一支漂亮的十二响"曼利赫尔"手枪。

保尔看到这些都快喘不过气来了。有几秒钟的工夫,他心里斗争得很激烈,"我到底要不要拿走呢?"但是最后,他还是被一种力量所支配,于是他不顾一切地弯着身子,跳进房子里,握住枪套,抽出那支崭新的黑色转轮手枪,然后连忙跳回了花园。他四下里环顾了一番,小心地把枪装进口袋,飞快地穿过花园朝樱桃树跑去。他像猴子一样迅速地爬上了树,回到了棚顶。这时,他又回头向下望去,看见那勤务兵正在悠闲地和马夫聊天,整个花园里静悄悄的。他立即跳下板棚跑回了家中。

母亲此时正在厨房里做饭,没有注意到他的归来。

保尔抓起箱子后面的一块破布,塞进了口袋里。他悄无声息地溜出家门,跑过花园,翻过篱笆,向通往森林的大路飞奔而去。他按住那支在他大腿上碰来碰去的沉重手枪,像兔子似的朝那个倒塌了的砖窑拼命跑去。

他的两只脚像是踩了风火轮一样,风在耳边嗖嗖地响着。

老砖窑很安静。木头的窑顶有几处已经塌下来,碎砖堆积如山,砖窑也破败不堪,一切都显得如此荒凉,这里遍地杂草丛生,只有他们三个好朋友有时候一起到这里来玩。对于这里,保尔自然很熟悉,他知道许多隐蔽的地方,可以用来藏匿他偷来的宝贝。

他通过一个小豁口钻进了一座砖窑,又小心谨慎地回头望了望,此时路上空无一人,只有松树沙沙地响着,微风轻轻扬起路边的灰尘,空气中弥漫着浓浓的松脂味。

保尔用破布把手枪包好,然后轻轻地放到了窑底的一个角落里,又在上面盖上一大堆碎砖。一切都隐蔽好以后,他才从窑里钻出来,又用砖把豁口堵死,做了个记号,最后才离开回到了大路上,慢腾腾地往家走去。

可能是心虚害怕的原因,他的腿一路上总是不由自主地打战。

"该怎么收场呢?"他心中暗暗琢磨着。

这一天,还没有到上工时间,他就提前到发电厂去了,免得待在家里会想太多事情。他从看门人那里拿了钥匙,打开门,走进了机房。他边擦着风箱,往锅炉里加水生火,边想:"现在列辛斯基家该是什么样子呢?"

夜里很晚的时候,大概是11点左右,朱赫来慌忙地跑来找保尔,并把他叫到院子里,悄声问道:

“今天为什么有人到你们家里去搜查?”

保尔吓得打了个冷战:

“什么?搜查?”

朱赫来沉默了一会儿,补充说:“是的,看似情况不大妙啊。难道你不知道他们搜什么吗?”

保尔很清楚他们搜查什么,但他不敢把偷枪的事告诉朱赫来。他吓得浑身发抖,问道:“他们抓阿尔焦姆了吗?”

“谁也没抓去,可是家里的东西都给翻了个底朝天。”

保尔听了这话,心里稍微踏实了些,但是依然感到内心有些不安。接下来几分钟,他俩各自想着自己的心事。一个知道搜查原因,很担心由此引起的后果。另一个由于不知道什么原因,所以开始警觉起来。

“真是活见鬼,他们会不会是听到了我的什么风声?可是阿尔焦姆对我是一无所知啊,为什么会搜他们家?应该小心行事才行!”朱赫来这样想。

他们默默地分开,都去干自己的活儿了。

庄园里这会儿可是闹翻了天。

那个德国中尉发现手枪不见了,愤怒至极,就把勤务兵叫来,问他是怎么回事。等到知道手枪确实丢失后,这位平素彬彬有礼、行事稳重的德国中尉便恶狠狠地抽了勤务兵一记耳光。勤务兵被打得晃了晃身子,又直挺挺地站定了,吓得腿直哆嗦,一句话也不敢说,耷拉着头,愧疚地眨眨眼睛,恭候发落。

律师列辛斯基也是狼狈地连忙向中尉道歉,并说在他家里不应该发生这样不愉快的事。在场的维克多提醒父亲,手枪可能是邻居偷的,尤其是那小流氓保尔最为可疑。父亲赶忙向中尉报告这个消息,中尉听后,马上命令卫队前去搜查。

可是,搜查却没有什么结果。这次偷手枪的事使保尔更加相信,即使是这样冒险的举动,有时也可以安然无恙。

3

冬妮娅站在敞开的窗户跟前,忧郁地望着她那熟识的、心爱的花园和花园周围那些在轻风下微微颤动着的高大笔直的杨树。她真不相信她离开亲爱的故居已经整整一年了。看起来,她就像昨天才离开这个从小就熟悉的地方、今天又乘着早班车回来了似的。

这里什么都没有变样:还是那一排排剪得整整齐齐的覆盆子灌木丛和几何式排列的小路。花园被收拾得干干净净,显而易见,一切都出自细心的园林家之手,而冬妮娅却厌倦了这些干净整齐的小路。

她拿了一本没有读完的小说，然后打开通向外廊的门，下了台阶，走进花园。她又推开油漆的小栅栏门，缓步朝车站水塔旁边的池塘走去。

她走过小桥，来到大路上。这条路和公园里的林荫道很相似，右边是茂密柳树环绕的池塘，左边是一片树林。

她刚想朝池塘附近的旧采石场走去，但是忽然看见下面池塘岸边扬起一根钓竿，于是就停住了脚步。

她弯着腰，从弯曲的柳树上探过身去，用手分开柳枝，看见一个黝黑的、赤着脚的男孩子。他的裤管卷到膝盖上，身旁放着一只装有蚯蚓的锈铁皮罐子。那少年正专心致志地做着自己的事情，没有发现冬妮娅正在盯着他。

“难道这儿还能钓到鱼吗？”

保尔生气地回头看了看。

他看见一个陌生的姑娘站在那里，手扶着柳树，身子探向水面。一条粗大的栗色发辫从头上垂下来。她身穿带有蓝色条纹领子的白色水兵服和浅灰色短裙，脚蹬一双棕色便鞋，匀称的小腿上紧紧地裹着一双带花边的短袜。

这时，男孩儿拿钓竿的手轻轻颤动了一下，鹅毛鱼漂点了点头，在平静的水面上荡起了一圈圈波纹。

背后传来她焦急的声音：

“咬钩了，瞧！咬钩了。”

保尔慌了神，他猛地扯起钓竿，把钩着蚯蚓的钓钩提上来，带起了一串水花。

“这回还能钓个屁！真是活见鬼，跑来这么个人。”保尔恼火地想。为了掩盖一时的尴尬，他用力把鱼钩向远处的水面甩去。但是正好落在两枝牛蒡中间，这可不是应该下钩的地方，因为鱼钩会挂在牛蒡根上的。

保尔意识到了这一点，头也不回地向姑娘小声说：“嚷什么啊，把鱼都吓跑了。”

他立刻听到上面传来几句连嘲笑带挖苦的答话：“单是您这副模样，也早就把鱼吓跑了。再说，大白天能钓着鱼吗？瞧您这个渔夫，多能干！”

保尔原本想尽力做到彬彬有礼，但是这回再也忍不下去了。他站起来，把帽子扯到前额，他生气时向来都是这样的，然后用相对客气的语气说：“小姐，您最好到别处逛逛，好吗？”冬妮娅的眼睛眯成一条缝，眉宇间掠过一丝微笑，说：

“难道我妨碍您钓鱼了吗？”

这次她的声音里没有嘲笑的语气了，而是用一种友好与和解的口吻向保尔反问道。保尔本想骂这个不知从哪儿跑来的“小姐”，可是看她这样和善后，却又不得不消了气。

“也没什么，您要是愿意看，就看好了，我并不是舍不得地方给您坐。”他边说边坐下来，又开始盯着鱼漂。但是，浮子紧贴着牛蒡，显然鱼钩是钩在它的根上了。保尔不敢使劲。“挂住了肯定就扯不下来啦。这女孩肯定是要笑话我的！快让她走吧！”他心里在合计着自己该怎么收场呢。

而冬妮娅却舒舒服服地坐在了一棵微微摇摆的柳树上。她把书放在膝盖上，开始打量这个黑眼睛、晒得黝黑的粗鲁男孩。他起先待她很不客气，现在又故意不理睬她。

保尔从镜子一样的水面上清楚地看到了那姑娘的倒影。她正在看书。他又开始轻轻地拉那挂住了的钓丝。浮子直往下沉，鱼线绷得紧紧的。“真挂住了，该死的！”他嘴里抱怨着，斜眼一瞧，看见水面映出一张顽皮的笑脸。

两个年轻人正从水塔旁的小桥上走过，他们是七年制学校的学生，其中有一个是调车场场长兼工程师的儿子苏哈里科，他是个愚蠢而又爱惹是生非的家伙，今年17岁，浅黄头发，一脸雀斑，学校里的同学都叫他“麻子舒拉”。他手拿一副精美的钓竿，嘴里地叼着烟，看着一副神气十足的样子。他身旁是维克多，一个又高又瘦的娇气青年。

苏哈里科弯着身子，向维克多眨着眼睛说：

“这个姑娘像葡萄干一样香甜，别有风味。这样的，本地再也找不出第二个了。多么出众啊，你瞧瞧。告诉你吧，她是一个真正的浪漫女郎，真正的！她现在在基辅上学——读六年级，现在回家来消夏。她父亲是这儿的林务官。我妹妹丽莎认得她。你信不信？这都是真的。不然我也不知道啊！我给她写过一封情书，内容激情澎湃，信中都是些动人的词句。我说我发狂地爱着她，战栗地期待着她的回信。我还搜寻了几句纳德松的诗，抄了上去。”

“那后来呢？”维克多好奇地追问。

苏哈里科这会儿可有些狼狈了。

他说：“还不是故作姿态，让人难堪呗。她信上说：‘你不要糟蹋那些信纸了！’但是，这种事情，”苏哈里科接着说道，“这种事情，一开始都是这样，干这种事，我是行家。你知道的，我才不愿意瞎折腾呢，整天献殷勤，人家根本不领情。晚上到工棚那儿去，花上三个卢布，就能弄到一个让你见了流口水的美人，比这要好多了。一点儿也用不着玩这浪漫的恋爱把戏。你认识铁路上的工头瓦利卡·季洪诺夫吗？我就和他一起去过。”

维克多紧锁着眉头轻蔑地说：“苏哈里科，你还干过这种下流勾当？”

苏哈里科嚼了一下烟头，啐了一口，嘲弄道：“你还以为自己是个洁身自好的人呐？我们可都知道你干了些什么。”

维克多打断他的话，问：“那么，你能把她介绍给我吗？”

“当然可以，好了，现在趁她还没走，咱们快点去。昨天早上，她自己也在这儿钓鱼来着。”

他俩走到冬妮娅跟前。苏哈里科拿掉嘴里的烟头，恭恭敬敬地鞠了一躬。

“您好，冬妮娅小姐。您在钓鱼吗？”

“不，我是在看别人钓鱼。”冬妮娅回答。

苏哈里科牵着维克多的手介绍道：“你们还不认识吧？这是我的朋友维克多·列辛斯基。”维克多不自然地把手伸给冬妮娅。

苏哈里科极力想跟冬妮娅搭话，问道：

“您今天为什么没钓鱼啊？”

“我没带钓竿。”冬妮娅回答。

苏哈里科赶紧献殷勤：“我马上再去拿一副，请您先用我的吧。我这就回去！”

他履行了诺言，把冬妮娅介绍给维克多，现在想要设法走开，好让他们俩在一起。

可冬妮娅好像看出了什么，连忙阻止说：“不用了，我们会妨碍到别人的。这儿已经有人钓鱼了。”

“打扰别人？难道这里还有人吗？”苏哈里科急忙追问，随即向四周看了看，又说，“哦，就那个家伙？”这时他才看到坐在树丛边的保尔，“我马上叫他滚！”

冬妮娅还没有来得及阻止他，他已经走下坡去，到了正在钓鱼的保尔跟前。

当他看到保尔仍在那儿从容不迫的钓鱼时，就喊道：“喂，小子，快把钓竿给我收起来，马上滚蛋！快点！快点！”

保尔没好气地瞪了他一眼。

“客气点儿，嚷嚷什么？”

“什么？”“你这浑蛋，还敢顶嘴，立刻滚蛋！”他边说，边怒气冲天地飞起一脚踢向保尔装蚯蚓的铁罐。铁罐飞出去，扑通一声落入水中。溅起的水花飞到了冬妮娅的脸上。

“苏哈里科，你怎么一点儿不害臊！”她高声斥道。

保尔跳了起来。他知道苏哈里科是阿尔焦姆所在调车场场长的儿子。如果现在他出手打了这张虚胖通红的丑脸，那苏哈里科肯定会向自己的父亲诉苦。这样，就会连累到阿尔焦姆。正是因为考虑到这一点，保尔才克制住自己，没有立即惩罚他。

而苏哈里科以为保尔这就要打他，便抢先扑了过去，想把保尔推到池塘里。保尔双手一扬，稳了稳身子，没跌到水里。

苏哈里科比保尔大两岁，是个远近闻名的打架能手。

保尔胸口挨了这一下后，一肚子的火气再也憋不住，实在是忍无可忍了。

“哎哟！还动真格的？看我怎么收拾你！”话刚出口，他就朝苏哈里科的脸猛砸了一拳。紧接着，没容他还手，一把紧紧抓住他的学生装，猛劲一拉，就把他拖到了水里。

苏哈里科站在齐膝的水中，锃亮的靴子和一尘不染的裤子全都湿了，他用了吃奶的劲儿想挣脱保尔铁钳般的手。保尔把他拖下水以后，就跳上了岸。

这时，恼羞成怒的苏哈里科朝保尔反扑过来，恨不得现在就把他撕成碎片。

保尔跳到岸上，迅速转向扑来的苏哈里科。此刻，他脑子里闪过朱赫来的话：“左腿支住全身，右腿运劲、微屈，不单用手臂，而且要用全身力气，从下往上，打对手的下巴。”想到这里，他就按照要领狠劲地打了一下。

只听见两排牙齿咯咯的作响声，接着就听见苏哈里科大声地哀号起来，可能是下巴太疼了,舌头也被咬破了。他双手乱晃了几下,咕咚一声重重地倒在水里。

岸上的冬妮娅忍不住大笑起来。

“打得好,打得好!”她拍着手对着胜利的保尔喊道,“真有两下子!”

保尔抓起钓竿,用力一拽,扯断了挂在牛蒡上的钓丝,飞快地跑上了大路。

背后传来维克多对冬妮娅说的一句话:

“这是个臭名昭著的小流氓,保尔·柯察金。”

车站上变得躁动起来。从铁路沿线传来消息说,铁路工人已经开始罢工。邻近某个大车站的调车场的工人们已经行动起来了。德国人逮捕了两个司机,怀疑他们到处散播宣言。与农村有联系的工人们被激怒了!因为到处横征暴敛,地主们重返庄园。

盖特曼乡警挥舞着马鞭不停地抽打着农民们的脊梁。省里的游击队运动轰轰烈烈地开展起来了,其中有一些游击队是布尔什维克和部分社会革命党人组织起来的。

这些天,朱赫来可没闲着,他留在城里以后,做了大量的工作。结识了不少铁路工人,也参加了青年人聚会,并且在调车场的钳工和本地锯木工中建立了一个组织。他也曾试探过阿尔焦姆,问他如何看待布尔什维克事业,而最后得到的回答是:

“费奥多尔,你知道,我不太明白这些党派的事情。但是,什么时候需要我帮忙,我一定会尽全力去帮助你,你可以相信我。”

这样的回答让朱赫来十分满意。他知道阿尔焦姆是自己人,一定会说到做到。至于入党,显然条件还不成熟。“没有关系,现在这种时候,人很快就会觉悟的。”朱赫来这样想。

这时,朱赫来已从发电厂转到调车场去了。这样一来,他的工作就更方便了,因为在发电站,所以他同铁路上的联系就不得不中断了。

现在这个时候铁路运输格外繁忙。德国人正用成千上万节车皮,把他们从乌克兰掠夺到的黑麦、小麦、牲畜等,统统都运往德国去。

有一天,盖特曼警备队突然抓走了车站上的报务员波诺马连科。在警备司令办公室里,他被严刑拷打了一顿。最后,他终于忍不住就招供了,说阿尔焦姆的同事罗曼鼓动群众。

上班的时候,两个德国人和一个盖特曼军官来抓罗曼,这个军官是驻站军代表的助手,这时,他走到罗曼的工作台前,二话不说就用马鞭抽到了罗曼的脸上。

“浑蛋,跟我们走,有话找你问!”接着,他狞笑了一声,狠劲拽了一下钳工的袖子,又说,“走,到我们那儿煽动去吧!”

阿尔焦姆正在旁边的一个钳工台上干活儿,他扔下锉刀,像个巨人一样迅速逼近盖特曼军官。

他极力压着心头的怒火,声音沙哑地质问:

“你这浑蛋,为什么打人?”

那副官急忙后退,慌乱地解他的手枪套。这时,那个短腿的德国人飞快地从肩上摘下配有刺刀的重步枪,咣当一声上了子弹。

“不准动!”他嚎叫着,只要阿尔焦姆一动,他就开枪。

大个子钳工阿尔焦姆无助地站在这个长着一副寒碜相的小兵面前,一时间不知道该做什么了。

结果,两人自然是没能斗过带枪的家伙们,所以都被无辜地抓走了。

一小时后,阿尔焦姆被放了回来,罗曼却被关在了地下室里。

十分钟后,机车库里再没有一个人干活了。工人们聚集在车站的花园里开会。扳道工和材料库的工人也都急忙赶来参加。

大家都怒不可遏,有人还写了请愿书,要求释放罗曼和波诺马连科。

盖特曼军官带着一小队卫兵赶到公园后,工人们看到他们来了,对他们的气愤更加强烈。那个军官挥着手枪,高声叫道:“还不滚!要不,我就把你们全都抓起来!再枪毙几个!”工人们怒气冲天的喊声让他不得不灰溜溜地躲回车站去了。德军驻站长官从城里调来德国兵。他们乘着几辆卡车,沿公路飞驰而来。

工人们这才各自回家了。

他们都不干了,连车站值班的也离开了。朱赫来的努力终于产生了效果。这是车站里破天荒的首次集体行动。

德国兵在站台上架起了重机枪。它支在那里,活像一只随时准备扑出去的猎狗。一个德军班长蹲在旁边,手按着枪把,好像分秒钟都有开枪的可能。

车站上空无一人。

当天夜里,德国兵就开始了大搜捕。阿尔焦姆也被抓走了。朱赫来由于没有在家过夜,所以他们没有抓到他。

抓到的人都被关在一个大货仓里,德军下了最后通牒:“要么复工,要么交野战军军事法庭处置。”

几乎所有铁路沿线的工人都罢工了。整个一天一夜,一列火车都没通过。而在一百二十公里以外的地方,一支强大的游击队打响了战斗,他们切断了铁路线,还炸毁了几座桥。

夜里,有一列德国军车开进了车站。一到站,司机、副司机和司炉就都跑了。除了这列军车以外,站上还有两列火车急等着开出去。

货仓大门打开了,车站司令德军中尉和他的副官领着一队德国兵牛哄哄地走进来。

副官叫喊:

“阿尔焦姆、波利托夫斯基和布鲁扎克,你们三人一班,这就去开车。谁敢抗命,就地处死,去不去?”

三个工人哪敢说一个“不”字,只好沮丧地点了点头。他们被押上了机车。接着,长官的助手又点了一组司机、副司机和司炉的名字,让他们去开另一列火车。

火车头愤怒地喷吐着发亮的火星,沉重地喘着气,冲破黑暗,沿着铁轨驶向夜

色苍茫的远方。阿尔焦姆添好煤,用脚把炉门关上,然后拿过箱子上面那短嘴茶壶,喝了口水,对老司机波利托夫斯基说:

“大叔,咱们就真给他们开?”

老司机耷拉着眉毛,无奈地眨了眨眼睛,说道:

“是啊,背后顶着刺刀,不开又能怎么办?”

“咱们把车扔下就跑,怎么样?”布鲁扎克边说边斜眼瞅了瞅坐在煤水车上的德国兵。“我也这么想过。”阿尔焦姆低声说。“可就是这个家伙老在背后盯着,不好办。”

“就——是。”勃鲁扎克犹豫地拖长了声音,同时把头探出了车外。

波利托夫斯基走近阿尔焦姆,在他耳边低低地说:

“咱们不能给他们开车,明白吗?前边正在打仗,起义军把路轨都炸了。而我们却往那儿送这些和我们作对的人,难道真让他们三下五除二地消灭了起义军?你知道吗,孩子,就是在沙皇时代,罢工的时候我也没出过车,现在我也不能开。如果把这帮害人的家伙送去打自己人,这可是一辈子的耻辱。机车组的人不都冒着生命危险跑了吗?不管怎么样也不能把火车弄到那儿去!你说呢?”

“我看也是这么个理。可这家伙怎么办呢?”他递了个眼色,指了指那个凶恶的德国兵。司机皱紧眉头,抓起一团棉纱头,擦掉额上的汗水,用布满血丝的眼睛看了一下压力计,似乎想从那里找到这个难题的答案。接着,他怀着绝望的心情,恶狠狠地骂了一句。

阿尔焦姆又拿起茶壶喝了口水。这时,他们两个人都盘算着同样的事情,可谁也不敢先说出来。忽然间,阿尔焦姆想起了朱赫来的问话:

“老弟,你对布尔什维克有什么看法?”

他记得当时是这样回答的:“随时准备尽力帮忙,你可以相信我。”

“这忙帮得真不错,把讨伐队给运来了!”他心里盘算着。

波利托夫斯基猫腰趴在工具箱上,紧挨着阿尔焦姆,终于说出了他的主意:

“咱们今天必须得干掉他,知道不?”

阿尔焦姆哆嗦了一下。可波利托夫斯基咬着牙又补充说道:

“没别的办法,咱们先给他一家伙,再把调节器、操纵杆都扔到炉子里,让车减速,然后咱们跳车就跑,怎么样?”

阿尔焦姆如释重负,他答应道:

“行!”

阿尔焦姆接着又俯身靠近勃鲁扎克,把这个主意告诉了他。

勃鲁扎克没有马上回答。他们这样做,要冒极大的风险,因为三个人的家眷都在城里。尤其是波利托夫斯基,家里还有九口人等着他养活呢。然而,他们又都明白,不能把火车开到战场去,一时间他不知道该答应还是不答应。勃鲁扎克想了片刻后,终于还是开口了:

“好,我同意!就这么办!不过谁去……”他的下文没说出来,阿尔焦姆已经明

白了

阿尔焦姆转过身去对调节器边的老司机点了点头，示意他随时都可以动手。但是，他马上又想起了这个使他很伤脑筋的难题，他俯身靠近波利托夫斯基说：

“到底怎么动手呢？”

老头看了他一眼，说：

“当然是你来动手，你力气最大。用铁棍敲他一下，不就完了！”老头非常激动地说道。阿尔焦姆皱了皱眉。

“我？我可不行，下不了手啊。仔细想想，这个大兵也没罪，他也是被人用刺刀逼来的。”“你说他没罪？”波利托夫斯基瞪着双眼反驳他，“那么咱们也没罪，咱们也是给逼来的。可咱们运送的是讨伐队，就是这些没有罪的狗东西要去枪杀游击队！难道游击队有罪吗？唉！你呀，糊涂虫！身体壮得像只熊，可是你这脑袋笨的像头猪。”

听到这里，“好吧。”阿尔焦姆声音嘶哑地答应了，伸手去拿铁棍，这时波利托夫斯基却小声叫住他，“算了！还是让我来吧，我保险些。你拿铁铲到煤车上面去扒煤，必要的时候，给他一铁锹。我现在装作去砸煤块。”

“按你说的干吧，大叔。”勃鲁扎克点点头，站到调节器旁。

那个德国兵头戴无檐的镶红边呢帽，两腿夹着枪，坐在煤水车边上正自在地抽着烟，时不时还瞧一瞧机车上忙碌的三个工人。

这时，阿尔焦姆到煤车上去扒煤，那个德国兵并没怎么注意他。波利托夫斯基假装把大煤块从一边扒到另一边。他打着手势，请德国兵让开一点儿，他听话地下了煤水车，走到司机室门口。

嘭！只听见铁棍发出沉闷、短促的声响，然后那个德国兵的头盖骨就被敲碎了，他的身子像一口袋东西一样，沉重地倒在机车和煤水车中间的过道上。

无檐呢帽瞬间就被血迹染红了。他的步枪也当啷一声摔到了铁板上，这个德国兵就这样被结束了生命。

“完了。”波利托夫斯基小声地说，然后把那铁棍扔在了一边，脸抽搐了一下，又说：“现在咱们真的连退路都没了！”

他突然止住了声音，但是立即又大声喊叫起来，打破了令人窒息的沉默：

“快，把调节器拧下来！”

十分钟后，一切都弄妥当了。这列没有人驾驶的机车已经在开始慢慢地减速。

铁路两旁的树林挥动着沉甸甸的枝头，漆黑的树影闪进车头的灯火里，又立马消失在黑暗中。车头的光线试图穿透黑暗，却被浓浓的夜幕封住，只能照亮前方十米的路。机车似乎耗尽了最后一口气，喘息声变得越来越慢。

“跳吧，小子！还愣着干什么！”阿尔焦姆听见身后老司机的命令，便大胆地松开了手。他那粗壮的身子由于惯性而向前飞去，两只脚触到了急速向后退去的地面。霎时间，他就飞了下去，可没跑两步就栽倒了，紧接着翻了个跟头。很快，另外两个人也各自从机车两边的踏板上跳了下去。

布鲁扎克家里没了欢笑。谢廖沙的母亲安东妮娜·瓦西里耶芙娜四天以来简直就是愁苦不堪,丈夫没有一点儿消息。她只知道德国兵把他和阿尔焦姆、波利托夫斯基三人抓去开一辆火车了。昨天晚上,盖特曼警备队来了三个人,骂骂咧咧地把她审了一通。

从他们的话里,她隐约地猜到出了什么事。所以,等警备队员一走,这个心惊胆战的妇人立刻就扎起头巾,想找柯察金的母亲打听到底发生了什么事。

大女儿瓦莉娅正在厨房里收拾东西,看母亲要出门,立刻关切地问:

“妈,你上哪儿去? 远吗? 用不用我陪着?”

安东妮娜含着泪水看了看女儿说:

“我去一趟柯察金家,大概能打听到些你爸爸的消息。要是谢廖沙回家了,就让他去车站找找波利托夫斯基家的人。”

瓦莉亚紧紧地搂住母亲的肩膀,安慰母亲道:

“妈,您可别太着急呀!”

保尔的母亲像往常一样热情地招呼安东妮娜。两位妇女都想从对方那里打听到一点儿消息,但是刚一交谈,就都失望了。

柯察金家昨夜也刚被搜查过。他们当然是搜捕阿尔焦姆了,临走的时候还命令保尔的母亲,只要儿子一回家,必须立刻报告司令部。

昨晚的搜查,把保尔的母亲吓坏了。当时家里只有她一个人,因为夜间保尔一向是在发电厂干活儿的。

一清早,保尔回到了家里。听母亲讲了昨夜搜捕阿尔焦姆的事情后,他心里充满了焦虑,很担心哥哥的安危。尽管兄弟两人性格不同,阿尔焦姆总是很严肃,可两人却还是十分友爱的。这是一种看似平淡的爱,不需任何表白的爱。保尔心中十分清楚,只要哥哥需要,他可以毫不犹豫地牺牲自己的一切。

他顾不得休息,立即去调车场找朱赫来,可是没有找到,从熟识的工人那里,也没有打听到哥哥和另外两个人的任何消息。波利托夫斯基家的人也一无所知。在他家的院子里,保尔碰到了波利托夫斯基的小儿子包里斯。他告诉保尔,警备队昨日也到他家搜查过,说是要逮捕他父亲。

保尔只好无奈地回家了,没能给母亲带回任何消息。他疲倦地往床上一倒,立即沉入了不安的梦乡。

听到有人敲门,瓦莉亚立即转过身来。

“谁呀?”她边问边拉开门闩。

门外出现的是克利姆卡那披散着红头发的小脑袋。显然,他是跑着来的。他满脸通红,呼哧呼哧地直喘大气。

“你妈在家吗?”他慌张地问瓦莉娅。

“没有,她出去了。”

“去哪儿了?”

“我想,可能是柯察金家。”克利姆卡拔腿就要跑,瓦莉娅急忙抓住他的袖子。

他迟疑不决地看了姑娘一眼,说:

“你不知道,我有要紧事找她。”

“什么事儿?”瓦莉亚死缠着小伙子。“哎,快说呀! 你这红毛小熊,快说! 急死人了!”姑娘命令道。

克利姆卡忘记了朱赫来叮嘱过他,只许把这张纸条交给安东妮娜本人。他从衣袋里掏出了一张脏兮兮的纸条,递给了瓦莉娅。他无法拒绝谢廖沙姐姐的请求,在这个浅黄头发的姑娘面前,克利姆卡不能拒绝这个漂亮姐姐的要求,每当他和这个可爱的小女孩接触时,他的态度总是局促不安。自然,这个老实的小厨工无论如何也不会承认他爱她。他把这个小纸条慌慌地递给了瓦莉娅。瓦莉娅心急火燎地读起来:

亲爱的安东妮娜! 别着急。一切都好。我们全都平安地活着。你很快就可以知道更多的消息。请你转告其余两家,说他们也都好,用不着挂念,把这条子烧掉。

扎哈尔

一看完纸条,瓦莉亚就高兴地扑到克利姆卡跟前:“亲爱的红毛小熊,你从哪儿拿到的? 快告诉我,你到底从哪儿弄来的? 小笨熊!”她使劲抓住惊慌失措的克利姆卡。紧紧追问,弄得他手足无措,不知不觉又犯了第二个错误。

“这是朱赫来在车站上交给我的。”他说完之后,才想起这是不应该说的,就赶忙添上一句,“他可是说过,绝对不能交给别人。”

“呵,好啦,好啦!”瓦莉娅笑着答应道。“放心吧,我谁都不告诉。你这个小红毛,快去吧,到保尔家去。我妈也在那儿呢。”她轻轻地推了推这个小学徒的后背。

一溜烟儿,克利姆卡那长满红头发的脑袋就不见了。

三个失踪的工人一个也没有回家。当晚,朱赫来到柯察金家,对保尔的母亲讲述了机车上发生的事。他尽量安抚着被吓坏了的老妇人,说了许多宽慰的话。他说,那三个人都安顿在布鲁扎克叔叔那里,在离这儿很远的偏僻农村,他们在那里平安无事,只是暂时不能回来。另外他还说,德国人维持不了多久了,事情很快就会出现好的转机。

自从这件事发生以后,三家的关系更亲密了。他们总是怀着极其喜悦的心情去读那些偶尔捎回来的珍贵家信。不过男人们不在,三家都显得有些寂寞冷清。

有一天,朱赫来装作偶然路过,探望了波利托夫斯基的妻子,还给了她一点儿钱,说:“大婶,这是大叔捎来的。您可要当心,对谁都不能说。”

老妇人感动地拉着他的手说:

“呵,谢谢你! 要不然我们就完了,孩子们都没饭吃了。”

其实,这钱是从布尔加科夫留下来的经费中拿出的一部分。

“哼,走着瞧吧。罢工虽然失败了,工人们在死刑的威胁下不得不复工,可是烈火既然已经烧起来,就再也扑不灭了。这三个人都是好样的,称得上是无产阶级。”朱赫来离开那老妇人朝调车场走去的时候,心中越想越兴奋。

在沃罗比约夫·巴尔加村村外大路旁,有一家墙壁被熏得黝黑的老铁匠铺。

波利托夫斯基正站在火炉边,强烈的火焰刺得他微眯着眼睛,手里拿着长夹钳不停地翻转那块早已烧得通红的铁。

阿尔焦姆正使劲按着吊在横梁上的拉杆,给皮风箱鼓风。

老司机透过他那大胡子,温厚地露出一丝笑意,对阿尔焦姆说:

"眼下在农村啊,会手艺的人可是吃香了,活计有的是。我再干上一两个星期,就能往家里捎点儿腌肉和面粉了。孩子,乡下人可敬重铁匠了。咱们在这儿就像资本家一样,能养得白白胖胖的。可扎哈尔就不一样啦,他跟农民倒挺合得来,这回跟着他叔叔闷头种地去了。当然,这也难怪,咱们一无所有,是地地道道的无产阶级,而扎哈尔则是两头蛇,一头盯着机车,一头盯着地里。"说话间,他又把那块铁翻动了一下,接着又若有所思地说,"不过,咱们的情况也不太妙啊,要是不快把德国人赶走,我们就得逃到叶卡捷林诺斯拉夫或罗斯托夫去。要不他们准会把咱们吊到半空中去,像晒鱼干一样。"

阿尔焦姆嘟囔着答道:"确实是这样!"

"家里的人也不知道怎么样了,那帮土匪是不是不会放过他们的?"

"唉,大叔,事已至此,就不要再管家里的事了。"

老司机从熔炉里夹出滚烫的铁块,迅速地放到铁砧上。

"来吧,小子,使劲砸!"

阿尔焦姆站在铁砧旁,两手抡起大锤,使劲砸了下去。

明亮的火星带着轻微的嘶嘶声,向小屋的四面飞溅,刹那间,仿佛照亮了各个黑暗的角落。

随着锤子的上下起伏,波利托夫斯基一边不停地翻动铁块,那铁块就像蜡一样绵软,慢慢地就越变越薄了。

铺子的门敞开着,黑夜伴着暖风走了进去。

下面是一个深色的大湖;湖四周的松树不断的摆动着它们那大大的头颅。

"它们就像有生命似的。"

冬妮娅心生幻想。

她悠闲地躺在花岗石堤岸的低洼草地上,后面是高高的松树林,而前面,在悬崖边上,则是那宽阔的大湖。林立的悬崖遮住了光线,使湖的另一边显得格外黑暗了。

这是冬妮娅最喜欢的地方了。这里离车站有一俄里①。过去是采石场,现在被废弃了。在深色的洼地里,有几个不大不小的泉眼在往外喷着水,渐渐地就出现了这三个活水湖。这时,冬妮娅突然隐隐约约听到湖边好像有拍水的声音,她便抬起头来,伸手拨开树枝,探着身子往下看。只见一个躬着黝黑身子的人正扑腾扑腾地从岸边向湖中心游去。冬妮娅看清了他那晒紫的背和黑色的脑袋瓜。他时而像海象那样打响鼻,时而又像鲤鱼一样上下翻动,扎猛子,翻跟头,自由泳。后来,他

① 约合1.06公里。

终于疲倦了,就平舒两臂,身子微屈,眯缝起眼睛,遮住强烈的阳光,一动不动地仰卧在水面上。

冬妮娅觉得不好意思了,便放开树枝。“这样好像不太雅观吧?”于是又看起她的书来。冬妮娅正聚精会神地读着书,并没发现有人正从松林处分开一条路,沿着花岗岩朝她这个方向爬来。突然,那个人不小心踩掉了一块小石头,正好砸在冬妮娅的书上。她很吃惊地抬起头来,发现保尔站在他的面前。这种情形下的邂逅,让她又惊又羞,刹那间她真想赶快离开这里。

“刚才游泳的原来是他!”冬妮娅见保尔的头发还湿漉漉的,心里便这么猜想着。

“没吓着您吧?我不知道您在这儿,所以无意中闯了进来。”保尔也认出了冬妮娅,他一边解释一边往回走。

“您并没打搅我。如果您愿意,咱们还可以随便聊聊。”

保尔惊讶地看着冬妮娅。

“咱们有什么可说的啊?”

冬妮娅微笑着。

“干吗站着呀?坐下吧,到这边坐!”她用手指指那块石头。“请您告诉我,您叫什么呀?”“保夫卡·柯察金。”

“我叫冬妮娅。您看,咱们这不就认识了吗?”

保尔羞涩地揉弄着手里的帽子。

“听说大家都叫您保夫卡?”冬妮娅找到话题了。

“为什么要叫保夫卡呢?这样叫起来不是很好听,还是叫保尔好。我以后就叫您保尔,好吗?这样多好啊。哎,对了,您常到这里来……”她本想说“洗澡吗?”但又不愿保尔知道她看见他洗澡,便改口说成了“散步吗?”

“不,不常来,有空的时候才来。”保尔回答。

“那您在哪儿工作呢?”冬妮娅追问。

“在发电厂当司炉工。”

“请您告诉我,您打架这么厉害,是在什么地方学的啊?”

冬妮娅突然提了一个让保尔意想不到的问题。

“我打架关您什么事?”保尔不满地咕哝了一句,明显有点生气的样子。

“您别生气,柯察金?”冬妮娅感觉到保尔不喜欢这个问题,“我只是很感兴趣。您那一下子打得太棒了!不过打人也得留点儿情面。”她说着又哈哈大笑起来。

“您可怜他?”保尔问。

“哪里,我才不可怜他呢。相反,苏哈里科挨打是罪有应得的。上回您那一拳,真是让我开心。听说,您总喜欢跟人打架?”

“听谁说的?”保尔警觉地问她。

“维克多。他说您打架是出了名的。”

保尔的脸色一下就变了。

“维克多？这个浑蛋，白痴！那天让他溜过去了，他得谢天谢地。我听见他说我的坏话了，不过我怕弄脏了我的手，所以才没揍他。

“您为什么要骂人呢？保尔，这样不好。”冬妮娅打断了他的话。

保尔的眉头皱起来了。他心想：“该死的，怎么跟这个小妖精聊起来了？走吧，她既不喜欢‘保夫卡’这个名字，也不喜欢你骂人。”

“您为什么讨厌维克多呢？”冬妮娅又好奇地问道。

“那个男不男、女不女的公子哥儿，没有灵魂的家伙，我看到这种人，气就不打一处来，两手就发痒，真想好好教训教训他。他们自以为有钱就可以为所欲为！我才看不起他们那些臭钱呢。谁要是敢碰我一下，我肯定让他好看。这种人就欠揍！”保尔满腔怒火。

冬妮娅很后悔提到维克多的名字。她能感觉到，眼前这个少年和那娇生惯养的中学生肯定有仇。于是，她就把话头转到了可以平心静气谈论的题目上，于是就问起保尔的家庭和工作情况来。

保尔不知不觉地就开始详细回答这个姑娘提的每一个问题，把要走的念头也给忘了。

“您为什么不继续念书呢？”她关切地问。

“学校开除了我。”

“为什么呢？”

保尔脸红到耳根，不好意思开口。

“我在神甫的面团上撒烟末了，就为这个，他们把我赶了出来。那个神甫凶极了，专门给人苦头吃。”保尔把事情的经过一五一十地告诉了冬妮娅。

她聚精会神地听着，像着了迷似的。保尔已经不再感到拘束了，他像对待老朋友一样，他竟把自己所有的事情告诉了她，就如同告诉老朋友似的，甚至把他哥哥阿尔焦姆没有回家的事也说出来了。不知不觉，两人已经坐在空地上畅谈了几个钟头。最后，保尔突然想起他还有事，就立刻跳了起来。

“我该去上工了。只顾说话，都快要误事了。我得赶紧去生火烧锅炉，达尼拉今天准要发脾气。”他慌张地打着招呼，“哦，再见吧，小姐，我得马上跑回城里去，有机会还会再见的。”

冬妮娅也立即站起来，穿好外套。

“我也该回去了，咱们一起走吧。”

“这可不行，我得跑，您跟不上我的，所以您跟我不能一起走的。”

“为什么不行？咱们一起跑，比一比，看谁跑得快，好不好？”

保尔这时瞅瞅她，一脸不屑的表情。

“赛跑？呵呵，您敢跟我比？”

“好吧，既然您这么说，那咱就比比看吧。来，咱们先从这儿走出去。”

保尔跳过那块岩石，又伸手拉着冬妮娅，帮她跳了过来。然后两人一起沿着宽宽的林中空地，向车站方向跑去。

冬妮娅和保尔一起站在大路中间。

“现在开始跑:一、二、三! 您追吧!”说完,她一阵风似的跑远了。她那双皮鞋的后跟伴随着她的步伐飞快地闪动着,蓝色的外套在风中来回抖动。

保尔一看这阵势,便拔腿就追。

“没事,我马上就能赶上她。”保尔心中暗自给他加油鼓劲。他在那飘动着的蓝外衣后面飞奔着,可是一直跑到路的尽头,离车站已经不远了,才追上她。他往前猛冲几步,抓住了她的肩膀。

“逮住喽,小鸟,终于抓住你了! 哈哈!”他大口地喘着气,愉快地叫道。

“放手呀,好痛!”

她努力挣脱着,两个人都站住了。

这时,两个人都气喘吁吁地站着,小心脏像只小兔子一样怦怦直跳。冬妮娅跑得已是筋疲力尽,不由自主地把身子靠在保尔怀里,这让他觉得她跟他的关系非常亲密。这一切虽然只发生在那一瞬间,但却让人终生难忘。

“过去谁也没有追上过我的。”她说着,掰开了保尔的双手。

俩人马上就分别了。保尔挥挥帽子向她告别后,转身就向城里跑去。

保尔刚推开锅炉房的门,就看到已经在忙活着的老伙夫达尼拉扭过身子看向自己,气呼呼地责备:

“来得挺早的啊! 我应该替你生火,是吧?”

但是保尔却愉快地拍了一下师父的肩膀,讨饶地说:

“老爷子,火一下子就会生好的。”一边说着,一边见他马上动起手来,在柴垛旁边就开始干起了活儿。

午夜时分,当达尼拉躺在床上呼呼大睡的时候,保尔爬上爬下地给发动机的各个部件上好油,用棉纱布把手擦干净,然后从抽屉里拿出了第六十二卷《朱泽培·加里波第》,埋头开始读书。这本书讲的是那不勒斯“红衫军”的传奇领袖加里波第的冒险故事,很快的,他就对故事里情节入迷了。

“……她用那双迷人的蓝眼睛瞟了公爵一眼……”

“是啊,她也有一双蓝眼睛,”保尔想起了冬妮娅。“她很特别,跟那些贵族小姐不太一样,而且她跑得像旋风一样快!”

保尔沉浸在白天与冬妮娅的邂逅之中,可没想到那发电机因气压太大而发出了越来越大的响声。大飞轮疯狂地转动着,停放机器的混凝土平台也随着颤动起来。

保尔慌忙向压力计看了一眼,指针已经越过危险信号的红线好几度了!

“哎呀,糟啦!”保尔飞快地从箱子上跳下来,一个箭步冲向排气阀,急忙扳动了两个。接着,只听见锅炉房后面的放气管发出骤然的嘶嘶声,回荡在河岸。他放下排气阀,把皮带套在带动水泵的轮子上。

保尔回头看看达尼拉。他仍然在张着大嘴酣睡,鼻子和嘴巴里不断发出可怕的鼾声。

不一会儿，压力计的指针就回到了正常的位置上。

跟保尔分别后，冬妮娅就直接回家了。她回忆着刚才同那个黑眼睛少年见面的情景，连她自己也没有意识到，这次相遇竟使她如此高兴。

“他是多么热诚、多么倔强啊！他根本就不是我想象中那种粗鲁的人，而且，他比那些意志薄弱的中学生强太多了。”

他是另一类的人。他来自另一个环境，那个环境冬妮娅至今未曾接触过。

“他是可以开导的，”她想，“这样的友谊一定很有意思。”

快到家时，冬妮娅看见莉莎、苏哈里科、涅莉和维克多正坐在花园里。维克多在看书。看样子，他们是在等她。

跟大家打过招呼之后，她也坐在了长凳上。他们开始漫无边际地闲聊起来。维克多趁机坐在冬妮娅的身边。悄悄问她：

“那本小说您已经读完了吗？”

“哎呀，那本小说……”冬妮娅才忽然意识到那本在湖边读的小说。“我把它……”她差点脱口而出，她丢在湖边了。

“那您喜欢这篇小说吗？”维克多关切地望着她。

冬妮娅沉思片刻。她用她的鞋尖在小路旁边的沙土上慢慢地勾勒出一个神秘的图形，然后抬头看了一眼维克多，说：

“不，不喜欢。我已经爱上了另外一本，比您那本更有意思。”

“是吗？”维克多怅然若失。“作者是谁呢？”他问。

冬妮娅眨着眼睛，嘲讽地看了一眼维克多，然后慢慢答道：

“没有作者。”

“冬妮娅，让客人到屋里来，该喝茶了！”她母亲站在阳台上招呼他们。

冬妮娅挽起两个姑娘走进屋里。维克多则只能跟在后面，苦苦思索冬妮娅的话，却百思不得其解。

一种从来没有过的、模模糊糊的感情，已经偷偷地钻进这个年轻锅炉工的生活里。这种感情是那样新鲜，又是那样不可理解地激动人心。它使这个具有反抗性格的顽皮少年心神不宁了。

冬妮娅的父亲是林务官。在保尔眼里，林务官和律师列辛斯基没什么区别，都是一丘之貉。

在贫困和饥饿中长大的保尔，对待他眼中的富人，心里或多或少怀有敌意。所以，他谨慎地、小心翼翼地对待这份感情。他知道，冬妮娅跟石匠的女儿加莉娜完全不一样，加莉娜朴实、单纯，是自己人。而冬妮娅是个漂亮的、受过教育的姑娘，他对她并不那么信任。如果她敢嘲笑或者轻视他这个锅炉工，他会随时给予她坚决的回击。

自从那次分开后，保尔已经有一个星期没有看见林务官的女儿了。今天，他决定再到湖边去走一趟。他故意从她家门口路过，希望能够遇到她。

他沿着花园的栅栏漫无目的地走着，终于，在花园的尽头看见了那熟悉的水手服。保尔连忙拾起栅栏旁边的一颗松子,朝着她那白色的衣服掷过去。冬妮娅飞快地转过身来。她一看是保尔,连忙跑到栅栏前,愉快地笑着,把手伸给他:

“您终于来了。”她高兴地说。“这么长的时间,您跑到哪儿去了?我又到湖边去过,我把书忘在那儿了。我想您一定会来的。快请进,到我们花园里来看看吧。”

保尔摇摇头说:“我就不进去了。”

“怎么啦?”她不解地挑起了眉毛。

“您父亲,也许会生气的。您也会因为我挨骂的。他会说,谁让你把这个笨蛋带进来的?”“保尔,说什么胡话呢。”冬妮娅生气了。“快点进来吧。我父亲什么都不会说的,不信你就试试看,来吧!”

她跑去开了园门,保尔最后犹豫不决地跟在她后面走进了花园。

他俩坐在了花园里的圆桌旁。冬妮娅问保尔:“您喜欢读书吗?”

“特别喜欢!”一说到这个,保尔马上来了精神。

“您最喜欢哪本书呢?”她又再次追问道。

保尔想了想回答说:

“《朱泽倍·加里波第》。”

“是《朱泽培·加里波第》。”冬妮娅纠正了他的错误后,继续问:“您真的是最喜欢这部书吗?”

“是的!我已经读完第六十八卷了。每回只要一发工资,我就买上五卷。加里波第可真了不起!”保尔佩服地赞叹道。“他才是真正的英雄!我特别佩服他!他是常胜将军,百战百胜。他还到过所有的国家!唉!要是他现在还活着,我一定去投奔他。他把手艺人都组织起来,总是为了穷人奋斗着。”

“如果你愿意,我想带你参观一下我们家的藏书室。”冬妮娅边问边拉住了他的手。

“这可不行,我不到屋里去。”保尔一听要到屋里,便断然拒绝了。

“您为什么这么固执?是因为胆怯吗?”

保尔看着自己两只脏兮兮的脚板,十分难为情地挠着后脑勺问:“您父母会不会把我撵出来啊?”

“别再瞎说了,要不我真的生气了哦!”冬妮娅一脸不高兴的表情。

“那好吧,不过列辛斯基家是不让我们这样的人进屋的,只许我们在厨房里讲话。有一次我有事到她们家去,涅莉不让我进屋,大概是怕我弄脏地毯吧,鬼知道她是什么心思。”保尔说着,笑了起来。

“走吧!我们走吧!”她抓住他的肩膀,友好地把他推到了阳台上。

冬妮娅带着保尔穿过餐厅,然后来到一间屋子里。屋里摆着一个大橡木书柜。

冬妮娅轻轻地打开了柜门。

只见里面的书整整齐齐地排列在那儿,足足有数百本。他第一次看到这么丰富的藏书柜,难免会有些吃惊。

“咱们来找找吧,看看有没有您感兴趣的书。您得答应经常来我家借书,好吗?”

保尔高兴地点了点头:“没问题,我就是喜欢看书!”

他们友好且愉快地在一起又度过了几个小时。冬妮娅还把保尔介绍给自己的母亲。看来,事情并不是想象的那么可怕,保尔很喜欢冬妮娅的母亲。

冬妮娅还把保尔领到了她自己的房间,给他看自己的书籍和学校的课本。

在她那小巧的梳妆台旁立着一面不大的镜子。冬妮娅把他拉到镜子跟前,笑嘻嘻地说:“为什么您的头发要弄得像野人似的呢?您从来不梳理吧?”

“长得长了就剪掉呗,还能怎么样?”保尔不自在地为自己辩护着。

冬妮娅依然笑着,从梳妆台上拿起一把木梳,飞快地把他那乱蓬蓬的卷发梳理顺当。

“这才像个人样嘛。”她打量着保尔说,“头发应当理得漂亮一些,不然您就会像个野人。”冬妮娅用挑剔的眼光看了看保尔那件褪色的、灰不溜秋的衬衫和破裤子,可是什么也没说。

保尔察觉到了她的眼神,心里觉着有点后悔,来的时候怎么没有打扮自己呢。

临走的时候,冬妮娅邀请保尔有时间再到她家来。他答应了,说过两天跟她一起去钓鱼。保尔不愿再穿过房间,怕碰到冬妮娅的母亲,所以他从窗口一下子跳到了花园里。

由于阿尔焦姆不在家上班,柯察金家的日子过得紧巴巴的。只靠保尔的工钱是不够开销的。

保尔的母亲决定和儿子商量着,看她是不是需要出去再找份工作,听说列辛斯基家正招一名女厨子,可是却被保尔一口拒绝了,他不想让妈妈再出去受苦了。

他说:“妈,我再找点儿零活儿就行了!锯木厂正要雇人搬木板。我到那儿去干半天,就够咱俩花的了。你就别出去干活儿了。不然阿尔焦姆会责怪我的,又该说我让您受累了。”保尔的母亲好说歹说,想出去干点活儿,可保尔很坚决,她也就只好同意了。

第二天,保尔就到锯木厂去做工了。他的工作是把新锯出的木板分散放好,晾干。一个是老同学米什卡·列夫丘科夫,另一个是瓦尼亚·库利绍夫。他们每天在一起干着计件活儿,报酬还算不错。这样,保尔每天白天就在木材厂里干活儿,晚上去发电厂。

十天过后,保尔领回了工钱。保尔交钱以后,不好意思地犹豫了一会儿,最后才开口道:“妈,我再买件缎子衬衫,就是和去年那件蓝色的一样,可以吗?用一半的工钱肯定就够了,以后我还可以再去挣,您不用担心的。您看,我身上这件已经破得不像样了。”他解释着,好像很过意不去。

“呵,保尔,亲爱的,是该买新的了。我今天去买布,明天就能给你做好。”母亲疼爱地看着儿子,“你说得没错,你连一件新衬衫也没有,是该买件新的了。”

保尔在理发馆门口站住了。他摸了摸衣袋里的一卢布,走了进去。

理发师是个机灵的小伙子。他一见有顾客进来,便习惯地点着头很客气地把他请到椅子上。

"请坐!"

坐在舒适的软椅子上,保尔无意间从镜子里看见了自己那张窘迫的脸。

"短点儿?"理发师问他。

"是的。啊,不。我是说,这么大致剪一剪就行。你们管这个叫什么来着?"保尔说不明白,只好做了一个无可奈何的手势。

"明白啦。"理发师会意地笑了笑。

一刻钟过去了。保尔满脸是汗,一副痛苦不堪的样子走出了理发馆,不过头发的确梳剪得顺顺溜溜的。说实在的,他那蓬乱的头发把理发师难坏了,水用了不少,梳子都差点弄断了齿。

保尔在街上轻松地舒了一口气,然后把帽子拉低了一些。

"妈妈看见了,会说什么呢?"他心里琢磨着。

保尔没去钓鱼,他失约了。冬妮娅为此生气了。

"这个小伙夫,也太粗心太马虎了!"她懊恼地暗自责备。保尔一连几天都没露面,她便更加空虚、寂寞起来。

这天她正准备出去散步,母亲推开她的房门,柔和地说:"冬妮娅,有人来找你,让他进来吗?"

保尔站在门前。看到他,冬妮娅几乎没认出他来。

他穿着一身新衣服,蓝衬衫,黑裤子,皮靴也擦得亮亮的。冬妮娅一眼就看出来他把头发剪了,从前那头乱蓬蓬的头发再也看不见了。嘿! 那个脏兮兮的司炉工好像从这个世界上消失了。

冬妮娅想表达一下自己的惊喜之情,但又怕让这个本来就十分不自在的小伙子更加难为情,她就装作什么都不知道的样子责问道:

"您不觉得不好意思吗? 这些天怎么没来找我去钓鱼呢? 您就这样不守信用吗?"

"这些天,我去木材厂干活了,所以没去钓鱼。"

他不敢说真话,其实是为了自己这身衣服,他没日没夜地忙了好几天。

但冰雪聪明的冬妮娅猜到了这一点,她对保尔的怨恨立即消失得无影无踪。

"走,咱们到池边去散步吧!"她提议说。他们穿过花园,直接上了大路。

这时,保尔已把冬妮娅当作知己了。

他把心中最大的秘密告诉了她,他说他偷了中尉一把手枪,过几天就带她到密林深处去打猎。

"你要当心,别把我的秘密泄露了。"保尔不知不觉把"您"改成了"你"。

冬妮娅兴奋地许诺:"我发誓,我绝不会把你的秘密告诉任何人。"

4

激烈而残酷的阶级斗争席卷了乌克兰。拿起枪的人们一天比一天多,而每次战斗都产生了新的战斗。

所谓的“祥和”日子早已成为了遥远的过去,一去不复返。

每当战争的风暴袭来,隆隆的炮声把那些破旧的小房子震得乱颤,人们总是瑟缩着蜷到地窖的墙根下或是藏进自挖的地洞中。

各色匪帮在全省各地横冲直撞,诸如戈卢勃、阿尔汉格尔、安格尔、戈尔季等等的大小兵匪头子,以及其他一些数不清的匪徒们。

那些退伍军官,不要命的冒险家,乌克兰社会革命党的右翼和左翼分子们,只要是能纠集到一伙亡命徒的,就都自封为王,有时甚至打出佩特留拉的蓝黄旗,用尽一切力量和手段想要夺取政权。

而正是这些乱七八糟的匪帮们,再加上一些富农和小头目科诺瓦利茨所指挥的加里西亚地方攻城部队拼凑成所谓的“佩特留拉总统帅”的军队。红色游击队不断向这帮社会革命党和富农组成的乌合之众冲杀,因此大地就在这无数马蹄和炮车车轮下面不停息地颤抖着。

1919 年 4 月,每天早晨总有吓得半死的小市民昏头昏脑地推开自家窗户,揉着惺忪的睡眼,战战兢兢地问着自己的邻居:

“阿夫托诺姆·彼得罗维奇,今天城里是谁掌权啊?”

那个阿夫托诺姆·彼得罗维奇一边系着腰带,一边惶恐不安地四下张望,然后小声说道:“我也不知道啊,阿法纳斯·基里洛维奇。昨天夜里开进来的不知道是什么队伍。看看再说吧,要是他们抢劫犹太人,那一准儿是佩特留拉的匪兵;要是喊着‘同志们’,那一听也就明白是谁了。我这不是正在看吗,看到底应该挂谁的像,可别弄错了,以免招惹是非。你听说格拉西姆·列昂季耶维奇的事没有?他就是因为没看明白就稀里糊涂地把列宁像挂出来了,结果来的三个家伙居然是佩特留拉的人,这下完了,他们一见到列宁像,很是愤怒,就把他给抓走了。好家伙,一下子就抽了他二十鞭子呢!他们一边抽一边骂,‘……非扒了你的皮不可!’哭有什么用?认倒霉吧!”

正说着,有一群武装人员沿着公路走来。他俩一见,赶紧关上窗户,藏了起来。日子不太平啊!

工人们一看见佩特留拉匪帮的那面蓝黄旗,就是满腔的愤恨,但他们对这股沙文主义逆流的“乌克兰独立”运动狂潮无可奈何。那些英勇的红军战士击退了匪帮,顽强地攻入城中。工人们才活跃起来。亲爱的红旗只在市参议会房顶上飘扬一两天,游击队一走,黑暗又卷土重来了。

目前,城里掌权的是外第聂伯师团有着“荣誉和骄傲”之称的戈卢勃上校。昨天傍晚,他那支聚集着两千多名亡命徒的队伍趾高气扬地开进了城里。

上校先生骑着黑色的高头大马走在队伍的前面,虽然4月已经是春暖花开了,他仍披着高加索式毡斗篷,头戴镶红边的扎波罗什哥萨克式羊皮帽,身穿切尔克斯式军装,佩带全副武装,一把短剑和一把柄头镶银的马刀。

戈卢勃上校长得蛮英俊的,黑黑的眉毛,白白的脸,只是由于狂饮无度,脸色显得不太正,是那种白里透着微黄,而且嘴里总是叼着烟斗。他原先是糖厂种植园里的农艺师,当然,那种生活单调乏味,怎么能与哥萨克头目们相提并论。因此这位农艺师先生摇身一变,就当上了上校老爷。

为了欢迎新来的队伍,城里唯一的剧院正在举行盛大的晚会。佩特留拉派的知识界“精英”们全都出席了晚会,乌克兰教师们,神甫的两个女儿,大女儿是有名的美人儿,名叫阿妮亚,小的名叫季娜。一些不太重要的贵妇人,波托茨基伯爵从前的随从们,和自称“自由哥萨克”的一小群中产阶级,还有一些乌克兰社会革命党分子全都出席了。

剧院里人山人海,一时间被挤得水泄不通。穿着色彩鲜艳的乌克兰绣花民族服装、戴着珠光宝气项链、打扮得花枝招展的是那些庸俗的女教师、神甫的女儿和小市民的太太们。她们周围是一群响着马刺的军官。他们的装束活生生就是古画上的扎波罗什哥萨克。

军乐队在旁边奏着乐曲。舞台上正紧张地忙碌着,准备演乌克兰剧《纳扎尔·斯托多利亚》①。

可是现在停电了。上校老爷在司令部里得知了这件事情。他正打算晚上亲自出席晚会,好让晚会锦上添花,可是一听到这个消息后,他趾高气扬地吩咐道:“今晚电灯一定要亮!你就是掉了脑袋,也要给我找到电工,立即发电!”

他的副官骑兵少尉帕利亚内查(其实就是前陆军少尉波良采夫)回答:“是,上校大人。”他立即答应。然后他就赶紧派人去找电工。

一个小时之后,他的两个士兵押着保尔来到发电厂,电工和机务员也是用同样的办法找来的。

帕利亚内查气呼呼地说:

“到7点来不了电,我就把你们统统吊死在这儿!”

他用手指了指头上的铁梁。

这个简短的命令奏了效。到了指定的时间,电灯果然亮了。

那天晚上,上校老爷带着他的情人到场时,在那一时间,晚会完全进入了高潮。他的情人是他的房东——酒馆老板的女儿,一个乳房丰满、头发美丽的姑娘。

那酒馆的老板非常有钱,曾送她进省城中学念过书。

他们来到了最前排的贵宾席,然后神气地往那里一坐,上校先生示意:演出可

---

① 为19世纪乌克兰作家舍普琴科1843年写作的一个剧本。

以开始了。于是帷幕立刻拉开,这时观众看到了匆忙跑进后台的导演背影。

戏在台上演着,那些来参加晚会的军官们带着女伴儿在包间里胡吃海喝。神通广大的副官给他们搜掠来了各种美酒佳肴。在剧终的时候,他们都已经酩酊大醉了。

这时,帕利亚内查跳上舞台,假模假式地把手一挥,用乌克兰话高喊:"亲爱的先生们,舞会现在开始!"

台下的人一起鼓掌,接着就都走到院子里,好让那些担任晚会警卫的士兵搬出椅子,清理舞场。

半小时过后,戏院里又一片热闹景象。

舞性大发的佩特留拉军官们和那些热得满脸通红的美人儿疯狂地跳着"果帕克"舞①,沉重的脚步震得整座老剧场四面围墙都在颤动。

正在这个时候,一队骑兵从磨坊那边朝城里跑来。

在城外放哨的佩特留拉士兵发现了越来越近的骑兵队,一下子警觉起来,扑到了机枪旁。枪栓嘎啦嘎啦地响了起来。夜空中传来尖利的喊声:

"站住! 口令!"

黑暗中有两个模糊的人影走上前来。其中一个走到岗哨跟前,用醉鬼的破锣嗓子吼道:"我是头目帕夫柳克,后面是我的队伍。你们是戈卢勃的人?"

"是的。"一个军官迎上前去说。

"我把队伍安置在哪儿?"帕夫柳克问。

"我马上打电话问司令部。"军官说完,便走进了路边的小屋。

很快,他就跑了出来,命令道:"弟兄们,给帕夫柳克大人让路!"

帕夫柳克带着他的大队人马进了城,在灯火通明的剧院旁勒住缰绳,停了下来。

"哦呵"帕夫柳克满是醉意地叫着。"这儿挺快活的呀,"他转身对副官说,"下马吧,咱们也来乐一乐。这儿有的是娘儿们,挑几个喜欢的玩玩。喂,斯塔列日科,你一会儿安排弟兄们到各家住下! 今晚咱们不走了! 护卫队跟我留下。"说完,他从马上笨拙地跳下来,肥胖的身子差点把马拽了个趔趄。

在剧院门口,佩特留拉的两个武装卫兵拦住他,狰狞地问道:

"票呢?"

他不屑一顾地瞟了他们一眼,又用肩膀把一个卫兵顶开,走近了剧院。他身后的十二个人也这样跟着闯进了剧院。他们的马匹就留在外面,拴在了栅栏上。

他们一进去立刻就引起了场内人们的注意。尤其是帕夫柳克,他人高马大,身穿头等呢子做的军官制服、蓝色的近卫军制裤,头戴毛茸茸的高皮帽,肩上斜挂了一支毛瑟枪,衣袋里鼓鼓地装着颗手榴弹。

"这是谁啊?"站在跳舞者周围的人们交头接耳,议论纷纷。

---

① 一种乌克兰民间舞蹈,风格十分粗犷活泼。

此刻,戈卢勃的副官正在领着一帮人围成一圈儿,跳着疯狂的“风雪”舞①。

他的舞伴是神甫的大女儿,她飞速地旋转着,裙子就像扇子一样展开。她的丝衬裤全都露出来了,引得周围那些军官们个个都是开怀大笑。

这时,帕夫柳克用肩膀挤开人群,走到了圆圈中间。

他用混浊的目光盯着神甫女儿的大腿,舔了舔干燥的嘴唇,然后挤出圈子,径直朝乐队走去。他走到舞台脚灯前站住,挥舞了一下马鞭,喊道:“奏果帕克舞曲,再火热点儿!”

乐队指挥并没理睬他。

帕夫柳克一看,愤怒地朝指挥的后背抽了一鞭子。

指挥像被蜜蜂蜇了一样跳了起来,疼的大声叫了起来。

音乐立刻停止了,全场顿时寂静下来。

“太放肆了!”

酒馆老板的女儿愤愤地骂道,不由自主地抓紧了戈卢勃的胳膊。“你怎么能允许这种事情发生呢!”

戈卢勃猛地站起来,怒气冲冲地踢开了他面前的椅子,一个箭步就来到帕夫柳克的面前。他马上就认出了帕夫柳克,这正是同他在本县争地盘儿的老对手,他正要找他,还有一笔账要找这家伙算呢。

一个星期前,正是这个帕夫柳克给他戈卢勃大人下了个恶毒的绊子。

事情是这样的:一周以前当戈卢勃的队伍正同多次叫他吃苦头的红军鏖战时,这位帕夫柳克非但没从背后突袭那些布尔什维克帮他一把,反而把队伍拉到一个小镇上,消灭了红军的几个小岗哨,轻而易举地占领了小镇。然后他就设起了警戒区,在镇上大肆劫掠。当然,作为佩特留拉部队的“嫡系”,他们下手的对象主要是犹太人。

就在那个时候,红军把戈卢勃的右翼打得落花流水,然后撤走了。

今天,这个厚颜无耻的骑兵上尉,竟敢不知好歹地自己送上门来了!而且还当着他这个上校老爷的面儿,动手打他的乐队指挥。不行,他决不能善罢甘休。他心里明白,今天要是不能够撂倒这个不知天高地厚的帕夫柳克,那今后自己的脸面往哪里放?更不用谈自己的威严所在了。于是,他决定今天一定要好好地教训教训这个狂妄自大的家伙!

接下来,他们俩虎视眈眈地对峙了几秒钟。

戈卢勃一手攥紧了指挥刀刀柄,另一只手摸进口袋里去拿枪,高声吼道:“浑蛋,你敢打我的人,你是不是活腻了!”

帕夫柳克的手慢慢移到毛瑟枪的枪套上:

“别上火,戈卢勃大人,别冲动,小心阴沟里翻了船。别专揭别人的疮疤!小心我发火。”这无异于火上浇油。

---

① 为俄罗斯、乌克兰、白俄罗斯民间流行的一种舞蹈。

“把他们抓起来，拉出去，每人二十五鞭子，给我狠狠地抽！”

话音刚落，在场的军官一下子蜂拥而上，从四面八方扑向了帕夫柳克那一伙人。

啪的一声，有人放了一枪，如同灯泡摔在地上一样。接着，这两群野狗扭到一起，厮打起来。混战中，他们用马刀胡乱的对砍，你揪我的头发，我掐你的脖子。而身后吓掉了魂的女人们，像猪崽一样尖叫着，四处逃窜。

几分钟过后，帕夫柳克等人被缴了枪械。他们连打带拉，先从戏院里把这些家伙扔到院子里，又从院子里踢到街上。

帕夫柳克被打得鼻青脸肿，帽子也丢了，身上的家伙也都不见了。狼狈不堪的他气急败坏但又无可奈何，最后慌忙带上他的几个弟兄，策马逃走了。

因为这一件事情的扰乱，晚会已无法进行下去了。在这场厮打之后，谁也没有心思再寻欢作乐了。女人们都坚决的不再跳舞，并喊着要求送她们回家。但戈卢勃非常固执，愤怒地大声命令：“派人把住门口，谁也不许离开剧场一步！”

帕利亚内查赶紧按指示办事。

剧场里喧声四起，戈卢勃大人置之不理，蛮横地说：“诸位，我们一直跳到天亮，现在由我带头先跳一段华尔兹。”

乐队只好又奏起乐曲，但是舞还是没有跳成。

还没等上校和神甫的女儿跳完第一圈儿，几个哨兵就跑了进来，高声报告：“帕夫柳克的人把戏院给包围啦！”

戏台边一个临街的窗子被打碎，一挺机枪的枪筒像猪嘴似的，从破窗里探进来。它蠢笨地左右转动着，似乎在搜索剧场里慌忙逃跑的人群。这时，人们像见了鬼似的，纷纷拥向大厅中央，此时院子里一片混乱。

帕利亚内查朝大厅顶上的大灯泡开了一枪，它便像炸弹一样炸开了，碎玻璃就跟细雨一样纷纷落在了人们的头顶上。

场内立即一片漆黑。街上传来了吼声：“都给我滚出来！”跟着是一连串下流地咒骂。

女人们歇斯底里地尖叫着。戈卢勃东奔西跑，大声吆喝着，想召集起散乱的部属。这些声音跟外面的喊声、枪声汇成一片，混乱到了极点。这个时候谁也没有注意到，帕利亚内查像条泥鳅似的，从戏院的后门溜了出去，沿着空荡荡的后街朝司令部急速奔去。

半个小时后，城里展开了激烈的枪战。噼里啪啦接连不断的枪声打破了寂静的夜晚。吓得昏头昏脑的小市民们从热乎乎的被窝里跳出来，脸贴着窗户向外张望着这一切可怕的战斗。

阿夫托诺姆·彼得罗维奇在床上抬起头，竖起耳朵听着。

不，他没有听错，是在开枪，他急忙跳下了床。鼻子在窗玻璃上压得扁扁的，他就这样站了一会儿。

得赶紧把谢甫琴科①肖像下面的小旗撤下来。贴上佩特留拉的小旗,红军来了就要遭殃。谢甫琴科的肖像倒无妨,红军白军都尊重他。塔拉斯·谢甫琴科真是个好人,挂他的肖像不用提心吊胆,不管谁来,都不会有什么说道。旗子可就是另一回事了。他阿夫托诺姆可不是傻瓜,不是格拉西姆·列昂季耶维奇那样的糊涂虫。既然有两全其美的办法,干吗非冒这个险挂列宁的像呢?

他逐一把小旗撕下来,可钉子钉得太紧了。他一使劲,身子失去了平衡,咕咚一声重重地摔倒在地上。妻子被响声惊醒,一骨碌也爬了起来。

"你干吗呢,疯啦,老不死的半夜不睡觉。"

阿夫托诺姆·彼得罗维奇骶骨被摔得生疼,一时间正好没有地方出气,这下可好,就冲着妻子叫喊:"你就知道睡、睡。上天国也会让你睡过了头。没看到城里出了天大的事吗,可你还是睡个没完。挂旗是我的事,摘旗也是我的事,难道跟你就不相干吗?"

他的唾沫星子飞到妻子的脸上。她用被子蒙住头,阿夫托诺姆·彼得罗维奇只听到她愤愤地嘟囔:"白痴!"

枪声逐渐稀疏,回音仍然像榔头敲击着窗框一样的响,城边上的蒸汽机磨坊附近,一挺机枪像狗叫似的,断断续续地响着。

东方透出了鱼肚白。

戈卢勃的部队要杀害犹太人的消息在城内不胫而走。这风声也传到了河畔陡坡上的犹太居民区。那是一片低矮狭小、歪歪斜斜的破房子,七扭八歪地挤在肮脏的临河堤岸上。就在这些勉强能称得上是房子的地方,拥挤不堪地住着犹太贫民。

谢廖沙已经工作了一年多的那个工厂里,排字工人和其他工人全是犹太人。谢廖沙跟他们处得亲如兄弟,他们齐心协力地对付那个脑满肠肥、傲慢自大的老板勃柳姆斯坦。工人们和老板之间的斗争从来没有中断过。老板总是拼命地想从这些工人们身上多榨取一些利润,少支付一些工资。正因如此,工人们已经多次罢工,搞得印刷厂一停就是两三个星期。厂里共有十四人,就数谢廖沙最小,但是他摇起印刷机来,也能一口气干上十二个小时。

今天,谢廖沙注意到了工人们的烦躁不安。在最近这几个动乱的月份里,印刷厂没有经常的订货,只是印些哥萨克"大头目"的告示。

患有肺病的排字工人缅德尔把他拉到一旁,忧郁地看着他问:

"那帮家伙们又要在城里烧杀抢掠了,你听说了吗?"

谢廖沙惊恐地看看他,回答道:

"我不太清楚。"

缅德尔用他那干瘦泛黄的手按在了谢廖沙的肩上,用长辈的语气信赖地接着说:

"劫掠的事情十有八九会发生,这大概是躲不过去了。犹太人又要遭殃了。我

① 谢甫钦科(1814—1861),乌克兰诗人,画家。

想问问你，你愿不愿意帮助自己的伙伴躲过这场大灾大难？”

“当然想啊！只要我能办到的我都愿意做。但是现在我能做点儿什么呢？缅德尔，你说！”其他排字工人都注意地听着他俩的谈话。

“谢廖沙，你是个好小伙儿，我们都信得过你！再说，你爸爸也是个工人。你现在赶快回家，问问你爸爸，能不能让几个老人和妇女藏到你们家去。我们提前商量好让谁过去。另外你再问问，还有谁家能让我们躲个一时半会儿的。这帮土匪暂时还不会找俄罗斯人的麻烦。快去吧，谢廖沙，晚了可就真的来不及了！”

“好，缅德尔，你放心吧，我这就去保尔和克利姆卡家里，我想他们两家也会答应的。”缅德尔有点不放心，又急忙拦住要走的谢廖沙：

“等等，你刚说的那两个人是谁？靠得住吗？”

谢廖沙很有把握地点点头，说：“看你说的，当然靠得住。他们都是我的好朋友。保尔的哥哥是个钳工。”

“哦，阿尔焦姆呀。”缅德尔惊喜地说道，“我认得他。我们还在一块儿住过呢。去吧，谢廖沙，尽早能给我个回话。”

谢廖沙点点头，接着转身飞奔而去。

在帕夫柳克和戈卢勃双方开战后的第二天，屠城暴行开始了。

帕夫柳克的队伍吃了败仗后，逃到了邻近的一个小镇，在夜战中，他损失了二十几个人，戈卢勃的损失也差不多。

死者都被匆匆地抬到墓地，当天就埋了，没有任何葬礼，这事也没有什么值得炫耀的。两个头目一见面就像野狗一样互咬起来，再大办丧事，可不是什么体面的事。帕利亚内查本打算举行一个隆重的葬礼，并且宣布帕夫柳克也是赤匪，但是却遭到了以瓦西里神甫为代表的社会革命党委员会的反对。

这次夜间激战，引起了戈卢勃部队的不满。特别是他的警卫连，因为他损失的弟兄最多。为了平息这股不满情绪，提高士气，帕利亚内查向戈卢勃提出建议，给士兵们一点儿“消遣”。这个无耻的家伙就是这么提出“屠城”的。他说这样做是非常必要的，不然就没有办法消除部队中战士们的不满情绪。上校本不想在他和酒馆老板女儿结婚前把城里弄得乌烟瘴气，但听他说的这么严重，最后还是同意了。

说实在的，戈卢勃上校老爷刚刚加入社会革命党，他对于屠城的行为还是颇有顾虑的。他的对手们肯定会四处造谣。诸如“戈卢勃上校是个杀犹太人的专家！”等等，而且一定会在大头目面前对他所做的事添油加醋，想方设法说他的坏话。好在目前戈卢勃倒很少仰仗“大头目”，他部队的给养完全是自己打出来的。而且，自己手下那帮兄弟都是些什么人物，“大头目”是再清楚不过了。他自己也不止一次向他们索要供奉，以解决他那个所谓“政府”的财政问题。至于说到“杀犹太人的专家”这个美誉，在这一点上他早就名声在外了，再干一次也无所谓了，他的名声也不见得再坏到哪里去。

抢掠一大清早就开始了。

小城笼罩在破晓前的灰雾里。街道上空荡荡的,像一条条浸过水的抹布一般把那些杂乱无章的犹太人胡乱的捆绑在一起。四下里毫无生气,那些小窗子都严严实实地挂着窗帘,上好窗板。

表面上看来,整个街区的人们似乎都还沉浸在破晓前的酣睡之中。其实,他们并没有睡,而是穿着衣服,一家人挤在一个小房间里,准备应付即将到来的灾难。只有不懂事的小孩,还依然沉睡在母亲温暖的怀里。

那天早上,戈卢勃的卫队长萨洛梅加,一个脸色黝黑,长得极像吉普赛人,腮上有一条绛紫色刀疤的家伙,他费了好大劲儿才把帕利亚内查叫醒了。

帕利亚内查睡得像一头猪,噩梦吓得他喘不过气来。一个青面獠牙的怪物整夜都在挠他的喉咙,他没有任何办法打退它,直到抬起疼得要命的脑袋,他才知道是萨洛梅加在叫他。“醒醒吧,懒虫!”萨洛梅加摇着他的肩膀喊着,“已经不早了,该动手啦!让酒把你灌死才好呢!”

帕利亚内查还没完全清醒,他迷迷糊糊地坐了起来。胃里的灼热弄得他满脸扭曲,忍不住吐了一口发苦的唾沫。

“动什么手?”他无精打采地瞅着萨洛梅加。

“怎么?打犹太人去呀,你睡晕了吧?”

恍然间,他这才想起了这回事儿。

酒让他把什么都忘了。因为昨晚,上校老爷带着未婚妻和一批酒鬼,一同去了郊外别墅。人人都喝得酩酊大醉。

在抢掠和屠杀的时候,戈卢勃离开小镇是明智的。往后他可以推脱责任,说这是他不在时发生的一场误会。这样一来,帕利亚内查就可以大干一番了,他可是搞这种“消遣”的大行家。

他用一桶冷水浇了浇头,这才算是清醒过来。他在司令部里东跑西颠,然后下达了一连串的命令。

警卫连已上马整装待发了。老谋深算的帕利亚内查为了避免可能会出现的问题,下令设置了岗哨,把工人住宅区和车站与城市隔断了。

在列辛斯基的花园里也摆了一挺机枪,随时监视着大路上的情况。如果工人出来干涉,就用铅弹对付他们。

一切安排妥当,帕利亚内查和萨洛梅加都上了马。

当他们准备出发的时候,帕利亚内查忽然又想起了一件事儿,吩咐道:

“站住。差点忘了大事。带上两辆大车,咱们给戈卢勃弄点礼物,好办喜事。哈,哈,哈!第一批到手的东西照例归司令。第一个娘儿们,哈,哈,哈,可得归我这个副官。明白吗,蠢货?”

最后这句话,他是冲卫队长说的。

萨洛梅加翻了翻他那两只黄眼,回答:“女人有的是,够大家受用的。”

话说完,队伍就沿着公路出发了。

队伍前面,是副官和萨洛梅加,后面是乱哄哄的警卫连。

晨雾消散了，仿佛世界一下子变得明亮清晰起来。眼前是一座两层楼房，生锈的招牌上写着:“福克斯服饰用品商店”。帕利亚内查勒住马。

那匹细腿的灰骒马烦躁地踢着路面的石头。

“好啦，上帝保佑，就从这儿开始吧。”他边说边跳下马。

“喂，弟兄们，下马吧！好戏就要开场了！都给我精神点儿！”他厚颜无耻地叫嚷着。“好戏开场了。弟兄们，小心，可别敲碎那些猪猡的脑壳，以后收拾他们的机会多得很。说到娘们呢，要是还能熬得住，那就等到晚上再说，哈哈哈哈……”

士兵中有一人呲牙咧嘴的笑着抗议道:“这怎么行啊，长官！万一要是两相情愿呢?”周围哄笑起来。帕利亚内查赞赏地看了那个说话的家伙一眼。

“那当然，要是双方同意，尽管干好了，谁也没有权利禁止啊。”

他走到那紧锁着的店门前，狠狠地踹了一脚，可是门丝毫没有要开的迹象。这门是橡木做的，很结实。

看样子不应该从这里下手，他转过拐角，朝福克斯住宅的门走去了。他紧攥着军刀。萨洛梅加紧跟在他身后。

房子里的人早就听到了路上的马蹄声。当马走到店铺前面停下，墙外传来说话声的时候，他们的心都要蹦出来了，吓得气都不敢出。这时屋里一共有三个人。

大财主福克斯本人昨晚就带着老婆孩子逃出了城，只留下女仆丽娃看家。丽娃今年才19岁，温顺、忠厚，胆子很小。

福克斯怕她一个人不敢在这空荡荡的大房子里住，就叫她把父母也接了来。

丽娃起初也不愿留下，可狡猾的老板却假意安抚她说，洗劫的事情也许根本就不会发生，再说，他们从你们穷人手里又能抢到什么东西呢？等他回来以后，一定赏给她钱买衣服。

现在，三个人都在侧耳倾听外面的动静，他们忧心如焚，又心怀侥幸，或许外面那些人只是路过，或许是他们听错了，那些人根本就不是停在他们屋前，又或许门外根本就没有什么人，都是他们的幻觉。然后，商店门口传来了粗重的砸门声。侥幸的希望破灭了。

满头白发的老头儿佩萨赫像个受惊的孩子，瞪着蓝眼睛，站在通往店铺的门后边，喃喃地祈祷着。他以一个最虔诚信徒的热情，向万能的耶和华祈祷，求他帮助他们逃脱不幸。老太太站在他的身边，由于他喃喃的祷告声，她并没有立刻听到门外那越来越近的脚步声。

丽娃吓得往屋里狂奔，赶紧藏在一个橡木橱子后面。

猛烈而粗暴的砸门声吓得两位老人身上像是抽筋一样，直哆嗦着。

“快开门！”外面的人怒气冲冲地喊着。撞门的声音这时候越来越大了。

两位老人一听到这些，甚至连抬手摘门钩的力气都没有了。

枪托像雨点般狠狠地砸在门上。闩着的门跳动起来，终于，门板经受不住打击，“哗”地打开了。

屋子里立马冲进来一大伙儿全副武装的匪兵。他们搜查各个角落，活像寻找猎物的恶狗。由住宅通到店铺的门也给枪托砸开了。匪兵们涌了进去,拔掉大门的门闩。

抢掠开始了。

带来的两辆马车一会儿就装满了布匹、靴子等各种战利品。萨洛梅加抢完后立即把车押送回了戈卢勃公馆。当他又回到福克斯的住宅时听到了撕心裂肺地号叫。

原来,帕利亚内查让他的部下们去抢商店,自己就进了屋。他用野猫般的绿眼睛打量了一下屋里的三个人,然后对两个老人吼道:“滚出去!”

而两个老人都没动弹。帕利亚内查逼近了一步,慢慢地把鞘里的军刀拔出来。

“妈呀!”姑娘凄厉地发出了一声尖叫。

这正是萨洛梅加所听到的声音。

帕利亚内查转过身,指着两个老人,对闻声而来的士兵们命令道:“把他们统统给我拖出去!”两个老人被推到了屋外,帕利亚内查便朝刚刚进来的萨洛梅加说:“你先在门外站一会儿,我跟这女孩子说几句话。”

屋里又是一声惨叫,老头子佩萨赫忍不住朝房门冲了过来。但是重重的一拳朝胸口打来,把他打到了墙上。他一时间疼得连气都喘不上来了。一辈子都唯唯诺诺的老妇人一见这情景,如同一只母狼似的紧紧抓住了萨洛梅加。

“放了她吧! 你们想干什么呀?”

她冲向门口,萨洛梅加怎么也挣脱不了她铁钩般的枯瘦手指。

老头子缓过气来,也急忙冲上来帮助老伴儿。

“放了她吧! 放了她吧! 哎哟,我的女儿呀!”

他俩用尽全身力气把萨洛梅加从门口推开,萨洛梅加恼羞成怒,立刻从腰里拔出了手枪。恶狠狠地用枪柄朝老头儿白发苍苍的脑袋上砸了下去,老人没来得及叫一声就倒下了。

屋里的丽娃仍在哭嚎。

他们把发疯的老太婆托伊芭拖到了街上去。

整条街上立刻回荡起凄厉的呼叫声。

这时候,屋里的喊声戛然而止。

只见帕利亚内查从房里走出来,满脸怒气,他看都没看一眼萨洛梅加。这时,那萨洛梅加的一只手按在门把手上,准备进去。他拦住萨洛梅加:“甭进去了。她已经断气了,大概是我用枕头捂得太紧了,把她闷死了。”说着他跨过老头子的尸首,踏进一摊浓稠的黑血。“一开头就不顺手。”他咬牙切齿地说了一句,就朝街上走去。

其他的人都没作声,跟着他走了出来。

屋里的地板和门外的台阶上留下了一个个血脚印儿。

这时,城里已经是一片混乱,匪兵大肆抢夺,整个村子都在哭闹喊叫,鸡犬不宁。匪徒们因为分赃不均,常常像野兽一样你争我夺,有的甚至拔刀相见。随时随地都可以看到他们在厮打。

他们把一个个巨大的啤酒桶滚到街上。接着,又挨家挨户地去抢夺。

没有一个人敢起来反抗。匪徒们翻遍每个小屋,找遍每个角落,然后满载而去,留下的只是一堆堆破烂衣物、撕破了的枕头和褥垫的绒毛。第一天,只有两个牺牲者——丽娃和她的父亲。可接着到来的夜晚却伴随着空前的杀戮。

黄昏时分,那帮豺狼都喝得醉醺醺了。白天的血腥让佩特留拉匪徒们兽性大发,早就期待着黑夜的降临了。

在黑暗中,他们可以无拘无束、肆无忌惮地杀人越货,豺狼也是喜欢黑夜的,它们也是专门伤害那些听天由命的弱者。

许多人终生也忘不了这恐怖的三天两夜。无数的生命被涂炭,无数青年的头发在这血腥的日子里都变白了,无数的眼泪洒落在这片大地上……谁又能说,那些活下来的人比死者幸运一些呢?他们的心被掏空了、尊严被蹂躏、亲人被夺走,这种痛苦怎么可能用语言来表达呢?受尽折磨和蹂躏的少女们的尸体蜷缩着,痉挛地向后伸着双手,毫无知觉地躺在各个大街小巷里。

只有在小河旁铁匠纳乌姆的小屋里曾经发生了一场短促而激烈地搏斗。当那群豺狼扑向他年轻的妻子萨拉的时候,铁匠与他们进行了顽强地抗争。这个身强力壮的24岁铁匠,浑身都是抡铁锤练出来的刚健肌肉。

誓死护卫着他心爱的人。

在这小屋里进行的一场凶残而又短促的格斗中,有两个匪徒的脑袋被砸得像烂西瓜一样。铁匠像一只可怕的困兽,不顾一切地保卫着两条生命。那些感到棘手的匪徒们看到这种情况都傻眼了,慌忙逃到河岸附近,跟纳乌姆进行了很长时间的对射。最终,纳乌姆的子弹将要用完的时候,他用剩下的最后一颗子弹打死了他的妻子萨拉。然后端着刺刀,准备冲出去和敌人拼命。但是,他在台阶上刚一露头,只见那密密麻麻的子弹就朝他扫射过来。他那沉重的身体就这样慢慢地倒下去了。

城里不断出现附近乡下的大户人家。他们个个身强力壮、骑着高头大马,把他们看中的东西装满了大车。因为他们的儿子或亲属们在戈卢勃部队里都是有权有势的,利用这些关系他们狐假虎威地运走了不少赃物。

谢廖沙和他父亲早把一半的印刷工人藏在了自家的暗楼上和地窖里。现在他正想穿过菜园回家。忽然,他看见一个人沿着公路急急地跑过来。

看上去是一个老犹太人,他穿着缀满补丁的外衣,没戴帽子,气喘吁吁地边跑边挥动双手,吓得面无人色。他被后面一个骑马的佩特留拉匪徒紧紧追赶着,没多大一会儿就被追上了。骑马的匪徒弯下腰,做出砍杀的样子。老人听到马蹄声已经逼近,就举起双手,像是要保护脑袋似的。此时,谢廖沙一个箭步冲上去,跳到马前,用自己的身体护住了那个老犹太人。他高声呵斥:

"强盗!快点,住手!"

那个匪徒并不想收回马刀,他就势用厚厚的刀背向这个青年砸了下去。

5

红军猛烈地压迫着哥萨克大头目彼得留拉的部队,因此戈卢勃的联队也被调上了火线。镇上只留下司令部和少数的后方警备队。

人们开始活动了,犹太居民利用这暂时的安静,掩埋了死者的尸体,而犹太人住区的那些矮小的屋子里,又现出了生机。

寂静的夜晚,从远处传来了朦朦胧胧的枪炮声.

是的,一场激烈地厮杀正在那里进行着。

铁路工人们纷纷离开车站,各自去乡下谋生。

中学已经停课关门了。

城里宣布开始进入战争状态。

这是一个灰蒙蒙、阴郁的夜晚。

乌云犹如远方大火腾起的团团浓烟,在昏暗的天空缓缓浮动,渐渐地移近一座佛塔,浓重的烟雾把它一点一点地遮掩起来。佛塔变得越来越模糊了,仿佛抹上了一层污泥,而逼近的乌云仍在不断给它着色,越着越深。昏黄的月亮发出微微颤抖的光,也沉没在乌云之中,如同掉进了黑色的染缸。

在这样的夜里,任凭你把眼睛睁得再大,也无法望穿那无边的黑暗。人们只能像瞎子一样四处摸索着,探着路向前走,好像随时都有可能跌进壕沟摔破脑袋的风险。

在这样的时刻,一个人鬼迷心窍地迈出了家门,到大街上去乱跑,头破血流的事还少吗?更何况又是在1919年4月这样的日子里,脑袋或者身上让子弹钻几个窟窿,嘴里让铁枪托敲落几颗牙齿,这都是一些稀松平常的事。

市民们都明白,这时候应该待在家里。不要点灯,因为灯光会惹来麻烦,没准招来一个不速之客,后果就不堪设想了。

屋里最好是一片漆黑,只有这样才会相对的平安无事。

要是有人耐不得寂寞,非要出门,那就让他去好了。确实有那么一些人,没有个老实的时候,总喜欢瞎溜达。那好,悉听尊便,见鬼去吧。

这跟小市民又有什么相干呢?小市民自己才不会出去乱跑。放心好了,绝不会出去的。就在这么一个黑夜里,有条人影正顺着大街匆匆忙忙地向前走着。

他双脚不时地陷进泥坑里,如果遇到特别难走的地方,嘴里就骂骂咧咧地吐出几句脏话。他来到了柯察金家门口,轻轻地敲了两下窗子。屋子里没有人应声。他就又敲了敲,比第一次用的力气更大,也更坚决。

此时,保尔正在做梦,他梦见一个大怪物,拿着机枪对着他;他想试图逃跑,但无路可逃,机枪发出了可怕的声音。

外面那个人还在固执地敲着窗子,震得玻璃直响。

保尔倏然跳下床。他悄悄走到窗旁,极力想看清窗外是谁,但除了一个模糊不清的黑影以外,什么也看不到。

家里只有保尔一个人。他母亲去他姐姐家了,他姐夫是糖厂机务员。阿尔焦姆在邻近的一个乡村当铁匠,靠抡铁锤度日。

看来敲窗子的只能是阿尔焦姆。

保尔决定打开窗子。

“谁?”他朝人影问了一声。

窗外的人影晃动一下,只听他压低嗓门粗声粗气地说:“是我,朱赫来。”

接着,他两手按住窗台,纵身一跳,头就同保尔的脸一般高了。

他悄声问:“小弟弟,我到你这儿住一宿,可以吗?”

“当然可以,那还用说!”保尔友好地回答,“你就从窗口爬进来吧。”

朱赫来把笨拙的身体挤进了窗户。

他随手关好窗户,但是没有立刻离开那里。他先在窗户旁边站着,然后侧耳细听外面的动静。这时候,月亮恰好从云层里钻了出来,照亮了大路。他仔细地观察了路上的情形,没看出有什么问题后,才转身问保尔:“我们不会把你母亲吵醒吧?她老人家应该已经睡了吧!”保尔笑着告诉他,家里只有他一个人,水兵朱赫来一听到这话才放下心来,提高了嗓音说:“小兄弟,那帮坏蛋正在到处找我。最近车站上发生了一些麻烦事,他们要跟我算账。在屠杀犹太人的时候,如果我们大家再配合得好一些,本来是可以好好收拾一下那些‘灰狗子’的。但是人们犹豫不决,所以事情就没有干成,唉,可惜了。现在他们正在追捕我,都已经两次了。今天差点把我逮住。刚才,我正准备回住处,不过我可是从后门走的,没想到当我走到板棚旁边时,发现有一个家伙正藏在院子里,身子躲到了树后,但是刺刀露在外面了。我当时一下子就明白了是怎么回事,所以就赶紧跑了出来。这不,就跑到你这里来了。小弟弟,我打算在你这里躲上几天,你如果不反对那就好!”

朱赫来说完就坐了下来。他气喘吁吁地脱下那双沾满泥污的长筒靴子。

朱赫来的到来使保尔十分高兴。最近发电厂停工,他一个人待在家里,冷冷清清的,觉得非常无聊。

过一会儿,两个人都上床睡觉了。

保尔很快就睡着了。但朱赫来一直在抽烟,后来他又从床上起来,赤着脚板轻轻走到窗边,朝街上观望了许久,才又回到床上。他实在是太累了,没一会儿也睡着了。他的一只手搁在枕头下面,按住了那沉重的手枪,把枪柄捂得热乎乎的。

朱赫来深夜突然到保尔家借宿,同保尔一起住了八天,这件事成了保尔生活中的一件大事。有生以来他第一次从水兵朱赫来那里听到那么激动人心的新鲜东西。这短短的八天对这位锅炉工的一生起了决定性的作用。

水兵已经两次遇险,他只好暂时待在这间小屋里,就像一只被关在笼子里的猛兽。他对打着蓝黄旗残酷蹂躏乌克兰大地的匪帮们深恶痛绝。现在他就利用这段迫不得已而又闲着的时间，把满腔怒火和憎恨都传给了如饥似渴地听他讲话的保尔。

朱赫来的话明白易懂，听起来一清二楚。保尔从他那里听到一大堆党派的名称：社会革命党、社会民主党、波兰社会党，他开始明白所有这些党派都是工人阶级的凶恶敌人。只有布尔什维克党才是老百姓的救星！

以前保尔总是被这些名称弄得稀里糊涂的，自从今天听朱赫来讲过以后就恍然大悟了。人高马大的水兵在1915年加入俄国社会民主党，是位坚定的布尔什维克。他在波罗的海舰队服役，经过许多大风大浪的锻炼。他现在正给年轻的锅炉工讲述着严峻的生活真理。保尔两眼紧紧地盯着他，听得很是着迷入神。

“呵，小弟弟，我小时也跟你一样，”朱赫来亲切地讲述着，“浑身是劲儿，就是不知道该往哪儿用。那时我家里很穷。一看见财主家那些吃得好穿得好的小少爷，我就恨得牙痒痒的。我一有机会就会狠狠地揍他们，但是这都无济于事，只能换来我父亲的一顿毒打。孤身一人去战斗，根本无法改变我们的生活。保尔，你还年轻，你一定能够成为工人阶级的好战士，一切条件你都具备，只是年纪还不够大，还有就是对于阶级斗争的道理你懂得也不是很多。小弟弟，我给你讲讲真正正确的道路应该怎样走吧，相信这对你以后的生活会有很大的帮助。我最不能容忍那些低声下气、胆小怕事的人。现在全世界都燃起了烈火。奴隶们起来造反了，想要把旧世界推到海里去。但是要达到这个目的，必须要有勇敢无畏的阶级兄弟，那些依偎在妈妈怀里的公子哥儿是没用的。我们要的是钢铁铸就的坚强勇士，而不是在战争面前畏畏缩缩像蟑螂躲亮光那样硬钻墙缝的怕死鬼！”

他说完用拳头使劲捶了一下桌子。

他站起身来，两手插在衣袋里，皱着眉头在屋里大步走来走去。

每天的无所事事让他觉得憋得慌。他有点后悔留在这个小镇了，觉得继续待在这里已经没有任何意义，所以毅然决定穿过火线去找红军队伍。

毕竟城里还有一个九个人的党组织，还可以继续进行工作。

“这儿没我，照样可以开展工作，我不能闲坐在这里了！够了，十个月就被我这么白白浪费掉了！”他闷闷不乐地想着。

“朱赫来，你究竟是干什么的？”保尔很突兀地问他。

朱赫来站起来，把手插在衣袋里。面对保尔突如其来的问题，他一时间没有弄明白这句话的意思。

“难道你还不知道我是干什么的吗？”

“我想你不是布尔什维克，就是共产党员。”保尔小声作答。

朱赫来哈哈大笑起来，逗乐似的拍拍保尔那被蓝白条水手衫紧箍着的宽胸脯。

他说：“小兄弟，这是明摆着的事。不过，布尔什维克和共产党也是一码事，这也是明摆着的。”他接着又严肃地说：“既然你已经知道了，你就应当记住：如果你不想让我被他们弄死，那以后不管在什么地方，不管对谁，你都不能说出真相。懂吗？”

“我明白!”保尔斩钉截铁地回答。

这时,从院子里突然传来了说话声,没有敲门,人就进来了。朱赫来急忙把手伸进衣袋,但马上又抽出来了。进来的是谢廖沙。他头上缠着绷带,面色苍白,人也瘦了一圈。随后进来的是瓦莉亚和克利姆卡。

“小鬼,你还好吗?”谢廖沙紧握住保尔的手,微笑着问候。“我们仨一起来你家做客,瓦莉亚不放心我一个人来,克利姆卡又不放心瓦莉亚一个人来。别看他一脑袋红毛,傻呵呵的,活像马戏团的小丑,倒还懂点好歹,还知道一个人去哪里不太安全。”

瓦莉亚笑呵呵地伸手捂住了谢廖沙的嘴,责备道:

“瞎扯！你今天老是跟克利姆卡作对!”

克利姆卡友好地笑了笑,露出两排白牙。

“对病人只能将就点了。脑瓜子挨了一刀,难怪还要胡说八道。”

大家都笑了。

谢廖沙的伤口还没完全复原,就躺到了保尔的床上。接下来,朋友们就激烈地谈了起来。谢廖沙一向愉快乐观,而今天却格外地沉静,偶尔还显得有那么点抑郁,他向朱赫来讲述了佩特留拉匪徒打伤他的经过。

朱赫来对来找保尔的这三个小青年都很了解。他自己也多次到过谢廖沙家。他很喜欢这些少年,在斗争的旋涡中,虽然他们还没有找到自己该走的路,但是,在他们身上已表现出鲜明的阶级立场。他饶有兴趣地听着这几个年轻人讲述他们如何帮助犹太人,又是如何把他们藏在自己家中,把他们从虐杀犹太人的暴行中挽救出来的经历。这天晚上,朱赫来也给青年们讲了许多关于布尔什维克和列宁的事情,从而帮助他们认识当前发生的种种事件。

当保尔把伙伴们送走时,天色已经很晚了。

每天,朱赫来都是黄昏时出去,深夜才回来。他正忙着同留在城里的人商量着今后的工作该如何进行。

这天晚上,朱赫来一夜未归。第二天一早,保尔睁开他那双朦胧的眼睛,而眼前看到的却是一张空床。

保尔预感到好像出了什么事情,于是就慌忙穿好衣服,走了出去。他锁好屋门,把钥匙藏在约定的地方,直奔克利姆卡家,想从他那儿打听点朱赫来的消息。克利姆卡的母亲矮小结实,宽脸庞上长满了麻子。她正在洗衣服。当保尔问她知不知道朱赫来在哪里的时候,她不高兴地回答:

“怎么？你以为我什么都不干,专门看着你的朱赫来啊？就是因为这个家伙,佐祖利哈家里被折腾了个底朝天。你找他干什么？你们凑在一起,倒真是好搭档,克利姆卡,你……”说到这儿,她狠劲儿地搓起了衣服。

克利姆卡的母亲嘴皮子一向厉害,说起话来喋喋不休。

保尔又来到了谢廖沙家,跟他倾诉了自己担心的事。瓦莉娅插话道:“你瞎担心什么啊,也许他昨晚住在朋友们那儿了呢。”可是她的语气并不怎么自信。

保尔没能打听到什么消息,心里有点失落,就打算走了。瓦莉娅知道,保尔这几天一直是饿着肚子,家里能卖的东西,全卖掉换吃的了,再也没有什么可卖的了。于是她强迫保尔留下吃饭,否则便不再和他好。保尔也确实感到饥肠辘辘,于是就答应了留下来饱餐一顿。保尔走近家门的时候,满心希望能够一进屋就看到朱赫来。

但是,又一次让他失望了,门还是原样锁着。他呆呆地站着,心情十分沉重。他真不愿意走进这空屋子。

他在门口站了好一会儿,犹豫不定,这时一股说不清的力量召唤他向板棚走去。

他拨开蜘蛛网,把手伸到棚顶下面,在一个隐秘的角落里摸到了那把沉甸甸的曼利赫尔手枪。

保尔从板棚里走出来,朝车站走去。口袋里装着那支沉甸甸的手枪,他心里有些紧张

保尔仍然没有朱赫来的消息。回来的路上,他经过那熟悉的林务官花园时,他不自觉地放慢了脚步。他莫名其妙地想瞧瞧这栋房子,可花园和房子里都没有人。走过去之后,他又回头朝花园的小径看了一眼。只见遍地都是去年的枯叶,整个花园显得十分荒凉。显然,那位关心花草的主人已经有好长时间没有照料过这座花园了。偌大一栋房子,冷冷清清,这使保尔感到更加的郁闷。

他记得跟冬妮娅最后一次吵架时,比原来任何一次都要凶。那是一个月以前突然发生的事。

保尔两手深深插在衣袋里,一边漫步朝城里走去,一边回忆着他和冬妮娅争吵的经过。那天他俩在路上偶然相遇,冬妮娅邀请他到她家做客。

她对他说:"我父母都去博利尚斯基家参加命名礼了,家里只有我一个人。保尔,亲爱的,到我家来吧。咱们可以一同读列奥尼德·安德列耶夫的小说《萨仕卡·日古廖夫》,这本小说很有意思的。我已经看过了,可是我还想和你一起再读一遍。这个晚上我们一定会过得很愉快的,你来吧,好吗?"

她头顶小白帽,一头栗色的秀发又浓又密,一双大眼睛期待地望着保尔。

保尔望着她这双美丽的眼睛,坚定地回答:

"好,我一定来。"

他们就这样分手了。

保尔急急忙忙地回到机房。

一想到可以跟冬妮娅单独度过整个傍晚,他觉得炉火都显得分外明亮,木柴的噼啪声也似乎格外欢畅。

那天黄昏,他准时敲响了冬妮娅家那扇宽大的门。

出来开门的是冬妮娅。看上去,她略有些难为情。

她不好意思地告诉他:

"真不巧,我这里还来了几个客人,我没想到他们会来,不过你可不许走啊。"

保尔转过身子,打算离开这里。冬妮娅拉住了他的袖子说:

“进来吧,保尔,让他们跟你认识认识,这又没什么坏处。”说着,就用一只手挽着他,穿过饭厅,把他带到自己的住室。

一进屋,她就笑着问那几个青年人:

“你们不认识吧?这是我的朋友保尔·柯察金。”

房间里的小桌子周围坐着三个人:一个是莉莎·苏哈里科,她是个漂亮的中学生,皮肤略黑,一张小嘴轮廓分明,梳着漂亮的发型;另一个是保尔没有见过的青年,他穿着整洁的黑外衣,细高个子,油光光的头发梳得服服帖帖的,一双灰眼睛显现出寂寞忧郁的神情;坐在这两人中间的正是穿着时髦中学制服的维克多·列辛斯基。

当冬妮娅推开门时,保尔第一眼就看见了他。

列辛斯基也一眼就认出了保尔。他那两道像箭一样细的眉毛,惊异地耸了起来,真有点不大相信冬妮娅的介绍。

保尔默默地站在门口,用充满敌意的目光死盯着维克多。

冬妮娅这时也注意到他俩的表情了,急忙打破这种令人难堪的僵局,一边请保尔进屋一边转身对莉莎介绍道:

“来,介绍你们认识一下吧!”

这时,莉莎正好奇地打量着保尔,她一听冬妮娅这么说,就客气地站了起来。

可是这时候,保尔一个急转身,大步穿过半明半暗的饭厅,直向大门走去。冬妮娅赶紧追他,追到台阶上才赶上他。她一把抓住保尔的肩膀,气恼地质问:

“你为什么要走?我是特意叫他们来跟你认识的呀!”

他把她的手从肩膀上推开,粗暴地说:

“用不着拿我在这些废物跟前展览。我跟这帮家伙坐不到一块儿。也许你觉得他们可爱,我可是恨死他们了。我不知道你们是好朋友,否则的话,我是绝对不会到这儿来的!”

冬妮娅抑制住心头的怒火,打断了他的话:

“谁给你权力用这种口气跟我说话的?我从来不过问你跟谁交朋友,也不问谁经常到你家去玩!”

保尔走下台阶,进入花园。一边走,一边斩钉截铁地说:

“那就让他们来好了,我反正是不来了。”说完,就生气地朝栅栏门跑去。

从那天以后,他俩就再也没见过面。在这么多日的连连战乱和屠杀中,保尔与工友们忙着帮助犹太人,把他和冬妮娅的争吵已经忘得一干二净。但今天想起来了他很想再见冬妮娅一面。

朱赫来突然失踪,家里等待着保尔的是孤独和寂寞……想到这儿,保尔心中不免迷惘起来了。春天冰雪消融,道路坑洼不平,积满褐色泥泞。整个公路像一条灰色的带子,拐到右边去了。

紧挨着路边有一座破陋不堪的房子,墙皮已经剥落,像长了疥癣。大路就在这破房子后面分了岔。

岔路口处，有个门窗破旧的小商亭，倒挂着“出售矿泉水”的招牌。小商亭的旁边，维克多·列辛斯基正跟莉莎告别。

他久久握着莉莎的手，情意缠绵地看着她的眼睛，问：

“您来吗？您不会骗我吧？”

莉莎娇滴滴地答道：

“我一定来，一定。请您等我吧。”

临别时，莉莎又冲他笑了笑，那双褐色的眼睛似乎在允诺着什么。

她走出十几步的时候，忽然看见路的拐角走出两个人来。走在前面的是一个矮壮的、宽肩膀的工人，他敞着上衣，露出里面的水手衫，黑色的帽子低低地压住前额，一只眼睛又青又肿。

这个工人穿着一双短筒黄皮靴，腿略微有点弯曲，坚定地朝前走着。

在他身后三步远有个佩特留拉匪兵。匪兵身穿灰军服，两盒子弹挂在腰间，手持着上好刺刀的步枪，刀尖狠狠对着那个工人后背。

毛茸茸的皮帽下面，一双眼睛眯成一条缝，他警惕地盯着被捕者的后脑勺，那被烟熏黄了的胡子朝两边撅着。

莉莎放慢了脚步，走到公路的另一边去了。这时，保尔也来到了公路上。

当他向右转，往家走的时候，也发现了这两个人。

他一下子就认出了走在前面的朱赫来，他的两只脚就像长在地上一样，再也挪不动了。“难怪他没回家呢！”保尔心里思索着。

朱赫来越走越近了。保尔的心猛烈地跳动着。无数的念头都在他眼前闪现，他很难理出头绪。时间太仓促了，他犹豫不定。不过有一点他心里非常明白，朱赫来一定会牺牲的。

保尔盯着离自己越来越近的两个人，心中茫然了，一时间不知所措。

“怎么办？”

在最后的一秒钟，他猛地想起了自己衣袋里的手枪。一会儿等他们从身边经过时，就朝那个持枪的家伙后背开一枪，那样朱赫来就得救了。一瞬间保尔做出了这样的决定之后，他的思绪立即变得清晰了。他紧紧地咬着牙，咬得生疼。昨天朱赫来还对他说过，要达到这个目的就需要勇敢无畏的阶级兄弟！

保尔迅速看了看四周的情况。通往城里的大路上空荡荡的，看不见一个人。前面的路上一个穿着春季短大衣的妇女在急匆匆地赶路。她不会碍事的。岔路口另一侧的那条马路上情况如何，他看不清楚。只是远处通往车站的那条路上有几个人影在晃动。

这时，保尔走到公路边上。当他们相距只有几步远的时候，朱赫来也看见了保尔。

朱赫来用那只没有受伤的眼睛看了看他，两道浓眉微微一颤，事情来得太突然了，于是他放慢了脚步。

刺刀尖戳了一下他的后背。那个匪兵用刺耳的嗓音喊道："喂，快走！再磨蹭我就给你两枪托！"

朱赫来只好又加快了步伐。他本想跟保尔说两句，但还是忍住没说出来，只是挥了挥手，好像打招呼似的。

保尔怕在这关键时刻引起匪兵的注意，赶紧转过身子，让朱赫来从身旁经过，好像他对周围的一切漠不关心。

正在这时，他的脑子里突然又钻出一个令人不安的想法："要是我这一枪打偏了，子弹说不定会打中朱赫来。"

但此时那个匪兵已经走到他跟前了。在这个节骨眼上还犹豫什么？

接下来发生的事就是这样，当黄胡子押送兵走到保尔跟前的时候，保尔猛然向他扑去，抓住他的步枪，狠命向下压。

刺刀啪嗒一声碰在石头路面上。

这匪兵可是万万没料到会有人袭击，他一下子慌了手脚，不过随即就拼命地往回夺枪。保尔整个身子压在枪上，死不松手。枪啪地响了一声。子弹打在石头上，嗡的一声又弹到沟里去了。

朱赫来听到枪声，往旁边一闪，回过头来，看见押送兵正狂怒地从保尔手里往回夺枪。他扭转着枪身，使劲拧搅着保尔的双手，尽管这样保尔依然坚持着没有松手。匪兵气急败坏地把保尔摔在地上，他以为这样就可以把枪夺回来，但是他想错了。保尔跌倒在马路上，顺势也把匪兵拖倒了。他心里暗自下决心，这枪决不能让匪兵夺回去。

朱赫来一看，两三步就跳过来，抡起铁拳狠狠砸向匪兵的脸。紧接着，那个家伙的脸上又挨了两下铅一样沉重的打击。他疼得不得不松开被他压在地上的保尔，然后像个面口袋一样滚到壕沟里去了。

还是那双力大无比的手把保尔扶了起来。

维克多·列辛斯基走出分岔路口一百多步远了。他一边走一边用口哨吹着流行歌曲《美人的心朝三暮四》。他仍然沉浸在美好的回忆之中，莉莎答应明天到那座废弃的砖厂和他约会。

在追逐女性的中学生中间有一种传言，说莉莎是一个在谈情说爱问题上满不在乎的姑娘。

有一回，恬不知耻而又骄傲自负的谢苗告诉维克多，他已占有了莉莎。虽然维克多并不完全相信这家伙所说的话，但是，莉莎毕竟是一个有魅力的尤物，因此他决定明天就证实一下，看看谢苗说的到底是真还是假。

"只要她一来，我就单刀直入。她不是不在乎人家吻她吗？要是谢苗这小子没撒谎……"这时，他的思路突然被迎面而来的两个佩特留拉匪兵打断了，他急忙避到一旁，给这两个匪兵让路。一个匪兵骑着一匹短尾巴小马，手里提着一只帆布桶，看样子是去饮马。另一个穿着腰上带褶的外套和肥大的蓝裤，一只手拉着骑马人的裤腿，兴致勃勃地讲着什么。

两个匪兵过去之后，维克多准备继续往前走，这时，公路上突然响起了枪声。他扭头看看，那骑马的匪兵正拉起马缰，朝枪响的那边跑去，另一个也握着军刀紧跟其后。

维克多也跟着他们跑了过去。当他快跑到公路的时候，又听到一声枪响。紧接着，他看见那骑马的匪兵又掉转头来催马快跑，一会儿用脚踢，一会儿用水桶打。骑马的匪兵一进大门，就朝院子里的人大喊："弟兄们，快拿枪，咱们的人被打死了！"

马上就有好几个人一边扣动扳机，一边冲出院子。

维克多被逮住了。

公路上已经捉住了好几个人。维克多和莉莎站在人群中，已无法脱身。莉莎是被抓去当见证人的。

刚才朱赫来和保尔从莉莎身边跑过时，她惊呆了。她惊奇地发现袭击佩特留拉匪徒的少年正是前些天冬妮娅打算介绍给她的那个人。

他们两人相继翻过了一家院子的栅栏。这时一个骑兵朝公路飞驰而来，他发现了手持步枪正在逃跑的朱赫来和挣扎着想从地上爬起来的押送兵。于是，他策马向围墙那边追去。

朱赫来转过身来朝他放了一枪，吓得他掉头就跑。

回到兵营后押送兵双唇颤抖，把刚刚发生的事情一五一十地说了一遍。

"你这个笨蛋，眼睁睁地看着犯人从这里跑掉！你等着屁股上挨二十军棍吧！"

押送兵恶狠狠地顶了他一句："我看就你聪明！从眼皮底下跑了，是我放的吗？谁知道哪儿蹦出来那么一个狗崽子，像疯了一样扑到我的身上？"

莉莎也被审问了。她说的经过跟那个押送兵说的一样，只是隐瞒了她认识袭击者这个事实。抓来的人都被带到了警备司令部。

直到晚上，警备司令才下令释放他们。

那个城防司令要亲自送莉莎回家，但遭到了拒绝。他酒气熏天，却想要送她回家，哼，显然不会有什么好事情。

后来，还是维克多陪她回家了。

从这里到火车站有很长一段路。当他挽着莉莎的手肩并肩走着的时候，心里那叫一个美啊。

"您知道那个犯人是谁放走的吗？"莉莎快到家时问维克多。

"我怎么知道呢？不知道！"

"您记得那天冬妮娅要介绍的那个小伙子吗？"

维克多听后停下脚步，惊讶地张大嘴巴。

"啊？难道是他——保尔·柯察金？"他惊奇地问。

"对，他好像就是姓柯察金。您还记得吗？那天晚上他怪怪的，转身就走了。就是他！"维克多这时好像被吓住了。

"您没认错人吧？"他又问莉莎。

“不会的,他那张脸我记得清清楚楚!”

“那您怎么不向警备司令告发呢?”

莉莎愤然地答道:“您以为我会干这种卑鄙的事吗?”

“您认为这是卑鄙的?难道您认为,说出是谁袭击押送兵就是卑鄙的?”

“那么照您说倒是高尚的了?您把他们干的那些坏事都忘记了吗?您难道不知道学校里有多少犹太孤儿?您还让我去告发柯察金?谢谢您,我可真没想到您会这样想!”

维克多没想到她会这么回答,但这会儿他不想跟她吵嘴,便控制住了自己。

“别生气嘛,莉莎。”

他故意换了话题。

“我是在跟您开个玩笑,我不知道您是个原则性很强的人。”

“您这个玩笑开得可不怎么好。”莉莎冷冷地说。

当他们一起走到她家门口时,维克多嘱咐道:“莉莎,您明天还来吗?”

但他听到的是一句模棱两可的回答:“说不准。”

回城的路上,维克多在想:“好嘛,小姐,您尽可以认为这是卑鄙的,我可有我的看法。当然喽,谁放跑了谁,跟我一点儿关系也没有。”

列辛斯基是一个波兰世袭贵族,他对发生冲突的双方都没有好感。反正波兰军队很快就会开进来,到那时候,一定会建立一个真正的政权——正牌的波兰贵族政权。眼下,既然有干掉柯察金这个坏蛋的好机会,当然也不必错过。佩特留拉如果知道事实真相的话,一定会让他脑袋搬家的。

维克多一家只有他自己留在这座小城,他就寄住在姑母家,他姑父是一家糖厂的副经理。他的父亲西吉兹蒙德·列辛斯基早带着母亲和涅莉去华沙了,他父亲在那边担任要职。

警备司令部的大门敞开着,维克多走了进去。

不一会儿,他就带了四个匪兵直奔保尔家。

他指着那个有灯光的窗户,低声说:“就是这儿。”然后,转身问他身旁的哥萨克少尉:“我可以走了吗?”

“请便!”那少尉回答他。“剩下的事情由我们来做,谢谢您的帮忙。”

维克多快步走上了人行道,急忙溜走了。

保尔的后背又挨了重重一拳,他被推进一件黑暗的小屋里。他摸索到一张床一样的东西,便坐了下去。他受尽了折磨和毒打,情绪十分沉重。

保尔被捕了,这完全出乎他的意料。“他们怎么知道是我呢?要知道根本没人看见我呀?现在该怎么办呢?朱赫来在哪里?”

他是在克利姆卡家跟朱赫来分手的,因为朱赫来要等天黑以后才能离开小镇,保尔便去了谢廖沙家。

“唉,好在我早把手枪藏在鸟窝里了。”保尔想。“要是让他们翻到,我估计就真的没命了。但是,他们怎么知道是我呢?”这个问题叫他伤透了脑筋,他一直纠结着，思前想后，绞尽了脑汁，就是找不到答案。

匪兵们在保尔家翻箱倒柜，仔细搜查，不放过任何一个角落，可还是没找到任何一点儿有用的东西，甚至各个角落都搜遍了，却是一无所获。

阿尔焦姆早把他的衣物和手风琴带到乡下去了，母亲也随身带走了自己的小箱子。

保尔怎么也忘不了从家里到司令部这一路的情景。漆黑的夜，伸手不见五指，天空布满了乌云。匪徒对他拳脚相加，从背后、从两侧连踢带打，毫不手软。

保尔只得昏昏沉沉地向前走着，对于反抗更是有心无力。

这时，门外有人在谈话。司令部的警卫就住在外间屋。屋门下边透进一道明亮的光线。保尔非常吃力地站起来，扶着墙壁摸索着在房中走了一圈。最后在木板床对面，他摸到了一面窗子，窗上安着结实的齿形铁栏杆。

他使劲推推窗子，却是纹丝不动。显然，这里从前是个仓库。

他又摸索着走到门口，站在那里听屋外的动静。他轻轻地推了一下门把手，门吱呀响了一声。

"妈的，真活见鬼！"保尔骂了一句。

他从打开的门缝里看见了床沿上搁着两只脚，脚趾分张着，有很多老茧。他又轻轻地推了一下门把手，门又毫不留情地尖叫起来。一个蓬头垢面、睡眼迷离的人从板床上坐起来。他用五个手指狠狠地挠着长满虱子的脑袋，扯着懒洋洋的单调的嗓音开始破口大骂。骂了一阵之后，他伸手拿起放在床头的步枪，有气无力地吆喝："把门关上！再往外瞧，就打死你！"

保尔只好把门关上。隔壁传来了一阵哈哈怪笑声，让人听了又气又恨。

这天夜里，保尔翻来覆去地想了许多事情。他恨自己，没想到第一次参加战斗就这么不顺利。才迈开了第一步就被人家抓住，关在这间黑屋子里，就像老鼠被关在笼子里一样。

他坐在那里，心神不宁地打起瞌睡来。这时候，母亲的形象在他的脑海中浮现出来，她面孔消瘦，满脸皱纹，那双眼睛是多么的熟悉，多么的慈祥啊！他想："幸亏妈不在家，要不然又该跟着我受罪了。"

光线透过窗户照在地上，勾画出一个灰色的方形影子。

黑暗在渐渐退去，黎明已经来临。

6

在那所古老的大房子里，只有一个挂着窗帘的窗子仍然有光。在院子里的狗特列左尔突然汪汪叫起来。

冬妮娅从半睡中听到了母亲低低的说话声：

“没有,她还没睡。进来吧,莉莎。”

女友轻轻的脚步声和她那亲切热烈地拥抱把冬妮娅的睡意完全驱散了。

冬妮娅面带倦意地笑着。

“莉莎,你能来真是太好啦!我们很高兴,因为昨天爸爸度过了危险期,今天他安静地睡了一整天。我和妈妈熬了好几夜,今天终于可以休息一下了。哎,莉莎,最近有什么新闻吗?”冬妮娅边说边把朋友拉到长沙发前一起坐下。

“新闻吗,倒是很多!不过嘛,有一些我只能对你一个人讲。”莉莎一边笑着,一边调皮地看了看冬妮娅的母亲叶卡捷林娜·米哈伊洛夫娜。

冬妮娅的母亲也笑了。她长得端庄大方,尽管已经36岁了,但她还像年轻姑娘一样的活泼。她有一双看似很伶俐的灰眼睛,容貌虽然不出众,却很有精神,惹人喜欢。

“我很乐意过一会儿让你们单独在一起,不过现在先说说大家能听的新闻吧!”她风趣地说着,然后把自己的座椅拉近了长沙发。

“第一件新闻是我们再也不用上学了。学校委员会决定给七年级的学生颁发毕业证书,真是让人高兴!”莉莎喜笑颜开地讲着,“我烦透了那些代数呀,几何呀!学这些有什么用?男孩子们倒是可以继续学,不过他们去哪儿学啊。到处都是战场,各地都在打仗。真可怕!“我们还没结婚呢,代数对女人有什么用?”说到这儿,她便大声笑了起来。

过了不大一会儿,冬妮娅的母亲就回自己房间了。

莉莎往冬妮娅跟前挪了挪,搂着她,低声给她讲了十字路口发生的事情。

“冬妮娅,你不知道我当时有多惊讶,当我认出逃跑的那个人是……你猜猜会是谁呢?”冬妮娅正听得出神,对于莉莎的猛然提问她一时间无言以对,只是莫名其妙地耸了耸肩膀。

“就是保尔·柯察金!”莉莎出其不意地说了出来。

冬妮娅听后猛然一惊,痛苦地蜷缩了一下身子。

“保尔·柯察金?”

莉莎对产生的效果很满意。接着,她把她和维克多吵架的事也告诉了冬妮娅。

莉莎光顾着讲话,没有发现冬妮娅的脸色是那么的苍白,没有发现她纤细的手指正不安地拨弄着蓝短衫的衣襟。莉莎完全不知道冬妮娅是多么惊慌,连心都缩紧了。也不知道冬妮娅漂亮浓密的眼睫毛为什么不安地颤抖着。

冬妮娅已经没有心思听什么关于喝醉的佩特留拉的故事了,她心中默默地责问着:

“维克多·列辛斯基已经知道是谁救走犯人了,莉莎怎么可以告诉他呢?”

她想着想着,便不由自主地把这话说出来了。

“我告诉什么啦?”莉莎没有明白她的意思,这样问。

“你怎么把保夫卡,我是说,你怎么把柯察金的事儿告诉列辛斯基呢?你不知道,他肯定会出卖柯察金的。”

莉莎反驳说:“不会的。我看他不会。这么做对他究竟有什么好处呢?”

冬妮娅突然挺直了上身,使劲地抓住膝盖。

“莉莎,你不知道!他们是柯察金的死对头,况且还有别的原因。”

“总之,你告诉维克多关于保夫卡的事可是犯了大错!”

莉莎此时才发现冬妮娅很着急。这不经意出口的“关于保夫卡”使她明白了自己一直以来模模糊糊的猜测。

她也感觉到自己错了,于是一句话也不说了。

她想:“看来,真有这么回事。真怪,冬妮娅怎么会突然爱上了他?他是个什么人呢?一个普普通通的工人而已”她很想谈谈这件事,但又感到不太礼貌,于是便打住了。为了尽力弥补自己的过失,她紧紧握着冬妮娅的右手说:

“亲爱的冬妮娅,你很担心,对吗?”

冬妮娅神情迷茫地回答:

“没有吧,也许维克多比我想象的要诚实吧。”

过了一会儿,她们的同班同学杰米亚诺夫进来了。他是个笨手笨脚的、朴实的小伙子。在他来之前,姑娘们怎么也说不到一块儿去。

冬妮娅送走了两个同学,独自在门口站了很久。她倚着篱笆门,望着通往城里的公路。她感到潮湿、阴冷的空气,夹带着春天泥土般的霉味扑面而来。远处,城里许多房子的窗户不怀好意地闪着暗红的灯光。就在那个小镇上,在某一间屋子里,她那个生来就不安分的朋友,可能还没有察觉到危险。或许,他早已把她忘了。自从他们上次见面以后,已经过了很长时间。那一次是他的不对,但她原谅他了。明天她一见到他,往日的友谊,那使人激动的美好友谊,就会恢复。对于这一点,冬妮娅是深信不疑的。但愿这一夜平安无事!然而这不祥的黑夜,仿佛在一旁窥伺着,随时准备……真冷啊。

冬妮娅最后看了看大路,回到了屋里。上床之后,她裹紧被子,还一直默默祈祷今夜平安无事,保尔能安然无恙。

第二天一大早,当屋里其他人还在熟睡的时候,冬妮娅就火急火燎地起床了。她迅速穿好衣服。为了不惊醒别人,她悄悄地走到院子里,解开特列佐尔那只又大又胖的狗,一同向镇上走去。到柯察金家的门前了。她犹豫一分钟后,推开了栅栏门走进院子。特列佐尔在前面跑着,摇着尾巴……

阿尔焦姆也是一大清早从乡下回来的。他是坐大车来的,同车的是一个在一起干活的铁匠师傅。阿尔焦姆把挣来的一袋面粉扛在肩上,向院子走去。铁匠拿着剩下的东西跟在后面。阿尔焦姆把口袋放在敞着的门口,喊道:“保尔!”

却没有人应声。

“把这些东西搬到屋里去吧?”铁匠走过来问他。

阿尔焦姆把东西放在厨房里,进了屋,一看就愣住了。屋里翻得乱七八糟,破破烂烂的东西扔得满地都是。

“真见鬼!”他不解地嘟囔着。

“嗨，真是一团糟。”那铁匠也有点纳闷。

“这个小家伙跑哪儿去了？”阿尔焦姆有些生气了。

家里空荡荡的，一个人影儿都没有，问谁去呢？

铁匠告别后，赶着大车先走了。

阿尔焦姆回到院子里，向四周张望着，希望能发现点儿什么。

“真不明白是怎么回事！房间的门开着，而保尔却不在家。”

这时，背后传来了脚步声。他转过身来，在他面前站着一只大狗，警惕地竖着耳朵，还有一个陌生的姑娘也走进了院子。

那姑娘上下打量着阿尔焦姆，轻声地请求道：“我想见见保尔·柯察金。”

“我也正找他呢。谁知道他跑哪儿去了！我刚刚回来，房门开着，家里没人。您找他有事吗？”他问姑娘。

姑娘反问道：“您是他哥哥阿尔焦姆吗？”

“是，有什么事儿吗？”

姑娘仍然没有回答，只是忧虑地望着敞开的门。“我怎么昨天晚上不来呢？难道他真的出事了？”她心里想着，心情越来越沉重了。

她问一直惊讶地看着她的阿尔焦姆：“您来的时候房门就敞着吗？保尔那时就不在了吗？”

“您找保尔到底有什么事呢？”

冬妮娅靠近阿尔焦姆，向四周看了看，紧张地说：“我也不能确定，但如果保尔不在家的话，就真有可能被捕了。”

“为什么？”阿尔焦姆不由得打了一个寒战。

“进屋里再说吧。”冬妮娅提醒他。

阿尔焦姆一声不吭地听她说了事情的经过，心里有点绝望了。

“唉，本来就够糟的了，偏偏又出了这么倒霉的事情。”他满面愁容地嘟囔着。“我说这屋里怎么一团糟呢！这孩子看来是鬼迷心窍了，竟然能惹出这种事来，现在上哪儿去找他？请问，您是谁家的小姐？”

“我是林务官图曼诺夫的女儿。我和保尔是朋友。”

“哦，是这样啊，”阿尔焦姆含含糊糊地拖长声音说，“我给这孩子送面粉来了，想不到居然出了这种事情。”

冬妮娅和阿尔焦姆面面相觑。

“我走了，也许你能找到他。”临走时，冬妮娅又低声叮嘱，“晚上我到您这儿来，听听有什么消息。”

阿尔焦姆默然地点点头。

一只刚刚从冬眠中醒来的干瘪苍蝇在窗脚上嗡嗡地叫个不停。一个农村姑娘，胳膊支撑着膝盖，坐在一个破旧沙发的边上，呆呆地望着肮脏的地板。

司令官嘴角叼着一支烟，手里拿着笔潦草地写满了一张纸，又在“谢佩托夫卡城防司令”的印章下扬扬自得地签了名，字写得简直就是龙飞凤舞，他还时不时在字尾处随意地甩了一个钩儿。这时,门口突然传来了马刺的响声。警备司令抬起头来。

在他面前站着一只手缠着绷带的萨洛梅加。

“哎哟,什么风把你吹来的呀?”司令官用欢迎的口吻打着招呼。

“风倒是好风,就是胳膊被博贡团打烂了!”

萨洛梅加丝毫不顾在场的妇女,粗野地破口大骂起来。

“怎么,您到这儿养伤来了?”

“下辈子再养吧!前线吃紧,我们都快给压扁了。”

司令官指了指那个妇女,示意他先别说了:

“咱们以后再谈吧!”

萨洛梅加一屁股坐在了凳子上,随手摘下带帽徽的军帽。那帽徽上有三支枪交叉的图案,是乌克兰民族共和国国徽。

“是戈卢勃派我来的。”他低声说。“谢乔夫狙击师团很快就要换防到这里,你这儿可要有大麻烦了,我先来把秩序整顿一下。‘大头目’自己也可能来,并且还有外国的大佬们也一道来。这回谁也不能提那次‘消遣’的事。你在写什么呢?”

司令官把香烟从这个边嘴角挪到那边的嘴角,然后说:“我这儿关着一个小坏蛋。我们在车站逮住了那个朱赫来,记得吧,就是煽动铁路工人对付我的那个。”

“然后呢?”萨洛梅加很有兴趣,向前面凑了凑。

“嗨,奥麦利钦科,那个车站司令,十足的饭桶,那个笨蛋只派了一个哥萨克兵押送他。就是我这儿现在关着的这个小坏蛋,竟敢公然在大白天把朱赫来劫走了。哥萨克兵被卸了武器,牙都被打掉了。朱赫来跑得无影无踪,那个小坏蛋却被我们抓住了。你看看这些材料吧!”他把写好的一摞文件推到萨洛梅加面前。

萨洛梅加用那只没伤着的左手翻看着,随后抬起头来问:“你从他嘴里问出什么了吗?”司令官一听,气恼地扯了一下帽檐。

“我足足整了他五天,可是到现在他死活不说。就是一句话,‘我什么都不知道,不是我放走的’,简直是天生的土匪。要知道押送的那个哥萨克兵认出了他,差点把他掐死,我们费了老大的劲儿才拉开他。奥麦利钦科因为他放跑了犯人,打了他二十五军棍,那个押送的兵恨死这个小坏蛋了,狠狠地揍了他一顿。现在这个人没必要再关下去了,我给上司写个呈文,上头一批,就把他干掉。”

萨洛梅加不屑地啐了一口,阴阳怪气地说:“如果他在我手里,早就招了!审问这种事,不是你这个神甫的儿子能做好的。神学院的学生,怎么能当司令呢?呵呵,你拷打他没有?”司令官来火了。

“你也太无礼了!你自己笑去吧!我是这儿的警备司令,不要干涉我的工作!”

萨洛梅加看着怒气冲冲的警备司令,哈哈大笑起来。

“哈哈!小神甫,别生气,当心气破了肚皮。我才不管你的事呢!闲话少说,你还是告诉我,哪儿能搞到两瓶好酒喝喝吧!”

“这个简单!”司令官转怒为喜。

“至于那个小浑蛋啦,”萨洛梅加指着材料上保尔的名字,提醒道,“如果你真想干掉他,应该把16岁改成18岁。你瞧,应把‘6’字的钩儿往下描描。这回他们肯定批准!”说完,他奸诈地笑了。

仓库里一共关押着三个人。一个大胡子老头,穿着破旧的长袍,侧躺在木板床上,下身穿着宽大的亚麻裤子,两条消瘦的腿蜷缩在一起。

他之所以被抓,是因为住在他家的佩特留拉士兵的马丢了。地上坐着一个上了年纪的女人,贼眉鼠眼,尖下巴,是个酿私酒的。有人控告她偷了手表和其他值钱的东西。在窗户下面的墙角里,柯察金正迷迷糊糊地睡着,头枕在皱巴巴的帽子上。

仓库里又带进了一个乡下打扮的年轻姑娘,扎着花头巾,瞪着两只惊恐的大眼睛。

她站了一会儿,就坐到了酿私酒的女人身旁。

老妇人一边端详着她一边问道:“也被抓来了,小姑娘?”

她没有得到回答,不肯罢休,又问:“你是为啥给抓来的?兴许也是为造私酒吧?”

村姑站了起来,看了看这个喋喋不休的老妇人,低声说:“不,我是因为我哥才被抓来的。”

“他怎么了?”老妇人继续追问。

这时候,那个老头插嘴了:“你干吗惹她伤心呢?说不定人家已经够难受的了,而你却问起来没完没了。”

那老妇人扭过来朝他说道:“你说谁呢?我和你说话了吗?”

老头子当面就啐了一口:“我是告诉你别再纠缠人家了!”

仓库里安静下来。姑娘把大头巾铺在地上,枕着一只胳膊躺下了。

老妇人开始吃东西了。老头子把脚耷拉到地板上,不慌不忙地卷了一支烟后吸了起来。难闻的烟雾充满了整个库房。

老妇人嘴巴塞得满满的,还唠叨个不停:“抽起来没完没了,臭得要命。就不能让人吃顿安生饭?”

老头子挖苦道:“你是怕饿瘦了吗?看看,门都能让你挤破了,你怎么不让别人吃点呢?光顾着自己那张破嘴!”

老妇人委屈地摆了摆手,叫嚷道:“我给过他了,是他自己说不想吃。能怨我吗?我吃多少,用不着你多嘴多舌的,又不是吃你的。”

村姑转过脸来对着老妇人,把头朝保尔那边示意了一下,问:“您知道他为什么坐牢吗?”老太婆很高兴有人跟她说话,就满意地答道:“他是本镇老妈子柯察金娜的小儿子。”

她弯下身子,凑到姑娘耳朵跟前,然后悄声地说:“他放跑了那个布尔什维克水兵,那人就住在我的邻居佐祖利哈家。”

村姑一下就想到了司令官的那句话:“我给上司写个呈文,上头一批,就把他干掉。”一列一列的军用列车塞满了车站。谢乔夫狙击师的官兵们乱哄哄地从车上挤下来。由四辆包着钢板的车厢组成的装甲列车“扎波罗什哥萨克”号沿着铁轨缓慢地爬着。大炮从敞车上卸下来，从货车里牵出了马匹。骑兵们就地整鞍上马，挤开那群乱得不成队形的步兵，到车站广场上去集合整队了。

军官们来回奔忙着，叫喊着各自部队的番号。

车站上十分嘈杂，就像有一窝蜜蜂在嗡嗡叫一样。喧闹混乱的人群终于组成了许多长方形的队伍。武装的人流涌向了市镇。直到傍晚时分，谢乔夫狙击师的辎重马车和后勤人员还在不断地向城里奔去。走在最后的是司令部警卫连。一百二十个人一面走，一面扯着嗓子唱：

为什么喧嚷？
为什么呐喊？
因为彼得留拉
来到了乌克兰……

柯察金站起来，走到窗前。街上车轮的辘辘声、杂乱的脚步声和歌声，透过苍茫的暮色，传入了他的耳内。

身后有人小声地说：“哦，军队已经进城了。”

保尔转过身来。

说话的是那个昨天关进来的小姑娘。

保尔已经听过她的叙述。酿酒的老太婆终于达到了目的。她说她来自离城七俄里的农村，她的哥哥格里茨科是个红色游击队员，在苏维埃当政时，曾经还领导过贫农委员会呢。

红军撤退时，格里茨科也跟着一道撤走了。而现在呢，这一家子简直活不下去了。仅有的一匹马，也给抢走了。爸爸也被抓进了城里，在牢里受尽折磨，现在还没被放出来。村长以前被格里茨科教训过，现在就乘机报复她家，把各种各样的坏蛋弄到她家去住，最后把她家糟蹋得不成样子了。昨天，谢佩托夫卡的司令官到村里抓人，村长又把他带到她家。司令官看中了她，第二天清晨就把她带回城里来“审问”。

保尔此时此刻心事很重，翻来覆去睡不着，他心神不宁的，脑子里只有一个驱不散的念头，下一步应该怎么办？

遭到毒打的身体像针扎一样疼痛。那天哥萨克押送兵兽性大发，把他狠狠地打了一顿。为了不再考虑那个讨厌的问题，他开始听自己两个女同伴悄悄的说话声。

那村姑低声地讲着司令官纠缠她的经过。后来由于她坚决反抗，他就暴跳如雷地骂道：“我把你关到地牢里，你一辈子也别想出去！”

黑暗笼罩着整个牢房，令人窒息的、不安的夜降临了。思路又转到吉凶未卜的明天。这是他入狱后的第七夜了。仅仅七天，对他来说却像是几个月。他只身躺在硬得硌人的地板上，浑身疼得要命，这种痛几乎一刻都没离开过他的身体。现在牢里只剩下三个人了。老头躺在板床上打着呼噜，就像睡在自家的热炕上一样。

这老爷子对眼前的处境满不在乎,好像跟他没关系似的,夜夜都睡得又香又甜。造私酒的老妇人被司令官放出去给他们搞酒去了。村姑赫里斯季娜跟保尔睡在地上,几乎挨在一起。

昨天,保尔透过窗子看见了谢廖沙。谢廖沙在街上站了很长时间,犹豫地眺望着牢房窗户。

“看样子,他知道我关在这儿。”

一连三天都有人送来发酸的黑面包。到底是谁送来的,没人告诉他。这两天,司令官加紧了对他的拷问。这一切意味着什么呢?

再审问的时候,他什么也不说,否认一切。为什么要这样呢?就连他自己也不知道。他曾想做一个勇敢的人,坚强的人,像书里写的那样。可是当那天晚上,他听到押解他的一个匪兵说了那句话后却真有点害怕了。“少尉大人,干吗还押他回去啊?从背后给他一枪,一切都结束了。”是啊,16岁就死掉,这多可怕!死了,就再也活不成啦!

赫里斯季娜也想着心事。她比身边的这个少年知道得更多一些。

他大概还不知道……而她已经听到了。

保尔也没睡,好几个晚上都辗转反侧。唉,他太可怜了。然而她也有自己的苦处:她忘不了警备司令那可怕的话:“明天我再对付你。不想跟着我,那就把你交给卫兵。哥萨克兵们可是不会拒绝你的。你自己看着办吧。”

唉!真难哪!到底谁能来救她呢?哥哥当红军去了,可又与妹妹有什么罪过呢?“唉!这个世道实在是没法活了!”

潜在的痛苦哽住了她的喉咙,她感到无助与绝望,恐惧涌上心头。她失声啜泣起来。

年轻姑娘的身躯由于过度悲愤和绝望而不停地抽搐着。

墙角里的人影动了一下。“你怎么了?”

赫里斯季娜轻声地向这位年轻的难友倾诉自己的痛苦。他认真地听着,一句话也不说,只是把手轻轻地放在赫里斯季娜的手上。

“这些该死的畜生,他们一定会糟蹋我的。”她噙着眼泪,害怕得要命。她低声哀叹:“我算是完了,刀握在他们手里,他们想怎么样就怎么样啊。”

此时,保尔又能对姑娘说些什么呢?不能,保尔只能是默默地看着她,却无话可说。生活就是这样压迫人的。

明天不让他们带走她,跟他们拼吗?他们会把他打个半死,甚至会用马刀劈他的头,那肯定一下子就完了。为了安慰这个痛苦的姑娘,保尔温柔地抚摸着姑娘的手。她慢慢停止了哭泣。门口的哨兵例行公事似的对着过路人喊道:“口令!”随后又回到沉寂。老头子睡得正香。

时间不知不觉地就这么溜过去了。当一双手突然紧紧搂住他,把他拉过去的时候,他一下子还不明白是怎么一回事。

“听我说,亲爱的。”姑娘热烈的双唇小声地说着,“反正我是完了,不是那个军官就是那帮士兵。亲爱的,我把一切都给你,我绝不会让狗一样的人夺走我少女的贞洁。”

“赫里斯季娜,你说什么呢?”保尔一时间被她的举动惊住了,试图想要去拿开她的手。但是,那双有力的手臂仍然紧紧搂住他不放。两片热烈的、丰满的嘴唇,简直无法摆脱。姑娘的话是那样简单明白,那样温柔多情,他其实完全理解她讲这番话的心意。

眼前的苦痛一下就烟消云散了。他忘记了门上的锁、红头发的哥萨克兵、残暴的司令官、野蛮的拷打以及七个痛苦的长夜,眼前只有热烈的双唇和泪水浸湿的脸庞。突然,他想起了冬妮娅。

“怎么能把她忘了呢?那双秀丽的、可爱的眼睛。”

这时,他全身生起了一股抗拒的力量。他猛然站起来,像从沉醉中清醒过来。他紧紧地抓住铁窗,控制住满身的热血。赫里斯季娜双手摸着他,问道:

“你怎么不来呢?”

这句问话含着多少深情啊!无法抗拒!他弯下身子,紧紧攥住她的手说:

“你是个好姑娘,赫里斯季娜,我不会这样做的……”他还说了一些他自己也不懂的话。说完,他站直身子,为了打破这难忍的寂静,他慢慢地向木板床走去。坐在床边,他推了推老头说:

“给支烟抽吧!”

角落里,姑娘把脸埋在头巾里,哭着。

次日清晨,司令官领着几个哥萨克兵把赫里斯季娜带走了。她用眼睛朝他告别,眼神充满了责备。牢门在姑娘身后“砰”的一声关上了。看着姑娘的离去,保尔的心情也就变得更加沉重,更加郁悒。

一直到晚上,老头也没从年轻人那儿问出句话来。卫兵和司令部的值班员都换了班。傍晚,又来一个新犯人。保尔一眼就认出他是糖厂的木匠多林尼克。他长得很结实,矮墩墩的,破外套里面穿着一件退了色的黄衬衫。他仔细把小仓库迅速地察看了一遍。

保尔曾在1917年2月间见过他。那时候,这个小城也受到了革命浪潮的冲击。在无数次游行中,保尔只听到过一个布尔什维克人的演讲,那人就是多林尼克。当时他爬上路旁的一道围墙,给士兵们演讲。至今,保尔还能记得演讲的结尾:“支持布尔什维克吧,相信我的士兵们,他决不会出卖你们!”

从那以后,保尔再没见到过他。

老头子对新难友的到来很是高兴,看得出,他一个人一句话也不说在那里死死地坐了一整天是有多么的辛苦。多林尼克坐在他木板床的边沿上,和他一道抽着烟,详细询问了各种情况。

后来,他又坐到保尔旁边。问他:“你有什么好消息吗?你是因为什么被抓进来的?”保尔含糊地回答了多林尼克,这让木匠感觉到对方不是一个轻易相信别人的人,而且还沉默寡言。但是,当木匠了解到这个小伙子的罪名之后,就用那对机敏的眼睛惊讶地盯着他,看了好久。他又在保尔身旁坐下。

“这么说,是你救了朱赫来。原来是这样啊,我还不知道你被抓起来了。”

保尔警觉地撑起身子。

“你说哪个朱赫来?我不知道。加在我身上的罪名已经够多的啦!”

多林尼克却笑了笑,凑到他跟前。

“算了吧,小伙子!你别瞒我了。我知道得比你多。”

他的声音压得很低,怕老头子听见。

“我亲自送走了朱赫来。说不定他现在都已经到安全的地方了。他把事情的经过都告诉我了。”

沉默了一会儿,他似乎努力思索着什么,而后又说:“小伙子,这件事你做得对!你被关在这里,他们都知道,但不管怎么说,这件事简直是糟透了。”

他脱下外套,铺在地上,背靠墙坐了下来,又卷起一支烟。

他最后的话让保尔明白了一切。

由此可见,多林尼克是自己人。既然他送走了朱赫来,也就是说……

天快黑的时候,保尔才知道多林尼克被捕是因为在佩特留拉哥萨克士兵中进行宣传活动,他正在散发省革命委员会号召他们投诚、参加红军的传单,所以当场就给抓住了。

小心谨慎的多林尼克没有对保尔透露更多的东西。

“谁能保准不出事呢?”他心里担心着,“如果他们用鞭条拷打他的话……毕竟他还年轻啊!”

夜间,在临睡前,他用简单的几句话对保尔说出了自己的忧虑:“保尔,你我眼下的处境可以说是糟糕透了。咱们等着瞧吧,还真不知道是个什么结局呢。”

第二天,牢房里又来了一个新犯人。他是全镇有名的理发师什廖马·泽利采尔。这个人大耳朵,细脖子。他非常气恼地告诉多林尼克:

“唉,事情是这样的。福克斯、勃卢夫斯坦、特拉赫坦贝格准备给他们送盐和面包。我说,你们愿意欢迎,你们就欢迎吧,但是想叫谁跟他们一道签名,代表全体犹太居民,那可对不起,没人干。他们有自己的盘算,福克斯有一个商店,特拉赫坦贝格有一个磨坊,那我有什么呢?其他穷人又有什么呢?我们这些穷人一无所有啊。唉,算我多嘴!今天我给一个不久前刚来的哥萨克上尉刮胡子,我对他说,‘您说佩特留拉长官对屠城事情有了解吗?他会不会接见代表团啊?’唉,我这条长舌头啊,给我惹过多少是非!你猜猜看,我给那军官刮完脸、擦完粉后他是怎么对待我的?‘他站起来,不但不付钱,反而以反政府宣传的罪名逮捕了我!’”泽利采尔顿足捶胸。“这怎么能是煽动呢?我说什么啦?我不过是随便打听一下……为了这个就把我关了进来,唉,真是冤枉啊!”

泽利采尔越说越激动,他不停地拉扯着多林尼克衬衣上的纽扣,一会儿抓这条胳膊,一会儿又换那边的。

泽利采尔的倾诉让多林尼克啼笑皆非。最后,他十分严肃地说:“唉,什廖马,你是个聪明人,怎么会干出这样的蠢事呢,偏偏在这种时候多嘴多舌。这个地方我看是来不得的!”泽利采尔看了看多林尼克,好像明白了什么,接着又绝望地摆了摆手。这时,牢门开了。那个造私酒的老妇人被推了进来。她恶狠狠地咒骂着那个押送她的哥萨克:“一把大火给你们和你们的警备司令烧死才好呢!让他喝了我的酒不会有好下场的!”

卫兵随手把门“砰”的一声关上了,接着,听到了上锁的声音。

她一屁股坐在木板床上。老头子这时又来逗她:“怎么?又回来啦?喋喋不休的老太婆。请坐请坐,欢迎欢迎!”

她恶狠狠地瞪了他一眼,然后气急败坏地提起包袱走到多林尼克旁边,坐下了。

那些匪徒从她那儿搞到几瓶好酒以后,就又把她关了回来,压根就没想放她走。

突然,门外守卫室里响起了喊声和脚步声,一个人高声发着命令。牢房里的犯人全都把脸转向门口。

广场上,那座有个古钟的破教堂旁边,正发生着一件对于小城来说并不平常的事。全副武装的谢乔夫狙击师正在集合,列成一个个四方的队形,从三面把广场围起来。

在前面,从教堂门口起,三个步兵团排成棋盘格式的队形,一直站到学校的围墙附近。士兵们穿着灰色的肮脏军装,戴着不成型的俄国铁盔,就像从中间裂开的半个南瓜一样,身上缠满了子弹,武器则紧贴着腿,他们就是佩特留拉“政府”最精锐的师团。

这个师团靠着以前沙皇军队的储备才配备整齐,他们当中的大多数人都是坚决反对苏维埃的富农分子。这次他们被调到这里来,为的就是保卫这个具有重大战略意义的铁路枢纽站。闪亮的铁轨从这个小城向五个不同的方向延伸。如果佩特留拉失去这个据点就等于失去了一切。目前,他的“政府”所辖地盘已经很小了,他也只好把温尼察那样的小城当作首府。这时候,“大头目”准备亲自检阅部队。一切都已经准备好,就等着欢迎他了。

在队伍的最后面,也就是广场的角落里挤着新兵团。他们都是一些光着脚,穿得乱七八糟的年轻人。

这些农村小伙子,有的是半夜里从炕上被抓来的壮丁,有的则是在大街上被抓来的居民。其实他们没有一个愿意打仗的,都说:“谁也不是傻瓜。”

佩特留拉军官们的最大成绩就是把新兵押到城里,把他们编成连队,然后发给他们武器。但是,第二天,三分之一的新兵就都不见了,后来更糟糕,人数一天比一天少。

因而发给他们靴子就是件蠢事,况且那时还没有那么多的靴子。

于是,这样一道命令就颁布了,从现在开始应征的人都必须自备鞋袜。

这道命令产生了奇妙的效果。从哪儿搞到这么多破鞋破袜子呢?都是用铁丝或者麻绳绑在脚上的。

也就只有让他们赤脚接受检阅了。

步兵后面横列着戈卢勃骑兵团。

骑兵们挡住周围密密麻麻的看热闹的人群。大家都没见过,想借此机会看看阅兵式。

“大头目”要亲自来啊!城里面这样的事情可是很少见的,谁也不想错过免费观看表演的机会。

在教堂的台阶上聚集着一些军官,神甫的两个女儿,几个乌克兰教师,一群“自由”哥萨克,还有稍微有点驼背的市长。总之,这是一群通过精挑细选的,代表“社会各界”的精英人士。在他们中间有一位穿着切尔克斯长袍的步兵总监,他就是阅兵总指挥。

教堂里,瓦西里神甫穿起了复活节才穿的法衣。

欢迎佩特留拉的盛大仪式已经准备就绪。蓝黄旗这时候也升起来了,因为等会儿新兵要对着它宣誓效忠。

师长已经坐着那辆破旧不堪的“福特”去车站迎接佩特留拉了。

步兵总监把身材标致、留着漂亮胡子的切尔尼亚克上校叫到了他的面前。

“你带人去检查一下警备司令部和后方机关,要让他们把各处都打扫干净,收拾整齐。如果有犯人,你就查问一下,把那些无关紧要的废物都撵走。”

切尔尼亚克叩着靴后跟向总监敬了个礼后,叫上身边的哥萨克骑兵上尉,然后两人骑马疾驰而去。

步兵总监讨好地转向神甫的大女儿:“你们那边宴会准备得怎么样了,一切还顺利吗?”“城防司令官正忙着呢。”她盯着英俊的步兵总监,回答说。

突然,人群骚动起来。一个骑兵伏在马背上,沿公路飞驰而来,只听他挥着手高叫:“来啦!”

“各——就——各——位!”总监高声发令。

所有的军官都赶紧跑回各自的队伍。

当那辆“福特”喘着粗气在教堂门前停下来时,军乐队开始演奏《乌克兰仍在人间》。紧跟在师长后面,笨拙地钻出汽车的就是“大头目”佩特留拉。他中等身材,带有棱角的脑袋牢牢地固定在紫红色的脖子上,身着蓝色上衣,扎着黄皮带,皮带上的手枪套里别着一支精致的勃朗宁手枪,头上戴着“克伦斯基”防护军帽,上面有一颗三叉戟的珐琅帽徽。西蒙·彼得留拉没有一点儿威武的气派,完全不像一个军人。

他听着步兵总监简短的报告,似乎对什么地方有些不满意。接下来,就是市长致欢迎词。他更是心不在焉了,眼睛从市长头顶上望过去,漫无目的地看着远处那些严肃的列兵们。“开始检阅吧。”他朝总监点头示意。

彼得留拉走上那个插着军旗的小检阅台,接下来给士兵们做了十分钟的演说。

说实话,他讲得空泛无力,一直提不起精神来,也许是路上太累了吧,一点儿渲染力都没有。演说结束的时候，士兵们刻板地齐声大喊："万岁！万岁！"然后，他走下检阅台，用他那只大肥手拿手巾擦了擦冒汗的前额，然后在总监和师长的陪同下，开始检阅各部队。

走过新兵队列的时候，他轻蔑地眯起了眼睛，生气地咬着嘴唇。

检阅快要结束时，乱哄哄的新兵队列向旗杆走来。旗杆旁站着手拿《圣经》的瓦西里神甫。新兵们一个接一个地吻《圣经》、吻旗角。就在这时，发生了一件意想不到的事情。

谁也不知道怎么会有一个请愿团挤进了广场，他们来到佩特留拉的面前。走在最前面的勃卢夫斯坦是当地富有的木材商。按照风俗，他双手捧着一盘面包和盐（这是款待的象征），他后面是杂货商人福克斯和其他三个富商。

勃卢夫斯坦献媚地弯下腰，奉上面包和盐。站在一旁的军官接了过去。

勃卢夫斯坦说："镇里的犹太居民向您——国家的元首，表示最诚挚的感激和敬意。"

"恭请您接受我们的祝福。"

"好吧！"彼得留拉轻哼了一声，飞快地看了一下祝词。

福克斯开口了。

"我们恳请您允许我们开办工厂，并保护我们免遭迫害。"他心惊胆战地从口里挤出了这句话。

彼得留拉凶恶地皱着眉头回答说。

"我的军队是不会干这种事的，这一点请你们应当记住。"

福克斯无可奈何地摊开了双手。

彼得留拉怒冲冲地耸耸肩。他对不识时务的请愿团突然在这个时刻出场表示大为恼火。他转过身去，站在他身后的戈卢勃气得胡子都翘了起来。

"他们正在控告您的哥萨克士兵，亲爱的上校。请把事情调查清楚，采取必要的措施。"佩特留拉对戈卢勃说完后又转向总监，生气的命令道："阅兵式开始！"

倒霉的代表团怎么也没想到会撞上戈卢勃，因此急着想要开溜，避开这不必要的麻烦。观众们的注意力全都被分列式的准备工作吸引住了。响起了刺耳的口号声。

戈卢勃赶上了勃卢夫斯坦，他外表显得很平静，但嘴上却一字一句恶毒地威胁道："快滚开，找死的异教徒！否则，我把你们剁成肉酱！"

军乐响起来了。第一批部队开始通过广场。士兵们经过佩特留拉面前时，机械地齐声高呼"万岁"！然后沿着公路转到侧面的街道上去了。在连队前面是穿着崭新草绿色军装的军官们，他们潇洒地走着，就好像是散步一样挥舞着手杖。这种做法是谢乔夫狙击师首创的。新兵当然是走在最后面，他们步伐混乱，磕磕撞撞，乱七八糟地挤作一团，一点儿也没有士兵的样子。

光着脚的他们步伐倒是很轻，军官们竭力想维持好秩序，但是却很难做到。当第二个连队走过来时，右边排头的一个穿着麻布衫的小伙子，惊讶地张着大嘴，看

“大人物”彼得留拉都看呆了，结果一不留神一脚踩到了石坑里，瞬间就那样很惨地栽倒在马路上。

他的步枪被摔在石路上，哗啦啦地滑出好远。小伙子拼命想爬起来，可是后面的人立刻又把他撞倒了。

观众们这时都开始哄然大笑起来。

此时，由于这样的小插曲，队列一下子乱了阵脚，士兵们像被赶的羊群似的狼狈地通过了广场。

倒霉的小伙子急忙捡起步枪追赶自己的队伍去了。

彼得留拉刻意地转过身子，不想看到这种令人难堪的场景，他丢不起那人啊。

接下来，他没等到队伍过完，就赶紧向轿车走去。总监跟在他后面，知趣地问了一声：“尊敬的阁下，您不留在这儿用膳吗？”

“不！”彼得留拉怒气冲冲地抛下这句话。

在高大的教堂栅栏后面，谢廖沙、瓦莉娅和克利姆卡也挤在人群中看热闹。

谢廖沙两只手紧紧抓着铁栏杆，用充满仇恨的目光注视着下面的那群士兵们。

“我们走吧，瓦莉娅，快结束了！”

他用挑衅的语气提高了嗓门喊，故意让所有的人都听到。说完，就跳下了栏杆，人们这时都吃惊地转过脸来望着他。

他谁也没理，转身径直向篱笆门走去。身后跟着姐姐和克利姆卡。

切尔尼亚克上校和那个哥萨克上尉副官骑着马直奔城防司令部。在门前他们跳下了马，把马交给勤务兵后，就急忙走进了警卫室。

切尔尼亚克厉声责问一个卫兵：“司令官在哪儿？”

“不知道。”那个小兵慢条斯理地回答，“他好像出去了吧。”

切尔尼亚克四下扫了两眼。值班室脏得不成样子，床铺也没有整理，司令部的几个哥萨克士兵正悠闲地躺在上面。长官进来以后，他们压根就没想到应该站起来。

“怎么搞的，简直是个猪圈！”切尔尼亚克吼道。“你们干吗非像猪崽子一样躺在这儿？”他边骂边向一个躺着的士兵走去。

一个卫兵这时才慢慢坐起来，毫无顾忌地打了个饱嗝儿，很不客气地说：

“你嚷嚷什么？我们有我们的长官，用不着你来大喊大叫！”

“你说什么？”切尔尼亚克气得跳了起来，“你在跟谁说话呢？浑蛋！我是切尔尼亚克上校！你知道吗，狗崽子！赶紧起来，不然小心我一枪打死你！”怒气冲天的切尔尼亚克在卫兵室里气得肺都快要炸了，“赶紧把床铺整理好！把你们的狗脸也收拾出个人样来！看看你们像什么东西！不是哥萨克，简直就是一帮土匪！”

上校真的快被这些个士兵气疯了，他发狂似的踢着过道上的脏水桶。

那个副官也不逊色，不停地骂着，还挥动着他那条带三根皮条的马鞭，把那些懒兵赶下了床。

“大头目正在检阅，说不定过一会儿就到这儿来了。你们动作快点！”

那些士兵意识到了事情的严重性,都怕吃鞭子,纷纷慌乱地打扫起来。所有的人都知道切尔尼亚克的名字。于是,全都火烧眉毛似的赶紧忙碌起来。

他们干得很卖劲。

“应该去看一下犯人!”副官提示着,“谁知道他们关了些什么样的人。要是让‘大头目’看见,那就遭殃了!”

切尔尼亚克严肃地问卫兵:“谁有钥匙? 把这门打开!”

警卫队长慌忙跑过来,给他开了锁。

“警备司令到底在哪儿? 什么,让我继续等他? 赶快把他找到这里来!”切尔尼亚克威严地命令,“叫卫兵在院子里站队……步兵怎么不上刺刀?”

“我们是昨天才换班的。”警卫队长连忙解释道。

然后,他就又慌忙跑出去找警备司令了。

这时,副官一脚踹开仓库的门。牢里有几个人一看到他来,都急忙站了起来,还有的人依然若无其事地躺在那里不动。

“把门全给我打开!”切尔尼亚克不耐烦地说着,“怎么这么黑!”

在黑暗的空间里,他仔细端详着每个犯人的脸。

“你是为什么坐牢的?”他厉声问坐在板床上的老头。

老头子拽着裤子站起来,一下子被这场面给唬住了,支支吾吾地回答:“我自己也不清楚,反正就稀里糊涂地给抓了进来。那时一匹马在我家院子里丢了,可能是因为这个吧。”“什么马?”副官插了一句。

“官家的呗! 住在我家的老总把马换酒喝了,反过来又赖到我的头上。”

切尔尼亚克飞快地打量这老头子的全身,不耐烦地耸耸肩。

“收拾你的东西,快滚吧!”他喊完后转向老妇人。

老头子一时间还不敢相信自己的耳朵,又眯起那双昏花的老眼问副官:“这位官爷,我真可以走了吗?”

副官点点头:“真的,快滚吧! 越快越好!”

老头一听,高兴极了,慌忙从床上解下口袋,侧着身子一溜烟儿就不见了踪影。

“你是怎么回事儿?”切尔尼亚克接着问旁边的那个老妇人。

她急忙把嘴里的肉饼咽下肚子,唠叨开了:“长官,我被关起来可实在是太冤枉了啊! 我是个寡妇,他们喝了我的酒,就把我抓起来了!”

“什么? 你是卖私酒的?”切尔尼亚克凶凶地又问道。

“这叫什么买卖呀?”她委屈地说,“他,司令官,拿了我四瓶酒,连半个子儿也没给过我。他们全是这样,喝我的酒不给钱! 这也叫买卖啊?”

“得了,赶快见鬼去吧!”

老妇人没等他再重复命令,就抓起篮子,一边感激地鞠着躬,一边向门口笨拙的退去。她一边跑一边也没忘了说感谢话:“愿上帝保佑您,长官老爷!”

多林尼克睁大了眼睛看着眼前这滑稽的情景。被关押的人谁也不明白这是怎么回事。只有一点是清楚的:来的这两个人是大官,有权处置犯人。

切尔尼亚克又来问多林尼克:“你犯了什么罪?”

“在上校面前应该站着!”副官斥责道。

多林尼克这才慢腾腾地爬起来。

“我问你,你是为什么坐牢的?”上校又问了一遍。

多林尼克稍稍打量了一下上校微翘的胡子和刮得很干净的脸,接着又看了看他带有珐琅帽徽的新“克伦斯基”帽子。突然,他脑子里闪出一个令人兴奋的念头——“说不定能混出去呢?”

于是他就顺势随便说出了个理由:“就是因为晚上 8 点以后我还在城里闲逛,就被这些士兵抓起来了。”

说完,他全身都紧张起来,焦急地等待着反应,生怕被发现是假话。

“夜里面你闲逛什么?”

“不是深夜,才 11 点钟左右。”

他说这话的时候,已经不相信自己也能交好运了。

“走吧!”他听到这道命令,膝盖不由得抖了起来。

他连上衣都忘了拿,便向门外冲去。这时,副官已经开始询问另外一个犯人了。

保尔是最后一个。他依旧坐在地板上,刚刚发生的一切让他稀里糊涂的,甚至还没有反应过来。多林尼克走了,他们一个个都被放走了……可他以前听多林尼克说他是夜里上街被捕的……保尔终于懂了。

上校开始审问精瘦的泽利采尔,还是老问题:“你为什么被抓进来?”

理发匠看到他后吓得脸色苍白,激动不安地回答说:“他们说我进行煽动,可我不明白,我怎么煽动了。”

切尔尼亚克警觉起来:“什么煽动? 怎么煽动的?”

泽利采尔把手一摊,不解地回答:“我哪儿知道呀! 我只是说,有人收集签名,以犹太居民的名义向大头目提出请求。”

切尔尼亚克和副官都走到他跟前,冷冷地问:“请求什么?”

“恳请停止迫害犹太人的请愿书,您是知道的,这里发生过针对犹太人的抢劫和屠杀。好厉害呢,因此,犹太人都很害怕。”

“我知道了。”切尔尼亚克打断他的话,“我们会记录下你的请求的,你这个浑蛋!”他又朝副官吩咐道:“这个家伙得弄个牢靠点的地方关起来! 把他押到指挥部去! 我要亲自审问他,到底是谁要请愿。”

泽利采尔还想申辩,就被副官狠狠地抽了一鞭子。

“住口! 畜生!”

泽利采尔疼得脸都变形了,急忙吓得缩到墙角去了。他嘴唇不停地颤抖着,差点哭出声来。

就在这时候,保尔站了起来,现在牢房里只剩下他和泽利采尔了。

切尔尼亚克来到保尔面前,用那对黑眼睛打量着他。

“喂,小子,你是怎么到这儿来的?”

其实保尔已经等了很久了,看他一问,马上就回答:“我是从马鞍上割下一块皮做鞋掌,然后就被……”

“什么马鞍?”切尔尼亚克没听明白。

“有两个哥萨克兵住在我家,我把他们的旧马鞍割了一块当鞋底子了,他们就把我送到这来了。”保尔怀着获得自由的强烈愿望,又补充了一句:“我要是知道他们不让……”

上校轻蔑地看看他。

“警备司令每天都干了些什么事情,收集罪犯吗?真是活见鬼!”于是,他转向门口,喊着:“回家去吧。告诉你父亲,叫他好好收拾你一顿。行了,快滚吧你!”

保尔此时此刻简直不敢相信自己的耳朵,心都要从胸膛里跳出来了,脑子里一阵窃喜。然后他抓起多林尼克丢在地上的外衣就飞快地跑了出去。他紧张地穿过卫兵室,从那刚出来的切尔尼亚克身后溜进院子,跑出边门,到了大街上。

牢房里只剩泽利采尔一人了。他又痛苦又悲伤,回头看了一眼,下意识地向门口迈了几步。但这时一个卫兵走进值班室,他关上仓库的门,上了锁,接着就神气的坐在门口的凳子上。

切尔尼亚克站在台阶上,十分满意地转过脸来对副官说:“幸亏咱们来看了看。你瞧,这儿关了这么多废物。我看得把警备司令关两个礼拜禁闭。怎么样,咱们走吧?”

院子里卫队长的队伍也已经整理完毕了,看到上校出来,就赶忙跑过去报告:“一切就绪,尊敬的长官!”

切尔尼亚克这时把一只脚伸进马镫,轻轻一蹿,上了马。而副官忙了半天才爬上了那匹不听话的马身上。切尔尼亚克双手拉着缰绳,命令班长:“等会儿见了警备司令就告诉他,他收集的垃圾我们替他清理了,再转告他,他在这儿搞得乌七八糟,我要关他两个礼拜禁闭。现在里面关着的那个人立刻送到指挥部去,注意警戒!”

“是!尊敬的长官!”班长敬礼答道。

然后,就见上校和副官一起向广场奔去,那边的阅兵式快要结束了。

保尔翻过第一道栅栏后,就停下来了。因为他已经没有力气再往前跑了。

在闷死人的仓库里饿了这么多天,他一点劲儿也没有了。他心里想着,家里现在不能回,到谢廖沙家去也不行。要是被人发现了,他们全家都得遭殃。那到底该上哪儿去呢?

一时间保尔不知如何是好。他只顾着跑,把一个个菜园和庄园抛在身后,直到胸脯撞上一堵大栅栏才回过了神。

看了一眼,他愣住了原来这高高的木栅栏后面就是林务官的花园。他那疲惫不堪的双腿怎么把他带到这儿来了呢?难道是他想跑这来的吗?不会的。

那么,为什么他偏偏跑到这里停下了呢?

为什么？这个问题他自己也回答不了。

应当先找个地方休息一下，然后再考虑下一步怎么办；他知道花园里有个木头凉亭，那里谁也发现不了他。

他跳进了花园，望了望那树林后面若隐若现的房子，直朝凉亭走去。凉亭四面开敞，要是在夏天还能有野葡萄遮掩着，而现在什么也没有。

他打算返回栅栏那里去，但是已经来不及了。狗叫声震动了整个花园。一只大狗从房子那边顺着铺满落叶的小道向他扑来。

保尔做好了自卫的准备。

狗的第一次进攻被他一脚踹了回去，但马上又要扑来，谁也不知道这场搏斗的结局将会怎样。就在这时，保尔听到了一个十分熟悉的喊叫声："回来，特列佐尔，回来！"

冬妮娅沿着小路跑来了。她抓住大狗脖子上的皮圈，惊奇地对着站在栅栏旁边的保尔说："您怎么跑到这儿来了呢？狗会把您咬伤的。幸亏我……"

她突然停住了。她的双眼瞪得老大，这个无意中闯进来的少年怎么这么像保尔·柯察金呀！

站在栅栏旁边的少年动了一下，轻声说："你……您还认得我吗？"保尔本想着还像原来一样喊着"你"，可是又觉得生疏了许多，便又突然间改口喊成了"您"。

冬妮娅失声地叫了起来，直朝保尔扑来。

"保尔，亲爱的，是你吗？"

特列佐尔把她的叫声当作了进攻的信号，于是便使劲地跃起，向前扑去。

"走开！"

特列佐尔却吃了冬妮娅几脚，委屈地夹起尾巴，向房子那边慢慢走去。

冬妮娅紧紧抓住了保尔的手，急切地问："你去哪里了？你没有事了吗？"

"难道你已经知道了？"

冬妮娅按捺不住内心的激动，开口就说："我全都知道了，是莉莎告诉我的。可是你怎么会出现在这儿呢？"

"是他们把你放出来的吗？"

保尔全身都没力气了，低声解释道："他们放错了，所以我就跑了出来，也许现在正在搜捕我呢。我也是无意中跑到这里来的，想在小亭子里休息一下，没想到就碰到……"他抱歉似的补充了一句："我太累了。"

她看着保尔，充满了怜爱、温柔、不安和喜悦之情。她紧握着他的手说："保尔，我亲爱的保尔，我亲爱的，好人……我爱你……你听见了吗？……你这孩子，我倔强的小东西，你那天为什么非要走呢？现在到我家来吧，到我的身边来。这次我说什么也不会让你走了。我们家很安全，你想待多久就待多久！"

可保尔却摇摇头。

"要是他们把我从你们家里搜出来，那可怎么办？我不能到你们家去。"

她一听，就把他的手攥得更紧了，睫毛在颤动，泪光闪闪。

“你要是不留下,就永远别想再见我了。现在,阿尔焦姆也不在家,他给抓去开火车了。所有的铁路员工都被征调走了。你说你又能到哪儿去呢?”

保尔理解她的担忧,可又怕连累自己的心上人,他犹犹豫豫下不了决心。连日来的折磨让保尔没有坚持下去的勇气和力气了。他也想休息休息,吃点儿东西。他终于让步了。

当他坐在冬妮娅房间里的沙发上时,母女二人正在厨房里商量:“妈妈,你听我说,现在保尔正坐在我的房间里,你还记得他吗?他是我的学生。我一点儿也不想瞒你。他因为放跑了一个布尔什维克的人所以被捕了,但他现在跑出来了。可是没有别的地方可去……”她的声音颤抖起来:“也许只要住几天,他又饿又累。好妈妈,如果您爱我,就不要反对。就算我求您啦!”

女儿的眼睛恳求地望着母亲,母亲也试探地注视着女儿。

“好吧,我不反对,但是你让他住哪儿呢?”

冬妮娅涨红了脸,非常难为情而又激动地说:“我把他安顿在我屋里的长沙发上了。这事可以暂时先不告诉爸爸。”

母亲盯着她的双眼,问道:“唔,这就是你哭的原因喽?”

“嗯。”

“但他还是个孩子嘛。”

冬妮娅激动地扯着衣袖,说:“是啊,可是如果他不逃出来,他们照样会把他当作成年人枪毙的。”

她们彼此没有再多说什么。叶卡捷林娜·米哈伊洛夫娜这一生吃足了苦头。她母亲是个刻板守旧的妇人,成天讲的是那些虚伪的“礼仪”、“修养”,并对她严加管教。叶卡捷林娜·米哈伊洛夫娜至今记得,那些旧礼教如何毒害了她的青春年华,所以在女儿的教育问题上,她摒弃了市侩阶层的许多偏见和陋习,而采取一种开明的态度。尽管如此,她仍然密切关注着女儿的成长,经常还为她忧心忡忡,并不动声色地帮助她摆脱各种困境。

现在,保尔要住到她们家来,她也为此而不安。使她不安的不仅仅是保尔是个犯人,还有冬妮娅对这个小伙子的痴情,以及她对保尔的背景一无所知。

冬妮娅忙得热火朝天。

她对母亲说:“妈妈,他得先洗个澡了。我这就去准备准备,他简直脏得像个地道的司炉工,应该都好长时间没洗澡了。”

她跑来跑去,忙碌着,又是烧洗澡水,又是找衣服。接着,她又跑进屋里,一句话也不说,抓起保尔的手,把他拉进了洗澡间。

“你应该换换衣服了,这儿是干净的衣服,你的衣服该洗一洗了,穿这些干净的吧!”她边说边用手指着桌子,上面整齐地放着领子上带有白条纹的蓝色海军衫和肥大的裤子。

保尔惊奇地向四面望着,冬妮娅笑了:“这衣服是我的,跳舞会上女扮男装用的。你穿上一定很合适。好,你就洗吧,我走啦。趁你现在在洗澡,我就去给你做点饭。"

她随手带上门出去了。没办法,柯察金只好飞快地脱了衣服,跳到澡盆里。

一小时过去了,他们三个人——母亲、女儿和保尔在厨房里吃午饭。

由于饿得要命,保尔感觉还没怎么动筷子就已经吃完了第三碗饭,这时他开始觉得有点不好意思,后来看到她很热情,也就不再拘束了。

吃完饭后,他们一起来到冬妮娅的房间里。保尔向他们讲出了自己苦难的历程。

"您下面打算怎么办呢?"母亲关切地问。

保尔沉思了一会儿,回答道:"我想见见阿尔焦姆,然后就逃离这个地方。"

"去哪儿?"

"去乌曼或基辅吧,我自己也没想好,不过我必须得离开这里,在这里很不安全。"

保尔简直不敢相信,这一切会变化得这样快。早晨他还在坐牢,现在却坐到了冬妮娅身边,穿上了干干净净的衣服,而最主要的则是已经获得了自由。

生活有时候就是这样瞬息万变,一会儿乌云密布,一会儿晴空万里。如果不是有再次被捕的危险,那么他现在就是一个幸福的小伙子了。

然而,正是现在,在这宽大而安静的房子里,他随时都有可能被抓走。

他必须得尽快离开这个地方,不管哪里都行,就是不能待在这个市镇了。

但是,他的心里实在舍不得离开这个地方,真见鬼!读关于英雄加里波第的书的时候,他是多么羡慕英雄的生活啊!尽管加里波第一生艰辛,在世界各地都遭到追捕,但他还是饶有兴趣地憧憬着这样的日子。而自己呢,才经过一星期的苦难,就像艰苦了一年多那么漫长。看来,他保尔并不是什么了不起的英雄。

"你在想什么呢?"冬妮娅俯下身子关心地问道。他觉得她那深蓝的眼睛让人捉摸不透。"冬妮娅,想听的话,我给你说说赫里斯季娜的事吧。"

"你说吧!"冬妮娅开心地说。

"……打那以后,她就再也没有回来。"他吃力地讲出最后这句话。

屋里的时钟有节奏地嘀嗒嘀嗒响着。冬妮娅听得几乎快要哭出来了,她紧咬嘴唇控制着自己。

保尔看了她一眼。

"我今天就得离开这儿。"他坚决地说。

"不,不!你今天哪儿都不能去!"

她把温柔纤细的手指轻轻伸到他那头乱发里,温柔地抚摸着。

"冬妮娅,那你帮帮我吧。去调车场大厅打探一下阿尔焦姆的情况,再给谢廖沙捎个信。就说我有一支左轮手枪藏在鸟窝里,我自己不能去拿,但是可以让谢廖沙去拿。我说的你能做到吗?"

冬妮娅听了立刻就站起身来。

"我这就去找莉莎,我和她一起去调车场。你赶快写个条子,我带给谢廖沙,他住在什么地方？要是他想见你，我就告诉他你在这儿吗？”

保尔想了想道：“就让他今晚把手枪送到花园里来吧。”

冬妮娅很晚才回到家，保尔睡得正香呢。她轻轻地碰了他一下，他立刻就睁开了眼。她欢快地说：“阿尔焦姆一会儿就来，他刚刚回到城里，莉莎的父亲给他一个小时的时间。火车头还停在机车库里呢。我不能告诉他你在这儿。我只说，有非常重要的事情要转告他。哦，他来了！”

冬妮娅跑去开门。阿尔焦姆站在门口，惊呆了，他简直不敢相信自己的眼睛。冬妮娅赶紧关上门，以防患伤寒病的父亲在房间里听见。

阿尔焦姆这时激动地用双手把保尔拥在怀里，搂得保尔骨节都响了起来。

“保尔！我亲爱的弟弟！”

大家商量定了：保尔明天走。阿尔焦姆想办法把他弄到勃鲁扎克的机车上去，然后送到卡扎京去。

阿尔焦姆平常很严肃，最近一直替弟弟担心，不知道他的具体情况，烦躁极了，现在，一看到弟弟安然无恙，他别提有多高兴了。

“记住了吗？早上5点，到物资仓库去。火车头在那儿装完木柴，你就坐上去。我本来想跟你多谈一会儿，可是来不及了，我得马上回去。我们被编成了一个铁路营，就像德国人在的时候一样，被别人监视着干活儿。”

他说完就急匆匆地走了。

天这时已经黑了下来，按说谢廖沙应该到花园里来了。保尔在黑暗的房间里踱来踱去，等着他。冬妮娅和母亲一块儿陪着她父亲。

保尔和谢廖沙在黑暗中见了面，他们互相紧紧握手。

瓦莉亚也来了，他们小声谈论着。

“手枪我没拿来，你们家院子里全是佩特留拉匪兵，还停着大车，生起火来，上树根本不行。太不凑巧了。”谢廖沙一脸无奈地解释着。

“甭管它了，”保尔十分理解他，安慰道，“没准儿这样更好呢。在路上要是查出枪来，是要掉脑袋的。不过，日后你抽空一定得把它拿下来。”

瓦莉亚凑近了问：“你什么时候走？”

“明天天一亮就走。”

“你是怎么逃出来的？给我们讲讲吧。”

保尔低声把自己的遭遇很快讲了一遍。

就这样，他们依依不舍地告别了。谢廖沙没有再像平日那样开玩笑，那时他的心里很不好受。

瓦莉亚伤心地嘱咐着：“一路顺风，保尔，别忘了我们啊！”

他们走了，立刻消失在黑暗里。

屋子里寂静无声。只能听见时钟不知疲倦地走着，发出清晰的嘀嗒声。两个人谁也没有睡意，再过六个小时就要分别，也许从今以后永远不能再见面了。难道这么短的时间里能说尽心中的千言万语吗？

青春啊，无限美好的青春！这时，情欲还没有萌动，只有急促的心跳隐约显示着它的存在。手若是无意碰到少女的胸脯，便惊慌地颤抖着，迅速移开。这时，青春友谊约束着最后一步行动。在这样的时刻，还有什么比心爱姑娘的手更可亲的呢？双手紧紧地搂着他的脖子，接着就是电击一般炽热的吻！

自建立友情以来，这是他俩第二次接吻。除了母亲之外，谁也没有爱抚过保尔。相反，挨的打倒是不少。正因为这样，冬妮娅的爱抚叫他感到无比甜蜜和幸福。

他是在屈辱和残酷的生活中长大的，不知道还会有这样的欢乐。在人生道路上能够结识这位姑娘，真是他极大的幸福。

在这最后的几个小时里，他们是紧挨在一起度过的。

“你还记得跳崖之前我向你许的愿吗？”她的声音轻得几乎听不到。

黑暗中，他清晰地闻到了姑娘的发香，又好似看到了她那既温柔又迷人的眼神。当然，她的许诺他是记得的。

“难道我能够允许自己让你还愿吗？我是多么得尊重你，冬妮娅。我不知道怎么跟你说才好，说不上来。我明白，你是不经意才说了那句话的。”

他无法再说下去了，是的。熟悉的、火一般的热吻封住了他的嘴。她那柔软的身体如同弹簧一样，又是何等的顺从，但是，青春的友谊高于一切，比火更炽烈更明亮。要抵挡住诱惑真难哪，比登天还难，可只要性格是坚强的，友谊是真诚的，那就一定能做到。

保尔温情地对她说：“冬妮娅，等麻烦过去以后，我一定当个电工。如果你不拒绝我的话，如果你是认真的，而不是闹着玩的话，我一定做你的好丈夫。我永远都不会打你，若是有一天我欺负你了，我就不得好死。”

他们不敢相拥入睡，怕母亲看到了会有猜疑，就分开了。

他们睡着时，天已经渐渐亮了。他们发誓，谁也不会忘记对方。

清晨，冬妮娅的母亲早早地就把保尔叫醒了。

他赶紧起身穿衣服。

当他在浴室里换上他自己的衣服、鞋子，套上多林尼克的外衣时，冬妮娅的母亲又叫醒了女儿。

就这样，他们穿过潮湿的晨雾，急忙向车站走去，绕道来到堆放木柴的地方。阿尔焦姆在上好木柴的火车头旁边，焦急地等待着他们。

高大的机车哧哧地冒着蒸汽，慢慢朝他们开来。

老勃鲁扎克正从驾驶室紧张地向外张望着。

他们相互依依不舍地告别。然后只见保尔紧紧抓住机车扶梯的把手，就立马爬了上去。他回过身来。岔道口上并排地站着两个亲切而又熟悉的身影：高大的阿尔焦姆和苗条娇小的冬妮娅。

晨风猛烈地吹着冬妮娅的衣领和栗色的卷发。她强忍哭泣向保尔挥着手。

阿尔焦姆瞥了一眼冬妮娅。他心中暗思：“要么我是个大傻瓜，要么这两个年轻人有点反常。保尔,你还是个小孩子呢!"

列车拐弯不见了,他转过身来问冬妮娅:"好了,我们现在是朋友了。"于是,冬妮娅将小手躲进了他厚实有力的大手里。

远处渐渐传来了火车加速的轰鸣声。

7

整整一个星期,这个被战壕和蜘蛛网一样的带刺铁丝网围绕着的小镇,总是在隆隆的炮声和尖脆的枪声里醒来或睡去。只有在夜深时候才是安静的,但是偶尔还有一阵枪声冲破深夜的沉寂:那是双方的岗哨在互相试探。天一透亮,士兵们就聚在许多大炮周围忙碌起来。大炮张开黑嘴,凶猛地、吓人地咳嗽起来。人们连忙把新的炮弹装上去。炮手把绳子一拉,大地便震颤起来。炮弹嘶嘶地飞到离小镇三俄里外被红军占领的村庄上落下来,轰隆一声炸开,把无数的泥块抛向空中。

红军的炮队设在一座古老的波兰修道院里,这个修道院正好在村中央的高岗上,是个不错的根据地。

这时,炮兵队政委扎莫斯京从睡梦中骤然惊醒。他刚才枕着炮架睡了一觉。他紧了一下挂着手枪的皮带,然后侧着耳朵倾听炮弹的飞行,好像在等待着炮弹落地爆炸的声响。院子里响起了他那洪亮的喊声:"同志们,明天再接着睡吧!现在起床。起——床——!"

炮兵们都睡在大炮旁,一听召唤,全都敏捷地跳了起来,立刻做好战斗准备。

只有西多尔丘克磨磨蹭蹭,他不情愿地抬起昏昏沉沉的脑袋,说道:"这帮畜生,天刚亮就呜呜乱叫,真是坏透了!"

扎莫斯京哈哈大笑着说:"哦!西多尔丘克,他们太不自觉了,竟然不知道你还想多睡一会儿。"

炮兵西多尔丘克懒洋洋地爬起来,不满意地嘟哝着。

几分钟后,修道院里的大炮怒吼起来,城市上空炮弹乱飞。佩特留拉部队在糖厂那座高烟囱上搭了一个瞭望台,一位军官和一个电话兵站在那里不断地观察着什么。他们是攀着烟囱里的铁梯爬上去的。

整个城市的情况一览无余,就像在手掌上一样。他们就站在这里指挥炮兵射击,围城红军的一举一动都能被他们看得一清二楚。今天红军异常活跃,透过蔡斯望远镜可以观察到部队的活动情况。只见一列装甲火车慢慢地沿着铁路朝波多尔斯克车站开来,一边行进一边开炮。步兵团紧随其后。红军曾多次发起进攻,试图夺取这座城市,可是谢乔夫师固守着这一切。战壕里喷射出凶猛的火焰,四周全是疯狂的射击。在进攻最紧张的时刻,枪炮声几乎能汇成一片怒吼。布尔什维克部队冒着枪林弹雨冲锋陷阵,后来还是没能支持住,就只能退却了,战场上留下了英雄们的尸体。

今天,对这座城市的攻击一次比一次顽强,一次比一次猛烈。炮声隆隆,烟气翻滚。从糖厂的烟囱上可以清楚地看见,红军的战线正步步向前逼近。红军战士们各个奋勇当先、前赴后继,他们马上就要全部占领车站了。谢乔夫师团把所有的后备队全都调了上来,可仍没有堵住火车站旁被打开的缺口。那些英勇顽强,视死如归的红军战士们已冲进车站周围的马路上了。负责守卫车站的谢乔夫师第三兵团遭到了猛烈地攻击,他们推出了最后一道防线,已经没有战斗力再去抵抗了,于是只好狼狈的朝城里匆忙逃窜。红军部队不给敌人喘息的机会,继续挺进,用刺刀开路,扫清了敌人的零星阻击部队,最终占领了所有的街道,他们取得了胜利。

谢廖沙一家及近邻们都躲在地窖里不敢出来,但现在他实在待不下去了,他很想出去看看。他不顾母亲的阻拦,独自跑出了那阴森的地窖。装甲汽车"萨盖达奇内"号从他家门前疾驰而过,一面逃,一面胡乱向四周射击。佩特留拉的残兵败将神色仓皇地跟在它后面。有一个匪兵闯进了谢廖沙家的院子里,只见他惊慌地扔下钢盔、步枪和子弹袋,爬过篱笆,钻进了菜园。谢廖沙决定到街上去看一看。这时,败兵正沿着通往西南车站的大路逃窜,一辆装甲车在后面给他们做着掩护。通往城里的大路上空无一人。忽然,一个红军战士突然出现在大路上。只见他迅捷地卧倒,朝大路另一头射击。紧接着他身后又出现了第二个、第三个……谢廖沙瞅着他们弓着身子向前追击。一个皮肤黝黑、两眼通红的中国人,穿着一件短衫,腰间缠着子弹带,两手攥着手榴弹,毫不隐蔽地在大街上猛追。跑在最前面的是一个非常年轻的红军战士,端着一挺轻机枪。这是最先开进城里的红军战士。看到这些,一阵狂喜立刻涌向了谢廖沙的大脑,满身的热血驱使着他飞一样跑到大路上,拼命高呼:

"同志们万岁!红军,万岁!"

他出现得太突然了,那个中国人差点把他撞倒。中国人正要向他猛扑上去,但是看到这个年轻人这样兴奋激动,就停住了。

"匪兵们逃到哪儿去了?"那个中国人上气不接下气地问道。

但是,谢廖沙已经顾不上听他的。他急忙跑进院子,捡起逃兵扔掉的子弹带和步枪,追赶红军队伍去了。红军战士们没怎么在意他,直到大伙进了西南车站,才发现他。他们截住了好几列满载弹药和军需品的火车,把敌人赶进了树林,停下来整顿队伍。这时,那个年轻的机枪手跑到谢廖沙面前,很惊讶地问他:

"小同志,你是从哪儿来的?"

"我是本地的,从城里过来的。"谢廖沙告诉他,神情显得特别兴奋。"我早就盼着你们来了!"

红军战士看到他俩就都围了过来。

"我认得他,"那个中国人笑呵呵地说,"我看见他的时候,他还高呼'红军们万岁!'呢,他是布尔什维克,是我们的好兄弟!"那中国人又拍着谢廖沙的肩膀夸奖了几句。

谢廖沙的心欢快地蹦跳着。他马上就被红军战士当作自己人了。他刚刚同他们一起,参加了攻打车站的肉搏战,此时他越想越激动。

城里一片欢腾。受尽苦难的市民们终于可以得到解放了,他们纷纷爬出地下室和地窖,兴高采烈地跑到门口看红军进城。谢廖沙的母亲和瓦莉娅一眼就认出了谢廖沙。他光着头,腰上缠着子弹带,背着步枪,走在战士们的行列里。

他的母亲又急又气,站在那儿不知该说些什么好,只能一直搓手。

谢廖沙,她的儿子,居然也去打仗啦!这还了得!想想看,他竟在全城人面前背着枪,大模大样地走着,以后会怎么样呢?

想到这儿,她再也忍不住了,大声喊道:"谢廖沙,快回家!马上给我回家!你这个小浑蛋,看来这回我得给你点儿颜色瞧瞧了!想打仗,回家打去好了。"说着,朝儿子跑过去,想把他拦住。

但是,她的儿子谢廖沙,这个她不止一次揪过耳朵的谢廖沙,严厉地看了她一眼,斩钉截铁地说道:"喊什么!我就在这儿,哪儿也不去!"他连停也没停一下,就从母亲身旁窜了过去。

这下他可真把母亲惹火了:"哎呀,你敢用这种口气跟你妈说话?"她嗓门儿提得更高了:"好啊,你!以后甭想回家!"

"我就是不想回去了!"然后,谢廖沙头也没有回就大步向前迈去。

这可怜的妇人惊慌失措,站在路上一动不动。这时,一队队脸色黝黑,满身尘土的红军战士们走过她的身旁。

一个响亮的声音跟她开玩笑:"别哭了,大娘!我们要选你儿子当政委呢!"

队伍里发出了一阵愉快的笑声。这时,连队前头也响起了洪亮而和谐的歌声:

同志们勇敢地齐步走,
到战斗中去锻炼,
用我们的胸膛开条路,
通到自由的乐园……

整个队伍都跟着唱了起来。在这雄壮的合唱声中,可以听到谢廖沙洪亮的声音。他找到了新的家,他成了这个家庭里一名新的战斗员。

列辛斯基住宅的大门上挂着一块白牌子,上面写着"革命委员会"。

旁边有一张火红的宣传画。画面上是一个红军战士,两道目光逼视着看画的人,一只手直指看画人的胸膛。下面写着:"你参加红军了吗?"

昨夜,政治部的工作人员已经把这种宣传画贴满了大街小巷,同时还贴出了一张《告谢佩托夫卡全体劳动人民书》:

同志们!

无产阶级的军队已经占领了本镇,苏维埃政权已经建立起来。我们希望所有的居民保持镇静。那些虐杀犹太人的吸血的匪徒们已经被击败了,但是为了不让他们卷土重来,为了把他们彻底消灭,大家参加红军吧!用你们所有的力量来维护这劳动者的政权!本镇的军权属于卫戍司令员,政权属于革命委员会。

革委会主席多林尼克

在列辛斯基的住宅里出现了很多新面孔。“同志”这个崭新而亲切的字眼儿随处都可以听到。

多林尼克这几天忙得顾不上休息,也顾不上睡觉。

这个木匠正在忙着筹建革命政权。

别墅里一间小屋的门上贴着一张纸,上面用铅笔写着“党委会”。这是伊格纳季耶娃同志的办公室,她是个沉着干练的人,政治部委派她和多林尼克来组建苏维埃政府的各个机构。只过了一天,工作人员就都坐到办公桌旁边了,打字机嗒嗒地响着,粮食委员会也成立了。负责人是蒂日茨基,他以前是糖厂的一个助理技师。他性格急躁、活泼好动,苏维埃政权成立之初,他便顽强地同暗中仇视布尔什维克的人斗争,而这些人大都是厂子管理部门的上层人物。

在全厂大会上,他用波兰语发表了激烈而坚决地演讲。他用拳头击打着讲台的栏杆,显得异常激动,他说:“过去的一切绝不会复返。我们以及我们的父辈整整两代人都给波托茨基伯爵做牛做马。咱们给他们建造宫殿,而这位高贵的伯爵大人给我们的又是什么呢?不多不少,刚够咱们饿不死,好给他干活儿。”

“大家想想,他们在我们脖子上作威作福多少年了!咱们波兰工人和乌克兰、俄罗斯工人一样受他们压迫,年复一年地生活在水深火热中!可是那些老爷的走狗竟然厚颜无耻地在波兰工人中散布谣言。说什么苏维埃政权要用铁拳来对付波兰人。”

“同志们!这是无耻的诽谤。咱们各族工人还从来没有获得过像现在这样的自由。”

“所有的无产者都是兄弟,而那些贵族老爷,我们是不会放过他们的,这点大家一定要坚信。”

他用手在空中画了一个弧形,然后又使劲儿敲讲台的栏杆,可见他对那些人是多么憎恨。“是谁逼着我们弟兄去流血,去自相残杀呢?是国王,是贵族。许多世纪以来,他们总是派遣波兰农民去打土耳其人,一个民族进攻、屠杀另一个民族的事在不断上演着。在这些战争中有多少人丧生,又有多少人遭遇不幸!扪心自问,我们愿意这样吗?不过,这一切很快就会结束。这些毒蛇们的末日已经来临。布尔什维克向全世界高呼:无产阶级兄弟们,联合起来!资产阶级为此心惊肉跳。工人之间要结成兄弟,只有这样,咱们才能得救,才有希望过上幸福的生活。同志们,来加入共产党吧!”

“波兰也要成立共和国,不过,是苏维埃共和国,没有波托茨基之流的共和国,咱们一定要把那些家伙连根拔掉。苏维埃波兰将由咱们自己当家做主人。你们又有谁不认识布罗尼克—普塔申斯基呢?革委会已经任命他当咱们厂的委员了。‘不要说我们一无所有,我们要做天下的主人。’咱们也会有自己庆祝胜利的那一天的,同志们,千万别听那些暗藏在黑暗里的毒蛇瞎搅和!只要咱们工人齐心协力，那么就一定能够把世界人民团结在一起！”

他的演讲发自肺腑，毫无疑问道出了一个普通工人的心声。

当他走下讲台的时候，年轻人都为他鼓掌欢呼。

但上了年纪的人都没敢发表意见。天晓得哪天布尔什维克就会撤走，到那时，就得为自己的一言一行付出代价了。就是不上绞架，也肯定会被赶出工厂的。

担任教育委员的是那个又瘦又高的中学教员切尔诺佩斯基，目前他是当地教育界唯一忠实于布尔什维克的人。在革命委员会对面驻扎了一个特务连，这个连的战士在革委会昼夜值勤。一到晚上，革委会的门前就架起装满子弹带的马克沁机枪，它旁边是两个持枪的步兵。伊格纳季耶娃正向革委会走来，一个年轻的小战士引起了她的注意。她问："小同志，你多大了？"

“快17岁了。”

“是本地人吗？”

小战士微笑着说：

“是的，我是前天正打仗的时候参军的。”

伊格纳季耶娃一边听他说一边打量着他。

“你爸是干什么的？”

“火车副司机。”

这时多林尼克跟一个军人朝向栅栏门走来。

伊格纳季耶娃对他说：

“您瞧，我给共青团区委物色到了一个领导人，他也是本地人。”

多林尼克飞快地打量着站在面前的谢廖沙：

“你是谁家的孩子？

“勃鲁扎克……”

“哦，扎哈尔的儿子！好吧，就你干吧，把你的伙伴们都尽快组织起来！”

谢廖沙十分好奇地看着他俩：

“可是，我连里的事该怎么办呢？”

多林尼克已经走上了台阶，突然听到他这么说，然后就扭头过来告诉他：

“这个由我们来安排，你就不用管了。”

第二天傍晚，当地的乌克兰共产主义青年团委员会就建立起来了。

这种新生活来得太突然了。它占据了谢廖沙的全部身心，将他卷进了旋涡。他忘记了自己的家，虽然它近在咫尺。

他，谢廖沙·勃鲁扎克，已经是一个布尔什维克的兵了。他不止一次从口袋里掏出一张白纸片不停地看着，上面写着“谢廖沙，共青团员，团区委书记”。这是乌克兰共产党委员会发给他的。要是有人还怀疑这一点，那么，看看他制服皮带上的枪就会相信了。这是他的好朋友保尔送他的礼物——一支带帆布套的“曼利赫尔”手枪。要是保尔也在这里那就再好不过了！

谢廖沙整天忙着执行革委会的各项任务。这时，伊格纳季耶娃正在等他。他们要一道去火车站,到师政治部一趟,给革委会领书报和宣传品。他急匆匆地跑到街上,政治部的一个工作人员已预备好汽车在那里等着他们。

到车站去的路很远。苏维埃乌克兰第一师团的参谋部和政治部都设在列车上。

伊格纳季耶娃充分利用了乘车时间,顺便也了解一下谢廖沙的工作情况:

“你的工作做得怎么样了?组织建立了吗?你应该充分调动大家的积极性,尽快建立一个共产主义青年团小组。明天咱们就起草共青团的宣言,把它印出来,然后把青年召集到剧院里,开个临时宣传大会。另外,我还要介绍你跟政治部的丽达·乌斯季诺维奇同志认识。她也是主管青年工作的。”

丽达·乌斯季诺维奇是个18岁的姑娘,一头乌黑的短发,身着一件草绿色的新制服,腰里扎着一条窄皮带。谢廖沙从她那里学到了许多东西,她还答应帮助他进行工作。当他们分手时,她给了他一大捆宣传品,另外还特意送给他一本关于共青团纲领和章程的小册子。天已经很晚了,他们才回到了革命委员会。瓦莉娅早就在花园里等着他了,刚一见面,她就劈头盖脸地把他数落了一顿:“你真是不害臊!你都不管我们这个家了,是吧?因为你,妈妈整天以泪洗面,爸爸也气得大发脾气。这样下去,不闹出事情来才怪!”

“没关系的,瓦莉娅,放心吧,我什么事儿也不会出的。我现在每天都很忙,真没工夫回家。说实话,我今天也回不去了。我得跟你好好谈谈,到我屋里吧!”

瓦莉娅简直不敢相信自己的弟弟会变成这样了,突然间觉得他有点陌生了。他真的变了,就像让谁给充了电似的。他让姐姐坐在椅子上,开门见山就说:“是这么回事,你也加入共青团吧。你明白吗?就是共产主义青年团,我是团里的书记。你还不信?喏,你看这是什么!”说着就得意扬扬地把那张小纸片拿了出来。

瓦莉娅看完了他的证件后,不好意思地对弟弟说:“我加入共青团干什么呢?我又和你不一样。”

谢廖沙双手一摊:“干什么?难道没事情做吗?我的好姐姐!我现在忙得有时甚至连觉都顾不上睡了。每天都在做宣传工作。伊格纳季耶娃同志说,应该把大家召集到剧院去,讲一讲什么是苏维埃政权。她说我也得讲话。我想,这可不成,我还不知道该讲什么呢,准得出洋相。好了,你还是直截了当说吧,入团的事怎么样?”

“我不知道。要是我加入,妈妈准会气炸肺的。”

“你别管咱妈,瓦莉娅,”谢廖沙反驳道,“她不懂这些事情,她只是不想让孩子们离开她的身边。对苏维埃政权,她一点儿反对的意思也没有,反倒是同情的。她只希望别人去前线打仗,而把自己的孩子留在家里。我知道她是担心我们,可是这难道公平吗?朱赫来跟咱们讲的话,你还记得吗?你看保尔,人家就不管他妈妈怎么说。现在我们已经真正享有生活的权利了。怎么样?瓦莉娅,你还不同意吗?你要是参加进来该有多好啊!你可以去做姑娘们的工作,我负责做小伙子们的工作。克利姆卡那个红毛熊,我今天就叫他乖乖地参加进来。瓦莉娅,想好了吗?你到底参加不参加啊？我这儿有一本关于这方面事情的小册子，给，你看看。”

他掏出小册子递给姐姐。瓦莉娅目不转睛地盯着弟弟，低声问他：“如果哪一天匪兵们再打回来了怎么办呢？”

谢廖沙还是第一次认真考虑这个问题。

“我吗，当然跟大家一样，全部撤走。可是你怎么办呢？到那时，妈妈可真要遭罪了。”他沉默了。

“你把我的名字写上吧，谢廖沙。千万别让咱妈知道。除了咱俩，谁也别说。我什么都可以帮忙，还是这样好些。”

“对，瓦莉娅。”

这时，伊格纳季耶娃缓慢地走了进来。

谢廖沙连忙给她介绍：“这是我姐姐瓦莉娅，我正跟她谈入团的事呢。她倒是挺合适的，就是我母亲不太好办。能不能把她吸收进来，但不要告诉别人呢？万一我们不得已撤退，我扛起枪就走，这没得说，但是她会舍不得母亲啊！”

伊格纳季耶娃坐在桌子的一头，认真地听完他这一席话后，说：“好，这样办比较妥当。”剧院里挤满了叽叽喳喳的年轻人，他们都是看到城里各处张贴的召开群众大会的海报之后跑来的。糖厂的工人管乐队正在演奏。来参加大会的好多都是一些中小学生。

他们到这里来，与其说是为了开会，还不如说是为了看节目。

大幕终于拉开了，刚刚从县里来的县委书记拉律同志这时在台上严肃地出现了。

这个身材瘦小、鼻子尖尖的人立刻引起了全场的注意。大家都很有兴趣地听他讲话。他谈到了席卷全国的斗争，要号召青年们团结在共产党的周围。他讲起话来像一个真正的演说家，用了很多诸如“正统的马克思主义者”、“社会沙文主义者”这样的字眼，听众显然是不太懂的。

他讲完的时候，全场响起了热烈的掌声。他让谢廖沙上去接着讲话，自己就下台先走了。

谢廖沙担心的事情果然发生了。他怎么也讲不出话来。

“说什么呢？有什么可说呢？”他苦思冥想，搜肠刮肚，但还是什么也想不起来啊。

这时，伊格纳季耶娃在桌子后面轻声提醒：“你说说关于组织支部的事儿吧。”

谢廖沙一听这才松了一口气，感觉一下子找到了思路，接着立刻就讲起了实际问题：“同志们，你们什么都听到了，现在我们需要成立一个支部，谁赞同这个建议？”

会场里顿时一片寂静。

丽达也来帮忙了，她给大家讲述了莫斯科青年是如何建立组织的。谢廖沙不好意思地站在了一边。

没想到大会的人对建立支部的事如此冷淡，这使他意想不到，当然，由于没有人回答所以也惹得他一肚子火。他不时向台下投出不友好的目光,因为人们并没有认真听丽达讲话。他看见扎利瓦诺夫一边轻蔑地斜瞟着丽达,一边小声地跟莉莎在嘀咕着什么。坐在前排的高年级女生,鼻子上扑着粉,交头接耳地议论着,狡猾的小眼睛滴溜溜地四处转。在靠近舞台入口那边,坐着一群年轻的红军战士,那个年轻的机枪手也在其中。他坐在舞台脚灯旁,满脸怒气地注视着穿戴时髦的莉莎和安娜。她们正旁若无人地和向她们献殷勤的男生交谈着。

丽达发现没有人听她讲话,就草草地结束了,她让伊格纳季耶娃接着说。伊格纳季耶娃不慌不忙地讲起来,这时会场终于安静下来了。

"青年同志们,你们每个人都好好想一想刚才听到的话。我相信,你们当中一定有不少同志愿意积极参加革命,而不愿意袖手旁观。革命的大门随时向你们敞开着,参加不参加由你们自己决定。我希望大家对这件事发表发表自己的看法。有愿意讲的,请上台来!"

会场里又是一阵沉默。突然,有一个后排的人突然喊道:"我想说几句!"

一个眼睛有点斜,长得像熊一样的人米什卡·列夫丘科夫,挤过人群上了舞台。

"既然话都说到这份儿上了,我愿意帮布尔什维克的忙,我不会说个不字。谢廖沙知道我,我就报名参加共青团。"

谢廖沙高兴极了,他一下子冲到台中央,兴高采烈地高声说:"同志们,你们看见了吧?我早说过米什卡是自己人,他爸爸是铁路扳道工,曾经被火车轧死了,因此米什卡辍学了。虽说他没读完中学,可是对我们从事的事业,他是完全理解的。"

会场上这时喧嚷起来。一个名叫奥库谢夫的中学生也喊着要求发言,他是药店老板的儿子,留着小分头,显得古里古怪。他拉了拉制服说:"很抱歉,同志们,我不明白你们究竟要我们做什么?要我们做政治工作吗?那我们还怎么学习呢?我们总得把中学念完吧。要是成立个体育协会,办个俱乐部,让我们在那里聚一聚,读读书,倒是一件蛮不错的事情。可现在让我们搞政治工作,到头来还要被绞死。对不起,我想这种事情是没有人会乐意干的吧。"这时,会场上爆出了一片讥笑声。那个年轻的机枪手上来了,他狠狠地把军帽拉到前额上,愤怒的目光朝台下扫了一下,高声喊道:

"有什么好笑的?你们这帮浑蛋!"

他的眼睛像两块烧红了的火炭。他深吸了口气,浑身战栗着,接着往下说:

"我叫伊万·扎尔基。我没见过自己的父母,我从小就是一个孤儿,无依无靠,孤苦伶仃。白天行乞,晚上就在墙根下睡觉。挨饿受冻,找不到藏身之处。我过着狗一样的生活,可不像你们,从小受父母宠爱,娇生惯养。后来直到苏维埃政权来了,红军好心地把我收留了。全排的同志们就像对待亲人一样对待我,给我衣服、鞋袜,教我识字。最重要的是教会了我做人的道理,他们教育我,使我成了布尔什维克。我这颗心是永远都属于布尔什维克的。我现在心明眼亮,知道为什么要进行斗争,那是为了我们,为了穷人,为了工人阶级的政权。可你们呢?却像一群公马,在这里狂吼乱叫,你们可否知道,就在这座城下,已经有两百位同志牺牲了,永远地离开了我们……”他的声音就像是从绷紧了的弦上发出来的,有一种震撼人心的力量。“为了我们的幸福,为了我们的事业,他们毫不犹豫地献出了生命……现在全国各地,各个战场上,都有人在流血牺牲,在这样的时候,你们倒在这里寻开心。”说到这儿,他突然转过身子对着主席台说,“跟这些人说话!”他又用手指着会场。“难道他们能听明白吗?不!绝不可能!饱汉子不知饿汉子饥。我们只找到了一个响应者,因为他也是穷人,他也是孤儿!没有你们,我们照样什么都能干!”他愤怒地朝台下喊道。“我们才不来求你们呢,要你们这帮人能有什么用!像你们这样的,只配吃机枪子弹!”他气冲冲地抛下这最后一句话,头也不回地跳下舞台,径直向门口走去。

主持会议的人谁也没有留下参加晚会,他们都回了革委会。谢廖沙苦恼地说:“简直是胡闹!还是扎尔基说的对,找这帮中学生来,不会有什么好结果的,只能生一肚子气。”

“这没什么好奇怪的。”伊格纳季耶娃接过话茬儿说,“这些人当中几乎没有无产阶级青年。他们都是小资产阶级或是城市知识分子、小市民的子女。我们应该到工人中去。不过今天的大会还是有收获的,学生中间也是有好同志的。”

丽达也同意她的意见,她对谢廖沙说:

“谢廖沙,我们的任务就是要不断地把我们的思想,我们的口号灌输到每个人的头脑中去,党要使所有劳动者关心每一件新发生的事情。我们要召开一系列群众大会、讨论会和代表大会。政治部要在车站开办一个夏季剧场,宣传车这几天就会到来,我们要把准备工作全面展开。记得列宁说过:如果我们不能吸收千百万劳苦大众参加斗争,那么我们就不会取得胜利。”

当晚,谢廖沙把丽达送回了车站。分手时,他长时间紧紧地握着她的手,舍不得放开。丽达微微地笑了一下。

谢廖沙回来时,顺路回家看了看。

不管母亲怎么责骂,他都一声不吭。但是,当他父亲开始骂他的时候,他就立刻转入反攻,把父亲问得哑口无言。

“爸爸,你听我说,当初德国人在这儿的时候,你们举行过罢工,你还打死了机车上的德国兵。那时候你想过家里了吗?想到过对不对,可你最终不还是干了,为什么呢?因为工人的良心叫你这样干。我跟你一样,我也想到了咱们家。我非常清楚,如果我们不得已撤退,那你们肯定会因为我而遭到迫害。但是如果我们胜利了,那我们就会翻身得到解放。我已不是小孩子了,不能天天坐在家里无所事事。为什么要阻拦我呢?我做的是好事,你们应该支持我、帮助我,为什么要大吵大闹呢?爸爸,我们讲和吧,这样妈妈也就不会再斥责我了。”他那双纯洁的、碧蓝的眼睛望着父亲,脸上现出了亲切的笑容。他相信自己是对的。

老勃鲁扎克局促不安地坐在凳子上。面对着儿子的笑脸,他也露出了笑脸,乱糟糟的短胡子里咧开了两排黄牙:

“你这个小滑头,反倒启发起我的觉悟来了?你以为一挎上手枪,我就不能拿皮带抽你了吗?”

但父亲的语气充满了亲昵。他踌躇了一会儿,毅然把他那粗大的手伸到儿子面前。他补充说:

“谢廖沙,孩子啊,放手干吧!在你上坡的时候,我绝不拦你!不过,你得常回家看看,别让我们总见不到你,那样我和你妈妈都会担心的。”

黑夜里,半掩的门缝中透出一线亮光,落在台阶上。在摆着柔软的长毛绒沙发的大房间里,五个人围坐在律师用的宽大的写字台周围。他们是多林尼克,伊格纳季耶娃,戴着哥萨克皮帽、活像吉尔吉斯人的肃反委员会主席季莫申科,以及革命委员会的另外两名委员——瘦高的调车场工人舒季克和扁鼻子的铁路工人奥斯塔普丘克。

革委会成员这时正在开会。

多林尼克俯在桌子上,用固执的眼光盯着伊格纳季耶娃。他用沙哑的声音缓缓地说:

“前线需要给养,工人需要食粮。咱们刚一到这儿,投机商人和贩子就抬高物价。还不收苏维埃纸币,买卖都用尼古拉的旧币或克仑斯基票。今天,我们得规定物价。其实,我知道这帮投机商绝不会按我们规定的价格进行交易。他们一定会囤积居奇,那时候咱们就来个大搜查,把那些吸血鬼囤积的东西统统征购过来。像对待他们这帮人,我们绝对不能心慈手软,我们不能再让工人挨饿了。伊格纳季耶娃同志警告我们不要搞得太过火。依我看,这正是知识分子的软弱所在。伊格纳季耶娃同志,您不要生气,我说的都是实实在在的事。而且,问题还不在那些小商贩身上。我今天就得到一个消息,说旅馆老板鲍里斯·佐恩就有那么一个秘密地窖。佩特留拉匪徒还没到来的时候,好多大商人就已经把大批货物藏在这个暗窖里了。”他得意地望了一眼季莫申科,露出嘲笑的神情。

“你怎么知道的?”季莫申科慌里慌张地追问。他非常懊恼,因为这些消息本该他最先知道,没想到多林尼克竟然走在了他前面。

多林尼克笑着答道:“老弟,什么事情能逃过我的眼睛?其实,我不光知道暗窖的事,”他接着说,“我还知道你昨天跟师长的司机喝了半瓶私酒呢。”

季莫申科难为情地红了脸,坐在那儿浑身不自在。

“嗯,对,对!”他无奈地应着,本还想说点儿什么,可瞥见了伊格纳季耶娃皱起了眉头,就也不敢再作声了。“这鬼木匠!他还有他自己的肃反委员会呢!”季莫申科盯着革委会主席,心里暗自思忖。

“这是谢廖沙告诉我的,”多林尼克解释道,“他大概有个什么朋友,在车站食堂当过伙计。这个朋友听厨师说,以前食堂需要的一切东西全由佐恩供应。昨天,谢廖沙得到准确消息:确实有个地窖,但现在还不知道到底在哪里。季莫申科,你带几个人和谢廖沙一起去吧。务必在今天把东西找到!要是能成功,咱们就有东西供应工人、支援部队了。”

半小时后,八名全副武装的人员走进了饭店老板的家,另外有两个留在外面,守候在大门口。

老板是个滚圆的矮胖子,活像一只大酒桶,一脸棕黄色的络腮胡子,又短又硬。他拐着一条木腿,点头哈腰地迎接进来的人,看到他们来了,赶紧用嘶哑低沉的喉音问:“怎么回事啊,同志们?这么晚来,有什么事吗?”

站在他身后的是他的女儿们,都披着睡衣,手电筒照得她们睁不开眼睛。隔壁房间里,那个胖老板娘一边穿衣服一边叨唠着。

季莫申科只简单地说:

“搜查。”

他们仔细搜查,不放过任何一个角落。大板仓、柴堆、储藏室、厨房、大酒窖等所有的地方都挨个查过了,却始终没找到一点儿秘密地窖的迹象。

饭店老板的女用人正在靠近厨房的小房间里睡觉,她睡得正浓,连有人进屋都不知道。谢廖沙小心地把她叫醒。

“你是什么人?是在这儿干活儿的吗?”他轻声地问那个还没完全清醒的姑娘。

她不知道发生了什么事情,一边拉起被头盖住肩膀,一边用手遮住电筒的光亮,惊疑地回答:“我是在这里干活儿的,你们是什么人?”

谢廖沙跟她说明来意,就走开了,并叫她赶快穿好衣服。

季莫申科正在宽大的食堂里审问老板。老板喘着粗气,喷着唾沫,非常激动地说:“你们想要什么?我真的没有别的地窖了,你们这是在白白浪费时间啊。以前,我是开过饭店,但是现在我一无所有,我是个穷光蛋了。佩特留拉的匪兵抢劫过我家,还差点儿把我打死。我非常喜欢苏维埃政权,我就有这么点东西,你们都看见了。”说话时,他摊着那两只又短又粗的胳膊。那双布满血丝的眼睛一会儿从肃反委员会主席的脸上移到谢廖沙身上,一会儿又从谢廖沙身上转到墙角、天花板上。

季莫申科威胁道:“看你的意思,是要继续隐瞒实情了?我再说最后一次,地窖到底在哪儿?”

“哎哟,您是怎么啦,长官同志……”老板娘插嘴了,“我们自己都饿着肚子呢!我们家的东西全给抢光了。”她很想放声哭一场,但是却挤不出一滴眼泪来。

“挨饿?哼!鬼才信呢!你们还雇着女工呢。”谢廖沙反驳道。

“哎哟,她哪里是女工啊?她是穷人家的孩子,没地方投靠,我们才把她收留下来的。不信你让赫里斯季娜自个儿说。”

“够啦!”季莫申科不耐烦地喊了一声,“再搜!”

天快破晓了。这里的搜查还在进行。

十三个小时过去了,竟然毫无收获。季莫申科非常恼火,他打算停止搜查。谢廖沙正打算要走,忽然听到女仆在她的小房间里悄悄地说:“一定在厨房的炉子里。”

十分钟之后,人们把那个俄国式的大火炉拆开,找到了地窖的铁门。一个小时过去了。一辆载重两吨的卡车满载着木桶和布袋,从老板家开走了。周围挤满了看热闹的人群。

一个炎热的中午,柯察金的母亲带着小包袱回家来了。阿尔焦姆把保尔的事跟她讲了一遍,她一边听,一边伤心地哭着。她的日子过得更加艰辛了。她没有什么生活来源,只能靠着给红军战士们缝洗衣服度日。战士们设法给她弄了份口粮,她真的很可怜。

一天晚上,保尔的母亲从窗户里看见阿尔焦姆急匆匆地朝家里走来,他人还没进屋,就喜悦的大声喊道:“保尔来信啦!”

保尔的信是这样写的:

亲爱的阿尔焦姆哥哥:

告诉你,好兄弟,我还活着,虽然不怎么健康。我大腿上挨了一枪,不过快治好了。医生说,没有伤着骨头。不用替我担心,一切都会过去的。或许出院后,我还能休几天假呢,到时候一定会回来看看。妈妈那儿我没去成,却成了科托夫斯基骑兵旅的一名红军战士。我想,我们旅长科托夫斯基同志的英勇事迹你们大概都听说了吧。像他那样的人,我还从来没有见过,我对他是十分敬佩的。妈妈回来了吗?她要是在家的话,替我向她问好。请原谅我,让你们操心了。

还有,阿尔焦姆哥哥,麻烦你到林务官家去一趟,说一声关于我的消息。

你的弟弟保尔

母亲看完后又流了半天眼泪。这个儿子真荒唐,竟连医院的地址都没有写。

谢廖沙经常到停在车站上的那节挂着“师政治部宣传科”的绿色客车车厢里去。因为丽达和梅德韦杰娃就在这节车厢的一个小房间里工作。梅德韦杰娃嘴里总是叼着一支香烟,嘴角上不时露出调皮的微笑。

这位共青团区委书记不知不觉地同丽达亲近起来。每次离开车站,除了一捆捆宣传品和报纸之外,他都带回一种由于短促的会面而产生的朦胧的欢乐感。

政治部的露天剧场上每天都挤满了工人和红军。铁道上停着第十二集团军的宣传列车,车身上贴满了色彩鲜艳的宣传画。这列宣传车日夜都在工作,它有一个印刷部,成天忙着排印报纸、传单和布告。因为前线离这儿并不远。有一天晚上,谢廖沙偶然走进剧场,他从红军队列中找到了丽达。

深夜时分,谢廖沙送丽达回她住的车站政治部工作人员的宿舍。他连自己也不知道是怎么回事,就莫名其妙地突然说:“丽达同志,我最近怎么总想看到你呢?”接着又补充道:“跟你在一块儿感觉特别愉快!每次和你见面后我就受到莫大的鼓舞,浑身有使不完的劲儿!”

丽达站住了。

“我告诉你,勃鲁扎克同志,咱们事先说好,今后不要再作这些抒情诗了,我不喜欢这样!”

谢廖沙像一个被呵斥的小学生似的,涨红了脸说:“我是把你当作知心朋友,才这样跟你说的,可是你却把我……难道我说的是反革命的话吗?丽达同志,以后我肯定不会再说了!”

他好像有点不愉快,匆匆地与丽达握了下手,拔腿就回城里去了。

一连几天,谢廖沙都没再到车站上来。每次伊格纳季耶娃叫他,他都委婉地推辞说工作忙,没时间。事实上,他是怕再见到丽达,不过他确实也很忙。

一天晚上,舒季克回家路过糖厂高级职员住宅区时,有人向他打了黑枪。后来针对这件事在那一带展开调查时,住宅里发现了毕苏斯基分子①所组织的"狙击队"的枪械和文件。

革委会召开了会议,丽达也参加了。她抽空儿把谢廖沙拉到一边,心平气和地问道:"你怎么啦? 是小市民的自尊心发作了吧? 私人的事怎么能影响工作呢? 同志,这可绝对不行!" 此后,一有机会,谢廖沙就又往绿色车厢跑了。

接着,谢廖沙去参加了县代表大会。他们一连两天都在进行着激烈地争论。第三天,谢廖沙跟全体代表一同带着武器,去追击河边森林里的扎鲁德内率领的残余匪兵,整整追了一天一夜。他回来后,在伊格纳季耶娃那里碰上了丽达。他便陪她回到了车站,告别的时候他紧紧地握住了她的手。

丽达气恼地抽回了自己的手。谢廖沙又一次好长时间没到宣传科的车厢去了。他故意避开丽达,甚至在需要面谈的时候,也有意不和她见面。后来丽达非要他解释回避她的原因,他气鼓鼓地喊道:"我跟你说什么啊? 你又该给我扣帽子了,什么小市民习气啊,或者背叛工人阶级啊什么的!"

高加索红旗师的军车开进了车站。三个肤色黝黑的指挥员大摇大摆地走进了革委会办公室。其中一个瘦高个儿,腰间紧紧扎着一条镶银武装带。他走近多林尼克说:"你少说废话,赶快弄一百车干草来。马都快饿死了,要真是有个什么闪失,那还怎么跟匪军打仗? 你要是不给,我就把你们统统砍了。"

多林尼克气呼呼地摊开双手,说:"同志,半天时间,我上哪儿给你弄一百车干草去? 干草要到屯子里去拉,两天也拉不回来。"

瘦高个子一听目露凶光,吼道:"你给我听着,晚上不见干草,统统砍脑袋! 你这是反革命。"他啪的一声,一拳头就捶在了桌子上。

多林尼克一看也来了火气:

"你吓唬谁? 马刀我也会使。明天以前不会有干草,懂吗?"

"晚上一定得备好。"高加索人扔下一句话,走了。

谢廖沙和两个红军战士被分派去征收干草。不料在一个村子里,他们遭到了富农匪帮的伏击。红军战士被缴了械,打了个半死。谢廖沙挨的打少一些。看他年轻,留了点儿情。最后,还是贫农委员会的成员把他们三人送回镇上。

当天晚上,来了一队高加索士兵,因为没有领到干草,便包围了革命委员会,逮捕了所有的人,包括一名清扫女工和一名饲养员。他们把被捕的人带到波多尔斯克车站,一路上还偶尔赏他们几马鞭,然后关进了一节货车车厢。革委会的院子里

---

① 在政治上拥护波兰毕苏斯基的人。毕苏斯基是波兰社会党右翼活动家,1906 年起任波兰社会党革命派领袖,1919—1922 年任"元首",1920 年发动了反对苏联的军事行动。

也住进了一支高加索巡逻队。要不是师政委、拉脱维亚人克罗赫马利积极出面干预,革委会那些人员的处境可就更不妙了。克罗赫马利下了死命令,他们才获得释放。

随后一队战士进入了村子。第二天,他们就把干草征收来了。

谢廖沙不想惊动家人,就在伊格纳季耶娃的房间里养伤。丽达来了,在这个晚上他第一次感受到了她热烈的握手,她握的那样亲切、那样紧,这是他怎么也不敢去做的。

一个炎热的中午,谢廖沙跑进车厢里找到丽达,把保尔的信念给她听,又向她讲了自己这位好朋友的事。临走的时候,他随便说了一句:

“我要到林子里去,在湖里洗个澡。”

丽达停下了手头的工作,拉住他说:“等等,我也一起去。”

两人在静谧无波的湖边停住了脚。湖水温润而透明,让人心旷神怡。

“你去大路口那儿等一会儿,我先洗。”丽达颁布命令似的说。

谢廖沙在小桥旁边的一块石头上坐了下来,脸朝着太阳。

他能清楚地听见身后的撩水声。

透过丛林,谢廖沙忽然看见冬妮娅和宣传车的政委丘扎宁正沿着大路走来。丘扎宁很英俊,身穿十分考究的佛连奇军装,扎着军官武装带,穿着吱吱响的软皮靴。他挽着冬妮娅的胳膊,一边走,一边跟她商谈着什么。

谢廖沙认出了冬妮娅,就是她有一回给他送过保尔写的条子。而冬妮娅也发现了他,目不转睛地盯着谢廖沙,显然她也认出了他。当他们经过谢廖沙身边时,他从口袋里掏出信来拦住了她:

“请稍等,同志。我这儿有封信,它可能会跟您有点关系。”

他把一张写得满满的信纸递给了她。冬妮娅抽出手,读起信来。信纸在她手中微微颤动着。她把信还给谢廖沙的时候,问:

“他的情况,你就知道这些吗?”

“是的。”谢廖沙回答。

丽达从后面走了过来,她脚下的碎石响了起来。丘扎宁一见丽达,就低声对冬妮娅说:“咱们走吧。”

可这时,丽达却用轻蔑讥讽的口气高声说:

“丘扎宁同志,列车上大家整天都在找你呢!”

丘扎宁厌烦地斜了她一眼,辩驳道。

“没关系,没有我,你们事情照样能办!”

他和冬妮娅走开了。

丽达在身后瞅着他俩狠狠地说:

“这个骗子,什么时候才能把他撵走啊!”

树林发出低低私语,高大的橡树在和蔼地点着头,湖水清爽宜人,令谢廖沙禁不住想跳入水中,洗个痛快。

洗完后,他在离小道不远的地方找到了丽达。这时她正坐在一棵倒了的橡树上。

两个人一边谈话,一边向树林深处走去。在一块不大的林间空地上,青草茂密,他们决定停下来休息一会儿。树林里静悄悄的,只有橡树在窃窃私语着。丽达在柔软的草地上躺了下来,把一只胳膊枕在头下,她优美的双脚和那双破旧的皮鞋在茂密的草丛里若隐若现。谢廖沙的目光无意中落到了她的脚上,看到她的皮鞋上打着整整齐齐的补丁,再看看自己的靴子,上面有一个大窟窿,已经露出了脚趾。谢廖沙不禁笑了起来。

"你笑什么?"丽达好奇地问。

谢廖沙指指靴子说:

"就穿这样的靴子,咱们还怎么去打仗?"

丽达没理会他的话,她轻轻咬着草茎,心里正在想着别的事。

"丘扎宁这人真的不怎么样。"她开口说话了,"我们所有的政工人员都穿得又旧又破,可他却只关心自己。他是我们党里的投机分子……前线的情况,确实很严重,我们的国家看来得经受长期斗争的考验啊。"说到这儿,她沉默了一会儿,又说:"谢廖沙,咱们不能只靠嘴和笔来战斗了,咱们得拿起枪来。中央已经决定,动员四分之一的共青团员上前线,你知道吗?我想,谢廖沙,咱们在这儿待不了多久了。"

谢廖沙仔细地听着,吃惊地发现她的话语里有着一种不同寻常的调子。此时,他感到很惊奇。她那双水汪汪的又黑又亮的眼睛一直盯着他。

他差点儿就想告诉丽达:她的眼睛好像镜子,他可以从这儿看到一切,但他努力抑制了自己的冲动。

丽达用胳膊肘支着,欠起身来。

"你的手枪呢?"

谢廖沙摸摸自己的皮带,十分伤心地答道:"征收干草时被富农匪帮抢走了。"

丽达这时把手伸进制服口袋里,掏出一支亮闪闪的勃朗宁手枪。"看见那颗橡树了吧,谢廖沙!"她用枪口指着二十五步以外那根有深深裂痕的树干。然后抬起右手,让它和眼睛形成一条直线,几乎没有瞄准就开了一枪。瞬间被打碎的树皮四下飞溅。

"看到了没有?"她得意地说,接着又放了一枪。又是一阵树皮落地的簌簌声。

"你来!"她把手枪递给谢廖沙,满面春风地说,"看你怎么样?"

谢廖沙放了三枪,有一枪没有打中。丽达微笑着说:"看来你打得也不错嘛。"

她把手枪放下,又躺在草地上。从她那穿了制服的身上,可以隐隐约约地看出里面被内衣包裹富有弹性的少女乳房的轮廓。

"谢廖沙,你到这儿来。"她轻轻地说。

他把身子移到丽达的身旁。

"看到天空了吧?蔚蓝的,就像你的眼睛,这不好,你的眼睛应该是灰色的,更刚强一些。"

她一下搂过了他那长满浅黄色头发的脑袋,深深地吻住了他的双唇。

这个举动对谢廖沙来说太突然了,即便他在刑场面对枪口,也未必会这样心慌意乱。他只知道丽达在吻他,除此之外,他什么也无法理解。这个丽达,他连握她的手超过一秒钟都不敢而现在她却吻她……

“谢廖沙,”她稍稍推开他那晕乎乎的头说,“我现在把自己交给你,是因为你充满青春活力,你的感情跟你的眼睛一样纯洁,还因为未来的日子可能夺去我们的生命。所以,趁我们有这几个自由支配的时间,我们现在要相爱。在我的生活里,其实你是我爱的第二个人……”

谢廖沙打断她的话头,向她探过身去。他陶醉在幸福之中,克服着内心的羞涩,抓住了她的手……

曾经难以理解的丽达如今成了他谢廖沙心爱的妻子。一股巨大的激情闯进了他的生活,这是他对丽达深沉而又博大的同志情谊,它占据了他那颗渴望火热斗争的心。刚开始那几天,他的生活常规完全被打乱了。可是紧张繁忙的工作不等人。不久,他又全身心投入了工作。直到眼前的这个秋天,生活只赏赐给他们三四次见面的机会,这几次见面令人心醉,永生难忘。

两个月匆匆而过,秋天又悄悄地到来了。

夜幕悄悄降下来了,整片树丛沉浸到一片暮色之中。

师参谋部的报务员俯身站在电报机前。电报机急促地响着,只见电报带就像一条纤细的小蛇从她指间蜿蜒而过。她迅速地将那些由点点杠杠构成的电文译成了文字写在电文纸上:师部参谋长并报抄谢佩托夫卡革委会主席。收到电报后十小时内转移市内全部机关。镇上留一个营,归本战区指挥官N团团长指挥。师参谋部、政治部,以及所有军事机关,全部撤至巴兰切夫车站。执行情况立即向师长报告。

十分钟之后,一辆摩托车亮着车灯奔驰在静寂的市镇街道上,没过多久,就开到了革委会。通讯员把电报交给了主席多林尼克。人们立刻开始行动起来。特务连迅速整好了队。一个小时后,整个城市里都响起了满载着革委会物品的车马声。东西都被运至波多尔斯克火车站,准备装车出发。

谢廖沙听完电报,跟着通讯员跑了出去,对他说:

“同志,捎个脚,带我上车站,行不?”

“坐在后面吧,抓牢了。”

在离已经挂上列车的那节宣传科车厢十几步远的地方,谢廖沙找到了丽达,他一下子抓住了她的双肩。他感到好像要失去他无限珍爱的东西似的,低声说道:

“再见了,丽达,我亲爱的同志!我们会再见的,你千万别忘了我!”说着就拥抱在一起。

他担心自己忍不住会放声哭出来,所以尽力克制住此时内心的情感。该走了。他再也说不出话来,只有紧紧地握住她的手,把她的手都握疼了。

又一个早晨到来了,被遗弃的城市和车站都已经空空荡荡。最后一列火车鸣着汽笛,像是要告别一般。留守城里的那个营,在车站处沿着铁路两侧排成了警戒线。

遍地都是黄叶,树枝上光秃秃的。风卷着落叶,在路上慢慢地打转。

谢廖沙穿着红军外套,扎着帆布子弹带,和十几个红军战士一起守卫在糖厂外的十字街头,静候着波兰军的到来。

阿夫托诺姆·彼得罗维奇轻轻敲响了邻居格拉西姆·列昂季耶维奇家的门。这位邻居还没有穿好衣服,他从敞开的房门里探出头来,问:

"出了什么事?"

阿夫托诺姆指着那持枪行进的红军,使了个眼色。说:"走啦。"

格拉西姆心慌意乱地瞅了瞅,问道:

"你知道波兰人的标志是什么样吗?"

"好像是独头鹰旗。"

"那从哪儿能弄到呢?"

阿夫托诺姆心急火燎地挠着头发。

"他们当然无所谓,"他想了一会儿说。"说走就走了,可是苦了咱们,要想合新政府的意,看来又得大伤脑筋了。"突然,一挺机枪嗒嗒地响了起来,打破了四周的寂静。紧接着,车站上响起了机车的汽笛。一声沉重的炮声传来,炮弹嘶嘶穿过高空,落在糖厂后边的大路上。硝烟尘土立刻就湮没了路旁的丛林。默默撤退的红军战士们听到这剧烈的炮声后脸色阴郁,不时地回转过头来看一看。

一颗凉丝丝的泪珠子顺着谢廖沙的脸流了下来。他急忙擦掉泪珠,回头向同志们看了一眼,幸好谁也没有看见。

在谢廖沙身旁走的是木材厂工人安捷克·克洛波托夫斯基。他是个又瘦又高的男人,手指扣在扳机上,阴沉着脸,看着满腹心事似的。他的眼睛碰到了谢廖沙的目光,便向他诉说了自己的心事:

"家里人要遭罪了,特别是我们家。他们一定会说:'明明是波兰人,却非要和自己人作对。'他们一定会把父亲从锯木厂中赶出来的,估计会用鞭子抽他。早就跟他说了,让他跟咱们一块儿走,可老爹怎么也舍不得抛下那个家。唉,这帮该死的家伙,赶紧碰上他们打一仗才好呢,真想把他们统统干掉!"安捷克咬牙切齿地把头上的尖顶红军帽朝上推了一把。"再见吧,我的故乡!再见吧,这个又脏又乱的小镇!再见吧,我的亲友们!再见吧,瓦莉亚!再见吧,转入地下的同志们!"凶恶的异族侵略者——无情的白色波兰军队已经逼近了。

机车库房的工人们穿着浸满油渍的汗衫,用悲伤的眼神目送着红军战士的离去。谢廖沙的心头充满一种特殊的感情,他忍不住高声喊道:"我们会回来的,同志们!"

8

在黎明前的薄雾里,第聂伯河模糊地闪着光,河水冲击着岸边的石子,哗啦哗啦地响。两岸附近的河水是平静的,银灰色的水面好像凝滞不动似的。河中心深色的水流波涛汹涌,放眼远眺,河水奔腾而下。这真是一条美丽而肃穆的河啊……“第聂伯河的神奇与美妙是无法言表的……”果戈理曾经写过这样一首无与伦比的诗来歌颂它。河的右岸,峭壁耸立,俯视水面,宛如一座行进中的高山,骤然在宽阔的河水面前停住了自己的脚步。而在左岸下面则是光秃秃的沙地,那是春汛退去之后,第聂伯河的淤泥沉积而成的。

在河边,有五个人正躲藏在拥挤的战壕里。他们几乎是挤在一起,静静地趴在一挺马克沁机枪旁。这是第七步兵师的前沿潜伏哨。谢廖沙趴在机枪旁,他双目圆睁面朝对岸。

红军部队由于频繁的战斗,已经十分疲乏,而昨天又被波兰炮兵猛烈的炮火轰得支离破碎,于是只能放弃了基辅,转移到左岸进行固守。

不管怎么说,不停地退守,惨重的伤亡,最终把基辅交给了敌人,这一切都严重影响着战士们的情绪。第七师曾经英勇地突破重围,穿过森林,挺进到马林车站一带的铁路线,他们的猛烈进攻赶走了占据车站的波兰军队,把他们轰到了森林里去,杀开了通往基辅的道路。而现在,这美丽的城市又被迫放弃了!别提此刻红军战士们的心头是多么的不是滋味。波兰人把红军从达尔尼查击退后,便占领了铁路桥左岸一个不大的桥头堡。

但是,不论他们费多大力气,也不能再向前推进一步,因为他们遇到了红军的猛烈反击。谢廖沙望着奔腾的河水,不由得想起了昨天的情景。

昨天中午,他和大家一起,怀着对敌人的深仇大恨,向波兰白军发起了反冲锋。而就在昨天,他第一次面对面地与一个波兰兵搏杀。那家伙端着步枪,枪尖插着马刀那么长的法国刺刀,像兔子一样蹦跳着,喊着一些让人听不懂的话语,凶恶的向他扑来……在那一瞬间,谢廖沙看到了对手那双睁圆了的、杀气腾腾的眼睛,说时迟,那时快,他一摆步枪,直接用刺刀尖猛地一下子把波兰兵那把明晃晃的法国刺刀拨到了一边。

波兰兵就这样倒下去了……

谢廖沙连手都没抖一下,他心中十分明白:今后他还要杀人!他,谢廖沙,尽管是那么的有爱心、那样地看重友情。他并不是一个凶狠、残忍的人,但是他明白,那些士兵怀着极度的仇恨踏上了他亲爱的共和国土地,尽管他们是被外国寄生虫派遣而来,尽管他们受到了欺骗和恶意地煽动。

因此,谢廖沙,是为了使人类不再互相残杀的日子尽快到来而杀人的。

这时,帕拉莫罗夫拍了拍他的肩膀说:“咱们走吧,谢廖沙,敌人马上就要发现我们了。”保尔·柯察金的戎马生涯已有一年了。他乘着机枪车和炮车飞奔,骑着那匹缺了一只耳朵的灰马驰骋。面对着苦难与不幸,他长大成人了,而且更加稳重、结实。

被沉重的子弹带磨出血的皮肤已经康复了,但步枪带磨出的老茧却无法消失。

这一年里,保尔经历了太多可怕的事情。他同成千上万个战士一样,虽然衣不蔽体,但是胸中永远都燃烧着永不熄灭的烈火。为了保卫本阶级的政权,他们南征北战,走遍了祖国大地。保尔只有两次不得不暂时离开革命的风暴。

第一次是大腿受伤,第二次是遭受伤寒的折磨,高烧不退。

第十二军的师团遭到了比波兰军队机枪更可怕的斑疹伤寒的袭击。当时这个军分布极广,几乎横跨整个北乌克兰,直接阻挡了波兰白军的推进。那时保尔刚刚恢复过来,就强烈要求回到了部队。

现在,他们的团队占据着佛隆托夫卡车站附近的阵地,这个车站位于卡扎亭——乌曼铁路的支线上。

车站在树林子里。站房不大,旁边是一些被遗弃的、破坏得很厉害的小房。这一带根本没法住下去。两年多来,隔不多长时间,就要打一仗。这个小车站真是什么样的队伍都见识过了。

大战又在酝酿中。第十二军蒙受了重大损失,而且部分部队正处在混乱之中,当他们在波兰军队猛烈地进攻下向基辅撤退时,无产阶级共和国正准备对沉浸在胜利喜悦中的波兰白军采取致命的打击。

久经沙场的骑兵第一军各师正迅速地从遥远的北高加索向乌克兰调动,这在军事史上可以说是一大壮举。第四、第六、第十一、第十四各骑兵师,也紧接着向乌曼挺进,在离我军前线不远的后方集结;他们在走向决战的进军中顺道也清除了马赫诺匪帮。

这是一万六千五百把战刀,这是一万六千五百名经过草原酷暑锤炼过的战士啊!

红军最高统帅部和西南前线指挥部想方设法保证不让皮尔苏里斯基分子预先得知这次经过长期准备的决定性战役计划。共和国和各战线的司令部都小心翼翼地掩蔽着这支庞大的骑兵部队的集结。

乌曼前线暂停了激烈地战斗。从莫斯科直通哈尔科夫司令部,再通往第十四军和第十二军司令部的专线忙个不停。窄长的纸条上印着密码写成的命令:“勿使波兰人发现我骑兵部队的集结。”此时如果还有什么战斗,那么就是波兰军队在向前推进时威胁到了布琼尼师团,迫使他们进入了战斗。

篝火吐着长长的红色火苗,不停地来回抖动着,烟就像一个个小圈圈,盘旋着向天空飘去。蠓虫可不喜欢这烟雾,它们成群结队地飞来飞去,想要避开这些讨厌的烟雾,整得它们一刻也不得安宁。在远处的火堆旁,战士们呈扇形围坐着,篝火把他们的脸庞映得通红。

篝火旁边,有几只军用饭盒已经被埋在了淡蓝色的炭灰里。

饭盒里的水正在冒泡。一串火苗很不老实地从烧着的木头下面蹿了上来,舔到了一个人的头发梢。那人赶快躲开,嘴里不满地嘟囔道:“真是活见鬼!”

周围的战友看着他都笑了。

一个中年红军战士,穿着呢上衣,留着稍稍修剪的胡子,刚刚借着火光检查完步枪的枪筒,用低沉的声音说着:“这个小伙子看书入了迷,火烧头发都不知道。”

“柯察金,给我们讲讲你读的东西吧!”另一个人要求说。

那年轻的红军战士摸了摸烧焦的头发,笑着说:“呵,安德罗修克同志,这可真是一本好书啊,我一拿起来就怎么也放不下了。”

坐在保尔旁边的是个翘鼻子的战士,他正忙着修理背囊的皮带。他一边用牙咬着一根粗线,一边好奇地问保尔:“喂,书里都写的啥呀?”他把针别在帽子上,然后再把线头绕了上去,又说,“要是讲的是恋爱故事,我倒挺想听听的。”

周围又是一阵哄笑。马特维丘克抬起头,眯着狡猾的眼睛,斜了一眼那个年轻人,风趣地说:“当然啦,爱情是个好东西,谢列达。你是个英俊的小伙子,就像画上的美男子。你走到哪儿,哪儿的姑娘就会整天围着你转。但你就是有一个小小的瑕疵——翘鼻子。不过这可以补救,在鼻尖上挂个十磅重的诺维茨基手榴弹,一夜就可以把鼻子拉下来了!”

拴在机枪车上的马被这突然响起的哄笑声吓得直打响鼻儿。

谢列达懒洋洋地转过身来。

“事情的关键不在于漂亮与否,而在于有没有脑子……”他喜形于色地拍着自己的脑门儿大声说给马特维丘克听,“比方说你吧,你就是舌头不饶人,实际上就是个十足的笨蛋,你这个木头人连耳朵都是凉的!”

班长塔塔里诺夫此时看情况不妙,急忙站起身来,他把两个就要打起来的战士拉开了。

“得了,得了,同志们! 吵什么呀? 还是让保尔挑几段精彩的给大伙念念吧。”

“好! 保尔,你快念吧!”四周响起了催促声。

保尔把马鞍子朝火堆挪了挪,坐好后,在膝盖上摊开一本小巧的、厚厚的书。

“这本书叫《牛虻》,是我从营政委那里借来的。这本书对我触动很大。如果你们坐着不吵的话,我就开始读了。”

“快念吧! 没说的! 谁也不会跟你打岔。”

当团长普兹列夫斯基和政委悄然而至时,看到十一双眼睛正在认真地盯着读书的人。

普兹列夫斯基把头转向政委,用手指着人群说:“团里的侦察兵有一半在这儿,里面有四个共青团员,年纪还很轻,个个都是好战士。那个读书的,还有那一个看见了吗? 有着狼一样的眼睛,他们是柯察金和扎尔基。他们俩是好朋友,但是两人之间也存在着潜在的竞争。以前,柯察金是我们这的一号侦察兵,现在他有个很强的竞争对手。你看,他们现在正在做思想工作,不露声色,影响却是很大的。有人给他们起了个很好听的名字‘青年近卫军’。”“念书的是侦察队的政治指导员吗?”政委问。

“不是,政治指导员叫克拉梅尔。”

普兹列夫斯基这时候走上前。

“同志们,你们好!”他大声喊道。

所有战士都转过头来。团长熟练轻快地跳下马,走到战士们跟前。

“在取暖吗,朋友们?”他和蔼地问道。他长着细小的眼睛,带点蒙古味,勇敢的面孔失去了往日的严肃。

战士们像对待自己的知心朋友和好同志一样,热烈地欢迎团长。政委没有下马,他还要到别的地方去。

普兹列夫斯基把带套的毛瑟枪挪到背后,蹲在保尔坐的马鞍旁边,并建议道:

“大伙儿来抽口烟吧,我弄到了一些好烟叶。”

他抽起一支自己卷的烟,转过脸对着政委说:“你先走吧,多罗宁,我在这里和大伙儿聊一会儿再回去。司令部如果有什么事找我,就派人通知我一声。”

多罗宁答应完就骑马飞奔而去。团长对保尔说:“继续读吧,我也来听听。”

保尔念完了最后几页,把书放在膝盖上,望着篝火,沉思起来。

好几分钟没有人说话,书中牛虻的死给他们留下了深刻的印象。

普兹列夫斯基抽着烟,等着大家交流思想。

“真是悲惨的故事!”谢列达此时首先打破了沉默,“这就是说,世界上真有这样的人。本来这是一个人没法忍受的,但是,当他是为理想而奋斗的时候,他就什么都必须忍受得住。”他很激动地说着,这本书给他留下了太深刻的印象。

安德留沙·福米乔夫,来自别拉雅采尔科夫,是一个鞋匠助手。他听了之后,怒气冲天地骂开了:“这个硬把十字架往牛虻嘴里塞的神甫真是可恶,要是落到我手里,我一定会让他好看!”

安得罗修克用一个小木棍把饭盒往火中推了推,满怀信心地说道:“知道为什么而死,那是了不起的事。到了那个时候,人自然就会产生一种力量。要是你觉得真理在你这一边,你就应当死得从容。英雄行为正是这样产生的。我认识一个小伙子,叫波莱卡。当时他在教德萨被白军包围,而他却愤怒地向整整一个排的白军扑了过去。白军的刺刀还没碰到他,他就拉响了手榴弹。脚下爆炸的手榴弹把自己和周围的白军都给炸得支离破碎。从外表上看,这个人普普通通,也没有什么人给他写书。可是他的事迹绝对值得写!在咱们同志中间,这样了不起的人物有的是!”

他拿了个勺子从饭盒里舀了点茶水,尝了一下,又继续说:

“可是也有人像癞皮狗一样死去,死得稀里糊涂毫无意义。”“我们以前在伊佳斯拉夫城下作战时,曾遇到过这么一件事情。那里有座波兰天主教堂,像个城堡,很难接近。那天我们朝那边冲了过去。我们的右翼由拉脱维亚人负责。我们跑到公路上时看见花园墙边拴着三匹马,还备有马鞍。”

“我们心想，这下可以抓几个波兰兵了。我们十来个人就朝那个院子里冲过去。那个拉脱维亚连长，拿着毛瑟枪走在最前头。”

“我们跑到房子跟前时，一看门敞开着，就冲了进去。原以为里面一定是波兰兵，哪知道完全不是那么回事。自己部队的几个侦察员正在干坏事，他们比我们先到。事实就在眼前，他们正在欺负一个女人。那里住的是一个波兰小军官，他们已经把军官的老婆按倒在地。连长气得火冒三丈，他用拉脱维亚话喊了一声，就把他们三个抓了起来，然后拖到院子里。虽然我听不懂他的话，但我已经看出，他要干掉这三个不知天高地厚的家伙。我想，这下他们肯定完了。三个人里边，有一个胖小伙子，长相难看极了，拼命挣扎，就是不让绑，还破口大骂，说不该为了一个女人就把他枪毙。其他两个也不住地苦苦求饶着。”

“我一看这情景，浑身都凉了。我跑到连长跟前说，‘把他们交给军事法庭审判吧，干吗让他们的血弄脏了你的手呢？城里的战斗还没结束呢，等我们胜利了再跟他们算账’。他转过身看着我，那时我立刻就后悔我不该说话。他的双眼瞪得像老虎一样。他用枪指着我的鼻子，我打了七年的仗，这回可真有点害怕了。估计这次他不会听我辩解的，肯定会毫不犹豫地干掉我。他用俄语对我大喊大叫，我勉强能听懂几句，‘旗帜是用鲜血染成的，而他们是全军的耻辱。当土匪就得死！’我不忍看下去，便从院子里跑到街上去，身后响起了枪声，我知道，那三个家伙肯定完蛋了。等我们再前进的时候，城市已经是咱们的了。看看他们的结局，像癞皮狗一样死去。他们是在梅里托尔波附近加入侦察部队的，以前在马赫诺手下干过，都是些坏蛋。”

他把饭盒放在了脚前，解开装面包的背包，又接着说：

“咱们队伍里混进了一些败类，你不能一下把所有的人都看透。从表面上看，他们好像也在干革命。但却玷污了整个部队。这样的事真是令人痛心，至今难忘啊。”

他话说完，就开始喝茶了。

骑兵侦察员们入睡时已是深夜，谢列达打着像炮声一样的呼噜。普兹列夫斯基也枕着马鞍睡着了。

只有政治指导员克拉梅尔还用铅笔在笔记本上写着什么。

第二天，保尔侦察回来，把马拴在树上。用手招呼刚刚喝完茶的克拉麦尔来到身边，然后对他说：“听我说，指导员，我准备调到第一骑兵师去，你有什么建议呢？第一骑兵师将进行激烈地战斗，他们这么多人聚在一起，总不是为了好玩吧。可我们总是挤在这一个地方！”克拉麦尔惊诧不已地看着他反问。

“什么？调动？你以为红军是什么？电影院？你想去哪里就去哪里啊！那还成何体统！从这个部队跑到那个部队，那可就热闹了！”

“在哪儿打仗不都一样吗？”保尔自有道理地辩解着，“我又不是临阵脱逃。”

克拉梅尔态度很是坚决，反对他调动。

“那你说，还要不要纪律了？你呀，保尔，什么都好，就是有点无政府主义，想干什么,就干什么。但党和共青团是建立在铁的纪律之上的。党高于一切。每个人不是在想去的岗位上,而是在需要的岗位上。普兹列夫斯基是不是拒绝了你的调动请求?也就是说,这件事就这么定了。”

因为过于激动,他开始有点咳嗽起来了。克拉梅尔又高又瘦,脸色微黄,印刷厂的铅尘早已牢牢地粘在他的肺上。他咳嗽了好一阵才算止住。

等他平静下来以后,保尔小声但却又十分坚决地对他说:“你说得都对。不过,我还是要转到布琼尼的骑兵队去,我已经打定主意了。”

第二天晚上,保尔没有出现在篝火旁。

在邻近的小村庄里有一所学校,学校旁边的土丘上聚集着一群骑兵,围成了一个大圆圈。在机枪车尾上坐着一个健壮的布琼尼骑兵,他把帽子推到后脑勺,正吃力地拉着手风琴。另外有一个彪悍的骑兵,穿着无比肥大的红裤子,正疯狂地跳着果帕克舞。手风琴拉得很蹩脚,既不和谐,又不合拍,害得那个跳舞的都不知道该迈哪只脚了,胖胖的身子在胡乱地扭动着。村里好奇的姑娘、小伙子们有的爬上机枪车,有的攀着篱笆墙,观看刚刚驻扎进村里的骑兵军队舞蹈家们的疯狂表演。

“托普塔洛,使劲跳吧!把地踏平吧!加油!加油!喂,老兄,拉手风琴的,也加把劲儿吧!”

但是这位手风琴手的粗大手指,扳弯马蹄铁倒不费劲,但按起琴键来却很笨拙。

“唉,可惜阿法纳西·库列亚勃科被马赫诺匪帮砍死了,”一个黑黝黝的骑兵战士惋惜地说,“他可是个一流的风琴手啊!

他是骑兵连排头兵,小伙子死得真可惜。他可是一个好战士,更是个好风琴手啊。”

保尔也站在人群里。他听到最后这句话,就挤到机枪车跟前,把手放在手风琴风箱上。手风琴马上不响了。

“你想干吗?”拉手风琴的青年瞪了他一眼。

跳舞的人也一下就停住步子。四周的人不满意地嚷嚷:“这小子是来捣乱的吗?”

只见保尔伸手套住了手风琴的皮带,说“来,让我试试!”

手风琴手用不信任的目光打量了一下这位不相识的红军战士,迟疑地把皮带从肩上褪了下来交给了他。

保尔熟练地把琴搁在膝盖上。他猛地一拉,风琴波浪式的箱子像扇子一样打开了,手指在琴键上飞速地滑着,接着便奏出了和谐的旋律:

喂——小小的苹果,
你想要滚到哪里去呀?
若是落到肃反会,
那就别想再回来啦。

那个跳舞的骑兵顿时就跟着熟悉的节拍跳了起来。他扬起双手,如同鸟儿展翅飞翔，飞快地转着圈子，做着令人眼花缭乱的动作。他疯狂地用手拍打着靴筒、膝盖、后脑勺、前额，接着又用手掌响亮地拍打着靴底，最后是大张着嘴。

手风琴不断用琴声鞭策着他，用急骤奔放的旋律驱赶着他。于是，跳舞者轮换着伸出两条腿，像陀螺似的急速转圈，嘴里不停地呼呼喘着粗气。

1920 年 6 月 5 日，布琼尼第一骑兵军经过几番短暂的激烈厮杀，终于突破了波兰第三军、第四军结合处的防线。他们消灭了堵截红军的萨维茨基将军的骑兵部队，接着一路朝鲁任挺进。

波军司令部为了堵住这个缺口，急急忙忙拼凑了一支突击部队。五辆坦克在波格列比谢车站刚卸下火车，马上就开赴到了作战地点。

布琼尼的骑兵却已经绕过了波军组织反攻的根据地扎鲁德尼奇，突然出现在波兰军队的后方。

波军急忙派出科尔尼茨基将军的骑兵师，跟踪追击布琼尼骑兵第一集团军。波军司令部判断，骑兵第一集团军突进的目标是波军后方战略重镇卡扎京，这个师便受命从背后对骑兵第一集团军进行袭击。但是这个作战行动并没有改善波兰白军的处境。虽然他们第二天就堵住了战线上的缺口，在骑兵第一集团军后面重新把战线连接了起来，但是强大的骑兵第一集团军已经插进敌人的后方，摧毁了他们的许多后方基地，正准备向波军的基辅集群发起猛攻。各骑兵师在这次运动过程中，破坏了沿途许多铁道和桥梁，以便截断波军的退路。

当从俘虏口中得知日托米尔设有一个敌军司令部后，骑兵第一军指挥部决定夺取重要的铁路枢纽和行政中心——日托米尔和别尔季切夫。6 月 7 日凌晨，骑兵第四师朝日托米尔飞速挺进。

保尔代替牺牲的库列亚勃科当上了某个骑兵连的排头兵，此时正在骑马疾驰。战士们不愿意放走这样一个出色的手风琴手，集体提出了要求，保尔最终就被编入了这个连队。

部队在日托米尔城下呈扇形分布，战士们快马加鞭。银白光亮的军刀在阳光下尽情地挥舞着。一座遍地花园的大城市向战士们迎面扑来。

大地在呻吟，战马喘着粗气，战士们屹立在马镫上。

红军骑兵风驰电掣般地冲入市中心，在那里他们展开了激烈的战斗。

像死神一样的喊声震撼着整个城市：“杀呀！杀呀！”

惊慌失措的波兰军队几乎不再进行什么抵抗，就被当地的警卫部队一下子击垮了。

保尔贴着马背向前飞驰，与他并肩驰骋的是骑着细腿黑马的托普塔洛。

保尔亲眼看见这个剽悍的骑兵战士挥起马刀，毫不手软地劈下去，砍倒了一个还没有来得及举枪瞄准的波兰兵。

马蹄有力地踏在石头马路上，发出嘚嘚的响声。突然，在十字路口中间出现了一挺机枪。三个穿深蓝军装、戴四方军帽的波兰士兵正趴在机枪上。第四个，领子上镶着蛇形金钱的家伙，看到疾驰而来的骑兵，也甩手举起了毛瑟枪。

保尔和托普塔洛已经勒不住马了,径直向死亡的魔爪——机枪冲去。那军官先朝保尔开了一枪,但没打着,子弹像一只麻雀般“嗖”地一下擦过保尔的脸颊。那个军官却被战马的胸脯撞出去老远,脑袋磕在石头上,仰面朝天倒下去了。

就在这时,机枪迫不及待地疯狂吼了起来。托普塔洛和他那匹黑马,就像被几十只大黄蜂一起蜇了似的跌倒在地上。

保尔的战马竖起前蹄,吃惊地嘶叫着。它带着保尔猛地一蹿,直接越过死者的尸体,一直冲到机枪旁边的波兰兵跟前。

军刀在空中有力地画了一道闪光的弧线,朝那个蓝色四方帽狠狠地劈了下去。

保尔又举起了军刀,正准备砍另一个脑袋之时,发狂的马却蹦到了路旁。

这时候,骑兵连的大队人马像一股奔腾的山洪,涌向十字路口,几十把战刀在空中不停地挥舞着,肆无忌惮地砍杀着。

狭长的监狱走廊里传来了一片叫喊声。

牢房里挤满了受尽折磨、面容憔悴的犯人,他们开始不安起来。城里正在进行激烈的战斗,难道我们可以重获自由吗?自己的部队从什么地方打了回来呢?

枪声已经在监狱的院子里响起来。走廊里传来了奔跑的脚步声。突然,一个熟悉的、无比亲切的声音传到了监狱里:“同志们,快出来吧!”

保尔冲向了紧锁的牢门,几十双眼睛正从小窗口向外看着。他愤怒地用枪托砸向铁锁。一下,两下,三下,数下已经砸了下去,可是那锁却丝毫未损。

朱罗诺夫拉住了他,掏出一颗手榴弹来,狠狠地大叫:“等等,我来炸开它。”

排长齐加尔钦科一把夺过手榴弹,说:“快住手,疯子!你怎么啦,傻了吗?钥匙马上就拿来。砸不开就用钥匙开嘛!”

狱卒一会儿就被押了过来,牢门这才被打开了。

走廊上顿时挤满了欣喜若狂的人们。他们全都像刚出笼的小鸟儿一样,高兴地跳到了外面,看着他们一个个衣衫褴褛,蓬头垢面的样子,真是让人看着难受。

保尔打开又高又大的监狱牢门,跑进了牢房。喊到:

“同志们,你们自由了!我们布琼尼的骑兵,已经占领了城市。”

一个妇女眼泪汪汪地扑到保尔身上,抱着他号啕大哭起来,就像保尔是她的亲儿子似的。对骑兵师的战士们来说,任何战利品,任何胜利都无法与这样的功绩相比:解放了五千零七十一名被波兰白军关进石头牢房的布尔什维克,他们随时都可能被绞死或枪毙;此外还解放了两千名红军政工人员。

而对于这七千多名革命者来说,漆黑的夜转眼变成了阳光灿烂的6月天。被释放出来的犯人中,有个人脸色蜡黄,像柠檬皮一样,高兴地跑到保尔跟前。他是谢佩托夫卡的排字工萨穆伊尔·列赫尔。

保尔听完萨穆伊尔的讲述心中十分痛苦,脸上像布满了灰色的阴云,久久都不能散去。小城里发生了血腥悲剧,他的话就像刚被熔化的铁水一样,滴在保尔的心上,感觉是如此的痛心。

“一天夜里,我们大伙一下子全都被抓了起来,主要是因为有个无耻的内奸出卖了我们。后来,我们就落到了宪兵的魔爪里。保尔,我们遭到了严刑拷打。我比别人少受些痛苦,刚打了几下,我就昏死在地上,但其他人就没这么好运了。身体结实的同志,被打得皮开肉绽。宪兵队什么都知道,比我们自己还清楚。我们干了哪些事,他们都知道。”

“我们中间混进了奸细,他们还有什么不知道的呢!那些天的情况真是一言难尽啊。保尔,有好多人你估计都是认识的:瓦莉亚娅·勃鲁扎克,县城的罗萨·格列茨曼,还是个小姑娘,才 17 岁,她是个好女孩,一双眼睛总是那么信赖别人。另外,还有萨沙·邦沙佛特,你大概还记得,他也是我们厂的排字工,小伙子成天乐呵呵的,常拿老板画漫画。还有中学里的两个学生——诺沃谢利斯基和图日茨。这些人你都认识吧!其他人都是从县城里或镇上抓来的。总共抓了二十九个人,其中有六个女性。大伙儿都受尽了极其野蛮的折磨。第一天,瓦莉娅和罗莎就被强奸了,那帮恶棍简直是畜生,肆意地侮辱她们。她们被拖回牢房时,都快被他们弄死了。从那以后,罗莎就开始说胡话了,没过几天就完全疯掉了。”

“那帮野兽不相信她真疯,说她是假装的,每次提审都打她一顿。后来拉出去枪毙的时候,她都没人样了。脸都被打成了紫黑色,两只眼直瞪瞪地发呆,完全像个老太婆。”

“瓦莉娅始终坚强不屈,直到最后一分钟。她们像真正的战士一样,英勇地牺牲了。我真不知道她们是从哪儿来的那种顽强的力量!保尔,要把她们死难的情况全说出来,难道可能吗?不可能。太惨了,太惨了,我无法用语言表达。瓦莉娅从事的工作最危险。就是她与波兰司令部的报务员们有联系,她曾被派到县里去搞情报。在逮捕她的时候还找到了两颗手榴弹和一支勃朗宁,手榴弹就是那个奸细给她的。都是事先做好的圈套,这样做,就是让她背上蓄谋炸毁司令部的罪名。”

“啊,保尔,我实在不忍心给你讲他们最后几天的情况了,但是我不得不说,军事法庭判决:把瓦莉娅和另外两人绞死,其余的全部枪决了。”

“我们原先在波兰士兵当中做过策反工作,这些士兵也受到了审判,比我们早两天。”“有个年轻的班长,无线电报务员斯涅古尔科,战前曾在罗兹当电工,他的罪名是背叛祖国、在士兵中进行共产主义宣传,被判枪决。他没有请求赦免,在判决之后二十四小时就被枪毙了。”

“他们传瓦莉娅到法庭上去做证。她回来告诉我们,斯涅古尔科承认自己宣传共产主义,但坚决否认他‘背叛祖国’。他说:‘我的祖国是波兰苏维埃社会主义共和国。是的,我是波兰共产党党员。我当兵是被迫的。我所做的一切工作,不过是帮助那些像我一样被你们赶到前线的士兵睁开眼睛。你们可以为了这个绞死我,但是我要说的是我从来没有背叛自己的祖国,而且永远都不会背叛。只是我的祖国跟你们的不同。你们的祖国是地主贵族的,我的祖国是工人农民的!我深信,我的祖国一定会成为一个工农大众的国家,而在我的这个祖国里,绝不会有人说我是叛徒。’”

“判决之后,我们都被关押在一起。行刑之前我们又被赶回了监牢。一夜之间,他们就在监狱对面,也就是医院的旁边,竖起了绞架。同时,在大路旁的陡坡上,挨着树林,选了一块枪决的地方。在那儿还给我们挖了一个大坑。”

“判决书张贴出去了,全城都知道了这件事。波兰白军决定拿我们开刀,想杀一儆百,特地把行刑放在白天,就为了让所有人都能看到,从而产生畏惧心理。那天一大早,他们就把镇上所有人都赶到了绞架周围。你是知道的,监狱四周是用栅栏围起来的,绞架就立在那里。我们都能听到嘈杂的人声。”

“在街道的后面还架起了机枪,整个区的骑兵、宪兵都调来了,一个营的军队把大街小巷全封锁了。还特地为判处绞刑的人挖了一个坑,就在绞架旁边。”

“我们默默地等待最后一刻的到来,只有几个人偶尔说一两句话。该说的头一天已经说过了,甚至已经作了诀别。只有罗莎缩在牢房的一角,喃喃自语。瓦莉亚因为受尽折磨,已经走不动了,一直瘫在那儿一动也不动。有两个从镇上抓来的共产党员,是一对亲姐妹。她们互相拥抱着诀别,控制不住自己,然后放声大哭起来。”

“从县城被抓来的斯切潘诺夫是个年轻力壮的小伙子,倒像一个真正的战士。在被捕时,他打伤了两个宪兵。他一再对两个姐妹说:‘同志们,别再掉眼泪了。要哭就现在哭吧,到外面可不能哭,我们不能让那帮豺狼高兴。反正他们也不会放过我们,迟早得死,那么就死出个样子来。我们谁也不能跪地求饶。同志们,我们要死得有骨气!’终于,他们来带我们了。走在最前面的是侦探局长什瓦尔科夫斯基,这家伙是个残暴的色情狂,简直就是一只疯狗,简直就是变态狂。对待女性,他要是自己不强奸,就让宪兵动手,他在旁边看着取乐。”“从监狱到绞架的路上,宪兵手持钢刀排成两列。这些黄鬼——他们全戴着黄肩带,因此我们都这样叫他们——个个都是凶神恶煞!”

“他们用枪托把我们赶到监狱的院子里,四个人一排站好队,然后打开大门,把我们押到街上。他们让我们站在绞架跟前,亲眼看着自己的同志被绞死,然后再枪毙我们。那些绞架很高,横木上系着三个粗绳套环,下面是带斜坡的台子,台子用一根活动的木桩支着。人群蠕动着,勉强听见一些嗡嗡声。所有的眼睛都盯着我们。我们在人群中隐约的还认出了一些自己的亲人。”

“在不远处的台阶上聚着一些波兰小贵族,拿着望远镜。还有几个军官夹杂其中,他们是专门跑来看热闹的,想看看到底是怎么吊死布尔什维克的。”

“脚下是松软的雪,在它的映照下森林一片银白,树木好像被棉絮覆盖着,雪花漫天飞舞,缓缓落下,落在我们灼热的脸上,渐渐地融化了。绞架下面的平台上也铺了一层雪。我们的衣服差不多全给剥光了,但是谁也没有感觉到有一丝凉意。斯捷潘诺夫只穿着一双袜子,但他毫不在意。”

“在绞刑架旁站着军事法庭检察官和一些高级官员。最后,瓦莉娅和其他两个被判绞刑的人从牢里被拖了出来。他们三个相互搀扶着,瓦莉娅走在中间,她已经没有力气走路了,那两个同志搀扶着她。同时,她也竭力抬着脚。她记住斯切潘诺夫的话‘要死得有骨气’。她没有穿外套,只穿了一件绒线衫。”

“疯狗什瓦科夫斯基显然是不满意他们搀扶着走,狠推了他们一把。瓦莉亚不知道说了句什么,一个骑马的宪兵立即扬起马鞭,猛地朝她脸上狠狠抽了一鞭子。”

“这时,人群里有个妇人惨叫起来。她边嚎边狠命往跟前冲,但又被抓住了,拖了回去,看样子,那准是瓦莉亚的母亲,她心疼得号啕大哭。快走到绞架的时候,瓦莉娅唱了起来。我还从来没有听见过这样的歌声,只有视死如归的人才会这样满怀激情地歌唱吧。她唱着《华沙之歌》,另外两个同志也跟着唱。宪兵像疯子一样抽打着他们,但他们一点儿也不觉得疼,照样唱着。宪兵们气极了,把他们打倒了,拽着他们的脚,像拖面袋子似的把他们拽到了绞架前。他们草草地念了判决书,就赶忙用绳套套住了他们的脖子。这时候,我们大伙就高唱起《国际歌》来:起来！饥寒交迫的奴隶……

“他们从四周八方朝我们扑来,我只看见一个兵用枪托把支着平台的柱子打倒,他们三人就被吊在绳套上了……”

“当我们在刑场上准备受刑的时候,他们向我们宣读了判决书,说将军大人开恩,把我们当中九个人的死刑改判为二十年苦役。其余十七个同志最终还是全被枪毙了。”

萨穆伊尔撕开了衬衫领子,好像被勒得无法呼吸。

“尸体被吊了三天,绞架旁有人日夜巡逻。在后来的时间里不断有被捕的同志被关到监狱来。他们告诉我们,托博利金的尸体因为太重,在第四天坠了下来,他们这才把另外两具尸体也解了下来,就地掩埋了。”

“但绞架还是竖着。我们被押到这儿的时候还看见了。带着绳索的绞架在等待着新的牺牲品。”

萨穆伊尔沉默了,双眼死死地盯着远方。保尔专注地听着,还没意识到他的话已经说完了。

那三具尸体清晰地呈现在保尔眼前,他们的面目很可怕,脑袋歪在一边,在绞架上默默地摆动着。

集合号骤然响起。保尔仿佛从噩梦中突然地惊醒。他用无法再低的声音说:“我们去外面吧,萨穆伊尔!”

骑兵押着波兰俘虏,从大街上经过。团政委站在监狱大门旁边,在军用记事本上写了一道命令。

他把命令交给骑兵连长,并嘱咐说:

“安季波夫同志,你带着这条命令,派一班骑兵,把这些俘虏押送到诺沃格勒——沃伦斯基。受伤的要给包扎好,用大车运,也往那个方向去。送到离这儿二十俄里的地方,就让他们滚蛋吧。咱们没时间管他们。注意,可不许虐待俘虏。”

保尔飞身上马,扭头对萨穆伊尔说:“听到了吗？他们绞死我们的人,而我们却把他们送回去,还不许虐待。这怎么可能？凭什么啊?”保尔对待这样的命令很是不满。

团长转过头来,注视着他。保尔似乎听到他在自言自语,但语气严厉又坚决:“虐待解除了武装的俘虏,是要被枪毙的。咱们可不是白军啊!”

保尔策马离开监狱大门的时候，想起了在全团宣读的革命军事委员会的命令，命令最后是这样说的：

“工农的国家爱护它的红军，以它的红军为荣耀，并要求不要在它的旗帜上染上一个污点。”

“不要染上一个污点！”保尔的嘴唇微微地动着说。

就在骑兵第四师占领日托米尔的时候，第七师的第二十旅——就是戈里科夫的突击部队的一部分——也从奥库宁诺夫村附近实现了对第聂伯河的强渡。

由第二十五步兵师和巴什基尔骑兵旅组成的突击队接到命令，在渡过第聂伯河之后，切断伊尔沙车站附近由基辅通往科罗斯田的铁路线。这一行动切断了从基辅撤出的波兰军队的唯一退路。谢佩托夫卡共青团组织的团员之一米什卡·列夫丘科夫就在这次战役中牺牲了。当部队在晃荡的浮桥上跑步前进的时候，从山背后飞来一颗炮弹。刹那间，米什卡就被震到了搭浮桥的小船底下，河水立时无情地吞没了他。雅基缅科大声惊叫着：

“哎呀，不好了，米什卡掉到河里去了！连影子都看不见了，他完了！”他惊恐地看着混浊的激流，本来想停下来。后面的人撞在他身上，推着他说：“你这傻瓜，张着嘴巴看什么？还不快走！”

当时也没时间去考虑个别同志的安危，第二十旅已经落后于其他兄弟部队了，他们都已占据了右岸。

四天后，谢廖沙才得知这个消息。那时，他们那个旅已在一次激战中占领布恰车站，随即转回来朝基辅进攻，击退了企图向科罗斯田突围的波军。

亚基缅科在谢廖沙的旁边趴了下来。他停止了猛烈地射击，好不容易才拉开灼热的机枪，然后把脑袋贴着地面，转过来对谢廖沙说：

“步枪必须得缓口气，现在烫得像火一样。”

由于枪炮的轰鸣，谢廖沙勉勉强强能听到他说些什么。过了一阵，枪声稍缓了一些。

亚基缅科顺口说：“你的朋友淹死在第聂伯河里了，我也没看清他是怎么掉下水的。当时情况很紧急，我没来得及救他。”他说完，用手摸了摸枪机，从子弹带上拿下一排子弹，一丝不苟地压进了弹仓。

攻打别尔季切夫的第十一师，在城内遇到了波军疯狂地抵抗。

大街上正在浴血苦战。机枪密集的子弹封锁着红军骑兵前进的道路。然而，第十一师的战士们以顽强的斗志占领了这个城市，波军落荒而逃，车站里许多列车都被红军截获了。但是对于波军来说，最可怕的打击还是军火库爆炸，供全军用的一百万发炮弹就这样一下子全毁了。城里的玻璃被震成了碎片，到处乱飞，而房子像是纸板建成的，被爆炸冲击波震得摇摇晃晃，都已变成了危房。

日托米尔和别尔季切夫相继失陷，这使波兰军队陷入了腹背受敌的情况。他们慌乱地分成两大股，逃离基辅，进行拼死挣扎，企图冲破红军那铁一般的包围圈。

保尔已经完全忘却了他自己。这些日子，每天都有激烈地战斗。他，保尔，已经融化在集体里了。他和每个战士一样,已经忘记了“我”字,脑子里只有“我们”:我们团、我们骑兵连、我们旅。

对敌人的打击如同摧枯拉朽之势一般。每天都有新消息发生。

布琼尼的骑兵队伍一鼓作气,对敌人进行着连续猛烈地进攻,给敌人一个又一个沉重地打击,摧毁了波军的整个后方。在胜利的鼓舞下,各骑兵师怀着满腔仇恨猛烈地攻击着诺尔格勒·沃伦斯基——波军后方的心脏。

他们就像奔腾的洪水一样退了回来,但过一会儿,又发出了惊天动地的喊杀声:“冲啊!杀呀!”

无论是密布的铁丝网,还是守城部队的拼命顽抗,都没能挽救波军的溃败。6月27日早上,布琼尼的骑兵渡过了斯鲁奇河,进入了诺尔格勒·沃伦斯基,并勇猛地继续追击朝利列茨镇撤退逃跑的波军。与此同时,第四十五师①也从新米波罗利附近跨过了斯鲁奇河。柯托夫斯基骑兵旅则向柳巴尔镇攻去。

骑兵第一军接到前线司令的命令:集中所有骑兵兵力占领了罗夫诺。红军各师发起强大攻势,把波军打得七零八落,他们只能化成小股部队,四处逃命。

有一天,保尔被旅长派到停有铁甲列车的车站去送公文。在那里,他遇到了一个意想不到的人。保尔骑马穿过路基,在一节灰色的车厢前停了下来,面前是威风凛凛的装甲车。乍看上去,坚固的车身和黑洞洞的炮筒格外吓人。列车旁边有几个穿着满身油垢衣服的人,正在揭开一块保护车轮的沉重钢甲。

“请问铁甲车的指挥员在哪儿啊?”保尔向一个穿着皮上衣、提着水桶的红军战士客气地打听着。

“就在那儿。”红军战士把手朝火车头那边指了指。

保尔来到机车旁。他又问:

“请问哪一位是指挥员?”

“我就是。”一个从头到脚都裹着皮子的人转过脸来,脸上布满了麻子。

保尔掏出公文,递给他。

“这是旅长的命令,请您在公文袋上签个字吧。”

指挥员把公文袋放在膝盖上,开始签字。在机车中段的轮子旁,有个人正在加油。保尔注意到了他宽阔的后背和从皮裤口袋里露出来的手枪柄。

“好了,签好了!”指挥员把信封交给了保尔。

保尔拉了拉马缰绳,掉转马头准备离开。就在这个时候,那个加油的人突然直起身子,转过脸来。就在这一瞬间,保尔好像被一阵风刮倒似的,跳下马来,喊道:“阿尔焦姆,哥哥!”

那浑身油污的司机立刻丢下了油罐,一下子拉过年轻的红军战士,像头熊一样将他紧紧搂住。

“保尔!该死的!真的是你吗?”阿尔焦姆惊奇地喊着,他万万没想到,甚至都

---

① 原为“亚基尔的第四十五师”,亚基尔曾是苏联红军高级将领,后在斯大林领导时被“清洗”。

不敢相信自己的眼睛。

铁甲列车指挥员惊奇地看着这个场面。车上的炮兵战士们都笑了起来。

有人感慨地说:“看,哥儿俩见面了!”

8月19日,利沃夫附近。保尔在战斗中丢了军帽。他勒住马,但是前面的几个骑兵连已经冲进了波军的散兵线。杰米多夫从洼地的丛林里冲了出来,一边朝河边跑,一边大声喊:“师长牺牲了!”

保尔听后全身一惊。列图诺夫,他们英勇的师长,无所畏惧的同志,真的就这样没了吗?此时,一种疯狂的愤怒攫住了保尔的心。

他用刀背迅速的猛抽着坐骑格涅多克,它已经疲惫不堪了,马嚼子上沾着点点鲜血,但它还是依然勇猛地冲进厮杀的人群之中。

“砍死这帮畜生!砍死他们!砍死这帮波兰贵族!是你们杀死了列图诺夫!”他迅猛而疯狂地砍杀着敌人。整个骑兵连突然就爆发了为师长报仇的怒火,一下子把波兰军队的一个排杀得片甲不留。

他们向开阔地带开进,追赶溃敌。可是,波兰炮队对准他们开炮了。

榴霰弹在空中连连炸响,向四面八方散布着可怕的死亡。一片绿光在保尔眼前迅速闪过,爆炸声震耳欲聋,他感到头好像给烧红的铁块灼了一下。大地不可思议地旋转起来,向一边翻过去。

他像一根稻草似的,被甩出马鞍,翻过马头。

只见他一头就栽倒在了马下。

什么也看不见了,什么也听不到了,周围一片漆黑……

9

章鱼有一只鼓鼓的、大小像猫头一样的、周围是暗红色、中间有个绿色圆点的眼睛,这眼睛闪闪发光。章鱼的几十根触须不断地蠕动着,就像一团缠绕在一起的蛇,弯弯曲曲,身上的鳞片发出令人厌恶的沙沙声。那章鱼不断蠕动着……他看见章鱼差不多就要贴着自己的眼睛。它的触须就在他身上爬来爬去,冰凉刺人,像荨麻一般蜇得人难受至极。接着只见章鱼伸出它的毒刺,一下子刺进他头里,那针刺就像水蛭一样,不停地抽动收缩着,猛吸他的血。他只觉得他的鲜血全被吸进了章鱼那硕大的肚子里。它的毒刺就这样吸着,吸着,他头上被毒刺刺着的地方,疼得难忍。

很远很远的地方,似乎有人在说话:

“现在他的脉搏多少?”

有个女人声音更轻地回答:“脉搏一百三十八,体温三十九度五。一直昏迷,说胡话。”章鱼不见了,但针刺过的地方还很疼……保尔感觉有一个人的手指头正在轻轻地按着他的手腕。他想睁开眼睛,可眼皮却是那么的沉,怎么也抬不起来。怎么这么热呀?嗯,妈妈把火炉烧得太旺了……又有人在说话:

"脉搏现在是一百二十二次。"

他竭力想抬起眼皮。可是,心里像有一团火,热得喘不上气来。

口渴,真渴呀!他恨不得立刻就栽进湖里大喝一通!但不知为什么,就是跳不起来!他刚想挪动一下身子,但是,立刻觉得身体是别人的,不是自己的,根本不听使唤。妈妈这就会给他拿水来的……他多想跟母亲喊啊:"我渴死了!"什么东西在他身旁轻微的颤着……是不是那章鱼又爬上来了?哦,真的是它,那对可怕的红眼……

远处又传来了轻轻的说话声:"佛罗霞,去拿点儿水来!"

"这是谁的名字呢?"保尔竭力在回想,但是一动脑子,便跌进了黑暗的深渊。他从那深渊里浮上来,又想起:"我要喝水。"

他再次听到了说话的声音:"他好像要醒过来了。"

接下来,那个和蔼的声音更近了些,也更清晰了:"伤员同志,您要喝水吗?"

"我怎么是伤员呢?也许不是跟我说的吧?"他心里想着,"对了,我不是得了伤寒嘛!"于是,他再次努力睁开自己的双眼。这一次,终于睁开了!从那条睁开的小缝中,他最先看到了一个红色圆球。红球悬在他上方,被一个黑乎乎的东西遮着。那乌黑的东西正在他上面垂下来,于是他的嘴唇就触到了一个玻璃杯的硬边,而且感觉到了潮润,随后淌进那甘泉般的液体……他身子里那团火渐渐被熄了下去。

他心满意足地低声说:"现在可真舒服。"

"伤员同志,您能看见我吗?"

这询问的声音是那俯在他头上的黑乎乎的物体发出来的。

但这时,他又昏睡过去了。不过,他还来得及回答:"我看不见,只能听见……"

"真没想到他会活过来!您瞧,他终于挺过来了!多么顽强的生命啊!尼娜·佛拉基米罗夫娜,您真可以骄傲。这完全是因为您护理得好。"

女人的声音抑制不住喜悦:"啊,我太高兴了!"

昏迷了十三天之后,保尔终于恢复了知觉。

年轻的身体还不愿这样死去,精力又慢慢恢复过来了。这简直是重获新生:一切都是那么新鲜,那么不同寻常。只是他的头觉得沉重无比,被固定在石膏盒里,一动也不能动。而且,他也没有力气再把他的头挪动地方了。不过身体的感觉已经恢复,手指已经能屈能伸了。陆军医院的青年医生尼娜·佛拉基米罗夫娜坐在她寝室里的小桌旁边,正翻看着她那本厚厚的淡紫色日记本。日记本中是漂亮的斜体字:

1920年8月26日

今天从救护列车上给我们送来一批重伤员。有个头部重伤的红军战士被安置在病房一角靠窗的病床上。他只有17岁。我收到一个口袋,里面除了病历,还有从他衣袋里找出来的几份证件。他的名字叫保尔·安德烈耶维奇·柯察金。

有几张他的证件:一个磨破了的乌克兰共青团第967号团证,一个红军战士证明书,还有一张嘉奖令的摘录,上面写着:“对英勇完成侦察任务的红军战士柯察金给予嘉奖。”

此外还有一张纸条,看得出是柯察金本人写的:

“若我阵亡,恳请同志们通知我的家属:谢佩托夫卡镇调车场的钳工阿尔焦姆·柯察金。”他从8月19日被炮弹片击中后,一直处于昏迷状态。明天,阿讷托利·斯切潘诺维奇将会给他做一个全面检查。

8月27日

今天对柯察金的伤势作了检查。他的伤口很深,颅骨被打穿了,因此导致了整个头的右半部麻痹,右眼发肿,眼内有大量溢血。

阿纳托利·斯捷潘诺维奇打算摘除他的右眼球,以免发炎。不过我劝他,只要还有希望消肿,就先不要做这个手术。他同意了。

我的意见完全是出于美观的考虑。如果这个年轻人能活过来,为什么要摘除一只眼睛,让他破相呢?

伤员一直在说胡话、折腾,必须得一直有人在他床头值班。

我在他身上花了很多时间。他这样年轻,我很可怜他。只要力所能及,我一定要把他从死神手里夺过来。

昨天下班后我又在病房里待了几个小时,他是我病人中伤势最重的一个。我注意地听他在昏迷中都说些什么。有时候他说胡话就像讲故事一样。我从中了解了他生活中的许多事情。然而他有时会狠狠骂人,骂得很难听。不知为什么,听到他骂那些脏话,我感到很痛心。阿讷托利断定他活不了了。老头儿很生气地嘟囔:“我真不明白,怎么能让这些还没长大的孩子去打仗呢?真是令人愤慨!”

8月30日

柯察金依然昏迷不醒。现在他已经被转移到特殊病房里了,那儿住的都是濒死伤员。女护理员佛罗霞守护在他身旁,原来她认识他。很久以前,他们在一起做过工。对这个病人她总是特别关照。不过,现在连我也觉得他没有什么生存的希望了。

9月2日晚11点

今天是个难忘的好日子!

我的病人柯察金终于醒过来了,他幸运地活了过来!危险期终于熬过了。这两天我都没有回家。

又有一个伤员救活了,此时我的愉快心情是难以形容的。

我们病房里又挽回了一个新生命。在令人疲惫的工作中最高兴的事儿莫过于看到病人康复了。他们就像孩子一样,总是依依不舍地缠着我。

与他们的友情真挚而单纯,分离的时刻,我甚至会忍不住要哭。这听起来好像有点可笑,但事实的确如此。

9月10日

今天,我替柯察金写了一封家信。他说他受了点轻伤,很快就会治好,然后一定回家去看看;实际上他流了很多血,脸色像纸一样苍白,身体非常的虚弱。

9月14日

今天,是柯察金入院以来第一次笑了。他笑得很动人。平时他很严肃,这和他的年龄很不相称。他的身体正以惊人的速度恢复着。他和佛罗霞慢慢地成了好朋友,我经常看到她在他的床边。显然,佛罗霞跟他谈到过我,而且肯定是有所夸大,所以他总是以浅浅的微笑迎接我的到来。昨天,他问我:"大夫,您手上怎么有那多么伤痕?"

我没有告诉他,这是他在昏迷中狠命攥住我的手留下的伤痕。

9月17日

柯察金额上的伤口看起来已经大有好转了。他在换药的时候所表现出来的超常忍受力使我们每个医生都深受感动。

一般人在这种情况下总要不断地呻吟,发脾气,可是他却一声不吭。给他伤口上擦碘酒的时候,他把身子挺得像根绷紧了的弦一样。他常常被疼得失去知觉,但是从来没有哼过一声。

我们全都已经知道:一旦他发出呻吟,那他肯定是昏迷了。真不知道,他怎么会有那么顽强的意志。

9月21日

今天,柯察金第一次坐着轮椅来到了医院的大阳台上。

他贪婪地看着花园,痛快地呼吸着新鲜空气。他头上缠满了绷带,只有一只眼睛露在外面。这只眼睛闪闪发亮,不停地转动着,观察着周围的一切,就像是第一次看到这个世界似的。

9月26日

今天,有人把我叫到楼下的接待室。那儿,等着两个姑娘,其中一个长得特别漂亮。她是冬妮娅。冬妮娅这个名字我知道,柯察金在说胡话的时候经常会提到。我允许她们进去看他。

10月8日

今天,是柯察金第一次独自到花园散步了。他总是一遍又一遍地向我打听着什么时候可以出院。我告诉他快了。那两个姑娘,每到探视日就来看他。我问他疼的时候怎么不叫喊,他回答我说:

"读读《牛虻》吧,您会了解的。"

10月14日

柯察金今天可以出院了。我们同他依依惜别。他那只右眼早就拆掉了绷带,那只眼睛是失明了,不过从外表上看不出来。他走的时候前额还裹着纱布呢。要和这样一个好同志分别了,我心里十分难过。

向来都是这样的:伤员痊愈了,离开我们,也许以后就永远不会再见面了。分手前,柯察金说:"要是瞎的是左眼,倒好一些,现在,叫我怎么瞄准射击呢?"

唉,都在这种情况下了,他依然还一心想着前线。

保尔出院后,先住在了冬妮娅寄宿的市拉诺夫斯基家。

他立刻就尝试着引导冬妮娅去参加公益事业。他请她参加城里共青团的全体大会,她答应了。但是,当她换好了衣服走出房间时,保尔却咬紧了双唇。她打扮得十分漂亮,故意穿得特别讲究。他都不敢把她带到自己那帮伙伴们面前。

于是他们之间发生了第一次冲突。保尔问她,为什么要打扮成这样,她一听就生气了,说:"我从来都不喜欢跟别人一个样子。要是你不便带我去,我就不去好了。"

最后,他们还是一起去了。那天在俱乐部里,她那漂亮的衣着成为众人的焦点,保尔觉得心情很沉重。衣衫破烂、鞋帽陈旧的人们把她当作了外人。她察觉到这一点后,就故意用挑衅而又轻蔑的目光盯着他们。

货运码头上的共青团书记潘克拉托夫,把保尔叫到旁边。这个穿着粗布汗衫的小伙子瞟了冬妮娅一眼,又不友好地看着保尔。他冷冷地问:"是你把这位娇滴滴的小姐带到这儿来的?"

"对。"保尔生硬地回答道。

"噢——"潘克拉托夫拉长了声音,"可是她那副打扮不像是咱们的人,倒像资产阶级小姐。你怎么能让她进来呢?"

保尔的太阳穴不停地抖动着。

他气冲冲地说:"她是我的朋友,我就把她领来了。明白了吗?她并不是我们的敌人,只是她有点太爱打扮了。这是事实,不过,我们总不能单凭穿戴衡量人吧。我也知道什么人能带到这儿来,什么人不能。这个还用得着你来教我吗?同志!"

保尔本打算再说些更激烈的话去反驳他,但还是忍住了。因为他明白潘克拉托夫的话代表着大家伙儿的意思,于是,他就把所有的不快撒到了冬妮娅头上。

"我早就跟她说了!干吗要出这个风头?"

那天晚上成了他们感情危机的开始。保尔怀着痛苦和惊讶的心情看到了他们之间那一向很牢固的感情好像正在逐渐破裂。

又几天过去了。每一次会面,每一次谈话,都使他们的关系更加疏远,更加不愉快。保尔越来越不能忍受冬妮娅那浅薄的个人主义。

这样一来,两个人也都清楚地感觉到分手已是注定的了。

这一天,在满地黄叶的库佩斯公园里,他们二人进行了最后的交谈。他们站在陡岸上的栏杆旁边,第聂伯河波涛滚滚,闪着淡灰的波光。一艘火轮从桥洞下钻出来,逆流而上。它还拖着两条大肚子驳船,轮翼疲倦地拍打着水面。夕阳的余晖给特鲁汉诺卡岛染上了一层金色,房屋的玻璃也被它映得像火一样通红。

冬妮娅望着血色的黄昏,非常忧伤地说:"难道咱们的情谊也快要黯淡消失了吗?就像这落日一样?"

保尔目不转睛地看着她,他紧皱着眉头,低声说:"冬妮娅,这个我们已经说过了。你知道,我爱过你,而现在我的爱依旧可以回来,只要你肯跟我们站在一起。我现在已经不再是你以前那个小保尔了。那时候我可以为了你的眼睛,从悬崖上跳下去,回想起来,真是惭愧。现在我说什么也不会跳,并不是我现在不爱你了。拿生命冒险是可以的,但不是为了姑娘的眼睛,而应该是为了别的,为了更多伟大的事业。如果你认为,我应该先属于你,然后再属于党,那我会是个不合格的丈夫。我必须首先属于祖国,然后才属于你和其他亲友。”冬妮娅犹豫地凝望着碧蓝的河水,泪水盈眶。

保尔看着她熟悉的倩影、看着她那满头浓密的栗色秀发,心里不禁涌起一股怜惜之情。这曾经是他最深爱、最亲近的姑娘啊。可是现在……

他小心地把手轻轻地放在她的肩膀上。

“把扯你后腿的那些东西统统扔掉,站到我们这一边来吧。我们可以一起去打倒那些老爷、大人们。我们队伍里有许多优秀的姑娘,她们跟我们一起肩负着残酷斗争的全部重担,跟我们一起忍受着种种艰难困苦。她们可能并不像你一样有知识、有文化,可是为什么,为什么你就不想和我们在一起呢?你说,丘扎宁以前想要强暴你,可他只是个红军队伍中的败类啊!你说,我们的人对你很不友好,可你为什么非要打扮得像去参加资产阶级舞会一样呢?你的虚荣心在作怪。不,我绝不会去穿那些脏乎乎的军便服!你心里一定是这么想的。你有勇气爱上一个工人,却不爱工人阶级的理想。跟你分开,我是感到万分遗憾的,我希望你能给我留下美好的印象。”

他说到这里,就停下来了。

第二天,保尔走在街上,突然看到了一张省肃反委员会的布告,最下方的主席签名正是“费奥多尔·朱赫来”。他的心猛烈地跳动着。他去找这个老水兵,但是卫兵不让他进去。他软磨硬泡,弄得卫兵差点把他抓起来。不过,最终总算如愿以偿地放他进去了。

两个人见了面都十分高兴。只是眼前的朱赫来已经被炮弹炸去了一条胳膊。他们马上就把工作谈妥了。朱赫来说:“你既然不能上前线,就在这儿跟我一起搞肃反工作吧。明天你就来上班。”

同波兰白军的战斗结束了。红军几乎已经打到华沙城下,只是因为远离后方基地,得不到人力和物力的补充,没能攻破波军的最后防线,就只好撤了回来。波兰人把这次红军的大撤离叫作“维斯拉河上的奇迹”。波兰的白色政权从而得以继续生存,建立波兰苏维埃社会主义共和国的愿望暂时没能实现。

国家已经流了太多的血,牺牲了太多的英勇战士,需要暂时的休息了。

保尔还是没能回家去看看。波兰白军又占领了谢佩托夫卡,并且成了双方战线的临时分界点。和平谈判正在进行着。保尔日日夜夜都在肃反委员会工作,执行各种任务。他就住在朱赫来的房间里。保尔听到波兰白军占领了他家乡的消息之后,不禁担忧起来。

他问朱赫来:“也就是说,朱赫来同志,要是就此讲和,妈妈就要被划到国界以外了。这可怎么办呢?”

朱赫来看到保尔担心的样子,急忙安慰道:“边界肯定是沿着哥伦河划分的,谢佩托夫卡肯定归我们。放心吧,很快就会有消息的。”

许多师团从与波兰对峙的前线调往了南方。因为正当苏维埃共和国把全部力量集中在波兰前线的时候,佛兰格尔就抓住这个机会,拉着他的匪帮从克里木爬出来了,沿着第聂伯河北上,逼近了叶卡捷诺斯拉夫省。

为了捣毁这个最后的反革命巢穴,国家利用与波兰战争结束的时机,把大批的军队调往了克里木。

满载士兵、车辆、行军灶和大炮的军用列车,经过基辅向南开去。保尔所参加的铁路肃反委员会这时候正忙得不可开交。整个铁路运输经常全盘中断,因为来来往往的列车总是造成堵塞,以至于各车站都挤得水泄不通,腾不出一条通行线路来。收报机不断地收到各种通牒式的电报,要求委员会腾出路轨让这个或那个特别的师开走。打满密码的小纸带没完没了地从收报机里爬出来,电文一律都是:“十万火急……”而且差不多每道电报命令上都有相同的警告:“如果不执行这一命令,负责人将被送交到军事法庭,受到严厉制裁!”

而负责解决堵塞问题的正是铁路肃反委员会。

各个部队的指挥员都闯进来,挥动着手枪,要求根据司令员的某某号电令,立即发走他们的列车。

来的人谁也不愿意听到“不行”两个字。他们强调着“不行,得让我们先开”,接着就是一顿臭骂。

最麻烦的时候,就赶紧叫朱赫来出面。于是,正吵得不可开交之时,眼看就要开枪动武的双方,马上就平静了下来。

钢铁般的胸膛、冷静的态度、不容置疑的声音,朱赫来的出现令那些大动肝火的人们立马平静了下来。指挥员的手枪又被插回了皮套里。

这样,肃反委员会的繁忙工作严重损害了保尔的脑神经。他常常忍着头痛从屋里躲到阳台上来。

一天,他突然碰见了谢廖沙。谢廖沙从敞车上跳下来,扑到他身上,差一点儿把他撞倒。“保尔,你这家伙!我一眼就把你认出来了!”

两个朋友都不知道该问些什么,自己讲些什么才好。在这一段时间,他们都各自经历了多少事情啊。他们问一句,等不到对方回答,自己就又说了下去。他们俩似乎忘记了一切,也没听到汽笛声,直到列车已经徐徐开动,才猛然被分开。

有什么办法呢?刚刚会面,又要分别了。火车逐渐加快。谢廖沙怕误了车,慌忙地打着最后的招呼,急忙朝着月台跑了。他紧紧地抓住了一节车厢的把手,车上的战友们把他拽上了车。保尔站在那里目送着远去的列车,直到这时他才想起来,谢廖沙还不知道瓦莉娅已经牺牲的消息。唉,怎么想不起来呢?真有点晕了!谢廖沙这阵子没回过家乡谢佩托夫卡,他肯定不知道这个消息。

保尔自言自语地道:“他不知道也好,免得一路上太悲伤。”可是他万万没有想到这竟然是他和好友的最后一次见面。谢廖沙这时候正站在车顶上,用胸膛迎着秋风,他也没有想到,死神正在前面等着他。

军大衣后背上被火烧了一个窟窿的战士多布罗申科劝着谢廖沙:“坐下吧,谢廖沙,风很大的。”

“没关系,我跟风是好朋友,吹一吹更痛快。”谢廖沙笑着回答说。

一个星期后,第一场战斗打响了。谢廖沙倒在了乌克兰秋天的原野上。

从远处飞来一颗流弹,就这样打中了他。他的身体由于中弹而抖了一下。他往前迈了一步,瞬间感觉到一种撕心裂肺的疼痛。他并没有喊叫,只是左右摇晃了一下,伸开了双臂,又紧紧地抱住自己的胸口,随后就像要蹦起来似的,弓着身子,然后就僵硬地倒在了那片大地上。那双蓝色的眼睛一动不动地凝视着一望无际的原野。

肃反委员会的繁忙工作严重影响了保尔尚未完全恢复的健康。一跳一跳的头痛越来越经常性的发作。有一次,他连熬了两个通宵,最终失去了知觉。

于是,他对朱赫来说。

“费奥多尔,你看我是不是应该调换一下工作呢?我很想到铁路工厂搞我的本行去。而在这儿,我总觉得力不从心。医生说,我已经不适合去参战了,可这儿比战场还紧张。前两天,肃剿苏德里匪帮这事儿就把我给压垮了。我得暂时摆脱这种动刀动枪的工作。朱赫来,你要明白,我这样摇摇晃晃的,怎么能干好肃反工作呢?”

朱赫来关切地看着他说:“你的脸色看起来的确不怎么好。我早就应该考虑到这一点,这都怨我,没能照顾周全。”

这次谈话之后,保尔带着介绍信到团省委去了。介绍信上说,请团省委重新分配他的工作。

一个故意把鸭舌帽盖到鼻梁上的调皮小伙子,看了看介绍信,开心地向保尔挤了一下眼睛,说:“从肃反委员会里出来的?那可是个好单位啊!好,我们马上就可以给你安排工作。我们现在正缺人手呢!您愿意去哪儿?到省粮食委员会那怎样?不乐意?不乐意算了。那就去码头上的宣传站吧?也不乐意?哦,你真傻,那可是好地方啊,可以领到头等口粮。”

保尔打断他的话,说:“我想到铁路上去,给我分到铁路工厂去吧。”

那青年不无惊讶地望着他说:“到铁路总厂去?嘿……我们那儿不需要人啊。可是既然你这样要求,那么好吧,你找乌斯季诺维奇同志去吧,她会给你安排个好地方的。”

他和那个脸色稍黑的姑娘谈了一会儿就谈妥了,他到铁路工厂去担任不脱产的共青团书记。

而就在这段时间里,在克里木半岛的门户那里,在这个连接着半岛与大陆的狭小的咽喉上,也就是在很久以前曾是克里木的鞑靼人和扎波罗什的哥萨克部落的分界线上,白军重新建起了一座戒备森严、堡垒林立的要塞彼列科普。

就在这座要塞里,聚集着从全国各处逃亡而来的而且注定是要被灭亡的旧世界残渣余孽,他们以克里木为屏障,觉得安全无虞。他们便在那里过着花天酒地的日子。

然而,就在一个秋雨绵绵的夜里。成千上万的红军战士,正淌着海峡的冷水,连夜渡过锡瓦湖,从背后给这些龟缩在堡垒里的敌人们致命一击。带领他们的是英名盖世的卡托夫斯基和布柳赫尔同志。数万名战士跟随着两位将领勇敢无畏地前进,去砸烂最后一条毒蛇的头,这条蛇身子盘踞在克里木半岛,毒舌却伸到了琼加尔近旁。伊万·扎尔基就是这些子弟兵中的一个,他小心翼翼地把机枪顶在头上,在水中前进着。

东方刚透出第一道曙光的时候,上千名红军战士越过重重障碍迎头冲来。彼烈科普立即就沸腾了。伊万·扎尔基就在这批率先冲上石岸的先头部队之中。一场空前残酷地血战开始了。白军的骑兵孤注一掷地冲了过来。扎尔基的机枪不住地喷射着死亡的怒火。大片大片的人马在密集的弹雨中倒了下去。扎尔基以迅雷不及掩耳的速度,不断地装着机枪子弹盘。

彼列科普的几百门大炮轰鸣着,大地顷刻间陷入了无底深渊。成千颗炮弹发出刺耳的呼啸声,穿梭般地在空中飞来飞去,爆裂成无数碎片,向四周散布着死亡的噩耗。脚下的大地被震颤着,如同天崩地裂般地充斥了整个空间。泥土翻飞着,硝烟弥漫着,团团的黑烟遮天蔽日……

匪首被制伏了!红军的怒涛冲进了克里木!红军骑兵第一军的各师官兵们以排山倒海之势,将白军打得魂飞魄散、哭爹喊娘。惊慌失措的白军争先恐后地挤上汽船,向海外逃遁。苏维埃共和国把一枚枚金环红旗勋章颁发给一个个热血青年,别在他们褴褛的军装衣襟上,就放在他们热情跳动的心脏旁边。在这些受奖者中间,其中就有共青团员机枪手伊万·扎尔基。

与波兰的和约签订了。正如朱赫来所料,谢佩托夫卡仍属于苏维埃乌克兰。边界是沿着河流划定的,它距那小镇约35公里。1920年12月,在一个值得纪念的日子里,一大早,保尔就乘着火车回到了他熟悉的故乡。

踏上白雪覆盖的月台,保尔瞥了一眼写着“谢佩托夫卡第一站”的牌子,立刻拐向左边,朝机车库走去。他去找阿尔焦姆,但是阿尔焦姆不在。他裹紧了外衣,快步穿过森林,然后就向小城走去了。

母亲听见敲门声,转过身来应了一句:“请进!”一个满身是雪的人出现在门口。当认出来人真是自己的儿子时,她一下子被巨大的喜悦包围了,她两手捂住心口,简直不敢相信眼前看到的是真的,高兴得连话都说不出来了。

她把自己瘦小的身子紧紧地贴在儿子胸口,不住地亲吻着他的脸庞。幸福的热泪禁不住流了下来。

保尔也紧紧地拥抱着母亲,看着她那因为忧愁和期待而消瘦了的、满是皱纹的脸。他一句话也没有说,就这样抱着母亲,慢慢地等着她平静下来。

饱受煎熬的母亲眼里终于又闪烁出了幸福的光芒。

在保尔回家的日子里,她对这个失而复得的儿子怎么也看不够。母亲憋了一肚子的话,此刻说也说不完啊。而在几天后的一个夜里,阿尔焦姆也肩背行囊闯进小屋的时候,那一刻,她更是喜上加喜,那股高兴劲就别提有多强烈了。

柯察金一家人总算又团聚了。这对在战火与磨难中始终没有倒下的兄弟,如今又得以重逢了。

“往后,你们俩打算怎么办呢?”母亲认真地问儿子们。

“还能怎么办,重操旧业喽,妈妈。我还打算去摆弄轴承。”阿尔焦姆不假思索地答道。保尔呢,他在家里住了两个星期,又回到了基辅,因为那里的工作正在等着他。

共青团铁路区委员会调来一位新书记,他就是伊万·扎尔基。保尔是在书记办公室见到他的。首先映入眼帘的是他的勋章。对这次见面,保尔一开始说不上心里是什么滋味,内心深处多少有些妒忌。扎尔基是红军的英雄。正是他,乌曼战斗一打响,就以英勇善战、出色完成战斗任务而著称,也算是部队里数一数二的人物。如今扎尔基成了区委书记,恰好是他保尔的顶头上司。

扎尔基把保尔当作老朋友,友好地接待了他。保尔此时对一闪而过的妒意感到惭愧,也热情地同扎尔基打了招呼。

他们一起工作很顺手,成了大家都知道的知心朋友。在共青团省代表会议上,铁路区委有两个人当选为省委委员保尔和扎尔基。保尔从工厂领到一小间住房,四个人搬了进来,除保尔外,还有扎尔基、厂团支部宣传鼓动员斯塔罗沃伊和团支部委员兹瓦宁,他们四个人组成了一个公社。他们整天忙于工作,总要到深夜才回到家中。

党要实行新政策的消息传到了共青团省委,不过,起初只是一些零碎的、不成型的说法。过了几天,在第一次学习研讨政策提纲的会上出现了分歧。保尔不完全理解提纲的精神实质。所以他离开会场的时候心里沉甸甸的,想不通。他在铸造车间遇到杜达尔科夫,一个矮墩墩的工长,共产党员。杜达尔科夫脸朝亮光向保尔眨了眨白不呲咧的眼睛,盯住了他,说:“这到底是怎么回事啊?难道真的要让资本家东山再起吗?听说还要开商店,大做买卖。这倒好,打呀打呀,打到最后,还不是一切照旧。”

保尔没有搭理他,可心头的疑虑却越来越重了。

不知不觉中他站到了党的对立面,而一旦卷入反党活动,他便表现得十分激烈。他在共青团省委全会上的第一次发言激起了争论的巨浪。会场上马上形成了少数派和多数派。接下来是痛苦的日日夜夜。整个党组织、团组织,已经辩论争吵到了白热化的程度。保尔和他同伙们的坚硬立场在省委内造成了一种令人窒息的气氛。

共青团省委书记阿基姆是一个身板结实,高额头,浑身充满活力的人,在政治上他也很成熟,他和丽达·乌斯季诺维奇一起找保尔和观点同他相同的人分别谈心,解决他们的问题,但是最终都毫无结果。保尔就开门见山,粗鲁而又直截了当地说:“你回答我,阿基姆,资产阶级又有了生存的权利。我虽弄不清那些高深的理论。但我只知道一点,新经济政策是对我们事业的背叛。我们过去进行斗争,可不是为了这个目的,我们工人不同意这么做,要尽全力来反对这种做法。难道你们甘愿给资产阶级当奴才吗?那就悉听尊便。”

阿基姆一听更是火冒三丈。

“保尔,你脑子开开窍吧,你听听你都说了些什么话?你是在侮辱整个党,诽谤党。你这是得了狂热病,还固执己见,不想弄明白简单的道理。要是继续执行战时共产主义政策,我们就是葬送革命,就会给反革命分子以可乘之机,发动农民来反对我们。你不想理解这一点。既然你不打算用布尔什维克的方式来探讨解决问题,反而以斗争相威胁,那我们只好奉陪了。”

两个人分别的时候,已是反目成仇。

在全区党员大会上,从中央跑来的工人反对派代表发表演说,遭到了多数与会者的反驳痛斥,接着,保尔上台发言,以不可容忍的激烈言辞指责党背叛了革命事业。

第二天,团省委召开紧急全会,决定将保尔和另四名同志开除出省委会。保尔同扎尔基也不说话,他们属于两个不同的营垒。保尔在团支部拥有多数支持者,他们在支部会上狠狠整了扎尔基一顿。斗争深入了,结果保尔被开除出区委会,被撤销支部书记职务。此举引起了轩然大波,有二十来个人交出团证,宣布退团。最后,保尔和他的同伴还是被开除出团了。保尔苦恼的日子从此开始了,这段时间莫过于他一生中最黯淡无光的日子。

扎尔基离开公社走了。脱离了生活常规的保尔心情十分压抑,站在车站的天桥上,无神的目光望着下面来来往往的机车和车辆,眼前却好像什么都是空白的。

这时身后有人拍了拍他的肩膀。这是一个叫奥列什尼科夫的共青团员,满脸雀斑和疙瘩,善于钻营,又自命不凡。保尔过去就不喜欢他。他是砖瓦厂的团支部书记。

“怎么,把你给开除了?”他问,两只白不呲咧的眼睛在保尔脸上扫来扫去。

“是。”保尔简单地回答说。

“我多次说过,”奥列什尼科夫迫不及待地接上去,“你图个什么呢?遍地都是犹太佬,他们往哪儿都钻,到处都要他们发号施令。他们才巴不得修个商亭呢。上前线打仗是你的事,他们却稳稳当当坐在家里。现在反倒把你给开除了。”他不屑地冷笑了一声。

保尔用充满仇恨的目光瞧着他,预感到要出点乱子。他控制不住自己,劈手揪住奥列什尼科夫的胸脯,怒不可遏地晃来晃去,晃得他东倒西歪。

“你这个白卫分子的鬼魂,卑鄙的妓女,你扯什么淡?你是在跟谁讲这些屁话,你这个骨子里的富农?浑蛋,我们城里被白军枪毙的布尔什维克,一多半都是犹太工人,你知不知道?你呀,哼!你跟谁说话?你也是反对派一伙的?这帮浑蛋都该枪毙。”

奥列什尼科夫吓得急忙挣脱出来,没命似的跑下阶梯。保尔恶狠狠地望着他的背影。"瞧,都是些什么人赞成我们的观点!"

歌剧院里挤满了人。人们一小股一小股从各个入口走进大厅和上面的楼层。全市党团组织的联席会议准备在这里举行,要对党内斗争进行总结。

剧院的休息室里,大厅的过道上,大家交谈的话题都是今天有一批工人反对派的成员要回到党的队伍里来。前排坐着朱赫来、丽达和扎尔基,他们也在议论这个问题。丽达回答扎尔基说:"他们会回来的。朱赫来说,已经出现转机。省委决定,只要他们检讨了错误,愿意回来,我们就会欢迎所有的人归队,要创造一种同志式的气氛,并且打算在即将召开的省代表大会上吸收柯察金同志参加省委,以此表示党对归队同志的真诚是信任的。我现在很激动,期待着这一刻的到来。"

会议主席摇了好一会儿铃,会场这时静下来了,他说:"刚才省党委做完了报告,现在由共青团里反对派的代表发言。首先发言的是柯察金同志,热烈欢迎!"

这时,后排站起一个人,身穿保护色军便服,快步从台阶跑上讲台。他仰起头,走到台口栏杆跟前,用手摸了摸前额,仿佛在回忆着什么东西,然后又固执地晃了晃长着鬈发的脑袋,两只手牢牢扶住栏杆。

保尔看见剧场里人坐得满满的,他觉得几千双眼睛都在注视着他,心里多少有点小紧张。宽敞的大厅和五个楼层都静悄悄地在盼望着。

有几秒钟的工夫,他默默地站着,努力控制自己的情绪。

他太激动了,一时不知从何说起。

离讲台不远的前排,在丽达旁边的椅子上,坐着肃反委员会主席朱赫来。他的块头可真算得是庞然大物。他正用殷切的目光望着保尔,突然微微一笑,这笑容是严峻的,又包含着那么多的鼓励。这么一副魁梧的身板,上衣的一只袖子却空空如也,因为毫无用处所以就塞进了口袋里。看到这幅情景,真让人心里沉甸甸的。朱赫来上衣的左口袋上,有一枚四周深红色的椭圆形红旗勋章在闪亮着。

保尔把目光从前排移开。大家都在等他,他也不能总是愣着,总得开口。他以临战的姿态调动起全身的精力,响亮地对整个大厅说:"同志们!"这开口的一瞬间,他心里涌起了波涛,感到浑身火辣辣的,似乎大厅里点亮了千百盏吊灯,光芒烧灼着他的身体。他那热烈的话语,犹如厮杀般的喊声,在大厅里震荡。话语传到数千听众的耳朵里,他们也随之激动起来。这青春的、激越的、热情洋溢的声音迸发出众多火花,飞溅到圆形屋顶下面的最远位子上。

"我今天想讲一讲过去。你们期待着我,我要讲一讲。我知道我的话会使有些人心神不宁,可这大概不能叫政治宣传,这是发自内心的声音,是我以及我现在代表的所有人的心声。我想讲讲我们的生活,讲讲那一把革命的烈火,它就想巨大炉膛里的煤炭一样,把我们点燃,使我们燃烧。我们的国家靠这烈火生存,我们的共和国靠这烈火取得了胜利。我们靠这烈火,用我们的鲜血,击溃并消灭了敌人的乌合之众。我们年轻一代和你们一起,被这烈火席卷着,去经历风雨,见世面,并且更新了大地。我们在我们伟大的、举世无双的、钢铁般的党的旗帜下一起进行了坚苦卓绝地战斗。两代人,父辈和子辈,一起战死在疆场。现在,两辈人又一起来到了这里。你们期待着我们,而我们作为你们的战友,竟制造动乱来反对自己的阶级,反对自己的党,破坏党的钢铁纪律,犯下了这不可饶恕的滔天罪行。你们是想得到答案吧?我们正是如此被党赶出自己的营垒,赶到人类生活的后方,赶到偏僻的荒漠去的。

"同志们,怎么会有这样的事?我们经过革命烈火的考验,却走到了背叛革命的边缘?这种事情是怎么发生的呢?你们都清楚我们同你们党内多数派斗争的经过。我们这些人,在共和国最艰难的岁月里,也没有掉过队,怎么倒发动了暴乱?这究竟是怎么一回事呢?"

"我们过去所受的教育,只知道对资产阶级要怀有刻骨的仇恨,所以新经济政策一来,我们便认为是反革命。其实党向新经济政策的过渡,是无产阶级同资产阶级斗争的一种新形式,只是另一种形式,从另外的角度来进行斗争,可我们却把这种过渡看作是对阶级利益的背叛。而在老一辈布尔什维克近卫军中,有那么一些人,我们青年知道他们多年从事革命工作,我们曾跟随他们前进,认为他们是真正革命的布尔什维克,现在他们也起来反对党的决定,我们就更有恃无恐,执迷不悟。显然,单有热情,单有对革命的忠心是不够的,还要善于理解大规模斗争中极其复杂的策略和战略。并非任何时候正面进攻都是正确的,有时这样的进攻恰恰是对革命事业的背叛,应该这样认识问题,我们刚刚才弄明白这一点。我们的领袖列宁同志引导国家走上了一条新的道路,就连他的名字,他的教导,也没能使我们收敛一点,可见我们的头脑发昏到了什么程度。我们被那些花言巧语所蒙蔽,加入了工人反对派,自以为是在为真正的革命进行正义的斗争,在共青团里大肆活动,动员和纠集力量,反对党的路线。大家知道,经过激烈地较量之后,我们几个团省委委员被开除出省委。我们又把斗争的锋芒转移到各个区里。区委的斗争更为艰苦,但是最后还是把我们击败了。于是我们又到各自的支部去占领阵地,并且把许多青年拉到我们这一边来。特别是我当书记的那个支部,拼命顽抗。末了,我们最后的几个据点也都被他们粉碎了。"

"是的,同志们,这些日子对我们来说是十分沉痛,万分难熬的。一方面,问题弄不明白,脑子里一片空白,晕头转向的,经常浮现出这样的想法:你这是在跟谁斗?另一方面,又把矛头指向自己的党。这确实非常痛苦。两面受到夹击,搞这种党内斗争会有什么结果?我回想起一次谈话,内心非常羞愧。朱赫来同志大概记得这次谈话。有一次,他在街上遇见我,叫我上车,到他那儿去。我当时正被斗争冲昏了头脑,对他说:'既然有人出卖革命,我们就要斗,必要的时候,不惜拿起武器。'朱赫来回答得很简单:'那我们就把你们当作反革命,抓起来枪毙。留神点,保尔,你已经站在最后一级台阶上。再跨出一步,你就到街垒那边去了。'说这话的是我最亲爱的人,是我的启蒙老师,是以自己的英勇无畏和坚强性格博得我深深敬重的人,是我在肃反委员会工作时的老首长。我没有忘记他说的话。当我们这些死硬派被开除出组织的时候,我们每一个人都明白了,什么才叫政治上的死亡,是的,是死亡。因为离开了党,我们没法生存下去。我们以工人的诚朴,公开并且直截了当地对党说:‘请还给我们生命。’我们又重新回到了党的队伍里。这几个月里,我们明白了我们的错误。离开了党就没有我们的生命。这一点,我们每个人都清楚。没有比做一个战士更大的幸福,没有比意识到你是革命军队中的一员更值得骄傲的。我们永远不会再离开无产阶级起义的行列。没有什么宝贵的东西不能献给党。一切的一切,生命、家庭、个人幸福,我们都要献给我们伟大的党。党也对我们敞开大门,我们又回到了你们中间,回到了我们强大的家庭里。我们将和你们一道重建满目疮痍的、血迹斑斑的、贫穷饥饿的国家,重建用我们朋友和同志的鲜血喂养起来的国家。而已经过去的事件,将成为对我们坚定性的最后一次考验。”

“让生活长在,我们的双手将和千万双手一起,明天就开始修复我们被毁的家园。让生活长在,同志们!我们会重新建设一个世界!胸中有强大动力的人,难道会战败吗?我们一定会胜利!”

保尔说完就哽住了,他浑身颤抖,走下了讲台。大厅轻轻晃动了一下,爆发出震耳欲聋的掌声,仿佛房基塌陷,四围的墙壁向大厅倾倒下来。呼喊的声浪从圆形屋顶奔腾而下,千百只手在挥舞,整个大厅好像滚开的水锅一样在不断沸腾着。

保尔看不清台阶,他向一个边门走去。血涌向头部。为了不跌倒,他抓住了侧面沉重的天鹅绒帷幕。这时,突然一双手伸过来扶住了他,他感觉像是被一个人紧紧搂住了。一个熟悉的声音面向着他,悄声说:“保夫卡,朋友,手伸给我,同志!我们牢固的友谊今后再也不会破裂了。”

保尔已经头疼得要命,差点就要失去知觉了,但是他仍然聚集起浑身的劲儿,回答扎尔基说:“伊万,我们还要一起生活,一起大踏步前进。”

他们的手紧紧地握在了一起,好像再也没有什么力量能把它们掰开。

使他们团结起来的不单单是友谊……

下　卷

1

已是午夜12点了,末班电车拖着它那破旧的车身终于结束了一天的奔忙。淡淡的月色映照在窗台上,透过玻璃照在了床上。屋内被罩上了一层淡蓝色的外罩,显得有几分沉寂。房间的其他地方仍旧是黑乎乎的,只有墙角的桌子上点着台灯,射出一圈亮光。丽达低着头,在一本厚厚的笔记本上认真地写着日记。

只见细细的铅笔尖流畅地滑动在纸上,好像要追逐什么:

5月24日

今天,我又该把自己的见闻写下来了。一个月过去了,一个字都没有写,只留下了一片空白。

哪里找得出时间来写日记呢?现在夜已深了,我才有时间静静地坐下来写一些东西。谢加尔同志明天就要调到中央委员会去工作了。听到这个消息后,我们大家都很难过。他的确是我们的好榜样,现在我才明白,他和我们大家的友谊是多么宝贵。当然,谢加尔一走,我们的辩证唯物论小组也得解散了。昨天我们在他那里一直待到深夜,检查了我们"辅导对象"的学习成绩。共青团省委书记阿基姆也来了,还有那个让人讨厌的登记分配部部长图佛塔。这个自命不凡的万事通真让人无法忍受!谢加尔倒是高兴极了,因为他的学生柯察金在党史方面把图佛塔驳得哑口无言,这说明两个月的工夫没有白费。听说朱赫来要调到军区特勤部去工作。至于调动的原因,我自己也不是很清楚。

谢加尔把他的学生交给了我。他特别地嘱咐说:"您替我教下去吧,可别半途而废。丽达,无论是谁,都有长有短,大家都有值得相互学习的地方。这个年轻人还没有摆脱自发性。他还是凭着他那奔放的感情生活的,而这种旋风似的感情常常使他走弯路。丽达,我很了解您,您做他的指导员再合适不过了。我祝您成功,别忘了替我向莫斯科写信。"他临别时如此叮嘱我。

今天从团中央派来了新的索罗缅卡区委书记扎尔基。这个人,我以前在军队里就认识他。明天杜巴瓦就要带柯察金来了。现在我来形容一下杜巴瓦:他中等身材,身强力壮,肌肉发达,18岁入团,20岁入党。他是因为参加"工人反对派"而被开除出共青团省委的三个委员当中的一个。辅导他可真是不容易,每天他都要打乱计划,给我提出一大堆问题,把话题扯远。他和我的另一个学生尤列涅娃还经常争吵不休。

头一天上课时,他就把她奚落了一番:"我说老太婆,你可有点军容不整啊。你的军装还缺皮马裤、马刺、布琼尼帽和马刀,现在这样子看起来不伦不类,像个什么样子!"

尤列涅娃也不甘示弱,我只好从中调解。杜巴瓦似乎是柯察金的朋友。今天就写到这儿吧,也该睡觉了。

赤日炎炎,大地都快被烧焦了。车站天桥的栏杆晒得滚烫,被热的无精打采的人们慢腾腾地向上走着。这些人不是旅客,大多数都是从铁路工人区进城的人。

保尔来到天桥的最高处,望见了丽达。她已经比他先到了车站,正在张望从天桥上走下来的人群。

保尔走到丽达旁边,离她还有两三步,就站住了。而她,仍是没有发现他。保尔用一种少有的好奇目光打量起她来了。丽达穿着一件条纹衬衫,一条蓝布短裙,肩膀上搭着一件软皮夹克。蓬松的头发衬托着她那被晒得黝黑的脸庞。她站在那儿,微微仰着头,强烈的阳光照得她眯起了眼睛。保尔还是第一次用这样的眼光观察他的这位朋友和老师,也是第一次突然意识到丽达不仅是位团省委的委员,而且也是……但是他立即打消了这个荒唐的念头,赶紧向她打招呼:“我已经端详了你整整一个小时了,你还没有发现我。该走了,火车已经进站了。”

他们一起向检票口走去。

昨天,省委决定派丽达代表省委去出席一个县的团代表大会,让保尔协助她工作。今天他俩必须出发。这并不是一件容易办的事情,因为车次太少,发车的时候车站由全权负责的五人小组控制。没有这个小组发放的通行证,任何人都不能进站。这个小组派出的值勤队守住了所有的进出口。一列火车就是挤破车厢,也只能运走十分之一急着上路的旅客。谁都不想留下,因为列车的时刻一点儿也不准,说不定一等就是好几天。几千人一起涌向检票口,都想挤进望眼欲穿的绿色车厢。这些日子,车站被围得水泄不通,到处是人,常常发生打架的事。

保尔和丽达挤来挤去,无论怎样也挤不进站台。

保尔对车站的地形很熟悉,知道所有的进出通道,他就领着丽达穿过行李房到达了站台。他们费了九牛二虎之力才挤到了4号车厢前。车门前乱哄哄地拥着一堆人,一个热得满头大汗的肃反工作人员拦住车门,上百次地重复着一句话:“不是告诉过你们了吗?车厢超载了。根据上级的命令,车厢的连接板上和车顶上不许站人。”

人们发疯似的冲着他挤去,都把五人小组发的4号车厢乘车证伸到他鼻子跟前。每节车厢的门前都是这样,人们气势汹汹地咒骂着,喊叫着,拥挤着。保尔发现,按照常规办事是根本没法上车的。但是,今天又非走不可。否则,就赶不上代表大会了。

于是,保尔把丽达叫到一边,把自己的打算告诉了她,他先挤进车厢去,然后打开车窗,把她从窗口拉进去。不这样,就没有别的更好的办法了。

“你把你的夹克给我,它比什么证件都有效。”保尔眼神中露出一丝的狡黠。

他把丽达的皮上衣穿上后,把手枪往兜儿里一插,故意把枪柄露在外面。他把装食物的旅行袋放在丽达脚下,走到车门跟前,毫不客气地分开旅客,一只手抓住了车门把手。

“喂,同志,你到哪儿去?”那个工作人员厉声问道。

保尔回头瞟了他一眼,用一种不容置疑的口吻说:

“我是本区特勤处的。现在要检查一下,车上的人是不是都有五人小组发的乘车证。”那个工作人员看了看他口袋里的手枪,用袖口抹了一下额上的汗,用满不在乎的腔调说:“那好,只要你能挤进去,你就随便检查好了。”

保尔用胳膊、肩膀,甚至拳头给自己开路,拼命往里挤,有时抓住上层的铺位,把身子吊起来,从别人肩膀上爬过去。

在一片责骂声中,他还是艰难地挪到了车厢中间。

“你这该死的东西,往哪儿闯呢?”这时,只见一个胖女人直冲他嚷道。保尔从上面下来时,一只脚踩在了她的膝盖上。这个女人胖得像个大肉球,足有二百多斤,勉强挤在下铺的边上,两条腿之间还夹着一只装黄油的桶。像这样的铁桶、箱子、口袋、筐子塞满了所有的铺位。整个车厢里闷得要命,让人几乎窒息。

保尔没有理睬那个胖女人的咒骂,只是问她:“您的乘车证呢,公民?”

“什么乘车证?”胖女人对这位来历不明的检察员恶狠狠地反问了一句。

一个贼眉鼠眼的家伙从上铺探出头来,扯着嗓子粗声粗气地喊道:“瓦西卡,这小子是个什么货色? 让他滚远一点儿!”

紧挨着保尔的头顶上又冒出一个人来,看来他就是那个瓦西卡了。这个人体格健壮,胸脯上长满了汗毛。他朝保尔瞪圆了两只牛眼,说:“你缠着人家妇女干吗? 用得着你查什么票?”

此时,从旁边伸下来八只脚。这些耷拉着腿的人勾肩搭背地坐在铺位上,起劲地嗑着瓜子。这显然是一伙在铁路上来往惯了的投机商。现在保尔没有工夫理睬他们,先把丽达接上来才是当务之急。

“这是谁的?”他指着车窗边的木头箱子问一个上了年纪的铁路工人。

“哦,就是那个女人的。”老工人指着穿着褐色长袜的两个粗腿女人说道。

保尔这时候想着,必须得打开车窗,不然丽达上不来。可这木箱子在这儿碍事,又没有地方放。于是保尔抱起箱子,把它交给坐在上铺的主人,说道:“请您先拿一下,公民,我要把窗户打开。”

“你怎么乱碰别人的东西!”当他把箱子放在她腿上时,那个塌鼻子的女人尖叫起来。“季莫卡,你看这个家伙在这儿瞎胡闹!”她又转过脸来,向身旁的人求援。那个邻座就顺势朝保尔的后背猛地狠踢了一脚,而且骂道:“喂,快滚开,癞皮狗!不然,我就揍死你!”

保尔背上挨了一脚,强忍着怒火,推开了车窗。

“同志,请您稍微让开一点儿。”他向那个铁路工人请求说。

保尔又把一个铁桶挪开了一点儿,腾出地方来,终于站在了车窗口。丽达早就在车厢旁边等候,就连忙把旅行袋递给他。保尔把旅行袋扔在那个两腿夹着铁桶的胖女人的膝盖上。他探出身子,抓牢了丽达的手,把她拉了上来。这一违章行为被一个执勤的红军战士发现了,但还没等他过来制止,丽达已经钻进了车厢。这个动作迟缓的战士无计可施,骂了几句就走开了。丽达一进车厢,那伙投机商都吵嚷起来，弄得她很难为情，不知道怎么办好。她找不到下脚的地方，只好抓住上铺的把手，站在下铺边上。从四周传来一片辱骂声。那个破锣嗓子又喊了起来："瞧这个浑蛋，他自己爬进来还不算，又把这个婊子也拽上来了！"

从上面看不见的地方，有个尖嗓子叫道："季莫卡，对准他的鼻梁使劲揍！"

塌鼻子的女人也想趁机把木头箱子放到柯察金的头上。到处都是些充满敌意，不三不四的人。保尔很后悔，不该领丽达到这里来。但是，总得想办法给她找个座位。他朝那个季莫卡说："公民，请你把东西从道口挪一下，这位同志现在连站的地方都没有。"可那家伙却骂了一句不堪入耳的脏话。保尔右眉上边的伤疤像被针扎了一样隐隐作痛。他压住怒火，对那个流氓说："下流坯子，你等着，回头我再跟你算账！"就在这个时候，上面又有人在他头上踢了一脚。

"瓦西卡，再给他点儿颜色看看！"周围的这一伙人像疯狗似的乱叫开了。

保尔憋了好久的怒火终于一下子冒了出来，和往常发火的时候一样，来势凶猛异常，不可阻挡。

"怎么，你们这帮坏蛋、奸商，竟敢欺负人？"他像弹簧一样，两手一撑就到了中铺，挥起拳头向季莫卡那蛮横无耻的脸上猛揍。这一拳可真有威力，打得那个家伙一头栽了下去，跌落在过道里人们的头上。

"你们这帮浑蛋，统统给我滚下去。不然的话，我就要你们的狗命！"保尔用手枪指着上铺那四个人的鼻子，怒冲冲地吼着。

这下子局面完全变了。丽达严密地注视着周围所有的人，谁要是敢碰柯察金，她就准备开枪。上铺很快腾了出来，那个贼眉鼠眼的家伙也急忙溜到隔壁的铺位上去了。

保尔把丽达安置在刚刚腾出来的空位置上，低声对她说："你在这儿坐着，我跟他们算账去。"

丽达赶紧拉住他："你还要去打架？"

"不，我去去就来。"他冷静地安慰她。

保尔又把车窗打开，然后就跳到站台上。几分钟后，他走进了铁路肃反委员会，来到他的老首长布尔麦斯捷尔的办公桌前。

布尔麦斯捷尔听了保尔的报告，命令 4 号车厢的全体乘客下车，检查所有人的证件。

"我早说过，哪次都是火车还没进站，投机商就上了车。"布尔麦斯捷尔说道。

由十个肃反委员会工作人员组成的检查队，把四号车厢彻底搜查了一遍。保尔按照老习惯，帮着检查了整个列车。他离开肃反委员会之后，仍然同那里的朋友们保持着联系，而且在他担任共青团书记之后，向铁路肃反委员会输送了不少优秀团员。检查完后，保尔回到了丽达身边。这时车厢里挤满了新乘客，他们要么是出差的办事人员，要么是红军战士。

他只能在最下一层的一个角落里给丽达找了个位置，旁边堆满了成捆的报纸。

"行了，咱们就凑合着坐吧。"丽达说。

列车终于开动了。

这时,车窗外的那个胖女人正坐在一堆口袋上,叫喊着:"曼卡,我的油桶在哪儿?"成捆的报纸把丽达和保尔与邻座的人隔开。他们俩一边饶有兴致地谈论刚才那段并不令人愉快的插曲,一边大口大口地嚼着面包和苹果。

列车依然在缓慢地爬行。车辆由于长时间不检修,又载重过多,所以导致了不断发出吱吱嘎嘎的响声,每到接轨的地方就震动一下。傍晚时分,车厢里渐渐地变得昏暗起来,不一会儿工夫夜幕就遮住了明亮的车窗,车厢里非常的黑,伸手不见五指。

丽达此时已经非常疲惫了,她把头枕在旅行袋上打起盹来。保尔坐在铺位边上,耷拉着两条腿,吸着烟。他也很累,但是没有可以躺的地方。清爽的夜风从窗外吹来……车身的震动把丽达惊醒了,她迷迷糊糊地看见了保尔抽烟的红光。"他会一直这样坐到天亮的,看样子,他不愿意挤我,怕我难为情。"丽达这么想着,便向保尔开起了玩笑说:"柯察金同志,请您把资产阶级那套虚伪客套的东西收起来吧。来,您也躺下来休息一会儿吧。"

保尔在她身边躺了下来,非常舒服地伸直了两条发麻的双腿。

"明天还有许多工作要做。睡吧,你这个爱打架的家伙。"她坦然地把自己的战友搂在怀里。保尔感到她柔美的头发已经贴到自己的脸上了。

在保尔的心目中,丽达是神圣不可侵犯的。她是他的朋友和同志,他们为共同的目标而奋斗,她是他的政治指导员。然而,她终究是一个女人。这一点,他是今天在天桥上第一次意识到的,所以,她的拥抱使他心情很激动,心跳也不由得加快起来。他感觉到了她那深长而均匀的呼吸,他清楚地知道,她那双唇近在咫尺……一种莫名而强烈的愿望支配了保尔,他想去亲吻她那性感的双唇。

然而,他还是用一种顽强的毅力把这个强烈的愿望给抑制住了。

丽达似乎猜到了保尔的感情,在暗中默默地微笑了。她已经尝到过爱情的甜美和失去爱情的苦楚。

她曾经把她的爱情先后献给了两个布尔什维克,但是,白匪军罪恶的子弹从她身边夺走了这两个人的生命:一个是英勇无畏、身材魁梧的旅长,另一个则是有着一双明亮而温柔的蓝眼睛的青年。

车轮那均匀的节奏很快就把保尔送进了梦乡。第二天一早,他被汽笛的吼声吵醒了。

最近,丽达都是很晚才回到自己的房间。她那本笔记本不常打开,写的几则日记,也都非常的简短。

8月11日

省代表大会结束了,阿基姆米海洛和其他几个人都到哈尔科夫出席全乌克兰代表大会去了,日常事务工作都由我来负责。杜巴瓦和保尔也都收到了列席团省委会的通知。自从杜巴瓦被派到切尔斯基区共青团担任书记后,晚上就不能来上课了,他工作非常忙。保尔还想继续学习,不过有时候我没有工夫,还有的时候他又得到外地出差。由于铁路上的情况日益紧张,他们那里经常处于动员状态。扎尔基昨天来我这里,对于我们从他那里调走一些人的举动非常不满,他说他也非常需要这些人。

8月23日

今天,当我从走廊里经过时,远远望见管理处门口站着三个人:潘克拉托夫、保尔,另一个我不认识。我往前走,听见保尔正在叨咕什么事情:"那边的几个家伙,就算枪毙了他们也不可惜。他们说什么'你们无权干涉我们的事务,这里的事情都由铁路林业委员会负责处理,用不着什么共青团来插手。'瞧他们那副嘴脸……这帮寄生虫可找到了藏身的地方!……"

接着就是一句不堪入耳的骂人话。潘克拉托夫一看到我过来,就用胳膊肘碰了碰保尔。保尔回过头来,看见是我,脸刷的一下就白了。他连一眼都不敢看我,扭头就走了。这回,他可能很久都不到我这儿来了,因为他知道我是不许骂人的。

8月27日

今天常委会召开了一次内部会议,情况越来越复杂。现在我还不能把全部情况都记录下来,不允许。阿基姆从县里回来了。情况非常糟糕,昨天,就在捷列夫河附近,运粮专车又被弄出了轨。我真想丢掉日记不再记了。到底记什么呢?都是些零零散散的琐事,又三天两头顾不上写。我在等柯察金。今天,我曾看见过他。我知道,他和扎尔基他们五人正在组织一个公社。

一天中午,保尔在铁路工厂接到一个电话,是丽达打来的。她说今天晚上有空,让他去继续学习上次那个专题:巴黎公社失败的原因。

晚上,保尔来到了大学环路那座房子的门口。抬头一望,丽达的窗子还亮着灯。和往常一样,保尔迅速地奔上楼梯,用拳头捶了捶房门,还没等有人应声他就走进了屋里。

丽达的床上,一般男同志连坐一下的资格都没有,这时却躺着一个穿军装的男人。他的手枪、行军袋和镶着星徽的军帽全扔在桌子上。丽达坐在他旁边,双臂紧紧地抱住他。两人正兴高采烈地说着什么……丽达满面春风,朝保尔转过脸来。

那个军人也推开拥抱着他的丽达,站了起来。

"我来给你介绍。"丽达拉着保尔的手,"这位是……"

"达维德·乌斯季诺维奇。"还没等丽达开始介绍,军人就大方地自报姓名,过来紧紧地握住了保尔的双手。

"没想到,一阵风就把他给吹来了。"丽达笑着说。

保尔握手时的态度却是冷冰冰的。一种不可名状的妒意,像燧石的火星一样从他的眼睛里闪过。他清楚地瞥见了达维德袖子上正方形的军衔标志。

丽达刚想开口说话,保尔却抢先了:

"我是来告诉你一声,今天我要上码头去卸木柴,你别等我了……恰巧你这儿又有客人。好了,我走啦,同志们还在楼下等着我呢。"

保尔就这样,突然闯进屋里,又瞬间在门外消失。楼梯上响起他下楼时急匆匆的脚步声。然后,只听见下面的大门砰的一声被关上,再也没有动静了。

“他似乎有点反常。”丽达一边望着达维德疑惑的目光,一边猜测着说。

天桥下面,一台机车长长地吐了一口气,从庞大的胸腔中喷出了金色的火星。火星缭乱地飞舞着,向上冲去,在烟尘中渐渐地熄灭了。

保尔把身子靠在天桥栏杆上。他出神地凝望着岔道口上的各色信号灯,眯起眼睛,讥讽地责问自己:“柯察金啊柯察金,我真是搞不明白,为什么你发现丽达有个丈夫就这样无法忍受了呢?难道她什么时候跟你说过,她没有丈夫吗?好吧,就算她跟你说过,那又能怎么样呢?这件事为什么突然使你这样难过呢?你们之间除了志同道合之外,并没有任何别的东西吗?……您怎么忽略了这一点呢?你怎么如此莽撞地就闯人家屋里了呢?”他讥笑着自己的愚蠢……“退一步说,如果他不是她的丈夫呢?从名字上看,这可能是她的哥哥,也可能是她叔叔……如果真是这样,你这么让人难堪,有点太荒唐了吧?你太没礼貌了,你太毛手毛脚了,你太小心眼儿了!他是不是她哥哥,一打听就会知道。假如真是她的哥哥或叔叔,你还有脸见她,跟她说话吗?得了,往后你再也别想上她那儿去了!”

这时,轰鸣的汽笛声把保尔从胡思乱想的世界里拉了回来。

“天不早了,该回去了,不要再自寻烦恼了!”

五个年轻人在索罗缅卡铁路工人区组织了一个小公社。这五个人分别是保尔和扎尔基,长着淡黄头发的快乐小伙子捷克人克拉维切克、调车场团书记尼古拉·奥库涅夫和铁路肃反委员会委员斯乔帕·阿尔丘欣,不久前他还只是修车厂的司炉工,可是现在就不同了。

他们弄到了一间屋子。下班之后就去忙着油饰、粉刷、擦洗,一连忙了三天。邻居们看见他们提着水桶跑来跑去,都以为失火了。他们自己搭起了床铺,又从公园里弄来许多树叶,塞在大口袋里做床垫用。到了第四天,一切准备就绪。雪白的墙壁上,挂着彼得罗夫斯基①的肖像和一张大地图。

两个窗户中间,钉着一个搁架,上面放着一堆书。把纸板钉在两只木箱上,就成了两只凳子,另一个大一点儿的木箱用来做柜子。房屋中央放着一张结实的台球桌,球桌已经破旧不堪了。这是他们从公用事业局用肩膀扛回来的。白天用来办公,晚上就是克拉维切克的床。大家把自己的东西全部都搬来了,精于理财之道的克拉维切克开列了一份公社全部资产的清单。他想把清单钉在墙上,但是大伙一致反对,他才作罢。现在房间里的一切都归集体所有了。工资、口粮和偶尔收到的包裹,全都平均分配。只有各人的武器不是公共财产。全体社员一致决定:公社成员,凡违反取消私有财产的规定并欺瞒同社社员者,一律开除出社。奥库涅夫和克拉维切克还坚持在该条后面附上:“并且立即驱逐出本室。”

索罗缅卡区共青团的积极分子全都参加了公社的成立典礼。他们从邻居那里借来了一个大号茶壶,把公社所有的糖精都拿出来沏了茶。喝过茶之后,大家齐声

---

① 当时的乌克兰中央执行委员会主席。

高唱：

苍茫世间血泪尽染，
我们一生痛苦凄凉。
可总有出头的一天……

烟厂的塔莉亚担任指挥。她的红布头巾稍微歪向一边，眼睛活像一只调皮的小猴子。这双眼睛还从来没有被人在近处仔细端详过呢。她的笑声格外动听，而且极富感染力。是的，这个18岁的女工正用那双青春而明亮的目光观赏着人生之路。她的手往上一抬，瞬时间领唱的歌声就像铜号一样响起来：

我们的歌声飘向四方，
我们的旗帜在全球飞扬，
红旗飘扬，灿烂而辉煌，
那是我们用鲜血放出的光芒……

大家直到深夜才散去，沉睡的街道被他们的谈笑声吵醒了。

扎尔基伸手拿起电话听筒。

“静一静，同志们，我什么也听不清！”他向挤满团区委书记办公室的那些高声说话的共青团员们喊道。

这时，喧哗声立刻变小了一些。

“喂，请讲吧。噢，是你！是的，是的，马上开会。你问在讨论什么？还是那件事，从码头上搬运木材。什么？没有，没有派他过去。他在这儿。要不要让他接电话？好吧。”

扎尔基向保尔招了招手，示意他过来。

“乌斯季诺维奇同志要跟你说话。”他把听筒递给了保尔。

“我还以为你不在呢。今天晚上我正好有时间，你过来吧。我哥哥从这里路过，顺便来看看我，我们已经两年多没见面了。”

果真是她哥哥！我说嘛，应该不是她丈夫，以前从没听她说过啊。

保尔没有听到她又说了些什么。那天晚上的事和当晚他在天桥上下定的决心，一起涌上心头。是啊，今晚应该去看看她，彻底斩断两人之间的瓜葛！爱情给人带来太多的烦恼和痛苦。难道现在是谈情说爱的时候吗？

听筒里的声音奇怪地问道：“你怎么啦，在听我说话吗？”

“嗯、嗯，我听着呢。好吧，开完会我就立马过去。”

于是，他把电话挂了。

保尔目不转睛地注视着她的眼睛，手抓住桌子的橡木边缘，然后开口说道：“往后我估计不能再到你这儿来了。”

他说完这话后，看见她那浓密的睫毛抖动了一下。她手里那支在纸上迅速移动的铅笔也停下了，静静地搁在打开的笔记本上。

“为什么？”

“时间不允许。你自己也清楚，我们现在的形势有多么紧张。很遗憾，学习的事情只能以后再说了……”

他倾听着自己的声音，觉得最后那句话还不够果断。

“何必转弯抹角，吞吞吐吐呢？这说明你自己还没有勇气扪心自问，干净利索地解决问题。”想到这里，他坚定地接着说，“另外，我早就跟你说过，你讲的东西我有点儿听不太懂。而我在跟着谢加尔学习的时候，学多少就能记住多少。可是跟你学习就什么也记不住了。每次回去以后，我都得再到托卡列夫那里重新补习一遍。我的脑袋不好使，你还是另找一个聪明点的学生吧。”

他转过脸去，避开了她那凝视的目光。

为了不留退路，他又果断地补充了一句：

“因此，我觉得咱们没必要再浪费时间了。”

他站起来，小心翼翼地用脚挪开椅子，低头看了看她那垂着的头和在灯光下变得更苍白的脸。他戴上帽子，说：

“就这样吧，再见了，丽达同志。这么长时间都没有跟你讲清缘由，是我的错，十分抱歉。其实我应该早点儿跟你说的。”

丽达的手机械地递向保尔。保尔突然对她这样冷冰冰的，使她十分惊愕，只见她勉强说了两句：

“保尔，这不怪你。我过去做的没有合你的意，没能够让你了解我，才会有今天这个结果，责任全在于我，应该道歉的人是我。”

他的两只脚像注了铅一般沉重。他吃力地走出房间，悄悄地掩上了门。快到大门口时，他停住了，现在再回去还为时不晚，对她说……

可是，这又何必呢？难道要让她当面奚落一番，再回到这大门口来吗？不！

铁路的岔线上，破烂的车厢和熄了火的机车越积越多。木柴场空荡荡的，风卷着锯末到处飞舞。

奥尔利克匪帮像凶狠的山猫一般，在城郊四周的丛林峡谷中上蹿下跳。白天，他们藏匿在附近的村庄或森林中的大养蜂场里。夜里，他们就大张旗鼓地爬到铁路线上，伸出罪恶的魔爪破坏路轨，干完罪恶的勾当，再爬回到自己的老巢里去。

因此，列车会经常出轨。车厢摔得粉碎，睡梦中的旅客压成了肉饼，宝贵的粮食同鲜血和泥土掺和在一起。

奥尔利克匪帮还经常洗劫宁静的乡镇。他们搞得鸡犬不宁……常常是啪的一声枪响，接着是乡苏维埃的白房子那边的一阵对射，枪声就像踩断干树枝一样响亮清脆。随后匪徒们便骑着肥壮的马在村子里横冲直撞，砍杀被他们抓住的人。他们把马刀挥舞得呼呼作响，砍起人来就像劈木柴一样利落。为了节省子弹，他们是很少开枪的。

他们就这样神出鬼没、肆无忌惮地骚扰着人们的生活与生产，他们的暴行简直令人发指，实在是可恶至极。

这帮匪徒来得快，去得也快。哪里都有他们的耳目。在神甫家的院子里，在富农考究的庄园里，都有人在不停窥视着乡苏维埃的一举一动，他们的眼睛恨不得要穿透那幢白房子的墙壁。一条条无形的线一直伸向密林深处。弹药、鲜猪肉、淡蓝色的原汁酒被源源不断地送到那里。各种情报通过口耳相传来到小头目这里，然后再通过种种渠道传给奥尔利克本人。这个匪帮一共只有两三百个亡命徒，可是却一直没有被剿灭。他们往往分成许多小股队伍，分散在两三个县里同时进行骚乱活动。他们夜里是凶恶的匪徒，白天却变成了安分的农民，在自家院子里消磨时光，不停给马添点草料，要不就站在大门口，嘴边挂着一丝讪笑，一边吸烟袋，一边用阴险的目光打量着过往的红军骑兵巡逻队。

亚历山大·普兹列夫斯基殚精竭虑，率领一团士兵在三个县里来回清剿匪徒。战士们不顾疲劳，不停地跟踪追击，偶尔也能揪住匪徒的尾巴，予以痛歼。

一个月以后，奥尔利克从两个县里撤走了他的手下。现在他已经处在包围之中，只好在一个小圈子里打转了。

城里的生活一如既往。五个市场上挤满了熙熙攘攘的人群，四处传来嘈杂的叫卖声。两种愿望支配着人们：一种是漫天讨价，另一种是就地还钱。形形色色的骗子都聚集在这里进行着各种见不得人的勾当。几百个手疾眼快的人像跳蚤一样上蹿下跳，他们的眼神里什么玩意儿都有，唯独就是没有天良。这里就是一个大染缸，全城的渣滓们都聚集在这里，他们的目的就是坑骗那些没有见过世面的"土包子"。很少有的几趟火车从自己的肚子里不断地吐出一群群背着口袋的人。这些人都是向小集市涌去的。

每天晚上，小市上变得空无一人。白天曾经生意红火的小胡同和一排排黑洞洞的空货架子在这段时间却显得阴森恐怖。

到了夜里，在这个死气沉沉的地方，每座小亭子后面都隐藏着危险，就连再胆大的人也都不敢冒险到这里来。这样的事情屡屡发生，突然一声枪响，就会有人在枪口下喋血身亡。等到附近几个执勤民警凑在一起，他们已经不敢单独行动了，赶到出事地点的时候，地上就只剩下一具蜷缩着的尸体。凶手已经早离开了作案的地方，逃之夭夭，其他在这一带鬼混过夜的人，也都因为出了事，一下子溜得无影无踪。小市对面的景象则截然不同，那里有一个七星电影院。街道上灯火通明，行人络绎不绝。

电影院里的放映机嚓嚓地响个不停，银幕上出现了一对情敌决斗的情景。片子一断，观众就嘘声四起。看起来，城里城外的生活仍然是按部就班，就连革命政权的中枢党委会里也是一切照常。但是，这仅仅只是表面上的平静！

在这座城市里，正在慢慢地酝酿着一场风暴。

有很多人感觉到了风暴即将来临的兆头。那些笨拙地把步枪藏在乡下人的"长衫"里进城的人，那些扮成投机商坐在火车顶上进城的人都从四面八方赶来，隐藏在这场凶险的阴影之中。他们一下火车并不奔向市场，而是凭着记忆，把东西运到事先约定的街道和房子里。这些人显然是有预谋的，可是城里的工人群众，甚至绝大部分布尔什维克都被蒙在鼓里，殊不知一场风暴正在向他们慢慢地逼近。

全城只有五个布尔什维克例外，他们已经掌握了敌人的全部准备活动。

被红军赶进白色波兰境内的彼得留拉残匪,正和住在华沙的外国使节们勾结,准备组织一次蓄谋已久的大暴动。

彼得留拉残匪秘密地组成了一支突击队。

中央暴动委员会在谢佩托夫卡也有自己的组织。参加这个组织的有四十七个人,其中大多数过去就是顽固的反革命分子,只是由于当地肃反委员会的疏忽,他们才没有被捕,依然逍遥法外。

瓦西里神甫、文尼克少尉还有一个名叫库齐缅科的彼得留拉军官,就是这个组织的头目。而神甫的两个女儿、文尼克的父亲和兄弟,以及隐藏在执行委员会内部的办事员萨莫蒂尼亚负责收集情报。

他们计划在夜里就开始发动暴乱。准备用手榴弹炸毁边防特勤处,放出犯人,如果可能,就占领火车站。

暴动的指挥中心设在一座大城市里,大批白匪军官正在秘密地向那里集中,各路匪帮也都集结在近郊的树林里等待着新的命令。一批经过严格审查的"忠诚分子"被派到罗马尼亚佩特留拉本人那里去,以便随时保持联系。

在军区特勤处的朱赫来已经整整六夜没合眼了。他是掌握全部情况的五名布尔什维克中的一个。他现在觉得自己就像一个胸有成竹的老猎人,牢牢地盯死了一头即将迎面扑来的野兽,只要它一动就立马来个瓮中捉鳖。

在这种紧要关头,既不能喊叫,也不能声张。只有把这只嗜血成性的野兽击毙才能够消除后患,安心从事劳动。把野兽惊跑是不行的。在这场你死我活的殊死较量中,只有冷静的头脑和果断的行动才是克敌制胜的法宝。

时间一分一秒地逼近。

就在城里的某个地方,在秘密进行阴谋活动的迷宫里,敌人决定:明天夜里动手。

不!就在今天夜里。五个对敌情了如指掌的布尔什维克决定先发制人。

晚上,一列装甲车没有拉响汽笛,而是悄悄地开出了车库,随后车库又悄悄地关上了大门。

直达线路迅速地传递着密码电报。在所有收到电报的地方,共和国的捍卫者们废寝忘食,连夜捣毁了一个又一个匪巢。

扎尔基接到阿基姆的电话:"各支部的会议都布置好了,是吗?好。你和区党委书记马上来开会。木柴问题其实比原来想的还要糟糕。等你们来了,咱们再详谈吧。"阿基姆的口吻急促而又坚定。

"的确如此!这个木柴问题简直快要把我们逼疯了。"扎尔基气恼地嘟囔着放下听筒。小李特克开着汽车飞快地把两个书记送到指定地点。

他们下了车,一登上二楼,立刻就明白了,叫他们来绝不是为了木柴的事。

总务主任的桌子上摆着一挺马克沁机关枪,从特勤部队派来的机枪手在它旁边忙个不停。本市的党团员积极分子在走廊上站岗,他们都神色凝重,默不作声。省委书记办公室的门关得严严实实的,里面正在召开省党委常委紧急会议,会议就要结束了。

两部军用电话机的电线，经过气窗，通到了室外。

人们都压低了声音讲话。扎尔基在房间里见到了阿基姆、丽达和米海洛。丽达还是那副装束，跟以前当连指导员的时候一样，头戴红军的盔形帽，身穿草绿色的短裙和皮夹克，挎着一支沉甸甸的毛瑟枪。

“怎么回事？”扎尔基奇怪地问丽达。

“这是演习紧急集合，我们要马上到你们区去，集合地点就在第五步兵学校。各支部开完会以后都会直接去那里，最关键的是这次行动不要让任何人知道。”丽达严肃地对扎尔基说。

步兵学校周围浓密的森林里静悄悄的，一切看似都那么的平静。

参天的橡树默默地挺立着，它们都已经是百岁老人了。池塘在牛蒡和水草的覆盖下平静地沉睡着，宽阔的林荫道已经很久没有人迹了。

森林中的白色高墙里便是以前军官学校的楼舍，现在已改为红军第五步兵军官学校了。夜深了，楼上没有一丝的灯光。表面上看，这儿的一切都显得风平浪静，即使是路过的行人都会以为里面的人正在酣睡。可是，为什么那扇大铁门敞开着呢？

而那两个像大青蛙一样蹲在大门旁边的是什么东西呢？不过，从铁路工人区的各个角落到这里来集合的人都知道，既然下了紧急集合令，军校里的人是不可能睡觉的。他们都是开完了支部会，听了简短的通知之后，就连忙径直赶到这里来的。大家都保持着安静。有的是一个人单独来的，有的则是两人结伴而行，但每组也没有超过三个人的，他们就以这样一种十分零散而安静的方式迅速都往学校这里来集合。

每人的口袋里都装着党、团手册，因为只有出示这个“证件”，才能走进那道大铁门。大厅里这时已经有很多人了。这里灯光明亮，四周的窗户都用帆布帐幕遮挡着。人们静静地抽着自己卷的烟卷，打趣地谈着这次紧急集合中的种种规定。谁也没有觉察出有什么紧急战事，大多数人都把这次行动当作了演习，让大家亲身体会一下特勤部队的纪律罢了。但是，有战斗经验的人，一进校门，就感到气氛有点异样，不大像是演习。这里的一切简直太静了，静得让人都不敢喘气。军校学生整队的时候一句话也不说，口令也用咬耳朵的方式传达。机枪是用手抱出来的。从外边看不到房子里有一点儿亮光。

“德米特里，不会是发生什么大事了吧？”保尔走到杜巴瓦面前，小声地问。

杜巴瓦这时正在与一个保尔不相识的姑娘肩并肩地坐在窗台上。三天前，保尔在扎尔基那儿也曾经见过她一面。

杜巴瓦开玩笑地拍了拍保尔的肩膀：“怎么了，被吓得魂飞魄散了？不要紧，我们会教你如何打仗的。你认识她吗？”他说着，朝那姑娘点了点头。“她叫安娜，姓什么我就不知道了。官衔嘛，是宣传站主任。”

那姑娘一边听着杜巴瓦幽默的介绍，一边打量着保尔，她用手理了理从淡紫色头巾下滑出来的头发。

她和保尔的目光碰到一起了，双方对视了好几秒钟，各不相让。她那乌黑的眼睛里露出挑战的光芒，睫毛又长又密。保尔把目光转向了杜巴瓦。他感到脸上火烫，便不高兴地耸了耸肩。保尔勉强地笑着说："你俩到底是谁宣传谁呀？"

此时，大厅里一阵喧哗。中队长爬到椅子上，压低嗓子喊道："第一中队在这儿集合！快一点儿，同志们，快一点儿！"

朱赫来和省执行委员会主席阿基姆一道走入大厅。他们应该是刚到达的。

大厅里站满了排队的人。

阿基姆站在教练机枪的平台上，举起一只手说："同志们，我们之所以紧急的把你们召集到这里来，是为了完成一项严肃而又艰巨的任务。现在我要告诉你们的事情，是重大的军事机密，这些事到昨天为止还不能讲。明天夜里，在这座城市以及全乌克兰的其他城市里，将要发生一场反革命暴动。已经有许多反动军官潜入了我们的城里，周围也集结了好几股土匪。有些阴谋分子甚至混进我们的装甲车营，当上了驾驶员。但是，他们的阴谋被肃反委员会察觉了，所以现在我们要把整个党团组织都武装起来。军校学员的队伍现在已经出发了。同志们，现在该轮到你们了。这次行动的总指挥是朱赫来同志。他会向各级指挥员下达详细的指示。当前局势的严重性可以说是迫在眉睫，此刻我没有过多的时间向同志们做解释了。目前你们的任务就是先发制人，今天就要把明天即将发生的暴乱制止住。"

一刻钟后，全副武装的队伍已经在校园里集合好了。

朱赫来用目光扫视着肃立的队列。

在队列的前边，并肩站着两个扎皮带的人，一个是大队长麦尼亚洛，他是个彪形大汉，乌拉尔的铸工；另一个则是政委阿基姆。左面是第一中队的队伍。队伍的前边，也站着两个人，中队长米海洛和指导员丽达。他们的后面是默无声息的共产主义大队的行列。一共整整三百名战士。

他威严地向这三百名战士发出了号令："出发！"

三百名战士迅速穿过无人的街道。

整个城市都还在沉睡中，谁也不知道外面已经发生了这么大的事情。

他们停在了李沃夫街的十字路口前。行动准备就从这里展开。

他们一声不响地包围了这里的整个地段。指挥部就设在一家商店的台阶上。

一辆开着车灯的汽车从市中心沿着李沃夫大街风驰电掣地驶过，在指挥部门口刹住了车。

这次，小李特克送来了他的父亲——本城的卫戍司令。父亲从车上跳下来，用拉脱维亚话对儿子匆匆地说了几句。汽车猛地向前一冲，一瞬间就拐进了季米特里耶夫大街，几秒钟已跑得无影无踪。小李特克把全部精神都集中到两只眼睛上。两只手像长在方向盘上似的忽而向左，忽而向右，不停地打着舵。

哈哈，这回他小李特克可以随心所欲地开飞车了！谁也不会因为他发疯般地急转弯而关他两天禁闭了。

他的车子像流星似的疾驰在大街上。

转眼间,他就把朱赫来从城市的一头送到了另一头。朱赫来不禁夸奖他说:“小李特克,如果照你今天这样开车而平安无事,我明天就奖给你一块金表。”

小李特克高兴得要命,赶紧接话:“我还以为,您要关我十天禁闭呢。”

最先遭到打击的是阴谋分子的司令部,第一批俘虏和缴获的文件马上就被送到了特勤部。

荒凉街上有一条胡同,在这条胡同的11号里住着一个名叫秋贝特的人。根据肃反会所掌握的情报,这家伙是这次阴谋的策划者之一。在他那里藏有企图在波多尔区行动的军官团的黑名单。

老李特克这次是亲自来抓捕这个秋贝特的。那所房子有几扇窗子朝向花园,花园的高墙后便是以前的女修道院。他们扑了个空。据邻居说,他今天一直没有回来。经过搜查,除找到了一箱手榴弹外,还找到一些名单和地址。老李特克布置好埋伏之后,自己就在桌旁浏览搜查到的材料。

军校的一个年轻学员在花园里站岗。他站在墙角,望着那透亮的窗户,一个人站在角落里还真有点担惊受怕的感觉。

他的任务是监视那堵高墙。可这里离那个能给壮人胆的明亮窗户很远。那个不听话的月亮又很少露面,周围黑洞洞一片,灌木丛像是在动弹。他用刺刀向四周探了探,什么也没有。“干吗派我到这儿来站岗呢?墙这么高,谁能爬上来呢。到窗子跟前瞧瞧怎么样?”他又看了一眼墙头,离开了那散发出霉味儿的墙角。他挪动到窗前站了一会儿。老李特克正匆忙地收拾文件,正打算离开房间。可就在这时,一个暗影出现在墙头上。从墙头上可以清晰地看见窗外的哨兵和屋里的老李特克。只见那人影像猫一样,敏捷地从墙头瞬间就攀到了树上,溜到了地面,又像猫一样悄悄地接近哨兵,手用劲一挥,哨兵就倒下去了。一把海军短剑插进了哨兵的脖子,只剩下剑柄露在外面。

这时,花园里突然传来了一声枪响。包围在周围的人们像被电击了一下。

一阵皮靴声,六个人飞速向这所房子跑来。

老李特克已经死了。他坐在靠椅上,染满鲜血的头贴在桌子上,窗户的玻璃被打碎了。幸好敌人没能把文件抢走。

修道院旁边突然响起密集的枪声。凶手跳上大街,一面没命地朝鲁基扬诺夫广场逃跑,一面不停地向身后开枪。但他最终还是没能跑过子弹,俗话说得好,武功再好,一枪撂倒。就这样,他被解决了。

通宵进行了挨户搜查。几百个没报户口、证件可疑、藏有武器的人被押到肃反委员会,在那里由审查委员会进行甄审。

阴谋分子在几个地方进行了负隅顽抗。列别杰夫在日梁街上进行搜查时不幸中弹身亡。索洛缅卡大队在当天夜里牺牲了五个人。在肃反会里,再也见不到那个共和国的忠实捍卫者老布尔什维克扬·李特克了。

谢天谢地,这场敌方蓄谋已久、精心策划的暴动终于被及时地制止了。

当天夜里,瓦西里神甫和他的两个女儿,还有他们的同党也都在谢佩托夫卡被抓住了。一场可怕的灾难平息了。

然而,新的敌人又在威胁着这个城市,铁路运输眼看就要瘫痪了,饥饿和寒冷就会接踵而至。

现在,一切都取决于粮食和木柴的供应。

2

朱赫来一边思考,一边从嘴里取下烟斗,小心地用指头弹了弹隆起的烟灰。烟斗已经灭了。

浓重的烟雾就像白云一般,在天花板上的毛玻璃灯罩和省执委会主席的圈椅之间缭绕。围坐在桌旁抽烟的十几个人就如同笼罩在薄雾之中。

坐在省执委主席身旁的是托卡列夫。他胸口贴着桌子,气愤地不停捻着小胡子,偶尔斜眼瞅一下那个秃顶的矮个子,这家伙嗓子又尖又细,一直在啰里啰唆地兜圈子,全是些鸡蛋壳一样空洞的废话。

阿基姆看见了托卡列夫的这种目光,让他不由得想起了童年往事:从前他们家有一只好斗的公鸡,叫“专啄眼”。公鸡在进攻之前也是用这种眼光审视对手的。

那神情跟现在的托卡列夫一模一样。

省党委的会议已开了近两小时,那个秃头是铁路林木委员会的主席。

他一边用敏捷的手指翻动文件,一边滔滔不绝地说:“……正因为有这么多客观原因,所以省委和铁路管理局的决议很难实现。我再说一遍,就是再过一个月,我们也拿不出四百立方米的木柴。而现在的任务是十八万立方米……”他在心里搜寻合适的字眼,“……那更是痴人说梦啊!”他冒出这个成语后,立马闭上了嘴巴,嘴巴上有很多皱褶。

接着是一阵沉默,仿佛持续了很久。

朱赫来用手指头敲了敲烟斗,想把烟灰磕出来。托卡列夫用低沉的声音首先打破了沉默:“用不着拐弯抹角,直说了吧,你的意思不就是你们过去拿不出木材、现在拿不出木材、将来也拿不出木材吗?”

秃头耸了耸肩膀。

“同志,对不起,木材我们已经凑齐了,但就是没有马车往外运……”说到这里,他呛了一下。只见他用一块方格手帕抹了抹光秃的头顶,然后想把手帕塞进衣袋,结果怎么也找不着,就塞到皮包下面去了。

“您都采取了些什么措施运送木柴呢?原来领导这项工作的那些专家搞了鬼,可是他们给抓起来好些日子了。”捷涅科从角落里反问道。

“我向铁路局报告三次了,”秃头转向那个角落,“但没有运输工具,这个谁也没办法……”

托卡列夫打断了他的话。“这些我们早就听说了,”老钳工轻蔑地哼了一声,狠狠地瞪了秃头一眼。“拿我们当傻瓜还是怎么的?”

秃头的背脊一阵发凉。

“可是,我不能为反革命分子的活动负责啊。”他说话的底气明显地不足了,声音有些发颤。

“但是,他们在离铁路很远的地方伐木,这事您知道吧?”阿基姆问他。

“这我听说了,但那是别人管辖区内的事情,我无权向上级汇报啊。”

“您手下现在有多少工作人员?”工会主席问秃头。

“二百多人。”

“这些饭桶每人一年才砍一立方米?”托卡列夫怒火中烧,使劲地啐了一口.

“我们把工人的口粮节省下来,而给林业委员会所有人员领头等口粮,你们做了些什么呢?我们拨给工人的那两车皮面粉,你们弄到哪儿去了?”工会主席义正词严地追问。

类似这样的尖锐问题朝秃头劈头盖脸而来。他始料未及,对那些提问只是拼命地支吾搪塞,就像应付上门讨债的债主似的,一时间不知所措。

这家伙滑得像条泥鳅,根本就不从正面回答问题,两只眼睛不停地东张西望。他本能地感觉到危险正在来临,因此心惊肉跳。他心虚地左顾右盼……此时,他恨不得变成一条章鱼缩回石缝里去,逃回家中。在那儿,他那个年纪尚轻的妻子已经给他准备好了丰盛的晚餐,正读着保罗·德·科克①的消遣小说等着他回家呢。

朱赫来一面注意听秃头的回答,一面在笔记本上写道:“我认为,应当对这个人做更深入的审查,他不是工作能力低的问题。我已经掌握了他的一些材料……不必再同他谈下去,让他滚开,咱们也好干正事。”

省执委主席看完了朱赫来递给他的纸条,向他点头示意。

朱赫来站起来,到外间去打电话。当他回来时,省执委主席已经念到了决议的末尾:“……鉴于铁路林业委员会领导人的公然消极怠工行为,决定撤销其领导职务。此案交由侦查机关审理。”

秃头本来以为不会这么便宜他。不错,由于怠工而撤职,这表明他们没有怀疑他是否可靠,这没有关系。至于博亚尔卡的事,他尽可以放心了,因为那不属于他的管辖范围。“哼,我还以为他们抓到了我什么把柄了呢……”他此时庆幸着,心里的一块石头算是落了地。

他差不多完全放下心来了,一边往皮包里收拾文件,一边说:“是的,不用说,我是个非党的专家,你们当然有权力怀疑我。但我问心无愧,如果有什么事情没做到位,那只是因为我的能力差。”

谁也没再搭理他。秃头走出房间,急急忙忙跑下楼梯,轻松地舒了一口气,拉

---

① 19世纪法国小说家和剧作家。

开了临街的大门。就在门口，一个穿军大衣的人问他："公民，您贵姓？"

秃子心头一怔，结结巴巴地答道："切尔……文斯基……"

"外人"离开以后，省执委会主席办公室的十三个人都凑到桌子跟前。

"你们看……"朱赫来用手指按着摊开的地图说，"这是博亚尔卡站，距这里七俄里的地方有个伐木场。这里存放着二十一万方的木材。我们的劳动大军在这里辛辛苦苦地干了八个月，结果却是骗局一场，铁路和本市仍没有一点儿木柴。现在的任务是把木柴从七俄里以外的伐木场运到车站，这就至少需要五千辆大车，整整运一个月，而且每天要运两趟。再说，最近的村庄有十五俄里，匪帮们又经常出没……明白我的意思吗？再看这里，原计划伐木是从这里开始的，一直向车站方向推进。可这帮浑蛋，竟然伐到密林深处去了。他们的算盘打得倒挺精明，这样一来，咱们就不能把伐倒的木头运到铁路沿线。事实上也是这样，咱们连一百辆大车也弄不到。他们把我整得多惨，这并不亚于一场暴动啊。"

朱赫来说着气愤的话语，一个拳头重重地落在了地图上。

在场的每个人都非常清楚事情的严重程度，虽然朱赫来并没有直说。冬天就在眼前了。医院、学校、各机关和数以万计的市民只能听任严寒的摆布。车站挤满了人，像一窝蚂蚁，而火车却只能每星期仅开一次。

每个人都陷入了沉思中。

"同志们！"朱赫来松开攥紧的拳头，"我们只有一条出路，那就是用三个月的时间来修一条从车站到伐木场的窄轨铁路，全长七俄里，力争用一个半月的时间把铁路修到林场边上。这件事我已经考虑一个星期了。必须要完成这项工程。"朱赫来语气十分坚定，嗓子冒烟，声音已经沙哑了。

"需要三百五十个工人和两个工程师。在普谢·沃季茨有现成的铁轨和七个火车头，是那里的共青团员在仓库里找到的，战前想从那儿铺一条轻便铁路到城里来。但是，博亚尔卡没有工人住的地方，只有林业学校的破房子勉强可以住。工人只好分批派去，两个星期轮换一次，时间长了受不了。阿基姆，我们把共青团员派到那里，怎么样？"

朱赫来没等别人答话，继续往下说："首先是索罗缅卡区的团员和城里的一部分团员。任务十分艰巨，但是只要跟同志们讲清楚，他们会去做的。因为只有这样，城市和铁路才能够摆脱险境！"

铁路管理局局长对此表示怀疑，他摇了摇头。

"这么干不见得会有什么结果。在这么荒凉的地方铺七俄里长的铁路，又赶上现在是秋天，雨水多，眼看就要上冻了。"他有气无力地说。

朱赫来根本没有听他这退堂鼓似的一番言论，语气严肃地批评道："安德烈·瓦西里耶维奇，要是你把铁路管好的话，现在也就不用我们操这份心了。放心吧，我们会把铁路修好的。总不能抱着肩膀，干等着冻死吧。"

丽达的日记本里新写了满满两页纸：

组织人力去修轻便铁路的动员工作已经进行两天多了。

索洛缅卡区的团组织几乎整个都要派去。团省委委员去三个人:杜巴瓦、潘克拉托夫和柯察金,由此可见这项工程是多么的重要啊。这三个人是朱赫来同志亲自选中的。我和阿基姆曾两次去他那里找他谈这事,一起商量了好久。他说,这项工程极其艰苦,如果失败,那就会大难临头,所以我们必须成功。后天有一列专车送工人到工地去。

昨天召开了去工地的党团员会议,托卡列夫发表了精彩地演讲。省党委把领导这项工程的重任托付给这位老人,是最合适不过了。总共有四百人要去,其中共青团员一百名,党员二十名,工程师和技术员各一名。今天扎尔基和柯察金到交通专科学校去动员学生。是的,是柯察金。要不是图佛塔吹毛求疵,挑起事端,我还真不知道他就是谢廖沙常常谈起的那个保尔。图佛塔因为找茬儿泄私愤,在常委会上受到申斥的处分。就是在常委会上,他也没有完全放弃指责保尔。事情发生在积极分子会议上。

当时正在挑选去工地的人员。图佛塔突然对保尔的任命提出异议。他的理由让我们全都感到异常吃惊。图佛塔说,保尔同资产阶级分子有联系,加之过去参加过反对派,因此,不能让他担任小队的领导。

我看着保尔。当图佛塔应大家的要求,提出证明,进行解释的时候,保尔的目光由惊奇变成了愤怒。图佛塔说的是粉碎反革命阴谋那次,图佛塔和保尔编在同一个分队里,他们到一个教授家去搜查。这个教授的女儿原来是保尔的熟人。图佛塔偷听到她和保尔的谈话,她问保尔:“真的是您让人来搜查我家的吗,柯察金同志?要真是这样,对我便是一种莫大的侮辱。您对我们家好像是相当了解的。”保尔回答说,如果在你们家搜不出可疑的人,分队会离开的。图佛塔要求保尔说清楚,他跟资产阶级小姐怎么会这么亲近熟悉。

保尔表现得不错。没有特别激动地反驳,他控制住了自己的情绪,这对他来说是不容易的。他是这样回敬图佛塔的:“同志们,如果是你们当中任何一个别的人说我这种闲话,我是会很恼火的。现在既然是图佛塔说的,那就是另一码事了。眼下大家都忙得不可开交,而这位同志不是和大家共同做好工作,却在那里乱咬人,这是为什么呢?只有天知道。朋友们,我当然是要解释清楚的,不过不是向他,而是向你们大家。事情很简单,1920年,我在这个教授家中寄住过一阵子,这就相互认识了呗。这家人没有做过什么坏事。至于我过去犯的政治错误,我一直牢记在心。没有一位同志再翻过老账。图佛塔现在的做法是不正确的。等到了工地,我们会有机会来证明这一点的。”

保尔的话被打断了,大家不让他再说下去。图佛塔受到申斥的处分。我想在保尔去博亚尔卡之前同他见一次面。

交通专科学校的大楼房里闹哄哄的一片,各年级的头头在召集学生开全体会议。有人拽了一下保尔的袖子。

“你好,保尔,哪阵风把你给吹来啦?”打招呼的是一个目光严肃的小伙子,他戴着学校的制帽,帽子底下耷拉下来一绺波浪形的鬈发。

小伙子名叫阿廖沙·科汉斯基,与保尔同年,是保尔的同乡。阿廖沙的哥哥也在阿尔焦姆工作的机车库当钳工。科汉斯基一家辛辛苦苦,省吃俭用,供他读书。小伙子也不赖,一边劳动一边学习,读完了技工学校高级班,又到基辅来上学。阿廖沙长话短说,向保尔讲了讲他上学的经过和波折:“咱们城里来了六个人。这些人你大概都认识,有舒拉·苏哈里科、扎利瓦诺夫、沙拉蓬,就是那个小滑头,独眼龙,记得吧?还有萨什卡·切博塔里、万卡·尤林。他们几个,一路上吃的东西,家里全给准备得好好的,又是果酱,又是香肠,又是烙饼,七七八八一大堆。我呢,塞了一盒子黑面包干就上路了,再也没有别的可带。这几个中学生,一路上一个劲儿地取笑我。把我气得要命,恨不得狠狠揍这几个坏蛋一顿。别看他们有五个狗东西,我兴许要吃亏,可捞到一个我算够本。实在让人受不了。听他们说的:‘龟孙子,你往哪儿钻哪?傻瓜,待家里抠土豆去吧。’唉,算了。总算到了基辅。他们全都带着介绍信,去找这个长那个长的。我一口气跑到军区参谋部。我想当飞行员。睡觉做梦我都能梦见在半空中打转转。”

保尔微微一笑,开玩笑地问阿廖沙:“地下就挤不下你了?”

阿廖沙也笑了笑,露出一口雪白的牙齿,说:“参谋部的人也这么说:‘你干吗非要穿着云破雾呢?还是地下保险。’他们都取笑我。我连县团委的介绍信都带着呢,请他们帮助我进空军。我们家还住过一个搞军需供应的政委,叫安德列耶夫。他也在介绍信背面写了几句。一字不差,这么写的:‘本人认为科汉斯基同志有觉悟。总的来说是一个棒小伙子。脑袋瓜也挺灵。出身工人家庭。他想开飞机,那就让他去学嘛,将来学会了可以支援世界革命的。’下面的签名是:‘第一三〇博贡师军需队政委安德列耶夫’。”

保尔从心里乐开了。阿廖沙也哈哈大笑,引得一帮学生围拢过来。阿廖沙边笑边继续说:“是啊,飞行员的事没办成。参谋部里的人向我解释说,眼下没有飞机让我开。要是先学点技术,倒可以,飞机嘛,啥时候开都不晚。我就跑这里来了,递了申请书。结果呢,入学要考试。那五个家伙也在这里。考试两个礼拜之后进行。我一看,大事不妙。一个名额八个人争,来的还大多是城里人。有的找到教授先来一遍模拟考试,有的像我们这几位,都是中学七年级就毕业的。我赶紧翻书,恢复恢复以前的记忆。还要去打工,卸一车皮木柴,够两天吃的。后来木柴没有卸的了,只好勒裤腰带。而我们那几位呢,整天忙着跑剧院,深更半夜才能回宿舍休息。学生们差不多都去度暑假了,宿舍里更是显得冷冷清清的。可只要这几个家伙一回来,就甭想再看书,叫啊,闹啊,笑啊。扎利瓦诺夫领他们去轻歌剧院,介绍他们认识了一些女演员。三天工夫,她们把他们口袋里的钱掏了个精光。等到没东西填肚子的时候,这帮浑蛋就来个顺手牵羊,牵走了一个外地考生的四十只鸡蛋,又趁我不在,一顿嚼光了我剩下的一点儿面包干。

考试的一天终于到了。第一门考的是几何。发的试卷上都盖了图章,三十五分钟解答习题。我看看黑板上的试题,心中一阵暗喜,因为我全都会做。再瞧瞧那几个中学生,一个个傻了眼,都在用手抓着脑袋,就是不会写。

愁眉苦脸,龇牙咧嘴的,又好像他们椅子上有人钉了几只尖木桩,坐也不是,不坐也不是。沙拉蓬那个汗哪,噼里啪啦地直往下掉。他那副傻瓜嘴脸,一只独眼溜东溜西的。我心里寻思,这可不像你拧姑娘大腿时那么容易。

阿廖沙笑得喘不过气来,又接着说下去:“我答完了题,站起来,准备交给教授。苏哈里科和扎利瓦诺夫这时朝我压低嗓门,老鼠似的吱吱叫唤:‘递张小抄过来。’我径直朝桌子走去,路过切博塔里身旁时,听到他在小声咒骂我,骂得可难听了。两天下来,他们各得了四个两分,退出了考试。我沉住气继续考。他们在干什么呢?有一次苏哈里科来找我,说:‘别在这里泡啦。我们私下里从老师那儿打听到,你有两个两分。反正你最终也考不过,干脆跟我们一起报建筑专科学校吧,那里容易考。现在还来得及。’我差点信了他的话,不过并没有放弃考试。反正只剩下两门了,考完再说。结果呢,才知道他们那是在糊弄我。我考取了,他们几个进了专科学校附设的两年制技校,这样就可以蒙骗家里人。入学没有要他们考试,因为技校只要求中学二年级的文化。他们领到了学生证、免票卡。如今哪条铁路线上都少不了他们。跑单帮,投机倒把,腰包塞得鼓鼓的。有了钱就大吃大喝。在城里已经搬了三次家。到哪儿都闹事,酗酒,让人家撵出来。尤林也尽量躲着他们,他进了建筑专科学校。”走廊上越来越挤。人不断往大教室去。保尔和阿廖沙也往那里去。路上,阿廖沙又想起了什么,笑得喘不上气来,说:“前不久尤林顺路去看他们。他们在赌牌。尤林也凑热闹,没想到赢了。你猜怎么着?他们把他的钱抢过去,还狠揍了一顿,又赶出了门。这真叫他们活该。”

宽敞的大教室里,会议一直开到半夜,做争取多数人的动员工作。扎尔基发了三次言。去建筑工地的事,多数学生连听都不想听。身穿校服、戴着锤子领章的学生在那里一直叫喊起哄,两次破坏了投票。扎尔基在这里没有依靠对象。两个团员对五百个学生,学生中三分之二又都是“爹妈的宝贝疙瘩”。民主空气最好的是一年级,那里的头是阿廖沙。机械系一年级的头达尼洛夫也支持去工地。他是一个长着一对充满幻想的眼睛的青年。这两个年级多数人投了赞成票。到了第二天早晨,学校团支部才答应派四十名学生去修铁路。

最后几只工具箱已经运到火车上去了,乘务员们这时候也都已经各就各位。天正下着绵绵细雨。丽达身穿双排扣夹克,点点雨滴,闪闪发亮,就像一颗颗玻璃珠在上面不停地滚动一样。

丽达对着托卡列夫,她握紧老人的手轻声说:“祝你们成功!”

老人的眼睛从灰白的长眉毛下面亲切地看了看她。

“真是的,好像故意给我们找麻烦似的!”

老人嘟囔着,把心里想说的也都说了出来。“你们在这边盯紧点儿。如果有人误事,你们就得催一催。这些懒惰的家伙,不拖拖拉拉就办不好事。好了,姑娘,我该上车了。”

那位老人裹紧了他的短外衣。火车启动前,丽达随意问了一句:“怎么,柯察金不跟你们一道去?他怎么没在那堆年轻人里?”

"他昨天就坐轧道车走了,跟技术指导员打前站去了。"

扎尔基和杜巴瓦匆匆地朝他们走来,后边跟着安娜·鲍尔哈特。她很随便地披了一件短外套,细细的手指夹着一支已经熄灭的香烟。

丽达注视着走过来的三个人,又朝托卡列夫问了最后一个问题:"保尔跟您学得怎么样了?"

托卡列夫愣愣地反问:"什么学得怎么样?那小伙子不是一直归你管的吗?他常跟我提到你,夸起来就没完没了。"

丽达将信将疑,简直不敢相信自己的耳朵。

"是真的吗?托卡列夫同志?他说,在我这里学到的东西,都要到您那里重学一遍呢。"老人开怀大笑:"到我那儿去?我连他的影子也没看到过!"

这时,汽笛在那边急急地叫着。克拉维切克从车厢里喊道:"哎,乌斯季诺维奇同志,你就放过大叔吧,没有他我们怎么能行呢?"

这个捷克人还想说些什么,但是一看见走到跟前的那三个人,便不再作声了。猛然间,他发现了安娜那不安分的目光,捕捉到她对杜巴瓦依依惜别的微笑,便赶紧离开了车窗。

秋雨打着人们的脸。一团团饱含雨水的乌云,在低空慢慢移动。深秋时节,一望无际的森林里,树叶全落了。老榆树愁眉苦脸,将老皮上的皱纹掩藏在褐色的苔藓下面。秋天无情地撕掉了它们的华丽盛装,它们只好裸露着枯瘦的身体孤苦伶仃地站在那里。

森林里有一个小车站,小车站只有个可供装卸货物的石头月台。一条新修的路基从这里直接通向森林。路基周围可以看到一群一群的人们像蚂蚁一样忙来忙去。

黏泥很是讨厌,在靴子底下吧唧吧唧地响个不停。铁锹碰着石头,铿锵作响。

雨像过了细筛一样,密密麻麻下个不停。寒冷的雨点浸透了人们的衣服。雨水毫不留情地破坏了人们的劳动果实,黏土像粥一样从路基上慢慢地流走。

被雨水浸湿了的衣服又重又凉,但是人们一直干到天黑才离开工地。

新修的路基在一天天加长,向森林之中不断地延伸。

离车站不远处有一座石头房,不过现在那里边都空了。里面的东西,凡是撬得下、拆得开、砸得动的,早就被洗劫一空了。炉灶的铁门变成了大黑窟窿,门窗成了大破洞。透过屋顶的孔洞能够看到房梁和椽木。

四周空荡荡的房子里唯有水泥地板原封不动地留在那里。每天夜里,四百个人就穿着里外湿透、溅满泥浆的衣服躺在上面睡觉。大家在门口拧衣服,脏水一股股流下来。这可恨的秋雨和泥泞被大家狠狠地咒骂着。水泥地上铺着一层薄薄的干草,大家紧挨着躺下,相互用体温取暖。衣服冒着湿气,感觉永远都是那么的潮湿,从不曾拧干过。窗户上遮着麻袋片,可尽管如此,雨水照样无情地顺着窗子渗进来,滴落在地板上。雨点像密集的霰弹敲打着屋顶上残留的铁皮。冷风不断从破门缝里吹进来。

一间东倒西歪的板棚做了厨房。人们在那里喝完早茶,就去工地干活了。每天的午饭都是清一色素扁豆汤和一磅半像煤球一样黑的面包。

饭食单调而无营养,但城里也只能供给他们这些。

技术员是个老头儿,长得又瘦又高,满脸皱纹,名叫瓦列里安·尼科季莫维奇·帕托什金。他的助手瓦库连科是个矮胖子,肥头大耳,外加一个肉嘟嘟的大鼻子。

他们俩住在火车站站长家里。

托卡列夫则住在一个车站肃反工作人员的家里。这人叫霍利亚瓦。

他生性爱动,可是上天却偏偏跟他作对,仅给了他两条短腿。

筑路工程队以坚韧不拔的毅力经受着各种艰难困苦。

路基朝着森林深处日益延伸。

工程队里已经有九个人开了小差。过了几天,又跑了五个。

筑路工程队在第二个星期首次遭受打击。那天晚上,从城里开来的火车没有带回面包。杜巴瓦叫醒托卡列夫,把这个消息告诉了他。

工作队的党委书记托卡列夫坐在床边上,把两条长毛腿垂到地板上,使劲地搔着胳肢窝。“竟然开这种玩笑!”他嘴里咕哝着,火速穿好衣服。

霍利亚瓦走进房间,他活像一只圆皮球。

“快去挂电话,通知特勤部。”托卡列夫命令他,“面包的事,你对谁也不许说。”老头子接下来又警告杜巴瓦。

倔脾气的霍利亚瓦与电话员争吵了半个小时,终于接通了特勤部副部长朱赫来的电话。听着他们的争吵,托卡列夫急得直跺脚。

“什么?面包没送到?我马上就查,看看到底是谁干的,这也太大胆了。”听筒里响起了朱赫来的怒吼声。

“那你说,我们明天用什么填饱肚子?”托卡列夫生气地对着听筒喊。

朱赫来显然在考虑怎么办。过了好一阵儿,他才回话:“面包我们连夜送去。我派小李特克开车去,他认识路。保你们明早一定能够吃上面包。”

果然,天刚蒙蒙亮,送面包的汽车就开进了车站。小李特克从泥迹斑斑的车上走下来,他因为一夜没有睡觉,脸色显得有些苍白。

为修建铁路而进行的斗争越来越艰苦。铁路局通知说,没有枕木。城里找不到车辆往工地运送铁轨和机车,而且那些小机车也需要大修。第一批筑路工的工期马上就满了,但是接替人员还没有着落。现有的人员已经筋疲力尽,要想把他们留下来再干,那肯定是不可能的。在一间旧板棚里,昏暗的煤油灯一直亮到深夜,那是积极分子正在开会。

第二天早上,托卡列夫、杜巴瓦、克拉维切克动身去了城里,还带了六个人去修理车头、办理运送铁轨的事。克拉维切克是面包师出身,因此被派到供给部去当检查员。其余的人都派到普谢·沃季茨。

外面的绵绵细雨还是下个不停。

保尔费了好大劲儿才把脚从泥里拔出来。他觉得脚下冰冷刺骨,钻心的凉,这一定是靴子底烂掉了。自打他一到工地,那双破靴子就让他吃了不少的苦头,它总是湿乎乎的,踩到烂泥就吧唧吧唧响。而现在倒好,靴底直接掉了,一只脚完全浸在那冰冷的泥浆里面。这还怎么干活儿啊?他从烂泥里捡起破靴底,绝望地看了看。虽然他已经发誓不再骂人,但是这次却怎么也忍不住了。他提着靴底跑到厨房里,坐在行军灶旁边,解开粘满稀泥的包脚布,把那只冻麻了的脚迫不及待地伸到炉火边就开始烤起来,恨不得把脚就放进火堆里。

养路工的妻子奥达尔卡在这里给厨子打下手。此时,她正忙着在切甜菜。她说不上太老,只是长着一副男人一样的宽肩膀,厚胸膛,两条大腿显得格外粗壮有力。不一会儿,她切好的甜菜就堆成了小山。

她瞥了一眼保尔,挖苦他说:"你怎么啦,等饭吃哪?还早呢。你这小伙子准是偷懒溜出来的。你把脚丫子伸哪儿去啦?这儿是厨房,不是澡堂子!"

她的口气就像在教训一个犯错误的孩子。

一个上了年纪的厨子走了进来。

"靴子全烂了。"保尔赶紧解释了一下他到厨房来的原因。

那进来的厨子看了看保尔的那只破靴子,冲着奥达尔卡那边说:"她的男人倒算半个鞋匠,他估计可以帮你修修,没鞋穿可不行啊!"

奥达尔卡听到这话,又仔细看了看保尔,突然间为自己刚才的话感到有点不好意思。

"我还把您当成懒虫了,可别往心里去啊!"

保尔宽厚地笑了笑。她用行家的眼光看了几眼那只破靴子。

"我丈夫也补不了它,已经没法补了。我家阁楼上有一只旧套鞋,我给您拿来吧,可别冻坏了脚。瞧瞧你们受的这份罪!再过一两天就要上冻了,真要命。"她满脸同情,说完就放下刀出去了。

不一会儿,她拿来一只高筒套鞋和一块亚麻布。保尔用布包好脚,烤得热乎乎的,穿上了暖和的套鞋。真是舒服啊。这时,他以感激的心情,默默地看了看养路工的妻子,朝她笑了笑就出去了。

托卡列夫垂头丧气地回来了。他把积极分子都召集到霍利亚瓦的房间,向他们转达那些令人不快的消息。

"到处都在怠工!不论你到哪儿,都能看到轮子在原地打转,停滞不前。对于那些反动家伙,看来咱们还是抓少了,一辈子都得碰上这号人。"托卡列夫的心情很不好,"同志们,开门见山吧!事情很糟糕。第二批人到现在还没有召集起来,能派来多少我们也不是很清楚。严冬马上就要来临了,就是拼命干也得在这之前把路轨铺过洼地,不然,以后用牙啃也啃不动了。同志们,如果城里现在有人在捣乱,自然会有人收拾他们,我们这里可得加快速度啊!否则的话,让外人怎么看我们,难道要让他们把我们这帮布尔什维克看作是一群废物吗!"托卡列夫说话的声音变得坚定而有力,同平时惯用的那种略带沙哑的嗓音已是截然不同。紧锁着的眉毛下面,两只眼睛炯炯发光,说明了此时他坚定不移,下决心干到底的心态。

"今天晚上我们要召开党团员大会,把情况向大家解释清楚,明天继续工作。其他非党非团的同志,明天早晨就可以回去,但是党团员必须都得留下。这是团省委的决议。"说完,他把一张折成方形的纸交给了潘克拉托夫。

保尔看见决议这样写道:

团省委决定,所有共青团员必须留在工地上继续战斗,不到第一批木柴运出不得撤离。

共产主义青年团省委代理书记

丽达·乌斯季诺维奇(签字)

狭小的厨房成了会场。一百二十个人挤在这里,几乎没有半点缝隙了。有的靠墙站立,有的上了桌子,甚至灶上也有人。

潘克拉托夫宣布开会。托卡列夫讲话时间不长,但最后的那一句让所有的人心里都凉了一截。"所有的党员、团员,继续待在这里。"

老人的手在空中挥了一下,强调这个决定是不可改变的。

这个手势把大家摆脱污泥、返回城里同家人团聚的希望一下子扫得一干二净。一开始,会场里一片喊叫声,什么也听不清。人体晃动着,暗淡的灯光也跟着摇曳起来。黑暗渐渐遮住了人们的面孔。吵嚷声越来越大了。一些人梦想着"家庭的舒适",一些人叫嚷着"身体的疲劳",大多数人还是一句话也不说,就那么看着周围的一切动静。

只有一个人宣布要半途而废。他那愤怒的喊声从角落里带着辱骂喷发出来:"我在这儿一天也待不下去了!罚犯人做苦工,那是因为他们犯了罪。可凭什么罚我们?把我们关在这里两个星期了,我已经受够了!没有人愿意当傻瓜。谁决定的,就让谁来修好了。愿意继续在泥地里打滚的,就留下来吧,我可是只有一条命,我明天就走!"

这人正站在奥库涅夫的背后。奥库涅夫划亮一根火柴,想见识见识这个逃兵。

火柴一亮,从黑暗中映出一个气得变了形发紫的脸,奥库涅夫认出他是省粮食委员会会计的儿子。

"照什么?我不用躲躲藏藏的,我又不是小偷!"

火柴熄了。潘克拉托夫挺直身子站了出来。

"谁在那儿胡说八道?谁说党给的任务是苦工?"他的嗓音粗壮,目光严厉,"同志们,无论如何我们都不能回去,我们的工作就是要留在这里。如果我们从这里溜走,那许多人都会冻死饿死。同志们,早一天修完铁路,我们就可以早一天回家。想像刚才那个讨厌鬼一样逃走的,我们的思想和纪律是决不允许。"

这个码头工人不喜欢发表长篇大论,但是,就是这短短的几句话,也被刚才那个人的声音打断了:"那么,非党非团的可以走吗?"

"可以。"潘克拉托夫断然答道。

一个身穿城市短大衣的小青年挤到了桌子跟前。这时,一张纸片像蝙蝠一样在桌子上方旋转,落到潘克拉托夫胸前,然后又反弹到了桌子上,轻轻地立在那里。

“这是我的团证,收回去吧,我可不想为一张硬纸片把自己的命搭进去!”

这句话被斥责声淹没了。

“你怎么随便乱扔团证呢?”

“你这个叛徒!”

“他入团,就为了贪图安逸。”

“把他撵出去!”

“真是欠揍!你这传播伤寒的虱子!”

扔团证的那个家伙低着头朝门口挤去。大家像躲避瘟神一样连忙向两旁闪开,放他过去。他一走出去,门就吱呀一声关上了。

潘克拉托夫的指头捏着那张团证,把它放在油灯的火苗上。

纸片烧着了,卷成了一个烧焦的小圆筒。

森林里响了一枪。一个骑马的人迅速逃离破旧的板棚,钻进了黑漆漆的森林。有人无意中撞到了门缝上的小木板。大家七手八脚地赶紧擦亮了火柴,用大衣下摆拦着风,借着火光,看到了小木板上的一些字:

“从车站滚出去,滚回老家去。谁敢留下不走,就让他挨枪子。我们要杀得一个不留,绝不会心慈手软。限明天晚上以前全部滚蛋。”

签名的是“大头目切斯诺克”。

他是奥尔利克匪帮干将之一。

丽达的桌子上,放着她没合上的日记本。

12 月 2 日

早晨下了第一场雪,天很冷,在楼梯上我碰到了维亚切斯拉夫·奥利申斯基,我们边走边谈。

“我总喜欢欣赏第一场雪。天虽然冷,可是却很美,你说呢?”他反问我。

我想到了那些在博亚尔卡的人们,就回答他说,我对寒冬和这场雪丝毫没有好感,相反,却觉得心里有些烦恼。接下来,我向他解释了原因。

“这不过是主观感受。您的想法继续下去,那就是战争年代的笑声以及乐观的表现都是不可取的。

但实际生活并非如此。悲剧只发生在前线,在那里,生命常常受到死神的威胁。然而即便在前线,也还有笑声。在远离前线的地方,生活照常。那里有欢声笑语,也有痛苦和不幸;有对美好生活的渴望,也有内心的激动和爱情的甜蜜。”

听了他这番话,很难辨别出哪句是嘲讽。他是外交人民委员部的特派员,自 1917 年就加入了共产党,他的衣着是西欧式的,胡子总是刮得干干净净,身上洒点香水。他就住在我们这栋楼的谢加尔家里,傍晚时,他常来找我。渐渐地我发现同他聊天倒挺有意思的,他在巴黎住过很长时间,了解西方的许多事情。但我想,我们不会成为好朋友。原因在于,他首先把我看成一个女人,其次才是党内同志。他毫不掩饰他的企图和想法,他倒是有说实话的勇气,而且表达方式也不粗鲁。他善于把那番情意表达得很深情。但是，我并不喜欢他。

我觉得，朱赫来那略带粗犷的朴实要比奥利申斯基的欧式风度亲切得多。

从博亚尔卡寄来一封简短的报告，筑路工程进展速度是每天一百俄丈[①]。枕木直接铺在冻土上，放进刨出来的座槽里。那里只剩下二百四十人，第二批人员已经有一半逃走了。环境确实很艰苦，天寒地冻，以后他们可怎么干活？

杜巴瓦到那边一个星期了。在普谢·沃季茨，八个车头只修好了五个，其余的没有零件用了。

电车管理局对杜巴瓦提起了刑事诉讼：说他带领一队人马强行扣留了所有从普谢·沃季茨开往城里的电车。他把乘客动员下来，把铺支线用的铁轨装到车上，然后沿着城里的电车线路把十九辆车统统开到火车站去了。他们这种行为得到了电车工人的全力支持。

在火车站，索洛缅卡区的一群共青团员连夜把铁轨装上了火车，然后杜巴瓦就带着他那一帮人把铁轨运到了博亚尔卡。

阿基姆不同意把杜巴瓦的问题提交到常委会讨论。杜巴瓦向我们讲述了电车管理局极端的官僚主义和拖沓作风，他们最多愿意给两辆车，连商量的余地也没有。可图佛塔却教训起杜巴瓦来了："该把你那套游击作风丢掉了，现在还这么干，那可是要坐牢的。难道就不能跟他们好好商量商量，非用武力解决不可吗？"

我这还是第一次看到杜巴瓦发那么大的脾气：

"你这个咬文嚼字的家伙，你自己怎么不去跟他们协商？坐在这儿，喝饱了墨水，就耍嘴皮子，唱高调。我不把铁轨送到博亚尔卡，就要挨骂。其实早就应该把你派到工地去，让托卡列夫也收拾收拾你，免得你在这里碍手碍脚。"杜巴瓦在省委大楼里扯开嗓子大喊。

图佛塔写了一个请求处分杜巴瓦的报告。但阿基姆让我回避一下，他单独跟他谈了十多分钟。图佛塔出来时面红耳赤，怒容满面。

12 月 3 日

省委又收到了新的控告信，这回是铁路肃反委员会送来的。潘克拉托夫、奥库涅夫带了几个人来到了莫托维罗夫卡车站，拆走了几栋空房子的门窗。当他们把这些东西装上车的时候，车站一个肃反人员想逮捕他们。但是他们缴了他的枪，直到火车开动了，才把退空了子弹的手枪还给他。门窗都运走了。另外，托卡列夫擅自做主没收了博亚尔卡车站仓库里的二十普特钉子。他把那些钉子分给了农民，以便让他们从伐木场里运出木头当枕木。

我跟朱赫来同志谈了这两件事，他笑笑说："这些控告咱们都给顶回去。"

工地的形势异常严峻。每一天都非常宝贵。就仅在一些微不足道的小事上，往往也需要施加压力。我们经常把一些爱找事的人叫到省委来。筑路的小伙子们

---

① 旧时俄国长度单位，一俄丈约 2.1 公尺。

以超人的毅力克服着意想不到的艰难，努力地干着活儿。

奥利申斯基给我找来了一个小电炉。我和奥尔加·尤列涅娃一块儿用它烤手取暖，但屋子仍是冷得要命。

那么，在森林里人们怎样挨过这样寒冷的夜晚呢？奥尔加告诉我，医院里特别冷，病人们都不敢钻出被窝。他们隔两天才生一次火。

不！奥利申斯基同志，我认为，前线的悲剧同样也是后方的悲剧。

12月4日

大雪纷飞，一夜未停。博亚尔卡被雪封住了，在这种天气里，工程不得不停了下来。人们都在忙着清除路上的积雪。今天省委做出了一个决定：第一期工程必须在1922年1月1日前完成。当这一决定传到博亚尔卡的时候，托卡列夫的回答是："只要我们还有一口气在，就一定要完成任务。"

关于保尔，一点儿消息也没有。我倒很奇怪，他并没像潘克拉托夫那样受到"控告"。直到现在，我还是弄不明白，他为什么不和我见面呢？

12月5日

昨天，可恶的匪徒们又偷袭了筑路工地。

马蹄小心地踏在了柔软的雪地上。马偶尔踩到雪下的树枝上，发出噼啪的树枝断裂声，这时马就打个响鼻儿，闪到一边去，但是抿着的耳朵挨了一枪托后，又急步赶上前去。

他们在这里勒住了马。马镫碰在一起，"当"的响了一声。领头的那匹公马使劲抖动了一下身体，这一路的长途跋涉，使它浑身冒着热气。

"他们还真来得不少。"领头的人用乌克兰话说。

我们一定得把他们赶走。头儿说了，明天就得让他们全部滚出去，眼看着这帮无赖就要把木柴弄到手了。

他们排成"一"字队列，沿着那狭窄的铁轨向车站前进。马慢慢地跑到了学校旁边那块空地附近，但他们没敢到空地上去，而是躲藏在树林里。

一阵枪声打破了黑夜的寂静。月光下面的白桦树泛着银辉，雪球像松鼠一样从树枝上断断续续地滚落下来。短筒枪在树林里冒着火光，子弹啾啾地窜出树林，打掉了破墙上的泥皮，打碎了潘克拉托夫运来的玻璃窗子。

枪声惊醒了睡在水泥地上的人，他们立即跳了起来，但是一看到房间里子弹横飞的阵势，又都卧倒了。

有的人一着急滚到了别人的身上。

"你去哪儿？"杜巴瓦一把抓住保尔的军大衣，急切地问。

"去外头。"

"快趴下，傻瓜！只要你一露头，他们就会把你击倒在地。"杜巴瓦小声地断断续续地说。

他俩紧挨着躲在大门旁边。杜巴瓦贴着地面,把一只手伸向门边,手里紧握着手枪。保尔蹲在那儿,快速地打开左轮手枪上的弹槽,紧张地用手指头摸了摸。弹槽里还有五发子弹。他摸到空槽,便把转轮转了过去。

这时枪声陡然停住了,倏然而来的静寂令人毛骨悚然。

杜巴瓦低声下令:"弟兄们,有枪的到这边来!"

保尔小心翼翼地推开了门。林地上空无一人,漫天飞舞的雪花落地无声,白茫茫的一片,看上去给人一种很是神秘的感觉。

森林里,十个人狠命地抽着马,飞快地逃之夭夭。

午饭的时候从城里快速开来一辆轨道车。车上走下朱赫来和阿基姆。托卡列夫和霍利亚瓦在站台迎接他们。人们把一支马克沁机枪、几箱机枪子弹和二十支步枪从车上都卸了下来,然后吃力地搬到站台上面。

他们急急忙忙地向工地走去。朱赫来军大衣的下摆擦过积雪,留下了一道道痕迹。他走起路来全身左右摇摆,老习惯还是改不了,两条腿总像圆规似的岔开着,仿佛脚下仍然是颠簸的甲板。阿基姆个子很高,步子也大,能跟得上朱赫来,可托卡列夫就不行了,只见他连走带跑才能赶得上。

"遭受匪徒的袭击,还不算什么大事。眼下最头疼的是有个小山坡挡住了我们的路,该死的,要铲除它可没有那么容易,必须得挖好多土呢。"

托卡列夫站住了,他背过身子,两手拢成小船的样子,挡住风,点了一支烟,赶紧抽了两口,又去追赶前边的人。阿基姆停下来等他。朱赫来没有放慢脚步,继续向前赶路。

阿基姆问托卡列夫:"你们有足够的把握保证如期完成任务吗?"

托卡列夫没有立即答话,过了一会儿才说:"你知道,老弟,一般说来是不能按期修好的,但是不修好也不行。问题就这么明摆着。"

他们赶上朱赫来,三个人并排一起向前走去。托卡列夫激动地开了口:"问题就在这个'但是'上。要知道,只有帕托什金和我两个人心里清楚,设备短缺,人力不足,在这样的恶劣条件下,要按期完工几乎是不可能的。但是,同时全体筑路人员都知道,不按期完工又是绝对不行的。所以我才说,'只要有一口气在,就必须完成任务'。你们亲眼看看吧,我们干了都快俩月了,这第四批眼看就要期满,我们的主要队伍却没有丝毫喘气的机会,只是靠着自己年轻硬撑着。他们当中已经有一半的人受寒,看着这些小伙子,我的心都在滴血。他们是无价之宝……有些人恐怕连命都会断送在这个鬼地方,而且不止一两个人。"

紧挨车站一公里处的窄轨铁路铺好了。

往前大约有一公里半,是平整好的路基,上面挖了座槽,座槽里铺着一排长木头,看上去就像是被大风刮倒的栅栏,安静整齐地躺在那里。

这就是枕木。再往前,一直到小山包跟前,是一条刚平出来的路面。

奋战在这里的是潘克拉托夫的第一筑路队。四十个人正在忙碌地铺着枕木。一个红胡子的乡下人穿着一双树皮鞋,不慌不忙地卸着雪橇上的木头。稍远一点儿的地方,同样也有几个雪橇在卸木板。地上有两根长铁杆,这是路轨的准尺,是把枕木铺水平用的。为了把地夯实,斧子、铁棍和铁锹全都派上用场了。

铺枕木是一项细致的工作,很费工夫。枕木要铺得既牢固又平稳,使每根枕木都承受铁轨同样的压力。

这里只有54岁的工长拉古金熟知铺枕木的技术。这位老同志虽然54岁了,却一根白头发也没有,黑黑的胡子从中间向两边分开。他每次换班都自愿要求留下来,现在已坚持到第四班了。他同年轻人一起吃苦受难,自然也在队里受到大家的普遍尊敬。党组织每次开会,都邀请这位非党同志(他是塔莉亚的父亲)出席,请他坐在荣誉席上。老人对此备感骄傲,发誓不离开工地。

“你们说,我怎么能离开你们呢？没有我,你们肯定铺的乱七八糟,这得有好眼力,有丰富的经验。我这一辈子都是在俄罗斯各地铺枕木……”每当换班时,他总是如此说出他留下来的理由。

帕托什金很信任他,很少到他这个工段来检查工作。当朱赫来一行三人走近人群时,大汗淋漓满面通红的潘克拉托夫正在用斧头砍放枕木的座槽。

看着阿基姆,不细看还真认不出他了。他比以前消瘦了许多,宽宽的颧骨更加突出,一张好像很久没洗的脸又黑又憔悴。

“呵,省领导来啦!”他边说边把热乎乎的泥手伸向了阿基姆。

铁锹声停了下来。阿基姆看见的是一张张苍白而憔悴的脸,令人心疼不已。托卡列夫和拉古金谈了几句话,就拽着潘克拉托夫和才来的三个人到掘土的地方参观视察了。

潘克拉托夫和朱赫来就这样肩并肩走着。“潘克拉托夫,你实话告诉我,在莫托维罗夫你们和那个肃反人员到底是怎么回事？你们把人家的枪都缴了,你不认为这样做有点过火了吗?”朱赫来严肃地问这个寡言少语的码头工人。

潘克拉托夫不好意思地笑了一下,说:“我们是经过协商才解除他武装的,他自己也要求我们这么做,他和我们是一条心。我们和他讲清了事情的来龙去脉,他说,‘伙计,我没有权力让你们把门窗带走,命令禁止偷盗一切铁路物资。这儿的站长跟我结了仇,这个坏蛋老偷东西,我总是干涉他。我要是放了你们,他肯定告我渎职罪,我就得被送上革命法庭。你们干脆收缴了我的武器,然后搬东西走人,这样站长就没理由告发我了。’我们就这么做了,我们又没把门窗往自己家里搬啊!”

潘克拉托夫看朱赫来满脸微笑,就又说了一句:“要处分就处分我们。可别为难那个小伙子,他是不得已……”

“好了,既然是这样,那这件事就算过去了。今后再这样干可不行啊,这是破坏纪律的行为。我们完全有力量通过组织手段粉碎官僚主义的。好了,现在谈谈更重要的事。”于是,朱赫来把匪徒袭击的详情询问了一遍。

在距博亚尔卡站四俄里半的地方,筑路工人正奋力地用铁锹铲着地面。他们要搬走拦路的土坡。

工地周围,有七个人担任警戒。他们分别带着霍利亚瓦的马枪和保尔、潘克拉托夫、杜巴瓦和霍穆托夫的手枪。寥寥数把枪就是他们这一队人的全部武器。

帕托什金坐在斜坡上,在笔记本上不断记着数据。现在工地上只剩下他一个工程技术人员了。瓦库连科一大早就溜回了城里,他宁愿因此受到法院惩办,也不愿意把自己的小命暴露在匪徒的枪子下。

过了一会儿,帕托什金转身向站在他面前的霍穆托夫低声说:"挖开这个山包,要花半个月的时间,地都冻了。"霍穆托夫脾气古怪,平时寡言少语。可他一听这话,气都不打一处来,然后就开口了:"全部工程限我们二十五天完成,光挖山包您就计划用十五天,这怎么成!"

"依我看,工期定的就不合理,"帕托什金答道,"说真的,我这辈子还从来没有在这么恶劣的环境中修过路,再加上人力急缺,这就可想而知。我可能估算错误,都已经错过两次了。"

这时,朱赫来等人走到小山坡跟前。斜坡上的人们此时都看见他们几个朝这里来了。

"你看,谁来了?"在铁路工厂里干过镟工的特罗菲莫夫用胳膊肘碰了碰保尔,指着坡下的人喊道。保尔连铁锹也没有顾得上放在地上,就立刻向坡下跑去。他的两只眼睛在帽檐下热情地微笑着,朱赫来紧紧地握住他的手,握的时间比别人的都长。

"你好啊,保尔。瞧你这身打扮,七拼八凑的,简直认不出你来了。"

潘克拉托夫苦笑了一下。

然后愁眉苦脸地对阿基姆说:"你没看他那五个脚趾头,行动有多一致,全在外面露着。而且,临阵脱逃的那个家伙偷走了他的军大衣。奥库涅夫和他是一个公社的,他把自己的破上衣送给了保尔。没关系,保尔是个热血青年。他还可以在水泥地板上躺上一个星期,铺不铺干草都行,然后再进棺材。"

眉毛浓黑,鼻子有点翘的奥库涅夫,眯着他那双调皮的眼睛,反驳道:"我们可不能让保尔累坏身子。我们可以推举他到厨房去,或者给奥达尔卡打打下手也行。只要他不傻,就可以在那里暖和暖和,还能解解馋,挨着火炉也行,挨着奥达尔卡也行。"

大伙儿都被逗得哈哈大笑。

这是今天他们发出的第一阵笑声。

朱赫来察看了斜坡后,就和托卡列夫、帕托什金坐着雪橇去了一趟伐木场。斜坡上的人还在坚持不懈地挖着土。朱赫来望着那一把把明晃晃的铁锹,看着那一个个弯下去的脊梁,悄声对阿基姆说:"用不着开群众大会了,这里的人们不需要鼓劲,托卡列夫,你说得对,这些人是无价之宝。钢铁就是像他们这样炼成的!"

朱赫来看着这些挖土的人,眼神里充满了喜悦、疼爱和自豪。就在前不久,叛乱发生前夕,他们中的一部分人肩扛钢枪,日夜守卫。而现在他们又胸怀一个共同的目标,那就是把钢铁大动脉铺到梦寐以求、堆满木柴的宝地去,那里是温暖和生命的源泉。

工程师帕托什金谦虚而又自信地向朱赫来证明:用两周时间挖开这个小山坡是不可能的。朱赫来听后心生一计。

“您把斜坡上的人撤下来,调到前面去修路,这个小山包咱们另想办法。”

朱赫来在车站的电话机旁边坐了很久。霍利亚瓦在门口负责警卫,他听见朱赫来在屋里粗声粗气地说:“马上以我们的名义给军区参谋长打电话,让他即刻派普兹列夫斯基团到工地来,务必要把这里的匪徒彻底消灭。另外,再从基地派一列装甲车和几个爆破手来。其他事情我自己安排。我夜里回去。让李特克十二点以前开车到火车站来接我。”

在板棚屋里,阿基姆作了简单的讲话。朱赫来接着讲起来。他亲切地同大家交谈着,一个小时不知不觉地就这样过去了。朱赫来告诉大家,原订的计划不能变,第一期工程必须在一月一日前完工。

“现在我们要按照战时状态组织筑路工作。共产党员编成一个特勤中队,任命杜巴瓦同志担任中队长。我们分六个小组,每个小组都会有自己艰巨的任务。相应地,我们把剩下的工程平均分成六段,每个小组承包一段。全部工作必须在1月1日之前完成,提前完成任务的小队可以先回城休息。此外,省执行委员会主席团还要申请苏维埃乌克兰中央执行委员会给这个小组的优秀工人颁发红旗勋章。”

各队队长随即就确定下来了:一队是潘克拉托夫,二队是杜巴瓦,三队是霍穆托夫,四队是拉古金,五队是柯察金,六队是奥库涅夫。

“至于工程总负责人……”朱赫来最后说道,“当然非托卡列夫莫属。”

仿佛一群鸟突然振翅起飞一样,噼噼啪啪地响起了一阵掌声。一张张刚毅的脸上露出了笑容。朱赫来一向很严肃,他最后这句话却说得既亲切又风趣,一直在注意听他讲话的人全都轻松地笑了起来。

二十多个人簇拥着阿基姆和朱赫来上了轨道车。

朱赫来和柯察金正在话别,看到了柯察金脚上那只灌满雪的套鞋。他小声问保尔:“过几天我给你捎双靴子来。你的脚快冻坏了吧?”

“好像是冻坏了,已经肿起来了。”保尔说到这里,想起了很久以前提出过的请求,抓住朱赫来的袖子,央求说:“我跟你要过几发手枪子弹,现在你能给我吗?我这儿能用的只有三发了。”

朱赫来难过地摇摇头。当他看到保尔非常伤心时,就毫不犹豫地摘下了自己的毛瑟枪。“这是我给你的礼物。”

保尔简直不敢相信这梦寐以求的东西突然间就属于自己了。此时朱赫来已经把皮带套挂在了保尔的肩膀上。

“拿着吧,拿着吧!我知道你早就想要了。不过你要多加小心,可不许打自己人。这支枪还有满满的子弹,也给你。”

人们看着保尔,惊羡不已。有人喊道:“保尔,咱俩交换吧,我给你一双靴子,再加一件短皮袄。”

潘克拉托夫从背后推了保尔一把:“小鬼,你拿它换一双毡靴吧。你要是再穿这只套鞋估计就活不到今年圣诞节了。”

这时,朱赫来一只脚踏着轧道车的踏板,正在给保尔开持枪许可证。

第二天一大早,一列装甲车扑哧扑哧地转过岔道开进了车站。一团团天鹅绒般的白色蒸汽,像盛开的绣球花一样喷发出来,又立即消失在寒冷的空气里。只见有几个穿皮衣的人走下了装甲列车。几个小时之后。三名工兵爆破手已在小丘的斜坡上深深地埋下了两个像大南瓜一样光滑的东西,并且从它们上面引出两条长长的导火索。

紧接着,他们就放了信号弹。听见信号枪响,人们匆忙逃离山坡,向四处散开。火柴点燃了一根导火索的末端。线头嗞嗞地闪出了磷火似的火光……

刹那间,几百个人的心都提了起来。他们焦急地等待着:一秒,两秒……突然,大地震颤起来了!一股可怕的力量瞬间掀掉山顶,把巨大的土块扔向天空。第二次的爆炸比第一次更加猛烈,惊天动地的轰隆声回荡在森林里,其中还夹杂着土块的崩裂声。

刚才还是小山包的那个地方,现在已经出现了一个张着大口的深坑,方圆几十米内,像糖一样洁白的雪地上,撒满了爆破出来的土块。

筑路工人们举起铁镐铁锹,朝炸开的深坑飞奔而去。

朱赫来走了以后,各筑路队为了争夺第一而展开了全面的竞赛。

天刚蒙蒙亮的时候,保尔就悄悄起来了。他没有惊动任何人,缓慢地挪动着那两只在凉地上冻麻了的小脚丫,然后独自走进厨房。当他烧开了沏茶的水之后,才回去叫醒了同队的伙伴们。

等到其他各队的人醒来时,外边的天已经亮了。

队员们在板棚里喝早茶的时候,潘克拉托夫挤过人群,走到杜巴瓦和他的队员面前:“你瞧,保尔那家伙,天还黑着就喊起了他的队员,这会儿也许已经修十俄丈了。听大伙说,他们铁路工厂的人,弦都让他给绷得紧紧的,他们决心在二十五日以前铺完自己分担的地段。他真小看咱们了!我说呀,到底谁行,咱们还得走着瞧!”

潘克拉托夫一副信心十足的模样。

杜巴瓦苦笑了一下,他心里明白潘克拉托夫绝不会服输的。尽管他自己和保尔是好朋友,但仍旧觉着不舒服,因为保尔竟连招呼也不打就向各队战友挑战了。

“亲兄弟明算账,这可是‘谁胜谁败’的问题。”潘克拉托夫又补上一句话。

正午时分,保尔的队员们干得热火朝天。忽然,他们的岗哨发现森林中出现了一队骑兵。他立刻鸣枪示警。

“拿枪,弟兄们!土匪来了!”保尔喊了一声,扔下铁锹,朝一棵大树跑去,树上挂着他的毛瑟枪。

全组人员拿起手边的武器,卧倒在路边的雪地上。那些跑在前头的骑兵挥舞着皮帽子,其中有一人高呼:“同志们,别开枪,自己人!”

五十多个戴着布琼尼式军帽的骑兵向铁路这边疾驰而来,他们那帽檐上的红星格外耀眼。

这是普兹列夫斯基团派来看望筑路工人的骑兵小队。

保尔一眼就认出了指挥官那匹马,它只有一只耳朵。那是一匹漂亮的灰马,额头上有块白斑,它并不是老老实实地站在那里,而是在骑手身下不停地“跳舞”。保尔立刻跑到它面前,伸手抓住了它的辔子,马吓得直往后退。

“我的淘气包!想不到在这儿能见到你!子弹没打中你吧,我可爱的独耳马儿!”

他亲切地搂住马的细长脖子,抚摸着它那翕动的鼻子。骑兵指挥员盯了老半天,才认出是保尔,惊喜地叫道:“哎哟!原来是保尔·柯察金!你光在那里认马,怎么忘了你的老朋友希连塔呢?你好吗,我的好兄弟?”

城里各个部门拧紧了弦,全力支援筑路工地。扎尔基把区委会里剩下的人都派到博亚尔卡去了。索罗缅卡也只留下了一些女同志。扎尔基还想办法把铁路专科学校的一批学生也送到了筑路队。

当他向阿基姆汇报这件事时,他半开玩笑半认真地说:“现在就剩下我一个男的了。我打算委派拉古京娜顶替我。我们在门上写上‘妇女部’三个字,然后我就去博亚尔卡。要知道,我一个男子汉在人家女人堆里转悠,实在不像话。姑娘们都怀疑地瞧着我。也许这帮喜鹊还常在背地里议论,把大伙儿都派到工地,自己一个人留在城里,太滑头了。或者还可能说了些更难听的话。您还是放我去吧!”

阿基姆笑了笑,拒绝了他的请求。

人们一批批地奔赴博亚尔卡。铁路专科学校的六十名学生也跟着去了。

朱赫来从铁路管理局要了四节客车,开到博亚尔卡,提供给新队员们住。

杜巴瓦的小组接到命令:撤离工地,赶到普谢·沃季茨去,他们的任务是把供轻便铁路用的小火车头和六十五节平板车运到工地来。这项工作顶替他们在工地上承担的一部分任务。

队伍出发前,杜巴瓦建议托卡列夫把克拉维切克调回筑路队来,让他负责新组建的这队人马。托卡列夫下了这道命令后,根本没有考虑究竟是什么原因使杜巴瓦想起了那个捷克人。这要从索罗缅卡人带来的安娜的那张便条说起。便条上是这么写的:

季米特里:我和克拉维切克已给你们挑好了一大堆书籍。在这里我向你以及博亚尔卡所有的突击队员们致以最亲切的问候!你们都是好样的!祝你们身体健康,精神饱满。昨天仓库里的最后一批木柴分完了。克拉维切克叫我代他向你们致意。他真是个好小伙子。他亲自给你们烤面包。他说他对面包房里的人,谁也信不过。他自己动手筛面粉,自己用机器和面。不知他从哪儿弄来一些好面粉,烤出的面包特别香,比我们领的那些强多了。晚上大家都聚到我这里来——有拉古京娜、阿尔丘欣、克拉维切克,偶尔扎尔基也来。我们也搞点学习,但主要是议论我们所知道的人和事,无所不谈,而谈得最多的还是你们。女孩子们都为托卡列夫不让她们去工地而感到气愤。她们说保证能像你们一样忍受艰难困苦。拉古京娜气鼓鼓地说:“我换上爸爸的全套衣服,跑到他那儿去,看他敢不敢把我赶回来!”

说不定她真会这样做。替我向你那个黑眼睛的朋友问好。

安娜

暴风雪在这个时候突然降临。天空中布满了灰色的云,在低空来回飘动。深夜,狂风怒吼着。一阵一阵的风盘旋过烟囱,发出很怪的叫声,狂风追逐着雪花上下翻滚,发出的凄厉叫声把森林搅得乌七八糟。

暴风雪咆哮不止,猖狂了一夜。车站上那间破房子根本存不住热气,虽然通宵生着火,大家还是从里到外都冻透了。

第二天清早,一轮红日早早就挂上树梢,蔚蓝的天空中看不见一丝的云彩。

人们咯吱咯吱地踩着厚雪去工作了。

保尔的小队正在清除自己工段上的积雪。只有这个时候保尔才深切体会到严寒带给人们的痛苦有多大。奥库涅夫那件破上衣根本不保暖,脚上那只旧套鞋根本抵不住这厚厚的积雪,那雪一直往他的鞋里钻,另一只脚上的靴子也随时有掉底的危险。而且,因为长时间睡在水泥地上,他的脖子上已经长了两个大冻疮。托卡列夫把自己的毛巾送给保尔当围巾用。

保尔骨瘦如柴,两眼通红,拿起一把大木锹飞快地铲着雪。

就在此时,一列客车慢慢地爬进了车站。煤水车里已经找不到半根木柴了,炉火眼看就要熄灭了。

“给我们木柴,就开走;不给,就趁它还能动弹,让我停到侧线上去!”司机向站长喊道。

列车开到侧线上去了。他们把停车的原因通知了沮丧的旅客。这时候挤得满满的车厢里响起了一片叫嚷和咒骂。

“你们去和那个老头子商量商量吧!就是在站台上走着的那个。”站长对这列车的乘务员说道,“他是这儿筑路的领导。他们铺路就用木柴做枕木,如果他同意了,我们就可以用雪橇运点儿来。”乘务员们连忙跑过去征求托卡列夫的许可。

托卡列夫对他们说道:“要木柴可以,但是不能白给。这是我们的建筑材料。我们这里的积雪太厚了。你们车厢里坐着六七百名旅客,妇女儿童可以留在车上,其余的人拿上木锹去帮忙铲雪。干到今天晚上就给你们木柴。如果谁不想干,那就让他在车上待到新年再说!”“瞧!同志们,来了这么多人!看,还有女的呢!”保尔背后有人惊奇地说。

保尔回过头去。

“给你带来一百个人,”托卡列夫来到保尔面前告诉他,“你就分配他们干活儿吧!但是,你还得注意,别让他们耍猾偷懒。”

保尔给新来的人安排工作。一个身着皮领子铁路制服大衣,头戴暖和羔皮帽的高个子男人正同站在身旁的一个年轻妇女说话。这个女子戴着一顶海狗皮帽,帽子上边绣着一个小绒球。

他愤愤地转动着手里的木锨,不断地大发牢骚:“我才不铲雪呢,谁也没有权力强迫我。要是请我这个铁路工程师给指挥一下倒还可以，铲雪嘛，你我都没有这个义务，规章上没有这么一条。那个老头子违法乱纪。我要告他。”

保尔走上前来：“公民，您怎么不干活呢?”

那男人鄙视地打量着保尔。

反问道：“您是什么人?”

“我是工人。”

“那我和您没什么好说的。叫你们的负责人来，或者你们的……”

保尔瞟了他一眼说：“不想干可以不干。工程队长已经下令，车票上没有我们的签字，谁也别想上车。”

说完，保尔又转向那个女子：“那您呢，女同志，也不想干活儿吗?”刚说完他一下就愣住了，因为站在他眼前的这个女子正是冬妮娅!

而冬妮娅好半天才认出衣衫褴褛的保尔。一身破烂不堪的衣服，两只稀奇古怪的鞋子，脖子上围着一条脏毛巾，脸好久没有洗了，保尔就这副模样站在她面前。只有他那双眼睛还和以前一样炯炯有神，像一团永远扑不灭的火。这正是保尔的眼睛，她怎么也想不到，站在她面前这个衣衫褴褛，形同流浪汉的小伙子居然就是她以前深爱着的人。

真是世事难料呀!

冬妮娅前不久才结了婚，这次是跟着丈夫到一个大城市去。她丈夫在那里的铁路管理局担任要职。她完全没想到会在这种情形下和自己少年时代的恋人邂逅!她甚至觉得不方便和保尔握手。

丈夫会怎么想呢?保尔竟如此潦倒，真叫人心里不是滋味。看来，这个伙夫一直没有什么长进，只能干个挖土的差事。

她犹豫不决地站在那里，满脸通红。那个铁路工程师快要气疯了，一个穷小子竟敢目不转睛地盯着他的妻子，他觉得实在太放肆了。他甩手扔掉铁锹，来到了冬妮娅面前。他说：“冬妮娅，咱们走吧。这个拉查隆尼我实在是无法忍受。”

保尔看过《朱泽培·加里波第》这部意大利小说，他知道“拉查隆尼”就是“穷鬼”的意思。

“假如我真是‘拉查隆尼’，那你就是还没断气的资本家。”他粗暴地回敬了工程师一句。接下来，他又看了看冬妮娅。保尔的脸上毫无表情，他一字一句地对她说：“图曼诺娃同志，拿起木锹站到队伍里去吧，别学那个胖水牛。请原谅，我不知道他是您的什么人。”

说完后，保尔冷冷地露出一丝笑容。他盯着冬妮娅那双长筒皮套靴，又说道：“我建议你们最好别留在这里。几天前，匪徒还光顾过这里一次，小心点吧。”

他转过身，拖着那只套鞋，啪哒啪哒地走回自己人那里去了。

最后一句话在工程师身上发挥了作用。

冬妮娅终于说服丈夫参加铲雪的队伍。

傍晚收工之后，人们都向车站走去。冬妮娅的丈夫抢在前面，想提前到火车上去占位子。冬妮娅却停了下来,让工人们先过去。

保尔走在最后,他已经累得没有半点精神了,一边走一边拉着铁锹。“保夫卡,你好!”冬妮娅跟保尔肩并肩走着,一边走一边说,“坦白地说,我没想到你会弄成这个样子。难道你没有在政府里找一份比挖土强点儿的工作吗?我以为你早就当上政委或者类似的官了呢?看来你的生活也不是我想象的那么称心如意啊。”

保尔站住了,用惊奇的目光打量着冬妮娅。

然后说:“我也真没想到你会是这么……酸气十足!”他好不容易才想出了一个比较恰当而又温和的词语。

冬妮娅的脸一下子红到了耳根。

“你还是像以前一样那么粗鲁!”

保尔把木锨往肩上一扛,迈开大步向前走去。等他走出了好几步后,保尔才果断地说:“图曼诺娃同志,说句良心话,我的粗鲁比你所谓的礼貌要强一百倍!您不必操心我的生活,我这里一切都很好。倒是您的生活比我想象的要糟糕很多。两年前你还好一些,还敢跟一个工人握手。而现在呢,您浑身上下都散发着樟脑球的臭味。我们之间好像已经没有什么好说的了!”

保尔接到了哥哥阿尔焦姆的信。信中说他就要结婚了,请保尔无论如何要回去一趟。

风吹走了保尔手中的白信纸,它像鸽子一样飞向天空。他估计是参加不了哥哥的婚礼了。难道要丢开这里的工作吗?这他哪能脱得开身呢?昨天,潘克拉托夫那家伙已经追赶上保尔这一队了,现在的进展速度简直是令人吃惊。这位装卸工不顾一切地想要夺取冠军。

帕托什金看到这些筑路工人们那种疯狂的干劲后,顿时无比惊讶。“这是些什么人哪?哪儿来的这股难以想象的力量呢?要是再这么晴上七八天,我们就可以铺到伐木场了。真是应了那句话:活到老,学到老,到了老来还算少。这些人用自己的行动打破了所有的定额和数据。”他在那儿自言自语道。

克拉维切克从城里来到了工地,并且带来了他亲自烤的最后一炉面包。

他和托卡列夫见面以后,就找到了正在干活儿的柯察金,两人见面就开始寒暄起来。他笑眯眯地从麻袋里掏出了一件瑞典黄毛皮夹克。他一边捏着大衣那富有弹性的皮面,一边告诉保尔:“这是给你的。不知道是谁送的吧?……嗬!小伙子,你可真傻呀!这是乌斯季诺维奇同志送给你的,她生怕你这个傻瓜会被冻死。皮夹克是奥利申斯基同志送给她的礼物,她从他手里接过来之后就给了我,叫我转交给你。阿基姆以前曾对她提过,你在冰天雪地里干活儿都快冻坏身子了。奥利申斯基挤了挤鼻子说:‘我可以给那位同志另送一件军大衣去。’但是,丽达笑着说,不用了,穿短的干活更方便,拿去吧!”

保尔惊讶地捧起这珍贵的礼物,犹豫了好一阵子,最后还是把它穿到了自己冰凉的身体上。那柔软细密的皮毛立刻温暖了他的前胸后背。

丽达在日记中写道：

12 月 20 日

近来一连几天普降暴风雪，今天又是风雪交加。博亚尔卡胜利在望，只可惜严寒和风雪阻挡了他们。风雪太大，甚至都能把那些人们吞没。他们常常陷在深深的积雪里。挖掘冻土是很困难的。工程仅剩下最后的四分之三了，可这段任务也是最为艰巨的。

托卡列夫报告说：工地上出现了伤寒，已经有三个人病倒了。

12 月 22 日

今天共青团省委召开全体大会，博亚尔卡没有一人出席。可恨的土匪在离博亚尔卡十七公里处将一辆运送面包的专列给搞垮了。

按照粮食人民委员部全权代表的命令，工程队全体人员都被立马调到出事地点去了。

12 月 23 日

又有七个伤寒病人从博亚尔卡送到城里来了，其中有奥库涅夫。我去了一趟车站，车站上停着一列从哈尔科夫开来的火车，人们把几具冻僵的尸体抬了下来。医院里也十分寒冷。该死的暴风雪！什么时候才能停啊？

12 月 24 日

刚从朱赫来那里回来，得到了这样一则消息。昨夜奥尔利克匪徒竟然全体出动了，突然袭击了博亚尔卡。我们的人跟他们打了两个小时。他们切断了电话线，所以直到今天早上，朱赫来才得到确切的消息。最后土匪们还是被击溃了。可是托卡列夫受了伤，子弹穿进了他的胸脯。今天就要把他送回城。昨夜担任警卫队长的克拉维切克被杀害了。是他发现了匪徒并拉响了警报，他一边向进攻的土匪还击，一边往回跑。可惜，没等他跑回学校，就不幸被匪徒砍死了。工程队总共有十一个人受伤。现在那里派去了一列装甲车和两中队骑兵。

潘克拉托夫成了工地的负责人。白天，普兹列夫斯基在格鲁博克林追上了部分土匪，把他们打得落花流水。

一部分非党非团干部，没有等火车，就沿着铁路离开了工地。

12 月 25 日

托卡列夫和其他伤员全部被运回来了，他们都住在医院里。医生保证救活老人，可他现在还是昏迷不醒。其余的人都已脱离生命危险了。

党委和我们都接到了博亚尔卡发来的电报："为了回击匪徒的进攻，我们在今天召开了紧急群众大会。会上，窄轨铁路建设者、保卫苏维埃政权号装甲列车以及骑兵团的指战员保证，尽管困难重重，但我们必须要在 1 月 1 日前把木柴运回城里。会议主席柯察金记录别尔津"。

我们以军礼仪式在索罗缅卡安葬了克拉维切克。

日夜盼望的木柴已经近在眼前。但是筑路进度却十分缓慢。

伤寒每天都会残酷的夺走几十双干活儿的手。

有一天,保尔两腿发软,像喝醉酒似的,摇摇晃晃地走回车站。他已经发烧好几天了,今天热度显得尤其的高。

很多人感染了伤寒,这大大地削弱了队伍的战斗力。现在伤寒也像他发起了进攻。他用那健壮的体魄顽强地抵抗着!一连五天,他都从那铺着麦秸的水泥地上挣扎着爬了起来,跟大伙一同去干活。但此时,不管是丽达送给他的皮短大衣,还是朱赫来送他的毡靴子,都救不了他的命了。

他每走一步,就像是有什么东西猛刺他的胸部,浑身发冷,上下牙直打架,两眼昏黑,树木像走马灯一样围着他打转。

他踉踉跄跄挪到了车站。一阵平常少有的喧哗声让他大吃一惊。他定睛一看,一列跟火车一样大的平板车停在站台旁边,在那些敞车上面,堆着小火车头、铁轨和枕木,许多随车而来的人都在忙着卸车。他又向前走了几步,终于失去了平衡。他迷迷糊糊地感觉到脑袋碰到了地面,滚烫的脸颊接触到了冰凉的雪,感觉倒是挺舒服的。

几小时以后,才有人偶然发现了他,赶紧把他抬到板棚里。保尔此时已经呼吸困难,认不出周围的人了。大家慌忙从列车上请来了医师。诊断结果是:"大叶性肺炎兼肠伤寒,体温高达四十一度五。相比之下,关节炎和脖子上的脓疮只能算是小病了。前面的两种病就已经足以把他送到另外一个世界去了。"

潘克拉托夫和随车而来的杜巴瓦都十分着急,为了抢救保尔用尽了一切办法。

最后,他们托保尔的同乡阿廖沙·科汉斯基护送他回家乡去。

由于柯察金小组全体人员的帮助,尤其是霍利亚瓦采取了硬性措施,潘克拉托夫和杜巴瓦才得以把阿廖沙和昏迷不醒的保尔硬塞进拥挤不堪的车厢。车上的客人们一听说是伤寒病人,死也不肯让他们上去,因为斑疹伤寒传染很厉害。并且威胁说,车开动后,就把病人扔下去。

霍利亚瓦挥动着左轮手枪,冲着那些阻挠病人上车的人们大声叫道:"这病人不传染!听见没有?你们如果还这样阻拦,别怪我不客气,就是把你们都赶下车,也得让他走!

"你们这群自私自利的家伙。我就通知沿线各站,要是谁敢动他一根毫毛,就把你们全都撵下车,阿廖沙,拿着!这是保尔的毛瑟枪,谁想把保尔弄下车,你就对着他的脑袋开枪,不用手软!"就这样,霍利亚瓦终于吓住了众人。

火车开走了。在空荡荡的站台上,潘克拉托夫走到杜巴瓦面前问道:"你认为他活得了吗?"

他不说话。

"我们走吧,季米特里,只好顺其自然了。现在全部工作都得咱们俩负责了。今天连夜把机车卸下来,明天早上就试车。"

霍利亚瓦给铁路沿线各站所有干肃反工作的朋友打了电话,恳请他们不要让旅客把病重的柯察金赶下车。直到对方承诺"保证办到",他才安心地回去睡觉了。

在一个铁路枢纽站上,从一列客车的车厢里抬出来一个淡黄色头发的青年。

他是谁？他是怎么死的？没有一个人知道。车站肃反工作人员突然想起了霍利亚瓦的请求电话，赶紧跑了过去。但是，这个青年确实是死了。他们只好把尸体抬进了停尸房。

并立刻打电话把这事告诉给霍利亚瓦，说他让关照的那个同志已经去世了。

博亚尔卡给省委发了一封简短的电报，报告了保尔的死讯。

阿廖沙终于把病重的柯察金护送回家了。接着，他自己也得了伤寒，发高烧，病倒了。丽达在日记上写着：

1月9日

我为什么这样难过呢？就在我坐下来动笔之前，我居然无缘无故地痛哭了一场。谁能想到坚强的丽达也会失声痛哭，而且哭得如此伤心，如此悲痛！难道眼泪永远是软弱的代名词吗？不！我知道今天流泪完全是缘于有一种难以名状又无法忍受的悲痛。

为什么悲痛会突然降临呢？今天是大喜的日子，可怕的严寒已经被战胜，铁路各站堆满了宝贵的木柴，市苏维埃举行了隆重的庆祝胜利大会。在这次扩大会议上我们向各路建设英雄表示祝贺和由衷的敬意。我也出席了这次大会。今天的胜利来之不易啊，是血汗的结晶，是生命和死亡换来的。为此我们有两位同志献出了宝贵的生命：克拉维切克和保尔·柯察金。保尔的死揭示了我内心的真情，对我来说，他比我原来所想的更珍贵。

日记就此告一段落吧，我不知道自己今后会不会接着往下写。现在我决定服从组织安排，去乌克兰共青团中央报到。

3

青春终于胜利了。保尔没有死于伤寒，这是他第四次死里逃生。他在床上躺了整整一个月，苍白消瘦的保尔终于顽强地站了起来，扶着墙壁，迈开颤抖的双腿，在屋里试着走动。母亲搀扶着他走到窗口，他向路上望了很久，他很久都没有看到外面的世界了。

积雪融化成许多的小水洼，在阳光照耀下闪闪发光。这时，外面已经是乍暖还寒的早春天气了。

在紧靠窗户的樱桃树枝上，神气十足地站着一只灰胸脯的麻雀，它不时用狡猾的小眼睛偷瞄着保尔。

“咋样，咱俩总算熬过了冬天吧？”

保尔用手指敲了敲玻璃窗，小声地说着，就像久违的老朋友。

母亲惊奇地望了他一眼。

“保尔，你在跟谁说话呢？”

“跟麻雀啊……它刚飞走了,真狡猾。”他无奈地笑了笑。

春暖花开的世界到了,保尔便打算返回城里。他的身体逐渐复原,已经能够走路了,可是体内仍然潜伏着来历不明的疾病。有一天,他在园子里散步,突然感到脊椎一阵剧痛,随即就晕乎乎地摔倒在地上。他费了好大劲儿,才慢慢挪到屋里。第二天,医生给他做了一次详细地检查,结果在他的脊椎上摸到了一个深坑。医生惊讶地问他:“这是怎么弄的?”

“大夫,这是公路上的石头崩的。在罗德诺城下,一颗炮弹从三英寸口径的野炮中打出来,在我背后的公路上炸开了花……”

“那你是怎么走路的?没什么影响吗?”

“不碍事。当时我躺了两个小时,之后又接着骑马打仗去了。直到昨天才第一次发作。”医生紧皱着眉头,认真地检查着那个深窝儿。

“亲爱的,这可是非常讨厌的事情。脊椎是不喜欢这种震动的。但愿它将来别再复发了。把衣服穿上吧,柯察金同志。”

医生难以掩饰自己的忧虑,向病人投来同情的目光。

阿尔焦姆婚后一直住在媳妇斯捷莎的家里。他媳妇年纪不大,长得很丑。她家是贫穷的农民。这天,保尔顺道去看哥哥。一个衣冠不整的斜眼小男孩在肮脏的小院子里跑来跑去。他非常没有礼貌地用小眼睛瞪着保尔,一边装模作样地抠鼻子,一边问道:“你要干吗?是来偷东西的吧?你最好赶紧走开,我妈妈可是很厉害,小心我去告诉妈妈!”

这时,破旧的矮木房的小窗户打开了,阿尔焦姆叫着:“快进来吧,保夫卡!”

一个脸色蜡黄的老太婆,手里拿着火叉正在灶旁忙着。她用冰冷的目光打量了一下保尔,让保尔走过去,把锅敲得叮当乱响。

两个留短辫子的大女孩,急忙爬到炉炕上,像没有见过世面的野蛮人,好奇地探头打量着客人。

阿尔焦姆靠在桌子旁边,有点不大自在地看着弟弟。他的婚事,母亲和保尔都不赞成。阿尔焦姆出身工人世家,和石匠的女儿——美丽的女裁缝加莉娜相好了三年。但不知什么原因他突然和她断绝了来往,和长得不好看的斯捷莎结了婚,最后被沦落到这个缺少男劳动力的五口之家。

每天从机车库下工以后,他的全部精力都花在犁杖上,只能去重整那份衰败的家业。

阿尔焦姆深知弟弟对自己这种生活选择并不赞成,曾经说他向“小资产阶级自发势力”屈服了。因此,他观察着保尔,看他对这周围的一切有何反应。

兄弟俩坐了一会儿,说了一阵见面时常说的那些没有什么意思的寒暄话,保尔就要起身告辞,阿尔焦姆不让他走。

“等一等,跟我们一起吃点东西吧,斯捷莎这就把牛奶拿来……这么说,你明天就要动身了?你的身子还很弱呢,保尔。”

此时,斯捷莎走了进来,她跟保尔打过招呼,就叫阿尔焦姆到打谷场帮她搬东西。屋子里就剩下保尔和那个不爱搭理人的老太婆了。这时,窗外的不远处突然响起了教堂的钟声。老太婆放下火叉,很不乐意地唠叨着:“呵,我主耶稣,我整天都在忙着这些鬼差事,连祷告的时间都没有了。”她摘下脖子上的围巾,又斜了保尔一眼,然后走到了屋子的一角,那儿放着年久发黑、面色忧郁的神像。她捏着三个瘦骨嶙峋的手指,在胸前画了一个“十”字。“我们天上的父,愿人们都尊你的名为圣……”她小声念着,干瘪的嘴唇在上下不停地动着。

院子里,小男孩一下子骑到一只耷拉着大耳朵的黑猪身上。他用两只手紧紧地抓住猪鬃,用两只脚板拼命地踢它,高声吆喝着这只满地打转、哼哼直叫的畜生。

“驾！起步走！吁——不许胡闹!”

猪驮着孩子满院乱跑,想把他甩下来,可是那个斜眼的调皮鬼却骑得是那样稳当,怎么也甩不下来他。

“我让你骑,摔不死你！快下来,你怎么不得瘟疫死了呢！滚开,你这个小疯子!”

最后,猪终于把骑手甩了下来。老太婆这下满意了,她又回到圣像跟前,装出满脸虔诚的样子继续祈祷:“愿你的降临……”

男孩哭哭啼啼,满脸泪痕,走到门口,用袖子揩着摔伤的鼻子,哼哼唧唧地央求着:“妈妈,我要吃甜馅饺子!”

老太婆转过身来气哼哼地骂道:“你这斜眼鬼！连祷告都让我做不好。我这就让你吃个够……”她说着就从凳子上抓起了一根皮鞭。男孩一看,吓得一溜烟儿就跑得无影无踪了。那两个女孩子在炉灶后面扑哧一声,偷偷地笑着。

老太婆又转过身去,第三次接着祈祷。

保尔没等他哥哥回来就走了。他关栅栏门的时候,看见那老太婆从靠边的小窗子里探出头来,恶狠狠地监视着他。

“什么鬼迷住了哥哥的心窍,把他勾引到这种地方来了？恐怕他到死也难以脱身了。斯捷莎每年给他生一个孩子,他就像甲虫掉进粪堆里,越陷越深,弄不好到最后连机车库的工作都不一定能够保住。本来我还想鼓励他参加政治活动呢。”走在小城那空荡荡的街道上,保尔闷闷不乐地寻思着。

但是,他想到明天就要离开这里,回到那个大城市去,那里有他的朋友和心爱的人们,他又高兴了起来。大城市里雄伟的景象,蓬勃的生机,熙熙攘攘的人流,电车的轰隆声,汽车的喇叭声,都使他心驰神往。然而最让他着迷的还是那些庞然大物般的石头厂房和被熏得黑黑的车间,机器和滑轮发出的轻微沙沙声。此时此刻,他的心已经飘到了工厂……可是在这里,在这个僻静的小城里,保尔漫步街头,心里却有一种难以言喻的怅惘。这座小城对他来说变得既陌生又无聊。就连白天出去散步的时候,也经常惹得心里不愉快。有一次,当他从那些坐在台阶上闲聊的长舌妇身边经过时,她们叽叽喳喳地议论着他:“喂,亲家母,你瞧,这是从哪儿冒出来的丑八怪?”

“看那样,准是个痨病秧子!”

“那件皮上衣倒挺阔气,准是偷来的……”

诸如此类让人讨厌的事情还有很多。

现在他和这些早已经一刀两断了,对他来说,那个大城市才是他要寻求的,它们显得是那样的亲切可爱。那里有朝气蓬勃、意志坚强的阶级弟兄,有着劳动。

的确,同志之间的友谊和劳动的信念,已经把保尔和大城市牢牢地绑在一起了。

保尔无意中走到了松林里。在他右边是阴森的旧监狱,一排高高的尖头木栅栏把它和松林隔开。监狱后面是医院的白色楼房。

瓦莉娅和她的同志们就是在这儿被绞死的,现在只剩一个空旷的广场了。保尔在原来设置绞架的地方默默地站了一会儿,然后就开始向陡坡走去,顺坡下去,到了埋葬烈士的墓地。不知是哪位好心人用树枝编成的花圈围起了那一排坟墓,苍绿的花圈显出了好心人的真诚。陡坡上高高矗立着挺拔的松树,峡谷的斜坡上长满了茵茵的绿草。

这里是小城的边缘地带,幽静而又清冷。松林在低语,春天的大地在复苏,散发着潮湿的泥土气息。同志们就是在这里英勇牺牲的。他们为了让那些生来就饥寒交迫、一出世就给富人们做牛做马的人们能够过上幸福的生活,而献出了自己最宝贵,最伟大的生命。

保尔慢慢地将帽子摘下,他心中充满了无限的悲愤和深切的缅怀……

人最宝贵的是生命。对每个人来说,生命只有一次。人的一生应该这样度过:当回首往事的时候,他不会为虚度年华而悔恨,也不会因碌碌无为而羞愧;在临死之际,他能够说:“我的整个生命和全部精力,都已献给了世界上最壮美的事业——为人类的解放而斗争。”要抓紧时间赶快生活,因为一场莫名其妙的疾病,或者一个意想不到的悲惨事件,都会使生命中断。

怀着这样的想法,保尔静静地离开了烈士公墓。

伤心的母亲正在家里为儿子打点上路的行装,保尔默默地凝视着母亲。他发现母亲正偷偷地抹泪。

“保尔,亲爱的,你就别走了好吗?我岁数大了,孤零零的一个人过日子多难受啊。不管养多少孩子,一长大就都飞了。那个城市有什么东西那么值得你留恋呢?在哪里都是一样过日子嘛。是不是喜欢上了哪个短尾巴的小鹌鹑了?唉!你们什么都不跟我这个老太婆说。阿尔焦姆娶媳妇,就一句话也没跟我商量过。你呢,就更别提了。总要等到你们生病了,受伤了,我才能见到你们。”妈妈一面低声诉说着,一面把儿子的几件简单衣物装到一个干净的布袋里。

保尔搂住母亲的肩头。

打趣说:“好妈妈,那里可没有什么鹌鹑!您老人家还不明白吗?只有鹌鹑才找鹌鹑呢。如果照您这么说,我不就成了雄鹌鹑了吗?”

他的话把母亲逗得笑了起来。看到母亲高兴的样子,保尔心里也是美滋滋的。

“妈妈,我发过誓,只要全世界的资产阶级没有被消灭干净,我就不会去找姑娘谈什么恋爱。什么,你说要等很久?不,妈妈,资产阶级的日子长不了啦……一个人民大众的共和国即将建立,将来要把你们这些一辈子辛勤劳动的老头老太太们全部送到意大利去养老。那个国家就在海边上,气候可暖和了。那里根本就没有冬天,我们要安排你们住进资产阶级的宫殿里,让你们在温暖的阳光下晒晒太阳。我们再到美洲去消灭资产阶级。"

"儿子啊,你说的那个好时候,我估计是看不到啦……你跟你那水手爷爷没有两样,主意多,脾气坏。他是个水兵,可是真像个土匪,愿上帝饶恕我这么说!那年他在塞瓦斯托波尔打完仗,回到家里的时候只剩下一只胳膊一条腿。胸前倒是戴上了两个十字勋章,还有挂在丝带上的五十戈比的银币,可是老头最后还是给穷死了。他就是改不了的倔脾气。有一次,他用拐棍敲了一个官老爷的脑袋,为了这事他还坐了差不多一年的牢呢。送他去坐牢的时候,十字勋章也帮不了他。我看你呀,跟你爷爷简直就是一模一样……"

"怎么啦?妈妈,咱们这回分别,干吗要弄得愁眉苦脸的呢?把手风琴给我,我已经好久没拉了,我给您来一曲吧。"

他按动了那一排贝壳做的琴键,顿时,新鲜明快的音调就吸引了母亲。

他演奏的曲调和过去大相径庭了。不再有那种轻飘大胆的旋律和豪放不羁的花腔,也不再有曾使这个青年手风琴手闻名全城的、令人如醉如痴的奔放情调。现在他的演奏仍然很和谐,仍然很有力度,但是,要比过去深沉很多。母亲在一边听着,看起来很是开心满足。

之后保尔就只身来到了车站。

他劝母亲留在家里,免得她在送别的时候又伤心流泪。

旅客们争先恐后地挤进了车厢,保尔占了一个上铺的空位子。

只见上来的旅客们都拖着大包小包,行色匆匆地往座位底下塞着这些东西。

个个都是满脸的怒气。

车厢里特别喧闹。

列车开动之后,大家才静下来,并且照老习惯办事,好多都是在那里狼吞虎咽地吃着随身带的干粮。

保尔很快就睡着了。

他首先要去拜访的,是市中心克列夏季卡大街里的一幢房子。他慢慢蹬着台阶走上天桥。周围的一切都是那么熟悉,一点儿也没有变。他在桥上走着,一只手轻轻地抚摸着光滑的栏杆。就在他往下走的时候,他忽然停住了,天桥上空无一人。眼前的夜景令他心驰神往……在深不可测的天宇之下,夜色展现了它壮丽的奇观:黑暗用墨色的天鹅绒覆盖了地平线,天空中无数繁星闪烁,发出磷火般的光芒。下面,在天地隐约相接的地方,是万家灯火,夜色中露出一座美丽的城市……

几个人迎着保尔走上桥来,他们热烈地争论打破了夜的寂静。保尔不再留恋那城里的灯火,于是便向桥下走去。

他到了克列夏契克大街的特勤部,值班员告诉他,朱赫来早就不在这里了。

他提出许多问题来盘问保尔，直到弄清楚这个年轻人确实是朱赫来的熟人，才告诉他，原来，两个月以前，朱赫来就调到塔什干了，在土耳其斯坦前线工作。保尔失望极了，他甚至没有再往下打听什么，就一言不发地转身走了出去，看得出他内心很是失望。疲倦突然向他袭来，他只好在门口的台阶上坐了一会儿。

这时，一辆电车开过去，街上充满了轰隆轰隆的声音。人行道上川流不息的人群来来往往。多么繁华的城市啊，熙熙攘攘，车水马龙。妇女们幸福的笑声、男人们低沉的喊声、青年们响亮的喧闹声、老人们沙哑的叮嘱声汇集在一起……人们来去匆匆，络绎不绝。电车上灯火明亮，汽车前灯发出耀眼的光芒，隔壁电影院的广告周围更是一片亮如白昼的世界。大都市的夜啊，充满了生机！

大街上的喧嚷和繁忙，多少减轻了他因为朱赫来的离去而产生的惆怅。他该去哪呢？回索罗缅卡，那里倒是有不少的朋友，但路又太远。大学环路离这里挺近的，那里的一幢房子自然而然地浮现在了保尔的脑海里。现在他应该去那里。的确，除了朱赫来之外，他最想念的就是丽达了。到那里去，还可以在阿基姆的房间里过夜。

远远的，他就望见了楼上那间房里的灯光。他竭力保持镇定，推开了那扇橡木大门。他走上楼梯，在门外站了几秒钟，听到丽达房间里有人在谈话，还有人在弹吉他。

“哟！原来还可以弹吉他，现在的规矩真的没有那么严格了。”他心想着，便轻轻地敲响了门。此时，他感到自己异常的激动，心跳也不由得加速了，于是便紧紧地咬住了嘴唇。开门的是一个不认识的青年女子，两鬓垂着鬈发。她上下打量着保尔，客气地问道：“请问您找谁？”

说话的女子并没把门带上。保尔一扫屋子里陌生的家具和摆设，立刻就明白了一切。但他怀着一线侥幸问：“我找乌斯季诺维奇同志，她在这里吗？”

“她不在这里了。1 月份她就去哈尔科夫了，听说后来又从哈尔科夫搬到了莫斯科。”那女子告诉他。

“那，阿基姆同志还住在这儿吧？他也搬走了吗？”

“是的，他也走了，现在他是共青团敖德萨省委书记。”

保尔听后心中难免有一丝失望，只好转身走了。回到这个城市的喜悦心情开始慢慢地暗淡了。

现在他必须实际考虑在哪儿过夜的问题了。

“就这样挨个儿往下找，估计跑断了腿也找不到一个人。”他克制着内心的苦恼，闷闷不乐地嘀咕着。然而，他还是决定再去碰碰运气，找找潘克拉托夫。这位码头工人就住在码头附近，到他那儿比去索罗缅卡近多了。

疲惫不堪的保尔终于走到了潘克拉托夫的家门口。他敲了敲曾经油成红褐色的门，暗暗下了决心：“要是他也不在，我就不再跑了，干脆钻到小船底下睡一宿。”

这时，一个老太太打开了门。她披着一条简朴的头巾，头巾在下巴底下系了结。她是潘克拉托夫的母亲。

“老大娘,您好！伊格纳特在家吗?”

“他刚回来,您找他吗?”

她没认出保尔,回头叫道:“伊格纳特,有人找你!”

保尔跟着她走进了屋,把布袋放在地板上。潘克拉托夫忙咽下一口面包,回头随口说了一句:“既然是来找我的,那就坐下来谈吧,我得先把这碗汤喝完。从一大早到现在,我只喝了一点儿白开水。”

他坐在桌旁,一面说一面拿起一把大木勺狼吞虎咽地吃着。

保尔在他旁边的一张破椅子上慢慢地坐了下来,摘下帽子,习惯地用帽子揩了揩前额,心想:“难道我变得这么厉害,连伊格纳特也认不出我了?”

潘克拉托夫喝了两勺菜汤,没听见客人说话,也没发现是保尔,就又扭过头来说:“说吧,你到底有什么事儿?”

这时,他拿着一块面包,正准备往嘴里送,突然手在半路上停了下来。他一下愣住了,眨着眼睛说:“啊！……等一等……呸！你真会胡闹!”

保尔看见潘克拉托夫紧张的面孔涨得通红,忍不住放声大笑。

“保尔！到底怎么回事啊?我们都以为你死了！……等一下,你究竟是谁?”

听到他的喊叫声,他的姐姐和母亲也都从隔壁房间跑了过来。他们一家三口一致认定眼前这个人就是保尔·柯察金。

家里人早都睡了,潘克拉托夫还在给保尔讲述四个月来发生的一切难以回首的往事:

“扎尔基、杜巴瓦和米海洛去年冬天就去了哈尔科夫。这三个家伙不是去干别的,而是上了共产主义大学。他们是预备班。我们这里一共十五个名额,我是心血来潮,也跟着报了名。心想,肚子里净是稀汤,也得装点儿干货进去。哪知道,考试委员会却把我推上了沙滩,让我去搁浅了。”潘克拉托夫气哼哼地说着,“一开始还挺顺利的。所有条件我都具备:党证有,团龄也够,经历和出身更不用说了,没有半点儿可挑剔的。但是一到政治考试,我的头就大了,一下子就玩儿完了。”

“我让考试委员会的一个同志给卡住了。他说:‘潘克拉托夫同志,请您谈谈,您对哲学有什么认识?’你很清楚,我对哲学一窍不通！可我当时想起了一个人,他以前在我们这儿当过搬运工,读过中学,是个流浪汉。也许是为了装样子,才来我们码头的。他告诉过我们:从前,天晓得是什么时候,在希腊有那么一些自以为很了不起的学者,人们都管他们叫哲学家,其中有那么一个宝贝,名字我记不清了,好像叫作伊杰奥根什么的,一辈子都生活在桶里,还有一些别的怪毛病……他们当中本事最大的一个人还能用四十种不同的方法,证明白就是黑,黑就是白,总而言之,他们都是一些招摇撞骗的家伙。”

“你瞧,我一下子就想起了那个中学生讲的故事。就这样,不管三七二十一,我就开口乱说起来。”

“‘哲学家就是信口开河,故弄玄虚。同志们,我才不想学那些荒诞无稽的玩意儿呢。说起党史嘛,我倒是打心眼儿里喜欢。’这么一来,他们就更穷追不舍了,非让我讲讲那些新鲜见地是从哪儿知道的,于是我就把中学生的话添油加醋地说了一遍,考试委员们全都哈哈大笑起来。我气坏了。我气急败坏地反问他们:'怎么,你们以为这是要猴吗?'说完,我抓起帽子就回家了。"

"后来,我在省委碰到了那位考试委员,他跟我谈了三个多钟头。原来,是那个中学生胡说八道。哲学其实是一门很不简单的大学问。杜巴瓦和扎尔基都被录取了。当然,杜巴瓦以前读过不少书,可是扎尔基比我强不了多少。肯定是他的勋章帮了忙。到头来,我落了一场空。他们想让我在码头上做管理工作,现在我当了代理货运主任。以前我总是为了青年的事顶撞这些头头们,现在我自己也管起生产来了。有时候要是有人偷奸耍滑或粗心大意,我就以主任和共青团书记的双重身份同时监督他。不好意思,他什么也瞒不过我的眼睛。好了,我自己的事,以后再谈吧。还有什么新闻没跟你说呢?"

"阿基姆的情况你已经了解了。团省委的老熟人里只有图佛塔还在原地停滞不前。托卡列夫在索罗缅卡当区党委书记,你们那个公社社会奥库涅夫在团区委会工作。塔莉亚主管政治教育部。你原来在铁路工厂里的工作由茨维塔耶夫接替了。我不太了解这个人,偶尔在省委会遇见他,看样子小伙子挺机灵的,就是略微有那么点儿自负。你应该还记得安娜吧,她也在索罗缅卡区工作,担任区党委的妇女部长。其他人的情况,我已经对你说过了。"

"保尔,现在很多人都上学去了,现在在省党政干部学校学习的人都是原来那些骨干。他们还答应明年也把我送去呢。"

就这样,他俩一直聊到了后半夜才去睡觉。第二天早上,保尔睁开眼,潘克拉托夫已经去了码头。他的姐姐杜霞体格健壮,长得很像弟弟。她给保尔弄好了早饭,兴趣盎然地跟他聊着各种琐事。他父亲是轮船司机,马上要跟船出航了。

保尔收拾好东西打算上街,杜霞连忙嘱咐他:

"别忘了,我们等您吃午饭。"

团省委还是和平常一样热闹。大门前门庭若市,走廊上和房间里人来人往,嗒嗒的打字声不断地从各个办公室里传到外面。

保尔在走廊上站了片刻,满眼全是陌生的面孔,于是便走进了书记办公室。团省委书记身着蓝色的斜领衬衫,正坐在一个大写字台后面。他匆匆瞥了保尔一眼,又埋头继续写着他的东西了。

保尔安静地在他对面坐下,仔细打量着这个接替阿基姆的人。

"有什么事吗,同志?"书记写好文件后抬头对保尔说。

接着,保尔把自己的经历叙述了一遍。

"同志,现在我需要恢复组织关系,回铁路工厂去。请指示下面办一办。"

那书记把身子往后一仰,靠在椅背上,说:"恢复你的团籍,这倒没问题。但是要把你再派回铁路工厂,这估计就不是那么好办了。那里的工作已经由茨维塔耶夫接替了,他是这一届的团省委委员。不如我们派你到别的地方去吧。"

保尔皱紧了眉头,然后又说:

“我回去铁路工厂,不会妨碍茨维塔耶夫同志在那里工作的。我是要求到车间去干老本行,不是去当共青团书记。请不要派我做别的工作,因为我现在身体还很弱。”

书记同意了,他在一张纸上草草写了几个字:

“好吧,把这带给屠弗塔,他会妥善处理这件事的。”

在登记分配部里,图佛塔正在大声喝骂一个负责团员登记的助手。他们俩吵得难解难分,保尔听了以后,看他们一时也是吵得不可开交,便拦住面红耳赤的屠弗塔。

“屠弗塔,你等一会儿再跟他接着吵吧。这是团省委书记给你的条子,先帮我办一下证件。”

他接过条子,一会儿看看字条,一会儿又看看保尔,看了许久才明白是怎么回事。

“啊,这么说,你没死!现在怎么办呢?你已经被除名了啊。还是我亲自把卡片寄到中央去的。再说,你也没有赶上全俄团员登记。根据团中央的指示,凡是没有履行重新登记手续的人,一律取消其团籍。所以,你只有一条路好走——重新履行入团手续。”他的口气强硬,没有一丝通融的意思。

保尔一听,皱起了眉头。

“你还是那个老样子?年纪轻轻的小伙子,连档案库的老耗子都不如。你什么时候才能长点儿出息呢?”

屠弗塔一下子就蹦了起来,就好像被跳蚤咬了一口似的。

“我的工作我负责,轮不到你来教训我。上级发布指示是要我遵守,不是要我违抗。你骂我是耗子,我要去控告你。”

他一面用这样的话威胁保尔,一面示威似的拿过一堆没有拆开的信件,那副神气的表情好像在跟保尔说:用不着再谈下去了。

保尔不慌不忙地走向门口,突然想起了什么事,又转身回来,迅速收起了放在桌子上的那张便条。而屠弗塔没好气地盯着他这一连串的动作。这个长着两只招风耳的年轻小老头,气呼呼地坐在那里,摆出一副一本正经的样子,真是让人又生气又好笑。

“好吧!”保尔用一种讥讽的口吻冷冷地说,“当然,你可以给我扣上‘破坏统计工作’的帽子。不过,我倒要向你请教一个问题,如果有人事先没有向你递交申请,突然就一命呜呼了,那你有什么高招来收拾他呢?这种事谁都有可能赶上,说不定什么时候就会生病,也说不定什么时候可能还会死。关于这方面的指示,大概从上级那里也找不到吧。”

屠弗塔的助手再也无法保持中立,忍不住放声大笑起来。

这时,屠弗塔手中的铅笔尖突然断了,令他十分气恼。他把铅笔往地上一摔,但还没有来得及回击保尔,就有几个人说说笑笑地涌进了房间。其中一个是奥库涅夫。大伙一见保尔,喜出望外,争先恐后地过来问长问短。几分钟后,又有一群团员走了过来。其中便有奥尔加·尤列涅娃。她百感交集地握着保尔的手捏了好半天。

大家伙又逼着保尔把自己艰险的经历从头到尾讲了一番……同志们发自内心的欢喜,真挚的友谊和热情,热烈的握手让保尔暂时把图佛塔忘到了一边。

最后,保尔终于说起了他和屠弗塔发生的冲突。大家都气愤地嚷了起来,要为保尔抱打不平。奥尔加狠狠地瞪了屠弗塔一眼后,转身准备去找书记。

“走,咱们到涅日丹诺夫书记那里去讨个说法!他会叫屠弗塔开窍的!”奥库涅夫说着,搂住了保尔的肩膀,推着他一道跟大伙追在奥尔加身后。

“应当把屠弗塔撤喽!把他送到码头上,让潘克拉托夫好好管教管教他。在码头上当一年装卸工。他纯粹是个死抠公文的官僚!”奥莉嘉愤然提议。

书记和蔼地微笑着,仔细地听取了大家的意见,而后安慰大家说:

“恢复柯察金团籍的事,没什么问题,马上就发给他团证。我也同意你们的看法,虽然说屠弗塔是个形式主义者,我知道他的缺点。不过也应该承认,他可是把自己的工作搞得很出色。不管我在哪个团委机关工作,那里的统计和报表工作都搞得一团糟,没有一个数字是确实可靠的。可是咱们这个登记分配部门就不一样了,统计工作一清二楚。你们自己也应该知道,有时候屠弗塔在办公室里一工作就是干到半夜。我想,我们随时都可以撤他的职。但是,换了一个小伙子,人也许会很爽快,可要是对统计工作一窍不通,那可就糟糕了。到那个时候,官僚主义是不见了,可工作也做不好了。还是让他再继续干着吧。我好好剋他一顿。这能管一阵子,以后看情况再说。”

“好吧,就这么办吧。”奥库涅夫和大家都同意了。

“保尔,现在咱们去索罗缅卡。今天我们在俱乐部开积极分子大会。他们还不知道你还活着,我要突然宣布:‘现在请柯察金同志讲话!’大伙儿肯定都会被惊呆的。好小子,亲爱的保尔,你没死就对啦!你要是真的死了,对国家可是一大损失啊!”奥库涅夫开着玩笑,亲切地搂着保尔走出门外。

“你来吗,奥莉嘉?”

“一定来!”

潘克拉托夫的家人在等着保尔一起吃午餐,可是没有等到人,直到夜里他也没有回来。奥库涅夫把保尔带去了他家。在“苏维埃之家”有他的一间房子。他热情地招待了保尔。之后,他又搬出一大卷报纸和两大本共青团区委会会议记录放在保尔面前。“这些东西你看看吧。你在家养病,耽误了不少时间。翻翻这些东西,了解一下过去和现在的情况。等我晚上回来,咱们就一块儿到俱乐部去。如果觉得累了,你就躺下休息一会儿。”

他说完后,把文件笔记装满了口袋,这位团委书记根本用不着公事包,一直都把它扔到床底下,在房里告别似的转了一圈,他就急匆匆地出门了。

傍晚,当他回来的时候,地上堆满了报纸,一堆书也被从床底下拖了出来,其中一部分就放在桌子上。保尔正坐在床上读着最近中央的简报。这是他从奥库涅夫的枕头下翻出来的。“你这个强盗,把我房间弄成什么样子了!”奥库涅夫又好气又好笑,“喂,等一下,同志,你怎么能偷看别人的机密文件呢?唉,都怨我,真是把一个强盗放进来了!”

保尔微笑着,把手里的简报放下说。

“这才不是什么机密文件,你当灯罩用的那张才是地地道道的密件呢。它的边都烤焦了,看见没有?”

奥库涅夫把灯上那张纸摘下来,看了看上面的标题,忽然抬手拍了一下前额,恍然大悟地喊:“哎呀,这个鬼玩意儿!我一连找了它三天,连个影子也没有。现在我想起来了,前天沃林采夫用它做了这个灯罩,后来他自己也找得满头大汗。”说完,他小心翼翼地叠好那张文件,压在了褥子下面。过些时候都会收拾好的。他认真地告诫着自己,“咱们现在吃点儿东西吧,然后去俱乐部。来,保尔,坐到桌子这边来!”

奥库涅夫从一个口袋里摸出一条用报纸裹着的长长的干鳟鱼,又从另一个衣袋里掏出两块面包。他把桌子上的文件往边上推了推,在空出来的地方铺上一张报纸,然后抓住鱼头,就开始往桌子上摔打起来。

奥库涅夫是个乐天派,他一边有滋有味地嚼着东西,一边妙趣横生地向保尔讲述着最近发生的新闻。

经过工作人员入口,奥库涅夫把保尔带到了俱乐部的后台。塔莉亚和安娜挤在一群铁路工厂的团员中,坐在了讲台右边靠近钢琴的一个角落里。在安娜对面的椅子上,摇晃着身体的是铁路工厂团支书沃林采夫。他微微摇晃着身子,看上去一副一本正经的模样。他脸色红润,好像8月的苹果,头发和眉毛都是麦黄色的,身上穿着一件十分破旧的褪了色的黑皮夹克。

茨维塔耶夫就坐在他的旁边,他的一只胳膊肘懒洋洋地拄在钢琴盖上。

他是个漂亮的小伙子,栗色的头发,嘴唇线条分明。

衬衫领子是敞开着的。

奥库涅夫走进来时,听见安娜说的最后几句话:“有的人总是千方百计把吸收新团员的工作搞得越来越复杂,茨维塔耶夫就是这样的人。”

“共青团可不是大杂院!不是想进就进,想出就出的。”茨维塔耶夫态度坚决地回击着。这时候,塔莉亚看见了奥库涅夫,便大声叫道:“你们快瞧!快瞧!尼古拉今天太神气了,简直像一个擦干净了的铜茶壶!”

他们把奥库涅夫拖进中间的空场,七嘴八舌地问开了:“你到哪儿去了?”

“快开会吧。”

奥库涅夫摆了摆手,示意大家安静下来。“弟兄们,别吵啦,”他发出准信儿,“托卡列夫一会儿就到,他一到咱们就开会。”

“瞧,他来了。”安娜这时对着大家突然喊道。

果然,区委书记正向他们走来。奥库涅夫快步迎了上去。

“大叔,跟我来一下后台,我给你看个熟人。保你会大吃一惊的!”

“又出了什么新鲜事?”托卡列夫感觉有点惊讶,嘴里不停地嘟哝着,又用劲吸了一大口烟。奥库涅夫没有管他的表情,直接拉着他的手,把他拉到后台去了。

奥库涅夫把手里的铃摇得震天响,连那些最爱说话的人也赶紧闭上了嘴。

托卡列夫身后的一个绿色松枝做成的框子里,镶挂着《共产党宣言》作者的头像。他须发飘飘,如同雄狮……当奥库涅夫宣布即将开会时,托卡列夫的双眼一直没有离开过站在后面过道上的保尔·柯察金。

奥库涅夫朝会场高声喊道:“同志们,有一位同志要求在讨论当前团的任务以前,先说几句话。我和托卡列夫都同意,我们认为应该让他发言。”

此刻会场里爆发出了一阵惊呼声。奥库涅夫提高了嗓门大喊了一声:“现在就请保尔·柯察金讲话!”

大厅里一百个人当中,至少有八十个认识保尔,所以当这个面色苍白的高个子青年出现在舞台上,并且开始讲话的时候,大伙儿立即给他热烈的掌声和欢呼声。

“亲爱的同志们!”

保尔的声音很平和,但内心的激动却无法抑制。

“朋友们,我又回到你们中间来了,又回到自己的战斗岗位上来了。回到这里,我感到十分幸福。在这里,我看到了许多老朋友。我从奥库涅夫给我的材料中了解到,咱们索罗缅卡区又增加了三分之一的新团员,在铁路工厂和机车库里再也没有人敢做打火机之类的私活了,已经报废的机车,又被从废铁堆里拖出来进行彻底的检修。这一切都表明,我们的国家正在复兴,正在变得日益强大起来。活在这个世界上是大有作为的。你们说,在这样的时候,我能死吗?”说到这里,保尔脸上现出了幸福的笑容,两眼射出了炯炯的光芒。

保尔在全场的欢呼声中走下了讲台,他径直朝安娜和塔莉亚坐的地方走去。他很快地和几个人握手。然后很友好的寒暄两句话。朋友们给他挤出了一个座位让他坐下。塔莉亚把手放在保尔的手上,紧紧地握着。

安娜瞪圆了眼睛,睫毛微微颤动着,露出惊喜的神情。

日子飞一样的过去了,没有一天是平平淡淡的,每天都有新的内容。保尔早上起来,就开始安排一天的工作,但时间还是不够用,计划要做的事总有一些做不完。

保尔跟奥库涅夫住在一块儿。目前,他在工厂里当上了电工的助手。

两个人争论了好久,奥库涅夫才同意保尔不再担任领导职务。

“咱们现在人手不够,可你倒想躲到车间去享清闲。你别拿病来敷衍我,我刚得过伤寒,病好了以后,有一个月的时间是拄着棍子到区委会去上班的。我了解你,保尔,这根本不是原因。你老实告诉我,到底是因为什么?”奥库涅夫非常执拗地刨根问底。

“尼古拉,原因就是我想学习。”

奥库涅夫不无得意地抢过话茬儿:“哦,原来如此！你想学习,照你这么说,我就不想学习了吗?

老兄,你这是个人主义。这就是说,让我们大家都忙得团团转,你却坐着读书。

这可不行啊，亲爱的，你明天就到组织部上班去吧。”

可是争论一番之后，奥库涅夫还是妥协了。

他说：“好吧，为了表示对你的特殊照顾，我保证两个月之内不去找你。不过，你肯定与茨维塔耶夫合不来，那个人可是很自高自大的。”

的确，茨维塔耶夫对于保尔回来这件事是存有戒心的。他认为保尔一回来，一定会跟他争夺领导权，于是，这个自命不凡的人就准备对保尔进行反击。但是没过几天，他就认识到自己的想法好像错了。当保尔听说厂团委打算叫他参加团委工作的时候，他立即跑到书记办公室，摆出他和奥库涅夫达成的“协议”，说服茨韦塔耶夫把这个问题从议事日程上撤销。在车间团支部，保尔也只负责领导一个政治学习小组，并没有想在支委会担任什么工作。尽管他正式表示不参加领导工作，但是他对工厂团组织的全部工作的影响还是能够感觉出来的。有好几次，他都以同志的态度，不声不响地帮助茨韦塔耶夫摆脱了困境。

有一次，茨维塔耶夫走进了车间。眼前的情形让他大吃一惊，他发现支部的所有团员和三十几个团外青年正在擦洗窗户和机器，刮去多年来沉积在表面的污垢。保尔正用大拖把使劲地擦着满是油污的水泥地面。

“今天怎么搞起大扫除来了？”茨维塔耶夫莫名其妙地问保尔。

“我们不愿意在肮脏的地方工作。这儿已经有二十年没打扫了。我们要在一周之内让车间焕然一新。”保尔简单地回答他说。

茨维塔耶夫耸了一下肩就走开了。

这些电气工人并不满足于清扫车间，他们又开始动手收拾起了院子。很久以来这个大院子就一直是个垃圾堆，那里什么东西都有。几百个轮轴、堆积如山的废铁、铁轨、连接板、轴箱等堆成了一座小山丘，成千上万的钢铁在日晒雨淋中已锈得不成样。但是，后来厂领导制止了他们的行动。理由是“还有更重要的工作要做，收拾院子等以后再说”。

于是，工人们就用砖在自己车间门口铺了一小块平地，把一个刮鞋泥的铁丝网安在上面，这才肯罢手。但是车间内部的清扫工作并没有停，晚上下班以后一直打扫着。当总工程师斯特里日在一个星期之后来到这里的时候，他看着心里不由得吃惊了。整个车间的面貌已经焕然一新，和当初的已经不能相提并论了。

由于擦掉了多年的油垢，阳光透过带铁栏的大玻璃窗，射进了宽敞的机器房，照得柴油机上的铜件闪闪发亮。机器的大部件都刷上了绿油漆，有人还精心地在轮辐上画了几个黄箭头。

斯特里日环顾四周欣慰地点了点头。“嗯……好……”他惊异地连连夸赞。

在车间最远一角，一群刷油漆的工人也将完成全部任务。斯特里日走上前去。迎面正好遇上手里提了满满一罐调好油漆的保尔。

他问道：“请等一下，亲爱的同志。我倒是很赞赏你们的做法，不过究竟是谁给了你们油漆？我规定过，不经我批准，是不允许动用油漆的。这种材料现在非常紧缺，油漆机车的部件，比你们现在做的事情要重要得多。”

“我们这些油漆全是从丢掉的空罐里刮出来的。”保尔坦然回答，“我们花了两天工夫，在垃圾堆里找空油漆罐子，一共刮出二十五磅吧。您放心，我们没有违反规章制度，总工程师同志。”

斯特里日有点尴尬地嗯了一声。

“既然这样，那你们就干吧。嗯……不过这倒很有意思……你们这种……怎么说好呢？这种搞好车间卫生的主动精神该怎么解释呢？这些活儿你们不是在业余时间干的吗？”

从总工程师的语气中保尔觉察到他对这种做法确实不大理解，就回答说：“当然是啊！您怎么看呢？”

“我也这样想，但是……”

“斯特里日同志，这个‘但是’就表明您还是没料到，谁告诉过您，布尔什维克会对这些垃圾袖手旁观呢？您等着瞧吧，我们干的范围还要扩大。到时候会有更多的事情叫您吃惊呢。”

保尔为了避免把油漆蹭到他身上，便小心地绕过他，朝门口走去。

每晚保尔都去公共图书馆待到很晚才离开。现在，他和那里的三位女馆员已经混得很熟了，就向她们发起了宣传攻势，终于取得了她们的同意，可以随心所欲地翻阅各种书籍。他把梯子靠在高大的书橱上，一连几小时坐在上面，一本一本翻阅着，探寻着有意思的和有用的图书。图书馆的书大部分是旧的，只有一个不大的书橱里放着很少一些新书。其中偶尔能见到国内战争时期的小册子，还有马克思的《资本论》、杰克伦敦的《铁蹄》等。在旧书堆里，保尔翻到了一本名叫《斯巴达克》的小说。他整整花了两个晚上才看完它，然后就又把它放回到另一个书橱里，跟高尔基的那些作品摆在一起。他总是这样，把那些妙趣横生而又内容相近的书都整理在一起。

他这样做，图书馆那三个馆员从来不过问，她们反正无所谓。

一件乍看起来无关紧要的事情，突然打破了共青团组织那种似乎单调的平静。事情是这样的：中修车间团支部委员科斯季卡·菲金是一个长着麻子脸、翘鼻子、笨手笨脚的小伙子，他在给铁板钻孔的时候，弄坏了一个贵重的美国钻头。造成这起事故的原因是他的极端不负责任，甚至可以说是蓄意破坏。那天早上，中修车间工长霍多罗夫让菲金在铁板上钻几个眼儿。菲金有些不太情愿，但在工长的严令下，他也不得不干了。在车间里，大家都不满意霍多罗夫，他这个人对别人要求过严，总喜欢在鸡蛋里挑骨头。他以前还是个孟什维克，现在什么社会活动也不参加，对共青团员还总是侧目而视。但是他精通业务，对本职工作认真负责。当他看见菲金没有给钻头上注油后，就急忙跑到钻床跟前把它关了。

“你是没长眼睛，还是新来的员工啊？”他大声地申斥菲金。他很清楚，如果照这样干下去，钻头非报废不可。

但菲金却不吃他那一套，叫骂着重新开动了钻机。霍多罗夫无可奈何，只好到车间主任那里去告状。菲金想在领导赶来之前把一切都妥善地处理完毕，于是他没关机床就赶紧跑去找注油器了。可是等他拿到注油器回来时,钻头已经坏了。后来车间主任写了一份报告,要求开除菲金。团小组却站出来公然袒护他,说这是霍多罗夫打击青年积极分子的惯用伎俩。车间领导还是坚持要开除他,于是这件事就提到了工厂的团委会上讨论。事情就这样闹开了。五个支委中有三个认为应给菲金处分,并调他去做别的工作。茨维塔耶夫就是这三人里的一个。而另外两人干脆认定菲金没有犯错误。

会议是在茨维塔耶夫的房间里开的。屋里有一张大桌子,上面铺着红布,还有几个长凳和小方凳,是木工车间的青年自己动手做的。墙上挂着领袖像,还有一面团旗,挂在桌子后边,占了整整一面墙。

茨维塔耶夫是一个"脱产干部"。他本来是一个锻工,由于在最近的四个月里表现异常突出,才被提拔到共青团的领导岗位上,担任团区委常委和团省委委员。他原先是在机械厂工作,最近才被调到铁路工厂来。他一上任就紧紧抓住权力不放。他一向独断专行,一下子就把大伙的积极性压了下来。他凡事都想一手包办,可是又包办不过来,就对其他委员大动肝火,斥责他们整天无所事事。

就连这个房间也是在他亲自监督下布置的。

现在,他正主持着会议,得意扬扬地半躺在那把从俱乐部搬来的唯一一把软靠背椅上。这会议是秘密举行的。当党小组长霍穆托夫请求发言的时候,外面有人敲了敲关着的房门。茨维塔耶夫不耐烦地皱起了眉头。外面又响起了敲门声。卡丘莎·泽列诺娃这时才去开门。门外站着保尔,卡丘莎就让他进来了。

保尔已经在朝一只空凳子走过去,茨维塔耶夫对他说:"柯察金,我们现在在开支委的内部会议。"

保尔的脸一下子就红了,他慢慢地朝桌子转过身来。

"我知道,我想了解一下你们对菲金事件的看法。我还想提一个与这件事情相关的新问题。怎么,难道你的意思是不想让我参加会议吗?"

"我并不反对,但是你自己也知道,团委内部会议只有团委委员才能参加,人多了不便于讨论。不过你既然来了,就坐下吧。"

保尔从来没有受过这样的侮辱,他锁紧了双眉,额上挤出一条很深的皱纹。

"干吗搞这套形式主义的东西?"霍穆托夫不以为然地埋怨着书记。但保尔赶紧摆手止住了他。"我想谈谈我的意见。"霍穆托夫接着前边的话题说。"大家对霍罗多夫有意见,这是无可非议的,他的确不能与大家很好地相处,但是我们的纪律也很松弛。要是所有的团员都这么随便弄坏钻头,咱们还拿什么干活?这对团外青年的影响也非常不好。我主张给菲金警告处分。"

茨维塔耶夫没等他说完就开始反驳。保尔听了十分钟后,已经明白了团委对处理菲金所持的态度了。在即将把问题付诸表决的时候,他请求发言。茨维塔耶夫勉强默认了他的请求。"同志们,我想对菲金事件说一点儿我的看法。"

出乎他自己的意料,保尔的声音竟是如此的严厉。

"菲金事件只是一个信号,真正的问题核心不在他身上。我昨天搜集了几个数字。”他说着从口袋里掏出了一个笔记本。

“这些数字都是考勤员提供的。请你们注意听一听:百分之二十三的共青团员每天上班迟到五分钟到十五分钟。这已经成了常规。百分之十七的共青团员每月旷工一天到两天也已经让大家习以为常了,但是团外青年旷工的却只有百分之十四。这些数字可说明了根本的问题啊。我又顺手记下了另外一些数字:党员每月旷工一天的占百分之四,迟到也占百分之四。党外成年工人每月旷工一天的占百分之十一,迟到的是百分之十三。损坏工具的,百分之九十都是青年工人,其中百分之七是刚刚参加工作的。由此可见,咱们团员的工作远远不如党员和成年工人。不过,情况也并不是各处都一样。锻工车间就比这些好多了,电工车间也还可以,其他车间的情况就大同小异了。依我看,霍穆托夫同志关于此事的发言只说了应说的四分之一。现在我们的任务是缩小差距,向先进看齐。我不想在这里高谈阔论地讲空话,我们必须毫不留情地与不负责任和不守纪律的现象做斗争。老工人说得很直率,从前我们给老板干活儿,给资本家干活儿,干得倒好些,认真些,现在呢,当我们真正成了主人,却不像个主子的样子。这是一个无法原谅的错误。这个错误主要不在菲金或是其他人身上,而是在我们这些人身上,因为我们不仅没有坚决地反对这种不良倾向,与此相反我们却经常寻找各种借口来包庇像菲金这样的人。”

“刚才萨莫欣和布特利亚克发言说,菲金是自己人,像大家常说的,是个‘地地道道的自己人’,因为他是积极分子,又担负着社会工作。至于他弄坏了钻头嘛,那有什么了不起的?谁还不弄坏点东西。况且,小伙子是自己人,而霍多罗夫工长却是外人……虽然,从来也没人对他进行过工作……不错,他爱挑剔,可他已经有了三十年的工龄!我们暂且不说他的政治立场,在这件事上,他现在做得对。他这个外人爱护国家财产,而我们却随便糟蹋进口的贵重工具。这样的怪现象,该怎么解释呢?我认为,咱们现在应该打响第一炮,从这里开始,发起进攻。”

“我建议把菲金开除出共青团,因为他游手好闲、玩忽职守、破坏生产。要把事情登在墙报上,同时,把上面提到的那些数字写进社论里公布出去,不要怕别人议论。我们的力量是强大的,我们有坚强的后盾。共青团的骨干都是优秀的工人。在他们的参与和帮助下,我们一定能够克服不良倾向。不过,应当永远抛弃以前的不良习惯,重新整理一套新的工作制度。”

保尔一向沉默寡言,可是今天一下子就说了这么多尖锐而激烈的话,他真是为工厂着想啊!

茨维塔耶夫现在才对保尔的思想与才华刮目相看,其实他心中也同意保尔的意见,但他认为保尔的发言抹杀了团组织全盘工作的成绩,是在有意地破坏茨维塔耶夫的个人威信,因此他决定予以回击。反驳中,他强调保尔是在袒护孟什维克霍多罗夫。

激烈的辩论一直持续了三个小时。天已经很晚了,会议才得出结果。最后,大家都倾向保尔而反对茨维塔耶夫。而茨维塔耶夫最后却采取了很荒唐可笑的手段——违反民主原则,勒令保尔在最后表决前退出会场。

“好吧,茨维塔耶夫同志,您既然不愿意看到我,那我这就走,不过这并不能给你增添什么光彩。我还要提醒你,如果你仍然一意孤行,明天我就把这件事提交全体大会讨论。我相信,大多数人是不会支持你的。茨维塔耶夫同志,你错了。霍穆托夫同志,我认为,你有责任在全体大会召开之前,把这个问题先提到党的会议上去讨论。”

茨维塔耶夫暴跳如雷地叫道:“怎么,你有什么可吓唬人的?用不着你在这里指手画脚,我也知道应该怎么办。我们还想要讨论讨论你的所作所为呢。如果你自己不想工作,就不要来妨碍别人!赶紧出去!”

这时,保尔看了他一眼一句话也没留下就带上门出去了,他用手擦了擦发热的前额,穿过空无一人的办公室,向外边走去。来到外面,他深深地吸了一口气。接着,他点燃一支烟,朝巴蒂耶瓦山冈上托卡列夫住的那间小屋子奔去。

托卡列夫正在吃晚饭。

他一边叫保尔坐下来一块儿吃饭,一边说:“把你们那儿的新闻说给我听听——达丽亚,给他盛碗粥。”

托卡列夫的妻子达丽亚·福米尼什娜长得又高又胖,与她的丈夫正好相反。她把一盘黄米饭放在保尔面前,然后用白围裙揩揩湿润的嘴唇,温厚地说:

“吃吧,亲爱的。”

以前托卡列夫在铁路工厂上班时,保尔那时就经常去他家,一坐就是一晚上。但这次回城后,他还是第一次来这老头子家里。

老钳工用心地听着保尔讲的情况。他自己什么也没有说,只是一边忙着用勺吃饭,一边嗯嗯地答应着。吃完饭,他用手帕擦了擦胡子,又清了清喉咙。

对保尔说:“你的意见当然是正确的。我们早就应该认真地过问一下这件事。铁路工厂是全区的重点单位,应该从这里寻找突破口。这么说,你跟茨维塔耶夫已经闹僵了?唉,这样并不好啊,那个小伙子虽说有点自以为是,不过你不是挺会开导青年人的吗?正好,我要问你,你在铁路工厂干什么工作?”

“我在车间什么活儿都干。在团支部里,我带着一个政治学习小组。”

“在团委会那里呢?”

保尔觉得有点为难,不知该如何回答才好。

“我身体不太好,还想多学习点儿东西,这段时间没正式担任领导工作。”

“哦,你看,问题就出在这儿了!”托卡列夫略带责备地喊道,“孩子,只有身体不好这一点,勉强还算个理由,否则我真要把你批评一通。现在身体好些了吗?”

“好多了。”

“那么这样吧,你马上去把工作好好抓起来。不要再拖延了。置身局外就能把事情办好?哪有这么便宜的好事!况且谁都会说你是在逃避责任,你根本无从辩解。明天你就要改正你的错误。至于奥库涅夫,我也要好好地教训他一顿。”托卡列夫满脸的不高兴。

“大叔,你可别怪他,是我自己要求他别给我安排工作的。”保尔连忙解释道。

托卡列夫嬉笑地打了个口哨后,又说:“你去求他,他就答应你了,是这样吗?好了,好了,对你们这帮共青团员真是无计可施……来吧,孩子,你还是照老规矩给我念段报纸吧……我这两只眼睛越来越不中用了。”

党委同意了团委绝大多数人所坚持的意见。茨维塔耶夫在团委会上受到了严厉地批评。开始,他还梗着脖子不认错,后来党委书记洛帕欣发言了。这位老同志因为患了肺结核而显得脸色苍白,他把茨维塔耶夫说得无言以对,这才迫使他承认了部分错误。

第二天,铁路工厂的墙报上登出了几篇文章,吸引了工人们的注意。他们大声地朗读着,热烈地讨论着。晚上,召开了团员大会,出席的人特别多。这些文章成了大家议论的焦点。菲金被开除了。一个新同志被吸收到团委会里,分管政治教育工作,这人就是保尔·柯察金。

在会上,人们异常肃静,认真地听着省团委书记涅日达诺夫的讲话。他谈到目前的任务,谈到工厂现在进入了新阶段。

散会后,保尔一直在外面等着茨维塔耶夫。

“咱们一起走吧,我想和你谈件事情。”保尔严肃地对他说着。

“什么?”茨维塔耶夫却一脸反感地问。

保尔挽住他的胳膊,跟他并排走了几步,到一条长凳子跟前站住了。

“咱们坐一会儿吧。”保尔先坐下了。

茨维塔耶夫不停地吸着烟,烟头的火光忽明忽暗。

“我问你,茨维塔耶夫,你为什么总是把我当成眼中钉呢?”

他们沉默了好几分钟。

而后,茨维塔耶夫故作惊讶:“原来你就是来找我谈这件事的呀,我还以为你要谈什么工作上的问题呢!”

保尔毫不犹豫地把手放在对方的膝盖上。

“别装糊涂了,只有外交家才来这一套呢。你干脆点回答我就是了,为什么我总是不合你的心意?”

茨维塔耶夫烦躁地扭了一下头。

“你为什么总是这样胡搅蛮缠?我怎么看你不顺眼了?是我亲自建议让你负责团的工作,可是你当时拒绝了,现在反而说我在排挤你。”

保尔听出他的话里没有一点儿诚意,仍然把手放在他的膝盖上,激动地说:“既然你不想说,那我来说。你把我当作绊脚石,认为我想取代你的书记职务,是不是这样?如果你不是这样想的话,那你就不会因为菲金的事情和我吵得那么凶。这种不正常的关系对我们工作的大局是不利的。如果它只影响到你和我两个人,那就没有什么大不了的,管它呢!你自己怎样想都可以,可是明天咱们还要在一起工作,这会产生什么样的后果呢?你听我说,我们都是工人,彼此之间没有根本的利益冲突。如果你认为我们共同的事业高于一切,那就请你把手伸给我,从明天起我们就是好朋友。如果你还不能摆脱掉那些乌七八糟的念头,还是一味地无事生非,那我就要寸步不让地与你展开无情地斗争。这里是我的手,握住它吧,现在这还是你同志的手。"

保尔心满意足了,茨维塔耶夫那只长着老茧的手,握在了他手掌里。

一星期过去了。区党委办公室里很安静,人们都下班了,可托卡列夫这时还没走。他正坐在一个靠椅上,专心致志地看着新文件。有人敲门了。

"进来!"托卡列夫应道。

保尔走了进来,把两张填好的表格放在书记面前。

"这是什么?"

"大叔,这是我为了消灭不负责任的现象而整理的报表。我认为该是时候了。如果你同意的话,就请你给我支持。"

托卡列夫在表格的名称上扫了一眼,又把这个青年人端详了几秒钟,一声不响地拿起了笔。他在介绍保尔为俄共候补党员的党龄和介绍人一栏里,用遒劲有力的笔迹填上了"1930 年"和自己的名字。

"写好了,孩子。我相信你是永远不会让我这个满头白发的老头子失望的。"

房间里闷热得让人窒息。大家都一心想着早点儿结束学习离开这儿,去车站附近的索罗缅卡。那里的栗子树底下可是很凉快的。

"保尔,快点结束吧,我快闷死了。"茨维塔耶夫催促着,汗水挂满了他的脸。大家都随声附和。

保尔合上书,小组的学习就结束了。

就在大家起身要走的时候,那架老式的埃丽克松电话突然响了。茨维塔耶夫提高嗓门,竭力压过屋子里的谈话声,同对方交谈着。

茨维塔耶夫听完电话后,转身对保尔说:"车站上停着两节波兰领事馆的外交专车,他们的电灯灭了,而且一点钟后就要开走,现在需要我们把电线修好。保尔,你带上工具箱,去一趟吧。任务看似挺急的。"

两节阔气的国际客车就静静地停在车站的第一站台上。一节有大窗户的卧车灯光明亮,另一节却一片漆黑。

保尔走到豪华的客车跟前,抓住扶手,正想走进车厢。

突然,有一个人从站房那边快步跑了过来,一把抓住他的肩膀:"公民,您到哪儿去?" 声音很熟悉,保尔回过头来。这个人穿着皮夹克,戴一顶大檐帽,他鼻子细长,鼻梁很高,显出一副戒备的神态。

直到这时,阿尔丘欣才认出了保尔。他的手立刻就收了回去,声音也轻缓了一些,不过他仍然目不转睛地盯着那只工具箱。

"你要去哪儿呀?"

保尔简短地说明了一下。这时,车厢后面又走出一个人来。

"我马上就把他们的列车员找来。"

保尔跟着列车员走进了豪华卧车。

那里坐着几个人,他们都穿着颇为考究的旅行服。一个女人背朝着门坐在桌子旁边,桌上铺着的绸台布上绣着玫瑰花图案。保尔进来的时候,她正在和站在她对面的高个子军官谈着什么。保尔一进来,他们好像要故意躲着保尔似的,谈话马上就停止了。

保尔迅速地检查了通往走廊的线路,可仍然没找到毛病。于是就走出了车厢继续检查。列车员寸步不离地尾随在保尔身后。他是一个大块头,脖子粗得像个拳击手一样,制服上钉着许多刻着独头鹰的铜纽扣。

"这儿没毛病,电池也没坏,咱们到那节车厢去吧。毛病估计就出在那儿。"

列车员用钥匙打开车门,他们走进了一团漆黑的车厢。保尔用手电照着电线,很快找到了短路的地方。几分钟后,走廊上的第一个灯泡就亮了,发出一片暗淡的灯光。

"这间包厢得打开,里面的灯泡烧坏了,必须得换一换。"保尔对跟着他的人说。

"钥匙在夫人那里,得把她请来。"列车员不让保尔独自留下,便带着他一块儿走了。那女人第一个走进包厢,保尔跟在她后面。列车员站在门口,身子堵住了门。保尔进去后首先看见的是壁网里的两个精致的手提皮箱、一件随便丢在沙发上的丝绒大衣,还有小桌上的一瓶香水和一个翡翠色的小粉盒。那妇人正坐在沙发的一角上,一边梳理着她那金黄色的头发,一边看着保尔干活儿。

"请夫人准许我离开一会儿,少校老爷要喝冰镇啤酒。"列车员费劲地弯下他那牛脖子,鞠着躬,谄媚地说。

那妇人娇声娇气地慢慢说出三个字:"你去吧。"

她的嗓音有点像唱歌似的。

他们说的都是波兰话。

走廊里透入的灯光照射在女人的肩上。她穿着一件连衣裙,是由巴黎一流的裁缝用最薄的里昂绸精心缝制的,她的肩膀和胳膊都露在外面。一颗闪闪发光的圆钻石戴在她的耳垂上。她的脸背着光,保尔只能看见她那仿佛是用象牙雕刻出来的肩膀和胳膊。

保尔用螺丝刀麻利地换好了天花板上的灯泡,车厢里立马就亮堂起来。另一盏灯还需要再检查一下,那盏灯就在女人坐的沙发上方。保尔走到她跟前,客气地说:"夫人,请您让一下,我需要检查一下这盏灯。"

"呵,真的,我妨碍您工作了。"她用纯正的俄语说着,然后便轻盈地从沙发上站起来,几乎是和保尔并肩站着。现在,保尔可以清晰地看到她的长相了。那熟悉的细眉,那傲慢而紧闭着的双唇,都跟以前分毫不差,一点儿都没错儿!她正是涅莉·列辛斯基。尽管这律师的女儿看到保尔惊讶的目光,但是她还没认出这个当年的邻居。一晃就是四年,他长成大人了,那时候他还是个不安分的孩子。

她轻蔑地皱起了眉头来回敬他那惊奇的眼神,然后走到了包厢门口。她站在那儿,不耐烦地用漆皮拖鞋的鞋尖敲着地板。保尔动手检查第二盏电灯。他拧下灯泡,对着亮处看了看,突然,出乎自己的意料,他不由自主地用波兰话问:"维克多也在这儿吗?"

保尔发问的时候并没有转过身来,他没有看见涅莉的脸,但是长时间的沉默表明,她很是出乎意料。

紧接着,她慌张地问:"难道您认识他?"

"不但认识,而且很熟。我们过去还是邻居呢。"保尔这时候朝她转过身来。

"您是保尔,是那个……"她欲言又止。

"对,"保尔提醒着,"是那个厨娘的儿子。"

"您长得真快呀!记得您那时候还是个野孩子呢。"

她毫无顾忌地上下打量着保尔。

"您为什么对维克多这么感兴趣呢?我记得您和他并无深交啊。"她用那高亢的女高音说着,觉得这样的不期而遇能给她消愁解闷。

螺丝刀迅速地把小螺丝钉拧进了墙壁。

"维克多还欠我一笔债呢,您遇到他的时候告诉他,我还指望和他算清这笔债呢。""告诉我吧,他欠您多少钱,我替他还好了。"

她清楚这是一笔什么"债",她了解佩特留拉匪帮搜捕保尔的全部经过。但是,她有意要戏弄一下这个"下人",所以才这样嘲讽他。

保尔好像有意识到这一点,所以也故意不搭理她。

"告诉我,听说我家被洗劫一空,房子都快塌了,是真的吗?凉亭和花坛大概也已经面目全非了吧?"她的问话有点伤感,也有点愤慨。

"房子现在是我们的,不是你们的了,我们根本不打算毁坏它。"

涅莉冷笑一声,尖刻地嘲讽道:"嗬,看样子您也受过训练啦!不过,我得提醒您,这里可是波兰代表团的专车,我是这间包厢的主人,而您和过去一样是个仆人。就连您现在干的活儿,也还是为我们服务的,修好了灯泡好让我舒舒服服地靠在这张沙发上看小说。以前您母亲给我们洗衣服,您给我们挑水。现在我们再见面的时候,你我的地位和以前看来并无两样。"

她趾高气扬的脸上露出了一种报复之后的快感。保尔用力地拿刀削着电线头儿,十分轻蔑地俯视那波兰妇人。

"公民女士,单是为了您,我连一颗锈钉子也不会来钉的,但是既然资产阶级发明了外交官,那我们也就遵守应有的礼仪,我们不但不会去砍下他们的头,就连稍微粗鲁一点儿的话也绝不会说,就是像您刚才说的那种。"

涅莉的脸顿时就涨红了。

她恬不知耻地反问:"要是你们真占领了华沙,会把我怎么样呢?是把我切成肉片呢,还是被你们掳走带回去当小老婆呢?"

她站在门口,娇丽的身子向前挺着,做出妩媚的样子,她那习惯了可卡因的鼻子轻佻地翕动着。沙发上方的灯亮了,保尔挺直了身子。

底气十足地对她说:"谁稀罕你们?用不着我们的军刀,可卡因就能让你们死于非命。至于你,白送给我当老婆我都不要!"

他拿起工具箱,两步就迈到了门口。她赶紧闪到一边,让出路来。当保尔走到走廊的尽头时,听见她用波兰话低声骂他:

“该死的布尔什维克!”

第二天晚上,保尔朝图书馆走去。路上偏偏碰到了卡秋莎·泽列诺娃。她紧紧抓住保尔工作服的袖口,挡住他的路,开玩笑地说:“你往哪儿跑,大政治家兼教育家?”

“到图书馆去,大娘,请您给我让条路吧!”他也学着她的腔调回答。一边说,一边抓住她的肩膀,把她推向人行道的一边。卡丘莎推开他的手,跟他肩并肩一起走着。

“保尔啊,你也不能一天到晚地总在学习呀!……咱们今天去参加晚会好吗?今天大家都去济娜家里聚会了。姑娘们早就要我把你带去,可你光顾搞政治。你就不会去玩玩吗,高兴高兴?要是你今天不看书,脑袋准能轻松点儿。”她苦口婆心地想要说服保尔。

“是什么样的晚会?晚会上都做些什么?”

“做些什么?”卡秋莎有意地又重复了他的问话,而后继续笑眯眯地说:“反正不是祷告上帝,快活地过日子,就做这些呗。你不是会拉手风琴吗?我还没听你拉过呢。你就让我高兴一回吧。齐娜的叔叔有架手风琴,可是他拉得太难听了。姑娘们可是都想接近你,而你就知道死啃书本,像发了疯似的,却不理她们。”

“我问你,是谁规定共青团员不准有一点儿娱乐的?趁我还能劝动你,你就跟我走一趟吧。不然,我估计会一个月不搭理你了。”

卡秋莎这个大眼睛的油漆工是个好同志,挺不错的共青团员,保尔不愿意让她扫兴,因此,虽然感到别扭,但最后还是答应了她的要求跟他一起去参加聚会了。

火车司机格拉迪什家里挤满了人,十分热闹。大人为了不妨碍青年人,都到另一个房间里去了。在通往小花园的走廊上和前面的那间大屋子里,一共聚集着十五六个青年男女。当卡丘莎领着保尔穿过花园走到走廊时,那里正在起劲地玩一种“喂鸽子”的游戏。两把椅子背对背地放在走廊中央。一个女孩子发令,她喊两个人的名字,一个小伙子和一个姑娘就应声出来坐在椅子上。发令者一喊:“喂鸽子!”这对男女就转过头去,当着大家的面儿接吻。大家玩得非常开心。后来,他们又玩起了“小戒指”和“邮差敲门”等游戏。每个游戏中接吻都是必不可少的,特别是“邮差敲门”,为了避开大家的视线,接吻在熄了灯的房间里举行。如果谁嫌这些游戏不够尽兴,在角落里的一张小圆桌上为他们准备了一套“花弄情”纸牌。坐在保尔身边的女孩名叫穆拉,大约有 16 岁,她用那双蓝眼睛脉脉含情地看着他,递给他一张纸牌,轻声说:“紫罗兰。”

保尔曾在几年前见过这种晚会,当时他没有参加这些游戏,但他也不觉得这种晚会是什么不正当的娱乐。可是现在,他同小城市的小市民生活永远断绝了关系,现在在他眼里这种晚会未免太荒唐可笑了。

但不管怎样已经来了,既然坐在这儿,而且一张“弄情”牌已经放在他手中了,那就一定要玩下去。

他看见在紫罗兰的图片背面写着:“我好喜欢您。”

保尔看了看姑娘。她迎着他的目光,并不感到难为情。

他问:“为什么?”

这问题有点不好答复,但大方的穆拉早就胸有成竹地准备好了答案。

“玫瑰。”她又递给他第二张牌。

在玫瑰图片的反面,写着:“您是我的意中人。”保尔面对那个姑娘,尽量使语气温和些,问她:“你为什么要玩这种无聊的玩意儿呢?”

穆拉开始难为情了,不知道到底怎么回答。

“难道你不欣赏我的坦率吗?”她调皮地噘起了嘴。

保尔没有回答她。不过他很想知道这个同他谈话的姑娘究竟是什么人。所以就问了她一连串的问题。不一会儿他就了解到她现在正在读中学,父亲是个车辆检查员。她早就听说过保尔的英雄事迹,所以一直特别想和他交个朋友,看来这次是有机会了。

“你叫什么?”他问。

“穆拉·沃林采娃。”

“你哥就是调车场的团支书?”

“对!”

现在保尔弄清楚了他在跟谁打交道。沃林采夫是全区最活跃的共青团员之一,不过他显然对妹妹的成长不够关心,她逐渐变成了一个格调庸俗的小市民。而在最近一年里,他这妹妹像着了魔似的不断参加着这种接吻晚会。她在哥哥那里见到过保尔几次。

而此刻,当她知道保尔不赞成她参加这种晚会后,她就坚决地拒绝参加“喂鸽子”这类游戏了。他俩又坐了会儿,穆拉把自己的心事对保尔和盘托出。卡丘莎跑到保尔跟前。

“拿来手风琴,你一定会拉吧?”接着她又调皮地眯着眼看着穆拉问:“怎么,你们已经认识了吧?”

保尔叫卡秋莎坐下来,在一片喊声和笑声中对她说:“我不想拉琴了,我和穆拉马上就要离开这里了。”

“哎哟!这么说你是玩腻了?”卡秋莎意味深长地问。

“对,玩腻了。你告诉我,这里除你我之外,还有别的共青团员吗?莫非就你我参加了这个鸽子迷的玩意儿?”

卡秋莎讨好地说:“那些无聊的游戏已经停止了。接下来,马上就要开始跳舞了。”

“那好,你去跳你的舞吧,亲爱的,但我和沃林采娃还是要走了。”

有一天晚上,安娜来找奥库涅夫。房间里只有保尔一个人在。

她问道:“保尔,你挺忙吗?愿不愿意跟我一起参加市苏维埃全体会议去?两个人做伴走有意思些,要很晚才能回来呢。"

保尔答应了。他带上奥库涅夫的勃朗宁手枪,因为自己的毛瑟枪太重了。他给奥库涅夫留了字条,把钥匙放在了商量好的地方,然后就出去了。

会上,他们遇到了潘克拉托夫和奥尔加。在大会休息期间,他们一起在广场上散步。正如安娜预料的那样,会议一直进行到深夜才结束。

"到我那儿去住吧,怎么样? 已经很晚了,还要走那么远的路。"奥尔加对安娜说。

"不,我跟保尔约好了要一起回去的。"安娜婉言谢绝了。

潘克拉托夫和奥尔加沿着马路往下走远了。保尔他俩朝山岗这边的索罗缅卡走去。

漆黑的夜,又闷又热。城市这时候也已经入睡。参加会议的人们穿过寂静的街道,向四下里散去,他们的谈话声和脚步声逐渐消失了。保尔和安娜快步走过市中心的街道。路过空荡荡的市场时,一个巡查拦住了他们,验过证件后就放他们过去了。

他们穿过林荫道,走上了一条通向广场的街道,这条街上没有灯火,也没有行人。向左一转,到了和路局仓库平行的公路上。中心仓库是一长排的水泥建筑,看上去真是有点阴森可怕,让人毛骨悚然。到了这里,安娜不由得打了一个寒战。她的两只眼睛紧紧地盯着暗处,断断续续地和保尔交谈着,总是答非所问。直到弄清楚一个可疑的阴影只不过是根电线杆子的时候,她才笑了起来,并且把刚才的心情告诉了保尔。她挽住他的手臂,肩膀紧贴着保尔,这样她才算稳定了恐惧的情绪。

"我才23岁,可是已经像个老太婆一样神经衰弱了。你可能把我当成了一个胆小鬼,那可是你搞错了。不过我今天神经确实绷得特别紧,现在有你在身边,我就不觉得害怕了,老是这么提心吊胆的,真有点不好意思。"

茫茫黑夜,空荡荡的广场,还有在会上听到的昨天在波尔多区发生的凶杀案都使安娜感到惊恐不安。但是,保尔镇定的面孔、烟卷的火光,被火光照亮的脸,以及他那眉宇间刚毅的神情,这一切,迅速地赶走了她的恐惧。

仓库已经落在身后了。他们走过河上的小桥,沿着车站前的公路向拱道走去。这拱道在铁路的下面,是市区和铁路工厂区交界的地方。

车站也被远远地抛在后面了。一列火车正开往调车场后的支线尽头。来到这里差不多就算到家了。拱道上面的铁路线上,五颜六色的指示灯和信号灯闪闪发光。调车场上,那个负责调动列车的司机也休息了,发出响亮的鼾声……

拱道入口的上方,有一盏路灯,挂在已经生锈的铁钩子上。风吹得它轻轻地来回摇晃,昏暗的灯光不断地从拱道的这面墙上移到那面墙上。

离拱道进口大约十几步的地方,有一所孤单的小房子紧靠在马路边上。两年前,它被一发炮弹击中了,内部全被炸坏了,正面那堵墙也倒塌了。现在,它露着巨大的窟窿,好像乞丐站在路边,向行人亮出一副穷相似的。这时候,拱道上有一列火车朝那边开过去了。

“我们总算到家了。”安娜长长地叹了一口气。

保尔想抽回自己的手,但安娜不肯放。他俩就这样牵着手走过那所小破房子。

突然,后面好像有什么东西冲了过来。传来急速的脚步声,吁吁的喘气声,是有人在追赶他们。

保尔急忙往回抽手,可吓得半死的安娜抓得更紧了。等保尔使劲抽出了手,已经来不及了。这时,他的脖子被铁钳似的手指头死死掐住了。接着凶手狠劲地把保尔的脸扳了过去,正对着自己。那人用一只手狠劲地扭住他的衣领,勒紧他的咽喉,另一只手掏出一把手枪,慢慢地划了一道弧线,把枪口对准了保尔的脑门。

保尔的眼睛紧张万分地盯着枪口。现在,死神就从枪口里逼视着他,他没有力量,也没有勇气把眼睛从枪口移开,哪怕是百分之一秒钟。他等着开枪……但枪没有响,保尔那睁大的眼睛终于看清了凶手的面容:他长着大脑袋,方下巴,满脸都是黑胡子,眼睛被大帽檐遮住了,看得不太清楚。

保尔用眼角一扫,看见了安娜惨白的脸。……转眼的工夫,她被另一个匪徒拖到了那所破败的小房子里。那个匪徒扭着她的双手,把她摔到了地上。保尔看见拱道的墙壁上又出现了一条黑影,有一个人正往这边奔来。在他身后,那坍塌大半的小房子里,正在进行着殊死的搏斗。可以听见,安娜正在拼命反抗,匪徒们立马用帽子堵住了她的嘴,她那撕心裂肺的喊叫声一下就被塞住了。监视着保尔的那个大脑袋歹徒,显然不甘心只做这种兽行的旁观者,这时,他也像是野兽一样,迫不及待地想要把猎物弄到手。显然,大脑袋是个头目,他对于眼前这种“分工”相当地不满,他觉得被他抓住的这个小伙子太稚嫩了,看上去不过是个机车库的小徒工。

这么个毛孩子对他不会有任何威胁。“只要用手枪在他脑门上戳几下,让他到广场那边去,他肯定会拔腿就跑,一直跑到城里也不敢回头。”那大脑袋想到这里,就放了手,威胁保尔:

“赶快滚蛋……从哪儿来,赶快到哪儿去,你敢吱一声,就一枪要了你的小命。”大脑袋用枪筒戳了戳保尔的前额。“快滚!”他嘶哑地低喝了一声,同时把枪口朝下,免得保尔害怕他从背后开枪。

保尔赶紧向后退去,前两步侧着身子,眼睛还盯着大脑袋。大脑袋心里明白:这个毛孩子是怕背后吃枪子……于是,他转身朝小房去了。

保尔立刻把手伸进口袋。此时此刻,他心中只有一个念头:“千万不能慢!千万不能慢!”他一个急转身,平举左臂,枪口刚一对准大脑袋歹徒,啪地就是一枪。

大脑袋后悔已晚。没等他抬起手,一颗子弹瞬间已经打进了他的腰部。

他像鬼似的嚎了一声,踉跄地走到拱道的墙壁旁边,用手抓着墙,身子慢慢地瘫倒在地上。这时,一道黑影突然从小房的墙洞里钻出来,溜进了深沟。接着,又有一道黑影弯着腰,连跑带跳地向拱道的暗处飞快地逃去。保尔又开了一枪。子弹打在水泥墙上,灰土撒落到歹徒身上,他往旁边一闪,也在黑暗中消失了。保尔放了第三枪,但并没有击中任何东西。在拱道的墙根下,那个大脑袋的身子一屈一伸,像一条蛆虫似的,正在做垂死挣扎。

保尔把吓得目瞪口呆的安娜从地上拉起来,她看着蜷缩在地上的歹徒,简直不敢相信她已经得救了。

保尔拖着安娜,快步跑到暗处,径直向车站奔去。这时,拱道旁边和路基上都射来了灯光,报警的枪声也很快地从铁路沿线传来。

当他们好不容易走到安娜的住所的时候,巴蒂耶瓦山上已经是破晓时分了。安娜一头扑倒在床上。保尔靠着桌子坐在那儿。他点了一根烟,目不转睛地凝视着灰白的烟圈袅袅升起……刚刚那个行凶的大脑袋,是他有生以来杀死的第四个人。

到底有没有总是表现得完美无缺的勇敢呢?他回想着自己刚才的经历和感受,不得不承认,面对黑色的枪口,在最初几秒钟,他的心确实是凉了。再说,让两个歹徒白白逃走了,难道只是因为他一只眼睛失明和不得不用左手射击吗?

并非如此,距离只有那么几步之遥,完全可以打得更准一些,只是由于紧张和慌乱才没有击中。而慌乱无疑是自己惊慌失措的表现。

台灯发出的白光照在保尔的头上。安娜紧紧地凝视着他的脸庞,不肯错过每一次肌肉细小的抽动。不过,保尔的眼神是格外安详的,只有他额上的皱纹说明他在思考。

"你在想什么,保尔?"安娜好奇地问道

安娜的问题打断了保尔的思绪,它就像是一缕青烟从那半圆形的灯影里飘走了。保尔说出了刚闪过脑子里的念头:"我得马上去城防司令部报告这事!"

他不顾疲劳,勉强站了起来。

安娜实在不情愿一个人留在屋里,她久久地拉住保尔的手不肯放开。她把保尔送到了门口,目送他很长时间,才慢慢地关上了门。

保尔很快就到了城防司令部,大家才明白当晚事情的发生经过。死尸马上被辨认出来了,这是很早就已经在警察局挂了号的抢劫杀人惯犯,人称"大脑袋菲姆卡"。

第二天,大伙全都知道了这件事。这件事引发了保尔和茨维塔耶夫之间一场意想不到的冲突。

保尔正在车间里忙着的时候,茨维塔耶夫神神秘秘地把他叫了出去。他很激动,一时不知道话从哪里讲起,最后,才说了这么一句:"你谈谈昨天是怎么回事?"

"你不是都知道了吗?"

茨维塔耶夫心神不宁地耸了耸肩膀。保尔还不知道那家伙正在热恋着安娜。当然,对安娜有好感的男子并不是他一个人,不过,他的感情要比别人深沉得多,这与他冷淡的外表截然相反。因为他刚听拉古京娜讲了昨夜的事情,思想上产生了一个恼人的、无法解决的问题。他清楚这个问题不能直接问保尔,但又很想立刻得到答案。当然,他多少也意识到自己的担心是由于一种卑鄙的自私心理在作怪,但是经过一番矛盾地思想斗争,最后还是一种原始的、兽性的东西占了上风。

"保尔,你听我说,"他压低声音说,"咱们俩这次谈话,过后别告诉任何人。我明白,为了不让安娜感到痛苦,你是不会开口的。但你可以相信我,告诉我。当你被一个匪徒掐住脖子的时候,另外两个浑蛋是不是强奸了安娜?"说完最后这句话,他自己都感到害臊了,赶紧把眼神慌乱地躲开,不敢看保尔的眼睛。

保尔一下子就明白过来了。他心中暗想:"如果茨维塔耶夫对安娜不关心,就不会这么激动了。可是,如果他真的爱安娜,那么……"保尔替安娜感到受了侮辱。

"你问这个干什么?"

茨维塔耶夫真有点不知所措了。后来,他发觉保尔已经识破了他的意图,便恼怒地说:"你要什么花样?我等你回答呢,你反倒追问起我来了!"

"你爱安娜吗?"

沉默了许久,茨维塔耶夫吃力地回答:"爱。"

保尔勉强压住怒火,一转身,头也不回地沿走廊去了。

一天晚上,奥库涅夫很为难地在朋友床前来来回回地转悠了很长时间之后,就一屁股坐在了床边。他伸手一把盖住了保尔正看的那本书。

"保尔,我要跟你说件事。从一方面说,好像是小事一桩,但从另一方面说呢,又完全相反。我和塔莉亚之间的关系有点微妙。你看,一开始是我喜欢她……"他挠了挠头,看到他的朋友并没有取笑他,就又鼓起了勇气,接着说,"可后来塔莉亚对我……也有点那个意思了。总之,我就不把事情的来龙去脉讲给你听了,反正一切你都明白。昨天我们决定品尝一下共同生活的幸福。我 22 岁了,我们俩都成年了。我想在平等的基础上跟塔莉亚建立共同生活,你看怎么样?"

保尔想了想说:"尼古拉,我有什么可说的啊?你们俩都是我的好朋友,都有着相同的出身。其他情况也都不错,塔莉亚又是一个再好不过的姑娘……这一切都是顺理成章的啊,你干吗给我讲这些呢?"

第二天,保尔就把自己的东西搬到了厂里的集体宿舍。又过了几天,安娜那里举行了一个不备食物的晚会,为庆祝塔莉亚和奥库涅夫的婚礼。晚会上大家追述往事,朗诵最动人的作品,还一起唱了许多歌曲,而且唱得非常好。战斗的歌声一直传到很远的地方。后来,卡秋莎和穆拉把手风琴也拿了出来,从手风琴里奏出的银铃般的乐曲和深沉浑厚的男低音此时交织在一起回旋在屋里的各个角落。那天晚上,保尔演奏得尤其出色,特别是在那瘦长的潘克拉托夫出人意料地跳起舞来之后,他更加忘情了……手风琴一改往日陈旧的格调,像燃起火一样奏了起来:

啊!乡亲们,乡亲们啊!
那狗东西邓尼金完蛋啦,
革命的战士真大胆,
把高尔察克给打死啦……

手风琴的曲调追忆着往事,把人们又带回了那战火纷飞的年代,也歌唱着今天的友谊、斗争和欢乐。沃林采夫跃跃欲试地夺过手风琴,拉起热烈而又欢快的舞曲,保尔应声起舞,尽情地欢跳起来。他跺着脚,疯狂地跳着,这是他人生中第三次也是最后一次跳舞。

4

国境线——就是两根柱子,它们沉默而敌对地竖在那里,象征着两个世界。一根柱面刨得很光,像警察岗亭一样漆了黑白相间的线条。在它顶上,牢固地钉着一只独头鹰。这只鹰展开双翼,仿佛正用利爪搂抱着那根漆成线条的界柱。与此同时,这只嗜食腐肉的恶鸟,使劲地伸着它那钩喙,满怀恶意地瞪着对面的铁牌。另一根柱子竖在对面六步以外。这是根巨大的橡木柱,深深地埋进土壤里,柱顶上有一块画着锤子和镰刀的铁牌。虽然这两根界桩都竖在一块平地上,但是两个世界之间却隔着一道万丈深渊,不冒生命危险就想越过这六步的距离是不可能的。

这就是国境!

苏维埃社会主义共和国这些静默而威严的哨兵,头顶着铸有伟大劳动者标志的铁牌,排列成一条岿然不动的铁链。它从黑海开始,延伸几千公里,一直通向遥远的北冰洋。苏维埃乌克兰和地主波兰的国界,就从这根钉着一只老鹰的柱子开始。一个不起眼的小镇坐落在密林深处,它的名字叫别烈兹多夫。对面,正好是波兰的小镇科列茨。在这一带就有边防军某营的防区,它就位于斯拉武塔镇和阿纳波利真之间。

这些界桩跨过积雪覆盖的田野,穿越森林中的通道,下达峡谷,又爬上山冈,然后伸向河边,站在高高的河岸上,注视着冰天雪地的异国原野。

一个体格健壮、头戴盔形帽的红军战士显得很英武,他从那个有锤子和镰刀的界桩旁边开始,迈着有力的步伐在由他负责的防卫地段上巡逻。天气非常的冷,雪在他的毡靴底下咯吱咯吱地响着……他身穿一件灰绿色军大衣,佩戴着绿色领章,脚上穿一双长筒毡靴,大衣外面还披着一件又肥又大的宽领羊皮外套,脑袋包在呢子的盔形帽里,感觉很是暖和。手上戴的是羊皮手套。那羊皮外套很长,一直拖到脚跟,即使在严寒的暴风雪天也冻不透。

他背着一支步枪,沿着巡逻线慢慢地往前走着。那长长的皮外套不断地在深深的积雪上划出印痕……他津津有味地抽着自己卷的马合烟。

在这一马平川的旷野上,苏维埃边境线在这边,每隔一公里设置一个哨兵,彼此都能看见。而波兰那边的间隔则有两公里。

一个波兰哨兵正沿着他自己的巡逻线向红军战士迎面走来。这个波兰哨兵脚上穿着粗制的军靴,身上穿着灰绿色的军服,一件缀着两排亮纽扣的黑色军大衣披在军服外面,一顶四角军帽戴在头上。在他的军帽上嵌着一只白鹰。另外肩上和领章上也有这种标记。虽然有这么多鹰,却并没有让他感到稍微暖和一点儿。凛冽刺骨的寒风已经渗进了他的骨头里了。他搓着麻木而又被冻红的耳朵,一边走,一边用一只脚后跟踢着另一只脚后跟,灰手套里的一双手也快被冻僵了。

这个波兰哨兵好像一秒钟都不敢停下来,仿佛只要他一停下来,他那全身的关节立刻就会被冻僵。所以他就这样来回不停地走动着,有时还要跑上几步。现在,两个哨兵隔着边境线相遇了。波兰哨兵转过身来,与红军哨兵平行地走起来。

国境上严禁交谈。可是,四周是一片原野,只是在前面一公里外的地方才能见到个人影。此时此刻,谁能知道他们两个人是在默默无语地巡逻,还是已经违反了“国际法”呢?

波兰人想抽烟,可是火柴忘在兵营里了。风似乎有意地在和他作对。它把马合烟那诱人的香味儿从苏维埃那边吹过来。波兰兵不再搓耳朵了。他回头张望,说不定会有一个班长或中尉带领一个骑兵巡逻队突然从小山后出现,窜到国境线上来检查岗哨。但是现在四周空荡荡的,白雪在阳光下闪着耀眼的光芒。天空中没有一片雪花。

最先破坏国际公法的是那个波兰兵。他把那支上了刺刀的法国连射步枪往背后一甩,用冻得麻木的手指吃力地从军大衣口袋里掏出一盒廉价烟卷。他用波兰话说:“同志,借个火吧。”

红军哨兵听见了波兰人的请求,但是边防军令不允许战士和边境外的任何人交谈,而且他又没有完全听懂那个波兰兵说的话,因此,他继续迈着坚定的步子,走自己的路,他那两只又暖和又柔软的毡靴踏得积雪咯吱咯吱作响。

“布尔什维克同志,扔给我一盒火柴,点根烟。”那波兰人又请求道,这回说的是俄语。红军战士仔细地看了看身旁的这个人,心想:“看样子,他快被冻透了。他虽然是为资产阶级当兵,可是他的生活也够悲惨的。这么冷的天,还把他赶出来放哨,就穿那么一件薄大衣,把他冻得像个兔子一样乱蹦乱跳,不抽口烟也不行。”于是,红军战士连头也没有扭,直接向他扔过去一盒火柴。

那波兰人顺手接住火柴,划了好几根,才点着了烟。那盒火柴又照原样扔了回来。这次红军战士一不留神也在无意中破坏了公法:“留着吧,我还有。”

从边界那边传来了回话:“不,谢谢,为这一小盒火柴,我得蹲两年监狱。”

红军看着火柴盒。盒上印有一架飞机,代替螺旋桨的是一只有力的拳头,盒上还印有这样的字:“最后通牒。”“咳,一点儿没错,这东西对他们的确有点不合适。”他自言自语道

波兰士兵继续和红军战士朝一个方向走着。在这空旷无人的原野上,他一个人感到太寂寞了。

马鞍有节奏地咯吱咯吱响着,马的脚步既轻快又平稳。一层白霜挂在黑马鼻孔周围的毛上,马呼出的白色水汽在空气里融化了。营长骑的那匹花骡马十分神气,不时地把纤细的脖子弯成弧形,玩弄着缰绳。两个骑马的人都穿着灰色军大衣,扎着武装带,袖子上都镶着三个红方块的军衔标志。只不过营长加佛里洛夫的领章是绿色的,而另一个人的领章是红色的。加佛里洛夫是一个边防军人,他是这里的“当家人”,他的一营人就在这七十公里的防区内站岗放哨。那位同伴是从别烈兹多夫来的客人——民兵大队的政委柯察金。

昨天夜里下了一场雪。在松软的积雪上既找不到蹄印,也找不到人迹。两个骑马的人走出林间小路,来到旷野之上策马前行。侧面四十步开外,又出现一对界标。

"吁——停下!"

加佛里洛夫突然勒住马。保尔也拨转马头,看营长为什么停马不前。加佛里洛夫在马鞍上俯下身去,正仔细检查着雪地上一排古怪的印迹,那印迹好像是有人用带齿的轮子在上面滚出来似的。这应该是一只狡猾的小野兽的脚印,它走的时候后脚踏在前脚的脚印上,还故意绕了许多圈子来弄乱来去的踪迹。这只小兽从什么地方走来的,很难弄明白,但是营长勒住马要察看的并不是野兽的脚印。而是另外一些已经被雪盖上的印迹。这里曾经有人走过。这个人没有在脚印上故弄玄虚,他是径直地朝树林里走去的,脚印清楚地说明他是从波兰来的。于是,营长驱马沿着那行脚印来到哨兵线上。在波兰境内十步远的地方,还能发现这些脚印。

"昨夜有人越境了。"营长小声推测,"这回又是穿过三排的防区,可是他们早晨的报告什么也没讲。"加佛里洛夫那本来就有些花白的小胡子,现在由于呼气而凝上了白霜,看起来仿佛镀了一层银一样,威严地挂在嘴唇上。

这时,突然有两个人迎面朝他们走来。一个是矮小的黑衣人,步枪上那把法国刺刀在阳光下熠熠生辉;另一个身材高大,穿着黄色的羊皮外套。花骡马感到它的主人正两腿使劲地夹着它,便跑起来。他们很快就到了那人面前。红军正了正肩上的步枪皮带,把烟头扔到雪地上。

"同志,您好!您这儿有什么情况吗?"营长一边问,一边把手伸给红军战士。因为他是个大个子,营长在马上几乎不用弯腰。大个子哨兵快速地扯掉手套,和营长客气的握了握手。

波兰兵远远地望着他们。两个红军军官跟普通士兵问好握手,还显得如此亲密无间,就好像是朋友一样。刹那间,他也似乎觉得自己在与他的扎克尔热夫斯基少校握手,可是这种想法太荒唐了,他不由自主地回头看了一下。

"我刚接班,营长同志。"红军哨兵赶紧报告着。

"那边的脚印您看见了吗?"

"还没有。"

"夜间,两点到六点,这里是谁值班的呢?"

"苏罗坚科。"

"哦。你得留神呵,眼睛睁大点儿。"

他临走时严肃地警告哨兵:"你要尽量少和那些波兰人并排走。"

两匹马沿着边境线一路小跑着走上去别烈兹多夫的大路。营长说:"在边境上随时都得瞪大眼睛。稍一疏忽,就有可能会后悔。干我们这行绝不能睡大觉。白天不那么容易越境,一到夜里,就要提高警惕了。你想想看,柯察金同志,在我负责的地段上有四个村子是跨界的,这里的工作十分困难。无论你设下多少岗哨,一到有谁家办喜事或者是赶上逢年过节,所有的亲戚就都越过边界,聚到一起了。这并非难事,边界两边的房子才隔二十步远,就是一只母鸡也能跨过那条小河沟。走私的事情也是避免不了的。当然,这都是小事情。比如,一个老太婆偷偷携带两瓶四十度的波兰香露酒过来。但是也有一些实力不可忽视的大走私犯。你知道,波兰人在干什么?他们在靠近边界的所有村子里都开设了百货商店:你要买什么,应有尽有。显然,这些商店不是为他们那些贫苦农民开设的。"

保尔蛮有兴趣地听营长讲着。边防线上的生活很像是不间断的侦察工作。

他说:"告诉我,加佛里洛夫,问题仅仅在于走私吗?"

营长苦恼地回答:"你这就问到点子上了……"

别列兹多夫是一座偏僻的小镇。以前这里是一个准许犹太人居住的居民点。二三百座小破房子乱七八糟地挤在一起。有一个挺大的集市广场,市场中心是二十来家小店铺。污泥和粪便堆满了广场。小镇周围就是农民的住宅。一座古老的犹太教堂矗立在从犹太人居住区通往屠宰场的路上。

这座破旧的建筑物,如今已呈现出一片凄凉景象。每逢礼拜六,教堂里还不能算是门可罗雀,但那光景也远不如以前的热闹景象了。祭司的生活完全不是他所希望的那个样子了。因为自1917年后,青年人对他失去了起码的尊敬,亵渎神明的事也处处可见。不错,那些老年人还没有"破戒",可是有那么多小孩已经吃起亵渎神明的猪肉香肠来了!呸,连想一想都会觉得恶心!一头猪正起劲地拱着粪堆找吃的,气得祭司博鲁赫走上去踹了它一脚。还有,别列兹多夫成了区的中心,这也使得祭司老大不高兴。不知从哪里跑来这么多共产党,闹得天翻地覆。昨天,祭司鲍鲁赫看见,在神甫庄园的大门上挂了一块新牌子:

"乌克兰共产主义青年团别烈兹多夫区委员会。"

挂这牌子绝不是什么好兆头,他一边走一边想。无意中他来到教堂跟前,出乎意料的是,在教堂门上竟然贴着一张小布告,上面写着:

"今晚在俱乐部举行劳动青年群众大会。执委会主席利西岑同志和共青团区委代理书记柯察金同志将发表讲话。会后九年制学校的学生将演出歌舞节目。"

祭司发疯似的把布告从门上撕下来。

"瞧,真干起来了!"

神甫家的小花园从两面合抱着镇上的正教小教堂。花园中央有一所宽敞的老式房子。空荡荡的房间里散发着霉味,从前神甫和他的妻子就住在这里,他们像这房子一样老朽而且空虚,彼此早就嫌弃了。新的主人一搬到这所房子,陈腐而寂寥的气氛就被一扫而光了。那间大客厅每天都挤满了人,一派热闹景象。神甫庄园变成了党委会的办公处。进前门往右拐,一个不大的房门上写着几个粉笔字:"共青团区委会。"保尔每天都会在这里消耗掉自己的一部分时间,他除了担任第二军营政委以外,还兼任刚成立的共青团区委会代理书记。

自从他们在安娜那里为奥库涅夫结婚举行了庆祝晚会之后,到现在已经过去八个月了,但是想起来就好像还是不久前的事。保尔把一大堆公文推到一旁,靠在椅背上沉思起来……

屋子里很安静。夜已深了,所有的人都走了,现在只剩下保尔一个人留在房子里。窗户上满是寒气凝成的奇形怪状的霜花。

桌上摆着一盏油灯,炉子烧得很旺。保尔回想起不久以前的事情。八月,铁路工厂团委派他担任团组织的负责人,随同抢修列车到叶卡捷林诺斯拉夫。直到深秋,这一百五十人的抢修队从一个车站到另一个车站,医治战争造成的创伤,清除毁坏的车辆。他们途经从辛涅尔尼科沃到波洛吉这一路段。这从前正是马赫诺匪帮活动最猖獗的地方之一,到处都留下了毁坏和劫掠的痕迹。在古利亚依·波列,他们修水塔补水箱整整花了一个星期。作为一个电工,保尔既不懂钳工技术,也没干过这种活儿,但他还是亲手用扳子拧紧了成千上万个螺母。秋末冬初,列车把他们送回了工厂,大家欢迎这一百五十人返回车间……

保尔又经常出现在安娜的房间里了。他额上那条深深的皱纹舒展开了,还不时地听到他那极富渲染力的笑声。

满身油污的弟兄们又可以在小组会上听到他讲述那些过去的斗争故事了,他讲到俄罗斯农民如何试图推翻沙皇的宝座,讲到斯捷潘、拉辛和布加乔夫的起义。

有一天晚上,安娜那里又和往常一样聚集了很多的年轻人。出乎大家的意料,保尔戒掉了多年养成的不良嗜好,他几乎从小就抽烟,那天他却斩钉截铁地宣布:“我以后绝不再抽烟了。”

这件事发生得很突然。开头有人说,习惯比什么都厉害,养成了就改不掉,抽烟就是个例子。

保尔本来不想参加,但是塔莉亚硬是把他拉了进来,让他对此表态。于是他说:“人应该支配习惯,而绝不是让习惯支配人!不然的话,岂不要得出十分荒唐的结论吗?”

茨维塔耶夫在墙角喊了起来:“话倒是讲得很动听。柯察金一向善于讲漂亮话。要戳穿他的花言巧语,会怎么样呢?他本人抽不抽烟?抽。他知不知道抽烟有坏处?知道!那就戒掉吧,又没有这个本事。前不久他还在小组会上‘传播文化’呢。”说到这儿,他变了语调嘲弄地问,“让他告诉大家,他现在还骂不骂人?凡是认识柯察金的人都会说:骂是骂得少了,可是骂起来实在厉害。真是传教容易当圣徒难呐。”

一阵少有的沉默。茨维塔耶夫这种冷嘲热讽的腔调让大家感到十分不满。保尔并没有马上答复。只见他从嘴边缓缓拿下烟卷,把它揉成了碎末,然后轻声说:“从今以后,我再也不抽烟了!”

沉默片刻,他又补充说:“这主要是为我自己,多少也是为了茨维塔耶夫。一个人要是不能改掉坏习惯,那他就一文不值。我这个骂人的坏毛病,同志们,我还没有完全克服掉它。不过就连茨维塔耶夫也承认,很少听见我骂人了。话是容易脱口就说出来的,和抽烟不能比,所以现在我还不能说这个毛病不会再犯了。但是我一定要把骂人的缺点彻底克服掉,请大家相信我。”

快入冬了,大量顺流而下的木筏堵塞在河道里。晚秋泛滥的河水,气势汹涌地冲散了木筏，木排顺水漂流，眼看这些宝贵的资源就要白白地损失掉。索罗缅卡区又派出自己的团员去打捞河里的木材。

保尔当时正患重感冒，他不愿意落在大家后面，所以竭力瞒着同志们去参加劳动。一个星期以后，当码头两岸的木头已经堆积如山的时候，冰冷的河水和秋天的潮湿诱发了潜伏在他血液里的敌人，他发烧了，检查结果是得了急性风湿病，住进了医院。两星期后，他又回到工厂，只能趴在工作台上干活儿。车间的工长见了，着急得干摇头，半晌说不出话来。过了几天，一个不带任何偏见的委员会认定保尔丧失了劳动能力，让他退休，并决定发给他抚恤金。保尔愤然拒绝了。

他心情异常沉重地离开了他心爱的工厂。他拄着手杖，忍着剧烈的疼痛，慢慢地挪动着自己结识的身体。以前，母亲曾多次写信要他回家……这时，保尔又想起了老人家送别时说的那句话："只有在你们生病或受伤的时候，我才能见到你们。"

他去省委会领来两份卷在一起的组织关系证明书：一份是共青团的，一份是党的。为了不引起更多的伤感，他几乎没有同任何人告别，就悄悄地动身到母亲那里去了。半个月来，母亲无微不至地给儿子按摩、熏治浮肿的双腿。一个月以后，他走路已经不用手杖了。他内心充满了喜悦，黄昏又变成了黎明，他终于又可以自己站起来了。

列车欢快地带着保尔回到了省城。三天后，组织部给他开了一份介绍信到省军区军务部，由军务部分配他去领导地方武装的政治工作。

一个星期后，他便来到白雪皑皑的小镇别列兹多夫，当上了民兵第二大队的政委。共青团地方委员会又交给他一项任务，要他把分散的共青团员重新组织在一起，在这个新区建立团组织。瞧，生活就是这样不断在变化着。

外面太热了，一根樱桃树枝在敞开的窗户外窥视着执委会主席的办公室。执委会对面是一座哥特式的波兰天主教教堂，太阳照得钟楼上的镀金十字架闪闪发亮。窗外的小花园里，一群可爱的小鹅正在活泼地寻食，毛茸茸的身子跟周围的小草颜色差不多。它们是那个看门的妻子喂养的。

执委会主席看完了一封刚刚接到的紧急电报，脸上立即闪过了一道阴影。他把粗壮结实的手指插进蓬松的卷发里，停在那里不动了。

别列兹多夫执委会主席尼古拉·尼古拉耶维奇·利锡增今年只有 24 岁，这一点，党内外同志都不知道。他魁梧，有力，为人严肃，有时候甚至很严厉，看上去足有 35 岁的成熟。他体格健壮，一个大脑袋长在粗壮的脖子上。他有一双锐利而又透着冷峻的深棕色眼睛，下颌的线条清晰有力。他穿着"见过世面"的佛列奇式灰军服和蓝马裤，一枚红旗勋章别在左胸的口袋上。

十月革命之前，利锡增在图拉兵工厂当车工。他的祖父、父亲和他自己，几乎都是从童年时代起，就在这个工厂里切铁、削铁，说起来也算是家族业了。

可是有一年的一个秋夜，利锡增这个一直只管制造武器的工人，第一次拿起了武器，他从此就投身到大风暴中来了。

后来，在革命风暴的洗礼中，这个工人很快地就从一个普通的红军战士成长为团长及团政委。

战火和硝烟已经成为过去,他被调到了国境地区,过上了安宁的生活。他常常工作到深夜,研究有关农作物收获情况的综合报告,而现在这份急电使他一瞬间仿佛又回到了战场。电文言简意赅:绝密。别烈兹多夫执委主席利锡增。

近来发现波兰频繁派遣大批匪徒越境,似乎准备扰乱我边境地区。

盼采取防范措施。宜将财务部现款及贵重物品转移至专区,勿令税款滞留。

从办公室的窗户里,利锡增可以看见每一个走进区执委会的人。他看见保尔走上了台阶。不一会儿,传来了敲门声。

"请坐!咱们谈谈。"他握住保尔的手说。

在一个小时之内,他没再接待第二个人。

保尔走出办公室的时候,已经是正午了,正好利锡增的小妹妹妞拉从花园里跑了出来。保尔一直都叫她安妞特卡。小姑娘十分腼腆,严肃得跟她的年龄完全不相称,但是一遇见保尔,就亲切地微笑着。这一回她也是用小孩子的方式笨拙地握着保尔的手,把额头上的一绺短发往后一甩说:

"我哥哥那里还有人吗?嫂子还在等他回家吃午饭呢,都等很久了他还不回去,所以我就来叫他了。"

"安妞特卡,去找他吧,屋里就他一个人。"保尔轻轻地告诉她。

第二天,离天亮还早,三辆大车套着肥壮的马匹,到了执委会门前。车上的人低声地交谈着。几个密封的袋子由财务科搬了出来,放到了马车上。几分钟后,公路上响起了滚滚的车轮声,保尔率领着一队武装卫兵护卫在大车周围。最后,他们安全抵达了离小镇四十公里,其中有二十五公里是森林的州中心,把贵重物品转移到了专区财务处的保险柜里。几天后,一个骑马的人由国境朝别列兹多夫疾驰而来。镇上那些好看热闹的人都困惑不解地盯着这个骑兵和他那匹跑得已经略显疲惫的、浑身都是汗水的马。

在执委会门前,骑马的人扑通一声就跳了下马。他扶着军刀,踏着沉稳的步子,锵锵地走上台阶。利锡增双眉紧锁,接过他送来的公文,拆开来,在封袋上签了字。那个边防军人没容马缓口气,又跃上马鞍,立即沿着原路又跑回去了。

除了刚读过公文的执委会主席,谁也不知道信里的内容。但是,小镇上的人们嗅觉灵敏得很。在当地的小商贩中,三个人里就有两个是走私犯,频繁的走私活动使他们凭着本能就能预测到迫近的危险。

有两个人正急匆匆地赶往民兵大队部,其中一个就是保尔。当地的居民都认识保尔,他总是带着枪。但今天党委书记特罗菲莫夫今天连他也扎起了武装带,别上了转轮手枪,这事情可就有点异常不妙了。

过了几分钟,营部里跑出来十五个人,手里端着上好刺刀的步枪,向十字路口的磨坊奔去。其余的党团员也都武装好了。执委主席戴着哥萨克皮帽,腰间挂着毛瑟枪,骑马跑了过去,显然是出事了。无论是广场,还是偏僻的小巷,全都变得死一般的沉寂,连一个人影也找不着。转眼间,小铺的门都挂上了中世纪的大锁,护窗板也都关上了。只有那些什么都不怕的母鸡和热得懒洋洋的猪还在垃圾堆里使劲地找食吃。

在镇边的几个园子里设下了埋伏。再往前就是田野,公路笔直,可以望过去很远。

利锡增刚才接到的信只有寥寥数语:

昨夜一股骑匪约百余人,携两挺轻机枪,经过一番交火,于波杜勃齐区窜入苏维埃国境。盼立即采取果断措施。匪徒于斯拉武特林区失踪。日内将有百余名哥萨克红军骑兵途径别烈兹多夫清剿匪徒,特预先告知。切勿误会!

边防军独立营营长

加佛里洛夫

一个小时后,一个骑兵走在大路上。他正奔向小镇,就在他身后大约一公里远的地方,有一队骑兵。保尔聚精会神地注视着前方。骑马的人小心地走近了,但是并没有发现园子里有埋伏。他是红军哥萨克第七团的青年士兵,做侦察工作还完全是个新手。园子里的人突然跑到路上,瞬间就把他团团围住。他看见他们的军便服上都佩戴着共产国际的徽章,难为情地笑了笑。经过简短交谈,他又拨转马头,迎着行进中的骑兵队伍跑去。岗哨把红军哥萨克骑兵队放过去,又重新在那几个园子里埋伏下来。

几个动荡不安的日子就这样过去了。利西岑又接到了报告:“匪军妄图侵扰边境,未能得逞。在红军骑兵追击下,已狼狈逃回波兰境内。”

这里的布尔什维克组织人数很少,全区一共才十九个人,他们正加紧进行苏维埃的建设工作。刚刚组建成的新区,一切都得从头做起。这一带是边境地区,他们时刻都得保持高度警惕。

改选苏维埃、剿匪、开展文化活动、缉私、加强部队里的党团工作,所有这些,使利西岑、特罗菲莫夫、柯察金和团结在他们周围的为数不多的积极分子,经常从清晨一直忙到深夜。

保尔的身影在小镇上奔波。他跳下马,就坐在办公桌边。离开办公桌,就到训练新兵的广场上去;又要去俱乐部,又要去学校,还得参加两三个会议。每到夜间,他又骑上马,腰里挂着毛瑟枪,四处巡视。见到人就大声喝道:“什么人?站住!”他还要监听越境走私的马车的轱辘声。民兵第二大队的政委就这样不知疲倦地日夜操劳着。

别列兹多夫共青团委员会由保尔、莉达·波列维赫和任卡·拉兹瓦利欣三人组成。莉达是妇女部主任,长有一双小眼睛,她出生在伏尔加河附近。拉兹瓦利欣是个挺漂亮的高个子青年,不久前还是中学生,他“年轻而早熟”,喜欢惊心动魄的冒险小说,喜欢福尔摩斯和路易·布斯纳的惊险小说。他原来在区党委担任行政干事,大约在四个月前加入了共青团,可是他在其他团员面前总爱以“老布尔什维克”自居。因为没有别的人选,专区党委经过再三的深思熟虑,还是派他来这里负责政治教育工作。

太阳升到了天空正中,就那样高高地挂着。连最隐蔽的角落也被暑气占领了,所有的动物都躲进了阴凉的地方,狗也趴在了窗檐下边,热得一直吐着舌头,哈哈地喘气。所有的动物似乎都从这个村庄里消失了,只有一头猪躺在井边的水洼里,把身子埋在污泥里,怡然自得地哼哼着。

保尔牵出马,强忍膝头的疼痛,咬着牙骑了上去。女教师站在学校的台阶上,用手挡着阳光,微笑着对保尔说:“再见,政委同志。”

马不耐烦地跺了一下蹄子,伸伸脖子,绷紧了缰绳。

保尔说:“拉基金娜同志,就这样定了,明天您就开始上第一课。”

马感到缰绳松开了,便迫不及待地小跑起来。就在这个时候,保尔听到身后传来一阵凄厉地嚎叫。只有村子里失火的时候,妇女们才会这样惨叫。保尔用力拉了下辔头,把马头掉转过来。这时他看见一个年轻农妇气喘吁吁地从村外跑来,拉基金娜走到大路中央把她拦住。附近各家的门口也站了不少人,大多是老头和老太太。年轻人都下地干活儿了。

“哎呀!乡亲们哪,那边出事啦!哎呀,真不得了啊,真不得了啊!”

保尔骑马走到这些人跟前的时候,又有一些人从四面八方跑来。大家围着这个女人,扯着她那白衬衫的袖子,惊慌地提出一大堆问题,但是她前言不搭后语,根本就听不懂。她只顾不住声地喊:“打死人啦!拿刀拼命啦!”这时,有个胡子乱蓬蓬的老头,一只手提着粗布裤子,笨拙地跳着跑过来,逼住那年轻女人:“别乱叫了!像个疯子似的!哪儿打起来了?为的是啥呀?别吱哇乱叫啦!呸,真见鬼!”

“咱们村跟波杜勃齐的人打起来了……好像是为了地界呀!他们把咱们的人正在往死里打呀!”

大家这才明白过来。女人们立刻大声哭叫起来,老人们愤愤地高声叫骂。消息像警钟一样传遍整个村子:“波杜勃齐的人霸占地界,拿镰刀砍我们的人啦!”凡是能动弹的人都冲出来了,纷纷抄起叉子、斧头和棍子,朝村外打架的地方跑去。这两个村为了田界年年都发生械斗。

保尔狠狠地踢了马一脚,马立刻飞奔起来。黑马被他的喊声催促着,赶过了奔跑的人群,飞也似的向前冲去。只见这匹马把耳朵紧贴在头上,四脚腾空,越跑越快。前面的一座小山冈上有一架风车,风车向四面张开他的臂膀,仿佛要挡住保尔的去路。风车右边,在山冈下面的河流旁边,是一片草地。向左是无边无际,随着山坡起伏的麦田。风掠过成熟的黑麦。路旁的罂粟开满鲜艳的红花。这里静悄悄的,但是却闷热得让人难以忍受,甚至呼吸都感觉有点吃力。山冈下面是一条银蛇般的小河,它仿佛在阳光下取暖似的,从那里传来了喊叫声。马疯狂似的向山冈下面的草地疾驰过去。“如果有什么东西绊住它的蹄子,我和它就完了。”保尔脑子里闪过一个念头。但是马已经勒不住了。保尔只好把身子紧贴在马背上,任凭耳边风声大作。

马发疯似的奔到了草地上。一群人正在这里像没有理性的野兽一样凶猛地厮杀。好几个人已经倒在地上,满身是血,看着好恐怖。

保尔的马直冲过去，胸脯撞倒一个大胡子。那人手里拿着一截长镰把子，正追赶一个满脸是血的青年。旁边一个肤色黝黑、身强力壮的农民把对手打翻在地，用沉重的靴子狠狠地踹他，欲置他于死地而后快。

保尔策马闯进正在厮杀的人群，把他们冲开。没容他们弄清是怎么回事，他就疯狂地催着马，横冲直撞，朝野兽一般的人们冲过去；他觉得要驱散这伙打红了眼的人群，只有用同样野蛮而可怕的办法。他狂怒地大喊："散开，你们这群野兽！我把你们这些强盗统统枪毙！"一边叫喊着，一边抽着奔跑的马。

这时，又见他从皮套子里抽出毛瑟枪，朝一个满脸杀气的人一挥，纵马向前，放了一枪。有些人扔下镰刀，转身就逃走了。保尔就这样一面狂怒地驱马在草地上奔驰，一面不断地开枪，他终于达到了目的。人们离开草地开始向四处逃窜，一来是为了躲避责任；二来也是为了躲开这个不知来自何方的凶神恶煞和他那支连连开火的"瘟枪"。

后来，区法院的人赶到了波杜勃齐。人民审判员调查了很久，传讯了不少证人，仍是没有找到罪魁祸首。幸好这次械斗中没有闹出人命，受伤的也都很快恢复了。法官耐心而严肃地告诉他们这种行为的不可取性和它的违法性。

他们却说："法官同志，那完全是地界的问题，我们的地界弄得稀里糊涂的，每年都为这个拼得你死我活，您可得帮忙处理处理啊。"

但是，有几个人还是受到了惩罚。

一星期后，丈量队走遍干草场，在双方争执的地界上钉了一些木桩。一个汗流浃背的老丈量员，一面卷着软尺，一面对保尔说："我丈量土地三十年了，到处都在为地界闹纠纷。您看看这些草地的分界线，像个什么样子！拐来拐去的，就是醉鬼走路估计也比它直。再说那些耕地，一块地也就三步宽，全都犬牙交错的，要分清楚简直能把你气疯。就连这么一小块地，还在一年一年地分下去，越分越小。儿子和父亲分家的时候，小块地又分成两半。我向您担保，再过二十年，这些地就全都会变成地界，再也没地方下种了。现在就已经有十分之一的耕地成了地界。"

"丈量员同志，再过二十年，咱们就是连一条地界也找不到啦！"保尔笑着。

老丈量员也笑了。

"您说的是共产主义社会吧？不过，您要知道，这可还远着呢。"

"您听说过布达诺夫卡集体农庄吗？"

"啊，您指的是这个呀！"

"对。"

"我去过那里……那是例外，柯察金同志。"

丈量队在继续测量着那些土地，两个小伙子正在钉木桩。许多农民站在草场两边，他们用锐利的目光监视着，一定要把木桩钉在原先的地界上。原先的地界还依稀可见，不过只剩下稀稀拉拉的几根烂木头露在草地上。

马车夫是个爱说话的人。他用鞭杆打了一下干瘦的辕马，转过身来对坐在车上的人说："谁知道是怎么回事，我们这儿也搞起共青团来了。以前可没这玩意儿。看样子这些事情估计都是那个叫拉基金娜的搞出来的。你们也许都认识她吧？她还挺年轻，可真算是个害人精。她把村里的女人们全都鼓动起来了，把她们召集到一块儿，搞了不少名堂，弄得大家都不得安生。气急了就给老婆一耳光，这是常有的事，有个老婆就得揍！以前，她们只能揉着脸，一声都不敢吭。现在你还没碰她一下，就吵翻了天。说要到什么人民法院告你去，年轻一点儿的，还会跟你闹离婚，把法律条文背给你听！就拿我那老伴甘卡来说吧，她以前本来不是个爱说话的女人，现在也当上代表了。大概是个管女人们的头头吧。全村都来找她。刚开始，我真想拿马缰绳抽她一顿，后来一想，我才不管她呢。让她们见鬼去吧！让她们瞎吵吵去吧！随便她们折腾。要说管家务什么的，我那口子倒是个好样的。”

他搔着毛茸茸的胸毛，随手在辕马的肚子上抽了一下。车上的两人是拉兹瓦利欣和莉达。他俩去波杜勃齐都有事，莉达是去开妇女会，拉兹瓦利欣去安排团支部工作。

莉达故意逗马车夫：“怎么，难道您不喜欢共青团员吗？”

他摸摸胡子，不慌不忙地回答：“哪儿的话呢……一开始我们以为是青年人在那里瞎胡闹，实际上完全相反。据说他们对喝酒、耍流氓这样的事管得很严。他们大多数都是在学习。就是老跟上帝作对，想把教堂改成俱乐部，这可办不到，老年人为了这个都斜着眼睛看这些团员，对他们挺不满意的。别的还有什么呢？还有一件事他们办得有点过分，就是只让那些穷人入团，有钱人家的孩子一个也不要，这叫什么规章嘛。”

马车下了山坡，到了学校前面。

把两个客人安排在她的屋里，看门的女工自己便去干草棚里睡觉了。莉达和拉兹瓦利欣开了好久的会才回来。屋里光线不亮。莉达摸着脱下皮靴，爬到床上，一会儿就睡着了。但拉兹瓦利欣对她开始动手动脚，把她惊醒了。

他的动机显而易见。

她没好气地问：“你想干什么？”

“小点儿声，莉达，嚷什么？你知道，我一个人就这么躺着，真让人闷得慌！你想想，难道就没有比打呼噜更有意思的事情吗？”

“把手拿开，马上给我滚下床去！”她猛地推了他一把。她一向受不了拉兹瓦利欣那猥琐劲儿。现在她真想臭骂他一通，但过度的疲劳让她又不得不把眼睛闭上了。

“你拿什么架子？你以为这样才合乎知识分子的身份吗？您不是贵族女子学校培养出来的吧？你以为这么一来，就能让我相信你了吗？别装傻了。要是你真懂事，就该先满足我的要求，然后你要睡多久都随你便。”

他认为无须再多费唇舌，就离开长凳坐上她的床沿，伸手扳她的肩膀，态度很强硬。

“滚蛋！”她立刻又惊醒了。“老实跟你说，这件事我明天非告诉柯察金不可。”

拉兹瓦利欣抓紧她的肩膀，气鼓鼓地低声反驳：“我才不怕你那个什么柯察金。

你最好老实点儿,不管怎么样,我不达目的誓不罢休。”

他俩之间进行了一场短暂地搏斗。静静的屋子里,响起了耳光声:一下,两下……拉兹瓦利欣闪到一边。莉达夺门而出,站在月光下,肺都快被气炸了。

“进来吧,傻瓜!”拉兹瓦利欣恶狠狠地叫。

他只好把自己用的铺盖搬到屋檐下面,在外面过夜。莉达关了门,上了闩,蜷缩在床上。第二天早晨,在回家的路上拉兹瓦利欣坐在赶车的老头身边。他不停地抽烟,心中七上八下地盘算着:“这个碰不得的女子十有八九真会把这事告诉柯察金。真是个酸溜溜的洋娃娃!长得倒挺漂亮,可就是一点儿人情都不懂。看来以后我得跟她来软的,不然,准会倒霉。柯察金本来就看不起我。”

他想着,便凑到了莉达旁边,竭力装出悔过的样子,眼里充满忧郁,一副可怜巴巴的样子。他编了一套难以自圆其说的理由来为自己开脱,表示自己已经悔悟了。

他这一手还算灵验,马车快到小镇时,莉达答应了说她不会把昨夜的事告诉任何人。

共青团的支部一个接一个地在边境各村建立起来。团区委的干部为共产主义运动的这些幼芽付出了很多心血。保尔和莉达整天在这些村子里活动。

拉兹瓦利欣不爱去乡村,他跟那些农村小伙子合不来,不被他们信任,往往把事情办砸。保尔和莉达平易近人,跟乡下青年倒是很快就打成一片。莉达把姑娘们团结在自己周围,交了好多知心朋友,并且同她们保持着联系,不露声色地培养她们对共青团生活和工作的兴趣。保尔呢,在青年中具有极高的威信。民兵第二大队吸纳了一千六百名即将入伍的青年。在各村的晚会上,在大街上,手风琴对宣传工作的开展起到了前所未有的作用。手风琴使保尔同青年们成了“一家人”。这只琴拉起雄壮的军歌时激动而又热烈,奏起细腻的乌克兰民歌时是亲切而温柔。青年们用极大的热忱倾听着美妙的琴音,同时也思考着演奏者的讲话……琴声和年轻政委的话语在青年们的心中和谐地融为一体。村子里可以听到新的歌曲了,除了用来祷告的赞美诗集以外,各家各户又有了新书。

走私犯的处境越发艰难了。他们要提防的已经不只是边防人员,因为苏维埃政权现在有了许多年轻的朋友和热心的助手。团支部的同志们由于抓敌心切,有时避免不了会做出过火的事情,如果遇到这种情况,保尔不得不去援救他们。有一次,波杜勃齐团支书格里沙·霍罗沃季科,这个长着蓝眼睛、性急而又喜欢争辩的小伙子,通过自己的渠道得到了消息,了解到一批走私物品将在某夜送交当地磨坊主交易。于是他就把全支部的同志都动员起来了,带上一支教练枪和两把刺刀,由他领着,当夜就小心翼翼地包围了磨坊,等待野兽落网。关于这次走私的情报也被国家政治保安部的边境哨所掌握了,他们也在这里设下了埋伏。双方在夜间发生了误会。多亏保安人员沉着冷静,共青团才没有发生死伤。保安人员解除了他们的武装,并把他们送到四公里之外的邻村关了起来。

保尔正在加佛里洛夫那里。事发的第二天早上,营长把此事告诉了保尔。保尔一听立刻策马去调解此事。

当地的保安负责人笑着把昨天夜里发生的事详细地告诉了保尔。

要求道:“咱们这么办吧,柯察金同志。他们都是好小伙子,我们不能让他们受委屈。不过,为了让他们今后不再包办我们的任务,你不妨吓唬吓唬他们吧。”

卫兵打开板棚的门,十一个小伙子从地上站了起来。他们显得很难为情,两只脚不安地倒换着,站在那里。保安负责人生气地说:“您瞧他们,捅了这么大的娄子,我只好把他们押送到专区去了。”

格里沙一听就激动起来了:“我们究竟干了什么坏事?我们只是想给苏维埃政权帮点忙。这帮富农早就被我们盯住了,可是你们倒把我们当强盗关了起来。”说完,他委屈地转过身子。

保尔和萨哈罗夫费了好大劲儿板住面孔,进行了一番严正地交涉之后,才停止了这场“吓唬”。

“要是你给他们担保,今后不再到边界上走动,而采取其他方式协助我们,我就客客气气地释放他们。”萨哈罗夫对保尔说。

“好吧!”保尔表示,“我可以担保,我相信他们以后是不会让我再失望的。”

整个支部一路唱着歌回了波杜勃齐,这事没被张扬出去,磨坊主也很快被依法逮捕了。在麦丹别墅一带的森林庄园里,有一批德国移民过着富裕的生活。这些富农的庄园彼此相距半公里,房子盖得很坚固,加上各种附属建筑物,像一座座小小的堡垒。安托纽克匪帮就藏匿在麦丹别墅里。这个沙皇军队的司务长把他的亲属们搜罗过来组成了一个“七人帮”,在附近的大路上杀人越货。他们杀人不眨眼,既不轻饶投机商人,也不放过苏维埃政府的工作人员。安托纽克行踪诡秘,今天他在这里干掉两个农业合作社社员,明天就可以在二十公里以外把一个邮递员缴了械,把他抢得身无分文。他与他的伙伴戈尔季竞赛,这两个匪首一个比一个坏,专区警察局和国家政治保安部在他们身上费了不少时间。安托纽克就在别烈兹多夫周围活动,因此,进城的路上险象环生。这匪帮之所以难以落网,就是因为他们嗅觉灵敏,闻到风声,就第一时间逃到了国境线外,过后又出其不意地回来兴风作浪。每当听到这个出没无常的害人虫又出来行凶作恶时,利西岑就气得咬牙切齿,恨不得捉住他们然后把他们碎尸万段。

“这条毒蛇还要肆虐多久呀?畜生,你等着,我一定要亲手捉住你!”他的话从牙缝里狠狠地挤出来。曾经两次,他亲自带着保尔和另外三个党员紧紧跟踪这伙强盗,但最后,还是让他们侥幸逃脱了。

为了剿匪,专区派来了一小队人,负责指挥的却是个花花公子式的人物——菲拉托夫。按照边防条例的规定,他本来应当先向区执行委员会主席报到,可是这个像公鸡一样傲慢的家伙却认为无此必要,就自作主张地把队伍开到了附近的谢马基村。他带着这队人深夜进村,驻扎在村边的小房里。这一伙全副武装、行动隐蔽的陌生人,引起了隔壁一个共青团员的注意,他立刻跑去报告村苏维埃主席。村主席对这支队伍的来历一无所知,把他们当成了土匪,于是急忙派人快马报告区里。利西岑夜里一得到这个情报,马上就召集人冲向小村。他们如飞似箭地赶到村头,跳下马,翻过篱笆,直扑向那座房子。门口的哨兵直接挨了一枪托,像口袋一样倒了下去。利西岑用肩膀使劲地拱开了房门,民警们随即冲了进去。房子里的天花板下挂着一盏黯淡的油灯。利西岑一只手举起手榴弹,准备投掷,另一只手紧握着毛瑟枪,他大喝一声,震得玻璃直响:“投降!要不就把你们炸个稀烂!”

睡眼惺忪的人们全从地板上跳了起来,他们一看到利锡增拿着手榴弹的那种杀气腾腾的架势,马上把手举了起来。又过了一会儿,当这些只穿着内衣的俘虏被赶到院子里的时候,菲拉托夫发现利西岑胸前佩戴着勋章,突然觉得他是自己人,这才敢开口说话。

利锡增气得不知所措,愤然地啐了一口,轻蔑而恼恨地骂道:“脓包!”

德国革命的消息传到了区里,随之而来的还有汉堡巷战的枪声。边境上的人们精神振奋起来,人们紧张地期待着,反反复复地阅读着报纸上的新闻。革命的风从西方吹了过来。

申请参加红军的志愿书像雪片一样,不断送到团区委会来。保尔煞费苦心地与各团支部派来的代表谈话,苦口婆心地向他们解释,苏维埃国家推行和平政策,现在不想与邻国开战。但这种说服工作收效甚微。每到星期天,各村团员都来到镇上,在神甫的大花园里集合开会。一天中午,整个波杜勃齐村共青团支部全体团员排着队,迈着整齐的步伐来到区委大院。保尔从窗口看见了他们,立即到台阶上去迎他们。以格里沙为首的十一个青年,各个穿着长靴,背着大袋子,站在门口。

保尔不知怎么回事,问道:“格里沙,这是干什么?”

格里沙给他使了个眼色,两个人一起进了屋。莉达等人把格里沙围在中间。他严肃地皱起他那浅色的眉毛说:“同志们,我这是来考验一下我们的战斗力。今天早上,我对我们支部的团员说,区里来了一份电报,当然是绝密的;电报上说,我们与德国资本家开战了,与波兰地主也快要打仗了。“莫斯科命令所有的团员都要开赴前线。谁害怕,不敢去,只要写个申请书,就可以留在家里。我命令他们打仗的事不要向任何人透露,每个人带上一个大面包和一块腌肉,没有腌肉的就带点蒜头或者洋葱,一小时之后在村外秘密集合,先去专区领武器。我这一宣布,可真灵。他们马上向我问这问那,我告诉他们,没什么说的,就这么办!谁不去,就写个申请书。这次去打仗是自愿的。

“我心里寻思着要是一个也不来,都写了申请书,那可怎么办呢?我只好解散这个支部,自己走为上策了。我坐在村外瞅着,他们真的接二连三地来了。有的人脸上还挂着没有揩干的泪痕,只是竭力避免被人发现。十个人都到齐了,没有一个临阵逃脱的。你们看,这就是我们的波杜勃齐支部!”他兴致勃勃地讲完话,得意扬扬地用拳头在胸脯上擂了一下。

丽达非常生气,狠狠训了他一顿。他莫名其妙地看着她,说:“你说些什么呀?这可是最好的考验!只有这样才能看透他们每个人的真正本质。为了搞得更像模像样一点儿,我本来还想把他们拉到专区去,但是大家都累坏了,就让他们回家去吧。不过,保尔,你一定要给他们解释解释,否则,这算是怎么回事呀?不解释是不行的……你就说，动员令已经撤销了。他们表现得很英勇，值得表扬。”

保尔很少到专区中心去，往返一次要好几天时间，而区里的工作又很忙，一天也忙不过来。可拉兹瓦利欣一有机会就往城里跑。他每次进城都把自己从头到脚武装起来，暗暗把自己当成是库柏惊险小说里的主人公。他非常喜欢这样的旅行。进了林子，他就开枪打打乌鸦或者机灵的小松鼠。一见到单个行人，他就像侦查员一样拦住人家盘问一番，问人家是做什么的，从哪里来，到哪里去。快到城跟前时，才收起武器，把步枪往干草堆一塞，手枪装在衣袋里，规规矩矩地走进州团委去了。

“说说吧，你们别列兹多夫有什么消息？”费多托夫问他。

州团委书记费多托夫的办公室里人总是满满的。大家都抢着说话。在这样的环境里工作，要能够同时听四个人说话，手写着东西，还得回答第五个人的问题。他很年轻，但早在1919年就入了党，一个十五岁的青年只有在大动荡的年代才能入党。

拉兹瓦利欣漫不经心地随便回答道：“新闻多得很，真是不胜枚举。我从早到晚忙得不可开交，到处都有漏洞要堵。白手起家嘛，一切都得从头做起。我又新组建了两个支部，把我叫到这里来有什么事情吗？”说完，他很有架子地坐在靠椅上。

经济部主任克雷姆斯基回过头说。

“我们叫的是柯察金，并没有叫你来。”

“柯察金不愿意到这儿来，连这种差事也得我替他干……有些书记当得可真舒服，一点活儿也不想干，光拿像我这样的人当驴使唤。柯察金一去边境就两三个星期，他不在的时候，所有的重担都得我一个人来挑。”

拉兹瓦利欣的用意很明显，言外之意是只有他才最适合当团委书记。

“我真讨厌这家伙。”当拉兹瓦利欣出去时，费多托夫直言不讳地说道。

拉兹瓦利欣的邀功就是一出此地无银三百两的把戏。一次利西岑到费多托夫那里去取信，不论谁到区里去，都要把大家的信件捎回来。两个人进行了一番长谈，这样拉兹瓦利欣的真面目就被揭穿了。

“不过，你最好还是把柯察金派来，跟大家见见面，我们这儿的人都不太熟悉他。”在利西岑走时，费多托夫这样叮嘱着他。

“好吧，不过咱们把话可要说在前头：你们可不能把他调走。这我们是坚决不能同意的。”

这一年，边境上庆祝十月革命节的活动搞得空前热烈。保尔被推选为边境各村十月革命节纪念委员会的主席。露天大会后，邻近三个乡村的男女农民五千多人全都排成半公里长的游行队伍，由民兵大队和乐队领头，高举红旗，朝边界前进。他们秩序井然，纪律严明，沿着界桩在苏维埃国土上游行，到那些被苏波国界分成两半的村庄去。波兰哨兵从未见过这种场面。走在队伍最前列的是营长和保尔，后面传来铜号声、红旗飘动的哗哗声和此起彼伏的歌声！队伍中的人们身穿节日盛装，各个欢天喜地，笑逐颜开。少女们银铃般的笑声远远地传向四方。成年人表情严肃，老年人神态庄重。这股人流像一条大河，奔向目力所及的远方，国境线就是这条河的堤岸，他们寸步不离苏维埃的国土，没有一只脚跨过这条严禁逾越的国界。保尔看着这股洪流从身边奔涌而过……在游行的队伍中合唱起《共青团之歌》：

我们从西伯利亚大森林，
到不列颠的海滨，
最强大的力量是什么，
是红军！

紧接着又是女声合唱：

在那边的山冈上，
妇女们啊收割忙……

红军哨兵们满面春风地迎接着游行队伍，波兰兵却是惶恐不安。这次游行虽然早已通知了波兰指挥机关，但是仍然引起了对方的惊慌。战地宪兵骑巡队加紧了巡逻，哨兵增加了四倍，在洼地里还埋伏了后备队以应付突发的事故。但欢乐的游行队伍始终走在自己的国土上。是那样欢快而热闹，空气里充满了他们的欢快歌声。

一个波兰哨兵站在小山岗上。当进行曲的乐声传进他耳朵时，他卸下肩上的步枪，枪把贴住脚，向大队行了一个军礼。保尔清楚地听见他说："公社万岁！"

看那哨兵的眼睛就知道，这句话是他说的。保尔目不转睛地看着他。

是朋友！在波军的外套里跳动着一颗正直而友爱的心。保尔用波兰话轻声对他说："向你致敬，朋友！"

哨兵落在后面了。整个游行队伍经过的时间里，他始终保持敬礼的姿势。保尔满怀尊敬与感激，不止一次地回过头瞭望那个黑色的身影……前面又是一个波兰哨兵，他胡须花白，四角帽帽檐下露出一双呆滞无神的眼睛。保尔依然被刚才那个哨兵所感动，这回他首先开了口，仿佛是自言自语一样，用波兰话说："你好，同志！"

但是这时并没有回音。

此时，加佛里洛夫微笑了。显然，保尔两次开口说话，他都听见了。

"你要求太高了。"他说，"这儿除了普通步兵，还有宪兵。

"你看见他袖子上的标志了吗？他是个宪兵。"

游行队伍的排头已经走下了小丘，正奔向一个被分为两半的乡村。苏维埃这边已经做好了隆重欢迎客人的准备。所有的人都集中在界河上的小桥附近，青年男女正排成两队。波兰那半个村子里，屋顶和板棚顶上挤满了人，他们全神贯注地注视着河对岸发生的一切。还有一群群农民站在门口和篱笆旁边。当游行队伍走进夹道欢迎的人群的时候，乐队奏起《国际歌》。在一个临时搭成的台子上，许多人正在慷慨激昂地发表演说，演讲者既有年轻的小伙子，又有满头白发的老人。保尔也用乌克兰语讲了话。他的每一句话都飘到河的另一岸，传到了对面那些波兰人的耳朵里。波兰方面害怕他的讲话会蛊惑人心，于是决定采取对策。他们出动了宪兵队,骑着马在村子里横冲直撞,用鞭子把人们赶回屋里去,还不断地朝屋顶上开枪。

街上变得空空荡荡,屋顶上的青年也都被子弹赶走。这一切,苏维埃这一边的人全看得清清楚楚。他们皱起了眉头。一个老羊倌被青年们拥上讲台,他怒不可遏,激愤地喊道:“好啊!瞧瞧吧,孩子们!以前他们就是这样打我们的。现在咱们的村里,当官的拿皮鞭抽打庄稼人的景象已经一去不复返了。地主老爷垮台了,咱们背上也就不再挨鞭子了。孩子们,你们要坐稳江山啊。我老了,不会讲话,可是心里想说的话却很多。在沙皇那个时代,我们像老牛拉车一样,一辈子受尽了苦难。现在看看那边的老百姓,我心里可真不是滋味啊!……”他向对岸挥了一下他那干瘦的手,放声大哭起来,只有小孩子和老年人才会这样哭。

接着格里沙走上讲台,他也异常的激动……加佛里洛夫调转马头,看了看河的对面。对岸空空如也,连桥头值班的哨兵也撤走了。

“这次大概不会向外交人民委员部发抗议照会了。”他开玩笑地说。

11月底,一个阴雨连绵的秋夜,匪首安托纽克和他的七个死党终于被捕了。在麦丹别墅一个富裕移民家里举行的婚礼上,这伙豺狼被赫罗林的党团员们一网打尽。

妇女们的闲谈,把这些客人来参加婚礼的消息泄露了出去。全支部十二个人立刻集合,谁有什么武器就带什么武器,坐上马车,他们全副武装驱车赶到了麦丹别墅庄园。与此同时派出一个特别通讯员跑到别烈兹多夫报告。这个通讯员在谢马基村碰上了菲拉托夫的队伍,紧接着这队人也迅速飞奔过来。

党团员们已经把庄园包围了,并且开始同安托纽克匪帮交上了火。匪徒们躲在一间小厢房里,一看见有人露头,就开枪射击。后来,他们企图突围,但被赶了回去,还被打死了一个。安托纽克已经不止一次陷入绝境了,但是每次他都能在手榴弹和黑夜的掩护下化险为夷。这一次,又险些让他溜掉。赫罗林支部已经牺牲了两个人,可就在这节骨眼儿上,多亏菲拉托夫等人及时赶到了。匪帮这时真的走投无路了。但他们负隅顽抗,他们整夜都从厢房的各个窗口向外射击,直到天亮才被抓住。“七人帮”中没有人投降。天亮时,安托纽克被捕了。为了铲除这伙豺狼,有四个人英勇献身,其中三个是成立不久的赫罗林共青团支部的团员。保尔的大队奉命参加地方部队秋季大演习。他们冒着倾盆大雨到四十公里以外的一个师的营地去。一清早就出发了,深夜才到达,整整走了一天。大队长古谢夫和政委柯察金骑马率领着他们的八百名青年,一到达营房后就躺下睡了。因为民兵师司令部把命令下达到他们这一大队时已经较晚了,所以第二天清早,演习开始了。这个大队照样要接受检阅,在操场上全营列好了队。

过一会儿,师部来了几个骑马的人。这个军训营已经领到服装和步枪,现在已是面貌一新了。大队长古谢夫和保尔在自己的大队上耗费了不少心血和时间,他们现在信心十足地期待着检阅获得圆满成功。当正式的检阅完毕,大队表演操练和变队形之后,一个相貌英俊但皮肉松弛的指挥官严厉地责问保尔:“您为什么骑马？民兵大队的队长和政委在演习时不应该骑马。我命令您把马送回马棚去，徒步参加演习。”

保尔十分清楚，要是徒步行军，他连一公里也走不了，他不骑马就没法参加演习。可该怎么对这个身上装饰了许多皮带的花花公子解释呢？

他硬着头皮回答道：“我不骑马就参加不了演习。”

“为什么？”

保尔明白，没有别的法子解释他拒绝步行的理由，只好低声说：“我的两条腿全肿了，连走带跑一个星期，我实在做不到。此外，同志，我还不知道您是什么人呢？”

“第一，我是你们团的参谋长。第二，我再次命令您下马。您如果真是个残废的话，我可没叫您在军队里服役，这可别怪我。”

保尔感到像被鞭子抽了一下。他猛地拉起马辔子，但古谢夫那强有力的大手拉住了他。受到这种侮辱，保尔忍不住要发作，但同时他又极力克制着自己，在内心进行了好几分钟的思想斗争。现在的保尔已经不是当年那个从一个部队转到另一个部队的任性士兵了，他现在是营政委，身后站着全营战士。应该为自己的队伍树立最好的红军榜样！况且他担任部队的训练工作，又不是为这个花花公子干的。想到这里，他离镫下马，忍着剧烈的关节疼痛，朝队伍的右翼走去。

罕见的好天气持续了数日。演习已经接近了尾声。第五天，演习在最后目的地谢佩托夫卡附近进行着，别烈兹多夫大队奉命由克里缅托维奇村方向夺取车站。

保尔十分熟悉这一带的地形，他把所有捷径都告诉了古谢夫。全营兵分两路，采取深入迂回战术，秘密地绕到“敌人”后方，在一片“乌拉”声中出其不意地冲进了车站。评判员对这一仗予以好评，认为他们打得十分出色。车站已被别烈兹多夫大队占领，而防守车站的大队“损失”一半人员，然后就撤到林子里去了。

保尔负责指挥半个大队。正当他和第三中队长、指导员站在大街中央布置兵力时，一个红军战士跑到他面前，气喘吁吁地说：“政委，大队长问你，机枪射手们是否占领了铁路交叉点。评判委员会马上就到。”

保尔和中队长走到道口那边。

团司令部的人早已经来到那里了，他们正在向古谢夫同志祝贺。

战败的大队代表们惭愧地站在那里，一点儿也不打算为自己辩护。

古谢夫说：“这不是我的功劳，柯察金是本地人，是他给我们领的路。”

团参谋长骑马走到保尔面前，嘲笑道：“同志，您的腿挺能跑的呀，看来，您骑马只不过是为了出风头吧？”他本想再说两句，一看柯察金眼神不对，才把话咽了回去。

他走之后，保尔悄声问古谢夫：“你知道他叫什么吗？”

古谢夫拍拍保尔的肩膀，劝道：“算了，别去理会这个骗子。他在革命前好像是个中尉，姓丘扎宁。”

保尔似乎在什么地方听到过这个名字，这一天他几次竭力回想，就是怎么也想不起来。演习结束了。大队因为成绩优异而受到好评，起程返回别烈兹多夫。可是保尔的身体却累垮了，他又不得不在母亲身边住了两天。

他把马牵到阿尔焦姆家，他每天都睡十二个小时。第三天，他到机车库去找阿尔焦姆。这座熏黑了的厂房使保尔感到很亲切。他忍不住大口大口地吸着烟味，他从小就闻惯了这种气味，就是在这种气味中长大的，他和这种气味已经结下了不解之缘。此时，这种气味儿更强烈地吸引着他，他有种失而复得的喜悦。保尔好像丢了什么宝贵的东西似的。他已经好久没有听见火车头的叫声了。一个水手，每次与碧波万顷的茫茫大海久别重逢的时候，都不禁要心潮澎湃。保尔现在的心境也是如此。机车库的亲切气氛吸引着他，召唤着这个往日的伙夫和电工。他现在十分激动，久久不能平静。保尔和哥哥没谈什么。他发现阿尔焦姆的额上又多了一道皱纹，他已是两个孩子的父亲了。尽管阿尔焦姆没说，但保尔能看出来，哥哥的日子过得很艰难。

哥儿俩一起干了一两个小时的活儿就分手了。在路口，保尔勒住马，回过头来向车站望了许久，然后给了黑马一鞭，飞奔在森林中的大路上。

现在在森林里走路已经没有什么危险了。布尔什维克肃清了大大小小的匪帮，捣毁了他们的巢穴，这一带的乡村里也太平了许多。

保尔回到别烈兹多夫的时候已经是中午了。莉达高兴地在区委会门口的台阶上迎接他。“你可回来了！你不在，我们都寂寞死了。”莉达把手搭在他肩膀上，同他一起走进屋里。“拉兹瓦利欣呢？”保尔一面脱大衣，一面问。

莉达有点不高兴地回答：“不知道。哦，想起来了！他早上说要到学校去代你上政治课。他说这是他分内的事，不是你的事。”

保尔听了又惊又喜。他对拉兹瓦利欣从来没有什么好感。“这家伙又想去学校打什么歪主意吧……”保尔心中暗自想着。

“去就去吧。你说说，这儿有什么好消息。你到格鲁谢夫卡去过吗？那边的同志们情况怎样？”

保尔坐在沙发上休息，活动着他那疲倦的双腿。莉达把最近的情况全告诉了他。

“前天拉基金娜被批准为候补党员了。她是个好姑娘，我很喜欢她。你瞧，教师们已经开始转变，他们有的人已经完全站到咱们这边来了。”

利西岑、保尔和新任区党委书记雷奇科夫经常在利西岑家的大桌子旁坐到深夜。

卧室的门关着，安纽特卡和利西岑的妻子已经入睡了。这三人仍在研读一本不太厚的书。每天他们也只有这时才能空闲下来。保尔下乡回来，晚上就到利西岑家里来学习，他看到他们两个人学到前面去了，心里挺难过。

一天，噩耗从波杜勃齐传来：格里沙被人暗杀了。保尔闻讯马上跑了出去。他顾不上脚疼，几分钟就跑到执委会的马厩。他以发狂的速度备好鞍子，跳上马，直奔国境而去。

格里沙躺在村苏维埃的一张大桌子上，桌子周围铺满绿叶，一面红旗盖在了他的身上。屋门口有一个边防军战士和一个共青团员站岗,在上级负责人到来之前,不许任何人进去。保尔走上前去,伸手掀开那面红旗。

格里沙躺在那儿,头扭向一边,脸色蜡黄,眼睛睁得大大的,还保持临死前的痛苦表情。他的后脑勺被锋利的凶器击碎了,现在用云杉遮掩着。

是什么人下的毒手呢?格里沙是个独生子,母亲已守寡了,父亲从前给磨坊老板当长工,后来成了村贫民委员会委员,在革命中不幸牺牲了。

听到儿子的死讯,老母亲立刻昏倒在地。邻居们正在抢救着这位不省人事的老人,可是他的儿子却默默地躺在那里,保守着他的死亡之谜。

格里沙的死震动了全村。在村子里,这个年轻的团支部书记和贫苦农民利益的捍卫者的朋友要比敌人多得多。

格里沙的遇害让拉基金娜伤心不已,她躲在自己的房间里放声痛哭。保尔走进来的时候,她连头都没有抬,眼泪滴答滴答地往地上掉。

保尔心情沉重地在一把椅子上坐着,低声问她:“你看,是谁杀害了他?”

“除了磨坊主那一伙,还会有谁!”她气愤地说,“明摆着,格里沙卡住了这帮走私犯的脖子,让他们喘不过气来,所以他们很有可能进行了报复。”

两个村子的人都来参加了格里沙的葬礼。保尔领着他的大队和全体团员都来给自己的同志送葬。加佛里洛夫安排了二百五十名边防军作为仪仗队,他们整齐地排列在村苏维埃前的广场上。在悲壮的哀乐声中,人们抬出了用红旗覆盖着的棺材,然后把它安放在广场上新挖好的墓穴前,旁边是安葬着国内战争中牺牲的布尔什维克游击队员的坟墓。

格里沙的死使他的朋友更紧密地团结了起来。贫苦的青年们和贫苦的村民们表示坚决支持团支部。致悼词的人都义愤填膺,强烈要求处死凶手,要求一旦捕获他们,就把他们带到广场上来,在烈士墓前举行当众审判,让大家都认清敌人的狰狞面目。

接着,放了三响排枪。烈士墓上铺着常青树枝。当天晚上,支部选举拉基金娜为新的支部书记。与此同时,保尔从国家政治保安部的边境哨所得到消息:他们那边已经找到了关于凶手的线索。

一个星期后,第二届区苏维埃代表大会在别烈兹多夫戏院隆重召开了。利西岑向大会做报告,他显得表情格外严肃,神色庄重。

“同志们,我以十分高兴的心情向大会报告,一年来由于大家的共同努力,我们的工作有了很大进展。我们大大巩固了本区的苏维埃政权,彻底肃清了土匪,狠狠打击了走私活动。各村都建立了坚强可靠的贫农组织。共青团组织壮大了十倍,党的组织也发展了。最近,富农们在波杜布齐杀害了我们的格里沙同志,最近,我们已经成功地破获那起凶杀案,凶手就是磨坊主和他的女婿,他们已经被逮捕了,不久他们将会受到省法院巡回法庭的审判。大会主席团收到许多村的建议,要求大会作出决议,将这些杀人犯处以极刑……”

会场上立刻响起了震耳的喊声:“赞成!处死苏维埃政权的敌人!”

这时,莉达出现在一个侧门的门口,她朝保尔招了招手。

在走廊上,她把一封上面盖着“急件”字样的信交给了他。保尔立刻拆开了它,内容如下:

共青团别烈兹多夫区委会:省委研究决定调回柯察金同志,另将委派重要的共青团工作。保尔告别了他工作一年的别烈兹多夫区。区党委为此特地召开了一次专题会议。会上讨论了两个问题:第一,批准保尔·柯察金同志转为共产党正式党员。第二,解除他区团委书记的职务,并通过他的鉴定。

利西岑和莉达紧紧地握着他的手,亲切地拥抱了他……大家都舍不得分手。当保尔的马从院里跑到街上的时候,十几支手枪一起打响了,全部向他致敬。

5

电车的发动机使劲地隆隆响着,拖着车厢沿着丰杜克列耶夫大向上爬。它在歌剧院门前停下。从车里走出来一批年轻人,接着车又继续向上开走了。

潘克拉托夫催促着后面的同伴:“快点吧,同志们!咱们肯定迟到啦!”

奥库涅夫到歌剧院门口时才赶上了他。“你还记得吗,伊格纳特,三年前咱们也是在这里开会的。

“那时,杜巴瓦带着一批‘工人反对派’回到咱们队伍中来。那天晚上的会开得很好。今天咱们又要跟杜巴瓦斗一斗了。”奥库涅夫急忙说。

他们在入口处出示证件后,快步走进了大厅。潘克拉托夫回答道:“是啊,杜巴瓦这出戏又要重新上演了。”

有人嘘了一声,示意他们保持肃静。他们只好就近找位子坐下来。晚上的会议已经开始。在台上发言的是一位女同志。

“咱们来得刚好,就坐这儿吧,听听你妻子讲些什么。”潘克拉托夫用胳膊肘碰碰奥库涅夫,悄声对他说。

“……不错,进行这场辩论,我们花费了不少时间和精力,但是,青年们参加辩论,学到了很多东西。我们非常高兴地看到这样一个事实,就是在我们的组织里,托洛茨基分子的败局已定。我们给他们发言权,允许他们充分地表达自己的观点。他们在这方面是没有什么可以抱怨的。恰恰相反,他们甚至滥用了我们给他们的行动自由,干了一连串严重破坏党纪的事情。”

塔莉亚非常激动,一绺头发耷拉到她的脸上,她用力把头向后一甩,又继续说:“各区来的许多同志在这儿发了言,他们都谈到了托洛茨基分子采用的种种手段。托洛茨基分子在这次大会的代表中所占的比重很大,各区特意发给他们代表证,好让大家在这次市党代会上再听听他们的意见。如果他们自己不愿多说,那可别埋怨我们。他们在各区和各支部都已经一败涂地了,这使他们多少也学乖了一点儿,他们很难再跑到这个讲台上来老调重弹了。”忽然，会场右上角传来刺耳的喊声，打断了塔莉亚的发言：“我们还有话要说！”

塔利亚转过身去说道：“好，杜巴瓦，就请你上来，我们倒很想听听。”

杜巴瓦恼恨地看着她，神经质地撇了撇嘴。

“到时候自然会说！”他喊了一句，立刻想起他昨天在索洛缅卡区的惨败，那个区里的人都知道他。

全场发出不满意的声音。潘克拉托夫实在是忍不住了：“怎么？你们还想再一次动摇党的基础吗？”

杜巴瓦听得出这是谁的声音，但他咬着嘴唇，低下了头。

塔莉亚接着说：“就说杜巴瓦吧，他恰好是托洛茨基分子中破坏党的纪律的典型。他做了很长时间的共青团工作，许多人都认识他，兵工厂的人更是了解他。杜巴瓦现在在哈尔科夫共产主义大学就读，但是大家都清楚，在那里他已经和舒姆斯基在一起待了三周。这时候大学里功课正紧张，他们跑到这儿来干什么呢？全市没有一个区他们没有去演讲过。不错，最近什科连科开始醒悟了。谁派他们到这儿来的？除了他们两个以外，我们这儿还有许多外地来的托洛茨基分子。他们以前都在这儿工作过，现在回来就是为了在党内煽风点火。他们所在的党组织知不知道他们现在在什么地方呢？当然不知道。”

台下是舒姆斯基的喊声：“我们没有办法，都在灌木丛里打小工，我们没有地方办公。”会场上此时突然响起来一阵哄笑，舒姆斯基自己也忍不住笑了。

舒姆斯基的玩笑话一时缓和了会场上的紧张气氛。大家都在等待托洛茨基分子出来发言，承认自己的错误。不管怎么说，这些同志虽然激烈地反对多数派，他们同出席市党代会的这四百名代表过去毕竟共患难过，只不过由于不肯悬崖勒马，反而猛烈攻击党和共青团的领导，这种共同性才日渐消失，到前来参加会议的时候，压倒的多数派和分裂的少数派已经势不两立了。然而，只要杜巴瓦、舒姆斯基和他们那伙人真心诚意悔过自新，那么，言归于好仍然是可能的。可惜的是，这件事并没有发生。

塔莉亚还在动脑筋，要说服他们承认错误。她说：“同志们，大家应该还记得三年前，也是在这个剧场里，杜巴瓦同志和一批‘工人反对派’的成员回到了咱们的队伍里。当时，柯察金发了言，这个发言同时也是受杜巴瓦同志委托做的，发言中说：‘党的旗帜永远不会从我们手中掉下去。’大家还记得吧？但是，不到三年，杜巴瓦同志已经把党的旗帜抛弃了。他刚才说：‘我们还是要说话的。’这说明，他和他的同伙还要继续顽抗下去。”

“我回过头来讲一讲杜巴瓦在佩乔拉区代表会议上的发言。他都说了些什么，我给大家念念速记记录：年轻人不得担任党的领导职务。党委会到处都是由上面指派的，党的机关已经僵化，变成了官僚。一切迹象表明，老干部已经蜕化了。党的领导工作只能由这些职业管理人员来担任，这已经成了法规，这种合法的特权必须打破。我们要给党机关日益衰老的机体注入新鲜的血液，年轻的血液。但是，党机关在疯狂地捍卫自己掌权的权利。为什么管理机关要拼命攻击托洛茨基同志呢?因为正是他勇敢地说出了这样的话:青年是党的晴雨表。”此时此刻大会已经进入了白热化阶段,场上的喧闹声更大了。后排有人喊道:“让图佛塔谈谈晴雨表吧,他是他们的气象学家。”

全场响起了一阵激愤的声音:“少开玩笑!”

“让他们立刻答复:他们是否停止反党活动?”

“让他们交代,是谁写的反党宣言!”

主席在旁边不停地摇着铃,但是却丝毫不管用,会场仍然是一片喧哗。

吵闹声掩盖了塔莉亚的话声,不过,这场风暴马上就过去了,又可以听到她的讲话:“托洛茨基分子抱怨说,他们受到了无情地斥责。那他们想要什么礼遇呢?最近几年,党和共青团思想上已经成长起来,坚强起来。党的绝大多数青年积极分子以刺刀来迎接托洛茨基分子的挑战,我们只能为此而感到骄傲。当辩论深入到广大党团员群众中去之后,托洛茨基分子输得就更惨了。他们到处煽风点火,夸夸其谈,可基层干部并不会上他们的当。杜巴瓦和舒姆斯基同志有很多朋友,可朋友们也不支持他们,这并不是我们的过错。”

“1921 年舒姆斯基曾和我们一起同杜巴瓦斗争。如今他们同流合污了。茨韦塔耶夫过去就参加过‘工人反对派’,现在他继续同我们作对。斯塔罗韦罗夫却是摇摆不定,一会儿向东,一会儿又向西。斗争使我们受到了锻炼。青年们的思想在渐渐地成长着。”

“我们经常收到同志们从各地的来信,他们与我们立场一致,使我们深受鼓舞。请允许我来给大家读一封信,写信人是奥尔加尤列涅娃,在座的诸位都认识她,她现在担任共青团专区委员会的组织部长。”

塔莉亚从一大包信件中抽出一封来,很快看了一遍,就读起来:

日常工作停顿了,四天来所有的常委都下到各区去了。托洛茨基分子挑起了一场空前激烈的斗争。昨天发生的事引起了全专区党员的极大愤慨。反对派在市里任何一个支部都没有得到多数人的支持,于是就决定集中力量,在专区军务部的党支部里大干一场。这个支部包括专区计划部和工人教育部的党员,总共四十二个人,托洛茨基分子全部集中起来参加这个会议,并且发表了极其恶毒的反党言论。一个军务部的人明目张胆地说:“……如果党的机关不投降,那么我们就用武力把它解决掉。”

反对派对这段话报以掌声,表示欢迎。这时,柯察金挺身而出,义正词严地驳斥了反对派的胡言乱语。我没法把他的话全部转述出来。

他揭露了敢于在工人阶级政党头顶上挥舞马刀的反对派的真实嘴脸,斥责反对派说:“你们作为布尔什维克党的成员,怎么能给这样一个法西斯分子鼓掌喝彩呢?”

这帮人一听立马开始鼓噪起来,把椅子敲得乒乓乱响,不让保尔说下去,还不断叫骂:“机关老爷!官僚!共青团贵族!”

支部的有些成员，见到会场上涌进来那么多“外人”，非常生气，他们要求让保尔把话说完，可保尔刚一开口，这帮人又开始在捣乱起哄。

保尔冲他们喊道：“瞧你们的民主，真是绝妙的写照。不管你们怎么闹，我还是要说下去，哪怕是为了那些中托洛茨基的毒还不太深的人也要继续说下去。”

当时就有几个人抓住保尔，使劲地往台下拽。他们干脆撒起野来了。保尔一边挣扎，一边继续往下讲。那些人把他拖到后台，打开旁门，扔了出去。有一个坏蛋还把他的脸打出血来。那个支部的党员全体退场以示抗议，这件事使许多人认清了反对派的真面目。

塔莉亚放下拿着信纸的手，又激动地说下去：“我们谢加连区的党团员听到保尔站在我们一边，非常高兴。”

会场上一时间又响起了混杂在一起的喊声，只有几句能听清楚：“他们争取民主靠的是拳头。”

“让他们说说，他们到底是什么目的。”

塔莉亚的发言时间已到，她走下了讲台。

下面还有人要发言。台上的主席团有十五个成员，其中包括托卡列夫和谢加尔也在内。谢加尔到省党委担任宣传鼓动部部长的职务已经两个月了。他仔细听着市党代会各位代表的发言，到现在为止，发言的还全是一些年轻代表。

“三年前还都是些‘共青娃娃’呢，是又细又瘦的嫩枝条。”

“这三年他们成长得可真快呀。”谢加尔轻声对身旁几位年纪大的人感叹着。

“看到反对派竭力破坏新老近卫军的团结，却遇到如此多的困难，心里真是舒坦，而我们的重炮还没有投入战斗呢。”

托卡列夫听到谢加尔又在诙谐地说。

图佛塔跳上主席台，全场发出不满的喧闹和哄笑声。图佛塔转向主席团，想就此提出抗议，但这时会场已经安静下来了。

“这里有人叫我气象学家，但多数派同志们，你们就是这样肤浅地来讥笑我的政治观点吗？”他气愤地嚷道，“不管你们怎么笑，我还是要说——青年就是晴雨表。列宁曾不止一次这样说过。”

会场上霎时安静了下来。

“列宁怎么说的？”有人问他。

图佛塔顿时来了精神。

“十月起义时，列宁曾经下令把最坚定的青年工人召集起来，发给他们武器，把他们和水兵一起派到最重要的地方去。我把这段话读给你们听听怎么样？我把列宁的原话都抄在卡片上了。”说着他就真把手伸进了皮包。

“这我们知道！”

“关于团结的问题列宁是怎么讲的？”

“关于党的纪律呢？”

“列宁在什么时候要青年和党对立了？”

图佛塔这时愣住了，一个也答不上来。于是赶快换个话题："刚才塔莉亚·拉古京娜在这里读了尤列涅娃的信。辩论中出现一些反常现象，我们可不能负责。至于柯察金被撵出门去这件事，我表示欣赏。1921年的时候，他也是反对派，他并没有制止他们的人把党委代表撵到门外去，具体来说，被撵的就是本人。在工厂里，两个小伙子挟着我的胳膊，不管我的反对，就直接把我推到门外。舒姆斯基可以做证，他当时也在场。现在让柯察金也尝尝这种滋味，让他看看是不是好受的。"

和舒姆斯基并排坐着的茨维塔耶夫生气地附在舒姆斯基的耳边喃喃骂道："真是，你让傻瓜去向上帝祈祷，他会碰得头破血流，这也太过分了！"

舒姆斯基也随声附和道："是啊！这个笨蛋准会连累我们。"

图佛塔那又尖又细的声音还在往听众耳朵里钻："你们在这里斥责我们，说我们瓦解党分裂党。我们有什么办法呢？既然党的多数派手里有党的机关做武器，那我们也要有相应的对策。既然你们组织了多数派党团，我们也就有权利组织少数派党团。"

会场上顿时又掀起了一阵风暴。

愤怒的吼声把图佛塔的耳朵都快要震聋了。

"你说什么？再一次分裂成布尔什维克和孟什维克吗？"

"俄国共产党不是议会！"

"他们这是为所有的孟什维克卖力气，从米亚斯尼科夫到马尔托夫！"

图佛塔就像要跳水似的扬起两只手，又起劲地讲起来，而且越说越快："对，就是要有组织集团的自由。否则，我们这些持不同政见的人，怎么能同这么有组织、有纪律、团结一致的多数派斗争，来捍卫自己的观点呢？"

会场上吵嚷声越来越大了。潘克拉托夫站起来喊道："让他把话说完，听听也没有坏处！图佛塔总算把有些人憋在肚子里的话说出来了。"

会场又安静下来，图佛塔这才发觉他说漏了嘴。这些话恐怕现在还不该说。他脑子一转，连忙准备收场，这时他说话已经有点语无伦次了："托洛茨基迫使中央全会承认了党内生活不正常。是他努力，让中央做出了关于党内民主的决定。你们当然可以开除我们，把我们打入冷宫。这不已经开始这样做了嘛。安东诺夫·奥夫谢延科的共和国革命军事委员会政治部主任的职务就被撤了嘛，可安东诺夫·奥夫谢延科是跟托洛茨基一起领导了十月革命的人。再说我吧，也从省团委给排挤出来了。论关系，究竟谁是谁非，很快就能见分晓。我们不怕你们指责我们破坏党内的和睦。列宁也受到过孟什维克同样的指责。莫斯科有百分之三十的党组织支持我们。我们还要战斗下去。"说完，他匆匆跑下了主席台。

这样一来，茨维塔耶夫马上写了个纸条："季米特里，你要马上发言。不错，我们败局已定，发言也无济于事，但是必须要纠正图佛塔的错误。他就是一个信口开河的浑蛋。"

这时杜巴瓦请求发言，立刻得到允许。

当他走上主席台的时候，全场寂静无声，人们都怀着戒备的心态等待着即将发生的一切。这种讲话前的沉寂本来就是会场上常有的现象,现在却使杜巴瓦感到,大家都对他冷淡而疏远。他在各支部发言时的那股慷慨激昂的劲头已经没有了。他的情绪开始一天天低落下去。现在就像一堆被水浇灭的篝火,只能冒出一股呛人的浓烟;这浓烟就是他那被明显的失败和老朋友们无情地反击刺伤了的病态的自尊心,以及他那坚持错误的顽固态度。他决心硬着头皮干到底,虽然他明知这样一来,一定会离大多数同志更远。他说话的声音不高,但是非常清楚。“我请求大家不要打断我,也不要中途插话。我想把我们的观点完整地申述一下,虽然我早就料到,这是白费唇舌,因为你们是多数。

“我尽量简短些。这十天来说的话已经够多了。你们都知道《四十六人声明》这个文件。托洛茨基同志和党的许多著名领导干部在这个文件里尖锐批评了中央的工业政策。我们要求工业的高度集中,这是第一。我们还认为,财政改革和发行垄断性的切尔沃涅茨①会把我们引向危机。我们本该向农民的小资产阶级自发势力施加压力,以无产阶级专政的全部威力逼迫农民交出他们的财产,但是中央没有这样做,反而否决了提高工业品价格的建议。当然,也要看到国内农民有某种罢买的情绪,他们拒绝购买工业品。”

“反对派提议以强制推销日用消费品的方式来制止罢买的情况,并且全部日用消费品都从国外进口。中央拒绝向农民施加压力,吓唬我们说,这样会破坏同这个所谓的可靠同盟军的联盟。而我们认为,应该把这股自发势力手中所有的一切都压榨出来,不留一个子儿,把钱财全都投入到社会主义工业中去。历史会证明我们是正确的。”

“其次,我们的分歧表现在党内问题上。刚才塔莉娅·拉古京娜读了我发言的部分速记记录。我想重复地再说一遍。”

“为什么党的机关猛烈攻击托洛茨基呢?因为托洛茨基同党的官僚主义进行了斗争。高等学校的青年全都支持托洛茨基,他说的‘青年是党最重要的晴雨表’是一个真理。”

“是的,同志们,托洛茨基的确是一个值得我们信赖的人。他是十月革命的领袖。他不同于季诺维也夫和加米涅夫,没有在起义面前畏缩不前。他也不同于布哈林,没有在1918年布列斯特和约谈判期间破坏党的统一,而布哈林,据说甚至打算因为缔结对德和约而逮捕列宁和其他同志。托洛茨基在1903年是第一个布尔什维克。他领导红军走向了胜利。他同列宁一样,是世界上最著名的革命家。当然,如果不是中央压制托洛茨基,我们早就向国际上的反革命势力发动进攻了。要实现真正的党内民主,所有的集团、派别都应该有权发表意见,而不能只有布尔什维克才说话算数。”

“党的机关成了我们的不幸,领导成员清一色都是老近卫军这一事实使党有了

---

① 切尔沃涅茨是苏俄1922－1924年币制改革时发行的纸币,有多种面额,一切尔沃涅茨相当于十卢布。流通到1947年。

蜕化的危险。托洛茨基举出考茨基和保罗·勒维[①]作为活生生的例证,他是正确的。”

会场上的嗡嗡声和愤怒的喊声反倒使杜巴瓦说的更有激情了。

迄今为止,大家都在耐心地静听他的发言,只有一排排人头不安的晃动才显示出与会代表紧张激动的心情。

“叫我说,同志们,权力会毁了一个人。所以我们要奉劝你们把党的机关干部,特别是那些头头脑脑,重新下放到工厂去开机器,这一劝告也是正确的。”

茨韦塔耶夫在座位上幸灾乐祸地叫喊:“对!让他们去闻闻汽油味,办公室都成了他们的避风港啦。”

没有人搭理他。大家都在等着,看看杜巴瓦到底还会再说些什么。

“我们再次声明,中央的政策将把国家引向毁灭。如果再继续执行这个政策,要不了多久,财政和工业就会崩溃,农民就会给我们致命性的打击。除此之外,中央和你们这些支持中央的人在制造党的分裂……”

大厅里犹如爆炸了一颗手榴弹。暴风雨般的怒吼声向杜巴瓦直扑过去。愤怒的叫喊如同皮鞭抽打在杜巴瓦脸上:“可耻!”

“打倒分裂派!”

“不许血口喷人!”

喧闹声静止下来后,杜巴瓦结束了他的发言:“是的,说这些话,需要有足够的勇气。我无非是讲讲真实情况。你们肯定会找我们算账,我也无所畏惧,大不了再去当钳工。我在前线打过仗,没做孬种,现在你们也吓不倒我。”他当胸捶了自己一拳,决定“拂袖而去”,最后,他高喊道,“十月革命的领袖托洛茨基万岁!打倒机关老爷和官僚!”

嘲笑声伴着杜巴瓦走下台,这使他灰心丧气,怒气冲天地大喊大叫倒是更能让他好受些,现在人们就像讥笑一个装腔作势的演员一样在看着他。

后来主席说:“现在有请舒姆斯基发言。”

舒姆斯基站起来,严肃地说:“我不想讲了。”

坐在后排的潘克拉托夫请求发言,他的声音还是像平时那么的低沉。

而杜巴瓦听到这个码头工人的声音,就知道了他现在的情绪。这个码头工人只有在受到什么人严重侮辱的时候,才用这种声音说话。杜巴瓦忧郁地看着这个身材高大、微微驼背的人快步走向主席台,心里感到有一丝沉重和不安。他知道潘克拉托夫要说什么。他想起昨天在索洛缅卡区和老朋友们一起聚会时,大家都苦口婆心地劝他脱离反对派。当时同他在一起的有茨韦塔耶夫和什科连科。聚会在托卡列夫家里举行。在场的有潘克拉托夫、奥库涅夫、塔莉亚、沃林采夫等人。他们讲了许多希望恢复团结的话,杜巴瓦始终充耳不闻,不置一词。当大家谈得正热

---

① 保罗·勒维(1883-1930),德国工人运动活动家,德共早期领导成员,后因右倾机会主义被开除出党。

烈时,他和茨韦塔耶夫却扬长而去,表示不愿意承认错误。什科连科当时没有走,现在他又拒绝发言。

“真是个没骨气的知识分子!一定是让他们争取过去了。”杜巴瓦愤愤地想。在这场不自量力的斗争中他已经渐渐失去了所有的朋友,在共产主义大学里,他和扎尔基的友谊画上了句号。后来,当分歧更趋明朗的时候,他就不再和扎尔基说话了。而且扎尔基与安娜的接触更使他耿耿于怀。安娜在一年前成了杜巴瓦的妻子,但他们各有各的房间。安娜不同意杜巴瓦的观点,他们的夫妻关系比较紧张,而且正在日益恶化,杜巴瓦认为,关系恶化还有另一个原因,就是扎尔基最近成了她的常客。这倒不是出于嫉妒,而是因为他已经同扎尔基绝交了,可是安娜却仍然同扎尔基保持着友谊,因此在他眼里,他看不下去,觉得十分恼火。后来他把这话对安娜说了,两个人又大吵了一场,关系就越发紧张了。这次杜巴瓦离家,跟安娜连招呼也没有打,就到这里来了。

潘克拉托夫的声音打断了杜巴瓦回忆往事的思路。

“同志们!”潘克拉托夫把这三个字说得清楚而有力。他走上了主席台,站在台口上。

“同志们!我们进行激烈地辩论,今天是第九天了。各个支部通宵达旦地开会,我们看见了许多东西,也听到了许多东西。现在,城里的辩论已将近尾声。”

“我们这边的会议,再召开一次也就要结束了。细节问题我们放到一边去,它们无关大局。我想讲讲主要的东西。昨天我们讨论了中央关于经济问题的决议。反对派的四十六个成员去年 9 月向中央递交了他们著名的声明,这个声明成了从工人反对派残余到民主集中派的一切敌对集团和派别的反党旗帜。这些形式的集团和派别是由托洛茨基和他的信徒们领导的。显然,杜巴瓦深入钻研过这个文件。托洛茨基分子对我们说了些什么呢?他们说,党中央和多数派把国家引向毁灭,而他们则是被派来的救世主。我要直截了当地说:他们的发言不像是我们的战友,不像是革命战士,不像是和我们共同斗争的阶级弟兄。反而他们的发言是充满敌意的、嚣张的、恶毒的和诽谤性的。是的,同志们,是诽谤性的!他们把我们布尔什维克说成是党内专横制度的拥护者,说成是出卖阶级利益和革命利益的同志。”

“他们诬蔑我们党内最优秀的、久经考验的、光荣的布尔什维克老战士,也就是说,诬蔑那些培育和锻炼了俄国共产党的人,那些在沙皇监牢里受尽了折磨的人,那些在列宁同志领导下同国际上的孟什维主义、同托洛茨基进行了无情斗争的人。他们诬蔑这些人,说这些人是党的官僚主义的化身,是一个大权独揽的、类似于‘党内贵族’的特殊阶层。除了敌人,谁还能说出这种话来?那么,在这种情况下,托洛茨基分子该做些什么呢?只有一件事——揪哇,砸呀,砍哪。他们中有些人说走了嘴,泄露了天机。尤列涅娃信里谈到了这一点。这场斗争表明,在我们的队伍中确实有这样一些人,他们随时准备破坏党的统一,践踏党的纪律,每次只要党一有困难,他们就兴风作浪,瓦解党的组织。让我们来揭开反对派的真面目吧。”

“难道党中央在决议里没有指出我们的某些组织中存在着官僚主义和过多的

集中？难道12月5日没有做出关于工人民主权利的决定？都有过，而且托洛茨基投了赞成票。党内每一个布尔什维克都有机会发表自己的意见，提出改进工作的建议。剩下要做的，只是在统一的党的家庭内部进行讨论，共同努力克服困难，把事业推向前进。"

"托洛茨基做了些什么呢？就在他投票赞成他完全同意的那个决议做出的第二天，他越过中央，直接向党员群众发出了他那份臭名昭著的声明。接着，党内所有的反对派便疯狂地向党中央开火。本来应该扎扎实实地讨论我们经济工作和党内生活中的问题，现在却打起了党内战争。托洛茨基企图把青年武装起来，把他们当枪使，反对老一辈革命家。他想破坏新老两代人牢不可破的团结。他和他的追随者竭力诽谤中央和革命老战士。党内多数同志对这种空前的、搞突然袭击的反党行径十分愤慨，向反对派展开了无情地全面反击。于是他们便诬蔑我们压制他们。可谁又会相信这些鬼话呢？"

"我们基辅现有的托派宣传鼓动家最少有四十名。有从莫斯科来的，有从哈尔科夫来的一大帮，还有两个来自彼得格勒。

"这些人我们全都让他们讲话。我相信，不论到哪个支部，他们都不会错过造谣中伤的机会，杜巴瓦、舒姆斯基，还有另外几个过去的干部都不属于本地组织，按规定他们无权参加各区和市的代表会议，但是我们还是给他们发了代表证。他们可以发表自己的意见。如果他们遭到多数人的尖锐地、毫不留情地谴责，那责任可就不在我们身上了。"

"请听听他们给别人起的那个侮辱性的绰号'机关老爷'吧。里面包含了多少仇恨！难道党和党的机关不是一个整体吗？"

"他们对青年说：'瞧那些机关，它们是你们的敌人，朝它们开火吧。'这叫什么话？这种话只能出自颓废的无政府主义者之口，而不是布尔什维克之口。"

"请大家说说看，假如有人恰恰在部队被敌人包围的时候，出来挑唆年轻的红军战士，叫他们去反对他们的指挥员、政委、司令部，我们管这些人叫什么呢？"

"又比方说，我今天当钳工，在托洛茨基看来，我还可以算是个'好人'，要是我明天当上了党委书记，那我就是'官僚'，成了'机关老爷'了。这简直就是荒谬之语！"

"你们是不是明白，托洛茨基派进行这种诽谤，会落个什么下场？他们不可避免地会变成无产阶级革命的敌人。"

"我们的各级党委过去是，将来仍然是我们的司令部。我们把最优秀的布尔什维克派到那里去工作，并且决不允许任何人损害他们的威望。"

潘克拉托夫喘了一口气，抬手擦去前额上的汗珠。然后又继续讲道：

"反对派要求结派的自由，也就是说，他们要在党内不受拘束地结帮团伙，这意味着什么呢？这意味着，他们要把我们的党变成争论不休的俱乐部。这意味着，今天党做出一项决议，明天某一个团伙便可以要求废除这项决议。争论又随之而至。到那时候，我们全都成了一群糊涂虫。"

“我们党是一个行动的党。既然作出了决议,所有党员都应该贯彻执行。只能如此。否则,我们不可能成为一支不可动摇的力量。布尔什维克是不会同意结派自由的。”

“还有一点需要指出,反对派笼络的都是些什么人呢?大部分是高校的青年。托洛茨基称他们是晴雨表,是党的基石。”

“可是我们这儿任何一个小孩都知道,党的基石是老一辈革命近卫军,是机床旁边的工人。”

“反对派里有图佛塔、茨韦塔耶夫,还有阿法纳西耶夫这样一些人。图佛塔是因为官僚主义不久前被撤职的,茨韦塔耶夫那套‘民主’在索洛缅卡区是出了名的,阿法纳西耶夫则因为在波多拉区搞强迫命令和压制民主三次被省委撤销职务。反对派一方面起劲地叫喊争取民主;另一方面又网罗这样一批人,同志们,这岂非咄咄怪事?”

“固然,反对派里也有生产第一线的工人。可事实毕竟是:那些因为工作方法问题受过党批评处分的人,都纠合在一起向党进行斗争了。这是一幅什么情景呢?杜巴瓦、舒姆斯基带领被他们蒙蔽的工人打头阵,他们的侧翼则是昨天还是官僚主义者和形式主义者,今天却在猛烈攻击官僚主义的图佛塔之流。谁又能相信他们呢?”

“托洛茨基成了反对派的旗帜。我们听到他们千万次地重复:‘托洛茨基是十月革命的领袖’,‘他是打败了反革命势力的胜利者’,‘他是党的最早的领袖’,等等。”

“他们逼得我们非谈这个问题不可,那我们就一劳永逸地把托洛茨基在我国革命中的作用彻底弄清楚。反对派讲到十月起义的时候,很少提到列宁同志的名字,这不是偶然的。他们也不提中央委员会。彼得格勒的布尔什维克,彼得格勒的革命工人、水兵、士兵更不在话下。他们只有一个人——托洛茨基。”

“反对派企图以托洛茨基偷偷取代全世界无产阶级最伟大的领袖列宁,取代我们的党,而托洛茨基是1917年才加入多数派的。他们为什么要这么干?目的仍然没有变:为了派别斗争的利益,为了蒙蔽不了解我党历史的人,把这些人统统都拉到他们那边去。只要能达到目的,他们就会不择手段。”

“对反对派来说,在国内战争中,无论是列宁,还是党,还是为苏维埃政权英勇战斗的千百万战士,都是不存在的。只存在一个人——托洛茨基。这也不是偶然的。但是,我们是亲身参加了斗争的见证人,我们知道谁是胜利的领袖。是党和党的领袖列宁,是我们光荣的布尔什维克中央委员会领导无产阶级战胜了敌人,是我们红军战斗员和指挥员战胜了敌人。这伟大的胜利是用劳动人民的儿女的鲜血换来的,而不是某个人取得的。”潘克拉托夫的话声调高昂,铿锵有力,他讲到这里暂停了一下。

全场对他的这些话报以暴风雨般的掌声。这掌声是奔腾的洪流,汹涌澎湃,来势迅猛,仿佛正在吞没堤岸。

杜巴瓦不止一次听到这洪流的咆哮。这些日子他参加支部会和区代表会议，总是被这洪流席卷而去。他领教过它的威力。过去，当他和大家肩并肩向前进的时候，他的心、他的身子曾经是这不可阻挡的洪流中的一滴。如今他和他的一小撮同党却逆流而动，过去引起他内心共鸣的东西，如今向他猛扑过来，把他扔到了浅滩上。潘克拉托夫讲的话，每个字都在他心里引起病态的反响。他真恨不得这样讲话的是他杜巴瓦，而不是这个从第聂伯河畔来的码头工人。瞧他那么结实，表里都是一块整料，不是他杜巴瓦那种裂成两半的、正在失去立足之地的货色。潘克拉托夫又接着说下去：

“至于十月革命前托洛茨基的布尔什维主义是什么东西，还是让老布尔什维克们来介绍吧。年轻人对此应该了解得不多。现在既然用他的名字同党对抗，那我们就必须了解托洛茨基反对布尔什维克的全部历史，了解他是怎样反复无常，经常从一个营垒跳到另一个营垒的。党应该了解，是谁把各个少数派纠集在一起，组织八月联盟来反对列宁和布尔什维克的。这些事都要写成书印出来。托洛茨基既然成为分裂的组织者，我们就要摘下他的桂冠，还他以昨日的和今日的本来面目。”

“托洛茨基在十月革命中的斗争表现不错，所以党委他以重任。党为他树立了威望，对他高度信任。如果说这个人曾经是个英雄，那也是在他和我们步伐一致的时候。托洛茨基在十月革命前不是布尔什维克，革命之后他摇摇摆摆地总是走曲线，无论是布列斯特和约谈判，还是有关职工会的争论，或者这次向党发动空前规模的进攻，他都是那个摇摆不定的样子。”

“同反对派的斗争，使我们的队伍更加团结，也使青年们在思想上更加坚强了。布尔什维克党和共青团在反对各种小资产阶级思潮的斗争中得到了锻炼。反对派里那些患有歇斯底里恐慌症的先生们预言，明天我们在政治上和经济上一定要破产。我们的未来会证明这种预言究竟会有多大价值的。”

“他们要求把我们的老同志，比如托卡列夫和谢加尔同志，派去看车床，而让杜巴瓦这样的把反党活动当作英雄行为的失灵了的晴雨表占据老同志的岗位。同志们，坚决不行，我们不能这样做。老布尔什维克是要有人接班的，但是，绝不能让一有风吹草动就向党的路线猖狂进攻的青年来接替他们。我们绝不允许任何人破坏我们伟大的党的团结。老一代和青年新一代近卫军永远不会分裂。他们是一个整体，如同人的肌体一样，相辅相成，缺一不可。

“正是在团结中才体现出我们的力量，我们的坚定性。同志们，前进，迎着困难，迈向我们的目标！我们在列宁的旗帜下，同各种小资产阶级思潮进行斗争，相信我们一定会取得胜利！”

在潘克拉托夫的长篇演讲结束时，全场爆发出热烈的掌声。会场上许多人都激动地站了起来。自发地唱起了无产阶级庄严的《国际歌》。

第二天，图佛塔家聚集了大约十来个人。杜巴瓦说：“今天我要和舒姆斯基动身回哈尔科夫。在这里我们已经无事可做了，你们要尽量团结，千万不要搞成一盘散沙。我们只能静待时局的变化。很明显，全俄大会将要对我们进行批判，不过我看还不至于立刻对我们实施迫害行动。多数派决定在工作中再考验我们一段时间。尤其是在党代会之后,如果再搞公开的斗争,我们就会被党开除,这不符合我们的行动计划。前途未卜,实难预测,我似乎没什么可说的了。”杜巴瓦站起来就要离开。

身材细、嘴唇薄的斯塔罗韦罗夫也站了起来,咬着舌头,结结巴巴地说:“德米特里,我不懂你的意思。是不是说大会的决议咱们不一定服从?”

茨韦塔耶夫粗暴地打断了他的话:“形式上还得服从,要不,你就别想要党证了。咱们先看看刮什么风再说,现在散会吧。”

图佛塔在椅子上不安地动了一下。什科连科愁眉不展,脸色苍白,因为老是失眠,眼圈发黑。他一直靠窗坐着。一听茨韦塔耶夫最后这几句话,他突然把手放下,朝在场的人转过身来。

“我反对来这一套。”他生气地粗声说,“我个人认为,大会的决议我们必须服从。我们已经申述了自己的观点,大会的决议我们应该服从。”

斯塔罗韦罗夫用赞同的目光看了看他。

“我也是这个意思。”他咬嘴咬舌地说着。

杜巴瓦狠狠地盯住什科连科,咬着牙,非常露骨地挖苦他说:“爱怎么样随便吧,根本没人管你。你可能还会有机会到省党代会上去‘忏悔’呢。”

什科连科一听气的直接大跳了起来。

“你这是什么话,德米特里,老实说,你这话只能让人反感,我不得不重新考虑昨天的立场。”

杜巴瓦把手往外一挥,对他说:“你只能走这条路了。快认罪去吧,现在还不晚。”

杜巴瓦同图佛塔等人一一握手告别。

他走后,什科连科和斯塔罗韦罗夫接着也走了。

滴水成冰的酷寒使 1924 年得以永载史册。整个 1 月份天寒地冻,祖国大地变成了一片冰雪的世界。从下旬起,风暴骤然而至,大雪肆虐了半个多月。

大雪封住了西南铁路线的整条道路。人们与无情的天灾殊死搏斗。扫雪机的铁犁头钻进那堆积如山的积雪,赶着为列车开道。

因为天冷风大,结上冰的电报线断了不少,十二条线路只有印欧线和另外两条直通线还畅通无阻。

谢佩托夫卡总站电报房。三架莫尔斯电报机嗒嗒嗒地响着,这些不绝于耳的密语只有行家才能听懂。

两个女报务员都还很年轻。从开始工作到现在,她们亲手发出的电报纸条不超过两万米长。但她们身旁的一个老同志却已收过二十万米长的电报纸条了。他不像她们那样皱着眉看那些纸条,缓慢地拼那些字母。他只倾听那机器的嗒嗒响声,就能把电文译出来,一字不差地写在电报纸上。现在他正在收听并记录一份电文:“发给所有各站,发给所有各站,发给所有各站!”

他一面记,一面想着:“这大概又是一个关于积雪的通知吧。”外面狂风呼啸,卷起团团白雪,向玻璃窗上打来。这时,老报务员还觉得像是有人在敲窗户。老报务员就转过头一看,不禁对玻璃上那美丽的霜花赞叹不已。霜花有枝有叶,世界上没有一只巧手能刻得出如此精巧别致的图案来。

等他回过神来,已经漏过了一段电文。于是他急忙拿起来看:“1 月 21 日下午 6 时 50 分……”

他迅速抄下这段电文,然后放下纸条,用手托着头,继续往下听:“在高尔克逝世……” 他缓缓地记着。他一生中收到过无数的喜讯和讣告,他总是最先获悉别人的悲哀和幸福。那些大大被压缩而又不连贯的句子究竟在说些什么,他早已不放在心上了。他把用耳朵捕捉到的字句机械地写在纸上,从来都不去思索它是什么含义。

不过是某某人死了,通知某某人而已。他忘记了这电报开头的话:“发给所有各站,发给所有各站,发给所有各站!”收报机继续响着,老报务员把机器的响声译成文字:“佛……拉……基……米……尔……伊……里……奇……”刚开始这几个字并没有引起他的注意,他安静地坐着,有些疲倦。他想:在某一地方,有一个叫佛拉基米尔·伊里奇的死了,他现在把这个噩耗抄下来,有人收到后会悲伤地放声痛哭。可是这跟他又有什么关系呢?他不过是个旁观者。收报机继续响下去。几点之后是一画,又是几点,又是一画……这老报务员从熟悉的声音中,已经知道这个字的第一道笔画了,然后是第二道、第三道……

收报机接下来打出了一个停顿符号,报务员仅用十分之一秒扫了一眼刚才抄下来的几个字母,拼写出了一个姓氏——列宁。

机器还在啪嗒啪嗒地响着。老报务员刚才偶然碰到的那个十分熟悉的名字再一次出现在他的脑海里。他又看了看那最后的两个字——列宁。什么?……列宁?……他把电报纸拿远一些,浏览着电报全文。他只看了一会儿,第一次怀疑自己所抄下来的东西,32 年从来没有过。

他核对了三遍,看来看去还是那句话:佛拉基米尔·伊里奇·列宁在高尔克逝世。老报务员这时惊得一下子就跳了起来,紧紧地抓住那卷曲呈螺旋形的纸条,目不转睛地盯着电文。然而这段两米长的小纸条证实了令他不敢相信的消息。他把煞白的脸转向两个女同事。她们听到了他的惊叫:“列宁逝世了!”

令人震惊的噩耗从敞开的房门传出报务室,像狂风一样卷着暴风雪掠过车站,在铁路沿线和各交叉点上盘旋着,又夹着一股寒冷的气流冲进机车库那扇半开的大铁门里。

机车库里的一号修车地沟上停着一台机车,小修队的工人正在修理它。波利托夫斯基老头亲自下到地沟里,钻到车头底下,把损坏的地方指给钳工们看。勃鲁扎克和阿尔焦姆两人正忙着锤平一个压弯了的炉条,一个人钳住炉条把它放在砧子上,另一个在抡着锤子使劲地砸着。

勃鲁扎克这几年老多了。他经历过的一切在他额上刻下了很深的皱纹,两鬓白了,背也驼了,一双眼睛几乎都深深地凹陷了进去,流露出一副忧伤的神情。

半开着的机车库门里透进来一线光亮,一个人从门外闪身而入,在昏暗的傍晚里辨认不出他是谁。他的第一声叫喊淹没在铁锤的敲打声中。但当他跑到车头旁边正在干活的人们身边时,阿尔焦姆抡起的铁锤在半空中骤然停下。

"列宁逝世了!"

锤子慢慢地从阿尔焦姆肩上滑下来,他轻轻地把它放在水泥地上。

"你说什么?"阿尔焦姆的双手像铁钳一般抓住了带来这个可怕消息的人的皮外套。

那个人满身是雪,大口喘着气,用低沉而又悲痛的声音重复了一遍:"真的,同志们,列宁去世了……"

阿尔焦姆这才相信了。他仔细端详着那人的脸,原来他是机车库党支部书记。

人们这时都纷纷地从地坑里爬上来,默默地倾听着关于这位举世闻名的伟人逝世的消息。

大门旁边,有一台机车吼叫起来,大家都不由得打了一个寒战。

接着,车站边上立刻又有一个车头吼叫起来,接着是第三个车头。

发电厂的汽笛也尖叫起来,声音像炮弹在呼啸,附和着机车不安的咆哮……一列即将开往基辅的客车拉响铜钟,清脆的钟声淹没了别的声响。

谢佩托夫卡—华沙直达列车的波兰司机听出了这成片的汽笛声的含义,他又用心地听了一阵,就缓慢地举起手拉下了那个打开汽笛活塞的小铁链。这倒把国家政治保安部的一个工作人员吓了一跳。这个波兰司机心里很明白,这是他最后一次拉汽笛了,往后再也不能在这个车上服务了,因此他的手紧紧地抓住链子一直不放……机车的吼叫声,吓得包厢里的波兰信使和外交官们慌张地从柔软的沙发上跳了起来。

机车库里的人越聚越多。人们从各个门里走进来。当机车库已经挤满了人的时候,在哀痛而肃静的气氛中,有人开始讲话了。

"同志们!全世界无产阶级的领袖列宁与世长辞了……我们党遭受了无法弥补的损失——那位缔造了布尔什维克党并教育她同敌人进行毫不妥协斗争的人跟我们永远告别了……党和阶级的领袖的逝世应该是一种召唤,召唤无产阶级的优秀儿女加入我们的队伍……"

哀乐响起,全场几百个人脱帽肃立……十五年来没有流过眼泪的阿尔焦姆,此时喉咙突然哽咽起来,他那宽厚有力的肩膀也在不停地颤抖着。

铁路工人俱乐部里挤满了人。外面是刺骨的严寒,门旁的两棵云杉覆盖着冰雪,大厅里却又闷又热,不仅仅是由于荷兰式的炉子烧的太热,而是因为还有六百多人的呼吸。人们都是赶来参加党召开的追悼大会的。

巨大的悲痛使人们的嗓音都变得嘶哑了,人们低声交谈着,从几百双眼睛中流露出来的都是悲伤和不安。他们聚集在那里就像是一班失去领航者的船员。他们那位久经考验的领航员被狂风巨浪默默地卷走了。

党委委员们怀着万分悲痛的心情走上主席台,在桌子旁坐了下来。矮胖的西罗坚科小心翼翼地拿起一只铃,只摇了一下就放下了。令人窒息的沉寂逐渐笼罩了全场。

报告之后,党委书记宣布了一件事:"三十七位工人同志联名写了一份申请书,请大会予以审查。"他拿出这个申请书,念道:"西南铁路谢佩托夫卡站布尔什维克共产党组织:领袖的逝世召唤着我们加入布尔什维克的行列,我们请求在今天的大会上审查我们并接受我们加入列宁的党。"

在简短的申请书下面有两行签名。

西罗坚科书记慢慢地念着,每念完一个名字都停顿几秒,好让听众能记住那些熟悉的名字。

"波利托夫斯基,斯塔尼斯拉夫·济格蒙多维奇——火车司机,工龄36年。"

顿时,大厅里发出了一片赞同声。

"柯察金,阿尔焦姆·安德烈耶维奇——钳工,工龄17年。"

"勃鲁扎克·扎哈尔·瓦西里耶维奇——火车司机,工龄21年。"

大厅里的声音开始越来越大了,人们知道这份特别名单上的人都是长期跟钢铁和机油打交道的产业工人。

当第一个签名的人走上讲台时,大厅里立刻鸦雀无声了。

老头子波利托夫斯基述说着自己的生平,无法抑制内心的激动。

"……同志们,我现在还能说些什么呢?过去旧社会当工人的日子过得怎么样,大家都清楚。一辈子受压迫受奴役,到老了,穷得像叫花子,两腿一伸了事。说实在的,革命在这儿刚闹起来那阵子,我想我都已经老了,岁数也大了,拖家带口的,入党的事也就放过去了。可我也倒是从来没帮过敌人的忙,不过也没怎么参加过革命战斗。1905年在华沙的工厂里曾参加过罢工委员会,跟布尔什维克一起闹过革命。那个时候我还年轻,干什么也干脆。老话还提它干什么!列宁死了,这对我的心打击太大了,我们永远失去了自己的朋友和知心人。什么岁数大不大,我哪能再说这话!……我不会讲话,有讲得好的,让他们讲吧。反正有一点我敢保证:永远跟着布尔什维克走,绝不含糊。"

老司机倔强地晃了晃白发苍苍的头,灰白眉毛下的目光十分沉着,他紧紧盯着会场,似乎在等候听众的表决。

在党委征求在场人们的意见时,没有一个人提出反对。表决的时候,也没有一个人反对吸收这个矮小的白发老人入党。

波利托夫斯基以共产党员的身份慢慢地走下了讲台。

会场上的每一个人都懂得,现在发生的事情是不同寻常的。老司机刚才讲话的地方,现在站着身材魁梧的阿尔焦姆。

这个钳工一时间不知该把自己的一双大手往哪儿放好,于是就不住地摆弄着手里那顶帽子。那件边上已经脱了毛的羊皮短外套大敞着,里面灰军服领子上的两颗铜纽扣都整齐地扣着,像过节一样。他面对着大厅,突然看到了一个熟悉的面孔——那是石匠女儿加莉娜坐在缝纫工人们中间。她对阿尔焦姆宽恕地笑了一下。她的微笑中包含着对他的鼓励,嘴角上还露出一种含蓄的,一种只可意会不可言传的表情。

“讲讲你的经历吧,阿尔焦姆!”他听到西罗坚科说。

阿尔焦姆不习惯在大会上发言,不知道从哪里讲起才好。只是到现在他才感到,不可能把一生中积累的一切全讲出来。

词句总是连贯不起来,加上现在心情激动,他就更说不出来了。这种滋味他还从来没有体会过。他清楚地意识到他的生活已经开始发生极大的转折——他阿尔焦姆,正在迈出最后的一步,这一步将使他那艰辛的生活变得温暖,获得新的意义。

“我母亲生了我们四个孩子。”最后,他终于鼓足勇气开口了。

会场里鸦雀无声。六百多人凝神倾听着这个身材高大、生着鹰钩鼻子和浓眉大眼的工人讲述自己的经历。

“我母亲曾给有钱人家当佣人,关于父亲我记不太清了,只知道他与母亲不和,还酗酒,我们都和母亲一起过日子。养活这么多人,她实在不容易,东家每月付给她四卢布,就为这几个钱,她天天起早贪黑,腰都快累弯了。我还算好,有两个冬天上小学,学会了看书写字。“我九岁时,母亲被逼无奈只好把我交到一个小铁工厂当学徒,只管饭,白干三年,不给工钱……老板是个德国人,叫费斯特,他嫌我小,不愿意要,后来看我长得结实,母亲又给我多报了两岁,才把我收下。累死累活干了三年,他什么手艺也没教给我,光指使我干杂活儿,给他打酒。他一喝起酒来就不要命。撮煤叫我去,搬铁也叫我去……老板娘也把我当成小奴隶,叫我倒尿罐,削土豆皮。他们俩动不动就踢我一脚,常常是无缘无故地就被他们打,他们就是这个脾气。因为老板常喝醉酒,老板娘对谁都没好脾气,稍微有点不如意,就打我几个嘴巴子。有时候我跑到街上,可是上哪儿去啊?向谁诉苦呢?母亲离我有四十俄里远……厂里的工头是老板的兄弟,那浑蛋总是拿我寻开心。有一回,他指着放铁匠炉的屋角说:‘快去,把那个铁垫圈给我拿来。’我就用手捡起那个铁垫圈——这才知道那铁垫圈是刚烧过的。指头上的皮一下子都被烫掉了,我痛得号啕大哭,可是他却在一旁哈哈大笑……我实在无法忍受这种折磨,就逃回母亲那里去了,可是母亲也没有地方安置我,又把我送了回去……一路上她光是哭。到了第三年,他们开始教我点儿钳工手艺了,但还是打我,所以我又逃了,结果逃到了康斯坦丁诺夫旧城。我在那边一家腊肠作坊里干活儿,洗了两年的肠子,日子过得跟狗一样。后来老板赌钱把作坊输掉了,欠了我们四个月的工钱就溜之大吉。我也就和只好离开了那个鬼地方。后来,我爬上火车到日美林卡去找工作。遇到了一个好心人——铁路工厂的工人,他假装是我叔叔,费了好大工夫才把我领进工厂,给钳工们打下手,后来我转到这儿来干活,已经有九个年头了。我过去的情况就是这样。在这儿的这一段,你们全都知道。”

阿尔焦姆用帽子擦了擦前额的汗珠,长长地舒了一口气。现在,还有一件最重要的,也是最难讲的事要说,不能等着别人发问。他又用帽子擦擦额头,长长舒了口气,眉头紧皱。“人们都会问我:革命烈火刚开始燃烧的时候,我为什么没有成为布尔什维克?我只能说,今天我才找到了自己应该走的路。那时,有一个水兵叫朱赫来,他和我谈过多次。直到1920年,我才拿起了步枪。后来战争结束了,白匪给扔进了黑海。我们就转回来了。接着就是成家生孩子……我让家庭给拖住了。可是现在,列宁同志逝世了……我回想自己过去的生活,才发觉生活中究竟缺少的是什么。仅仅保卫过自己的政权是不够的,我们还要齐心协力,像一家人一样来接列宁的班,把苏维埃政权建设成铁打的江山。我们应当成为布尔什维克——难道她不是我们的党吗?”

阿尔焦姆用朴实诚挚的话结束了自己的发言,他仿佛卸下了千钧重担一样,显得浑身都变得那么轻松。他把身子挺直,等候大家提问。

“有谁要提出问题?”西罗坚科问大家。

会场里的人晃动起来,但是暂时还没有人说话。一个下了机车就来开会的、黑得像甲虫一样的司炉干脆利落地喊道:“还有什么可问的?难道咱们还不了解他吗?把党证给他就得了。”

又矮又胖的锻工吉利亚卡满头大汗,用他那沙哑的声音喊道:“这种人不会出错,他会成为一个思想坚定的同志。我们马上表决吧,西罗坚科!”

后面共青团员座席上站起一个人来,由于光线很暗,看不清是谁,他说:“让柯察金同志说说,他为什么让土地缠住了,种地会不会使他丧失无产阶级意识。”

会场上立刻掠过一片不赞同声。有人责备说:“直截了当地问吧!还在那里兜什么圈子……”

阿尔焦姆马上回答:“没关系,同志,这个小伙子说得对,土地是缠住了我。这是实在的,不过我并没有因为这个把工人阶级的良心扔掉。从今往后我要与过去一刀两断,我马上把全家都迁到工厂旁边去,住在这里更踏实些。要不然,那块地真的会压得我喘不过气来。”当阿尔焦姆看见会场上举起了许多手臂,心里哆嗦了一下,但随即他就挺胸抬头地走回了自己的座位。身边传来西罗坚科的一句话:“全体通过。”

扎哈尔·勃鲁扎克是第三个走到主席台前的。波利托夫斯基的这个沉默寡言的老助手,早就当上司机了。他介绍了自己劳苦的一生,快结束的时候,讲到了最近的感受。他说话声音虽然很低,但是大家都听得很清楚。

最后,他低声说:“我有义务完成我的两个孩子未完成的事业……他们牺牲了,可并不是为了让我躲在房后去哭。我还没有补上他们牺牲的损失。这回领袖的逝世打开了我的眼界。过去的事大家就别问我了,真正的生活从现在开始,打开新的一页!”

勃鲁扎克回忆起往事,心绪很乱,忧伤地皱着眉头。大家都迅速地举手表决,看来大家都非常相信他。他的眼睛立刻闪出了光彩。斑白的头也慢慢地抬了起来。

讨论接收新党员的大会一直开到深夜。只有那些大家熟悉的、经过生活考验的、最优秀的分子，才被吸收入了党。

列宁的逝世召唤着几十万工人成为布尔什维克。领袖的逝世没有使党的队伍趋于涣散。傲然顶天立地的大树，是不怕风霜雷电的。

6

两个人站在饭店音乐厅的门口，其中一个戴着夹鼻眼镜的高个子佩着有“纠察队长”的红色臂章。

丽达问他：

“乌克兰代表团的会议是在这里吗？”

大个子打着官腔回答说：“是的！有什么事吗？”

“请允许我进去。”丽达客气地说着。

大个子堵住半边门，打量了一下丽达，问：“您的证件呢？只有正式代表和列席代表才能进去。”

丽达从皮包里拿出一个印着金字的证件，那个大高个儿念了念：“乌克兰中央委员会委员。”他那傲慢的态度一下子就消失得无影无踪，像对待自己人一样亲切地说：“快请进，左面有空位子。”

丽达穿过一排排椅子，找了一个空位坐下。这时，会议都已经快结束了。她认真地听着大会主席的讲话，声音似乎有点熟悉。

“同志们，出席全俄代表大会各代表团首席代表会议的代表，以及出席代表团会议的代表，已经选举完毕。现在离开会还有两个小时。请允许我再次核对一下已经报到的代表名单。”原来是阿基姆在讲话，他正在快速地读着代表名单。他每念到一个名字，就有一只手举起来，手上拿着的红色的或白色的代表证。

丽达聚精会神地听着。

终于她听到了一个熟悉的人名：“潘克拉托夫。”

丽达回头朝举手的地方看去，那里坐着一排排代表，却看不到码头工人那熟悉的面孔。名单念得很快，主席飞快地往下念着名单。又是一个熟识的名字——奥库涅夫，而后是扎尔基。

她看到了扎尔基。他正坐在一个较近的位子上，身子侧对着她。他的侧影引起了丽达的回忆……没错，他是伊万。

已经好几年没有见到他了。

名单迅速地往下念。突然，她听到一个名字，不由得哆嗦了一下：“柯察金。”

前面很远的地方举起一只手，随后又放下了。丽达迫不及待地想看看这个与她亡友同姓的人。她目不转睛地盯着手举起来的地方，但所有的脑袋都是一个样子的。

丽达站了起来，沿着墙边的通道朝前走去。这个时候，阿基姆念完了名单。挪动椅子的声音响了起来，代表们也开始大声地交谈起来，不时传来年轻人爽朗的笑声。阿基姆高声喊道："同志们，别迟到！……记住，大剧院……7点整！……"

大厅门口此时显得异常拥挤。

丽达明白，在这样的人群中是不可能找到刚刚读到名字的那些熟人的。唯一的办法就是别丢掉阿基姆，通过他去找其他的人。她让最后一批代表从身边走过，然后自己就朝阿基姆走去。

可就在这时，她忽然听见身后有人说话："喂，柯察金，老朋友，咱们也走吧！"

接着，一个那么熟悉、那么难忘的声音回答说："走吧。"

她立刻转过身去。在她面前站着一位健壮、黝黑的年轻人，他穿着草绿色的军便装和蓝色的马裤，腰里扎着高加索窄皮带。

丽达睁圆了眼睛看着他，直到一双手热情地抱住她，颤抖的声音轻轻地叫了一声"丽达"，她才明白，这真是保尔·柯察金。

"你还活着？"

这简单的四个字已经告诉了他所有的一切。一直以来，她始终不知道关于保尔的死讯是误传。

音乐厅里早已空无一人了，透过敞开的窗户可以听见街道上的吵嚷和喧哗。时钟响亮地敲了六下。两个人都觉得，他们只是几分钟前才见的面，钟声催促他们到大剧院去。当他们沿着宽阔的阶梯向大门走去的时候，她又仔细看了看保尔。如今，他已经高出她半头了，更加英俊，也更加沉着了。

她对他说："你瞧，我还没有问你目前在哪儿工作呢。"

"我现在是共青团专区委员书记。正像杜巴瓦说的那样，是'机关老爷'。"保尔笑着回答。

"你见过他吗？"

"见过，不过那次见面留下的印象很不愉快。"

他们走到了街上。汽车鸣着喇叭疾驰而过，喧闹的人群来来往往。在去剧院的路上，两人几乎没说什么话，但心里都在想着同样的事情。剧院周围人山人海，狂热而固执的人群一次次向剧院石砌的大厦涌过去，一心想冲进红军战士把守的入口。但是，铁面无私的卫兵仅仅只放代表进去。代表们骄傲地举着证件，从警戒线穿过去。

剧院周围的人海里全是共青团员。他们没有列席证，但是都千方百计想参加代表大会的开幕式。有些小伙子很是机灵，混在代表群里就朝前挤，手里也拿着红纸片，冒充证件。他们有时竟混到了会场门口，个别人甚至钻进了大门，但是他们马上被引导来宾和代表进入会场的值班中央委员或纠察队长抓住，给赶出门来，这使得那些混不进去的"无证代表"大为高兴。

想参加开幕式的人非常多，剧院连二十分之一也容纳不下。

丽达和保尔两人费了很大的劲儿才挤到会场门口。代表们乘坐电车、汽车陆续来到会场。门口挤得水泄不通。红军战士——他们也是共青团员——渐渐招架不住了,他们被挤得紧紧贴在墙上,门前喊声响成一片:“挤呀！鲍曼学院的小伙子们,挤呀!”

“挤呀,老弟,咱们要胜利了!”

“把恰普林和萨沙·科萨列夫[①]叫来,他们会放我们进去的!”

“加——油——啊!”

一个戴青年共产国际徽章的小伙子,灵活得像一条泥鳅,随着保尔和丽达使劲地挤进了大门。他躲过纠察队长,飞速跑进休息室,一转眼就钻进代表群中不见了。

丽达指着后排的两个座位说:“咱们就坐这儿吧。”

他们在角落里坐了下来。丽达看了看手表。

“离开会还有四十分钟,你给我讲讲杜巴瓦和安娜的情况吧。”丽达说。保尔目不转睛地注视着她,让她有点不好意思。

“我不久前去参加全乌克兰代表会议,顺便去看望了他们。跟安娜见了几次面,跟杜巴瓦只见了一次,这一次还不如不见的好。”

“为什么?”

保尔没有吭声。他右眼的眉梢微微颤动了一下。丽达知道为什么会有这动作,这是他激动的信号。

“你说说吧,我什么都不知道。”

“丽达,我本不想现在说这件事,可你非要我说,我只好服从了。他们的关系是当着我的面彻底破裂的,依我看,安娜是别无选择。他们两人已经积累了那么多的矛盾,一刀两断是唯一的出路。感情破裂的根源是他们在党内问题上的分歧。杜巴瓦始终是个反对派。我在哈尔科夫听人说起他在基辅的发言,他是和舒姆斯基一起去基辅的。”

“什么,难道舒姆斯基是托洛茨基分子?”

“是的,他曾经是,现在离开了他们。我跟扎尔基找他谈了很久,现在他已经站到咱们这边来了。而对杜巴瓦,这话却无论如何都不能说,杜巴瓦现在是越陷越深。咱们还是回过头来先讲讲安娜吧,她把什么都告诉我了。杜巴瓦搞反党活动是一头扎进去就出不来了。安娜没少受他的气,比如,他奚落她:‘你是党的一匹小灰马,主人指东你走东,主人指西你走西。’还有比这更难听的。几次冲突过后,他们就成了两条路上的人。安娜提出分手,杜巴瓦显然不愿意失去她,他保证,今后他们之间不会再有摩擦,请她不要离开他,要帮助他渡过难关。安娜同意了。有一段时间她似乎觉得,一切都会好起来的。后来她没有再听到他恶语伤人,她给他讲道理,他也不作声,不再反驳。安娜相信,他在认真检讨过去的立场。她从扎尔基那里听说,杜巴瓦在共产主义大学也不再捣乱,跟扎尔基的个人关系也能做到和睦

---

① 恰普林(1902－1938)和科萨列夫(1903－1939)当时先后担任共青团中央总书记的职务。

相处。不久前安娜在单位感到不大舒服(她已怀孕),然后就回家休息,关上门后,便躺下了。她和杜巴瓦住的是套间,两个房间有门相通,不过两人讲好把门钉死了。"

"不一会儿,杜巴瓦带了一大帮同志到家里来,结果安娜无意中成了一个有组织的托派小组会议的见证人。她听到的那一大堆东西,连做梦都梦不到。而且,为了迎接全乌克兰共青团代表会议,他们还印刷了一份宣言之类的东西,准备藏在衣襟下,偷偷散发给代表们。安娜这才猛然清醒:杜巴瓦原来一直在骗她,一直在耍手段。等大家走后,安娜把杜巴瓦叫到自己房间,要求他解释刚才发生的一切。"

"我正好那一天到达哈尔科夫,参加代表会议,在中央委员会遇见了基辅的代表。"

"塔莉亚给了我安娜的地址,她住得离我很近,我决定午饭前去看望她,因为在她工作 的党中央妇女部我们没能找到她,她在那里担任指导员的职务。塔莉亚和其他几位同志也答应去看她。你瞧,不早不晚,我到的时候,正好赶上这坎儿了。"

保尔苦笑了一下。

丽达听着,微微皱起了眉头,两只胳膊拄在座位的天鹅绒把手上。保尔不再出声。他望着丽达,回忆起她以前在基辅时的模样,又同眼前的她比较,再次意识到她已长成了一个体态健美的、迷人的青年女性。她身上那件终年不变的军便服不见了,取而代之的是简朴但缝制得很精致的蓝色连衣裙。她的手指抓住了他的手,轻轻拽了一下,要他继续说下去。

"我听着呢,保尔。"

保尔然后就接着往下说,也抓住了她的手指,不再松开。

"安娜见到我非常的高兴,杜巴瓦则是冷冰冰的。原来他已经知道我同反对派斗争的情况。

"这次见面有点不伦不类。我好像要充当一个法官之类的角色。安娜不住嘴地讲着,而杜巴瓦在房间里走来走去,一支接着一支烟抽着,显然,他是又烦躁,又生气。"

"'你瞧,保夫卡,他不单欺骗我,还欺骗党。他组织什么地下小组,还在那儿煽风点火,当着我的面却说洗手不干了。他在共产主义大学公开承认代表会议的决议是正确的。他自称是个正派人,可同时又在瞒天过海,耍阴谋。今天的事,我要写信报告省监察委员会。'安娜气愤地说。"

"杜巴瓦很不满意,嘟嘟哝哝说:'有什么了不起的?走吧,去汇报吧。这个党,连老婆都当特务,偷听丈夫的谈话,你以为我很乐意当这个党的党员!'这种话对安娜来说当然太过分了。于是她喊了起来,非让杜巴瓦走开。他出去以后,我对安娜说,让我找他谈一谈。安娜说这是白费劲儿。不过我还是去了。我想我和他曾经是好朋友,他还不至于无可救药吧。"

"我走到他房间。他躺在床上,马上堵住我的嘴,说:'你别来说服教育,我对这一套腻烦透了。'可我还是得说啊。"

“于是我就想起了过去的事情,跟他说:‘从我们以前犯的错误中。你什么教训也没有吸取?杜巴瓦,你记不记得,小资产阶级意识是怎么把我们推上反对党的道路的?’你猜他怎么回答我?他说:‘那个时候,保尔,我和你都是工人,没什么顾虑,心里想什么,嘴上说什么,而我们想的东西并没有什么错。实行新经济政策前是真正的革命。现在呢,是一种半资产阶级革命。发新经济政策财的人个个脑满肠肥,绫罗绸缎身上挂,可国内的失业人员多得不可胜数。我们政府和党的上层人士也在靠新经济政策发迹。有的还跟那些女资本家勾搭上了,整个政策的目标都是发展资本主义。讲到无产阶级专政那就羞羞答答,对农民则采取自由主义态度,栽培富农,用不了多久,富农就会在农村当家做主。你等着瞧吧,再过五六年,苏维埃政权就会在不知不觉中被人埋葬掉,就跟法国热月政变之后的情形一样。新经济政策的暴发户们将成为新的资产阶级共和国的部长,而你我这样的人,要是还敢啰唆,连脑袋也会给他们揪下来。一句话,这么走下去,死路一条。’看到了吧,丽达,杜巴瓦拿不出任何新鲜货色,还是托洛茨基派的陈词滥调。我跟他谈了很久。”

“最后我明白了,跟他争辩无异于对牛弹琴。依我看,杜巴瓦是拽不回来了。为了跟他谈话,我开会都迟到了。”

“临别的时候,他大概是要‘抬举’我一下,说:‘保尔,我知道你还没有完全僵化,没有成为因为怕丢官才投赞成票的官僚。不过,你是那种眼睛里除了红旗之外什么也看不见的人。’”

“晚上,基辅的代表都到安娜家来聚会。其中有扎尔基和舒姆斯基。安娜已经去过省监察委员会,我们都认为她做得对。我在哈尔科夫待了八天,同安娜在中央委员会见过几次面。后来她搬了家。我听塔莉亚说,安娜打算流产。跟杜巴瓦分手的事,看来已无可挽回。塔莉亚在哈尔科夫又留了几天,帮她办这件事。”

“我们动身去莫斯科那天,扎尔基听人说,党的三人小组给了杜巴瓦严厉申斥加警告的处分。共产主义大学的党委也同意这个决定。离最高处分只差一步,这样,杜巴瓦总算没被清除出党。”

会场里逐渐拥挤起来,人群还在不断地往里涌,周围是一片谈话声、笑声。巨大的剧场正在接待这世所罕见的、充满活力的人流,这些年轻的布尔什维克是如此热情奔放,如此乐观,如此勇往直前,犹如从山上奔腾而下的急流。

这时,嘈杂声越来越大了。保尔似乎觉得,丽达并不在听他说话。他刚一住嘴,丽达随即说:“杜巴瓦的事,我想咱们今天就说这些吧。为什么把余下的时间都花费在这上面呢!这儿这么明亮,生活气息这么浓……”

丽达朝他身边挪了挪身子,他们挨得更近了,这样说起话来都不大方便。为了声音小些,她朝他探过身去。

“我要你回答一个问题,”丽达对保尔说,“尽管这是过去的事,但是,我想你得告诉我,很久以前的那个时候,你为什么中断我们的学习和友谊呢?”

保尔从看见丽达的第一眼起,就知道她肯定会提出这个问题。但他现在还是觉得有点难堪。他俩的目光不期而遇,他看出她也不是不知道原因的。

"丽达,我想你是非常清楚的。这是三年前的事了,现在我只能责备当时的保尔。总的说来,保尔一生中犯过不少大大小小的错误,你现在问的就是其中的一个。"

丽达微微一笑。

"多好的开场白呀!但我要听到的不是这个,我要答案!"

保尔低声说:"这件事的错不仅仅在我,还有《牛虻》,他的革命浪漫主义。在一些书里总描述这样的人,他们是英勇顽强、意志坚定的革命者,毫不畏惧,把一切都彻底地献给了我们的革命事业。他们给我留下了不可磨灭的印象,于是我也希望自己能成为他们那样的人!我对你的感情就是牛虻式的,这样做,我现在感到很可笑,不过更多的还是遗憾。"

"这么说,你现在对'牛虻'有新的看法了?"

"不,丽达,基本上没有改变!我抛弃的只是以苦行磨炼意志的不必要的悲剧成份。我还是赞同《牛虻》的主要思想——我赞成他的英勇,赞成他那非凡的忍耐性,赞成他这种类型的人,他们忍受痛苦,而不在任何人面前展示。我赞成这种革命者的典型,对他来说,个人的一切同集体事业相比较,是微不足道的。"

"保尔,这样的谈话早就该有的,但三年以后才进行,太遗憾了。"丽达若有所思地苦笑着说。

"丽达,你说使人遗憾,是不是因为我永远只能是你的同志,而不能成为你更近的人呢?"

"不,保尔,你过去本来可能成为我的比同志更亲密的人。"

"那么还来得及补救吗?"

"有点迟了,牛虻同志。"

丽达风趣地一笑,向保尔解释,"我现在已经有一个小女孩了。她有一个父亲,也是我的好朋友。我们仨幸福美满地生活在一起,照现在流行的说法,是不可分割的三位一体了。"

她用手指轻轻触了一下保尔的手,表示对他的关切。但是她马上就明白了,这个动作是多余的。三年来,他不只是体格有所增强……他的眼睛告诉她——这时他心里还是很难过……但保尔却丝毫没有半点儿做作,真诚地说:"不管怎样,我所得到的还是比失去的要多得多。"

保尔和丽达这时都站了起来。应该坐到离台更近的一些地方去了。

他们朝乌克兰代表团座席走去。乐队这时开始奏起了乐曲。巨大的横幅像火一样的红艳,闪光的大字好像也在喊——"未来是属于我们的!"楼上楼下的几千个座位和包厢已经坐满了人。这几千个人聚集在一起,形成一个强大的变压器——这是一个取之不尽、用之不竭的原动力。宏伟的剧院接待了伟大的工人阶级的青年近卫军精华。几千双眼睛凝视着沉重的帷幕上方,每双眼睛都是亮晶晶的,反映出"未来是属于我们的"几个闪光的大字。

人们仍在不断涌进会场。再过几分钟,沉重的天鹅绒帷幕慢慢揭开了,团中央书记激动地宣布:"全俄共产主义青年团第六届大会现在开幕。"

柯察金从来没有这样鲜明地、这样深刻地感受到革命的伟大与强大,感受到这种无法表达的自豪和前所未有的喜悦。这是生活赋予他的,而且生活把它作为一个战士和建设者带到了这里,带到了布尔什维克主义青年近卫军的胜利大会上。

大会每天从清晨开到深夜,占去了与会者的全部时间。保尔只是在最后的一次会议上才遇上了丽达。她正和一群乌克兰代表在一起。作者手稿中此处还有一段文字,描写共青团员在丽达的哥哥家开晚会的情景。丽达在晚会上说:“朋友们,我深深相信,不出几年,共青团会从自己的队伍里推出几位大作家,他们将通过艺术的形象讲述我们英勇的过去,讲述我们同样光荣的现在,谁知道,说不定在座的诸位中就会有人用锋利的笔触,把我们这些人也挖苦一番呢……”。会后丽达告诉他:“明天会议闭幕我就会立马回去了,不知道分别前我们还能不能谈一谈。因此,今天我准备给你两本笔记,是关于过去的事情,还有一封短信。笔记你读完之后再寄给我。从我所写得这些文字里面,你可能会了解一些我没有对你讲的事。”

他握着她的手,目不转睛地注视着她,好像要把这张脸深深地烙印在自己的记忆里。

第二天,他们按照约定的时间在大门口会面了。丽达交给他一个包和一封信。周围人很多,因此他们告别的时候很拘谨,保尔只是在她那湿润的眼睛里看到了深切的温情和淡淡的忧伤。

这就是他和她的分手!从前的一切都被时间慢慢地淡化着……

明天又是崭新的一天。火车把他们送去了不同的方向。

乌克兰的代表们分成几个车厢,柯察金与基辅代表团在一起。

那天晚上,所有的人都睡了,奥库涅夫也在他旁边发出鼾声。这时候,保尔凑近灯光,轻轻地打开了那封信:

保夫卡,亲爱的:

这些话我本来可以当面告诉你,不过还是写下来更好一些。我只希望一点:我们在代表大会开幕前所谈的事不会在你的生活中留下痛苦的痕迹。我知道你很坚强,所以我相信你所说的一切。对待生活,我不拘泥于形式。当然,有时候在私人关系方面也有例外,这是很少见的,如果它们引起我强烈思想感情的话。你就是个例外。不过我抑制住了补偿我们青春的冲动,因为我觉得那样做并不会使我们得到真正的快乐。保尔,我希望你对自己不要那样苛刻。我们的生活里不仅有斗争,而且还有美好感情带来的欢乐。

至于你生活的其他部分,也就是说关于它的基本内容,我丝毫不为你担心。紧握你的手!

丽达

保尔看完后想了许多许多,又好似什么也不曾想起……他把信撕成碎片,然后捧到车窗之外,让风把手中的碎纸片全部卷走了,随着纸片的纷飞,好像他以前的那种记忆也被吹得一干二净。

快到清晨的时候,他看完了那两本日记,然后把它们仔仔细细地包裹了起来。

车到了哈尔科夫。保尔和奥库涅夫、潘克拉托夫等人都下了车。奥库涅夫要把住在安娜那里的塔莉亚接走。

潘克拉托夫当选为乌克兰共青团中央委员,有事要办。保尔决定顺便看看扎尔基和安娜,然后同奥库涅夫他们一起到基辅去。他到车站邮局给丽达寄日记本,耽搁了一会儿,出来的时候朋友们已经全部都走了。

他坐电车来到杜巴瓦和安娜的住处。保尔上了二楼,敲敲左边的门——安娜住的房间。里面老半天也没有人答应。时间还很早,安娜不会这么早就去上班。保尔想:"她也许还没醒。"

保尔正这么寻思着,隔壁的门忽然就开了。杜巴瓦出现在了门口。他脸色发灰,眼睛下面呈现出青色的小圆圈,身上发出浓烈的洋葱味。柯察金敏锐的嗅觉立刻闻到隔夜的酒气。透过半开的门,保尔看见他的床上有个胖女人,更确切地说,他看到了一个胖女人光裸的肥腿和肩膀。

杜巴瓦注意到了他的目光,用脚一踹,赶紧把门又关上了。

"你来干什么,来看安娜同志?"他的眼睛盯着墙角,声音沙哑:"她已经不在这里住了,你难道还不知道吗?"

保尔沉着脸,仔细地打量着他。

"我不知道。她搬到哪儿去了呢?"

杜巴瓦突然凶狠地喊道:"这跟我有什么关系。"他打了一个嗝儿,空气里的酒臭气更浓了。然后,他恶狠狠地说:"又来安慰她了?来得正是时候。现在位子空着呢,去吧,而且她也不会拒绝你的。她不止一次对我说,她挺喜欢你的,或者像女人们的另一种说法……抓住机会,这样你们的精神与肉体就能统一了。"

保尔感到两颊发烧。他竭力克制自己,轻声说:"你在说什么,季米特里?我没料到你现在这样无耻。你曾经也是个好小伙子,为什么要自甘堕落呢?"

杜巴瓦靠在墙上,因为光着脚站在水泥地上很冷,便把身子缩了起来。这时他的房门开了,一个睡眼惺忪、两腮浮肿的女人探出头来:"亲爱的小猫咪,快进来,站在那儿干什么啊……"

杜巴瓦没有让她说完,就砰地把门关上了,并且把身子抵在上面。

"真是个好的开端……"保尔说,"你把什么人领到房里来了!这样下去怎么得了啊?"杜巴瓦一听更是心烦气躁了,他恶狠狠地喊道:"还要您来指示我应该跟谁睡觉吗?我早就听腻了这些说教!从哪里来,就滚到哪里去!回去告诉别人,杜巴瓦现在酗酒,还和妓女睡觉。"

保尔往前跨了一步,愤愤地说:"你把这个女人赶出去,我还想和你再谈最后一次……"

杜巴瓦把脸一拉,没有搭理他,转过身直接走进了房间。

"呸,坏蛋!"保尔暗暗骂了一句,走下了楼梯。

两年过去了。无情的时光一天天、一月月流逝着,而飞速前进又丰富多彩的生活,总是给这些表面似乎单调的日子带来了一些新的景象,每天都和前一天不一样。一亿六千万伟大人民第一次成为辽阔大地和无限自然宝藏的主人,他们正以英勇而又顽强的劳动恢复着被战争破坏的国民经济。国家日益巩固,力量在凝聚。已经见不到不冒烟的工厂了,它们在不久前还毫无生气,一片荒凉。

保尔觉得两年的时间就像是一眨眼就过去了。

两年中,他每天的生活忙忙碌碌,从不悠闲地浪费时间,从不打着哈欠迎接清晨,也从没有在晚上 10 点前就睡觉……他不仅自己勤奋工作,而且还总是不断地督促别人。

他舍不得在睡眠上多花时间。深夜还经常可以看到他的窗户亮着灯光,屋子里有几个人在埋头读书。这是他们在学习。两年中,他一有空就挑灯夜读,和同志们一起从头到尾地念完了《资本论》第三卷……

拉兹瓦利欣突然出现在保尔工作的专区。不巧的是,他到的时候正好保尔出差了。于是在保尔缺席的情况下,常委会把拉兹瓦利欣派到了某个区。保尔回来后,知道了这件事,但是并没有说什么。

一个月以后,保尔到拉兹瓦利欣那个区里去视察。结果保尔发现拉兹瓦利欣经常酗酒,在身边拉拢一些阿谀奉承的人,并且排挤好同志。保尔在专区常委会上提出处分拉兹瓦利欣的意见:“我主张开除,并且不许重新入团。”

大家对于这样的处分感觉很吃惊,觉得这样的处分有点重了,但是保尔坚持说:“一定要开除这个坏蛋。对这个堕落的少爷学生,我们已经给过他重新做人的机会了,可是他并没有去珍惜,他纯粹是混进团里的异己分子。”

保尔接着便把拉兹瓦利欣在别烈兹多夫的表现讲述了一遍。

拉兹瓦利欣叫喊起来:“我强烈反对柯察金所说的一切。这是私人恩怨,很多人都说我的坏话,请柯察金同志出示文件、证据。我也可以说他曾干过走私勾当,这样就可以把他开除了吗?请柯察金拿出真凭实据来!”

“你等着吧,会给你证据的。”保尔对他说。

于是,拉兹瓦利欣出去了。半个小时之后,保尔的提议通过了:“开除异己分子拉兹瓦利欣的团籍。”

入夏以后,朋友们一个个都去休假了。身体不好的就去了海边。每到这季节,大家都一心想着去休假。保尔便想方设法帮他们弄到去疗养院的疗养证。他们走的时候脸色苍白,深感劳累,但都很高兴。而所有的工作却都落在了保尔头上,他就像老黄牛一样,任劳任怨,勤勤恳恳。这些同志晒得黑黑的回来了,个个精神饱满,精力充沛。于是,另一批同志又疗养去了。整个夏天总有人外出,可是生活是不会在原地踏步的,生活要前进,保尔也就没有一天能够离开他的岗位。

年年夏天都是如此。

保尔最不喜欢秋天和冬天:这两个季节给他带来了许多肉体上的痛苦。

保尔很不耐烦地等待着夏天的到来。精力一年不如一年了,即使只向自己承认这一点,也使他感到非常难过。摆在他面前的有两种选择:要么承认自己不能忍受繁重工作带来的困难,也就是承认自己残废;要么坚持在岗位上,直到最后一刻。

而他最终选择了后者。

有一天,在专区党委常委会上,专区卫生处长——一位老医师,也是秘密工作时期的老党员——巴尔捷利克,坐在保尔身旁,关切地说:“最近看你气色不太好,柯察金。到卫生委员会检查过吗？你感觉身体怎么样？你没去检查过吧？我不太记得了。但你必须得去检查检查,兄弟。星期四傍晚以前。”

保尔由于有事脱不开身,所以就没有到医务委员会去。可是巴尔捷利克却没有忘记他,亲自把他拉到自己那里。医生给保尔仔细检查了身体,巴尔捷利克也以神经病理学家的身份参加了。

结果很快出来了,巴尔捷利克写下了这样的诊断意见:“医务委员会认为保尔·柯察金应当立即休假,去克里木疗养,接受长期治疗,并进一步采取严格的医疗措施,否则将有严重的后果。”

在这意见上面还有很长一串拉丁文的疾病名称。保尔这才明白:他最主要的问题不在两条腿上,而是中枢神经系统受到了非常严重的损伤。

巴尔捷利克亲自把诊断意见交到专区党委,没有一个人反对立即解除保尔的工作,但是保尔自己提议,等到专区团委组织部长斯比特涅夫回来后再离开,他担心工作没人负责。大家同意了他的意见,尽管巴尔捷利克表示反对。

再过三个星期,他就可以去度他一生中的第一次假期了。

他的抽屉里放着一张去叶夫帕托里疗养院的疗养证。

这几天,柯察金更是努力工作,召开了专区团委会全体会议,他毫不怜惜自己的身体,竭尽全力想把一切工作干完,以便安心地去度假。

就在他要去休养,要去看他一生中从未见过的大海的前夕,保尔遇到了一件十分荒唐而可憎的事,这是完全出乎他意料的。

下班以后,保尔走进党委宣传部的办公室,坐在书架后面的窗台上,等着宣传部开会。他进来的时候,办公室里没有人。过了一会儿,进来几个人。保尔在书架后看不见他们,但听声音就知道了其中一个人——专区财经处长法伊洛。这个人高高的个子,长得很英俊,有军人的气质。保尔不止一次听说他爱喝酒,见到好看点的姑娘就纠缠。

法伊洛过去参加过游击,一有机会就眉飞色舞地吹嘘,说他每天都砍下十个马赫诺匪帮的脑袋。

因此,保尔非常厌恶他。有一次,一个年轻的女团员向保尔哭着告状,说法伊洛花言巧语地答应和她结婚,但是和她同居了不到一个星期之后就抛弃了她,连招呼都不打就走了。党监察委员会调查此事时,让法伊洛逃避了责任,因为姑娘没有证据。可是保尔相信她说的都是实话。保尔留心听进屋的人说话,他们不知道他在里面,其中有一个人问:“喂,法伊洛,你的事情怎么样？最近又有啥新收获?”

问话的人是格里博夫,法伊洛的一个好友,他俩是一丘之貉。格里博夫浅薄无知,是个大笨蛋,可是不知道为什么也当上了宣传员,而且很爱摆出一副宣传家的架势,不管什么场合,一有机会就想显示一番。

“你可以祝贺我了，我昨天把科罗塔耶娃弄到手了。你还说我搞不定她呢。兄弟，只要我看上哪个姑娘，请你相信，我一定搞到手。”接下来，法伊洛说了句脏话。

保尔感到神经一阵震颤，这是他极端愤怒的征兆。科罗塔耶娃是专区妇女部主任。她和保尔是同时来到这里工作的。在共事期间，保尔与这个可爱的女党员相处得很融洽。她富有同情心，关心每一位女同志以及向她寻求帮助和建议的人，受到了委员会工作人员的普遍尊敬。她还没有结婚。法伊洛讲的无疑就是她。

“法伊洛，你在说谎吧？她可不像那样的人……”

格里鲍夫问着，似乎这出乎他的意料。

“我撒谎？你把我当什么人了？比她强的我也搞到过。这得看你本事有多大。对待每个女人都要用特别的办法。有的女人第二天就投降了，当然，这是便宜货。而有的女人得追上一个月。最重要的是掌握她们的心理。干什么都要有专门的办法，老弟，这可是一门高深的学问啊！我在这方面可算是个专家，以后跟我好好学吧。哈——哈——哈——哈……”

法伊洛自鸣得意，兴奋得连气都喘不过来了。那些听众怂恿他继续讲下去，这帮家伙急不可耐地想知道细节。

保尔站了起来，攥着双拳——心在狂跳。

“要想轻松得到像科罗塔耶娃那样的女人，如果你要想碰运气，轻而易举就搞到手，那是白日做梦，可是把她放过去，我又不甘心，尤其是我和格里博夫打了一箱葡萄酒的赌。于是我就开始运用战术。假装顺便走进她屋里，去了一回，又一回。一看，不行，她尽给我白眼。外面对我有不少流言蜚语，说不定已经传到她耳朵里去了……一句话，侧击是失败了。于是我就迂回，迂回。哈哈！……你明白吗，我跟她说，我打过仗，杀过不少人，到处流浪，吃足了苦头，可是连个可心的女人都没给自己找到。现在我的日子就像一只孤苦伶仃的狗，没人体贴我，没人嘘寒问暖……我就这么胡诌瞎编，一个劲地诉苦，想要得到她的同情。

一句话，对准她的弱点进攻就是了……我在她身上可下了不少功夫。有一阵子我想，见鬼去吧，演这种滑稽戏，不干了！但是事关原则呀，为了原则，我不能放过她……最后总算弄到手了。真是好事多磨，没想到她还是个处女。哈哈！……真过瘾啊！”

法伊洛还在继续的讲着他下流的故事。

柯察金不太记得，他是怎么出现在法伊洛面前的。

“你这畜生！”保尔大吼道。

“我是畜生，还是你是畜生？竟跑来偷听别人的谈话！”

法伊洛也不甘示弱。

保尔显然还说了别的什么，法伊洛就抓住了他的胸口反唇相讥：“你以为我是好欺负的？”

接着，就打了保尔一拳。其实，他喝醉了。

保尔顺手抄起一只橡木方凳，就拍了他一下，只见法伊洛已经被打倒在地。柯察金口袋里没有手枪，这救了法伊洛一命。

于是，就发生了这样的荒唐事：在预订动身去克里木的那天，保尔不得不出席党的法庭。

党内各部门都在市立剧院里集合了。宣传部办公室发生的事情惊动了所有的人。宣传部里发生的事件使与会者很愤慨，审判发展成为一场关于生活道德问题的激烈辩论。日常生活准则、人与人之间的关系、党的伦理道德等问题成了辩论的中心，审理的案件反而退居次要的地位。这个案件只是一个信号。法伊洛本人在法庭上表现的极具挑衅性。他厚颜无耻地说，这个案子应交由人民法院审理，而柯察金把他的脑袋打破了，应该判处劳动教养。

“怎么，想拿我来说闲话？对不起。你们给我加什么罪名都行，而那些女人对我恼火是因为我从不注意她们。那件事连个鸡蛋壳都不值。如果是1918年的话，我会按照自己的方式跟柯察金这个疯子算账的。”然后他就扬长而去。

当主席要保尔谈谈冲突经过的时候，他讲得很平静，但是可以感觉得出来，他是在竭力地克制着自己。

“大家在这里议论的这件事之所以会发生，是因为我没能控制住自己。以前我工作，用拳头用得多，脑子却动得少，不过这样的时候早就过去了。这次又出了岔子，在我清醒过来之前，法伊洛的脑袋已经挨了一下子。最近几年，这是我仅有的一次暴露出游击作风。说实在的，虽然他挨打是罪有应得，但我谴责自己的这种举动。法伊洛这种人是我们共产党生活中的一个丑恶现象。我不明白，一个革命者、一个共产党员，怎么可以同时又是一个下流的畜生和恶棍，我永远也不能同这种现象妥协。这次事件迫使我们讨论生活道德问题，这是整个事件中唯一的积极方面。”

绝大多数的党员举手赞同开除法伊洛的党籍。格里鲍夫由于做伪证受到了警告和严肃批评的处分。别的参加谈话的人也都承认了错误，受到了相应的批评。

卫生处长巴尔捷利克介绍了保尔的神经状况。党的检察员建议给保尔申斥处分，由于大会的强烈反对，他撤回了这个建议。最后保尔被宣布无罪。

几天后，保尔乘火车奔赴哈尔科夫。经他再三请求，专区党委同意把他的组织关系转到乌克兰共青团中央委员会，由那里分配工作。他得到了一封公正的鉴定书之后，就动身去了乌克兰。阿基姆恰好就是乌克兰共青团中央委员会的书记之一。保尔跑去看他，把完整的事实经过都详细地告诉了他。

阿基姆读着保尔的鉴定书，在“无限忠诚党”之后，有一段：具有党的坚毅力，只是在极少数情况下脾气暴躁，以致失去理智，原因是神经系统遭受严重损伤。

“呵，亲爱的保尔，”阿基姆和蔼地说，“他们到底还是把那件事记在这个鉴定书上了。不过没关系，你也别苦恼，再坚强的人也常常会犯这样的错误。到南方去吧，恢复恢复精力。等你回来的时候，咱们再研究你到什么地方去工作。”

然后，他紧紧地握住了保尔的手。

这里是中央委员会的“公社社员”疗养院。花园里有玫瑰花坛，银光闪耀的喷水池,爬满葡萄藤的建筑物。来疗养的人们都穿着白色的疗养服或者浴衣。一个年轻的女医生登记了保尔的姓名之后,便带他到了一所楼房拐角上的一个宽敞的房间。房间里的床铺洁白耀眼,到处一尘不染,非常安静。保尔到浴室洗去旅途的劳顿,换了衣服,就径直地朝海滨跑去。

眼前是深蓝色的大海,它庄严而宁静,像光滑的大理石一样,伸向远方,消失在一片淡蓝色的轻烟之中;熔化了的太阳照在海面上,反射出一片火焰般的金光。远处,透过晨雾,隐约显现出群山的轮廓。站在大海面前,保尔尽情地呼吸着新鲜的空气,他的心情好了很多,他就在那里静静的,目不转睛地看着伟大而又宁静的海水。哦,神奇而又美妙的大海呀!

懒懒的海浪亲切地爬到脚下,舔着岸边金色的沙滩。

7

在中央委员会疗养院的隔壁,有一个属于中央医院的大花园。病人们由海滨回疗养院,总是经过这花园。在这花园的一堵灰色石灰石高墙旁边,有一株很茂盛的法国梧桐,保尔很喜欢在它的树阴下休息。这里很少有人光顾,从这里可以看到人们沿着花园的林荫道或小径来来往往,而晚上在这里又可以听听音乐,以避开疗养大楼里令人心烦的喧闹。

今天,保尔又躲到这个角落里来了。舒服地躺在一只藤摇椅上打着瞌睡。海水浴和日光浴使他有点困乏,不由得打起小盹儿来。他把厚毛巾和一本还没有看完的富尔曼诺夫的小说《叛乱》随手扔在旁边的一只摇椅上。在疗养院最初的几天,神经过敏的紧张状态依然缠绕着他,头还是痛个不停。医学教授们还在研究着他那复杂而又少见的病情,一次又一次的叩诊、听诊使保尔都感觉有点厌烦了,也使他精疲力竭。病房的责任医生是个年轻的女党员,有个很怪的名字——耶路撒冷奇克。这个姓很怪。她总要费很大劲,才能找到她的这个病人,然后又耐着性子劝他一起去找这位专家或者那位专家。

“说实在的,这一套真叫我烦透了。”保尔气呼呼地说,“同样的东西,一天得说上五次:“您的祖母是不是疯子?您的曾祖父有没有得过风湿病啊?”鬼知道曾祖父得过什么病,我连见都没见过。而且,他们每个人都想叫我承认得过淋病,或者别的什么更糟糕的病。说真的,为这个我真想敲敲他们的秃脑袋。请给我时间休息休息!如果这样研究我一个半月,那么我就会变成危害社会的分子。”

尽管如此,耶路撒冷奇克总是笑着,用玩笑回答他,过不了几分钟,她已经挽着他的胳膊,一路上说着有趣的事,把他领到外科医生那里去了。

今天看来没有检查了。这时离午饭还有一个小时的时间。保尔在朦胧的睡意中听到了脚步声,他没有睁开眼睛,心想:“也许以为我睡着了,就会走开的。”但摇椅咯吱响了一下,有人坐了下来。淡淡的香水味表明,旁边坐下的是个女人。他睁开眼来,最先进入眼帘的是一件雪白的连衣裙、两条晒得黝黑的腿和穿着山羊皮便鞋的双脚。接着是剪着男孩发型的头,两只大大的眼睛,一排锐利细小的牙齿。她不好意思地笑了笑,说:"对不起,我大概打搅您了吧?"

保尔没吱声,这是很不礼貌的,他只希望她赶紧走开。

"这是您的?"她翻着那本《叛乱》问。

"是我的。"

短暂的沉默。

"同志,您是中央委员会疗养院的疗养员吗?"

保尔这时开始不耐烦地扭了一下。"打哪儿冒出来这么个人?还让不让我休息了?说不定马上还要问我得的是什么病呢。算了,我还是走吧。"于是他生硬地回答:"不是。"

"可是,我好像在哪里见到过您。"

保尔站了起来。就在这时,他听到后面有一个女人的声音。

"朵拉,你躲到这儿来干什么?"

一个晒得黝黑、体态丰满的金发女人,穿着疗养院的浴衣,在摇椅边上坐了下来。她瞟了一眼保尔,然后接着问道:"同志,我好像在哪儿见过您,您是在哈尔科夫工作吧?"

"是,在哈尔科夫。"

"做的是什么工作啊?"

这时,保尔已经决定赶快走开,便没好气地回答:"开垃圾车!"

她们听了哈哈大笑,保尔不由得哆嗦了一下。

"同志,您这态度,不太礼貌吧?"

他们的友谊就这样开始了。朵拉·罗德金娜是哈尔科夫市委常委,她不止一次回忆起相识时可笑的场景。

一天午饭后,保尔到海洋疗养院的花园去看歌舞演出,没想到在这里遇见了扎尔基。说来也怪,使他们相逢的竟是在一场狐步舞中。

当一个胖歌手唱完那支《销魂之夜》后,就有一男一女跳上舞台。男的戴着一顶红色的圆筒高帽,半裸着身体,胯骨周围系着五颜六色的扣带,上身穿着耀眼的白胸衣,还扎着个领带。一句话,像野人,又不像野人。那女的长得很漂亮,身上却挂着无数布条子。他们刚出场,一群站在疗养员的安乐椅和躺床后面的新经济政策暴发户,就伸出他们的牛脖子,连忙齐声喝彩。这一对怪物在舞台上缓慢地移动着,扭着屁股,跳着狐步舞,简直难以想象还有比这更加令人作呕的场面了。戴着傻瓜圆筒帽的胖汉子和那个女人,紧紧地贴在一起,扭来扭去,做出各种下流猥亵的姿势。"真是下流!滚吧!"突然在最前排,有人站了起来朝台上骂着。

保尔立马就听出了这是扎尔基的声音。

钢琴伴奏中断了,小提琴尖叫了一声,不再响了。台上的一对男女停止了扭摆。暴发户们从椅子后面发出一片嘘声,气势汹汹地指责刚才喊叫的人:“把一出好戏给搅黄了,真不像话!”

“整个欧洲都在跳舞!”

“真气人!”

这时候,在“公社战士”疗养院来的一群观众里,共青团切列波韦茨县委书记谢廖沙·日巴诺夫把四个手指夹进嘴里,打了一个绿林好汉式的口哨,别的人也群起响应。于是,台上那一对宝贝像被风刮走似的瞬间就不见了。报幕的小丑,像个机灵的堂倌,对观众宣布,剧团立刻离开了。

“一条大道朝天,夹起尾巴滚蛋,要是爷爷问你,就说去莫斯科转转!”一个身穿疗养院长衫的小伙子在一片哄笑声中把报幕人赶下了舞台。

保尔在前排找到了扎尔基。两个人在保尔的房间里谈了很多很多,有往事,有未来。

“知道吗,我结婚了。很快就要有孩子了。”扎尔基说。

“是吗,你爱人是谁?”保尔惊奇地问。

扎尔基从他口袋里拿出一张照片给保尔看。

“认得吧?”

保尔仔细一看,原来是扎尔基和安娜的合影。

“那杜巴瓦哪儿去了呢?”保尔更加惊讶了,又问。

“杜巴瓦现在住莫斯科,他被开除出党后就离开了共产主义大学,现在在莫斯科高等技校学习,听说现在已经恢复了他的党籍,白搭!他算是完了……“你知道潘克拉托夫在哪儿吗?他现在当了造船厂副厂长。其他人的情况我就不太清楚了,大家都不通音信。现在在祖国各地工作,要是大家能相聚在一起,回忆往事那该多好啊!”扎尔基对他说。

朵拉和几个人走进保尔的房间。朵拉见了扎尔基,瞅见他身上的勋章,就问保尔:“你这位朋友也是党员吧?他在哪儿工作呀?”

保尔不明白是怎么回事,把扎尔基的情况简单地介绍了一下。

“那就让他留下吧。刚刚从莫斯科来了几个同志,他们将给我们谈谈党的一些最新情况。我们决定在你房间里开一次内部会议。”朵拉解释道。

在场的人,除了保尔和扎尔基之外,几乎全是老布尔什维克。莫斯科市监委委员巴尔塔绍夫,矮墩墩的个子,五十上下,他先发言,声音不大:“是的,有事实为证,出了新的反对派,我们原先就有预感,果然发生了。新反对派的领袖人物,除了季诺维也夫和加米涅夫,还有一个,不是别人,正是托洛茨基。他们狼狈为奸,相互打气。如今这个各色反对派拼凑起来的大杂烩开始行动了。”

坦波夫来的检察员插进来说:“第十四次代表大会上我就对同志们说过:‘你们记住我的话吧,季诺维也夫、加米涅夫早晚要同托洛茨基结亲。’当时,季诺维也夫带着一帮列宁格勒代表一个劲儿反对代表大会,托洛茨基一声不吭,净在一边看热闹,心里则在寻思:‘你们这帮狗崽子,因为十月革命的教训一直在攻击我,要把我置于死地,如今自己却滑进了同一个泥坑。'”

“有人不同意我的看法,说季诺维也夫和加米涅夫多年来都在跟托洛茨基主义斗争,在各个转折关头都谴责托洛茨基主义是党内异己派别,他们绝不会背叛布尔什维主义,决不会听命于他们长期激烈批判过的人。可是结果怎么样呢?昨天的敌人、思想上的对头今天成了朋友,因为他们都在不择手段地反对布尔什维克党中央,同谁联合都行,牺牲自己的全部原则、放弃原先的立场也行。这些原则和立场如今在他们眼里已经什么都不是。同托洛茨基结盟会使他们过去布尔什维克的称号蒙上耻辱,可这又算得了什么呢?”

“这个无原则的联盟很像1912年的八月联盟。不论是现在还是那个时候,挥舞指挥棒的都是托洛茨基。季诺维也夫和加米涅夫这次的表演,其卑鄙程度不亚于他们在十月武装起义前的畏缩。这号人……”

坦波夫来瞥了一眼在座的女同胞朵拉,咽回去一句骂娘话。“呸,差点没说出脏话来!这种乱七八糟的事我还真没见过。”

“一切迹象表明,最近期间这个联合的反对派就会向党发动进攻。这些不断冒出来的小集团干的就是一件事——制造混乱,破坏党的统一。我不明白,我们什么时候才能把它们彻底了结。我们太放任太宽容他们了。依我看,应该把这些职业的捣乱分子和反对派一个一个地统统都清除出党。我们在跟这些反党分子的斗争上浪费了多少时间和精力。”朵拉激烈地说道。

老人梅伊兹然默默地听完大家的发言,接着说:“朋友们,我们不能再耽搁了,必须赶紧回去。疗养院多住两天少住两天也无所谓,在这样紧要三关的时刻,我们必须坚守各自的岗位。我明天就动身。”

三天后,疗养院的人就提前走光了。保尔也提前出院了。

他在共青团中央委员会没有耽搁多久,组织派他去某个工业区担任专区共青团书记的职务。一个星期后,市共青团积极分子就听了他的第一次演讲。

深秋的一天,保尔和两名工作人员乘专区党委会的汽车到离城很远的一个区去,半路上汽车掉进了路边的壕沟里,翻车了。

车上的三个人都受了重伤,保尔的右膝被扎碎了。几天之后,保尔被送进哈尔科夫外科学院。外科医生们进行了会诊,检查了他那条肿着的右腿,又看了看X光片,决定立刻进行手术。

这次保尔没有反对什么,直接同意了。

“那么就明天早晨做吧。”主持会诊的胖教授最后这样说,接着就起身走了。其他医生也都跟着走了出去。

保尔住的是一小间明亮的病房,一尘不染,散发着他早就忘记的医院里特有的味道。他环顾四周:一张铺着白净桌布的小桌,一个白色方凳,这就是全部家具了。

护理员送来了晚餐。

保尔谢绝了,他半躺在床上写信。伤腿疼得很厉害,影响思考,也不想吃东西。

他写好第四封信的时候,门轻轻地打开了。保尔看见一个穿着白大褂、戴着白帽子的年轻女子走到床前。

借着黄昏的微曦,保尔看到她那描得很细的眉毛和一双乌黑的大眼睛。她一只手拿着一个纸夹,另一只手拿着纸和铅笔。

“我是您这个病室的责任医生,”她说,“今天我值班。现在我向您提一些问题,您呢,不管愿意不愿意,都得把您的全部情况告诉我。”

她亲切地笑着,这微笑大大地减轻了刚才的“审问”带来的不快。

整整一个小时,柯察金不但谈了自己的情况,而且谈了祖辈们的一些事情。

手术室里,几个人戴着大口罩正在认真地做着骨科手术。

外科手术器械闪着银白色的亮光,一张窄长的手术台下,放着一个大盆。保尔躺在手术台上的时候,教授已经快洗完手了。接着就是紧张的手术准备工作,保尔向周围看了看。

一个女护士正在安放手术刀和小镊子。责任医师巴扎诺娃小心地解下保尔腿上的绷带,然后轻轻告诉他说:“柯察金同志,别往那边看,看了对神经有刺激。”

“你说谁的神经,大夫?”保尔开玩笑地说。

几分钟后,厚实的面罩掩盖住保尔的脸。那个教授对保尔说:“别害怕,我们就要给你施行哥罗芳麻醉。用鼻子深吸气,一二三地数下去。”

面罩下传出了低沉而平静的声音:“好的,我可能会说出一些不干不净的话来,提前跟你们说一下,请你们原谅了。”

教授忍不住笑了。

接着,第一滴麻醉药水发出了令人窒息的难闻气味,然后是第二滴、第三滴……

保尔深深地吸了一口气,开始数起数来,尽力念得清晰……他的生活悲剧就这样揭开了第一幕。

阿尔焦姆差点把信封撕成两半。他打开信的时候,不知道为什么心情忐忑不安。眼睛一看到信的开头,他就急忙一口气读了下去:

阿尔焦姆,我们很少互通书信。一年一次,最多也就是两次吧!但是,次数多少有什么关系呢?你写信说你离开了谢佩托夫卡,举家搬到卡扎京机车库去工作了,目的是为了脱离老根。我很理解你,要改造斯捷莎这种人的确很困难,我担心你这样做达不到目的。你说“上了年纪,学习有困难”,可是你学得并不坏嘛。让你脱产专做市苏维埃主席的工作,你坚决不干,这是不对的。你不是为夺取政权战斗过吗?那你就应该掌握政权。你应该明天就接手市苏维埃的工作,把它干下去。

现在谈谈我的情况,我最近有点不妙,开始经常住院,做了两次手术,流了不少血,体力消耗比较大。到现在也没人告诉我,这个样子什么时候是个头。

我现在停止工作了,找了份新职业——“生病”。

我忍受着种种痛苦,而结果呢,是右膝关节不能活动了,身上添了好几个刀口;另外,医生最近发现,我的脊梁骨七年前曾经受过暗伤。现在他们说,这个伤可能要我付出极高的代价。

只要能回到工作岗位,我已经做好了忍受一切的准备。

在生活中,对我来说最可怕的事就是脱离工作,我甚至连想都不敢想。正因为这样,我才承受一切,只是一直不见起色,相反,阴云越聚越浓。第一次手术过后,我刚能走动,就恢复了工作,但是很快又被送进了医院。现在我刚收到叶夫帕托里亚的麦纳克疗养院的入院证,明天得去那里了。阿尔焦姆,别难过,我不会轻易死掉。我的生命力抵得上三个人的,我还要干许多许多工作。哥哥,要注意健康,保重身体,别再一下扛三百多斤了,不然党以后会付出高昂的代价修理你。

岁月给我们经验,学习给我们知识,而得到这一切,并不是为了到一个又一个医院去做客。握你的手。

保尔·柯察金

在阿尔焦姆皱着浓密的眉毛读弟弟的信的时候,保尔正在医院里跟巴扎诺娃告别。她握着他的手问:"您明天就去克里木?那今天打算在哪儿过呢?"

"朵拉马上就来。今天白天和晚上我住在她家里,明天一早,她送我上车。"

巴扎诺娃认识朵拉,因为她常来看保尔。

"您还记得吗,柯察金同志?我们谈过,您在离开前跟我父亲见上一面,我详细地跟他说了您的病情。我想让他给您检查检查,这件事情就放在今天晚上吧!"

保尔带着谢意答应了。

当天晚上,巴扎诺娃带着保尔走进了她父亲的诊所。

这位著名的外科专家给保尔做了详细检查。巴扎诺娃也在场,她从医院拿来了爱克斯光片和全部化验单。谈话中间,她父亲用拉丁语说了很长一段话,她听了之后,脸色顿时变得煞白,这不能不引起保尔的注意。他盯着教授那个秃顶的大脑袋,想从他敏锐的目光中看出点什么端倪来,但是巴扎诺夫教授不露声色,一时间令他琢磨不透。

等保尔穿好衣服,巴扎诺夫客气地向他告别;他要去参加一个会议,嘱咐女儿把检查结果告诉保尔。

在巴扎诺娃那间陈设雅致的房间里,保尔靠在沙发上,等着她开口。但是她不知道从哪里说起,又该说些什么;她感到很为难。他单独告诉女儿:"瘫痪的悲剧将发生在这个年轻人身上,对此我们无能为力。"

作为保尔的医生和朋友,巴扎诺娃觉得不能把这一切都和盘托出。她只是非常谨慎地向他透露了一小部分真情。

"我相信叶夫帕托里亚的治疗会使您迅速得到康复的。到了秋天,您就可以重新工作啦。"

她说这话的时候,忘记了始终有两只敏锐的眼睛在观察着她。

"从您所说的话里,确切一点,从您不愿说的话里,我明白病情的严重性。您该记得,我请求过您永远不要欺骗我。您就实话实说吧,不用对我隐瞒什么,我不会昏厥,也不会自杀,但我非常想知道,等待我的将是什么。"保尔坚定地说着。

巴扎诺娃跟他开了个玩笑,有意岔开了话题。

这天晚上，保尔到底还是没有了解到真实情况，不知道他的明天将会发生些什么。当他们分手时，巴扎诺娃亲切地嘱咐:“请别忘记我们之间的友谊，柯察金同志。在您的生活中一切都有可能，如果您需要我的帮助或者建议，您就来信。我一定会竭尽全力帮助您。”

她从窗口望着那穿着皮外套的高大身躯吃力地拄着手杖，缓缓地从门口向一辆停着的四轮马车走去。

又是叶夫帕托里亚。又是南方的热天，又是车水马龙的街道，又是熙熙攘攘的人群，又是成片的绣金遮阳帽……汽车只用了十分钟就把乘客送到一座灰色石灰石建造的楼房前面——麦纳克疗养院。

值班医师把他们分送到各个房间。

“同志，您是哪个单位介绍来的?”他在11号房间门口停了下来，向保尔和气地问道。“乌克兰共产党中央委员会。”保尔回答道。

“那我们让您和埃勃涅同志住在一起。他是个德国人，要求我们给他找个俄国伙伴。”医生解释完后，就去敲门。从房里传出一句外国腔的俄国话:“请进。”

保尔走进房间，放下提箱。那个床上躺着的德国人转过身去。那个德国人满头金发，长着两只漂亮而灵活的蓝眼睛。他向保尔温厚地微微一笑。

“顾特莫根，盖诺森，我很想说‘您好’。”他和蔼地笑着改用俄语，同时伸出白皙而修长的手。

几分钟后，两个人就开始用“世界语”进行热烈地交谈。在他们的谈话中，言语的作用是次要的，搞不懂的句子全靠猜测、手势以及模仿。埃勃涅是一个德国工人。

在1923年的汉堡起义中，他大腿中了一枪，这回他旧伤复发，又倒在床上。尽管很痛苦，他仍然精神饱满，因而立刻赢得了保尔的尊敬。

保尔没想到会有这么好的一个伙伴。这样的人不会从早到晚诉说自己的病情，也不会愁眉苦脸。相反，与他在一起，会忘记自己的痛苦。

“可惜的是我对德语一窍不通。”保尔这样想着。

花园的角落里，放着几把摇椅和一张竹桌。两个病人坐在手推车上。有五个病人凑在这里，别人都把他们戏称为“国际执委会”。

埃勃涅半躺在病人的手推车上面。另一辆手推车上面坐着保尔，他被禁止行走。还有三个人是:身宽体重的爱沙尼亚人瓦伊曼，他是共和国的贸易人民委员会的工作人员。像少女般年轻的妇人玛尔塔·芳琳，她长着深棕色的眼睛，是个拉脱维亚人。身体强壮，鬓角花白的列杰尼奥夫，西伯利亚人。这里的确有五个民族:德意志人、爱沙尼亚人、拉脱维亚人、俄罗斯人和乌克兰人。玛尔塔和瓦伊曼会说德语，埃勃涅就一直请他们做翻译。保尔和埃勃涅住在一间房里，彼此就成了朋友。而使保尔和列杰尼奥夫成为朋友的则是国际象棋。

在列杰尼奥夫入院之前，保尔是疗养院里的国际象棋“冠军”。他是经过一场顽强的冠军争夺战，才战败瓦伊曼夺得这个称号的。瓦伊曼的失败使他失去了平日的沉静,很久都不肯原谅保尔。不久,疗养院来了一个高个老头,虽然年过半百,但看起来非常年轻。他邀请保尔下一盘。保尔丝毫没有预料到自己会输,便不慌不忙地以后翼弃兵作为开局。列杰尼奥夫的回击是推进他的中卒,没有吃弃卒。保尔作为冠军,按惯例是要和每一个新来的人下一盘的。总是有很多人围观他们的战斗。直到第九步,保尔就已发觉对手推进的卒子正在步步紧逼。保尔这才明白他遇到了劲敌,悔不该对这场比赛掉以轻心啊。

三个小时的角逐之后,保尔让位了。他比所有看棋的人都更早料到自己必败无疑。保尔看了他的对手一眼。列杰尼奥夫慈祥地朝他笑了笑。显然,他也看出保尔要失败了。爱沙尼亚人瓦伊曼一直紧张地注视着战局,巴不得保尔一败涂地,但是却什么也没看出来。

“我永远要坚持战斗到最后一局。”保尔说。这句话只有列杰尼奥夫听得懂,他点了点头,表示赞许。

在五天的时间里,他俩前前后后下了十盘,保尔输了七盘、赢了两盘,另一盘和了。

瓦伊曼幸灾乐祸起来:“好!谢谢你,列杰尼奥夫同志!他真是活该!他把我们所有的老手都打败了,结果却栽在一个老头手里,哈哈哈!”

接着,他嘲弄这个曾经战胜过他的败将说:“怎么样,吃败仗的滋味不好受吧?”

保尔丢掉了“冠军”称号。他虽然失去了棋坛荣誉,却结识了列杰尼奥夫,后来列杰尼奥夫成了他非常敬爱和亲近的人。保尔的失败并不偶然,他对棋术也只是略知一二,业余棋手输给懂得棋术奥妙的大师其实也不算什么。

保尔和列杰尼奥夫有一个共同值得纪念的日期:保尔出生和列杰尼奥夫入党正好在同一年。他们是布尔什维克近卫军老一代和青年一代的典型代表。一个具有丰富的生活经验和政治经验,从事过多年地下斗争,蹲过沙皇监狱,后来一直担任国家的重要行政工作;另一个有着烈火般的青春,虽然只有短短八年的斗争经历,但是这八年却抵得上好几个人的一生。他们两个,一老一少,都有一颗火热的心和被摧毁了健康的身体。

一到晚上,埃勃涅和保尔的房间便成了俱乐部。所有政治新闻都是从这里传出来的。晚上,11 号房间里很热闹。瓦伊曼动不动就想讲点黄色笑话,对这类东西他总是津津乐道。

但是他马上就会遭到玛尔塔和保尔的夹攻。玛尔塔善于用机巧辛辣的嘲讽话语堵他的嘴;如果不见效,保尔就出面干预。记得有一回,玛尔塔说:“瓦伊曼,你最好问问大伙,也许你的‘俏皮话’根本不合我们的口味……”

保尔接着用不平静的语气说:“我真不明白,你这样的人怎么会……”

瓦伊曼噘起厚嘴唇,两只小眼睛嘲弄地在大家脸上扫了一下,说:“看来得在政治教育委员会设一个道德督察处,并且推举柯察金当督察长。对玛尔塔我还可以理解,女同志嘛,是当然的反对派,可是柯察金竟想把自己打扮成天真无邪的小孩子,像个共青团小宝宝似的……再说,我根本就不喜欢鸡蛋来教训母鸡。”

在这场关于共产主义伦理的激烈争论之后,说黄色笑话被当作一个原则问题提出来讨论。玛尔塔把各种不同观点翻译给埃勃涅听。

“黄色笑话很不好,我和保夫卡看法一样。”埃勃涅表态说。

瓦伊曼只好退却了,他竭力用开玩笑来打掩护,但是,从此以后他再也不讲这类笑话了。

保尔一直以为玛尔塔是个共青团员,他估计她大约只有 19 岁。但是有一次他同玛尔塔聊天时吃了一惊,原来她已经 31 岁了,1917 年就入了党,而且是拉脱维亚共产党的一名积极的工作人员。1918 年白匪曾将她判处枪决,后来她和另外一些同志被苏维埃政府赎换回来了。现在她在《真理报》工作,同时还在大学进修,不久就可以毕业。保尔没有留意他们的友谊是怎样开始的,但是这个常来看望埃勃涅的矮小的拉脱维亚人已经成了他们“五人小组”不可缺少的成员。

一个叫埃格利特的地下工作者,也是拉脱维亚人,调皮地逗她说:“玛尔塔,你那可怜的奥佐尔在莫斯科怎么过呀?这么下去可不行啊!”

每天早晨响起床铃之前的一分钟,疗养院里总有一只公鸡大声啼叫。埃勃涅学鸡叫真是学到家了。院里的工作人员到处寻找这只不知从哪里钻进来的公鸡,但是毫无结果。这使埃勃涅非常得意。

到了月底,保尔的病情更加糟糕了。医生不许他下床。埃勃涅感到很难过。他喜欢这个乐观、开朗、从来不灰心丧气的青年布尔什维克,这个年轻人是这样朝气蓬勃,却又这样早早地失去了健康。玛尔塔告诉他,医生们都说保尔的未来是不幸的,埃勃涅听了十分焦急。

直到保尔离开疗养院,医生始终没有允许他下地走动。

保尔向周围的人隐瞒着自己的痛苦,只有玛尔塔根据他那异常苍白的脸色,才猜出了几分。出院前一个星期,保尔收到乌克兰共青团中央的一封信。信里通知他假期延长了两个月,并且说,根据疗养院的意见,按他目前的健康状况,不能给他恢复工作。随信还汇来了一笔钱。

保尔经受住了这第一次打击,就像当年向朱赫来学习拳术时,经受住了朱赫来的打击一样;那时他也常常被打倒,但总是立刻就站了起来。

保尔意外地收到一封他母亲的来信。母亲告诉他,她有一位朋友叫作阿莉比娜·丘察姆,住在离叶夫帕托里亚不远的一个港口城市。她们已经十五年没有见面了,母亲要儿子一定到她家去看一看。这封信,对保尔的生活产生了巨大的影响。

过了一个礼拜后,疗养院的人全都到码头热情欢送保尔。分别的时候,埃勃涅热烈地拥抱和亲吻保尔,就像送别自己的弟弟一样。玛尔塔不知道躲到哪里去了,保尔没能向她告别就走了。

第二天早晨,一辆敞篷马车把保尔从码头拉到一座带小花园的小房子跟前,停了下来。保尔叫陪送他的人去打听一下,丘察姆家是不是住在这里。

丘察姆家共有五口人:母亲阿莉比娜·丘察姆两只黑眼睛郁郁寡欢,衰老的脸上还残留着往日的秀丽；两个女儿廖莉亚和达雅、廖莉亚的小儿子以及老头子丘察姆。

廖莉亚以前是打字员，不久前就和丈夫离婚了，现在待在家里，照顾她的儿子，并帮母亲做些家务。

除了两个女儿以外，阿莉比娜还有一个儿子，叫乔治，他现在在列宁格勒。

丘察姆一家殷勤地接待了保尔，只有老头子用不友好的戒备目光仔细打量了客人一番。

保尔把他所知道的自己家的事，耐心地一一讲给阿莉比娜听，顺便也问问她们的生活情况。

廖莉亚今年22岁，心地单纯，留着褐色短发。脸庞宽阔，显得开朗大方。她和保尔一见如故，把家中的私事全都主动告诉了他。保尔从她嘴里了解到，老头子专横暴虐，扼杀一切主动精神，不给人丝毫自由，把全家压得气都透不过来。他心胸狭隘，目光又短浅，还好吹毛求疵，一家人都被他管得死死的，整天提心吊胆，因此，儿女们都极端厌恶他，妻子对他更是恨之入骨，二十五年来一直反对他的暴虐行为。两个女儿总是站在母亲的立场上。家 里不断发生争吵，生活过得很不愉快。整天都为大大小小的事情怄气，没完没了，日子就是这样一天天过去的。

家里的第二个祸害是乔治。从廖莉亚的话里可以知道，他傲慢自负，好吹牛，讲究吃穿，喜欢喝酒，是个地地道道的浪荡公子。中学一毕业，乔治这个母亲的心肝宝贝，就伸手向母亲要钱到京城去了。

"我去上大学。叫廖莉亚把戒指卖了，你的东西也卖了。反正我得有钱花，你们怎么弄到钱，那我不管。"

乔治摸透了母亲的脾气，知道她对他简直就是有求必应，因此恬不知耻地利用她的这个弱点。他对两姐妹很傲慢，根本看不起她们，认为她们比他低一等。母亲把从老头子那里抠来的钱和达雅的工钱全给儿子寄去。可是他呢，考大学考得一塌糊涂，名落孙山，却逍遥自在地住在叔叔家里，接二连三地打电报吓唬母亲，逼她赶紧寄钱。

小女儿达雅，保尔这天很晚才见到。母亲在过道里低声告诉她来了客人。她腼腆地伸出手，同保尔握手问好。在这个陌生的年轻人面前，她羞得脸一直红到耳根。保尔没有立刻放开她那长茧而有力的手。

达雅满18岁了。她长得并不算太漂亮，可是一对深棕色的大眼睛、两道蒙古型的细眉毛、端正的鼻子和固执的红嘴唇，使得她很招人喜欢。带条纹的工装上衣，紧紧箍着她那富有弹性的年轻的胸脯。

姐妹俩各住一间狭小的房间。达雅房间里有一张小铁床，一只柜橱，柜橱上放着各种小摆设和一面小镜子，墙上挂着三十来张照片和画片。窗台上摆着两盆花，一盆深红的天竺葵，一盆粉色的翠菊。薄纱窗帘用一条天蓝色的绦带拢在一边。

"达雅从来不欢迎男人进她的房间，可是您看，为您竟破了例。"廖莉亚开着妹妹的玩笑说道。

第二天晚上,全家在两个老人房间里喝茶。只有达雅留在自己屋里,听大家谈话。丘察姆专心致志地搅着茶杯里的糖。从眼镜上边恶狠狠地打量着坐在他对面的客人。

“还是个乳臭未干的毛孩子,脑袋就被打开了花,很明显,是个标准的公子哥儿。第二天了,白吃我的,白喝我的,倒像我应该养活他似的。在这儿搞什么名堂?全是阿莉比娜干的好事。得给他们点儿颜色看看,让他早点儿滚蛋。这帮党员在合作社里就叫我恶心,什么事都要管,好像主任不是我,倒是他们。这下可好,家里又来了一个,鬼才知道打哪儿冒出来的。”

他愤恨地寻思着。为了给客人找点不痛快,他幸灾乐祸地问:“今天的报纸读了吧?你们的领导在火拼呢。就是说,别看他们是高层的政治家,跟我们这些平头百姓不一样,暗地里却都在拆对方的台。真热闹。先是季诺维也夫和加米涅夫整托洛茨基,后来这两个人降了职,他们几个又联起手来对付那个格鲁吉亚人,哦,叫斯大林的。”

“嘿嘿!还是有句老话说得好:老爷们打架,小人们遭殃。”

保尔此时没好气地推开没有喝完的茶杯,两只眼睛冒火似的,盯着老头子。

“你说的老爷们指谁?”他一字一句地问。

“随便说说罢了。我是个非党人士,这些事跟我都不相干。年轻时候当过一阵子傻瓜。1905年扯扯闲谈,蹲了三个月牢房。后来看清了,得多替自己着想,别人的事管不了那么多。谁也不会白给你吃闲饭。眼下我是这么个看法:我给你干活,你给钱,谁给的好处多,我就拥护谁。什么社会主义啊,对不起,这些废话全是说给傻瓜听的。还有什么自由啊,你给白痴自由,他还弄不清是怎么回事呢。我对现在的政府一点儿也不满意,那是因为我看不惯时兴的那套家庭规矩,还有别的一些说道。伦理道德、社会风尚全扔到了脑后。说结婚就结,说离婚就离。这个也太随便了吧。”

老头子突然被呛了一下,咳嗽起来。等他喘过气来以后,他指着廖莉亚,说:“这不是,谁也没问,就跟那个野男人同居了;跟谁也没商量,又散了伙。现在倒好,还得养活她和一个野孩子。太不像话了!”

廖莉亚痛苦地涨红了脸,藏起满眼的泪水,尽量不让保尔看见。

“照您这么说,她倒应该跟那个寄生虫过下去?”保尔问,两只眼睛燃烧着怒火,直瞪着老头子。

“也不是那个意思,但是当初就应该看好嫁的是什么人。”

阿莉比娜介入了谈话,她强忍住满腔恼怒,断断续续地说:“我说,老头子,你为什么当着外人的面谈这个呢?谈点别的不行吗?”

老头子猛地凑到她跟前:“该说什么,我自己知道!打哪天起你竟敢开始教训起我来了?眼下这世道,甭管你说什么,都叫人生气。

比方昨天吧,我听帕韦尔·安德列耶维奇开导他那几个女儿,对,好像是他,没错。练嘴皮子你是把好手,这我没说的,可除了嘴皮子,总还得喂饱肚子吧。你就这么叫她们去过新生活？这几个傻瓜脑袋什么都能灌得进去。再说廖莉亚这新生活吧，连饭碗都没了。失业的人多如牛毛。得先把他们喂饱，然后再叫他们洗脑筋，年轻人。你告诉她们再这样生活下去真的不行。好哇，那你把她们领去，养着去。眼下她们在我这儿，就得听我的。”

阿莉比娜预感到风暴即将降临，她赶快尽量缓和气氛，说：“廖莉亚够苦的啦，老头子，你怎么还能再埋怨她呢？往后她总会找到工作的，她……”

老头子胖乎乎的脖颈上暴起了青筋。他压根儿就没想压自己的火气。

“往后，往后，谁要你的空头支票？到处都是往后，往后。那是以前的神甫一个劲儿许愿，说往后死了上天堂，如今又来了另一帮神甫。你那个往后顶个屁。到那时候，世界上我这个人都没了，往后还管什么用？叫我受苦受难，让别人过好日子，我是干吗啊？还是让每个人多为自己操点儿心吧。我看就没有一个人替我使过劲儿，让我过上好日子。我倒要替别人创造什么幸福生活。带着你们的空头支票见鬼去吧！早先每个人都替自己干，攒下钱，要什么有什么。如今这帮人开始建设共产主义，什么都完蛋了。”丘察姆呼噜一声，恶狠狠地喝了一口茶。

保尔坐在丘察姆近旁，对这个胖墩墩汗津津的大肉块产生了一种生理上的厌恶。这个老头是旧时代苦役犯世界的缩影，在那个世界里，人和人都是死敌。原始的利己主义经常暴露出来，不足为怪。保尔把已经到了嘴边的激烈言辞又咽了回去。剩下的愿望只有一个——还是要给这个可恶的生物来个当头棒喝，把他顶回去，顶到他刚才冒出头来的那个老窝去。他松开咬紧的牙关，胸口顶住桌子边沿，说：“波尔菲里·科尔涅耶维奇，你很干脆，请允许我也直言相告。像您这样的人，我们国家是不必征求他们的意见，问他们是不是愿意建设社会主义的。我们有一支伟大的、强有力的建设大军。谁要是想阻挡他们史无前例的进军，连国际帝国主义也办不到，而国际帝国主义的力量比你们要大得多。世界上没有任何力量能够阻止这场变革。至于你们这样的人，愿意也罢，不愿意也罢，都将被强制去为建设新社会而工作。”

丘察姆怀着掩饰不住的仇恨，望了望保尔。

“他们要是不服从呢？你知道，暴力会引起反抗的。”

保尔把一只手紧紧压在杯子上。

“那我们就……”保尔抓住杯子，猛一使劲，只听咔嚓一声，薄薄的玻璃碎了，剩茶从杯子里流了出来染湿了盘子。

“你手轻点，年轻人。一只杯子要八十六个戈比呢。”丘察姆一看自家的杯子被他捏碎了便发火了。

保尔慢慢把身子仰靠到椅背上，对廖莉亚说：“请你明天帮我买十只杯子，厚点，带棱的。”

夜里，保尔把丘察姆一家的事情想了很久。一个偶然的机缘使他来到这里，不由自主地卷入了他们的家庭悲剧。他在考虑，怎么才能帮助她们母女冲出牢笼。保尔自己的生活正在刹车，他本人还有许多问题没有解决，眼前要采取果断的行动,比任何时候都困难。

出路只有一条,就是拆散这个家庭,让母女三人永远离开老头子。但是,这件事并不那么简单。发动这场家庭革命,他现在力不从心,再过几天他就要离开这里了,而且可能再也见不到这些人了。那么就一切听其自然,不在这低矮窄小的屋子里扬起积尘?但是,老头那副可憎的模样实在使他不能平静。保尔拟订了好几个方案,这些方案似乎又都行不通。他在床上辗转反侧。他的床搭在厨房里,隔壁是达雅的卧室,她想东想西,心神不宁,也没有入睡。她回想起昨天晚上,她、廖莉亚和保尔在她的小房间里,一直谈到深夜。过去庆祝五一节和十月革命节,站在主席台上的那些人,她只是远远地看到过,如今其中的一个就近在眼前,这对她这辈子还是头一回。这个人似乎来自另一个世界。父亲立下的规矩,使他们一家人离群索居,缩在自己屋子的小天地里,完全脱离了当下的社会生活。

她在码头上缝粮食口袋,下了班必须马上跑回家,一小时以后,又要赶到父亲工作的合作社去打扫房间,擦地板,一直干到半夜。只有礼拜天才有几个钟头空闲时间,她可以待在自己房间里,有时同小姐妹们去看场电影。

她的生活宛如一条暗淡无光的灰带子。母亲只疼爱一个儿子。他长得像母亲。这是一种盲目的、偏心眼的爱。乔治长成了个懒虫。吃的,穿的,最好的都尽他挑。两个女儿母亲一点也不放在心上。达雅和廖莉亚怎么也弄不明白母亲对孩子这样偏爱到底是什么原因,不过姐妹俩都是一肚子委屈。尤其苦的是达雅,乔治认为她生来只配做吃力不讨好的粗活重活,而且不单是乔治一个人这样认为。这样一来,干牛马活的特权慢慢就归她专有了。凡是别人不肯干的活儿,她都得干。

只要她稍有不满,情绪流露,乔治马上就会厚颜无耻地眯起一只右眼,这个表示轻蔑的表情他是从加里·皮尔那里学来的,咂着嘴挖苦她说:“嗬,这脑瓜子也知道有好歹,没想到。”

眼下突然来了这么一个小伙子,带来一股清新而又强劲的风。她告诉他,两年来她几乎没有读过一种报,对共青团只是模模糊糊的认识,而且多半是听父亲说的,而父亲是从来不放过机会臭骂那些他称之为“放荡姑娘”的女共青团员的。达雅向保尔介绍自己的这些情况时,她是多么难以启齿啊。

达雅知道父亲对保尔的到来极为不满,而母亲因为父亲无理取闹,已经发作了一次心脏病。

“他也许明天就走了。今天跟父亲谈过这场话,他不会再留下。他一走,家里一切都恢复原样。我真傻,想他做什么呢?一个人偶然来了,又走了,再过一天,他什么都忘光了。”达雅怀着一种莫名的忧伤,想到这里,不知道为什么心里特别难过,一头扎进枕头里,痛哭了起来。

第二天是星期日,保尔上街回到家时,只有达雅一个人在家。

其他人都到亲戚家串门去了。

保尔走进她的房间。他很疲乏,在椅子上坐了下来。

“你怎么不出去走走,散散心呢?”他问她。

“我哪儿也不想去。”她轻声回答。

他想起夜里考虑过的几个方案，决定试探一下，看看她的反应。

为了赶在家里人回来之前结束这场谈话，他开门见山地说：“达雅，你听我说，咱们互相称呼‘你’吧，要那些没用的客套干什么呢？我很快就要走了。真不凑巧，这次到你们家来，正赶上我的处境也十分狼狈，不然的话，情况就一定不会是这样子的。要是在一年前，咱们可以一起离开这儿。像你和廖莉亚，都有两只手，一定能找到工作的！你们应该跟老头子一刀两断，这号人是不听劝的。但是，现在却并不能这么干。我连自己将来会怎么样都还不知道。所以说，我是被解除了武装的。那么，现在怎么办呢？我要去力争恢复工作。关于我的身体情况，谁知道大夫都写了些什么，同志们竟要我无限期地治疗下去。但是不管怎么样，这种情况一定能扭转过来……我给我母亲去信联系一下，到时候咱们就用快刀斩断这团乱麻。反正我是不会就这样扔下你们袖手旁观的。只是有一点我要说，达雅，你们的生活，特别是你的生活，一定要翻他个底朝天。你有力量和愿望这样做吗？”

达雅抬起垂着的头，小声回答说：“愿望我倒是有，可是有没有力量，我真的不知道。”

她回答得这样犹豫，保尔是理解的。他说：“没关系，达雅！只要有愿望，事情就好办。告诉我，你对这个家庭很留恋吗？”

问题提得太突然，她并没有立即回答，过了一会儿才说：“我很可怜我母亲。父亲欺侮了她一辈子，现在乔治又来折磨她，我很可怜她……虽然她对乔治比对我好……”

这天他们谈了很多。家里人快要回来了，保尔跟达雅进行过一次谈话。“真奇怪，老头子怎么不把你嫁出去呢？”

尽管保尔只是开玩笑，但达雅仍吃了一惊：“我才不嫁人呢！从姐姐身上我看透了一切，我干吗要结婚！”

保尔笑着说：“那么你发誓一辈子不结婚了？如果有一位胆大的小伙子，追求你，你怎么办？”

“那也不干！他们在你窗前转来转去，追求你的时候，还是挺不错的。”

保尔和气地说：“好了，不结婚也可以过得不错。不过你这样对待年轻小伙子，未免太狠心了点儿吧。好在你没有以为我在向你求婚，否则我就下不了台了。”说着，他用冰凉的手亲切地抚摸了一下这位感到难为情的姑娘的手。

“像你这样的人，是不会找我这样的姑娘的。我们对你们有什么用呢？”她小声说。

几天后，保尔乘火车来到哈尔科夫。达雅、廖莉亚、阿莉比娜和她的妹妹萝扎都到车站送行。临别的时候，阿莉比娜得到他的保证：不忘记那姐妹俩，帮助她们冲出牢笼。她们像是在送别亲人，达雅两眼噙着泪水，车开出好远了，保尔还从窗口看到廖莉亚手中挥动的白手帕和达雅的条纹上衣。

到了哈尔科夫，保尔不愿麻烦朵拉，就住在他的朋友彼佳·诺维科夫那里。稍微休息之后,他乘车来到中央委员会,等了一会儿,见到了阿基姆。最后只剩下他们两个人的时候,保尔要求马上给他分配工作。阿基姆摇头拒绝说:“这可办不到,保尔。我们这儿有医务委员会和党中央的决定,上面写着:‘鉴于病情严重,应送神经病理学院治疗,不予恢复工作。’”

“他们什么不能写呀,阿基姆!我求求你,让我工作吧!老是跑医院,有什么用!”

阿基姆还是不同意。

“我们不能违反决定。你要明白,保夫卡,这样对你会更好的。”

在保尔的再三要求下,阿基姆终于分配给他一个工作。

第二天,柯察金就在中央委员会书记处机要科上班了。他心想,只要重新开始工作,就能补回失去的时间。但从第一天起,他就发觉自己的想法错了。他时常浑身无力,连从三楼下来去食堂吃饭都办不到。脚和手常常失去知觉,有时候全身都不能动,而且还会发烧。本来应该去上班了,但他却突然连起床的力气都没有了。等这阵发作过去,他才绝望地发现已经迟到一个小时了。他终于因为经常迟到而受到了警告,这时他才意识到他生活中最可怕的事情开始了,他要被迫离队了。

阿基姆又帮了他两次忙,调动了他的工作。但是不可避免的事情还是发生了:一个月以后,他又病倒了。他想起了巴扎诺娃分别时对他说的话,便给她写了一封信。她当天就来了,从她那儿,保尔了解到最重要的事情——他不必住院。

“这么说,我已经健康到不值得一治了。”他本来想开个玩笑,但是这个玩笑并不显得轻松。

因而等身体稍好一些,便就又去了中央委员会。这次阿基姆拒绝了他。他斩钉截铁地要求保尔去住院,保尔闷声闷气地回答说:“我哪儿也不去。住院没有用。这是权威人士的意见。我的出路只有一条:领抚恤金,退休。但是我绝不走这条路。

你们要我脱离工作,这个我是不可能办到的。我才 24 岁,我不能拿着残废证混一辈子,明知没用还到处去求医问药。你们应该给我找一个工作,适合我的身体条件。我可以把工作拿回家做,或者就住在机关里……只是别叫我当个光管登记发文号码的文书。给我的工作应该使我内心不感到孤独离群。”

保尔越说越激动,声音越来越响亮。

阿基姆了解这个不久前还生龙活虎一般的青年的感情。

他了解保尔的悲剧,知道对他这样一个把自己短暂的生命献给了党的人来说,脱离斗争,退居大后方,是很可怕的。因此阿基姆决定竭尽全力去帮助他。

“好吧,保尔,别着急。明天我们书记处开会,我一定把你的问题提出来,保证尽我的力量给你想办法。”

保尔吃力地站起来,把手伸给他。

“阿基姆,难道你真的以为,生活会把我赶到死胡同里,把我压成一张薄饼吗?只要我的心还在这里跳动,”他一把抓过阿基姆的手,紧贴在自己胸膛上,于是阿基姆清晰地感觉到了他的心脏微弱而急速的跳动。“只要这颗心还在跳动,就绝不能使我离开党。能使我离开战斗行列的,只有死。你记住这个吧,我的老大哥。”

阿基姆此时没有说话。他知道,这不是漂亮的空话,而是一个身受重伤的战士的呼喊。他理解,这样的人不可能说出另外的话,不可能有另外的感情。

两天以后,阿基姆通知保尔,中央机关刊物的编辑部有一个重要的工作可以让他做,但是要先考核一下,看他是不是适合在文学战线上工作。保尔在编辑委员会受到亲切地接待。副总编辑是个做过多年地下工作的女同志,现在是乌克兰共产党中央监察委员会主席团委员。她向保尔提了几个问题:“同志,您是什么文化程度?”

“小学三年。”

“上过党校和政治学校没有?”

“没有。”

“啊,那没什么,没上过这些学校也可以锻炼成优秀的新闻工作者,这种事是有的。阿基姆同志向我介绍过您的情况。我们可以给您一个工作在家里干,不一定到这儿来上班,总之,可以给您创造各种方便条件。但是,干这一行需要有广泛的知识,特别是文学和语言方面的知识。”

这些话对保尔来说是一个不祥的预兆。经过半个小时的谈话,证明他的知识不足,在他写的一篇文章里,这位女同志用红铅笔画出了三十多处修辞上的毛病和不少的拼写错误。

“柯察金同志!您的根底很厚。要是再好好进修一下,您将来可以成为一个文学工作者,但是您现在写的东西还不够通顺。从这篇文章可以看出,您还没有掌握俄语。这没有什么可奇怪的,因为您一直没有时间学习。非常遗憾的是,我们现在还不能任用您。我再说一遍:您的根底很厚,您写的这篇东西,只要在文字上加加工,不用改动内容,就可以成为一篇很好的文章。可是,我们需要的是能修改别人文章的人。”

保尔拄着手杖站了起来,右眼眉一下下地抽动着。

“就这样吧,我同意您的意见。那您看我能成为什么文学家呢?!我以前是个好伙夫,也是个不错的电工。我骑马很内行,很会鼓动共青团员,但是,在你们这条战线上,我是个不称职的战士。”

他告别之后,走出了房间。

在走廊拐角的地方,他差点跌倒。一个提公文包的女同志扶住了他。

“您怎么啦,同志?您的脸色很难看!”

保尔镇定了片刻,然后轻轻挣脱那位女同志的手,用力拄着手杖走了。

从这天起,保尔的健康是越来越差。恢复工作是根本谈不上了。越来越多的日子是在病床上度过的。中央委员会解除了他的工作,并且要求社会保险总局发给他抚恤金。他拿到了抚恤金,同时还领到一张残废证。中央委员会另外又发给他一笔钱,个人档案也让他随身携带,他可以到任何他想去的地方。玛尔塔这时来了一封信,邀请保尔到她那里小住和休养一段日子。保尔本来就打算到莫斯科去,他仍然怀着一线希望,想在联共中央委员会找到幸福,也就是说,找到用不着走动的工作。但是在莫斯科也一样,大家都劝他治疗,并且答应给他找个好医院。可是都被他委婉地谢绝了。

保尔不知不觉在玛尔塔和她的女友娜佳·佩捷尔松的寓所里住了十九天。他整天一个人待在屋子里。玛尔塔和娜佳一早就出去了,晚上才回来。保尔如饥似渴地读着书,一本接一本,玛尔塔有很多藏书。晚上玛尔塔的许多女友常来看望,有时也有男同志来。

从港口来了几封信,丘察姆家邀请他到她们那里去。生活的绳扣拉得越来越紧,她们盼望着他的帮助。

一天早晨,保尔离开了鹅谢胡同那座宁静的寓所。列车载着他奔向南方,奔向海洋,躲开潮湿多雨的秋天,奔向克里木南部温暖的海岸。他看着电线杆在窗外飞过。他的双眉紧锁着,两只近乎黑色的眼睛里隐藏着顽强的毅力。

8

海浪在他脚下冲击着凌乱的石堆。从遥远的土耳其吹来的干燥的海风吹着他的脸。这里的海岸曲折地弯进陆地,形成一个港湾,港口有一条钢骨水泥的防波堤。蜿蜒起伏的山峦伸到海边突然中断了。市郊的一座座小白房像玩具似的,顺着山势向上延伸到很远的地方。

古老的郊区公园里静悄悄的。很久没有人收拾的小径长满了野草。被秋风吹落的枯黄的槭树叶,慢慢地落到了地面上。

一个波斯老车夫把保尔从城里拉到这里。他扶着这位古怪的乘客下车的时候,忍不住问道:“你到这儿来干吗?没姑娘,也没戏院,只有胡狼……真不明白,你来干什么!还是坐我的车回去吧,同志先生!”

保尔付了车钱,老车夫也就走了。

公园里一个人也没有。保尔在海边找到一条长凳,坐了下来,感受着海边远处的阳光带给他的温暖。

今天,他特意到这僻静的地方来,回顾他的生活历程,考虑今后该怎么生活。是啊,他是该进行总结,做出决定了。

保尔第二次到丘察姆家,使这一家的矛盾彻底激化到了极点。

老头子一听说他来了,暴跳如雷,在家里大闹了一场。领着母女三人进行反抗的,当然是保尔了。老头子没有想到,妻子和女儿会给他这样有力的反击。从保尔到来的那天起,这一家人就分开过了,两边的人互相敌对,彼此仇视。通向两个老人房间的过道被封死了,把一间小厢房租给了保尔。房钱是预先付给老头子的。

他似乎很快也就坦然了:两个女儿既然同他分了家,就再也不会向他要生活费用了。

从外交上着想,阿莉比娜仍然跟老头子住在一起。老头子不愿意同那个冤家照面,从来不到年轻人这边来。但是在院子里,他却像火车头一样喘着粗气,以示他是这里的主人。

老头子没有到合作社工作以前,会两门手艺——掌鞋和做木工活儿。他把板棚改成了作坊,抽空捞点外快。现在,为了同房客捣乱,他故意把工作台搬到保尔的窗子底下,幸灾乐祸地使劲敲钉子。他非常清楚,这样一来保尔就看不成书了。

“你等着好了,我早晚要把你赶出去……”他低声嘟哝着。

在接近地平线的远方,远航轮船吐出来的黑烟,像乌云一样在渐渐扩散着。一群海鸥尖叫着,向海上飞去。

保尔双手抱住头,陷入沉思。在他的眼前好像闪过了一生的经历,从童年到最近几天。他这二十四年生活得到底好不好呢?他仔细地回忆着过去的岁月,像个铁面无私的法官,在审查自己的一生。最终他很高兴地得出结论:这一生过的还不算坏。

虽然,他犯过不少错误,主要是因为缺乏经验,年轻,更多的是因为无知。而最重要的是:在火热的斗争年代,他没有睡大觉,在夺取政权的激烈搏斗中,他找到了自己的岗位,在革命的红旗上,也有他的几滴鲜血。

我们的旗帜在全世界飘扬,
它燃烧,放射出灿烂的光芒,
那是我们的热血,鲜红似火……

他小声诵读着他喜爱的一首歌曲中的诗句,不知不觉就难为情地笑了:“老弟,你那点英雄浪漫主义,还没有完全扔掉呢。平平常常、普普通通的东西,你总爱给它们抹上一层绚丽的色彩。可要说到辩证唯物主义的钢铁逻辑,老弟,那你就差劲啦。赶着生什么病呢?过五十年生也不晚嘛。同志,现在应该学习,正是大好时机。而眼下要紧的是活下去。我怎么那么早就给捆住了手脚呢?”他十分痛苦地想着,五年来第一次恶狠狠地骂开了娘。

难道他能料到这种飞来的宰祸吗?老天爷给了他一副什么都经受得起的、结结实实的身板。他回想起小时候跟风比赛,飞快地奔跑,爬起树来跟猴子一样灵活,四肢有力、肌肉发达的身子轻而易举从这根树枝挪腾到那根树枝上。但是动乱的岁月要求人们付出超人的力量和意志。他没有吝惜,毫无保留地把全部精力奉献给了以不灭的火焰照亮他生活之路的斗争。他献出了他拥有的一切,到了24岁,风华正茂之时,正当胜利的浪潮把他推上创造幸福生活的巅峰之时,他却被击中了。他没有马上倒下,而是像一个魁伟的战士,咬紧牙关,追随着胜利进击的无产阶级的钢铁大军。在耗尽全部精力以前,他没有离开过战斗的队伍。现在他身体垮了,再也不能在前线坚持战斗了。唯一能做的事就是进后方医院。他还记得,在进攻华沙的激战中,一个战士被子弹打中了,从马上跌下来,摔倒在地上。战友们给他匆忙地包扎好伤口,把他交给卫生员,又翻身上马,追赶敌人去了。骑兵队伍并没有因为失去一个战士而停止前进。为伟大的事业进行斗争的时候就是这样,也应该是这样。不错,也有例外。他就见到过失去双腿的机枪手,在机枪车上坚持战斗。这些战士对敌人来说是最可怕的人,他们的机枪给敌人送去死亡和毁灭。这些同志意志如钢,枪法准确,他们是团队的骄傲。不过,这样的战士现在毕竟不多了。

现在,他身体彻底垮了,失去了重新归队的希望,他该怎样对待自己呢?他终于使巴扎诺娃吐露了真情,这个女医生告诉他,前面还有更可怕的不幸等待着他。怎么办?这个恼人的问题就摆在面前,逼着他解决。

他既然已经失去了战士最宝贵的东西——战斗力,活着还有什么用呢?在今天,在凄凉的明天,他怎样才能不辜负自己的生活呢?怎样充实生活呢?光是吃、喝、呼吸吗?当一名力不从心的旁观者,看着战友们向前冲杀吗?

就这样成为战斗队伍的累赘吗?他想起了基辅无产阶级的领袖叶夫格妮亚·博什。这位久经考验的女地下工作者得了肺结核,丧失了工作能力,不久前自杀身亡了。她在简短的留言中解释了这样做的理由:"我不能接受生活的施舍。既然成了党的病患,我认为继续活下去已经没有必要了。"把背叛了自己的肉体也消灭掉,怎么样?朝心口打一枪!谁会去谴责一个不愿绝望呻吟的战士呢?

他的手在口袋里摸着勃朗宁光滑的枪身,指头习惯地握紧枪柄。他慢慢抽出手枪来,大声对自己说:

"谁能想到你会有今天呢?"

枪口轻蔑地望着他。他把手枪放在膝上,狠狠地骂自己:"这是一个假英雄,兄弟!每一个笨蛋都会随时准备杀了自己,这是最怯懦,也是最简单的出路,活着困难就自杀,你尝试过战胜这种生活吗?你尽一切努力冲破这铁环了吗?你忘了在诺沃格勒·沃伦斯基附近,是怎样一天发起十七次冲锋,终于排除万难,攻克了那座城市吗?把枪藏起来吧,永远也不要对任何人提起这件事。要在自己对生活无法忍受时懂得生活,使生活有益于人民。"

他站起来,朝大道走去。一个过路的山里人赶着四轮马车,顺路把他拉进城里。进城后,他在一个十字路口买了一份当地的报纸。报上登着本市党组织在杰米扬·别德内依俱乐部开会的通知。保尔回到住处的时候,已经是深夜了。当天晚上,他在党积极分子开会时发表了讲话,他自己也没有想到,这是最后一次在大会上发言。

达雅还没有睡。保尔出去这么久还没有回来,她很担心。他怎么啦?到哪儿去了呢?她发觉保尔那双一向活泼的眼睛,今天显得严峻而冷漠。他很少讲到自己,但是达雅感觉到,他正在遭受某种不幸。

母亲房里的钟敲了两下,外面传来了叩门声。她立即披上外套,跑去开门。廖莉亚在自己房间里,喃喃地说着梦话。

保尔离开了这么长时间使她非常担心,保尔走进家里的时候她非常高兴。她低声对他说:“我真是为你担心!”

保尔也低声回答:“我到死也不会发生什么事的,达雅。我想跟你谈谈今天的事情。到你房间去说好吗?”

达雅犹豫了一下,她怎么好深更半夜还同他在一起谈话呢?母亲知道了,会怎么想呢?但是这话又不便对保尔讲,他会不高兴的。再说,他想告诉她什么呢?她一边想,一边已经领着保尔走进了自己的房间。

“事情是这样的,达雅,”他们在黑暗的房间里面对面地坐下来,保尔压低了声音说。他俩离得很近,达雅连他的呼吸都可以感觉到,“生活起了这样的变化,我自己也有点莫名其妙。这些日子我心情很不好。我不知道在这个世界上今后该怎么生活。有生以来,我从来没有像这几天的心情一样感觉苦闷。今天我召开了自己的‘政治局’会议,做出了非常重要的决议。我把这些话告诉你,你可不要感到奇怪。”

保尔把最近几个月所苦恼的事以及在郊外公园想的大部分都给达雅讲了。

“情况就是这样。现在谈谈主要的吧。你应该离开这儿去呼吸呼吸新鲜的空气,接下来就离开这个家,重新开始生活。我们俩的个人生活现在都不快乐,我决定给生活放一把火,你明白我的意思吗?愿意做我的女朋友、妻子吗?”

达雅一直很激动地听着他的话,听到出乎意料的最后一句时,不由得全身一抖。保尔接着说:“达雅,我并不要求你今天就答复我。你好好地全面想一想。你一定不明白,这个人怎么不献一点儿殷勤,不说一句甜言蜜语,就提出这种问题。要那套无聊的玩意儿干什么呢!我把手伸给你,就在这儿,小姑娘,握住它吧。要是这次你相信我,你肯定会幸福的。我有许多东西都是你需要的,反过来也是一样。我已经想好了:咱们的结合一直延续到你成长为一个真正的人,成为我们的同志,我一定能帮助你做到这一点,不然,我就一点儿价值也没有了。在这之前,咱们都不能破坏这个结合。一旦你成熟了,你可以不受任何义务的约束。说不定哪天我会成为一个完全的废人,到那时,请记住,我绝不会连累你。”

他停了一会儿,然后用一种温和而亲切的声音说:“现在,我把我的友谊和爱情献给你。”

他握住她的手不放,心情很平静,好像她已经答应了似的。

“你不会抛弃我吗?”

“达雅,语言证明不了什么。对你只有一点,请相信,像我这样的人是不会出卖朋友的……只要他们不出卖我。”他辛酸地结束了他的话。

“今天我也不能对你说什么,这一切来得也太突然了。”

说着说着他站起来。

“睡吧,达雅,天就亮了。”

他回到自己房间,和衣躺在床上,头刚挨着枕头,就睡着了。

保尔房间里,窗前有一张桌子,上面放着几摞从党委图书馆借来的书,一沓报纸和几本写得满满的笔记。还有一张从房东那里借来的床,两把椅子;有一扇门是通往达雅的房间,门上挂着一幅很大的中国地图,上面插着许多红色和黑色的小旗。保尔取得了当地党委的同意,可以利用党委资料室的书刊,党委还指定本城最大的港口图书馆主任当他的读书指导。

不久,他就陆续借来了大批书籍。廖莉娅看着他,觉得很惊奇,他从清早到晚上一直埋头读书,做笔记,只在吃饭的时候才休息一会儿。每天晚上,他们三个人都在廖莉亚房间里谈天,保尔就会把读到的东西讲给姐妹俩听。

老头子后半夜到院子里,总是看到那个不受欢迎的房客的窗户里透出一线灯光。老头子踮起脚,悄悄走到窗前,从窗板缝里看到了伏在桌子上读书的保尔。

"别人都睡了,可这位呢,点着灯整宿不睡。大模大样,像是他当家一样。两个丫头也敢跟我顶嘴了。"老头子闷闷不乐地想着,最后还是无奈地走开来了。

保尔八年来第一次有这么多空闲时间,他像一个刚刚入门的人一样如饥似渴地读着书。不知道这对他的身体会有怎样的影响,幸好有一天达雅对他说:"我已经把我的衣柜移开了,通向你房间的门现在可以打开了……"

保尔的脸上露出了光彩。达雅高兴地浅浅一笑,他们成功结合了。

此后,老头子半夜里再也看不到厢房的窗户透出灯光,母亲开始发现达雅眼神里有掩饰不住的欢乐。她的两只眼睛被内心的火烧得亮晶晶的,眼睛下面隐约现出两块暗影,这是不眠之夜的结果。这座不大的住宅里,经常可以听到吉他声和达雅的歌声。

这个获得了快乐的女人也常常感到苦恼,她觉得自己的爱情好像是偷来的。有一点响动,她就要哆嗦一下,总觉得是母亲的脚步声。她老是担心,万一有人问她为什么每天晚上要把房门扣上,她该怎么回答呢。保尔看出了她的心情,温柔地安慰她说:"你怕什么呢?仔细分析起来,你我就是这里的主人。放心睡吧。谁也没有权力干涉咱们的生活。"

达雅脸贴着爱人的胸脯,搂着他,安心地睡着了。保尔久久地听着她的呼吸,一动也不动,生怕惊醒她的甜梦。他对这个把一生都托付给他的少女,充满了深切的柔情。

达雅的眼睛近来总是显得那么明亮,第一个知道这个原因的是廖莉娅,从此,姐妹俩就疏远了。不久,母亲也知道了,确切地说是猜到了。她警觉起来,没有想到保尔会这样。有一次,她对廖莉娅说:"达雅配不上他。这么下去会有什么结果呢?"

她忧心忡忡,却又没有勇气和保尔谈。

青年们开始来找保尔了,他们一起歌唱、一起学习。小房间有时挤得满满的。蜂群一样的嗡嗡声不时传到老头子耳朵里。他们常常齐声歌唱:

我们的大海一片荒凉,
日日夜夜不停地喧嚷……

有时候唱保尔喜爱的歌:

泪水洒遍茫茫大地……

这是工人党员积极分子小组在集会,保尔写信要求担负一点儿宣传工作,党委就把这个小组交给了他。保尔的日子就这样欢快地度过每一天。

现在保尔的双手又重新握住了舵轮,而生活在几经波折后,又趋向一个新的目标。保尔现在正梦想着通过研究和文学重新赶上去,返回战斗的行列。

但是,生活给他设置了一个又一个障碍,每次遇到波折,他都不安地想,这回对他达到目的,不知道又会有多大影响。

突然,那个考大学不走运的乔治带着老婆从莫斯科回来了。他住在革命前当过律师的岳父家里,时不时就回来刮他母亲的钱。

乔治一回来,家庭关系更加恶化了。他毫不犹豫地站在父亲一边,并且同那个敌视苏维埃政权的岳父一家串通一气,施展阴谋诡计,一心要把保尔从家里轰出去,再把达雅夺回来。

乔治回来以后两个星期,廖莉亚在邻区找到了工作,带着母亲和儿子搬走了。后来保尔和达雅搬到一个海边小城。

半年过去了,国家开始进行伟大的工程。社会主义已经到了现实生活的门槛前面,正由理想变成人类智慧和双手创造的庞然大物。这座空前宏伟壮观的大厦正在奠定着钢筋混凝土的地基。

"钢、铁、煤",这三个有魔力的词越来越多地出现在了关于国家建设的报纸上。

"要么我们跑完这段距离,赶上技术发达的资本主义国家,用最短的时间,也建立起自己强大的工业,使我们在技术方面不依赖于资本主义世界,要么我们就被踩死,因为没有钢、铁、煤,不要说建成社会主义,就是保住正在进行社会主义建设的国家,也是办不到的。"党通过领袖之口这样告诉全国人民,于是全国出现了为钢铁而战的空前热潮,人们迸发出来的巨大激情简直是世所未见。"速度"这个词也发出了热烈的行动号召。

在久远的古代,为抵抗贵族波兰以及当时还强盛的土耳其的入侵,哥萨克分队曾驰骋在扎波罗什营地上,杀得敌人闻风丧胆,如今在昔日的营地上,在霍尔季扎岛近旁,另有一支部队在安营扎寨。这是布尔什维克的部队,他们决定拦腰截断古老的第聂伯河,驾驭它那狂暴的原始力量,去开动钢铁的涡轮机,让这条古老的河流像生活本身一样为社会主义工作。人向自然界发动了进攻,在汹涌的第聂伯河的急流处,给它桀骜不驯的力量戴上钢筋水泥的枷锁。

在三万名向第聂伯河开战的大军中,指挥员有过去的基辅码头工人、现今的建筑工段段长伊格纳特·潘克拉托夫。大军开始从两岸向河流夹击,自战斗打响的第一天起,两岸之间就展开了社会主义竞赛,这是工人生活中的新生事物。

潘克拉托夫那硕大的身躯轻快地在跳板上、小桥上跑来跑去,一会儿在搅拌机旁跟弟兄们说两句俏皮话,一会儿消失在土壕沟里,一会儿又突然在卸水泥和钢梁的站台上露面。

一大清早,他那佝偻的身子出现在"吃紧的"工区,直到深夜他才把终于疲乏了的躯体放倒在行军床上。

有一次,他面对晨雾笼罩的河面,面对河岸上一望无际的建筑材料,看得出了神,不禁回想起森林中小小的博亚尔卡。当时似乎也算是一个大工程,但是同目前的情景相比,不过是一件儿童玩具罢了。

“瞧咱们这气派,发展得多快,伊格纳特好兄弟。第聂伯河这匹烈马让咱们给套住了。老爷子们再也不用在这急流险滩上折腾吃苦头啦。给你一百万度电,没说的!这才是咱们真正生活的开端,伊格纳特。”一股热流从他胸中涌起,仿佛他贪婪地喝下了一杯烈酒似的。“博亚尔卡那些弟兄们在哪儿呢?把保尔,还有扎尔基两口子都叫来多好,咳!那我们就把左岸的人给盖啦。”想到博亚尔卡,他又不由得想起了朋友们。

那些跟他一起在隆冬季节大战博亚尔卡的人,还有那些共同创建共青团组织的人,如今分散在全国各地,从热火朝天的新建筑工地到辽阔无边的祖国大地,都在重建新生活。过去,他们那批早期共青团员,大约有一万五千人。有时在茫茫人海中相遇,真是亲如手足。现在,他们那个小小的共青团已成为巨人了,他们已经在慢慢地站起来。原先只有一个团员的地方,如今能拉出整整一个营。

“冲我们来吧,小鬼头们。前不久还在桌子底下钻来钻去呢。而我们现在已经在前线干开了,他们还要妈妈用衣襟替他们擦鼻涕。一转眼的工夫,都蹿起来了,在工地上还拼命想把你撵到乌龟壳里去。对不起,这一招可不行。咱们还得走着瞧。”

潘克拉托夫饱吸了一口河边清新的空气,深深地感到一种满足。20岁的共青团员安德留沙·小托卡列夫在左岸第七工段当支部书记,今天晚上潘克拉托夫要把那个工段“挂到自己拖轮的钩子上”,等到了那个时候他肯定也会有这种满足感的。

至于刚才他回忆起的那位朋友和战友保夫卡·柯察金,他现在被抛弃在偏僻遥远的滨海小城,为争取归队而进行着顽强艰苦地斗争,既有失败的悲哀,也有期待胜利的那种心情。

阿尔焦姆很少收到弟弟的信。每当他在市苏维埃办公桌上见到灰色信封和那有棱有角的熟悉的字体时,他就会失去往常的平静。现在,他一面撕开信封,一面深情地想:“唉,保夫卡,保夫卡!咱们要是住在一起该多好啊。你经常给我出出主意,对我一定很有用,弟弟!”

保尔信上说:

阿尔焦姆:

我想跟你谈谈我的情况。除你以外,我大概是不会给任何人写这样的信。你了解我,能理解我的每一句话。我在争取恢复健康的战场上,继续遭到生活的排挤。

我受到接连不断地打击。一次打击过后,我刚刚站起来,而另一次打击又接踵而来,比上一次更厉害。最可怕的是我现在没有力量反抗了。左臂已经不听使唤。这就够痛苦的了,可是接着两条腿也不能活动了。我本来只能在房间里勉强走动,现在从床边挪到桌子跟前也要费很大劲。到这步田地大概还不算完。明天会怎么样——我真的很难说。

我已经走不出房间了,只能从窗口看到大海的一角。一个人有一颗布尔什维克的心,有布尔什维克的意志,他是那样迫不及待地向往劳动,向往加入你们全线进攻的大军,向往投身到滚滚向前、排山倒海的钢铁巨流中去,可是他的躯体却背叛了他,不听他的调遣。这两者集中在一个人身上,还有比这更可怕的悲剧吗?

不过我还是相信我能够重返战斗行列,相信在冲锋陷阵的大军中也会有我的一把刺刀。我不得不相信,我没有权利不相信。十年来,党和共青团教给了我反抗的品行。领袖说过,没有布尔什维克攻不垮的堡垒,这句话对我非常的适用。

阿尔焦姆,你会说我信里有许多熔化了的钢铁。其实,我们的生活本身也不是靠蛤蟆那冷冰冰的血点燃起来的。我要你和我一道相信,保尔会回到你们身边的,哥哥,咱们还要一起好好干呢。不可能不是这样,要不然,当罪恶的旧世界已经在我们的马蹄下声嘶力竭地呻吟时,国内战争的火红战旗怎么还会使我们热血沸腾呢?如果在棘手的,有时甚至是残忍的生活面前我们屈膝下跪,承认失败,那我们工人的坚强意志还从何谈起?

阿尔焦姆,朋友们听到这些话时,我有时也看到有些人会流露出惊奇的目光。谁知道,也许有人会想,他是让理想遮住了眼睛,看不到现实。其实,他们并不明白我的希望寄托在什么地方。

现在稍稍讲讲其他方面的情况。我的生活已形成了一个格局,局限在一块小小的军事基地上。这就是我的学习:读书,读书,还是读书。阿尔焦姆,我已经读了很多书,收获颇丰。国外的、国内的著作我都读。读完了主要的古典文学作品,学完了共产主义函授大学一年级课程,考试也及格了。晚上我辅导一个青年党员小组学习。通过这些同志,我和党组织的实际工作保持着联系。此外,还有达雅,她的成长和她的进步,当然还有她的爱情,作为一个妻子的温柔体贴。

我们俩生活得很和美。我们的经济情况是一目了然的,我的三十二个卢布抚恤金和达雅的工资。她正沿着我走过的道路向党的行列里走来,她以前给人家当佣人,现在是食堂里的洗碗女工(这个小城没有工厂)。

前几天,达雅拿回来第一次当选为妇女部代表的证件,她兴高采烈地给我看。对她来说,这不是一张普通的硬纸片。我注意地观察着她,看到一个新人在逐步成长,我尽自己的全部力量帮助她。总有一天,她会进入一个大工厂,生活在工人集体中间,到那时候,她就会真的成熟起来了。目前在我们这个小城里,她还只能走这条唯一可行的道路。

达雅的母亲来过两次。她不自觉地在拉女儿的后腿,要把她拉回到充满卑微琐事的生活中去,让她再次陷入狭隘、孤独的生活圈子里。我努力劝说老太太,告诉她不要以过去的生活来影响到女儿现在的工作。但是,这一切努力好像都是纸上谈兵般的没用。我觉得达雅的母亲有一天会成为她走向新生活的障碍,跟这个老太太的斗争是不可避免的。

握手。

你的保尔

老马采斯塔的第五疗养院是一座石砌的三层楼房,修建在悬崖上开辟出来的平场上。四周林木环抱,一条道路曲折地通到山脚下。所有房间的窗户全敞开着,微风吹拂,送来了山下矿泉的硫黄气味。保尔房间里只有他一个人。明天要来一批新疗养员,那时他就有同伴了。这时,从窗外传来一阵脚步声。

有好几个人在谈话。其中一个人的声音很耳熟,他在什么地方听到过这样浑厚的男低音呢?他苦苦思索着,终于把藏在记忆深处的一个还没有忘却的名字找了出来:英诺肯季·帕夫洛维奇·列杰尼奥夫,正是他,不会是别人。于是保尔就蛮有把握地喊了他一声。过了一分钟,列杰尼奥夫已经坐在他的旁边,快活地拉住他的手了。

"你还活着哪?怎么样,有什么好事让我高兴高兴?你这是怎么啦,真正当起病号来了?这我可不赞成。你得向我学习。大夫也早说过我非退休不可,我就不听他们那一套,一直坚持到现在。"列杰尼奥夫温厚地笑了起来。

保尔体会到他的笑谈中隐藏着同情,又流露出一丝忧虑。

他们畅谈了两个小时,列杰尼奥夫讲了莫斯科的新闻。从他嘴里,保尔第一次听到党关于农业集体化和改造农村的重要决定,他如饥似渴地认真听着每一句话。

"我还以为你在你们乌克兰的什么地方干工作呢。没想到你也有点倒霉。不过,没关系,我原来的情况还不如你,那时候我差点躺倒起不来,现在你看,我不是挺精神吗?现在说什么也不能无精打采地混日子了。你明白吗?这样不行!我有时候也有不好的念头,心想,也许该休息一下了,稍微松口气也好。到了这个岁数,一天干十一二个小时,真有点吃不消。好吧,那就想想,哪些工作可以分出去一部分,有时候甚至都要落实了,到头来每次都是一个样:坐下来办'移交',一办起来就没个完,晚上12点也回不了家。机器开得越快,小齿轮转得也越快。现在我们的前进速度一天胜过一天,结果就是我们这些老头也得像年轻时候一样干。"

列杰尼奥夫用手摸了摸高高的额头,像慈父一般亲切地说:"好,现在你讲讲你的情况吧。"

列杰尼奥夫听保尔讲他前些时候的生活,保尔注意到,列杰尼奥夫一直用炯炯有神地目光赞许地看着他。

凉台的一角,在浓密的树荫下坐着几个疗养员。紧紧地皱起两道浓眉,在小桌旁边看《真理报》的,是切尔诺科佐夫。

他穿着俄罗斯斜领黑衬衫,戴一顶旧鸭舌帽,消瘦的脸晒得黝黑,胡子好久没有刮了,两只蓝眼睛已经深深的凹陷进去了,一看就知道,他是个老矿工。十二年前,他参加边疆区领导工作的时候,就放下了镐头,可是现在他的样子,仍然像刚从矿井里上来的时候一样。这从他的举止言谈上,从他讲话的用词上,都可以看得出来。

切尔诺科佐夫是边疆区党委常委和政府委员。他腿上得了坏疽,这个病折磨着他,不断消耗着他的体力。他恨透了这条病腿,因为它强迫他不得不躺在床上已经快半年了。

坐在他对面,抽着烟沉思的是亚历山德拉·阿列克谢耶夫娜·日吉廖娃。她今年37岁,入党却已有十九年了。在彼得堡做地下工作的时候,大家都管她叫“金工姑娘小舒拉”。差不多还是孩子的时候,她就已经尝到了西伯利亚流放的滋味。

坐在桌旁的第三个人是潘科夫。他低着那像古代雕像一样美丽的头,正在读一本德文杂志,不时用手扶一扶鼻梁上的角质大眼镜。说起来叫人难以相信,这个30岁的大力士竟要费很大劲儿才能抬起那条不听使唤的腿。米哈伊尔·瓦西里耶维奇·潘科夫是个编辑、作家,在教育人民委员部工作,他熟悉欧洲,会好几种外语。他满肚子学问,就连那个持重的切尔诺科佐夫对他也很尊重。

“他就是跟你同屋的病友吗?”日吉廖娃向坐在轮椅上的保尔那边抬了抬头,小声问切尔诺科佐夫。

切尔诺科佐夫放下报纸,脸上立刻露出了兴奋的神情。

“是呀,他就是保尔·柯察金。亚历山德拉,您一定得和他好好认识一下。他让病给缠住了,不然把这个小伙子派到咱们那些难对付的地方去,绝对是一把好手。他是第一代共青团员。

一句话,要是咱们大家都扶他一把,他还可以工作。我是下了这个决心的。”

潘科夫倾听着他们的谈话。

“他得的什么病?”日吉廖娃又小声地问。

“1920年受伤留下的病根。脊椎骨上的毛病。我问过这儿的大夫,你知道吗,他们都担心这个病会叫他全身瘫痪。反正挺严重的!”

“我马上把他推过来。”日吉廖娃说。

他们的友谊就是这样开始的。保尔没有想到,日吉廖娃和切尔诺科佐夫以后都成了他最亲近的人,在后来病重的那几年里,他们是他最有力的支柱。

生活还像以前一样。达雅工作,柯察金学习。他刚要着手小组工作,一个新的不幸又偷偷地向他袭来:他双腿瘫痪了,现在只有右手还能活动。他做了许多努力,都没有效果,他知道再也不能行动了,这时候,他把嘴唇都咬出了血。达雅勇敢地掩饰着她的绝望和由于无力帮助他而产生的痛苦。

“达雅,亲爱的,咱俩得离婚了。咱们在约定时并没有说可以这样过下去呀。亲爱的,今天你应该郑重地考虑这件事。”

她没让他再说下去。然后,她难以抑制地痛哭起来,把头紧贴在他的胸脯上。

阿尔焦姆知道弟弟新的不幸后,就给母亲写了封信,玛丽亚立刻抛下一切,来到了保尔这里。他们三个住在一起,老人家与达雅相处得很好。

保尔还是不顾一切地学习,每天都要学习到很晚。

在一个阴湿的寒冬夜里,达雅带回来她获得第一个胜利的好消息——达雅被选为市苏维埃的委员。从那时起,保尔就很少见到她。下班以后,达雅经常从她工作的那个疗养院食堂,径直到妇女部或苏维埃去,深夜才回到家里。她虽然很疲劳,脑子里却装满了新鲜事物。接受她成为预备党员的日子越来越近了,她非常激动地等待着这一天。然后就在这个时候,保尔的病情也在继续恶化。他的右眼发炎,火烧火燎的,疼得难以忍受,接着左眼也感染了。保尔有生以来第一次尝到了失明的滋味,周围的一切都蒙上了一层黑纱。

一个可怕的、不可逾越的障碍默默地出现在道上,挡住了他的路。母亲和妻子悲观到了极点,但保尔却反而冷静起来了。暗暗下定了决心:"应该再等一等。要是真的不可能再前进,要是为恢复工作所做的一切努力都被失明一笔勾销,要是重返战斗行列已经不可能,那就应该了结了。"

保尔写信给朋友们。他们纷纷来信鼓励他坚强起来,继续斗争下去。

就在他最痛苦的日子里,达雅激动而又高兴地告诉他:"保夫卡,我现在是预备党员了。"

保尔一面听她讲党支部接受她入党的经过,一面回想自己入党前后的情况。

"柯察金娜同志,这么说,咱们俩可以组成一个党小组了。"说着,他紧紧地握住了她的手。

第二天,他写信给区委书记,请他来一趟。傍晚,一辆溅满泥浆的小汽车在房前停了下来,区委书记沃利梅尔走进屋里。他是个年过半百的拉脱维亚人,一脸络腮胡子。

他握住保尔的手,说:"日子过得怎么样?你怎么这么不像话呀?起来吧,我们马上派你下地干活去。"说完,他大笑起来。

区委书记在保尔家里待了两个小时,甚至忘记了晚上还要开会。保尔说得很激动,拉脱维亚人一面听,一面在屋里踱来踱去,最后他说:"你别提小组的事了。你需要的是休息,先把眼睛给治好,这不见得就没办法了吧。要不要到莫斯科去一趟啊?你考虑一下……"

保尔打断了他的话:"我需要的是人,沃利梅尔同志,是活的人。孤单单一个人,我是活不下去的。我现在比任何时候都需要同活人接触。给我派几个年轻人来吧,最好是那些小青年。他们在你们乡下,总想搞'左'一点儿,嫌集体农庄不过瘾,想搞公社。这些共青团小伙子你要是照看不到,他们就会冒到前边去,脱离群众。我过去就是这样,这个我比谁都清楚。"

沃利梅尔停下脚步问:"这些情况今天才从区里传来,你是从哪儿知道的?"

保尔微微一笑。

"你大概还记得我爱人吧?你们昨天才吸收她入党。是她告诉我的。"

"啊,柯察金娜,就是那个洗碗工?她是你爱人?哈哈,我还不知道呢!"他想了一下,用手拍了拍前额,接着说:"有了,我们给你派个人来吧,就是列夫·别尔谢涅夫。这个同志对你来说再合适不过了。你们两个脾气挺相近,准合得来。你们有点像两只高频变压器。你知道吗,我以前当过电工,所以爱用这样的字眼,打这样的比喻。列夫还会给你装上个收音机,他是个无线电专家。你知道,我常在他家听耳机子,一听就到半夜两点。连我老伴都起了疑心,说:你这老鬼,天天晚上到哪儿逛去了?”

保尔微笑着问:“别尔谢涅夫是个什么样的人?”

沃利梅尔来回走累了,便坐在椅子上说着:“别尔谢涅夫是咱们区的公证人,但是,他当公证人就跟我跳芭蕾舞一样外行。不久前他还是个大干部。1912 年参加革命,十月革命时入了党。国内战争时期他是军级干部,在骑兵第二集团军革命军事法庭工作;在高加索跟热洛巴一起消灭过‘白虱子’。他到过察里津,去过南方战线,在远东主管过一个共和国的最高军事法庭。他这人什么艰难困苦都经历过,后来肺结核把他撂倒了。他从远东来到这儿。在高加索,他当过省法院院长,边疆区法院副院长。最后他的两个肺都坏了,眼看要不行了,这才把他调到咱们这儿。这就是咱们这个不平常的公证人的来历。这个职务挺清闲,所以他还活着。可是,今天悄悄让他领导一个支部,明天又把他拉进区委会,接着,又塞给他一个政治学校让他管,又要他参加监察委员会;成立处理难题的重要委员会时,都少不了他。除了这些,他还爱打猎,又是个无线电迷。别看他少了一个肺,可一点儿也不像病人。他精力很充沛。他要是死,大概也要死在从区委到法院的路上。”

保尔提了个尖锐的问题,打断了他的话,说:“你们为什么给他那么多工作呢?他在这儿好像比原先工作还要忙。”

沃利梅尔眯缝着眼睛,瞟了保尔一下。

“要是让你领导一个小组,再加点儿别的工作,别尔谢涅夫也准会说:‘你们为什么给他那么多工作呢?’可是他对他自己呢,却又会说:‘宁可猛干工作活一年,也不躺在病床混五年’。爱惜人这件事,看来只有等社会主义建成之后才能做到了。”

“他说得对。我也赞成猛干一年,反对痛苦地混五年,不过我们还是常常随便浪费人力,这等于犯罪。现在我才明白,这样做与其说是英雄行为,不如说是任性和不负责任。直到现在我才开始懂得,我没有权利这样糟蹋自己的健康。原来这并不是什么英雄行为。要不是因为蛮干,我也许还可以再坚持几年。一句话,对我来说,‘左派’幼稚病是一个主要的危险。”

“也就说得好听罢了,真让他下床干起来,早就什么都不顾了。”沃利梅尔心里这样想,但是没有说出来。

第二天晚上,别尔谢涅夫来看保尔,他一直谈到半夜才走。

别尔谢涅夫离开新朋友的时候,心情就像刚刚见到了失散多年的弟弟一样。

早晨,有几个人爬上屋顶,架起了天线。别尔谢涅夫在房里一面安装收音机,一面讲着他经历过的最有意思的事情。

保尔看不见他,根据达雅的描述,知道他长着淡黄色的头发,浅蓝色的眼睛,体格匀称,动作敏捷,也就是说,他的模样跟保尔刚同他见面时想象的完全一样。

天黑的时候,三只小灯亮了,别尔谢涅夫庄重地把耳机递给保尔。天空中传来一片杂音。港口的莫尔斯电报机像小鸟一样啁啾地叫着,轮船上的无线电台正在某个地方(看样子是在近海)发报。一片嘈杂声中,可变电感器的线圈突然收到了沉着而自信的声音:“请注意!请注意!这是莫斯科广播台……”

小小的收音机和它的天线,可以收到世界上六十个电台的播音。疾病割断了保尔同生活的联系,现在生活穿过耳机的膜片,又重新冲了进来,他又重新触摸到了生活强有力的脉搏。

疲劳的别尔谢涅夫看见保尔两眼闪烁着光芒,微微地笑了。

家里的人全睡了。达雅在睡梦中不安地嘟哝着。她每天很晚才回家,又冷又累。保尔很少见到她。她越是一心扑在工作上,晚上空闲时间就越少,于是保尔想起了别尔谢涅夫的话:"如果一个布尔什维克的妻子也是党员,他们就不能常见面。这有两个好处:一是彼此不会嫌弃;二是没有时间吵嘴!"

他怎么能反对呢?这本来就是意料之中的事。过去,达雅把她的每个晚上都给了他。那时候比现在有更多的温暖,更多的体贴。不过,那时候她仅仅是个朋友、妻子,而现在她不仅仅是一位妻子,而更多的是他的学生和党内同志。

他懂得随着达雅的成长,她照顾他的时间会越来越少,他认为这是理所当然的。

后来,保尔在一个学习小组担任了组长。

每天晚上,家里又热闹起来。与青年们在一起度过的时间,对保尔来说,就是重新获得了活力。

在其余的时间里他都在听广播,母亲要费老大劲儿才能摘掉他的耳机,喂他吃饭。

失明夺去的东西,无线电又给了他,他又可以学习了。

他要用无坚不摧的顽强精神来学习,忘记了发烧,忘记了身体的剧烈疼痛,忘记了双眼火烧火燎的炎症,忘记了严酷无情的生活。

在马格尼托戈尔斯克钢铁企业建筑工地上,继保尔那一代共青团员之后,青年们高举青年共产国际的旗帜,建立了功勋,当电波把这个消息传来的时候,保尔在那一瞬间感到无比的幸福。

他想象中出现了暴风雨——像狼群一样猖獗的暴风雪和乌拉尔的严寒。狂风怒吼,大雪铺天盖地而来,就在这样的黑夜里,由第二代共青团员组成的突击队,在明亮的弧光灯下,在庞大的建筑物顶上安装着玻璃,从冰雪严寒中抢救那个举世闻名的联合企业刚建成的第一批车间。基辅第一代共青团员顶风冒雪铺设的森林铁路同它相比就显得微不足道了。

国家在壮大,人也在成长。

在第聂伯河上,大水冲垮钢闸,汹涌澎湃,淹没了机器和人。又是共青团员们顶住天灾,顾不上休息,苦战两昼夜,终于把河水赶进了闸门。在这场艰巨的抢险斗争中,走在前面的是新一代的共青团员。在英雄模范人物的名单中,保尔高兴地听到了一个熟悉的名字伊格纳特·潘克拉托夫。

9

他们到了莫斯科,在某机关的档案库里住了几天,那个机关的首长帮助保尔住进了一个专科医院。

保尔现在才懂得当一个人身强力壮、洋溢着青春气息的时候,要做到坚强是比较简单和容易的。只有当生活像铁环一样把你紧紧箍住的时候,能做到坚强才是光荣的。

从保尔住进档案库那个晚上到现在,已经一年半了。这十八个月里他遭受的痛苦是常人难以忍受的。

医院里的阿维尔巴赫教授坦率地告诉保尔,他的视力无法恢复了。如果以后炎症消失了,还可以试着做瞳孔手术。为了使炎症减退,教授提议先做个外科手术。

他们征求保尔的意见,保尔表示,只要医生认为是必要的,他都同意。

当保尔躺在手术台上,医生用手术刀切开颈部,割除了一侧的甲状腺时,死神的黑翼曾经三次触及了他的身体。然而,保尔的生命力却是十分顽强。达雅在外面提心吊胆地守候着,手术过后,她看见丈夫虽然像死人一样惨白,但是仍然很有生气,并且像平常一样,温柔而安详。

“你放心好了,小姑娘。要我进棺材不那么容易。我还要活下去,而且要大干一场,偏要跟那些医学权威的结论捣捣乱。他们对我的病情做的诊断都正确,但是硬说我已经百分之百地丧失了劳动力,那是完全错误的。咱们还是走着瞧吧。”

保尔下定决心,坚定地选择了回到新生活建设者行列中去,他的坚强不得不令人钦佩。

冬天过去了,春天推开了紧闭着的窗户。失血过多的保尔终于挺过了最后一次手术,他觉得他再也无法在医院里待下去了。十几个月来,看的是周围人们的种种痛苦,听的是病人垂死挣扎的呻吟和哀嚎,这比忍受自身的病痛还要困难得多。

当医生又一次提议准备下一次手术时,他坚决地回答:“不必了,我已经做得够多了。我把一部分血献给了科学,剩下的那部分就留给我做点儿别的事吧。”

当天,保尔给中央委员会写了一封信,请中央委员会帮助他在莫斯科安家,因为他的妻子就在这里工作,而且他再流浪下去也没有好处。这是他生平第一次向党请求帮助。

他得到一间房子之后,就离开了医院。他只希望永远不再回来。

房子在克鲁泡特金大街一条僻静的胡同里,很简陋,但是在保尔看来这已经是最高的享受了。夜间醒来的时候,他常常不能相信他已经离开了医院,而且已经离得远远的了。

达雅现在已经转为正式党员了,她十分顽强地工作着。虽然生活中面临着这么多的不幸,但是她并没有比其他突击手落后。这个少言寡语地女工赢得了群众的极大信任,她被选为厂委会委员。保尔为妻子成了布尔什维克而感到自豪,这在精神上大大减轻了他的痛苦。

有一天,巴扎诺娃去莫斯科出差,顺便来看望保尔。保尔满怀信心地告诉她,他已经选定了自己要走的路,在不久的将来,他就要重新回到战士的行列中。

她看见保尔鬓上的白色发丝,小声说:"我看得出,您受了不少折磨。但是,您那永不熄灭的热情还在燃烧着,还有什么比这更可贵呢?您做了五年准备,现在您决定动笔了,这很好。不过,您怎么写呢?"

保尔微笑着安慰她说:"明天他们会给我拿一个硬纸格子板来。没有它,我就没法写字了,写着写着就要串行。我寻思了好久,才想出这个办法来在硬纸板上刻出一条条空格,写的时候,铅笔就不会出格了。看不见所写的东西,写起来当然挺困难,但并不代表它不可能。这一点,我是深信不疑的。有好长一段时间怎么也写不好,那时候心里很是烦躁,渐渐地我练习着,现在我慢慢写,每个字母都能够仔细写,结果相当不错。"

于是,保尔开始了写作。

他打算写一本关于科托夫斯基的英勇骑兵师的中篇小说,无须多想就有了书名《暴风雨所诞生的》。

从这天开始,保尔把全部精力都投入到这本书的创作中。缓慢地,认真地,一行又一行,一页又一页。有时候,那些鲜明的难以忘却的情景清晰地浮现在他的眼前,他却找不到恰如其分的句子去表达,写出来的东西显得苍白无力,缺乏一种烈火般的激情。他第一次尝到了创作的痛苦。

已经写好的东西,他必须逐字逐句地记住,否则,线索一断,工作就会停顿。母亲惴惴不安地注视着儿子的工作。

写作过程中,保尔往往要凭记忆整页整页地,甚至整章整章地背诵,母亲有时觉得他好像疯了。在写作的时候,母亲不去打扰儿子,只有在她进去收拾滑到地板上的稿纸时,才惴惴不安地说:"保尔,亲爱的,你难道就不能干点儿别的吗?有谁像你,写起来没完没了的……"

听见母亲的话,保尔总是会心地一笑,安慰着母亲说,他还远没有到"发疯"的地步。

计划中的小说很快就写好了三章。

保尔把它寄到敖德萨,给科托夫斯基师的一些老同志看,征求他们的意见。他很快就收到了回信,大家都对他的小说赞不绝口。但是,原稿在寄回来的途中却被邮局弄丢了!六个月的心血白费了。这对保尔无异于是一个很大的打击。他非常懊悔没有复制一份,而把唯一的一份手稿寄出去了。保尔把这事告诉了列杰尼奥夫。

"你怎么能这么粗心大意呢?别生气了,现在骂也没用了。重新开始吧。"

“哪能不气愤呢,列杰尼奥夫同志,六个月心血的结晶一下子就这样凭空消失了。我每天都要紧张地劳动八个小时啊！这帮寄生虫,真该死!”

列杰尼奥夫极力安慰他。

一切都要从头做起。列杰尼奥夫给他找来一些纸,帮助他把写好的稿子用打字机打出来。一个半月之后,第一章重新写成了。

跟保尔住一套房间的是一家姓阿列克谢耶夫的。他家的大儿子亚历山大是本市一个区的团委书记。亚历山大有一个18岁的妹妹,叫加莉娅,已经在工厂的工人学校毕业了。这是个朝气蓬勃的姑娘。保尔让母亲跟她商量,看她是不是愿意帮助他,做他的“秘书”。加莉娅非常高兴地答应了,满脸笑容,热情地走了过来。她听说保尔正在写一部小说,就说:“柯察金同志,我非常愿意帮助您。这和给我爸爸写枯燥的住宅卫生条例完全不一样。”

从那开始,写作的速度加倍地增长了。一个月内,保尔完成的工作是如此之多,连他自己也惊讶不已。加莉亚深切地同情保尔,积极主动地帮助他工作。她的铅笔在纸上沙沙地响着,遇到特别喜爱的地方,她总要反复念上几遍,并且感到由衷的高兴。在这所房子里,几乎只有加莉娅一个人相信保尔的工作是有意义的,其余的人都认为保尔是在白白地浪费精力。只是因为什么也不能干了,又闲不住,才找点事来打发日子罢了。

后来,因公外出列杰尼奥夫回来了,他刚一读完头几章就激动地说:“朋友,坚持到底！胜利一定会向我们招手。保尔同志,还有更大的喜悦等待着你。孩子,不要失去信心,我深信,你归队的理想即将实现。”

这位老同志看到保尔精力十分充沛,满意地走了。

加莉娅每天总是按时过来,她的铅笔在纸上沙沙地写个不停,那些追述着难以忘怀的往事字句在不断地增加。每当保尔凝神深思,为那些回忆所感动的时候,加莉娅就发现他的睫毛在颤动,随着思路的转换,他的眼神不断变化。要说他双目失明,那简直令人难以置信。你瞧,那对清澈无瑕的瞳孔依然是生机盎然。

每天工作一结束,加莉娅就把记下来的文字念给他听。他在仔细聆听的时候,不时地皱着眉头。

“您干吗皱眉头呢,柯察金同志？这不是写得挺好嘛!”

“不,加莉娅,写得并不好。”

他认为是败笔的地方,就亲自动手重写。有时格子板那狭窄框框的束缚让他实在无法忍受了,他就搁笔不写了。他恨透了这夺去他视力的生活,盛怒之下常常把铅笔折断,把嘴唇咬得出血。

忧伤,以及常人的各种热烈的或者温柔的普通感情,几乎人人都可以自由抒发,唯独保尔没有这个权利,它们被永不松懈的意志禁锢着。工作越接近尾声,他那被抑制的感情也就越发经常地冲击着他一向毫不松懈的意志,企图想要摆脱意志的束缚。要是他屈服于那些感情中的任何一种,听任它随心所欲地发作,事情就会酿成悲惨的结果。

达雅每天工作都很忙,很晚很晚才从工厂里回来。她总是在跟保尔的母亲小声说了几句话后,就上床休息了。

最后一章终于写成了,加莉娅花了几天时间把小说给保尔通读了一遍。

明天就要把原稿寄给列宁格勒州委员会文化宣传部了。

如果他们给它开"许可证",稿子就会送到出版社去……

想到这里,他的心不安地激动起来。那么一来……新的生活就要开始,这是多年紧张而顽强的劳动换来的啊。

这本书的命运决定着保尔未来的命运。如果原稿被彻底否定,那么他的日子就走到了尽头。如果只是局部性的失败,还可以由他进一步修改来完善的话,那么,他一定会发起新的进攻。

母亲把沉甸甸的包裹送到了邮局。紧张地等待开始了。保尔一生中还从来没有像现在这样痛苦而焦急地等待回信。

他从早班的信等到晚班,可是列宁格勒仍然没有回音。出版社的沉默越发让人着急了。失败的预感日甚一日。保尔意识到如果他的小说遭到无条件拒绝,那也就意味着自己的生命即将走到了终点如果真是这样,他也不愿再活下去了！活下去也没有任何意义了!

想到这儿,郊外海滨公园的那一幕情景又出现在眼前。他一次又一次地问自己:"为了冲破铁环,重返战斗行列,使你的生命变得有益于人民,你尽了一切努力了吗?"

他每次都坚定地回答:"我已经全力以赴!"

许多天过去了。正当期待变得让人无法忍受的时候,母亲突然冲进屋子,激动不已地喊道:"列宁格勒来信啦!!!"

其实不是信,只是一封电报。电报上只有寥寥数语:

小说备受赞赏,即将出版,祝贺成功!

他的心怦怦地跳起来了。多年的愿望终于实现了！铁环已经被砸碎,他拿起新的武器,重新回到战斗的行列,开始了新的生活。